GOLDMANN

Wilbur Smith entstammt einer alten Siedlerfamilie aus Rhodesien, dem heutigen Simbabwe, und ist einer der erfolgreichsten Autoren der Gegenwart. Seine Bücher, die eine Weltauflage von über 50 Millionen Exemplaren erreicht haben, sind in 14 Sprachen übersetzt und zum Teil verfilmt worden.

Außer dem vorliegenden Band sind von Wilbur Smith als Goldmann-Taschenbücher erschienen:

Adler über den Wolken. Roman (42048)
Glühender Himmel. Roman (41130)
Goldmine. Roman (9312)
Das Lied der Elephanten. Roman (42368)
Der Panther jagt im Dämmerlicht. Roman (42047)
Schwarze Sonne. Roman (9332)
Der Stolz des Löwen. Roman (9316)
Der Sturz des Sperlings. Roman (9319)
Tara. Roman (9314)
Wenn Engel weinen. Roman (9317)
Wer aber Gewalt sät. Roman (41139)

WILBUR
SMITH

Der Unbesiegbare

ROMAN

Aus dem Englischen
von F. G. U. Glass

GOLDMANN VERLAG

Titel der Originalausgabe: When the Lion Feeds
Originalverlag: William Heinemann Limited
(part of Reed Consumer Books Limited), London

Umwelthinweis:
Alle bedruckten Materialien dieses Taschenbuches
sind chlorfrei und umweltschonend.
Das Papier enthält Recycling-Anteile.

Der Goldmann Verlag
ist ein Unternehmen der Verlagsgruppe Bertelsmann

Ungekürzte Ausgabe 7/95

Umschlagentwurf: Design Team München
Umschlagfoto: Rossi/TIB, München
Satz: IBV Satz- und Datentechnik GmbH, Berlin
Druck: Elsnerdruck, Berlin
Verlagsnummer: 42933
MV · Herstellung: Sebastian Strohmaier
Made in Germany
ISBN 3-442-42933-1

1 3 5 7 9 10 8 6 4 2

Erstes Buch

NATAL

1

Ein Fasan strich den Hügel entlang. Fast streiften seine Flügel das Gras. Dann schlug er sie zusammen, stieg in die Höhe und verschwand hinter der Kuppe des Hügels im Dickicht. Zwei Jungen und ein Hund verfolgten ihn vom Tal her. Der Hund lief voran; weit hing ihm die Zunge heraus und flog ihm um die Schnauze. Schulter an Schulter rannten die Zwillinge hinter ihm her. Beide schwitzten, und dunkle Schweißflecken zeichneten sich auf ihren Khakihemden ab. Obwohl die Sonne bereits auf halbmast stand, strahlte sie hier in Afrika noch immer Hitze genug aus.

Der Hund hatte die Spur des Vogels gefunden und verhielt. Eine Sekunde lang stand er gespannt und sog den Geruch der Fährte ein. Dann nahm er die Spur auf. Schnell, ab und zu vor- und zurücklaufend, die Schnauze am Boden, wand er sich durch das trockene braune Gras. Nur sein erregt wedelnder Schwanz war noch zu sehen. Die Zwillinge folgten ihm. Sie atmeten schwer, denn es ging jetzt ziemlich steil bergauf.

»Bleib auf deiner Seite, sonst kommst du mir in den Weg«, schrie Sean seinem Bruder zu, und Garrick gehorchte sofort. Sean war für ihn der Ältere, er war etwa zehn Zentimeter größer und zwanzig Pfund schwerer, und schon das gab ihm das Recht zu befehlen. Sean konzentrierte sich jetzt wieder ganz auf den Hund.

»Such, Tinker, such ihn! So ist's brav!«

Tinkers Schwanz bestätigte, daß er Seans Instruktionen verstanden hatte, und seine Nase blieb weiter dicht am Boden. Die Zwillinge folgten ihm und warteten gespannt auf den Moment, da der Vogel auffliegen würde. Sie trugen beide Wurfstöcke, schlichen jetzt langsam vorwärts und gaben sich Mühe, ihren Atem unter Kontrolle zu halten. Tinker fand den Vogel, der sich flach ins Gras geduckt hatte. Der Hund sprang vor und gab zum erstenmal Laut. Der Fasan flog auf. Es machte einen ziemlichen Lärm, als er mit den Flügeln schlug und sich aus dem Gras hochschnellte.

Sean warf zuerst. Sein Stock zischte an dem Vogel vorbei. Der Fasan drehte ab und schlug verzweifelt mit den Flügeln, um Höhe zu gewinnen, als Garrick warf. Sein Stock wirbelte nach oben und traf genau den fetten braunen Leib des Fasans. Der Vogel taumelte, Federn flogen herunter – dann stürzte er ab. Sie gingen ihm nach. Der Fasan versuchte, mit gebrochenen Flügeln durch das Gras zu entkommen, und sie schrien vor Erregung, während sie ihn jagten. Bis Sean ihn erwischte. Er drehte ihm den Hals um, stand lachend da und hielt den warmen braunen Vogel in den Händen, bis Garrick bei ihm war.

»Prima, Garrick. Das war ein toller Wurf.«

Tinker sprang an Sean hoch, um das Tier zu beschnüffeln. Sean beugte sich hinunter und ließ ihn seine Nase am warmen Balg reiben. Tinker schnupperte und versuchte die Beute zu schnappen. Aber Sean schob seinen Kopf weg und warf den Vogel Garrick zu. Garrick hing ihn zu den anderen an seinen Gürtel.

»Wie weit, glaubst du, war der Wurf – fünfzehn Meter?« fragte Garrick.

»So weit nicht«, meinte Sean. »Ich würde eher sagen zehn.«

»Also ich glaube, es waren mindestens fünfzehn. Ich glaube, es war weiter, als du heute geworfen hast.« Der Erfolg machte Garrick frech. Das Lächeln verschwand aus Seans Gesicht.

»Meinst du?« fragte er.

»Bestimmt!« sagte Garrick. Sean strich sich mit dem Handrükken das Haar aus dem Gesicht. Sein Haar war schwarz und weich und fiel ihm ständig in die Stirn.

»Und das unten am Fluß? Das war mindestens zweimal so weit.«

»Wirklich?« fragte Garrick.

»Wirklich!« sagte Sean grob.

»Na, wenn du so gut bist, wie kam es, daß du diesen hier verfehlt hast? Du hast doch zuerst geworfen. Wie war es möglich, daß du ihn nicht getroffen hast?«

Seans bereits gerötetes Gesicht verfinsterte sich, und Garrick stellte plötzlich fest, daß er zu weit gegangen war. Er steckte zurück.

»Möchtest du wetten?« fragte Sean. Es war Garrick nicht ganz klar, worum Sean wetten wollte, aber frühere Erfahrungen hatten ihn gelehrt, daß die Sache, egal worum es ging, meist durch einen schlichten Zweikampf geregelt werden würde. Nur sehr selten hatte Garrick eine Wette gegen Sean gewonnen.

»Es ist schon zu spät. Wir gehen besser nach Haus. Wenn wir zu spät zum Essen kommen, gibt's Dresche von Pa.« Sean zögerte einen Augenblick, Garrick holte unterdessen seinen Wurfstock, und dann ging es nach Hause. Sean lief zuerst hinter, dann neben seinem Bruder, schließlich führte er. Nachdem er seiner Meinung nach eindeutig bewiesen hatte, daß er der Bessere im Stockwerfen war, war Sean jetzt bereit zu vergeben. Über die Schulter fragte er: »Was für ein Fohlen, glaubst du, wird Gipsy werfen?«

Garrick akzeptierte den Friedensvorschlag mit Erleichterung, und bald gab es ein freundliches Gespräch über dieses und noch ein Dutzend anderer bedeutender Ereignisse. Sie rannten. Außer der Stunde, die sie an einem schattigen Plätzchen am Fluß gerastet und zwei ihrer Fasanen gebraten und gegessen hatten, waren sie den ganzen Tag gelaufen.

Hier oben auf dem Plateau wuchs hauptsächlich Gras, weiches, trockenes Gras in der Farbe reifen Weizens. Hinter ihnen und zu beiden Seiten breitete sich dieser Grasteppich aus, so weit das Auge reichte.

Sie stapften durch das hüfthohe Gras. Plötzlich standen sie vor einem Steilhang. Am Fuß des Hanges begannen die Tugela Flats. Der Tugela-Fluß war von hier nur noch dreißig Kilometer entfernt, aber heute war ein solcher Dunst, daß die Zwillinge nicht so weit sehen konnten. Jenseits des Flusses erstreckte sich weit in den Norden und Hunderte von Kilometern in den Osten, zum Meer hin, Zululand. Der Fluß war die Grenze. Der Steilhang, über dem die Brüder jetzt haltmachten, war von Schluchten zerklüftet, in denen dichte, olivgrüne Büsche wuchsen.

Unter ihnen, etwa drei Kilometer entfernt, lag Theunis Kraal, die Heimat der Zwillinge. Es war ein großes Haus, im holländischen Stil erbaut und säuberlich mit ebenmäßig gekämmtem Gras gedeckt. Auf der Koppel tummelten sich Pferde, viele Pferde, denn der Vater der Brüder war ein wohlhabender Mann. Aus dem Küchenschornstein stieg Rauch empor, der hinüber zu den Dienstbotenquartieren zog. Von irgendwoher hörte man, wie Holz gehackt wurde.

Sean setzte sich an der Kante des Abhangs ins Gras. Er nahm einen seiner schmutzigen nackten Füße und zog ihn vors Gesicht. In der Ferse steckte ein Dorn. Er zog ihn heraus, und es blieb ein schmutziges Loch. Garrick setzte sich neben ihn.

»Junge, das wird weh tun, wenn Ma das mit Jod auswäscht«, sagte Garrick schadenfroh. »Sie wird den Dreck mit einer Nadel herausholen müssen. Ich wette, daß du schreien wirst. – Ich wette, du wirst schreien wie ein Wilder!«

Sean ignorierte ihn. Er hatte einen Grashalm genommen und begann damit die Wunde abzutasten. Garrick beobachtete ihn mit großem Interesse. Wohl selten gab es zwei sich weniger gleichende Zwillinge: Sean begann sich bereits zum Mann zu entwickeln, seine Schultern wurden breiter, und sein kindlicher Oberkörper zeigte die ersten Anzeichen von harten Muskeln. Schwarzes Haar, sonnengebräunte Haut, Lippen und Wangen, hinter denen man das frische junge Blut pulsieren sah, und blaue Augen – ein lebhaftes Farbenspiel.

Garrick war schmal, mit den Gelenken eines Mädchens. Sein

Haar war von einem unterschiedlichem Braun, am Hinterkopf wuschlig, und ging bis zum Nacken hinunter. Seine Haut war sommersprossig, seine Nasenflügel und die Ränder der blassen Augen waren vom permanenten Heufieber gerötet.

Bald verlor Garrick das Interesse an Seans medizinischen Untersuchungen. Er beugte sich hinüber und begann mit Tinkers Schlappohren zu spielen. Tinker schnaufte und verschluckte sich, Geifer lief aus dem Maul. Garrick schaute den Abhang hinunter. Sein Blick verfing sich in einer der bewachsenen Schluchten. Garrick hielt den Atem an.

»Sean, schau her – da, neben dem Busch!« Seine Stimme klang erregt.

»Was ist los?« Sean blickte plötzlich auf. Dann sah er es.

»Halt Tinker fest.« Garrick packte das Halsband des Hundes und zog dessen Kopf zu sich.

»Das ist bestimmt der größte alte Bock auf der ganzen Welt«, flüsterte Garrick. Sean war viel zu interessiert, um antworten zu können. Der Buschbock setzte mühsam seinen Weg durch das Dickicht fort. Ein großer Bock in sehr hohem Alter. Seine Läufe hatten bereits die Farbe alter weißer Kreidestriche. Seine Ohren waren gespitzt, und sein mächtiges Gehörn hielt er hoch empor. Er war so groß wie ein Pony und trat vorsichtig auf, als er ins Freie kam. Er blieb stehen, drehte witternd den Kopf, ging dann weiter schräg nach unten und verschwand in einer anderen Schlucht. Eine Weile waren die Zwillinge ganz ruhig. Dann brach es aus ihnen hervor.

»Hast du das gesehen? Hast du das Gehörn gesehen?«

»So nah beim Haus, und wir wußten nichts von ihm.«

Sie sprangen auf und redeten wild durcheinander. Auch Tinker war von ihrer Erregung angesteckt. Laut bellend umkreiste er die beiden. Bald setzte sich Sean durch, indem er einfach die anderen überschrie. »Ich wette, daß er sich tagsüber in den Schluchten versteckt und dort auch den ganzen Tag bleibt. Ausgehen tut er sicherlich nur nachts. Los, versuchen wir ihn aufzuspüren.«

Sean führte sie den Abhang hinunter. Am Rand der Büsche, in einer kleinen, bewachsenen Höhle, die dunkel und kühl war und in der ein Teppich aus Blättern lag, fanden sie die Zufluchtsstätte des Bocks. Der Boden war von seinen Hufen zertrampelt, und man konnte im Laub noch den Abdruck seines schweren Körpers erkennen. Auf der Lagerstatt fanden sie graue Haare. Sean beugte sich nieder und hob eines auf.

»Wie können wir ihn bloß kriegen?«

»Wir könnten eine Fallgrube graben und spitze Pfähle hineintun«, schlug Garrick begeistert vor.

»Wer soll sie graben? Du?« fragte Sean.

»Du könntest mir helfen.«

»Das müßte eine ziemlich tiefe Grube sein«, sagte Sean zweifelnd. Einen Augenblick herrschte Schweigen, während beide darüber nachdachten, wieviel Arbeit notwendig wäre, um eine richtige Falle zu graben. Danach wurde das Thema nicht mehr berührt.

»Wir könnten die anderen Kinder aus der Stadt holen und mit Stöcken auf ihn Jagd machen«, sagte Sean.

»Wie viele Jagden haben wir bis jetzt mit denen schon gemacht? Sicherlich Hunderte. Und dabei haben wir nicht mal eine lausige Antilope gefangen, geschweige denn einen Buschbock.« Garrick zögerte; dann fuhr er fort: »Außerdem, erinnerst du dich noch daran, was der Bock mit Frank van Essen gemacht hat? Als er aufhörte, in Frank herumzustochern, mußten sie Frank seine Eingeweide in den Bauch zurückschieben!«

»Hast du Angst?« fragte Sean.

»Selbstverständlich nicht. Was glaubst du denn von mir«, antwortete Garrick beleidigt, und dann fügte er schnell hinzu: »Es ist schon fast dunkel. Schnell nach Hause!«

Sie rannten ins Tal.

2

Sean lag im Dunkeln und starrte durch das Zimmer auf das große graue Rechteck des Fensters. Man konnte draußen ein kleines Stück der Mondsichel sehen. Sean konnte nicht schlafen. Er mußte immer an den Hirsch denken. Er hörte die Eltern an der Schlafzimmertür vorbeigehen. Seine Stiefmutter hatte etwas gesagt, worüber sein Vater lachte. Waite Courteney hatte ein Lachen, das wie entfernter Donner klang.

Sean hörte, wie sich die Tür zu ihrem Zimmer schloß, und setzte sich im Bett auf. »Garrick.« Keine Antwort.

»Garry.« Er hob einen Schuh hoch und warf ihn. Dem folgte ein Grunzen. »Garry!«

»Was willst du denn?« Garricks Stimme war schlaftrunken.

»Ich habe gerade nachgedacht – morgen ist Freitag.«

»Na und?«

»Ma und Pa gehen in die Stadt. Sie werden den ganzen Tag nicht dasein. Wir könnten das Gewehr nehmen und uns auf die Lauer legen, um den Bock zu schießen.«

Garricks Bett knarrte alarmierend.

»Du bist verrückt!« Garrick konnte den Schreck nicht verbergen. »Pa würde uns umbringen, wenn er uns mit seinem Gewehr erwischte.« Schon als er es sagte, war er sich dessen bewußt, daß er ein stärkeres Argument finden müsse, um seinen Bruder zu überzeugen. Sean ließ sich nicht gerne bestrafen, aber die Chance, einen Bock zu schießen, war ihm offensichtlich wert, alles zu erdulden, was der rechte Arm seines Vaters austeilen konnte. Garrick lag starr in seinem Bett und suchte nach Worten.

»Außerdem hält Pa die Patronen unter Verschluß.«

Das war ein guter Versuch, aber Sean unterbrach ihn sofort.

»Ich weiß, wo noch zwei Patronen sind, die er vergessen hat. In der großen Vase im Eßzimmer. Da liegen sie schon seit über einem Monat.«

Garrick begann zu schwitzen. Er konnte schon die Peitschenhiebe auf seinem Hintern fühlen und seinen Vater zählen hören: acht, neun, zehn.

»Bitte, Sean, machen wir lieber etwas anderes.«

In der anderen Ecke des Raumes legte sich Sean bequem in die Kissen zurück. Die Entscheidung war gefallen.

3

Waite Courteney half seiner Frau auf den Vordersitz der zweirädrigen Kutsche. Er streichelte dabei liebevoll ihren Arm und ging dann herum zum Fahrersitz, wobei er stehenblieb und die Pferde tätschelte. Dann setzte er seinen Hut auf den kahlen Kopf. Er war ein großer Mann, und die Kutsche senkte sich unter seinem Gewicht.

Er nahm die Zügel und wandte sich um. Seine Augen lachten über der großen Hakennase zu den Zwillingen hinüber, die zusammen auf der Veranda standen.

»Ich würde es als eine große Gnade betrachten, wenn die beiden jungen Herren es fertigbrächten, die paar Stunden, in denen die Frau Mutter und ich fort sind, keinen Ärger zu machen.«

»Ja, Pa«, kam der pflichtgemäße Chor.

»Sean, wenn du das Bedürfnis haben solltest, wieder auf den großen blauen Gummibaum zu klettern, dann kämpfe dagegen an. Klar?«

»Gewiß, Pa.«

»Garrick, ich wünsche, daß wir keine weiteren Experimente in der Fabrikation von Pulver vornehmen. Verstanden?«

»Ja, Pa.«

»Und schaut um Himmels willen nicht so unschuldig drein, das läßt mich das Allerschlimmste befürchten!«

Waite berührte mit der Peitsche die glänzenden Rücken der Pferde, und die Kutsche verschwand auf der Straße nach Ladyburg.

»Er hat nichts davon gesagt, daß wir sein Gewehr nicht nehmen sollen«, flüsterte Sean tugendhaft. »So, jetzt geh du und sieh zu, daß uns keiner von der Dienerschaft über den Weg läuft. Wenn die uns sehen, machen sie sofort Ärger. Und dann komm zum Schlafzimmerfenster, und ich werde dir das Gewehr hinausreichen.«

Sean und Garrick stritten sich den ganzen Weg bis zum Fuß des Steilhangs. Sean trug das Gewehr über der Schulter und hielt mit beiden Händen den Kolben.

»Es war meine Idee. Oder nicht?« fragte er.

»Aber ich habe den Bock zuerst gesehen«, protestierte Garrick, wieder tapferer. Mit jedem Meter, den er sich weiter von zu Hause entfernte, schwand die Furcht vor Strafe.

»Das zählt nicht«, informierte ihn Sean. »Ich dachte zuerst an das Gewehr, also werde ich auch schießen...«

»Wie kommt es, daß du immer allen Spaß hast?« fragte Garrick, und Sean war wütend über diese Frage.

»Als du das Habichtnest am Fluß gefunden hast, habe ich dich klettern lassen. Oder etwa nicht? Als du die Babygazelle gefunden hast, habe ich dich sie füttern lassen, oder etwa nicht?« fragte er.

»Schon gut. Und ich habe den Bock zuerst gesehen, warum läßt du mich dann nicht schießen?«

Sean war schweigsam und erschüttert über soviel Dickköpfigkeit. Gleichzeitig hielt er aber das Gewehr fester. Um mit seiner Argumentation durchzukommen, würde Garrick ihm erst mal das Gewehr abnehmen müssen. Das wußte Garrick, und darum begann er zu schmollen. Sean blieb zwischen den Bäumen am Fuß des Steilhangs stehen und sah über die Schulter auf seinen Bruder.

»Hilfst du mir jetzt, oder muß ich es allein machen?« Garrick sah zu Boden und trat auf einen Zweig. Er schnüffelte vor sich hin, sein Heuschnupfen machte sich morgens immer besonders unangenehm bemerkbar.

»Also?« fragte Sean.

»Was soll ich denn tun?«

»Bleib hier stehen und zähle langsam bis tausend. Ich gehe den Abhang hinauf und warte dort, wo der Bock gestern aufgekreuzt ist. Wenn du mit dem Zählen fertig bist, dann komm durch die Schlucht herauf. Wenn du etwa die Hälfte hast, fang an zu schreien. Ich bin überzeugt, daß der Bock dann an derselben Stelle wie gestern versuchen wird durchzubrechen. Hast du mich verstanden?«

Mißmutig nickte Garrick.

»Hast du Tinkers Leine mitgebracht?«

Garrick holte sie aus der Tasche, worauf der Hund zurückwich. Sean packte ihn am Halsband, und Garrick nahm ihn an die Leine. Tinker legte die Ohren an und beobachtete beide traurig.

»Laß ihn nicht los. Der alte Bock würde ihn aufspießen. Und jetzt fang an zu zählen«, sagte Sean und begann den Aufstieg. Er hielt sich weit links in der Schlucht. Das Gras des Abhangs gab unter seinen Füßen nach, das Gewehr war schwer, und im Gras lagen scharfe, spitze Steinblöcke. Er stieß sich einen Zeh an, der zu bluten anfing, aber er kletterte weiter. Dort, wo Sean das Versteck des Bockes markiert hatte, stand ein abgestorbener Baum. Sean kletterte gerade so weit hinauf, daß ihn das wiegende Gras noch verbarg. Er atmete schwer. Er fand einen Stein von der Größe eines Bierfasses, auf den er das Gewehr legen konnte, und kroch dahinter. Er legte den Schaft des Gewehrs auf den Felsen und zielte den Berg hinunter, genau über beide Läufe peilend, um sicherzugehen, daß im Schußfeld alles klar war. Er stellte sich vor, wie der Bock ihm vor die Kimme kommen würde, und fühlte einen erregten Schauder, der von den Armen über die Schultern den Rücken hinunterlief.

»Ich werde nicht auf seinen Schädel zielen, da er sich ziemlich langsam bewegen wird, vielleicht sogar nur so vor sich hintrottet. Ich werde sein Schulterblatt treffen«, flüsterte er.

Er klappte das Gewehr auf, nahm die beiden Patronen aus seiner Hemdtasche, steckte sie in die Läufe und schloß das Gewehr. Er brauchte die Kraft beider Hände, um die zwei schweren Schlaghähne zurückzuziehen, aber er schaffte es, und das Gewehr war jetzt geladen und entsichert. Er legte es vor sich auf den Felsen und starrte den Abhang hinauf. Zu seiner Linken, an der Bergseite, lag die Schlucht wie ein dunkelgrüner Strich. Direkt unter ihm klaffte eine Lücke im hohen Gras, die der Bock passieren mußte. Sean fuhr sich ungeduldig mit der Hand über die Stirn, um das klebrig verschwitzte Haar wegzustreichen.

Die Minuten gingen vorbei.

»Was, zum Teufel, macht Garry? Er ist manchmal so dumm!« Während Sean so vor sich hinbrummelte, hörte er, fast wie eine Antwort, Garrick unten rufen. Es war ein leises Geräusch, tief unten am Hang und vom Gebüsch gedämpft. Einmal schlug auch Tinker an, aber es klang ziemlich matt; er war verärgert und konnte die Leine nicht leiden.

Sean wartete, den Finger am Abzug. Er starrte über den Rand der Böschung. Wieder rief Garrick – und jetzt brach der Bock aus dem Dickicht.

Schnell erreichte er die Lichtung, die Nase hoch, das mächtige Gehörn flach auf den Rücken gelegt. Sean rutschte zur Seite, schwang damit das Gewehr herum und preßte den Kolben fest gegen die Schulter. Als er abdrückte und das Geschoß den linken Lauf verließ, war der Rückschlag so stark, daß er die Balance verlor. Seine Ohren dröhnten vom Knall des Schusses, und schwarzer Pulverdampf schlug ihm ins Gesicht. Er kam mühsam wieder auf die Beine und hielt noch immer das Gewehr. Der Bock lag im Gras, blutend wie ein Lamm und um sich schlagend, während er starb.

»Ich habe ihn«, schrie Sean. »Ich habe ihn mit dem ersten Schuß. Garry! Garry! Ich habe ihn, ich habe ihn!«

Tinker brach durch den Busch, Garry hinter sich herzerrend. Noch immer schreiend, lief Sean auf sie zu. Ein Stein löste sich unter seinem Fuß, und er stürzte.

Das Gewehr schlug zu Boden, und der zweite Lauf entlud sich.

Es knallte nochmals überlaut. Als Sean wieder auf die Füße kam, sah er Garrick im Gras sitzen und wimmern – er wimmerte und starrte auf sein Bein. Das Geschoß des Jagdgewehrs war genau unterhalb des Knies eingeschlagen und hatte das Fleisch in Fetzen gerissen. Alles war offen, die zerschlagenen Knochen sahen weiß aus der Wunde, das Blut floß dick und dunkel in Strömen.

»Das wollte ich nicht! Um Himmels willen – Garry, das wollte ich nicht. Ich bin ausgerutscht. Ehrlich, ich bin ausgerutscht.« Sean starrte auf das Bein. Alle Farbe war aus seinem Gesicht gewichen, und die Augen waren groß und dunkel vor Entsetzen. Das Blut strömte ins Gras.

»Halt das Blut auf! Sean, bitte halt es auf! Oh, es tut so weh! O Sean, bitte halt es auf.«

Sean lief auf ihn zu. Er band, so gut er konnte, mit seinem Gürtel das Bein ab. Warmes, dickes Blut floß ihm über die Hände. Er benutzte sein Messer, um den Gürtel fester zu ziehen. Das Bluten ließ nach, und er zog noch fester an.

»O Sean, es tut so weh. Es schmerzt so...« Garricks Gesicht war wachsweiß, und er begann sich zu schütteln, als sich die kalte Hand des Schocks auf ihn legte.

»Ich hole Joseph«, stammelte Sean. »Wir kommen so schnell es geht zurück – o Gott, es tut mir ja so leid!« Sean sprang auf und lief. Er stürzte, raffte sich zusammen und lief weiter.

Nach einer Stunde waren sie zurück. Sean kam mit drei Zuludienern. Joseph, der Koch, hatte eine Decke mitgebracht. Er wikkelte Garrick ein und hob ihn auf. Garrick verlor das Bewußtsein. Sein Bein baumelte hin und her. Als sie sich auf den Rückweg machten, sah Sean ins Tal hinab. Auf der Straße nach Ladyburg entdeckte er eine kleine Staubwolke. Einer der Leute ritt los, um Waite Courteney zu holen. Sie warteten auf der Veranda, als Waite Courteney nach Theunis Kraal zurückkam. Garrick hatte das Bewußtsein wiedererlangt. Er lag auf der Couch. Sein Gesicht war weiß, und Blut hatte die Decke durchtränkt. Die Kleider von Joseph waren ebenfalls blutig, und das Blut an Seans Händen war schwarz verkrustet. Waite Courteney rannte zur Veranda hinauf, er beugte sich über Garrick und schlug die Decke zurück. Eine Sekunde lang starrte er auf das Bein, dann deckte er es vorsichtig wieder zu. Waite hob Garrick hoch und trug ihn zum Wagen. Joseph folgte ihm, und sie legten ihn auf den Rücksitz. Joseph hielt den Körper fest, während Garricks Stiefmutter das Bein in den Schoß nahm, um ein Schlenkern zu verhindern. Waite Courteney kletterte schnell auf den Kutschersitz, nahm die Zügel, dann wandte er sich um und sah auf Sean, der noch immer auf der Veranda stand. Waite sagte nichts, aber seine Augen waren schrecklich. Sean konnte seinem Blick nicht standhalten. Waite Courteney raste nach Ladyburg. Er kutschierte wie ein Besessener, der Fahrtwind trieb seinen Bart aus dem Gesicht.

Sean beobachtete, wie sie davonfuhren. Nachdem sie zwischen den Bäumen verschwunden waren, blieb er allein auf der Veranda stehen. Dann wandte er sich plötzlich um und rannte ins Haus zurück. Er rannte durch die Küche über den Hof zum Sattelraum, riß Zaumzeug und Sattel vom Haken und lief damit zur Koppel. Er suchte sich eine graue Stute aus und trieb sie in eine Ecke; erst dann konnte er seinen Arm um ihren Nacken schlingen. Er zwang ihr das Zaumzeug ins Maul, zog den Kinnriemen an und schwang sich dann auf ihren bloßen Rücken. Jetzt stieß er ihr die Hacken in die Seiten und dirigierte sie zum Koppeltor. Während sie sprang, schnellte sein Körper hoch und fiel dann schwer auf ihren Nacken zurück, als sie wieder Boden unter den Füßen hatte. Sean riß sich zusammen und galoppierte auf die Straße nach Ladyburg.

Bis zur Stadt waren es fünfzehn Kilometer, und die Kutsche war vor Sean dort. Sie stand vor der Praxis von Dr. van Rooyen. Die Pferde blähten die Nüstern und waren naßgeschwitzt. Sean sprang vom Rücken der Stute, stieg die Stufen zur Praxis hinauf und öffnete leise die Tür. Der süßliche Geruch von Chloroform schlug ihm entgegen. Garrick lag auf dem Tisch, Waite und seine Frau standen daneben. Der Doktor wusch sich die Hände in einem Emaillebecken. Ada Courteney weinte leise vor sich hin. Alle sahen auf Sean, der in der Tür stand.

»Komm her«, sagte Waite Courteney. Seine Stimme war flach

und ausdruckslos. »Komm her und stell dich hier neben mich. Deinem Bruder wird jetzt das Bein abgenommen, und – bei Gott – ich werde dafür sorgen, daß du ihn jede Sekunde der Operation genau beobachtest.«

4

Nachts brachten sie Garrick zurück nach Theunis Kraal. Waite Courteney kutschierte sehr langsam und vorsichtig, und Sean ritt ein gutes Stück hinter ihnen. Er fror in seinem dünnen Khakihemd, und ihm war schlecht von dem, was er gesehen hatte. Sein Oberarm war grün und blau dort, wo sein Vater ihn gehalten und gezwungen hatte zuzusehen. Die Diener hatten Laternen auf die Veranda gebracht. Sie standen im Schatten, bewegungslos und erregt. Als Waite den Körper, der in eine Decke gehüllt war, die Stufen hinauftrug, rief einer leise im Zuludialekt: »Das Bein?«

»Es ist fort«, sagte Waite schroff.

Man hörte alle schwer atmen, und dann fragte die Stimme wieder: »Geht es ihm gut?«

»Er lebt«, sagte Waite und trug Garrick in das Zimmer, das für Gäste und Krankheitsfälle reserviert war. Er stand in der Mitte des Raumes, seinen Sohn auf den Armen, während seine Frau das Bett mit frischen Laken bezog. Dann legte er ihn nieder und deckte ihn zu.

»Können wir noch irgend etwas tun?« fragte Ada.

»Wir können warten.«

Ada griff nach der Hand ihres Mannes und flüsterte: »Lieber Gott, laß ihn leben. Er ist noch so jung.«

»Es ist alles Seans Schuld!« Die Wut stieg plötzlich in Waite hoch. »Garry hätte so etwas nie von allein getan.« Er versuchte, sich von Adas Hand loszureißen.

»Was willst du tun?« fragte sie.

»Ich werde ihn verprügeln. Ich werde ihn grün und blau schlagen!«

»Nein, bitte nein!«

»Was sagst du?«

»Er hat genug. Hast du denn sein Gesicht nicht gesehen?«

Waites Schultern sanken schwer herab, als er sich in den Lehnstuhl neben das Bett setzte. Ada streichelte seine Wange.

»Ich werde hier bei Garry bleiben. Versuche du etwas zu schlafen, mein Lieber.«

»Nein«, sagte Waite. Sie setzte sich auf die Lehne des Stuhles, und Waite umfaßte ihre Hüften. Nach langer Zeit schliefen sie ein, auf dem Stuhl neben dem Bett aneinandergeschmiegt.

5

Die nächsten Tage waren schlimm. Garricks Verstand verließ das Flußbett des normalen Denkens und floß über in das heiße Land des Deliriums. Er drehte ununterbrochen sein fieberheißes Gesicht von einer Seite auf die andere. Er wimmerte und schrie in seinem großen Bett. Der Stumpf seines Beines schwoll furchtbar an, und die Nähte waren so gespannt, daß man glauben konnte, sie würden das geschwollene Fleisch zerreißen. Der Eiter strömte gelb und übelriechend über die Laken.

Ada war die ganze Zeit bei ihm. Sie wischte ihm den Schweiß vom Gesicht, wechselte die Bandagen an seinem Beinstumpf, hielt ihm das Glas beim Trinken und beruhigte ihn, wenn er tobte. Ihre Augen waren fast in den Höhlen verschwunden durch Übermüdung und Angst, aber sie war nicht bereit, Garrick zu verlassen. Waite konnte es nicht ertragen. Er hatte die typisch männliche Furcht vor dem Leiden, und sie schien ihn zu ersticken, wenn er im Zimmer war. Alle halbe Stunde kam er herein, stand neben dem Bett und wandte sich dann ab, um mit seinen rastlosen Wanderungen durch das Haus fortzufahren. Ada konnte seine schweren Schritte in den Korridoren hören.

Sean war auch im Haus. Er saß in der Küche oder in einer Ecke der Veranda. Niemand sprach mit ihm. Nicht einmal die Dienerschaft. Wenn er versuchte, sich in Garricks Zimmer zu stehlen, wurde er von ihnen verjagt. Er war einsam in der hoffnungslosen Einsamkeit der Schuldigen. Denn Garry würde sterben. Er erkannte es an der Ruhe, die über Theunis Kraal lastete. Es gab keinerlei Unterhaltung, nicht einmal das Klappern von Geschirr aus der Küche. Kein tiefes Lachen von seinem Vater, und selbst die Hunde schienen bedrückt zu sein.

Der Tod hing über Theunis Kraal. Sean roch ihn aus den verschmutzten Laken, die von Garricks Zimmer in die Küche gebracht wurden. Es war ein dumpfer Geruch, der Geruch eines Tieres. Manchmal konnte er ihn deutlich wahrnehmen. Selbst im hellen Tageslicht, wenn er auf der Veranda saß, fühlte er, wie etwas neben ihn kroch und sich wie ein Schatten über sein Blickfeld senkte. Bis jetzt hatte er noch keine Form angenommen. Es war eine Dunkelheit, eine Kälte, die sich wie ein Wall um das Haus legte und immer stärker wurde, bis sie stark genug war, seinen Bruder zu holen.

Am dritten Tag stürmte Waite Courteney aus Garricks Zimmer. Er lief durch das Haus auf die Pferdekoppel. »Karlie, wo bist du? Sattle sofort Roiberg. Beeil dich, Mann. Beeil dich, verdammt noch mal! Er stirbt!«

Sean bewegte sich nicht von seinem Platz an der Mauer nahe der hinteren Tür. Sein Arm umschloß den Nacken von Tinker, und der Hund berührte Seans Wange mit seiner kalten Schnauze. Sean beobachtete, wie sein Vater auf den Rücken des Hengstes sprang und davonritt. Die Hufe klapperten laut, als er in Richtung Ladyburg verschwand. Jetzt stand Sean auf und schlich ins Haus. Vor Garricks Tür lauschte er, dann öffnete er sie und trat leise ein. Ada wandte sich nach ihm um. Ihr Gesicht war müde. Sie sah jetzt viel älter aus als fünfunddreißig, aber ihr schwarzes Haar war straff nach hinten gebunden, und ihr Kleid war frisch und sauber. Trotz ihrer Erschöpfung war sie noch immer eine schöne Frau. Sie war von einem Liebreiz umgeben und einer Güte, die selbst Leiden und

Angst nicht zerstören konnten. Sie streckte Sean die Hand entgegen, er trat ein, stellte sich neben ihren Stuhl und sah auf Garrick. Dann wußte er, warum sein Vater zum Arzt geritten war. Der Tod war im Zimmer, stark und eiskalt hockte er über dem Bett. Garrick lag ganz ruhig. Sein Gesicht war gelb, seine Augen geschlossen, die Lippen trocken und rauh.

Einsamkeit und Schuld bäumten sich in Sean auf und trieben Tränen in ihm hoch, die so stark waren, daß sie ihn auf die Knie zwangen und er sein Gesicht in Adas Schoß verbergen und weinen mußte. Er weinte zum letztenmal in seinem Leben. Er weinte, wie nur ein Mann weint.

Waite Courteney kam von Ladyburg mit dem Doktor zurück. Und wieder wurde Sean hinausgeschickt und die Tür verschlossen. Die ganze Nacht hindurch hörte er, wie sie in Garricks Zimmer arbeiteten. Das Murmeln der Stimmen und die Geräusche der Schritte auf dem gelben Holzfußboden. Am Morgen war es vorbei. Das Fieber war gebrochen, und Garrick lebte. Er lebte gerade noch. Seine Augen waren so tief in den Höhlen verschwunden, daß er wie ein Totenkopf aussah. Weder sein Körper noch sein Geist sollten jemals wieder vollkommen genesen. Es ging langsam. Es dauerte eine Woche, bis er stark genug war, wieder selbst Essen zu sich zu nehmen. Sein erster Wunsch war, seinen Bruder zu sprechen. Noch ehe er richtig reden konnte, flüsterte er: »Wo ist Sean?«

Und Sean, noch immer bedrückt, saß stundenlang bei ihm. Wenn Garrick einschlief, floh Sean aus dem Zimmer, holte Angelrute oder Wurfstock und ging mit Tinker auf die Jagd. Es war ein Teil von Seans Buße, daß er es für selbstverständlich hielt, so lange Stunden ans Krankenzimmer gebunden zu sein. Es war, als ob er mit kurzen Stricken wie ein junges Fohlen zusammengebunden war und als ob diese Stricke ihn wundrieben. Niemand würde es je ermessen können, was es für ihn bedeutete, ruhig neben Garricks Bett zu sitzen, während sein Körper vor unverbrauchter Energie brannte und seine Gedanken wild durcheinandertobten.

Dann kam der Zeitpunkt, an dem Sean zur Schule zurückkehren mußte. Er verließ das Haus an einem Montagmorgen, als es draußen noch stockdunkel war.

Garrick hörte die Geräusche der Abfahrt, das Anspannen der Pferde und Adas Stimme, die noch letzte Anweisungen gab: »Ich habe eine Flasche mit Hustensaft unter deine Hemden gepackt. Gib sie dem Fräulein, sobald du ausgepackt hast. Sie wird dafür sorgen, daß du sie beim ersten Anzeichen einer Erkältung nimmst.«

»Ja, Mama.«

»In dem kleinen Koffer sind sechs Unterhemden. Zieh jeden Tag ein frisches an.«

»Unterhemden sind weibische Dinger.«

»Du wirst das tun, was man dir sagt, junger Freund«, ertönte Waites Stimme. »Beeil dich mit deinem Porridge, wir müssen los, wenn du um sieben Uhr in der Stadt sein willst.«

»Kann ich Garry noch auf Wiedersehen sagen?«

»Du hast ihm gestern nacht auf Wiedersehen gesagt. Er schläft noch.« Garrick öffnete den Mund, um zu rufen, aber er wußte, daß seine Stimme noch nicht kräftig genug war. Ruhig lag er da und hörte, wie die Stühle zurückgeschoben wurden und wie sich alle auf die Veranda begaben. Abschiedsgrüße und dann das Mahlen der Räder im Kies, als die Kutsche den Weg zur Straße hinunterrollte. Als Sean mit dem Vater fortgefahren war, war es sehr ruhig geworden.

Von jetzt ab war das Wochenende für Garrick der einzige Lichtblick in dem farblosen Zeitablauf. Er sehnte sich nach ihm, und zwischen dem vergangenen und dem kommenden lag eine Ewigkeit. Für die Jungen und Kranken geht die Zeit nur sehr langsam vorüber. Ada und Waite wußten ziemlich genau, wie es um ihn stand. Der Mittelpunkt des Haushalts wurde in sein Zimmer verlegt. Sie brachten aus der Halle zwei dicke Lederarmsessel, stellten sie neben sein Bett und verbrachten ihre Abende bei ihm. Waite, die Pfeife im Mund und ein Glas Cognac neben sich, arbeitete an dem Holzbein und lachte zum erstenmal wieder herzhaft. Ada hatte ihre Strickerei im Schoß. So versuchten sie beide, ihm nahezukommen. Vielleicht war es gerade diese unbewußte Anstrengung, die sie scheitern ließ – oder ist es unmöglich, sich so weit zurück in die Seele eines kleinen Jungen zu versetzen? Es gibt immer eine gewisse Zurückhaltung, die sich wie eine Mauer zwischen die Erwachsenen und die geheimnisvolle Welt der Jugend schiebt. Garrick lachte mit ihnen, und sie unterhielten sich, aber anders als mit Sean. Tagsüber mußte sich Ada um ihren großen Haushalt kümmern, und Waites Beschäftigung bestand in der Bewirtschaftung von fünfzehntausend Morgen Land und zweitausend Stück Vieh. Das war die einsamste Zeit für Garrick. Hätte es nicht die Bücher gegeben, dann hätte er es kaum ausgehalten. Er las alles, was Ada ihm brachte: Stevenson, Swift, Defoe, Dickens und sogar Shakespeare. Vieles davon verstand er nicht. Aber er las wie ein Süchtiger, der das Opium des gedruckten Wortes in sich aufsaugt in der Hoffnung, es könnte ihm helfen, die Zeit bis zum Freitag zu überbrücken.

Wenn Sean freitags nach Hause kam, war es, als ob ein frischer Wind durchs Haus wehte. Türen wurden zugeworfen, Hunde bellten, Diener schimpften, und Füße rannten treppauf und treppab. Den größten Lärm machte Sean. Aber nicht er allein. Dann waren da noch Seans Freunde, junge Burschen aus der Dorfschule. Genauso bereitwillig akzeptierten sie Seans Autorität; das lag nicht allein an seinen Fäusten, sondern ebenso an seinem offenen Lachen und der Fähigkeit, Begeisterung zu entfachen. In diesem Sommer kamen sie in Schwärmen nach Theunis Kraal. Manchmal saßen sie zu dritt auf einem ungesattelten Pony, wie Spatzen auf dem Zaun. Sie kamen auch wegen der Attraktion von Garricks Beinstumpf. Sean war sehr stolz darauf.

»Hier hat der Doktor es abgesägt.« Und damit zeigte er auf eine Reihe von Stichen, die in dem Rosa der Wundmale zu sehen waren.

»Kann ich das mal anfassen?«

»Nicht zu fest, sonst kann es aufbrechen.« Garrick hatte niemals soviel Aufmerksamkeit in seinem Leben erfahren. Er strahlte und sah die feierlichen, weit aufgerissenen Augen im Kreis.

»Es fühlt sich komisch an. Ein bißchen heiß.«

»Hat es sehr weh getan?«

»Wie hat er den Knochen durchgehauen? Mit einer Axt?«

»Nein.« Sean war der einzige, der technische Fragen dieser Art beantworten konnte. »Mit einer Säge. Wie ein Stück Holz.« Er machte dabei eine erklärende Handbewegung.

Aber selbst dieses faszinierende Thema konnte sie nicht lange stillhalten. Und plötzlich kam Unruhe unter sie.

»Hört mal, Sean, Karl, ich weiß ein neues Laubfroschversteck. Wollt ihr euch das mal ansehen?« Oder: »Geh'n wir doch Frösche fangen.«

Und da machte Garrick sich verzweifelt bemerkbar. »Wenn ihr wollt, könnt ihr euch meine Briefmarkensammlung ansehen. Sie ist da drüben im Schrank.«

»Nein, die haben wir schon letzte Woche gesehen. Hauen wir ab.«

Das war der Moment, in dem Ada, die durch die offene Küchentür zugehört hatte, das Essen brachte. Blätterteig mit Honig übergossen, Schokoladenkuchen mit Pfefferminz-Zuckerguß, Wassermelonen, Konfekt und ein halbes Dutzend anderer Leckereien. Sie wußte genau, daß die Jungen nicht weggehen würden, bevor alles aufgegessen war, und sie wußte auch, daß sich alle den Magen dabei verderben würden. Aber das war immer noch besser, als daß Garrick allein in seinem Bett lag und hören mußte, wie die anderen in die Berge zogen.

So ein Wochenende war kurz und atemlos. Und dann begann wieder eine lange Woche für Garrick. Es dauerte acht Wochen. Acht lange Wochen, ehe Dr. van Rooyen ihm erlaubte, tagsüber draußen auf der Veranda zu sitzen. Und jetzt wurde plötzlich die Aussicht, wieder gesund zu werden, für Garrick zur Realität. Das Bein, das Waite für ihn bastelte, war fast fertig. Er hatte eine Lederstulpe genäht, die über den Stumpf geschoben und dann mit flachen Kupfernägeln an das Holz geheftet werden konnte. Er hatte sehr vorsichtig und sorgfältig gearbeitet, um Leder und Bänder, die das künstliche Bein in der richtigen Position halten sollten, anzufertigen. Inzwischen übte Garrick auf der Veranda. Er hüpfte, einen Arm um Adas Schulter geschlungen, mit zusammengebissenen Zähnen und so konzentriert, daß die Sommersprossen auf seinem Gesicht besonders stark hervortraten, wie an einem heißen Tag. Zweimal täglich massierte Ada den Stumpf mit Spiritus, damit er sich langsam erhärten und den ersten Kontakt mit der Lederhülle ertragen würde.

»Ich wette, daß sich Sean wundern wird, was? Wenn er mich auf einmal wieder laufen sieht.«

»Alle werden sich wundern.« Ada sah auf und lächelte.

»Kann ich es nicht jetzt schon probieren? Dann könnte ich mit ihm am Sonnabend, wenn er kommt, zum Fischen gehen.«

»Garry, du mußt nicht gleich zuviel erwarten. Das wird anfangs gar nicht so einfach sein. Du wirst erst einmal lernen müssen, es zu gebrauchen. Es ist so, wie wenn man reiten lernt. Erinnerst du dich noch, wie oft du heruntergefallen bist, ehe du richtig reiten konntest?«

»Aber kann ich es nicht jetzt schon einmal versuchen?«

Ada griff wieder zur Spiritusflasche, goß ein bißchen in die Hand und rieb den Stumpf ein. »Wir müssen warten, bis uns Dr. van Rooyen sagt, daß es soweit ist. Es wird nicht mehr lange dauern.«

Das stimmte. Nach seinem nächsten Besuch sagte Dr. van Rooyen zu Waite, während sie zur Kutsche gingen: »Sie können es jetzt mit dem Holzbein versuchen. Es wird eine Beschäftigung für ihn sein. Er soll sich aber nicht überanstrengen, und passen Sie auf, daß der Stumpf nicht wundgerieben wird. Wir wollen keine neue Infektion.«

›Holzbein.‹ Waites Gedanken brachten das häßliche Wort wie ein Echo zurück, während der Wagen davonfuhr. ›Holzbein.‹ Er ballte die Fäuste und wollte sich nicht umdrehen, um nicht das erbarmungswürdige, aufgeregte Gesicht zu sehen, das ihn von der Veranda her anstarrte.

6

»Bist du sicher, daß es bequem ist?« Waite kauerte vor Garricks Stuhl nieder und band das Bein fest, während Ada neben ihm stand.

»Ja, ja. Laß mich's jetzt versuchen. Sean wird überrascht sein, was? Vielleicht kann ich am Montag schon mit ihm zurück zur Schule gehen. Meinst du nicht?« Garrick zitterte vor Erregung.

»Wir werden sehen«, brummte Waite zweifelnd. Er stand auf und ging um den Stuhl herum.

»Ada, meine Liebe, nimm den anderen Arm. Jetzt paß auf, Garry. Ich möchte, daß du zuerst das Gefühl dafür bekommst. Wir werden dich jetzt aufrichten, und du kannst dich erst einmal hinstellen und die Balance halten. Hast du mich verstanden?«

Garrick nickte aufgeregt.

»Also los, jetzt geht's hoch.«

Garrick zog das Bein an und die Spitze kratzte über den hölzernen Boden. Sie richteten ihn auf, und er ließ sein Gewicht daraufsinken. »Schaut mich an. Ich stehe. Seht her, ich stehe auf ihm.« Sein Gesicht glühte. »Laßt mich gehen, bitte laßt mich gehen.«

Ada sah auf ihren Mann, und der nickte. Zusammen führten sie Garrick vorwärts. Ein-, zweimal stolperte er, aber sie hielten ihn fest. Bum und bum schlurrte das Holzbein über den Boden. Noch ehe sie das Ende der Veranda erreicht hatten, hatte Garrick gelernt, das Holzbein hochzuheben, wenn es ging. Sie wendeten, und auf dem Rückweg zu seinem Stuhl stolperte er nur noch einmal.

»Das ist fein, Garry. Das ist großartig«, lachte Ada.

»Bald kannst du allein laufen«, grinste Waite erleichtert. Er hatte kaum zu hoffen gewagt, daß es so leicht sein würde, und

Garrick ging sofort auf seine Worte ein. »Jetzt laß mich einmal allein aufstehen.«

»Diesmal noch nicht, Junge. Für das erstemal war es genug.«

»Ach bitte, Papa. Ich will auch nicht versuchen zu laufen, ich will nur stehen, Mama, und ihr könnt ja bereit sein, mich aufzufangen. Bitte, Papa, bitte!«

Waite zögerte, aber Ada redete ihm zu. »Laß ihn, Lieber, es hat ihm so gut getan, und es wird ihm helfen, Zutrauen zu sich zu gewinnen.«

»Also gut, aber versuch nicht, dich zu bewegen«, stimmte Waite zu. »Bist du bereit, Garry? Los!« Sie ließen ihn vorsichtig los. Er schwankte leicht, und ihre Hände hielten ihn wieder.

»Es ist alles in Ordnung. Laßt mich.« Er grinste, und sie ließen ihn wieder los. Einen Augenblick lang stand er gerade und aufrecht da. Und dann sah er zu Boden. Das Grinsen gefror auf seinem Gesicht. Er stand allein auf einem hohen Berg. Sein Magen revoltierte, und er hatte Angst. Schreckliche, grundlose Angst. Er schwankte wild, und sein erster Schrei kam, bevor sie ihn festhalten konnten. »Ich falle, nehmt es ab, nehmt es ab!«

Sie setzten ihn rasch wieder in seinen Sessel.

»Nehmt es ab. Nehmt es ab. Ich falle!« Die schrecklichen Schreie waren vernichtend für Waite, während er die Riemen losband, die das Bein mit dem Stumpf verbanden.

»Es ist ab, Garry. Du bist wieder sicher. Ich halte dich.« Waite nahm ihn hoch, hielt ihn an seine Brust und versuchte, ihm mit der Kraft seiner Arme und der Sicherheit seines ganzen starken Körpers Ruhe zu geben. Aber Garrick strampelte verzweifelt, und seine Schreie hörten nicht auf.

»Bring ihn ins Schlafzimmer«, sagte Ada drängend, und Waite rannte, Garrick gegen seine Brust gedrückt, ins Zimmer.

Zum erstenmal hatte Garrick jetzt seinen Zufluchtsort gefunden. Im gleichen Augenblick, in dem die Angst übermächtig wurde, fühlte er, wie etwas in seinem Kopf sich bewegte, hinter seinen Augen auf und ab flimmerte wie die Flügel einer Motte. Es wurde plötzlich grau vor seinen Augen, als ob er in einer dichten Nebelbank stünde. Und dann wurde der Nebel immer dichter und dichter und löschte Sehen und Hören aus. Es war warm in dem Nebel, warm und sicher. Niemand konnte ihn hier berühren, denn der Nebel umschloß ihn. Er war in Sicherheit.

»Ich glaube, er schläft«, flüsterte Waite seiner Frau zu. Aber Verwirrung lag auf seinem Gesicht, und seine Stimme klang eigenartig. Vorsichtig betrachtete er das Gesicht seines Sohnes und horchte auf den Atem.

»Es geschah so plötzlich. Das ist doch nicht natürlich. Und doch, ich muß sagen, er sieht normal aus.«

»Glaubst du, daß wir den Arzt rufen sollten?« fragte Ada.

»Nein.« Waite schüttelte den Kopf. »Ich werde ihn zudecken und bei ihm bleiben, bis er aufwacht.«

Am frühen Abend wachte er auf, lächelte sie an, als ob überhaupt nichts geschehen wäre. Erholt, vergnügt und fröhlich aß er ausgiebig zu Abend, und niemand sprach über sein Bein. Man konnte fast den Eindruck haben, Garrick hätte alles vergessen.

7

Am folgenden Freitagnachmittag kam Sean nach Hause. Er hatte ein blaues Auge. Kein frisches, die Ränder wurden bereits langsam grün. Außerdem brachte er ein Gelege von Vogeleiern mit, die er Garrick gab. Dann eine rotgefleckte Schlange in einer Pappschachtel, die Ada trotz Seans großer Rettungsansprache sofort zum Sterben verurteilte, und einen Bogen aus M'sengaholz, nach Seans Meinung das beste Holz für Bogen überhaupt.

Seans Ankunft brachte die übliche Unruhe in den Haushalt von Theunis Kraal. Mehr Lärm, mehr Bewegung und mehr Gelächter. Zum Abendessen gab es einen riesigen Rostbraten und in der Schale gebackene Kartoffeln. Das war Seans Lieblingsspeise, und er aß wie eine hungrige Pythonschlange.

»Nimm nicht so viel auf einmal in den Mund!« rief ihm Waite zu – trotzdem war eine gewisse Wärme in seiner Stimme. Es war schwer, bei seinen Söhnen keine Bevorzugung zu zeigen. Sean nahm sich den Tadel nicht sehr zu Herzen.

»Papa – Frikkie, Oberholsters Hündin, hat in dieser Woche sechs Junge bekommen.«

»Nein«, sagte Ada bestimmt.

»Ach Mama, nur eins.«

»Sean, du hast gehört, was deine Mutter gesagt hat.«

Sean goß Soße über das Fleisch, schnitt eine Kartoffel entzwei und schob ein Stück in den Mund. Auf jeden Fall hatte er es ja einmal probieren können.

»Was hast du denn diese Woche gelernt?« fragte Ada. Das war eine böse Frage. Sean hatte genausoviel gelernt, wie notwendig war, um keinen Ärger zu bekommen. Nicht mehr.

»Oh, eine Menge«, sagte er beiläufig. Und dann, um das Thema zu wechseln: »Bist du eigentlich mit Garricks neuem Bein schon fertig geworden, Papa?«

Plötzlich wurde es still. Garricks Gesicht war ausdruckslos, er starrte auf seinen Teller. Sean mampfte die andere Hälfte der Kartoffel und sprach mit vollem Mund.

»Wenn du es fertig hast, dann könnten Garry und ich morgen an die Wasserfälle zum Fischen gehen.«

»Sprich gefälligst nicht mit vollem Mund«, schnauzte Waite ungewöhnlich hart. »Du hast wirklich die Manieren eines Schweines.«

»Entschuldige bitte, Papa«, murmelte Sean. Der Rest des Mahls verging in unbehaglichem Schweigen. Sobald es vorüber war, floh Sean in sein Schlafzimmer. Garry folgte ihm; er hüpfte den Gang entlang und stützte sich zur Balance mit einer Hand an der Mauer.

»Warum wird denn Papa so wütend?« fragte Sean beleidigt, als sie allein waren.

»Ich weiß nicht.« Garrick setzte sich auf das Bett. »Manchmal wird er ohne jeden Grund wütend. Das weißt du doch.«

Sean zog sich das Hemd über den Kopf, zerknüllte es zu einem Ball und warf es in die entlegenste Ecke.

»Ich glaube, es ist besser, wenn du es aufhebst, sonst gibt es Ärger«, warnte ihn Garrick milde. Sean zog sich die Hosen aus und stieß sie mit den Füßen in Richtung des Hemdes. Diese Tat des Trotzes versetzte ihn in bessere Laune. Dann kam er herüber und stand nackt vor Garrick. »Schau«, sagte er stolz. »Haare!«

Garrick sah es sich an; ohne Zweifel, es waren Haare.

»Sind aber noch nicht sehr viele.« Garrick konnte den Neid in seiner Stimme nicht verbergen.

»Ich wette, daß ich mehr als du habe. Wollen wir sie zählen?« forderte ihn Sean heraus.

Aber Garrick wußte, daß er hier auf jeden Fall der Verlierer wäre. Er stand vom Bett auf und hüpfte durch das Zimmer. An der Wand kam er zum Stehen und hob Seans weggeworfene Wäschestücke auf, brachte sie zurück und legte sie in den Korb für schmutzige Wäsche, der neben der Tür stand. Sean beobachtete ihn, und das erinnerte ihn an eine unbeantwortete Frage.

»Hat Papa schon dein Bein fertig, Garry?«

Garrick drehte sich langsam um, schluckte und nickte einmal kurz. Eine schnelle, eckige Bewegung.

»Wie ist es denn? Hast du es schon ausprobiert?«

Garrick überkam wieder die Angst. Er wand sich, als ob er an Flucht dachte. Vor der Tür waren Schritte zu hören. Sean sprang ins Bett, zog sich ein Nachthemd über und lag unter den Laken. Garrick stand noch beim Wäschekorb, als Waite Courteney ins Zimmer kam. »Na los, Garry. Worauf wartest du?«

Garrick beeilte sich, ins Bett zu kommen, und Waite sah zu Sean hinüber. Sean grinste ihn an mit seinem Jungencharme. Waites Gesicht wurde weich, und er grinste zurück. »Es ist schön, daß du wieder zu Hause bist, Junge.« Es war unmöglich, mit Sean lange böse zu sein. Er beugte sich hinunter und griff eine Handvoll von Seans dickem schwarzem Haar. »So, und wenn jetzt die Lampen aus sind, dann will ich hier keinerlei Geräusche mehr hören. Hast du mich verstanden?« Er schüttelte Seans Kopf hin und her, beschämt über die Stärke seiner Gefühle.

8

Am nächsten Morgen ritt Waite Courteney, als die Sonne schon hoch am Himmel stand, zum Haus zurück, um zu frühstücken. Einer der Stallknechte nahm ihm das Pferd ab und führte es auf die Koppel, während Waite vor der Sattelmauer stand und umherschaute. Er besah sich die sauberen weißen Pfähle, die die Koppel einzäunten, den sauberen Hof und sein Haus, das mit schönen Möbeln angefüllt war. Es war ein gutes Gefühl, reich zu sein. Besonders wenn man wußte, was es hieß, arm zu sein. Fünfzehntausend Morgen gutes Grasland und so viel Vieh, wie das Land vertragen konnte, und Gold auf der Bank... Waite lächelte und ging über den Hof.

Er hörte, wie Ada in der Molkerei sang:

Wie reitet der Farmer?
Sitz, sitz so,
Sitz so, sitz so, tralala.
Die Mädchen von Kapstadt sagen:
Küß mich schnell.
Küß mich schnell, tralala.

Sie hatte eine klare, süße Stimme, und Waites Lächeln wurde breiter. Es war ein gutes Gefühl, reich zu sein und zu lieben. An der Tür der Molkerei hielt er an. Wegen der dicken Steinmauern und des dichten Daches war es kühl und dunkel im Raum. Ada stand mit dem Rücken zur Tür, und ihr Körper schwang im Rhythmus des Liedes, während sie die Butter im Faß rührte. Waite beobachtete sie einen Augenblick lang, dann ging er auf sie zu und umfaßte ihre Hüften. Erschrocken drehte sie sich in seinen Armen um, und er küßte sie auf den Mund. »Guten Morgen, schönes Kind.«

Sie schmiegte sich an ihn und sagte: »Guten Morgen, Sir.«

»Was gibt's zum Frühstück?«

»Ach, was für einen romantischen Narren habe ich doch geheiratet«, seufzte sie. »Komm, schauen wir einmal nach.«

Sie nahm die Schürze ab und hängte sie hinter die Tür. Dann brachte sie ihr Haar in Ordnung und streckte ihm die Hand entgegen. Hand in Hand gingen sie über den Hof und in die Küche. Waite schnupperte geräuschvoll.

»Das riecht gut. Wo sind die Jungen?«

Joseph verstand genug Englisch, konnte es aber nicht sprechen. Er sah vom Ofen auf.

»Nkosi, sie sind auf der vorderen Veranda!«

Joseph hatte das typische mondrunde Gesicht der Zulu, und wenn er lächelte, hoben sich große weiße Zahnreihen vom Schwarz seiner Haut ab.

»Sie spielen mit Nkosizana Garrys Holzbein.«

Waites Gesicht rötete sich. »Wie haben sie es gefunden?«

»Nkosizana Sean fragte mich, wo es sei, und ich sagte ihm, daß Sie es in den Wäscheschrank gelegt hätten.«

»Du verdammter Narr!« schrie Waite. Er ließ Adas Hand los und rannte. Im Vorraum angekommen, hörte er Sean schreien und kurz darauf das Geräusch eines schweren Falles auf der Veranda. Er hielt mitten im Lauf inne. Er getraute sich nicht, hinauszugehen und Garricks Elend zu sehen. Außerdem war ihm übel vor Wut über Sean. Dann hörte er Sean lachen. »Komm runter von mir, Mann. Lieg doch nicht so herum.«

Waite ging zum Fenster und sah auf die Veranda hinaus. Sean und Garrick lagen übereinander am Ende der Veranda. Sean lachte noch immer, und auf Garricks Gesicht lag ein seltsames, nervöses Lächeln. Sean raffte sich auf. »Also los, steh auf.«

Er gab Garrick die Hand und stellte ihn wieder auf die Beine. Sie standen da, eng umschlungen, während Garrick vorsichtig auf seinem Holzbein balancierte. »Ich wette, wenn ich müßte, könnte ich mit dem Ding ganz leicht laufen«, sagte Sean.

»Und ich wette, du könntest es nicht! Es ist verdammt schwer.«

Sean ließ ihn los und stand da, die Arme ausgebreitet, bereit, ihn jederzeit aufzufangen. »Also los.«

Sean ging rückwärts, nachdem er sich vor Garrick hingestellt hatte. Und etwas unsicher folgte Garrick, mit den Armen rudernd, um das Gleichgewicht zu halten. Sein Gesicht war äußerst konzentriert. Er erreichte das andere Ende der Veranda und hielt sich jetzt mit beiden Händen am Geländer fest. Diesmal lachte er, zusammen mit Sean. Waite stellte fest, daß Ada neben ihm stand. Er sah sie an und bemerkte, wie ihre Lippen die Worte formten: »Komm weg.« Sie nahm seinen Arm.

9

Gegen Ende Juni 1876 ging Garrick wieder mit Sean zur Schule. Das war etwa vier Monate nach dem Unfall. Waite kutschierte. Die Straße nach Ladybury führte durch offenen Wald, zwei parallele Spuren, zwischen ihnen eine Grasnarbe. Die Halme streiften unten am Wagen. Die Pferde trabten in den Spuren, dicker Sandstaub schluckte den Hufschlag. Auf der ersten Anhöhe verlangsamte Waite die Fahrt, wandte sich um und blickte auf die Farm zurück. Die frühe Morgensonne ließ die weißgewaschenen Mauern von Theunis Kraal orangefarben aufleuchten, und der Rasen, der das Haus umgab, strahlte in herrlichem Grün. Überall sonst war das Gras verdorrt, denn es war früh Winter geworden, und die Blätter der Bäume waren ebenfalls trocken. Die Sonne stand noch nicht hoch genug, um das Weideland mit dem klaren weißen Glanz des Mittags zu überziehen. Die Blätter waren golden, rostfarben und rotbraun. Wie das Rotbraun des Viehs, das zwischen den Bäumen graste. Ganz hinten ragte der Steilhang empor, der wie ein Zebra aussah wegen der Schluchten, in denen grüne und schwarze Büsche wuchsen.

»Schau, da ist ein Wiedehopf, Sean.«

»Ja, den habe ich schon lange gesehen. Es ist ein Männchen.«

Der Vogel flog vor den Pferden her. Schokoladenfarben mit schwarzweißen Flügeln. Sein Kopfputz erinnerte an einen etruskischen Helm.

»Woher weißt du das?« fragte Garrick herausfordernd.

»Wegen des Weiß in seinen Flügeln.«

»Die haben alle Weiß in den Flügeln.«

»O nein, nur die Männchen.«

»Na, jedenfalls alle, die ich bis jetzt gesehen habe, hatten Weiß in den Flügeln«, sagte Garrick zweifelnd.

»Vielleicht hast du nie ein Weibchen gesehen. Die sind äußerst selten. Sie kommen kaum aus ihren Nestern.«

Waite Courteney drehte sich um und lächelte. »Garry hat recht, Sean. Du kannst den Unterschied nicht am Gefieder erkennen. Das Männchen ist ein bißchen größer, das ist alles.«

»Ich hab's dir ja gesagt«, sagte Garrick, gestärkt durch die Unterstützung seines Vaters.

»Du weißt einfach alles«, entgegnete Sean sarkastisch. »Ich nehme an, das hast du alles in deinen Büchern gelesen, was?«

Garrick lächelte selbstzufrieden. »Schau, da ist der Zug.«

Er fuhr den Abhang hinunter, eine große graue Rauchfahne hinter sich. Waite spornte die Pferde wieder zum Traben an. Sie fuhren hinunter zu der Steinbrücke über den Baboon-Strom.

»Ich habe eben einen gelben Fisch gesehen.«

»Das war ein Stock, den habe ich auch gesehen.«

Der Fluß war die Grenze von Waites Land. Sie überquerten die Brücke und fuhren drüben wieder hoch. Vor ihnen lag Ladyburg. Der Zug lief gerade in der Stadt ein. Vorbei an den eingezäunten Plätzen für den Viehhandel. Er pfiff und sandte einen grauen Rauchpilz in die Luft.

Die Stadt lag weit ausgedehnt da; jedes Haus hatte seinen eigenen Garten. Auf den breiten Straßen konnte auch der größte Ochsenkarren bequem wenden. Die Häuser bestanden entweder aus Ziegelsteinen, oder sie waren weiß getüncht. Gedeckt waren sie mit Stroh oder Wellblech, das grün oder dunkelrot gestrichen war.

Der Marktplatz lag im Zentrum, und der Kirchturm war das höchste Gebäude in Ladyburg. Die Schule lag am hinteren Ende der Stadt.

Waite trabte mit seinen Pferden über die Hauptstraße. Zu dieser Zeit waren noch wenig Menschen auf dem Bürgersteig. Sie gingen in typischer Steifheit unter den prächtigen Bäumen dahin, die die Straße säumten. Jeder grüßte Waite. Er schwang seine Peitsche als Gegengruß für die Männer, vor den Frauen zog er den Hut. Aber nie so, daß die Kahlheit seines Kopfes sichtbar wurde. Im Zentrum der Stadt waren die Geschäfte offen, und vor einer Bank stand auf langen dünnen Beinen David Pye. Er war schwarzgekleidet wie ein Bestattungsbeamter.

»Guten Morgen, Waite.«

»Guten Morgen, David!« rief Waite beinah zu herzlich. Es war noch keine sechs Monate her, daß er die letzte Hypothek von Theunis Kraal bezahlt hatte, und die Erinnerung an seine Schulden war noch zu frisch. Er fühlte sich verlegen, etwa wie ein gerade entlassener Sträfling, der den Gefängnisdirektor auf der Straße trifft.

»Können Sie einen Moment bei mir vorbeikommen, wenn Sie Ihre Jungen abgesetzt haben?«

»Sorgen Sie nur dafür, daß der Kaffee fertig ist«, stimmte Waite zu. Es war stadtbekannt, daß David Pye niemals einem Besucher Kaffee anbot. Sie fuhren weiter die Straße hinunter, bogen am hinteren Ende des Kirchplatzes links ab, am Gerichtsgebäude vorbei und dann über die kleine Anhöhe bis zum Schulheim.

Im Hof stand ein halbes Dutzend zwei- und vierrädriger Kutschen. Kleine Jungen und Mädchen schwärmten herum und luden ihr Gepäck aus. Ihre Väter standen in einer Gruppe in der Ecke des Hofes. Männer mit braungebrannten Gesichtern, sorgfältig gebürsteten Bärten und unbequemen Stadtanzügen, die immer noch die Falten des langen Schranklebens zeigten. Diese Männer wohnten zu weit von der Schule entfernt, als daß ihre Kinder hätten täglich hinfahren können. Ihr Land lag am Ufer des Tugela oder auf der anderen Seite des Plateaus auf halbem Weg nach Pietermaritzburg.

Waite hielt den Wagen an, stieg ab und lockerte das Zaumzeug der Pferde. Sean sprang herunter und lief auf die nächste Gruppe von Jungen zu. Waite schritt zu den Männern, deren Reihen sich ihm öffneten. Alle lächelten, und jeder schüttelte ihm die Hand. Garrick saß allein auf dem Vordersitz des Wagens, das Bein steif vor sich hingestreckt und die Schultern hochgezogen, als ob er sich verstecken müßte.

Nach einer Weile sah sich Waite über die Schulter um. Er sah Garrick allein dasitzen und wollte gerade auf ihn zugehen, als er innehielt. Seine Augen suchten in dem Knäuel der kleinen Figuren, bis sie Sean fanden.

»Sean!«

Sean hielt mitten in einer angeregten Unterhaltung inne: »Ja, Papa?«

»Hilf Garry mit seinem Gepäck.«

»Aber Papa, ich unterhalte mich gerade.«

»Sean!« Waite war verärgert, man hörte es an seinem Ton und sah es an seinem Gesicht.

»Schon gut, ich geh' ja schon.« Sean zögerte noch einen Moment, und dann ging er zum Wagen zurück.

»Komm, Garry, gib mir die Koffer runter.«

Garrick erhob sich und kletterte mühsam vom Vordersitz. Dann reichte er die Gepäckstücke Sean, der sie neben dem Rad aufstapelte. Er wandte sich an die Gruppe, die ihm gefolgt war.

»Karl, nimm das da. Dennis, nimm den braunen Koffer. Laß ihn um Himmels willen nicht fallen, Junge, da sind vier Gläser Marmelade drin.«

So gab Sean seine Anweisungen.

»Komm, Garry!«

Sie gingen alle auf das Heim zu, und Garry kletterte vom Wagen und humpelte schnell hinterher.

»Weißt du was, Sean«, sagte Karl laut. »Mein Vater hat mir erlaubt, sein Gewehr zu benutzen.« Sean hielt an und sagte dann hoffnungsvoll, aber ohne Überzeugung: »Das stimmt doch nicht.«

»Doch«, sagte Karl fröhlich. Garrick hatte sie in der Zwischenzeit eingeholt, und sie starrten alle Karl an.

»Wieviel Patronen hast du bekommen?« fragte jemand ehrfurchtsvoll. Beinah hätte Karl »sechs« gesagt, aber er besann sich schnell.

»Oh, eine Menge, soviel ich wollte.«

»Du wirst flintenscheu werden. Mein Vater sagt, wenn man zu früh anfängt, wird man niemals ein guter Schütze.«

»Ich habe noch nie danebengeschossen«, empörte sich Karl.

»Gehen wir«, sagte Sean und ging wieder weiter. Noch nie in seinem Leben war er so eifersüchtig gewesen. Karl lief ihm nach.

»Ich wette, du hast in deinem Leben noch niemals mit einem Gewehr geschossen, Sean. Ich bin überzeugt davon. Stimmt's?« Sean lächelte geheimnisvoll, während er verzweifelt nach einem anderen Gesprächsthema suchte. Aber er sah, daß Karl dieses Thema endlos weiterspinnen würde. Von der Veranda des Heims lief ein Mädchen auf ihn zu.

»Da ist Anna«, sagte Garrick.

Sie hatte lange, dünne braune Beine, und ihre Röcke wehten lustig, während sie lief. Ihr Haar war schwarz, ihr Gesicht klein mit einem spitzen Kinn. »Hallo, Sean.«

Sean grunzte. Sie ging neben ihm her und hüpfte, um mit ihm Schritt zu halten. »War's schön in den Ferien?«

Sean ignorierte sie. Immer kam sie, um mit ihm zu reden, selbst dann, wenn er unter Freunden war und von ihnen beobachtet wurde.

»Ich hab' eine ganze Büchse mit Lebkuchen, Sean. Möchtest du welche?« Einen Augenblick zeigten Seans Augen ein gewisses Interesse, und er wandte ihr den Kopf zu. Schließlich war Mrs. van Essens Gebäck mit Recht im ganzen Distrikt berühmt. Aber dann fing er sich wieder und ging grimmig auf das Heim zu.

»Kann ich in diesem Schuljahr neben dir sitzen, Sean?«

Wütend wandte sich Sean ihr zu. »Nein, das kannst du nicht. Verschwinde endlich, ich habe zu tun.«

Er stieg die Treppe hinauf, Anna blieb unten stehen. Sie sah aus, als ob sie gleich weinen würde. Garrick blieb schüchtern neben ihr stehen.

»Du kannst dich neben mich setzen, wenn du willst«, sagte er sanft. Sie sah ihn an und betrachtete dann sein Bein. Das Weinen verging ihr, und sie fing zu kichern an. Sie war hübsch, sie neigte sich ihm zu.

»Holzbein«, sagte sie und kicherte wieder. Garrick errötete heftig, und plötzlich trat ihm das Wasser in die Augen. Anna hielt sich beide Hände vor den Mund und prustete los, ehe sie sich umwandte, um zu ihren Freundinnen zu laufen, die vor der Mädchenabteilung des Heims standen. Mit hochrotem Kopf folgte Garrick Sean über die Treppe nach oben. Er stützte sich fest auf das Geländer.

Das Fräulein stand am Eingang des Jungenschlafsaals. Ihre Stahlbrille und das eisgraue Haar gaben ihr einen Ausdruck übertriebener Strenge, die aber durch das Lächeln, mit dem sie Sean empfing, gemildert wurde.

»Ah, mein lieber Sean, da bist du ja.«

»Hallo, Fräulein.« Sean schenkte ihr sein allerbestes Lächeln.

»Du bist schon wieder gewachsen.« Das Fräulein maß ihn mit den Augen. »Jedesmal wächst du ein bißchen. Du bist schon jetzt der größte Junge in der Schule.«

Sean betrachtete sie geduldig, jederzeit bereit, sich zu drücken, wenn sie ihn umarmen sollte, falls sie ihre Gefühle nicht mehr zurückhalten könnte. Seans umwerfender Charme, sein gutes Aussehen und seine Arroganz hatten ihr Herz völlig erobert.

»Schnell, du mußt auspacken, die Schule beginnt jeden Augenblick.« Sie widmete nun ihre Aufmerksamkeit den anderen Jungen, und Sean führte erleichtert seine Leute in den Schlafsaal.

»Papa sagt, daß ich nächstes Wochenende sein Gewehr zum Jagen benützen darf und nicht nur auf Zielscheiben schießen muß«, kam Karl auf das Gespräch zurück.

»Dennis, leg Garrys Koffer auf sein Bett.« Sean tat, als ob er nichts gehört hätte.

An den Wänden entlang standen etwa dreißig Betten, neben jedem ein Schrank. Der Raum war sauber und freudlos wie ein Gefängnis – oder eben eine Schule. Am anderen Ende saß eine Gruppe von fünf oder sechs Jungen, die sich unterhielten. Sie sahen kurz auf, als Sean hereinkam, aber es fand keinerlei Begrüßung statt. Sie waren die Opposition.

Sean setzte sich auf sein Bett und probierte, ob es federte. Es war hart wie ein Stück Holz. Garricks Holzbein klapperte den Schlafsaal hinunter, und Ronny Pye, der Führer der Opposition, flüsterte seinen Freunden etwas zu, worauf sie lachten und Garrick beobachteten. Garrick errötete wieder und setzte sich schnell auf sein Bett, um das Holzbein zu verbergen.

»Ich nehme an, daß ich als erstes eine Antilope schießen werde, bevor mir Vater erlaubt, auf einen Buschbock zu gehen«, sagte Karl, und Sean runzelte die Stirn.

»Was für ein Kerl ist denn der neue Lehrer?« fragte er.

»Er sieht aus, als ob er in Ordnung wäre«, antwortete einer der anderen.

»Jimmy und ich haben ihn gestern am Bahnhof gesehen.«

»Er ist dünn und hat einen Schnurrbart.«

»Er lächelt nicht sehr viel.«

»Ich glaube, daß mich Vater in den nächsten Ferien über den Tugela auf die Jagd mitnehmen wird«, sagte Karl angriffslustig.

»Ich hoffe, daß er nicht zu schlimm in bezug auf Buchstabieren und ähnliches ist«, erklärte Sean. »Ich hoffe, er fängt nicht noch mal mit diesem scheußlichen Dezimalsystem an, so wie es der alte ›Eidechsenkopf‹ getan hat.«

Es herrschte Übereinstimmung. Und dann gab Garrick seinen ersten Beitrag. »Dezimalsystem ist doch ganz einfach.«

Für einen Augenblick herrschte Ruhe, während alle ihn ansahen.

»Vielleicht schieße ich sogar einen Löwen«, sagte Karl.

10

Bei den jüngsten Schülern wurden Buben und Mädchen zusammen in einem Klassenzimmer unterrichtet. Zweisitzige Schulbänke, an der Wand ein paar Karten, eine Menge von Multiplikationsbeispielen und ein Bild der Königin Victoria. Von seinem Pult aus blickte Mr. Anthony Clark auf seine neuen Schüler. Es herrschte eine unterdrückte Erwartung. Eines der Mädchen kicherte nervös, und Mr. Clarks Augen versuchten herauszufinden, woher das Geräusch kam, aber bevor er es entdecken konnte, war es schon verstummt.

»Es ist mein großes Unglück und meine bedauerliche Pflicht zu versuchen, euch zu erziehen«, erklärte er. Er machte nicht einmal einen Witz. Schon seit langem war sein Glaube an seinen Beruf einem intensiven Mißfallen an der Jugend gewichen. Jetzt unterrichtete er nur noch um des Geldes willen.

»Es ist eure ebensowenig erfreuliche Pflicht, dies zu ertragen – und zwar mit aller Kraft, derer ihr fähig seid«, fuhr er fort und sah mit Widerwillen in ihre strahlenden Gesichter.

»Was sagt er?« flüsterte Sean, ohne die Lippen zu bewegen.

»Pst«, machte Garrick.

Mr. Clarks Augen schweiften suchend umher und blieben auf Garrick hängen. Er ging langsam den Gang zwischen den Bänken entlang und blieb neben Garrick stehen. Dann nahm er Garricks Schläfenhaare zwischen Daumen und Zeigefinger und zog daran. Garrick jaulte, und Mr. Clark stolzierte zu seinem Pult zurück.

»Wir werden jetzt fortfahren. Die Schüler der ersten Klasse öffnen ihre Abc-Bücher auf Seite eins, die der zweiten Klasse auf Seite fünfzehn...«, und so fuhr er fort, ihnen die Arbeit zuzuteilen.

»Hat es dir weh getan?« flüsterte Sean. Garrick nickte kaum merklich, und von diesem Augenblick an empfand Sean einen intensiven Haß gegen den Mann. Er starrte ihn an.

Mr. Clark war etwas über dreißig Jahre alt, dünn, und sein enganliegender dreiteiliger Anzug unterstrich das noch. Er hatte ein blasses Gesicht, das durch seinen herunterhängenden Schnurrbart noch trauriger wirkte, und eine so aufwärtsgebogene Nase, daß die Nasenlöcher deutlich zu sehen waren. Sie ragten aus seinem Gesicht hervor wie die Läufe von Pistolen.

Er sah von der Liste in seiner Hand auf. Die Nasenlöcher zielten auf Sean. Eine Sekunde lang maßen sich Sean und Clark mit den Blicken.

›Das gibt Ärger‹, dachte Mr. Clark. So etwas konnte er stets auf Anhieb konstatieren. Abstellen, noch ehe die Sache außer Kontrolle geriet.

»Du da, wie heißt du?«

Sean wandte sich langsam ab.

»Steh auf!«

»Wer, ich?«

»Ja, du.«

Sean stand auf.

»Wie heißt du?«

»Courteney.«

»Sir!«

»Courteney, Sir.«

Sie starrten einander an. Mr. Clark wartete darauf, daß Sean die Augen senkte. Aber das tat er nicht.

›Das gibt Ärger, mehr als ich gedacht habe‹, entschied er und sagte laut: »Es ist gut, du kannst dich setzen.«

In diesem Augenblick trat spürbare Erleichterung im Klassenzimmer ein. Sean fühlte den Respekt, den die anderen ihm erwiesen, und er fühlte, daß sie auf ihn und sein Verhalten stolz waren. Jemand berührte seine Schulter. Es war Anna, die hinter ihm saß – näher war sie nicht an ihn herangekommen. Normalerweise hätte ihn diese Vertraulichkeit geärgert. Aber in diesem Augenblick bedeutete sie einen willkommenen Zuwachs an Selbstzufriedenheit.

Die nächste Stunde verlief für Sean ruhig. Er zeichnete ein Gewehr auf die leeren Seiten seines Abc-Buches und radierte es sorgfältig wieder aus. Dann beobachtete er Garrick eine Weile, bis ihn die Konzentration seines Bruders auf die Arbeit irritierte.

»Streber«, flüsterte er, aber Garrick ignorierte ihn.

Sean war gelangweilt. Ruhelos saß er da und sah auf den Nakken von Karl, wo er einen roten Pickel entdeckte. Er nahm sein Lineal hoch, um ihn zu kitzeln. Aber noch ehe er das tun konnte, hatte Karl die Hand erhoben, als ob er sich an der Schulter kratzen wollte, und ihm ein Stück Papier zugeworfen. Sean legte das Lineal wieder hin und brachte unauffällig den Zettel an sich. Er legte ihn in den Schoß und las darauf ein Wort.

Moskitos.

Sean grinste. Seine Imitation eines Moskitos war einer der vielen Gründe gewesen, warum der vorhergehende Lehrer seinen Posten verlassen hatte. Sechs Monate lang hatte der alte ›Eidechsenkopf‹ geglaubt, daß im Klassenzimmer Moskitos wären, und dann hatte er die nächsten sechs Monate genau gewußt, daß es keine gab. Er hatte alle Mittel angewandt, um den Schuldigen herauszufinden, aber zum Schluß war er gegangen. Jedesmal wenn das monotone Summen begonnen hatte, war das Zucken seiner Mundwinkel heftiger geworden.

Jetzt räusperte sich Sean und begann zu summen. Sofort war eine enorme Spannung im Klassenzimmer und unterdrücktes Lachen. Alle Köpfe einschließlich Seans waren über die Bücher gesenkt. Mr. Clarks Hand zögerte beim Schreiben an der Tafel, fuhr aber gleich wieder ruhig fort.

Es war eine sehr gute Nachahmung. Das Summen anhebend und wieder senkend, zauberte Sean den Effekt eines fliegenden Insekts. Nur ein ganz leichtes Zittern seiner Kehle zeigte an, daß er dafür verantwortlich war.

Mr. Clark hörte mit dem Schreiben an der Tafel auf und wandte sich um. Sean beging nicht den Fehler, jetzt aufzuhören, er ließ den Moskito noch ein bißchen fliegen, ehe er sich irgendwo niedersetzte.

Mr. Clark verließ sein Pult, ging an der von Seans Platz aus entlegensten Bankreihe entlang und kontrollierte hier und da die Arbeit der Schüler. Am hinteren Ende des Zimmers angekommen, bog er in Seans Reihe ein. Bei Annas Bank hielt er an.

»Es ist unnötig, das du deine L mit einer solchen Schleife versiehst«, sagte er ihr. »Hier, ich zeige dir, wie man es macht.« Er nahm ihren Bleistift und zeigte es ihr. »So, siehst du, was ich meine? Eine übertriebene Schreibweise ist genauso von Übel, wie wenn man im täglichen Leben übertreibt.«

Er gab ihr den Bleistift zurück und drehte sich auf dem Absatz um. Dann gab er Sean mit der flachen Hand eine saftige Ohrfeige. Seans Kopf flog zur Seite, und der Knall war sehr deutlich zu hören.

»Auf deinem Ohr saß ein Moskito«, sagte Mr. Clark.

11

In den folgenden zwei Jahren durchliefen Sean und Garrick die Verwandlung vom Kind zum Jugendlichen. Es war so, als ob sie von einer starken Strömung erfaßt wurden und mit großer Geschwindigkeit den Fluß des Lebens entlangtrieben.

Es gab Abschnitte des Flusses, in denen er ruhig dahinfloß:

Ada gehörte dazu. Die immer Verstehende, die außerdem die Fähigkeit besaß, ihrem Verständnis Ausdruck zu geben. Ihre Liebe zu ihrem Mann und der Familie, die sie als ihre eigene betrachtete, war unwandelbar.

Waite war ein anderer Abschnitt. Ein wenig grauer im Haar, aber groß und stark wie immer in seinem Lachen und seinem Wohlstand.

Und da waren Teile des Flusses, die brausend dahinströmten:
Garricks Vertrauen in Sean. Je schneller die Monate vergingen, um so mehr brauchte er ihn, denn Sean war sein Schild. Wenn Sean nicht da war, um ihn zu schützen, wenn er sich bedroht fühlte, dann benutzte er seinen letzten Ausweg. Er versank in sich, in die warmen, dunklen Nebel seiner Erinnerung.

Eines Tages gingen sie Pfirsiche stehlen: die Zwillinge, Karl, Dennis und noch zwei andere. Um den Obstgarten von Mr. Pye zog sich eine dicke Hecke, und die Pfirsiche, die auf der anderen Seite wuchsen, waren so dick wie die Faust eines Mannes. Sie waren süß wie Honig. Aber gestohlen schmeckten sie noch besser. Den Obstgarten erreichte man durch eine Anpflanzung von Akazienbäumen.

»Nehmt nie zuviel von einem Baum«, befahl Sean. »Der alte Pye merkt es sonst ganz bestimmt.«

Sie kamen zu der Hecke, und Sean fand das Loch.

»Garry, du bleibst hier und stehst Schmiere für uns. Wenn irgend jemand kommt, pfeifst du.« Garrick versuchte nicht zu zeigen, wie erleichtert er war, denn für solch eine Expedition hatte er keine Nerven mehr.

Sean fuhr fort: »Wir werden dir die Pfirsiche hinausreichen, aber iß keinen, bis wir fertig sind.«

»Aber warum kommt er denn nicht mit uns?« fragte Karl.

»Weil er nicht rennen kann, deshalb. Wenn man ihn schnappt, weiß man genau, wer die übrigen sind. Und dann hat man uns alle.«

Karl gab sich zufrieden. Sean kroch jetzt auf allen vieren durch das Loch in der Hecke, und einer nach dem andern folgte ihm, bis Garrick allein übrigblieb.

Er stand in der Nähe der Hecke und fühlte sich wohl in ihrer Deckung. Die Minuten verstrichen, und Garrick begann nervös zu werden. Es dauerte auch wirklich schrecklich lang.

Plötzlich hörte er Stimmen, jemand kam durch die Anpflanzung auf ihn zu. Panik kroch zu ihm hoch. Er versteckte sich in der

Hecke und hoffte, verborgen zu bleiben. Der Einfall, die anderen zu warnen, kam ihm nicht.

Die Stimmen kamen jetzt näher, und dann erkannte er durch die Bäume Ronny Pye. Bei ihm waren zwei seiner Freunde. Jeder von ihnen trug eine Wurfschleuder, und alle hatten sie die Köpfe im Nacken, während sie die Bäume nach Vögeln absuchten. Eine Zeitlang schien es, als ob sie Garrick in der Hecke nicht bemerkten. Aber dann, als sie schon fast vorüber waren, wandte Ronny den Kopf und sah Garrick. Sie starrten einander an, etwa zehn Schritte voneinander entfernt. Garrick hatte sich in die Hecke gedrückt und Ronnys Ausdruck der Verwunderung wechselte langsam in ein listiges Lächeln über. Er sah sich schnell um, um sicher zu sein, daß Sean nicht da war.

»Seht einmal her, der kleine Humpeldidie«, sagte er, und seine Freunde kamen und standen um ihn herum.

»Was machst du denn hier, Holzbein?«

»Haben die Ratten deine Zunge gefressen, Holzbein?«

»Nein, die Termiten haben sein Bein gefressen!« Sie lachten, um ihn zu verletzen.

»Sprich mit uns, Holzbein.« Ronny Pye hatte Ohren, die wie zwei Propeller abstanden. Er war klein für sein Alter, was ihn bösartig machte, und er hatte rotes Haar.

»Also los, sprich mit uns, Holzbein!«

Garrick befeuchtete die Lippen mit der Zunge, und schon jetzt standen Tränen in seinen Augen.

»Los, Ronny, laß ihn einmal für uns laufen, und zwar so.« Einer der anderen imitierte Garricks Humpeln. Wieder gab es Gelächter, das lauter und bestimmter wurde, während sie ihn einkreisten. »Los, zeig uns, wie du läufst.«

Garrick wandte den Kopf von einer Seite zur anderen, während er nach einem Fluchtweg suchte.

»Dein Bruder ist nicht hier«, krähte Ronny. »Es hat gar keinen Zweck, nach ihm zu suchen, Holzbein.«

Er faßte Garricks Hemd und zog ihn daran aus der Hecke.

»Los, zeig uns, wie du läufst.«

Ohne etwas auszurichten, zerrte Garrick an Ronnys Hemd. »Laß mich los, ich werde es Sean sagen. Ich werde es Sean sagen, wenn du mich nicht losläßt.«

»Gut, ich laß dich los«, willigte Ronny ein und schubste ihn mit beiden Händen nach rückwärts. »Komm nicht her zu mir. Geh!« Garrick stolperte zurück. Einer der anderen wartete schon auf ihn. »Komm nicht hierher, geh dahin.« Und damit knuffte er ihn in den Rücken. Sie formten einen Kreis um ihn und stießen ihn hin und her.

»Geh dahin!«

»Geh dahin!«

Tränen strömten jetzt über sein Gesicht. »Bitte, bitte, laßt das.«

»Bitte, bitte«, äfften sie ihn nach.

Und dann fühlte Garrick, wie das Flackern hinter seinen Augen begann, und er war erleichtert. Ihre Gesichter verwischten sich, und er fühlte kaum noch, wie sie ihn berührten. Er fiel, und sein Gesicht schlug auf dem Boden auf, aber er spürte keinen Schmerz. Zwei der Burschen beugten sich über ihn, um ihn aufzuheben, und Schmutz und Tränen verschmierten seine Wangen.

Sean kam durch die Hecke. Sein Hemd war vorn vollgestopft mit Pfirsichen. Er kroch noch auf allen vieren durch die Hecke, als er bereits merkte, was los war. Und dann schoß er in die Höhe. Ronny hörte ihn. Er ließ Garrick fallen und drehte sich um.

»Du hast Papas Pfirsiche gestohlen!« schrie er. »Ich werde es –«

Seans Faust schlug ihn auf die Nase, und er stürzte zu Boden. Dann wollte sich Sean die anderen beiden vorknöpfen, aber die rannten schon davon. Er lief noch ein paar Schritte hinter ihnen her und kam dann zu Ronny zurück. Aber zu spät. Ronny raste zwischen den Bäumen davon, die Hände vor dem Gesicht, das Hemd mit Blut verschmiert.

»Ist es schlimm, Garry?« Sean kniete neben ihm nieder und bemühte sich, mit einem schmuddeligen Taschentuch den Schmutz aus Garricks Gesicht zu wischen. Dann half er ihm wieder auf die

Beine, und Garrick stand leicht hin und her schwankend mit offenen Augen da. Auf seinem Gesicht lag ein entferntes und leeres Lächeln.

Es gab auch Wegzeichen, die den Lauf des Flusses markierten; einige waren nicht größer als kleine Felsbrocken im seichten Wasser:

Waite Courteney beobachtete Sean am Frühstückstisch in Theunis Kraal. Die mit Ei und Schinken beladene Gabel hielt auf dem Weg zum Mund inne.

»Dreh mal dein Gesicht zum Fenster«, befahl er argwöhnisch. Sean gehorchte. »Was zum Teufel ist denn das da auf deinem Gesicht?«

»Was?« Sean fuhr sich mit der Hand über die Wange.

»Wann hast du das letztemal gebadet?«

»Mach dich doch nicht lächerlich, mein Lieber.« Ada stieß ihn unter dem Tisch mit dem Fuß an. »Das ist kein Schmutz, das ist der erste Bartflaum.«

»Bartflaum ist das?« Waite starrte Sean an und begann zu grinsen. Er öffnete den Mund, um zu reden, und Ada wußte sofort, daß er jetzt einen Witz machen würde, einen seiner lauten Witze, die so typisch für ihn waren und so fein wie ein Elefant im Porzellanladen. Und das war etwas, was Sean in seiner halbgeformten Männlichkeit tief verletzen mußte. Deshalb sagte sie schnell: »Ich glaube, du solltest ihm ein Rasiermesser kaufen, meinst du nicht, Waite?«

Waite hatte den Faden verloren, er nickte und aß das Ei.

»Ich will sie aber nicht wegrasieren«, sagte Sean und wurde rot.

»Wenn du sie erst ein bißchen rasierst, dann wachsen sie hinterher schneller«, entgegnete ihm Ada.

Garrick strich sich in diesem Augenblick nachdenklich mit der Hand über die Wangen.

Einige dieser Wegzeichen waren so groß wie Inseln:

Zu Beginn der Dezemberferien holte Waite sie von der Schule ab. Im Durcheinander des Gepäckaufladens, der Verabschiedung vom Fräulein und von ihren Freunden – einige würden sie jetzt volle sechs Wochen nicht sehen – bemerkten die Zwillinge nicht, daß Waite sich seltsam benahm.

Erst später, als die Pferde mit doppelter Geschwindigkeit nach Hause trabten, fragte Sean: »Warum denn so eilig, Papa?«

»Das werdet ihr schon sehen«, sagte Waite, und Garrick und Sean betrachteten ihn mit plötzlichem Interesse. Es war nur eine beiläufige Frage Seans gewesen, aber Waites Antwort hatte sie in Spannung versetzt. Waite grinste, als ein Bombardement von Fragen auf ihn niederprasselte, aber seine Antworten blieben unbestimmt. Es machte ihm Spaß. Als die Zwillinge in Theunis Kraal ankamen, waren sie halb verrückt vor Neugier. Waite zügelte die Pferde vor dem Haupteingang des Hauses, und einer der Stalljungen kam, um ihm die Leine abzunehmen. Ada wartete auf der Veranda, Sean sprang vom Wagen und rannte zu ihr hinauf. Er küßte sie flüchtig. »Was ist denn los?« fragte er flehend. »Papa will es uns nicht sagen, aber wir wissen genau, daß etwas los ist.« Auch Garrick eilte auf sie zu. »Komm, sag es uns.« Er hielt sich an ihrem Arm fest und zog daran.

»Ich weiß nicht, wovon ihr redet«, lachte Ada. »Ich glaube, ihr fragt besser noch mal euren Vater.«

»Ich weiß zwar nicht, woher sie die Idee haben«, sagte Waite, »aber warum sagen wir ihnen nicht, daß sie in ihr Schlafzimmer gehen sollen und einmal dort nachschauen. Ich finde, daß sie diesmal ausnahmsweise ihre Weihnachtsgeschenke etwas früher haben dürfen.«

Sean schlug Garrick beim Wettlauf durch die Halle und war, bevor sie das Schlafzimmer erreichten, schon weit voraus.

»Warte auf mich!« schrie Garrick verzweifelt. »Bitte, warte auf mich.« Sean blieb in der Tür stehen.

»Großer Gott«, flüsterte er, das waren die stärksten Worte, die er kannte. Garrick kam heran, und gemeinsam starrten sie auf zwei große Lederfutterale, die auf dem Tisch in der Mitte des Zimmers lagen. Lange flache Futterale aus glänzendem Leder, die Ekken mit Metall eingefaßt.

»Gewehre«, sagte Sean. Er ging langsam auf den Tisch zu, als ob er sich anschleichen wollte in der Erwartung, die Futterale könnten jeden Augenblick wieder verschwinden.

»Schau her!« Sean berührte mit einem Finger die goldene Inschrift, die er auf dem Verschluß eines der Futterale sah. »Sogar unsere Namen sind eingraviert.«

Er öffnete den Verschluß und klappte ihn auf. In grünen Flanellstoff eingepackt und nach Gewehröl duftend, leuchtete ein Gedicht aus Stahl und Holz.

»Großer Gott«, sagte Sean noch einmal, und dann sah er über die Schulter auf Garrick. »Willst du denn deins nicht aufmachen?«

Garrick humpelte zum Tisch und versuchte seine Enttäuschung zu verbergen. Er hatte sich so sehr eine Gesamtausgabe von Dikkens' Werken gewünscht.

In dem Fluß gab es auch Strudel:

Während der letzten Woche der Weihnachtsferien lag Garrick mit einer starken Erkältung im Bett. Waite Courteney war zu einer Tagung der Viehzüchtervereinigung nach Pietermaritzburg gefahren, und es gab an diesem Tag auf der Farm sehr wenig zu tun. Nachdem Sean dem kranken Vieh, das auf einer eigenen Koppel graste, die Medizin verabreicht hatte und anschließend einen Inspektionsritt um die Südhälfte des Besitzes gemacht hatte, kehrte er wieder nach Hause zurück und unterhielt sich eine Stunde lang mit den Stallburschen. Er ging zum Haus hinüber. Garry schlief, und Ada butterte in der Molkerei. Er bat Joseph um ein frühes Mittagessen, das er auch bekam, und aß es stehend in der Küche. Während er aß, überlegte er, was er wohl am Nachmittag tun könnte. Er wog die Möglichkeiten sorgfältig ab: sein Gewehr nehmen und versuchen, am Steilhang eine Antilope zu erlegen, oder an die Bäche über den White Falls gehen und Aale angeln. Er war noch unentschieden, als er gegessen hatte, überquerte den Hof und trat in die kühle Molkerei.

Ada lächelte ihn über das Butterfaß hinweg an. »Hallo, Sean. Ich nehme an, daß du dein Essen willst.«

»Danke, Mama, Joseph hat es mir schon gegeben.« Sean sog den Geruch der Molkerei ein. Er mochte die Wärme und den käsigen Geruch frischer Butter, der sich mit dem des Kuhdungs aus den Stallungen vermischte.

»Was willst du denn heute nachmittag machen?«

»Das wollte ich dich gerade fragen. Möchtest du gern Fleisch oder Aale? Ich weiß nicht, ob ich jagen oder fischen gehen soll.«

»Aale wären schön. Wir könnten sie in Aspik einlegen für morgen zum Nachtessen, wenn dein Vater wieder da ist.«

»Ich bring' dir einen ganzen Eimer voll.«

Er sattelte sein Pony, hängte eine Büchse mit Würmern an den Sattel, legte die Angelrute über die Schulter und ritt auf Ladyburg zu. Er überquerte die Brücke über den Baboon-Strom und folgte dann der Straße, die zu den Wasserfällen führte. Als er um die Akazienplantage, die die Farm der van Essens begrenzte, herumritt, wurde er gewahr, daß er bei der Wahl des Weges einen Fehler gemacht hatte. Anna, die ihre Röcke bis zu den Knien hochhielt, rannte plötzlich hinter den Bäumen hervor. Sean versuchte, mit seinem Pony davonzutraben, und sah stur geradeaus.

»Sean! He, Sean!«

Da sie ihm den Weg abschnitt, hatte er keine Chance, an ihr vorbeizukommen, und so hielt er sein Pony an.

»Hallo, Sean.« Sie atmete heftig, und ihr Gesicht war gerötet.

»Hallo«, sagte er mürrisch.

»Wohin reitest du?«

»Dorthin und wieder zurück, um zu sehen, wie weit es ist.«

»Du reitest zum Fischen. Kann ich mitkommen?« Sie lächelte ihn beschwörend an. Ihre Zähne waren klein und weiß.

»Nein, du redest zuviel. Du verscheuchst mir die Fische.« Er bewegte das Pony vorwärts.

»Bitte, ich bin ganz ruhig. Wirklich, ganz bestimmt.« Sie lief neben ihm her.

»Nein!« Er gab dem Pferd das Zaumzeug frei und wandte sich von ihr ab. Er ritt etwa hundert Meter und sah sich dann um. Sie folgte ihm noch immer, und ihr schwarzes Haar wehte hinter ihr her. Er hielt das Pony an, und sie holte ihn wieder ein.

»Ich wußte, daß du anhalten würdest«, sagte sie keuchend.

»Wirst du jetzt nach Hause gehen? Ich mag nicht, daß du mir nachläufst.«

»Ich werde mucksmäuschenstill sein. Wirklich.«

Er wußte, sie würde ihm bis auf die Kuppe des Steilhangs folgen, und gab nach. »Also gut, aber wenn du ein Wort sagst, aber auch nur ein einziges Wort, dann schicke ich dich nach Hause.«

»Ich verspreche es. Hilf mir bitte aufsteigen.«

Er zog sie auf das Pony, und sie schlang im Damensitz beide Arme um seine Hüfte. Sie stiegen den Steilhang empor. Der Weg führte ganz nahe an den White Falls vorbei, und sie spürten den dünnen feuchten Nebel, den die schäumenden Wasser versprühten. Anna hielt ihr Versprechen so lange, bis sie wußte, daß es zu weit war, sie allein zurückzuschicken. Dann begann sie wieder zu plappern. Wenn sie eine Antwort von ihm haben wollte – und er gab ihr selten eine –, dann zwickte sie ihn in die Seite, und Sean grunzte. Angekommen, legte Sean dem Pony eine Kniefessel an und ließ es zwischen den Bäumen stehen. Sattel und Zaumzeug versteckte er in einer Ameisenbärenhöhle. Und dann gingen sie durch das Schilf zum Wasser. Anna lief vor ihm her, und als er zur Sandbank kam, warf sie kleine Steine in den Teich.

»Hör auf damit, du verscheuchst mir ja die Fische!« schrie Sean.

»Oh, das tut mir leid, das hatte ich ganz vergessen.«

Sie setzte sich hin und spielte mit ihren nackten Zehen im Sand. Sean befestigte einen Köder am Haken und warf die Angelschnur in das grüne Wasser. Die Strömung ließ den Schwimmer einen großen Kreis nahe dem anderen Ufer beschreiben, und beide beobachteten es schweigend.

»Es sieht so aus, als ob es hier überhaupt keine Fische gäbe«, sagte Anna.

»Du mußt Geduld haben. Du kannst nicht erwarten, sofort einen zu fangen.«

Anna malte mit den Zehen Figuren in den Sand, und fünf Minuten vergingen in Schweigen. »Sean...«

»Pst!«

Weitere fünf Minuten vergingen.

»Angeln ist wirklich eine blöde Sache.«

»Niemand hat dich gebeten mitzukommen«, raunzte Sean.

»Es ist heiß hier.« Sean antwortete nicht.

Die hohen Schilfbänke versperrten den Weg für jeden Luftzug, und der weiße Sand warf die Nachmittagshitze zurück. Anna stand auf und schlenderte unruhig über den Sand bis dahin, wo das Schilf aufhörte. Sie sammelte eine Handvoll langer lanzenförmiger Blätter und flocht sie ineinander.

»Ich langweile mich«, sagte sie.

»Gut, dann geh nach Hause.«

»Und außerdem ist es mir heiß.«

Sean zog seine Angel ein, untersuchte den Köder und warf sie wieder aus. Anna streckte ihm die Zunge heraus.

»Laß uns etwas schwimmen«, schlug sie vor.

Sean ignorierte sie. Er steckte die Angelrute in den Sand, zog sich den Hut weiter ins Gesicht, so daß er nicht geblendet wurde, legte sich auf die Ellenbogen zurück und streckte die Beine aus. Plötzlich hörte er ihre Schritte auf dem Sand. Und dann wieder Stille. Er begann sich Sorgen zu machen, was sie wohl treibe. Er blickte sich aber nicht nach ihr um, denn das wäre ein Zeichen von Nachgiebigkeit gewesen.

›Mädchen!‹ dachte er bitter.

Dann hörte er hinter sich das Geräusch von rennenden Füßen. Er setzte sich auf und sah sich um. Ihr weißer Körper flog an ihm vorbei und klatschte mit dem Laut einer springenden Forelle ins Wasser. Sean sprang auf.

»He, was machst du denn?«

»Ich schwimme«, lachte Anna, die bis zu den Hüften im grünen Wasser stand. Ihr Haar lag naß auf den Schultern und fiel über ihre Brüste. Sean starrte auf diese Brüste, auf das helle Fleisch und auf Warzen von dunklem Rosa, beinah rot waren sie. Anna ließ sich auf den Rücken fallen und peitschte das Wasser mit den Beinen, daß es aufspritzte.

»Fisch, Fisch, Fisch, Fisch, komm, Fisch, Fisch, Fisch, Fisch«, gurgelte sie.

»He, das darfst du nicht«, sagte Sean etwas unsicher. Sie sollte sich wieder hinstellen. Ihre Brüste verursachten ihm ein beklemmendes Gefühl im Magen. Aber Anna kniete jetzt, und das Wasser reichte ihr bis ans Kinn. Er konnte sie durch das Wasser sehen. Er wollte, daß sie aufstand.

»Es ist herrlich! Warum kommst du nicht herein?« Sie rollte auf den Bauch und tauchte den Kopf unter Wasser. Die Hälfte ihres Hinterteils kam aus dem Wasser, und wieder hatte Sean das angespannte Gefühl im Magen.

»Kommst du nicht rein?« fragte sie und rieb sich das Wasser aus den Augen. Sean war ganz durcheinander. In wenigen Sekunden war sein Gefühl für sie völlig anders geworden. Er wollte gern im Wasser sein bei all diesen geheimnisvollen weißen Hügeln, aber er war zu scheu. »Du hast ja Angst. Los doch. Hast du keinen Mut hereinzukommen?« Sie zog ihn auf. Die Herausforderung traf ihn.

»Ich habe keine Angst.«

»Also los, dann komm doch.«

Er zögerte noch einige Sekunden, dann warf er den Hut auf den Boden und knöpfte sein Hemd auf. Während er sich die Hosen auszog, wandte er ihr den Rücken zu, dann drehte er sich um und sprang in den Teich, dankbar, daß er seine Blöße bedeckte. Sein Kopf tauchte auf, und Anna drückte ihn unter Wasser. Er tauchte und packte ihre Beine, riß sie hoch und warf sie auf den Rücken. Er zog sie langsam zu den seichteren Stellen, wo das Wasser sie nicht mehr bedeckte. Sie schlug mit den Armen, um den Kopf über Wasser zu halten, und stieß glückliche kleine Schreie aus. Seans Fersen stießen an einen Felsen, und er kippte um und mußte sie loslassen. Noch ehe er sich aufrappeln konnte, war sie auf ihn gesprungen und saß auf seinem Rücken. Es wäre ihm ein leichtes gewesen, sie abzuschütteln, aber die Wärme ihres Fleisches auf dem seinen war angenehm. Eine Wärme, die das kühle Wasser durchdrang. Sie rieb ihm Sand ins Haar, Sean wehrte sich nur wenig. Dann schlang sie die Arme um seinen Nacken, und er spürte ihren Körper in seiner ganzen Länge auf seinem Rücken. Die Beklemmung wanderte aus dem Magen langsam nach oben, und er wollte Anna festhalten. Er drehte sich um und griff nach ihr, aber sie entwand sich seinen Händen und tauchte wieder ins Tiefe. Sean verfolgte sie, aber sie blieb außer Reichweite und lachte ihn aus. Endlich standen sie einander gegenüber. Noch immer bis zum Kinn im Wasser. Und Sean wurde langsam wütend. Er wollte sie festhalten. Sie sah, wie sich seine Laune verschlechterte, und watete ans Ufer. Sie ging zu seinen Kleidern und nahm sein Hemd. Damit trocknete sie ihr Gesicht ab. Sie stand nackt und ohne Scham – sie hatte viel zu viele Brüder, um in dieser Beziehung Scham zu kennen. Sean beobachtete, wie ihre Brüste, wenn sie die Arme hochhob, ihre Form veränderten. Er betrachtete die Linien ihres Körpers und sah, wie sich die einstmals dürren Beine verändert hatten, wie ihre Schenkel in einer gewölbten Linie verliefen und wie sie das dunkle, dreieckige Zeichen der fraulichen Reife trug. Sie breitete das Hemd in den Sand aus und setzte sich darauf. Dann sah sie Sean an. »Kommst du nicht heraus?«

Ungeschickt kam er heraus und bedeckte sich mit den Händen. Anna machte ihm Platz auf dem Hemd. »Du kannst dich hinsetzen, wenn du willst.«

Schnell setzte er sich und zog die Knie bis unters Kinn. Er beobachtete Anna aus den Augenwinkeln. Auf ihrer Brust konnte er jetzt eine leichte Gänsehaut erkennen. Sie fühlte, daß er sie betrachtete, und warf die Schultern zurück. Sie freute sich darüber. Sean war durcheinander. Eindeutig lag die Führung jetzt in ihrer Hand. Noch vor kurzem war sie jemand, den man anschnauzen konnte, aber jetzt war es ganz klar, daß sie die Befehle gab und er gehorchte.

»Du hast Haare auf der Brust«, sagte Anna und drehte sich ihm zu. Es waren nur wenige und sehr seidige, aber Sean war doch stolz darauf. Er streckte die Beine aus.

»Das da ist bei dir viel größer als bei Frikkie.« Sean wollte seine Knie anziehen, aber sie legte die Hand auf sein Bein und verhinderte es. »Kann ich dich anfassen?«

Sean versuchte zu sprechen, aber seine Kehle war verschlossen, und er brachte keinen Laut heraus. Anna wartete auch nicht auf seine Antwort.

»O schau, es wird schon ganz fest. Genau wie bei Carribou.« Carribou war der Hengst von Mr. van Essen.

»Ich weiß immer, wenn Papa eine Stute von Carribou decken läßt. Er sagt dann immer, ich soll Tante Lettie besuchen. Ich verstecke mich dann aber auf der Farm. Ich habe einen Platz, von wo aus ich die Koppel sehr gut beobachten kann.«

Annas Hand war weich und ruhelos. Sean konnte an nichts anderes denken.

»Weißt du, daß Menschen es genauso tun wie Pferde?« fragte sie.

Sean nickte. Er hatte dem Biologieunterricht der Herren Daffel und Co. auf den Schullatrinen beigewohnt. Eine Weile lagen sie still. Dann flüsterte Anna.

»Sean, würdest du es mir tun?«

»Ich weiß nicht wie«, krächzte Sean.

»Ich wette, daß die Pferde es beim erstenmal auch nicht wissen. Und wenn ich nachdenke, die Menschen wahrscheinlich auch nicht«, sagte sie. »Wir könnten es ja herausfinden.«

Am frühen Abend ritten sie nach Hause. Anna saß hinter Sean, ihre Arme umklammerten seine Hüften, das Gesicht preßte sie zwischen seine Schultern. Am Ende der Plantage ließ er sie absitzen.

»Wir treffen uns am Montag in der Schule«, sagte sie und wandte sich zum Gehen.

»Anna...«

»Ja?«

»Tut es noch weh?«

»Nein.« Und dann, nach einem Moment des Nachdenkens. »Es ist ein schönes Gefühl.« Sie wandte sich ab und verschwand zwischen den Akazienbäumen.

Sean ritt langsam nach Hause. Er empfand eine innere Leere. Es war ein trauriges Gefühl, und es verwirrte ihn.

»Wo sind denn die Fische?« fragte Ada.

»Sie bissen heute nicht.«

»Nicht mal ein einziger?«

Sean schüttelte den Kopf und ging in die Küche.

»Sean.«

»Ja, Mama.«

»Ist irgend etwas nicht in Ordnung?«

»Nein.« Eine schnelle Verneinung. »Nein, es geht mir gut.« Er trat auf den Gang hinaus.

Garrick saß aufrecht im Bett. Die Haut um seine Nasenflügel war entzündet und aufgerissen. Er senkte das Buch, in dem er las, und lächelte, als Sean ins Zimmer kam. Sean ging zu seinem eigenen Bett und setzte sich auf die Kante.

»Wo bist du gewesen?« Garricks Stimme war belegt von der Erkältung.

»Oben an den Bächen bei den Wasserfällen.«

»Hast du gefischt?«

Sean antwortete nicht. Er beugte sich vor und stützte die Ellenbogen auf die Knie. »Ich habe Anna getroffen. Sie hat mich begleitet.«

Garricks Interesse wurde lebhafter, als der Name gefallen war, und er beobachtete Seans Gesicht. Sean sah noch immer sehr verwundert aus.

»Garry«, er zögerte, aber er mußte darüber reden, »Garry, ich habe es mit Anna gemacht.«

Garrick zog mit einem kleinen Zischen den Atem ein. Er wurde sehr blaß, und nur seine Nase sah rot und wund aus.

»Ich meine«, Sean sprach langsam, als ob er sich selbst etwas erklären wollte, »ich meine, ich habe es richtig mit ihr gemacht, so wie wir darüber geredet haben. Genauso wie...« Er machte eine hilflose Geste mit der Hand, als ob er nicht in der Lage wäre, die richtigen Worte zu finden. Dann legte er sich aufs Bett zurück.

»Hat sie dich denn gelassen?« Garricks Stimme war fast ein Flüstern.

»Sie hat mich darum gebeten«, sagte Sean. »Es war glitschig, so ein bißchen warm und glitschig.«

Und dann später, lange nachdem die Lampe gelöscht war und sie beide im Bett lagen, hörte Sean Garricks leise Bewegungen in der Dunkelheit. Er lauschte eine Weile, bis er ganz sicher war.

»Garry!«

»Ich habe es nicht getan, ich habe es nicht getan.«

»Du weißt genau, was Papa uns gesagt hat. Deine Zähne werden ausfallen, und du wirst verrückt werden.«

»Ich habe nichts getan, ich habe nichts getan.« Garricks Stimme erstickte beinah unter seinen Tränen.

»Ich habe dich gehört«, sagte Sean.

»Ich habe nur mein Bein gekratzt. Wirklich, wirklich nichts anderes.«

Und am Ende floß der Fluß über einen letzten Wasserfall, und dieser führte sie geradewegs in die Welt der Männer:

Mr. Clark war nicht in der Lage gewesen, Sean zu brechen. Statt dessen hatte er einen bitteren Wettkampf provoziert. Er wußte, daß er langsam groß war wie er. Der Wettkampf dauerte schon zwei Jahre. Jeder hatte die Schwächen des anderen herausgefunden und wußte, wie er sie ausnutzen konnte.

Mr. Clark konnte zum Beispiel das Schnüffeln und Hochziehen einer Schülernase nicht ertragen. Vielleicht faßte er es im Unterbewußtsein als eine Verspottung seiner eigenen deformierten Nase auf. Sean hatte ein ganzes Repertoire, vom kaum wahrnehmbaren Schnuppern des Kenners, der die Blume eines Cognacs einatmet, bis zum ordinären Beinah-Aufstoßen tief hinten in der Kehle.

»Es tut mir leid, Sir, ich kann nichts dafür, ich bin etwas erkältet.«

Aber dann, um wieder gleichzuziehen, hatte Mr. Clark festgestellt, daß er Sean durch Garrick treffen konnte. Wenn man Garrick nur ein klein wenig weh tat, dann kam es einem Riesenschmerz für Sean gleich.

Es war eine schwere Woche für Mr. Clark gewesen. Seine Leber, geschwächt von schweren und andauernden Malariaanfällen, hatte ihm Kummer bereitet. Bereits seit drei Tagen litt er unter heftigen Kopfschmerzen. Außerdem hatte er Ärger mit der Stadtverwaltung wegen der Bedingungen, unter denen sein Vertrag erneuert werden sollte. Sean war schon seit zwei Tagen in erstklassiger Form, und Mr. Clark hatte ausgehalten, was er ertragen konnte.

Er kam ins Klassenzimmer und nahm seinen Platz am Pult ein. Er ließ die Augen langsam über die Schüler gleiten, bis sie auf Sean haften blieben.

›Laß ihn nur anfangen‹, dachte Mr. Clark. ›Laß ihn heute nur anfangen, und ich bringe ihn um.‹

Die Sitzordnung war innerhalb der letzten zwei Jahre geändert worden. Sean und Garrick saßen nicht mehr nebeneinander. Garrick saß ganz vorn, wo Mr. Clark ihn schnell erreichen konnte. Sean saß fast ganz hinten.

»In der Englischstunde«, sagte Mr. Clark, »schlagen die Schüler der ersten Klasse die Seite fünf auf, die der Klasse zwei schlagen Seite...«

Garrick schnüffelte feucht. Wieder einmal Heuschnupfen.

Mr. Clark schloß sein Buch mit einem Griff.

»Verdammt noch mal«, sagte er leise und dann, während seine Stimme sich steigerte, »verdammt noch mal!« Jetzt war er von Wut geschüttelt, und die Ränder seiner Nasenlöcher waren weiß und aufgerissen.

Er kam von seinem Pult zu Garricks Bank. »Verdammt noch mal! Verdammt noch mal! Du gräßlicher kleiner Krüppel!« schrie er und schlug Garrick mit der offenen Hand ins Gesicht. Garrick hielt sich beide Hände vor die Wange und starrte ihn an.

»Du schmutziges kleines Schwein!« schrie ihn Clark an. »Jetzt fängst du auch damit an!«

Er packte Garricks Haar und zog seinen Kopf herunter, bis die Stirn auf der Bank lag. »Ich werde dich lehren, bei Gott, ich werde dich lehren.«

»Ich zeig' es dir.« Bum.

»Ich lehre es dich.« Bum.

Dann war Sean bei ihnen. Er riß Mr. Clarks Arm nach hinten. »Lassen Sie ihn los, er hat nichts getan!«

Mr. Clark sah Seans Gesicht vor sich. Er war in diesem Augenblick nicht mehr zurechnungsfähig. Dieses Gesicht hatte ihn zwei Jahre lang bedrückt. Er ballte die Faust und schlug zu.

Sean stolperte einige Schritte zurück. Durch den Schlag begannen seine Augen zu tränen. Einen Augenblick lang lag er über einer Bank und beobachtete Clark. Und dann keuchte er.

Das Geräusch ließ Clark erwachen. Er wich zurück, aber nur zwei Schritte. Dann fiel Sean über ihn her. Er schlug mit beiden Händen zu und keuchte bei jedem Hieb. Er trieb ihn gegen die Tafel. Clark versuchte sich loszureißen, aber Sean packte ihn beim Kragen und zog ihn zurück. Der Kragen war halb abgerissen, Sean schlug wieder zu. Langsam glitt Clark an der Wand herunter, bis er dagegen gelehnt saß, während Sean keuchend über ihm stand.

»Raus!« schrie Clark. Seine Zähne waren durch das Blut im Mund rosa geworden, und etwas davon tröpfelte über seine Lippen. Der Kragen stand in einem verrückten Winkel hinter den Ohren hoch. Im ganzen Zimmer gab es keinen Laut außer Seans schwerem Atem. »Raus!« schrie Clark noch einmal. Und allmählich verließ Sean die Wut, er zitterte nur noch leicht. Dann ging er zur Tür.

»Du auch«, würgte Clark heraus und zeigte auf Garrick. »Raus mit euch, und kommt nicht zurück!«

»Komm, Garry«, sagte Sean.

Garrick stand von der Bank auf und humpelte zu Sean, und gemeinsam gingen sie auf den Schulhof.

»Was sollen wir jetzt tun?« Auf der Stirn hatte er eine große, rote Beule.

»Ich glaube, wir gehen besser nach Hause.«

»Was ist mit unseren Sachen?« fragte Garrick.

»Wir können sowieso nicht alles auf einmal schleppen. Wir lassen sie später abholen. Gehen wir.« Sie gingen zusammen durch die Stadt zur Straße, die zur Farm führte. Sie hatten fast die Brücke über den Baboon-Strom erreicht, ehe sie wieder sprachen. »Was glaubst du, was Papa machen wird?« fragte Garrick. Er hatte damit das Problem in Worte gefaßt, das sie beide beschäftigte, seit sie das Schulhaus verlassen hatten.

Waite stand vor dem Kamin. Der Bart staubig, und seine Stirn sah aus wie ein Stück gepflügtes Land, so ärgerlich schaute er drein.

»Herein«, brummte er, als Sean anklopfte, und schlug mit der Reitpeitsche ans Bein. Der Staub flog von seinen Breeches.

»Komm her«, sagte er zu Garrick und ergriff eine Handvoll seines Haares. Er drehte Garricks Kopf so, daß er die Beule an seiner Stirn sehen konnte. »Hm«, sagte er und ließ Garrick los. Dann warf er die Reitpeitsche auf den Schreibtisch.

»Komm her«, sagte er zu Sean. »Streck deine Hände aus. Nein, die Handflächen nach unten.«

Die Haut auf beiden Handrücken war aufgeplatzt und ein Knöchel war geschwollen.

»Hm«, sagte er wieder. Dann ging er zum Regal neben dem Kamin, nahm sich eine Pfeife und stopfte sie aus dem Steintopf, in dem er den Tabak aufbewahrte.

»Ihr seid ein paar verfluchte Idioten«, sagte er. »Aber ich will es mit euch riskieren. Ich gebe euch fünf Shilling die Woche und alles frei. Geht jetzt essen... heut nachmittag haben wir zu arbeiten.«

Einen Augenblick lang starrten sie ihn völlig ungläubig an. Dann gingen sie zur Tür.

»Sean.« Sean wartete, er wußte, daß es unmöglich wahr sein konnte. »Wo hast du ihn eigentlich hingeschlagen?«

»Überall hin, Papa. Überall, wo ich ihn nur treffen konnte.«

»Schlecht«, sagte Waite. »Du mußt ihn seitlich an der Schläfe treffen und hier«, und dabei zeigte er mit dem Pfeifenstiel auf die Kinnspitze. »Und außerdem halte die Faust geschlossen, sonst wirst du dir jeden Finger einzeln brechen, noch ehe du erwachsen bist.«

»Ja, Papa.«

Die Tür schloß sich hinter ihm, und Waite gestattete sich ein Grinsen.

»Sie haben sowieso genug aus ihren Büchern gelernt«, sagte er laut und steckte sich eine Pfeife an. Als sie gleichmäßig brannte, paffte er genüßlich vor sich hin. »Bei Gott, hätte ich es doch sehen können! Dieser kleine Federkratzer wird es sich in Zukunft überlegen, ob er sich mit meinem Jungen anlegt.«

12

Jetzt hatte Sean endlich seine Bahn gefunden. Er war dazu geboren zu rennen, und Waite Courteney hatte ihn aus dem Stall herausgeführt, in dem er sich gelangweilt hatte, und die Zügel locker gelassen. Sean begann zu rennen, erst unsicher im Kreis, unsicher auch auf der Strecke, aber er rannte mit Freuden und mit aller Kraft.

Noch vor Sonnenaufgang stand er mit seinem Vater und Garrick in der Küche und trank seinen Kaffee. Sean fühlte eine gewisse Erregung beim Anbruch jedes neuen Tages.

»Sean, nimm Zama und N'duti und sieh zu, daß im Dickicht am Fluß kein Vieh mehr herumstreunt.«

»Ich werde nur einen Herdenjungen mitnehmen, Papa, du wirst N'duti bei der Viehtränke brauchen.«

»Also gut, versuche uns noch vor Mittag an der Tränke zu treffen, wir müssen tausend Stück Vieh durchtreiben.«

Sean trank den Rest seines Kaffees, knöpfte sich die Jacke zu und sagte: »Dann muß ich aber los.«

Ein Stallbursche hielt sein Pferd an der Küchentür bereit. Sean steckte das Gewehr in den Gewehrschuh und stieg auf, ohne seine Füße in die Steigbügel zu setzen. Er hob die Hand, grinste zu Waite hinüber, wendete das Pferd und ritt über den Hof. Morgens war es noch dunkel und kalt. Waite beobachtete ihn von der Tür aus.

›Er ist verdammt selbstsicher‹, dachte Waite. Aber er war stolz auf ihn.

»Und was soll ich tun, Papa?« fragte Garrick neben ihm.

»Ja, da sind also diese Färsen auf der Krankenkoppel... Nein, reite lieber mit mir, Garry.«

Sean arbeitete am frühen Morgen, während die Sonnenstrahlen noch wie in einer Bühnendekoration gefärbt waren, fröhlich und golden, und die Schatten lang und schwarz. Er arbeitete in der Mittagssonne und schwitzte in der Hitze, im Regen und im Dunst, der sich grau und feucht vom Plateau heruntersenkte. Er arbeitete im kurzen afrikanischen Zwielicht und kam erst, als es dunkel war, nach Hause. Und jede Minute bereitete ihm Freude.

Er lernte das Vieh kennen. Nicht beim Namen – denn nur die Leitochsen hatten Namen –, aber entsprechend seiner Größe, Farbe und Markierung, so daß er, wenn er mit dem Auge eine der Herden überflog, genau wußte, welche Tiere fehlten.

»Zama! Die alte Kuh mit dem verbogenen Horn, wo ist sie?«

»Gestern habe ich sie auf die Krankenkoppel gebracht, Nkosi, sie hat den Wurm im Auge.«

Er lernte die Krankheiten der Tiere erkennen, fast ehe sie ausbrachen. Die Art, wie ein Tier sich bewegte oder seinen Kopf hielt. Er lernte die Behandlung der Krankheiten: Schraubenwurm – Petroleum wird in die Wunde gegossen, bis die Larven wie Reiskörner herausfallen. Augenentzündung – das entzündete Auge wird mit Permanganat ausgewaschen. Milzbrand und die Seuche – eine Kugel, und der Kadaver wird sofort verbrannt.

Er assistierte zum erstenmal bei der Geburt eines Kalbes zwischen Akazienbäumen am Ufer des Tugela. Er tat es allein mit hochgekrempelten Ärmeln und dem seifigen schleimigen Etwas an den Händen. Danach, während die Mutter es ableckte und es bei jedem Zungenschlag vor sich hinstolperte, fühlte Sean eine würgende Erregung in der Kehle. Und das alles genügte nicht, seine Energie auszulasten. Er spielte, während er arbeitete.

Er vervollkommnete seine Reitkünste, er schwang sich aus dem Sattel und lief neben dem Pferd her, sprang wieder auf und glitt auf der anderen Seite zu Boden und sprang auf den Rücken des Pferdes, die Füße fanden die Steigbügel, ohne danach zu suchen.

Er vervollkommnete sich als Schütze, bis er einen laufenden Schakal auf hundertfünfzig Schritt treffen konnte, wobei der foxterriergroße Körper von der schweren Kugel in zwei Teile gerissen wurde.

Außerdem hatte er eine Menge von Garricks Arbeit zu übernehmen. »Es geht mir nicht sehr gut, Sean.«

»Was ist denn los?«

»Mein Bein tut weh; wenn ich zuviel reite, reibe ich es mir immer wund.«

»Warum gehst du denn nicht nach Hause?«

»Papa hat gesagt, daß ich den Zaun um die Viehtränke Nummer drei in Ordnung bringen soll.« Garrick beugte sich im Sattel vor, rieb sich das Bein und lächelte tapfer.

»Aber das hast du doch schon vergangene Woche gemacht«, sagte Sean.

»Stimmt, aber irgendwie haben sich die Drähte wieder gelöst.«

Bei allen Reparaturen, die Garrick ausführte, war stets eine seltsame Unzuverlässigkeit zu spüren.

»Hast du die Drahtschere?« Garrick holte sie ganz schnell aus seiner Satteltasche hervor. »Ich mach' das schon«, sagte Sean.

»Mensch, Junge, hab vielen Dank.« Und dann, nach einer Sekunde des Zögerns: »Du wirst doch Papa nichts sagen?«

»Nein. Du kannst ja nichts dafür, wenn dein Bein weh tut.« Und Garrick ritt nach Hause, schlich sich in sein Zimmer und floh zusammen mit Jim Hawkins in das geheimnisvolle Land der Schatzinsel.

13

Seit drei Jahren war Waite Courteney regelmäßig zum Vorsitzenden der Viehzüchtervereinigung vorgeschlagen worden, und jedesmal hatte er abgelehnt. Er war menschlich genug, sich das Prestige, das mit dem Posten verbunden war, durchaus zu wünschen. Aber er war auch realistisch genug, um zu wissen, daß seine Farm unter seiner häufigen Abwesenheit leiden würde. Als die jährliche Wahlkommission wieder eintraf, hatten Sean und Garrick bereits zwei Jahre auf der Farm gearbeitet.

Am Abend, bevor Waite nach Pietermaritzburg fuhr, sagte er zu Ada: »Ich habe in der vergangenen Woche einen Brief von Bernard bekommen.« Er stand vor dem Spiegel im Schlafzimmer und stutzte seinen Bart. »Sie bestehen darauf, daß ich dieses Jahr den Vorsitz übernehme.«

»Das ist sehr klug von ihnen«, sagte Ada. »Wenn du annimmst, haben sie den besten Mann, den es gibt.«

Während sich Waite mit großer Konzentration seine Koteletten zurechtschnitt, wurde er nachdenklich. Sie glaubte so unerschütterlich an ihn, daß auch er nur selten an sich zweifelte. Während er sich im Spiegel betrachtete, überlegte er, wieviel von seinem Erfolg er eigentlich Ada zu danken hatte.

»Du bist der Richtige, Waite.« Das war keine Frage oder Herausforderung, sondern eine ganz ruhige Feststellung. Wenn sie so etwas sagte, dann glaubte er es.

Er legte die Schere auf die Kommode und wandte sich zu ihr um. Sie saß mit untergeschlagenen Beinen auf dem Bett in einem weißen Nachthemd. »Ich glaube, daß Sean sich hier um alles kümmern wird«, sagte sie und fügte schnell hinzu: »Und selbstverständlich auch Garry.«

»Sean lernt schnell«, stimmte Waite zu.

»Wirst du den Posten annehmen?«

Waite zögerte. »Ja.« Er nickte, und Ada lächelte.

»Komm her.« Sie streckte die Arme nach ihm aus.

Sean fuhr Waite und Ada zum Bahnhof nach Ladyburg. In der letzten Minute hatte Waite darauf bestanden, von ihr begleitet zu werden, denn er wollte alles mit ihr teilen.

Sean hatte des Gepäck im Abteil verstaut und wartete, während sie mit einer kleinen Gruppe von Viehfarmern sprachen, die ebenfalls zur Tagung fuhren. Die Lokomotive pfiff, und die Reisenden gingen in ihre Abteile. Ada küßte Sean und stieg ein. Waite wartete noch eine Sekunde auf dem Bahnsteig.

»Sean, wenn du irgendwelche Hilfe brauchst, dann geh hinüber zu Mr. Erasmus zum Lion Kop. Ich bin am Donnerstag wieder zurück.«

»Ich werde keine Hilfe brauchen, Papa.«

Waites Mund wurde hart. »Dann mußt du wohl Gott sein, denn er ist der einzige, der niemals Hilfe braucht«, sagte Waite streng. »Sei kein Idiot. Wenn du irgendwelchen Ärger hast, frag Erasmus.«

Er stieg zu Ada. Der Zug fuhr an und entschwand in Richtung Steilhang. Sean beobachtete, wie er immer kleiner wurde, und dann ging er zur Kutsche zurück. Er war jetzt Herr von Theunis Kraal, und das gefiel ihm. Die kleine Ansammlung von Leuten auf dem Bahnsteig löste sich auf, und auf einmal sah er Anna.

»Hallo, Sean.« Sie trug ein grünes Wollkleid, das vom vielen Waschen leicht verblichen war, und ihre Füße waren nackt. Sie lächelte ihn mit ihren kleinen weißen Zähnen an und beobachtete sein Gesicht.

»Hallo, Anna.«

»Fährst du denn nicht nach Pietermaritzburg?«

»Nein, ich muß mich um die Farm kümmern.«

»Oh!«

Sie warteten schweigend und gehemmt, weil so viele andere Menschen dabei waren. Sean hustete und kratzte sich an der Nase.

»Anna, komm, wir müssen nach Hause.« Einer ihrer Brüder rief sie vom Billettschalter her, und Anna beugte sich zu Sean.

»Werde ich dich am Sonntag sehen?« flüsterte sie.

»Ich komme, wenn ich kann. Aber ich weiß es nicht. Ich muß mich um die Farm kümmern.«

»Bitte, versuch zu kommen, Sean.« Ihr Gesicht war ernst. »Ich werde auf dich warten. Ich nehme etwas zum Essen mit und warte den ganzen Tag. Bitte, komm, auch wenn es nur für eine ganz kurze Zeit sein kann.«

»Also gut, ich werde kommen.«

»Ehrenwort?«

»Ehrenwort.«

Sie lächelte erleichtert. »Ich werde am Pfad über den Wasserfällen auf dich warten.«

Am Sonntag ritt Sean den Steilhang empor, trieb dabei sein Pferd diagonal hinauf und saß oben ab, um es verschnaufen zu lassen. Heute konnte er den Lauf des Tugela-Flusses über das Weideland hin genau verfolgen. Er sah aus wie ein dunkelgrüner Gürtel. Sean konnte die Dächer der Häuser in Ladyburg zählen und den Kirchturm erkennen, dessen Kupferverkleidung im Sonnenlicht wie ein Feuerstrahl glänzte. Sean stieg wieder auf und ritt am Plateau entlang, bis er den Baboon-Strom oberhalb der Wasserfälle erreichte. Er ritt am Strom zurück und überquerte ihn an einer flachen Stelle.

Dabei zog er die Füße hoch, damit die Schuhe trocken blieben. In der Nähe der Wasserfälle nahm er dem Pferd das Sattelzeug ab und legte ihm eine Kniefessel an. Dann ging er den Weg hinunter, bis er über das Plateau den dichten Wald erreichte, der die Wasserfälle umgab. Es war kühl und feucht, Moos wuchs an den Bäumen, denn das große Dach der Blätter ließ die Sonne nicht durchdringen. Im Dickicht hockte ein Flaschenvogel.

»Gluck, gluck, gluck«, machte er, wie Wasser, das aus einer Flasche fließt. Aber sein Ruf wurde fast vom Donner der Wasserfälle übertönt.

Sean breitete sein Taschentuch auf einen Felsen neben dem Pfad, setzte sich darauf und wartete. Schon nach fünf Minuten wurde er ungeduldig. Nach einer halben Stunde meuterte er vor sich hin.

»Ich zähl' jetzt noch bis fünfhundert... Wenn sie bis dahin nicht da ist, werde ich nicht länger warten.«

Er begann zu zählen, und als er die sich selbst gegebene Zahl erreicht hatte, hörte er auf und sah aufmerksam den Weg hinunter. Noch immer war von Anna nichts zu sehen.

»Schließlich werde ich hier nicht den ganzen Tag herumsitzen«, stellte er fest, machte aber keinerlei Anstalten aufzustehen. Eine dicke, gelbe Raupe kam in sein Blickfeld. Sie kroch über einen Baumstumpf, ein Stückchen hangabwärts. Er nahm einen Stein und warf nach ihr. Etwa drei Zentimeter neben der Raupe sprang der Stein vom Baum ab.

»Ganz gut«, sagte Sean und bückte sich nach einem neuen Stein. Nach einer Weile hatte er sämtliche Steine, die vor seinen Füßen lagen, verbraucht, und noch immer kroch die Raupe gemächlich auf dem Baumstumpf. Sean war gezwungen, aufzustehen und sich weitere Steine in der Umgebung zu suchen. Er kam mit vollen Händen zurück, setzte sich wieder auf den Felsen und legte die Steine in einem kleinen Haufen zwischen die Füße. Er konzentrierte sich jetzt auf jeden Wurf, und schon sein dritter Stein traf die Raupe genau in der Mitte, so daß eine kleine grüne Fontäne aufspritzte. Sean war enttäuscht. Er sah sich nach einem neuen Ziel um und sah statt dessen Anna neben sich stehen.

»Hallo, Sean.« Sie trug ein rosa Kleid. Ihre Schuhe hatte sie in der einen, einen kleinen Korb in der anderen Hand. »Ich habe uns was zum Essen mitgebracht.«

»Warum hat es denn so lange gedauert?« Sean stand auf und wischte sich die Hände ab. »Ich dachte schon, du würdest nicht kommen.«

»Es tut mir leid, aber alles ging schief.«

Einen Moment entstand eine etwas hilflose Pause, und dann errötete Anna, als Sean sie ansah. Schnell wandte sie sich um und ging den Weg hinauf. »Komm, ich renn' mit dir bis zur Kuppe um die Wette.«

Sie rannte sehr schnell, barfuß, die Röcke bis zu den Knien hochhaltend, und war in der Sonne, ehe Sean sie einholte. Er nahm sie von hinten in die Arme, und sie fielen zusammen ins Gras neben dem Pfad. So lagen sie, einer den anderen festhaltend, lachend und schnaufend beieinander. »Der Gottesdienst wollte und wollte nicht enden. Ich dachte, er würde überhaupt nicht aufhören«, sagte Anna. »Und danach –« Noch ehe sie zu Ende sprechen konnte, bedeckte Sean ihren Mund mit dem seinen, und sofort umschlangen ihre Arme seinen Nacken. Sie küßten sich, und die Spannung zwischen ihnen wurde immer stärker, bis Anna leise seufzte und sich an ihn schmiegte. Sean ließ ihren Mund und bewegte seine Lippen über ihr Gesicht zu ihrem Nacken.

»O Sean, es war so lange. Eine ganze lange Woche.«

»Ich weiß.«

»Ich habe jeden Tag an dich gedacht.«

Sean preßte sein Gesicht in ihren Nacken und antwortete nicht.

»Hast du mich vermißt, Sean?«

»Hm«, murmelte er und nahm ihr Ohrläppchen zwischen die Zähne.

»Hast du an mich gedacht, während du arbeitetest?«

»Hm.«

»Sag es mir richtig, Sean. Sag es richtig.«

»Ich habe dich vermißt, Anna. Ich habe die ganze Zeit an dich gedacht«, log Sean und küßte sie auf den Mund. Sie preßte sich an ihn, und seine Hand glitt tiefer, bis zu ihrem Knie und dann wieder unter ihre Kleider. Anna packte sein Handgelenk und hielt es fest. »Nein, Sean, du sollst mich nur küssen.«

Sean wartete, bis ihr Griff sich wieder gelockert hatte, und versuchte es noch einmal. Aber diesmal wandte sie sich ab und setzte sich auf. »Manchmal glaube ich, das ist alles, was du machen willst.«

Sean fühlte Wut in sich aufsteigen, aber er war schlau genug, dieses Gefühl zu unterdrücken.

»Das stimmt nicht, Anna. Es ist nur, weil ich dich so lange nicht gesehen habe und mich so nach dir sehne.«

Sie wurde sofort wieder weich und drehte sich, um ihm die Wange zu streicheln. »O Sean, es tut mir leid. Ich habe eigentlich gar nichts dagegen. Es ist nur – ach, ich weiß nicht.« Sie stand auf und nahm den Korb. »Komm, gehen wir zu den Teichen.«

Sie hatten einen besonderen Platz, vom Schilf umgeben, auf den ein großer Baum seinen Schatten warf. Der Sand war sauber und weiß. Sean breitete seine Satteldecke zum Sitzen aus. In der Nähe war der Fluß zu hören, nicht laut, nur gedämpft, und das Schilf rauschte und neigte seine Blüten beim leisesten Windhauch.

»– und ich konnte ihn einfach nicht loswerden«, schnatterte Anna, während sie auf der Decke kniete und den Korb auspackte. »Er saß einfach da, und immer, wenn ich etwas sagte, wurde er rot und rutschte unruhig auf seinem Sitz hin und her. Zum Schluß sagte ich ihm einfach: ›Es tut mir leid, Garry, aber ich muß jetzt gehen!‹ Und dann, als ich nach Haus zurückkam, prügelten sich Papa und Frikkie, Mutter weinte, und die anderen Kinder waren im Schlafzimmer eingesperrt.«

»Wer hat gewonnen?« fragte Sean.

»Sie haben eigentlich nicht richtig miteinander gekämpft, sie haben sich nur angeschrien. Sie waren beide betrunken.«

Sean war immer etwas schockiert, wenn Anna beiläufige Bemerkungen über die Trinksitten ihrer Familie machte. Jeder wußte es von Mr. van Essen und seinen zwei ältesten Söhnen. Aber es war schließlich nicht nötig, daß Anna darüber sprach. Einmal hatte Sean versucht, es ihr klarzumachen: »Du solltest über deinen Vater nicht solche Dinge sagen, du solltest ihn respektieren.«

Daraufhin hatte Anna ihn ruhig angesehen und gefragt »Warum?« Das war eine schwierige Frage gewesen. Jetzt aber wechselte sie das Thema. »Möchtest du was essen?«

»Nein«, sagte Sean und griff nach ihr. Sie wehrte ihn ab und stieß dabei kleine Schreie aus, bis Sean sie festhielt und küßte. Dann lag sie ganz still und erwiderte seine Küsse.

»Wenn du mich jetzt nicht läßt, werde ich verrückt«, flüsterte er und öffnete bedächtig den obersten Knopf ihres Kleides. Sie beobachtete ernsthaft sein Gesicht, und ihre Hände blieben auf seinen Schultern liegen, bis er ihr Kleid ganz aufgeknöpft hatte, dann strichen ihre Finger über die scharfen, schwarzen Bögen seiner Augenbrauen.

»Nein, Sean, ich werde dich nicht hindern. Ich will es auch. Ich will es genauso sehr wie du.«

So viel gab es für sie zu entdecken, und alles war fremd und wunderbar, und sie waren die ersten, die es entdeckten. Wie sich seine Muskeln bewegten und dennoch den Brustkorb nicht verdeckten. Ihre weiche weiße Haut, durch die das Blau der Venen schimmerte, die tiefe Kluft am Ende seines Rückens, wo ihre Finger sein Rückgrat erspürten. Der Flaum auf ihren Wangen, der so blaß und fein war, daß man ihn nur im Sonnenlicht sah. Die Art, wie ihre Lippen zueinander fanden, und das leise Spiel ihrer Zungen. Der Geruch ihrer Körper, der eine milchig warm und der andere dumpf und erregend. Das Haar, das seine Brust bedeckte und dichter in seinen Achselhöhlen wuchs, und das ihre, pechschwarz gegen die weiße Haut, ein kleines silberglänzendes Nest. Jedesmal gab es etwas Neues, was sie fanden und mit entzückten Ausrufen begrüßten. Ihre Hände ergriffen den Schopf seiner Haare und hielten seinen Kopf fest, dort, wo er war. »Ich halte es nicht mehr aus. Komm zu mir... Schnell, schnell, Sean!« Wie ein windgeblähtes Segel im Hurrikan, angeschwollen, hart und fest bis zum Zerreißen gespannt kam er über sie, bis das Segel in tausend Fetzen riß und der Wind vorüber war. Der Wind und das Segel, die Spannung und die Wollust, alles war vergangen. Übrig blieb nur das große Nichts, das Frieden bedeutet. Vielleicht eine Art von Tod, vielleicht ist der Tod so. Aber wie der Tod bedeutete es kein Ende, denn selbst der Tod enthält noch die Saat der Auferstehung. Und so kamen sie zurück aus dem Frieden, zu einem neuen Anfang. Ganz langsam zuerst und dann schneller, bis sie wieder zwei Menschen waren. Zwei Menschen auf einer Decke im Schilf mit der Sonne und dem weißen Sand, der sie umgab.

»Es ist jedesmal schöner und schöner, nicht wahr, Sean?«

»Ah!« Sean streckte sich, bog den Rücken gerade und breitete die Arme aus.

»Sean, du liebst mich doch, nicht wahr?«

»Natürlich. Natürlich liebe ich dich.«

»Ich glaube, du mußt mich lieben, wenn du« – sie zögerte – »wenn du das getan hast, was du eben gemacht hast.«

»Ich habe es doch gerade gesagt, oder nicht?« Seans Aufmerksamkeit wandte sich jetzt dem Korb zu. Er suchte sich einen Apfel aus und polierte ihn auf der Decke.

»Sag es mir richtig. Halt mich fest und sag es mir.«

»Zum Teufel, Anna, wie oft muß ich es dir denn noch sagen?« Sean biß in den Apfel. »Hast du etwas von Mutters Kuchen mitgebracht?«

Es begann zu dunkeln, als Sean nach Theunis Kraal zurückkehrte. Er gab sein Pferd einem der Stallburschen und ging ins Haus. Sein Körper prickelte noch von der Sonne, und er fühlte die Leere und Traurigkeit, die nach einem Liebeserlebnis aufkommt. Aber es war eine gute Traurigkeit, so wie die Traurigkeit alter Erinnerungen.

14

»Man erzählt sich, daß der Gouverneur deinen Vater hat kommen lassen, während er in Pietermaritzburg war. Er soll fast zwei Stunden mit ihm verbracht haben.« Stephen Erasmus nahm die Pfeife aus dem Mund und spuckte auf die Eisenbahnschienen. In seinem braunen, handgewebten Anzug sah er gar nicht wie ein reicher Viehzüchter aus. »Nun, wir brauchen wohl keinen Propheten, der uns sagt, worum es sich dabei gehandelt hat, oder?«

»Nein, Sir«, stimmte Sean zu. Der Zug hatte Verspätung.

»Ja, wir wissen, worum es sich gehandelt hat.« Der alte Erasmus steckte die Pfeife wieder zwischen die Zähne und sprach weiter. »Es ist schon zwei Wochen her, daß der britische Regierungsbeauftragte von Cetewayo Kraal in Gingindhlovu zurückbeordert wurde. Ach ja! In den alten Tagen hätten wir schon lange das Kommando aufgerufen.« Er stopfte seine Pfeife nach, wobei er den glühenden Tabak mit dem schwieligen Zeigefinger eindrückte. Sean sah, daß der Finger durch das ständige Abfeuern schwerer Gewehre verhärtet und vernarbt war.

»Du bist noch niemals bei einem Kommando gewesen, Jong?«

»Nein, Sir.«

»Wird langsam Zeit, daß du bei einem mitmachst«, sagte Erasmus. »Verdammt Zeit.«

Vom Steilhang her hörte man das Pfeifen des Zuges.

»Da ist er.« Erasmus stand von der Bank, auf der sie gesessen hatten, auf, und der Bahnhofsvorsteher kam aus seinem Büro, eine eingerollte rote Flagge in der Hand.

Der Zug fuhr an ihnen vorbei, dichter Dampf umhüllte sie, und das Kreischen der Bremsen drang in die Ohren. Der einzige Personenwagen hielt genau vor ihnen. Erasmus trat vor und nahm Waites Hand.

»Gooie More, Steff.«

»More, Waite. Man sagt mir, daß du jetzt der neue Vorsitzende bist. Prima, Mann.«

»Danke, hast du mein Telegramm bekommen?« Waite sprach Afrikaans.

»Ja, ich habe es bekommen. Ich hab' den anderen Bescheid gesagt; wir sind alle morgen in Theunis Kraal.«

»Gut«, nickte Waite. »Ihr bleibt selbstverständlich zum Mittagessen. Wir haben eine Menge zu besprechen.«

»Ist es das, was ich glaube?« Erasmus grinste verschmitzt. Der Tabak hatte seinen Bart um den Mund gelb gefärbt, und sein Gesicht war braun und zerfurcht.

»Ich erzähl' dir morgen alles, Steff.« Waite blinzelte ihm zu. »Aber inzwischen holst du besser deinen Vorderlader aus der Mottenkiste.« Beide lachten. Der eine ein tiefes, gutturales, der andere ein altes, rostiges Lachen.

»Nimm die Koffer, Sean, fahren wir nach Hause.« Waite nahm Adas Arm, und sie gingen zusammen mit Erasmus zur Kutsche. Ada trug ein neues Kleid. Blau mit schönen Ärmeln und einen großen, geschwungenen Hut. Sie sah sehr hübsch aus. Sie hörte dem Gespräch etwas beunruhigt zu. Es ist eigenartig, daß Frauen einen Krieg niemals mit dem gleichen jugendlichen Enthusiasmus aufnehmen wie ihre Männer.

15

Am nächsten Tag saßen Sean und Garry nebeneinander am untersten Ende der Tafel, während die Gäste ihrem Alter und ihrer Stellung gemäß um Waite gruppiert waren.

Stephen Erasmus saß, seinem Alter und seinem Wohlstand entsprechend, zu Waites Rechten, ihm gegenüber Tim Hope-Brown, ebenso wohlhabend, aber um zehn Jahre jünger. Es folgten Gunther Niewehuizen, Sam Tingle und Simon Rousseau. Wenn man alles zusammenrechnete, dann konnte man sagen, daß Waite Courteney in diesem Augenblick etwa hunderttausend Morgen Land und eine halbe Million Pfund Sterling um seinen Tisch versammelt hatte. Es waren braune Männer in brauner Kleidung, braunen Stiefeln und mit großen braunen, schwieligen Händen. Ihre Gesichter waren braun und zerfurcht und jetzt, da sich das Essen seinem Ende näherte, traten sie aus der sonst üblichen Reserve heraus. Das war nicht das Resultat der zwölf Flaschen guten Moselweins aus Kapstadt, den Waite auf den Tisch gestellt hatte, und auch nicht das Ergebnis des Essens, es war mehr als das: Sie hegten alle eine große Erwartung, konnten aber ihre Nervosität nur schwer unterdrücken.

»Kann ich den Dienern sagen, daß sie abtragen sollen, Waite?« fragte Ada vom anderen Ende des Tisches.

»Bitte ja, meine Liebe, ich danke dir. Wir werden unseren Kaffee hier trinken.«

Er stand auf, nahm eine Kiste Zigarren von der Anrichte und ging damit der Reihe nach zu jedem seiner Gäste. Als die Zigarren abgeschnitten und angezündet waren, machten sie es sich alle in ihren Stühlen bequem, vor sich ein frisch gefülltes Glas und eine Tasse Kaffee. Ada verließ den Raum, und Waite räusperte sich. Es trat Ruhe ein.

»Gentlemen!« Alle beobachteten ihn. »Vergangenen Dienstag war ich zwei Stunden beim Gouverneur. Wir besprachen die letzten Vorkommnisse jenseits des Tugela.«

Waite hob das Glas, nahm einen Schluck, hielt es dann am Stiel und drehte es zwischen den Fingern, während er fortfuhr:

»Vor zwei Wochen wurde der britische Regierungsbeauftragte beim Königskraal der Zulus zurückbeordert. Zurückbeordert ist vielleicht ein falscher Ausdruck, denn der König hatte ihm angeboten, ihn mit Honig bestreichen zu lassen und ihn dann auf einen Ameisenhaufen zu binden. Ein Angebot, das der Beauftragte Ihrer Majestät dankend ablehnte. Kurz danach packte er seine Koffer und überquerte die Grenze.«

Ein kleines Gelächter kam auf.

»Seither hat Cetewayo alle seine Herden, die in der Nähe des Tugela grasten, nach Norden treiben lassen. Außerdem hat er zu einer Büffeljagd aufgerufen, zu der er alle seine Impis – zwanzigtausend Speere – zusammengerufen hat. Diese Jagd soll an den Ufern des Tugela abgehalten werden, wo man den letzten Büffel vor etwa zehn Jahren gesehen hat.« Waite nahm wieder einen Schluck. »Er hat außerdem Befehl gegeben, daß alles verwundete Wild über die Grenze verfolgt werden soll.«

Gemurmel wurde hörbar. Alle wußten, daß es sich hier um die traditionelle Kriegserklärung der Zulus handelte.

»Also, was werden wir jetzt tun? Müssen wir hier herumsitzen und warten, bis sie kommen und uns abbrennen?«

Erasmus beugte sich vor und beobachtete Waite.

»Sir Bartle Frere hat vor einer Woche Cetewayo in Dunas getroffen. Er hat ihm ein Ultimatum gestellt. Es lautet: Auflösung der Impis bis zum elften Januar und Wiederaufnahme des Beauftragten der Königin in Zululand. Falls Cetewayo das Ultimatum nicht befolgt, wird Lord Chelmsford eine Strafexpedition aus regulären Truppen und Miliz durchführen. Die Streitkräfte werden in diesem Augenblick zusammengezogen, und sie werden Pietermaritzburg innerhalb der nächsten zehn Tage verlassen. Ihre Aufgabe ist es, den Tugela bei Rorkes Drift zu überqueren und die Impis anzugreifen, ehe sie angreifen können. Es ist beabsichtigt, diese dauernde Bedrohung unserer Grenze ein für allemal zu beenden und die Zulus als militärische Macht für immer zu vernichten.«

»Verdammt noch mal, es ist auch endlich Zeit«, sagte Erasmus.

»Seine Exzellenz hat mich zum Obersten ernannt und mir befohlen, ein Kommando im Bezirk Ladyburg aufzustellen. Ich habe ihm mindestens vierzig vollbewaffnete Männer mit Pferden und Ausrüstung versprochen, die bereit sind, am Tugela zu Chelmsford zu stoßen. Falls keiner von Ihnen, Gentlemen, etwas dagegen hat, ernenne ich Sie zu meinen Hauptleuten, denn ich weiß, daß ich mich auf Sie verlassen kann. Ich werde Seiner Exzellenz mein Versprechen erfüllen.« Plötzlich grinste Waite sie an. »Sie werden für Ihre Bezahlung selbst sorgen. Sie wird, wie üblich, in Vieh bestehen.«

»Wie weit nach Norden hat Cetewayo seine Herden getrieben?« fragte Tim Hope-Brown.

»Ich garantiere, nicht weit genug«, krächzte Stephen Erasmus.

»Einen Trinkspruch«, rief Simon Rousseau. Er sprang auf und hielt sein Glas hoch. »Ich bitte Sie, mit mir zu trinken: auf die Königin, Lord Chelmsford und die königlichen Herden im Zululand.«

Alle standen auf und tranken. Und dann plötzlich, als ob sie sich ihres Ausbruchs schämten, setzten sie sich nieder, hüstelten und scharrten mit den Füßen.

»Gut«, sagte Waite. »Jetzt zu den Einzelheiten. Steff, du kommst und deine beiden älteren Jungen?«

»Ja, wir drei und mein Bruder und sein Sohn. Schreib fünf hinter den Namen Erasmus.«

»Gut. Und was ist mit Ihnen, Gunther?«

Jetzt wurde geplant. Männer, Pferde und Wagen wurden aufgeschrieben, und jeder der Hauptleute bekam spezielle Aufträge. Es gab viele Fragen und Antworten und Argumente, die die Stunden ausfüllten, ehe die Gäste Theunis Kraal verließen. Sie ritten in einer Gruppe davon. Ihre Pferde trippelten, und sie saßen bequem in ihren Sätteln, während sie den Abhang zur Straße nach Ladyburg hinunterritten. Waite und seine Söhne standen vor dem Haus und beobachteten, wie sie sich entfernten.

»Papa.« Garry versuchte Waites Aufmerksamkeit zu erlangen.

»Ja, Junge?« Waite beobachtete noch immer die Gruppe. Steff Erasmus drehte sich im Sattel um und winkte, seinen Hut über den Kopf schwenkend. Waite winkte zurück.

»Warum müssen wir eigentlich gegen sie kämpfen, Papa? Wenn der Gouverneur jemanden zu ihnen schicken würde, um mit ihnen zu reden, bräuchten wir nicht zu kämpfen.«

Waite sah ihn an und zog die Brauen hoch.

»Wenn man etwas besitzt, dann muß man auch bereit sein, dafür zu kämpfen, Garry. Cetewayo hat zwanzigtausend Speere versammelt, um uns das hier abzunehmen...« Waite breitete die

Arme aus und zeigte auf Theunis Kraal. »Ich glaube, dafür lohnt es sich schon zu kämpfen. Meinst du nicht auch, Sean?«

»Und ob«, nickte Sean begeistert.

»Aber könnten wir denn nicht ein Abkommen mit ihnen schließen?« fuhr Garrick fort.

»Ein weiteres Kreuz auf einem Stück Papier?« sagte Waite mit tiefer Verachtung. »Genau das fand man bei der Leiche von Piet Retrief. Das hat ihm wirklich viel genützt.«

Waite ging, von seinen Söhnen gefolgt, ins Haus zurück.

Er setzte sich in seinen Lehnstuhl und streckte beide Beine weit von sich, wobei er Ada zulächelte. »Das war ein verdammt gutes Essen, meine Liebe.« Er schlug die Hände über dem Bauch zusammen und stieß dabei unwillkürlich auf, was ihn sofort verlegen machte. »Ich bitte um Entschuldigung, das kam nur so heraus.«

Ada beugte sich über ihre Näharbeit, um ihr Lächeln zu verbergen.

»Wir haben die nächsten Tage viel zu tun.« Er wandte seine Aufmerksamkeit wieder seinen Söhnen zu. »Wir nehmen einen Eselswagen und jeder ein paar Pferde. Nun zur Munition...«

»Aber Papa, könnten wir nicht –«, begann Garrick wieder.

»Halt den Mund«, sagte Waite, und Garrick setzte sich traurig und erschreckt auf einen Stuhl.

»Ich habe nachgedacht«, bemerkte Sean auf einmal.

»Was, du auch noch?« grollte Waite. »Verdammt noch mal, hier ist deine Chance, dein eigenes Vieh zu bekommen und...«

»Das ist genau das, woran ich gedacht habe«, unterbrach ihn Sean. »Jeder wird mehr Vieh haben, als er gebrauchen kann, und der Preis wird stark fallen.«

»Zu Anfang schon«, gab Waite zu. »Aber in ein bis zwei Jahren wird er wieder steigen.«

»Warum verkaufen wir nicht jetzt? Warum verkaufen wir nicht alles bis auf die Bullen und die trächtigen Kühe? Dann können wir nach dem Krieg alles zum halben Preis zurückkaufen.«

Einen Augenblick saß Waite benommen da. Und dann wechselte der Ausdruck seines Gesichtes.

»Mein Gott, daran habe ich nie gedacht.«

»Und Papa«, Sean drückte seine Hände vor Begeisterung zusammen, »wir brauchen mehr Land. Wenn wir die Herden über den Tugela zurückbringen, dann wird es nicht genug Weideland geben. Mr. Pye hat die Hypotheken von Mount Sinai und Mahobas Cloof. Er benutzt das Land nicht. Könnten wir es nicht jetzt von ihm pachten, ehe jeder nach Weideland suchen wird?«

»Wir hatten eine Menge zu tun, bevor du zu denken angefangen hast«, sagte Waite leise. »Jetzt müssen wir wirklich zu arbeiten anfangen.«

Er durchsuchte seine Taschen, fand seine Pfeife, und während er sie füllte, sah er auf Sean. Er konnte seinen Stolz nicht verbergen.

»Wenn du weiter so denkst wie jetzt, wirst du eines Tages ein reicher Mann sein.« Waite konnte nicht wissen, wie wahr diese Prophezeiung werden sollte. Die Zeit lag allerdings noch fern, da Sean in der Lage sein würde, den Preis von Theunis Kraal auf dem Spieltisch einzusetzen und bei seinem Verlust nur zu lächeln.

16

Das Kommando zog am Neujahrstag aus. Silvester hatte eine Doppelfeier stattgefunden. Die Feier des Jahres 1879 und »Gott mit den Ladyburg Mounted Rifles«. Der ganze Distrikt war in die Stadt gekommen zum Braaivleis-Feuer und zu dem Tanz, der auf dem Stadtplatz stattfand. Feire die Krieger, tanze und singe, dann formiere sie und zieh mit ihnen in den Krieg.

Sean und Garrick ritten schon früh zur Stadt. Ada und Waite würden ihnen später am Nachmittag folgen. Es war einer der hellen Sommertage in Natal. Kein Wind, keine Wolken, ein Tag, an dem der Staub der Wagen schwer in der Luft hängt. Sie durchquerten den Baboon-Strom, und von der fernen Anhöhe blickten sie auf die Stadt hinunter und sahen den Staub der Wagen, die auf allen Straßen nach Ladyburg fuhren. »Schau, da kommen sie«, sagte Sean. Er kniff die Augen vor der gleißenden Sonne zusammen und starrte auf die Nordstraße. »Das muß der Wagen von Stephen Erasmus sein. Bei denen werden wir Karl treffen.« Die Wagen sahen wie Perlen an einer Kette aus.

»Da sind die Petersens«, sagte Garrick, »oder die Niewehuizens.«

»Los«, schrie Sean und gab seinem Pferd mit dem Zügel einen leichten Schlag. Sie galoppierten die Straße hinunter. Ihre Pferde waren große, glänzende Tiere, deren Mähnen wie die englischer Jagdpferde geknüpft waren.

Sie ritten an einem Wagen vorbei. Dort saßen zwei Mädchen neben ihrer Mutter auf der Bank. Die Geschwister Petersen. Dennis Petersen und sein Vater ritten vor dem Wagen.

Sean stieß einen Schrei aus, als er am Wagen vorbeiritt, und die Mädchen lachten und schrien etwas, was im Wind nicht vernehmbar war.

»Los, Dennis«, brüllte Sean, als er an den beiden ruhig trabenden Vorreitern vorbeiritt; Dennis' Pferd scheute, beruhigte sich wieder und begann hinter Sean herzujagen. Garry folgte ihnen. Sie erreichten die Kreuzung, wie Jockeys flach auf den Hälsen der Pferde liegend. Hier trafen sie auf den Wagen von Stephen Erasmus.

»Karl«, rief Sean, während er sein Pferd anhielt und in den Steigbügeln stand. »Karl, los, Junge, versuch mich einzufangen und dann Cetewayo!« Sie ritten in einer Gruppe in Ladyburg ein, lachend und mit geröteten Gesichtern. Sie waren aufgeregt und glücklich bei der Aussicht auf den Tanz und auf das Morgen.

Die Stadt war überfüllt, die Straße mit Wagen verstopft, mit Pferden, Männern, Frauen, Mädchen, Hunden und Dienern.

»Ich muß noch zu Pyes Laden«, sagte Karl. »Komm mit, es wird nicht sehr lange dauern.«

Sie banden ihre Pferde an und gingen in den Laden. Sean, Dennis und Karl. Ihre Stimmen waren zu laut und ihre Bewegungen zu hastig. Sie waren Männer, grobknochige, braungebrannte Männer mit Muskeln von der schweren Arbeit, aber noch immer unsicher der Tatsache gegenüber, daß sie Männer waren. Deshalb gingen sie mit weitausholenden, wiegenden Schritten, lachten zu laut und fluchten, und niemand konnte ahnen, daß sie sich noch immer unsicher fühlten.

»Was willst du denn kaufen, Karl?«

»Stiefel.«

»Das dauert eine Ewigkeit. Die mußt du erst anprobieren. Wir werden die Hälfte von allem verpassen.«

»Die nächsten zwei Stunden tut sich sowieso nichts«, protestierte Karl. »Wartet einen Moment auf mich, Jungs.«

Karl, der sich auf den Verkaufstisch gesetzt hatte und Schuhe anprobierte, konnte unmöglich Seans Interesse lange fesseln. Er lief zwischen den Bergen von Waren umher, die in Pyes Laden aufgestapelt waren. Haufen von Axtstielen, Decken, Zucker-, Salz- und Mehlfässern, Regale mit Lebensmitteln, Anzügen, Mänteln, Kleidern, Petroleumlampen und Sättel, die von der Decke hingen, und von allem ging dieser besondere Geruch eines Kaufladens aus, eine Mischung aus Paraffin, Seife und neuem Stoff.

»Die Tauben in ihren Schlag, das Eisen an seinen Magneten.« Seans Schritte führten ihn zu einem Gestell mit Gewehren, das in der entferntesten Ecke des Ladens stand. Er nahm einen Lee-Metford-Karabiner herunter und betätigte den Abzug. Er streichelte das Holz mit den Fingerspitzen, dann wog er ihn in den Händen, um die Balance zu prüfen, und legte ihn zum Schluß über die Schulter.

»Hallo, Sean.« Er wurde in seinem Ritual unterbrochen und sah zu der verschämten Stimme hinab.

»Unser Küken«, erwiderte er lächelnd. »Was macht die Schule?«

»Ich bin nicht mehr auf der Schule. Ich bin letztes Jahr abgegangen.« Audrey Pye hatte die Haarfarbe ihrer Familie, allerdings mit einem wesentlichen Unterschied: Statt des karottenroten Farbtons besaß ihr Haar einen rauchigen Kupferglanz. Sie war kein sehr hübsches Mädchen, dafür war ihr Gesicht zu breit und flach. Aber sie hatte jene Haut, die man so selten bei Rothaarigen findet: cremige Reinheit ohne Sommersprossen.

»Willst du etwas kaufen, Sean?«

»Ich sehe mich lieber um«, sagte er. »Arbeitest du jetzt im Laden?«

»Ja.« Sie senkte die Augen unter Seans beobachtendem Blick. Es war über ein Jahr her, seit sie sich das letztemal gesehen hatten. Eine Menge kann sich in einem Jahr verändern, und die Wölbung unter ihrer Bluse bewies, daß sie kein Kind mehr war. Sean blickte sie anerkennend an, und sie sah auf und bemerkte, wo seine Augen waren. Ihre cremefarbene Haut wurde rot. Schnell wandte sie sich ab.

»Möchtest du gern einen Pfirsich?«

»Danke«, sagte Sean und nahm einen.

»Wie geht es Anna?« fragte Audrey.

»Warum fragst du mich das?« Sean runzelte die Stirn.

»Du bist doch ihr Freund?«

»Wer hat dir denn das gesagt?« Seans Stirnrunzeln wurde finster.

»Das wissen doch alle.«

»Dann haben eben alle unrecht.« Sean irritierte die Vorstellung, daß er zu Annas Besitz gehörte. »Ich bin keines Mädchens Freund.«

»Oh.« Audrey war einen Moment ruhig und sagte dann: »Ich nehme an, daß Anna heute abend zum Tanz kommen wird.«

»Höchstwahrscheinlich.« Sean biß in den pelzigen, goldenen Pfirsich und betrachtete Audrey. »Kommst du auch, Küken?«

»Nein«, antwortete Audrey sehnsüchtig. »Papa erlaubt es nicht.«

Wie alt mochte sie sein? Sean rechnete schnell nach... Drei Jahre jünger als er, das bedeutete, daß sie jetzt sechzehn war.

Plötzlich war Sean traurig, daß sie nicht auf den Ball kommen konnte.

»Das ist aber schade«, erwiderte er. »Wir hätten unsren Spaß gehabt.«

Da er sie mit dem »Wir« noch weiter durcheinanderbrachte, sagte sie die erstbesten Worte, die ihr in den Sinn kamen. »Schmeckt dir der Pfirsich?«

»Hm.«

»Er ist aus unserem Obstgarten.«

»Das habe ich beinah am Geschmack erkannt.« Sean grinste und Audrey lachte. Ihr Mund war breit und freundlich, wenn sie lachte. »Ich wußte, daß du sie früher gestohlen hast. Papa wußte es auch. Er sagte immer, daß er bei dem Loch in der Hecke eine Falle aufstellen würde.«

»Ich wußte nie, daß er das Loch gefunden hat. Wir haben es doch jedesmal wieder verkleidet.«

»O doch«, versicherte ihm Audrey. »Wir wußten das die ganze Zeit. Es ist noch immer da. Wenn ich manchmal nachts nicht schlafen kann, dann klettere ich aus meinem Schlafzimmerfenster und gehe im Obstgarten spazieren, und dann durch die Hecke bis zur Plantage. Nachts ist es dort so dunkel und ruhig. Manchmal kriegt man ein bißchen Angst, aber das habe ich gern.«

»Weißt du was?« sagte Sean nachdenklich. »Wenn du zum Beispiel heute nacht nicht schlafen kannst und so gegen zehn Uhr zur Hecke kämst, dann könntest du mich vielleicht dabei überraschen, wie ich wieder Pfirsiche stehle.«

Audrey mußte ein paar Sekunden nachdenken, ehe ihr klar wurde, was er gesagt hatte. Dann errötete sie wieder und versuchte zu sprechen, fand aber keine Worte. Plötzlich drehte sie sich um und rannte zwischen den Regalen davon. Sean nagte den Pfirsichkern ab und warf ihn zu Boden. Als er zu den anderen hinüberging, lächelte er. »Verdammt noch mal, Karl, wie lange müssen wir denn noch warten?«

17

Fünfzig Wagen oder mehr standen im Kreis um den Platz. Die Mitte war freigelassen worden. Dort brannten die Braaivleis-Feuer, und die Flammen sanken bereits in glühenden Linien herab. In zwei Reihen standen große Tische in der Nähe der Feuer. Dort arbeiteten die Frauen, schnitten das Fleisch zurecht, strichen Brote und füllten in riesige Schüsseln eingemachte Gurken. Das Essen wurde auf große Platten gelegt, und durch den Abend klangen Stimmengewirr und frohes Gelächter.

Auf einer ebenen Stelle war eine große Plane als Tanzfläche ausgebreitet, und an jeder Ecke hing eine Lampe an einem Pfahl. Die Musikkapelle stimmte quietschend ihre Geigen, und man hörte das asthmatische Keuchen der einzigen Ziehharmonika. Die Männer standen in Gruppen zwischen den Wagen oder hatten sich in der Nähe der Feuer niedergesetzt. Ab und zu sah man, wie sich ein umgestülpter Bierkrug gegen den Himmel abhob.

»Ich möchte keine Schwierigkeiten machen, Waite«, sagte Petersen, der zu Waite und den Hauptleuten hinübergegangen war. »Aber ich sehe, daß du Dennis in Gunthers Abteilung getan hast.«

»Das stimmt.« Waite hielt ihm den Krug hin, Petersen nahm ihn und trank daraus, nachdem er vorher den Mund mit seinem Ärmel abgewischt hatte.

»Nichts gegen dich, Gunther.« Petersen lächelte Gunther Niewehuizen zu. »Aber es wäre mir lieber, wenn ich Dennis bei mir im Trupp haben könnte, um ein bißchen auf ihn aufpassen zu können.«

Jetzt sahen alle Waite an, um zu hören, was er dazu zu sagen hatte. »Keiner der Jungen reitet zusammen mit seinem Vater. Wir haben das bewußt so eingeteilt. Es tut mir leid, Dave.«

»Warum?«

Waite blickte über die Wagen hinweg in den roten Ball der untergehenden Sonne über dem Steilhang. »Dave«, sagte er, »es handelt sich hier nicht um eine fröhliche Jagdpartie. Es kann sein, daß du Entscheidungen treffen mußt, die dir leichter fallen, wenn sie nicht deinen eigenen Sohn betreffen.«

Ein zustimmendes Murmeln war zu hören, und Steff Erasmus nahm seine Pfeife aus dem Mund und spuckte ins Feuer. »Es gibt ein paar Dinge, die ein Mann nicht sehen sollte, weil sie schwer zu vergessen sind. Er sollte niemals sehen, wenn sein Sohn den ersten Menschen tötet, und er sollte auch nicht seinen Sohn sterben sehen.«

Das war die Wahrheit. Sie hatten bis jetzt nicht darüber gesprochen, da vieles Reden einen Mann oft weich macht. Aber sie alle kannten den Tod, und sie verstanden, was Steff gesagt hatte. Einer nach dem anderen wandte jetzt den Kopf, bis sie gemeinsam über den Platz sahen, wo sich die Jungen hinter den Feuern versammelt hatten. Dennis Petersen sagte etwas, aber sie konnten die Worte nicht verstehen, und seine Kameraden lachten.

»Ein Mann muß manchmal töten, um leben zu können«, sagte Waite. »Aber wenn er zu jung tötet, verliert er etwas... den Respekt vorm Leben. Es wird dadurch billig. Es ist das gleiche wie mit einer Frau. Ein Mann sollte nie seine erste Frau haben, bis er wirklich begreift, was los ist. Sonst wird das auch billig.«

»Ich hatte meine erste, als ich fünfzehn war. Ich kann nicht behaupten, daß sie später billiger geworden sind. Im Gegenteil, ich muß sagen, sie kamen mich zum Schluß verdammt teuer.«

Waites lautes Lachen übertönte noch das der anderen.

»Ich weiß, daß dein alter Herr dir ein Pfund in der Woche bezahlt. Aber wie sieht das mit uns aus, Sean?« protestierte Dennis. »Wir sind schließlich nicht alle Millionäre.«

»Also gut«, stimmte Sean zu. »Fünf Shilling in den Pott, dem Gewinner gehört alles.«

»Fünf Shilling ist vernünftig«, meinte Karl. »Aber laßt uns die Regeln festlegen, damit es hinterher keinen Streit gibt.«

»Nur Tote, Verwundete zählen nicht«, sagte Sean.

»Und sie müssen bezeugt werden können«, fügte Frikkie van

Essen hinzu. Er war etwas älter als die anderen, und seine Augen waren bereits blutunterlaufen, da er schon zu trinken angefangen hatte.

»Also gut, nur tote Zulus und ein Zeuge für jeden Toten. Wer die höchste Zahl hat, bekommt den Pott.« Sean sah sich im Kreis um, ihre Zustimmung heischend. Garrick stand am äußersten Ende. »Garry macht den Bankier. Komm her, Garry, halte deinen Hut auf.«

Alle zahlten das Geld in Garricks Hut, und er zählte es.

»Zwei Pfund von uns acht. Das stimmt.«

»Der Gewinner kann sich davon beinahe eine eigene Farm kaufen.«

Sie lachten.

»Ich hab' ein paar Flaschen in meinen Satteltaschen versteckt«, sagte Frikkie. »Gehen wir sie ausprobieren.«

Die Zeiger der Kirchturmuhr zeigten auf Viertel vor zehn.

Kleine silbrige Wolken umgaben den Mond. Die Nacht war kühl geworden. Der starke Fleischgeruch von den Feuern zog über die Tänzer, die Fiedler sägten auf ihren Instrumenten, und die Ziehharmonika krächzte und gab den Takt an. Die Tänzer drehten sich, und die Zuschauer klatschten ihnen Beifall zu. Irgend jemand schrie wie ein Hochländer und tanzte unter Verrenkungen im fiebrigen Taumel der Lust. Zeit spielte in diesem Augenblick des Gelächters und der Freude keine Rolle. Man genoß die Gegenwart.

»Wo gehst du hin, Sean?«

»Ich bin gleich wieder zurück.«

»Aber wohin gehst du?«

»Soll ich es dir wirklich sagen, Anna? Willst du es wirklich wissen?«

»Ach so, ich verstehe. Beeil dich. Wir haben nur noch wenig Zeit. Ich warte auf dich bei der Kapelle.«

»Tanz doch mit Karl.«

»Nein, ich warte auf dich, Sean. Bitte, beeil dich.«

Sean verschwand hinter den Wagen und blieb im Schatten der Bäume auf der Straße, bis er Pyes Laden hinter sich hatte. Jetzt rannte er. Er sprang über den Graben und kroch durch den Stacheldrahtzaun. Auf der Plantage war es dunkel und ruhig, wie sie gesagt hatte. Abgefallene Blätter raschelten, und ein Zweig zerbrach unter seinen Füßen. Etwas rannte in der Dunkelheit. Er hörte das Geräusch kleiner Füße. Seans Magen krampfte sich zusammen – die Nerven! Es war nur ein Kaninchen. Er kam an die Hecke und suchte nach dem Loch, fand es nicht, ging wieder zurück und sah es dann doch. Er kroch in den Obstgarten, lehnte sich gegen einen Baum und wartete. Die Bäume waren oben grau vom Mond bestrahlt, unten waren sie schwarz. Hinter ihnen konnte er das Dach des Hauses erkennen. Er wußte, daß sie kommen würde, selbstverständlich, er hatte es ihr ja gesagt.

Die Kirchturmuhr schlug die volle Stunde, und dann ein wenig später mit einem einzigen Schlag das nächste Viertel. Jetzt war er wütend. Verdammt noch mal! Er hielt sich im Schatten, als er durch den Obstgarten ging. Hinter einem der Seitenfenster sah er Licht. Es warf ein gelbes Rechteck auf den Rasen. Vorsichtig umkreiste er das Haus.

Sie saß am Fenster, die Lampe hinter sich. Ihr Gesicht war im Dunkeln, aber die Lampe warf einen kupferfarbenen Heiligenschein über ihr Haar. In ihrer Haltung lag etwas wie Verlangen, während sie sich aus dem Fenster beugte. Durch ihr weißes Kleid konnte er die Konturen ihrer Schultern erkennen. Sean pfiff leise, so daß nur sie es hören konnte, und sie sah in seine Richtung. Nach einer Sekunde angespannten Schauens schüttelte sie langsam und bedauernd den Kopf, schloß die Vorhänge und verschwand. Die Lampe erlosch.

Sean ging durch den Obstgarten und die Plantage zurück. Er zitterte vor Wut. Von der Straße her hörte er die Musik auf dem Platz und begann sich zu beeilen. Als er um die Ecke bog, sah er Lichter und Menschen. »Dieses dumme kleine Ding«, sagte er ärgerlich. Aber etwas anderes war auch noch dabei. Zuneigung? Respekt?

»Wo bist du gewesen? Ich habe fast eine Stunde gewartet.« Das war die besitzergreifende Anna.

»Bis dahin und zurück, um zu sehen, wie weit es ist.«

»Witzig. Sean Courteney, wo bist du gewesen?«

»Möchtest du tanzen?«

»Nein!«

»Na gut, dann nicht.«

Karl und ein paar andere Burschen standen in der Nähe der Feuerstellen. Sean ging auf sie zu.

»Sean, Sean, es tut mir leid. Ich möchte bitte gern mit dir tanzen.« Sie tanzten, wurden von anderen Tänzern angestoßen, aber keiner von ihnen sprach ein Wort, bis die Musik aufhörte, sie sich die Stirn abwischten und ihre trockenen Kehlen befeuchteten.

»Ich habe etwas für dich, Sean.«

»Was ist es denn?«

»Komm, ich werde es dir zeigen.«

Sie führte ihn aus dem Licht zwischen die Wagen und hielt bei einem Stapel von Sätteln und Decken an. Sie kniete nieder, öffnete eine der Decken, stand wieder auf und hielt einen Mantel in der Hand.

»Ich habe ihn für dich gemacht. Ich hoffe, er gefällt dir.«

Sean nahm ihn. Er war aus Schafleder, gegerbt und geglättet, und mit Liebe genäht. Innen schien die gebleichte Wolle schneeweiß.

»Er ist herrlich«, lobte Sean. Er erkannte sofort die Mühe, die das Nähen des Mantels gekostet hatte. Ein Schuldgefühl bemächtigte sich seiner. Geschenke ließen immer Schuldgefühle in ihm aufkommen.

»Hab recht herzlichen Dank.«

»Zieh ihn doch an, Sean.«

Er war warm und fest, ließ seinen Schultern genügend Spielraum und gab ihm ein noch stattlicheres Aussehen. Anna stand neben ihm und zog den Kragen zurecht.

»Du siehst gut darin aus«, sagte sie mit der stolzen Freude des

Gebenden. Er küßte sie, und die Stimmung wechselte. Sie umklammerte seinen Nacken. »Ach, Sean, ich wünschte, du müßtest nicht fort.«

»Laß uns richtig auf Wiedersehen sagen.«

»Wo?«

»Mein Wagen.«

»Was ist mit deinen Eltern?«

»Sie sind zur Farm zurückgefahren. Papa kommt morgen früh. Garry und ich schlafen hier.«

»Nein, Sean. Es sind zu viele Leute hier. Das können wir nicht.«

»Du willst nur nicht«, flüsterte Sean. »Es ist schade, denn vielleicht ist es das allerletzte Mal.«

»Was meinst du damit?«

»Ich muß morgen fort. Und du weißt, was passieren kann.«

»Nein, red nicht so! Denk nicht einmal dran.«

»Es ist aber wahr.«

»Nein, Sean. Nein, bitte nicht.«

Sean lächelte in der Dunkelheit. Es war leicht, so leicht.

»Gehen wir zu meinem Wagen.« Er nahm sie bei der Hand.

18

Das Frühstück wurde im Dunkeln eingenommen. Kleine Kochfeuer umgaben den Platz, die Stimmen waren gedämpft. Männer standen bei ihren Frauen und hielten zum Abschied noch einmal ihre kleinen Kinder im Arm. Die Pferde waren gesattelt, die Gewehre in ihren Hüllen, die Decken hinter die Sättel gerollt. Vier Wagen standen in der Mitte des Platzes beieinander, die Maulesel waren angeschirrt.

»Papa müßte jede Minute hier sein. Es ist fast fünf Uhr«, sagte Garry.

»Alle warten auf ihn«, stimmte Sean zu. Er schüttelte sich unter dem Gewicht der Schärpe, die er über der Schulter trug.

»Mr. Niewehuizen hat mich zum Wagenführer ernannt.«

»Ich weiß«, sagte Sean. »Kommst du damit zurecht?«

»Ich glaube schon.«

Jane Petersen kam auf sie zu.

»Hallo, Jane. Ist dein Bruder schon fertig?«

»Beinahe. Er sattelt gerade.«

Sie blieb vor Sean stehen und hielt ihm schüchtern ein Stück grüngelber Seide hin.

»Ich habe dir eine Kokarde für deinen Hut gemacht, Sean.«

»Danke, Jane. Willst du sie mir nicht anstecken?« Sie befestigte sie an der Krempe seines Hutes. Er nahm den Hut und setzte ihn schräg und verwegen auf.

»Jetzt sehe ich wie ein General aus«, sagte er, und sie lachte mit ihm. »Wie sieht es denn mit einem Abschiedskuß aus, Jane?«

»Ach du Schrecklicher«, rief die kleine Jane und lief errötend davon. Sie war gar nicht mehr so klein, wie Sean feststellte. Es gab ja so viele, man wußte gar nicht, wo man anfangen sollte.

»Hier ist Papa«, rief Garrick, als Waite Courteney auf den Platz ritt.

»Gehen wir«, sagte Sean und machte sein Pferd los. Von allen Seiten des Platzes führten die Männer ihre Pferde herbei.

»Bis nachher«, sagte Garry und humpelte auf einen der wartenden Eselskarren zu. Waite ritt der Abteilung voran. Vier Trupps mit fünfzehn Männern in Doppelreihen, dahinter die vier Wagen und dann die Reservepferde, die von schwarzen Dienern geführt wurden. Sie ritten über den Platz durch die Überreste des Festes der vergangenen Nacht in die Hauptstraße ein. Die Frauen beobachteten sie ruhig. Sie standen regungslos, die Kinder um sich versammelt. Die Frauen hatten ihre Männer schon früher gegen die Zulustämme ausreiten sehen. Sie jubelten nicht, denn sie hatten die Nähe des Todes begriffen und erfahren, daß in einem Grab kein Platz für den Ruhm ist.

Anna winkte Sean zu. Er sah es nicht, denn sein Pferd war nervös, und er war schon an ihr vorüber, ehe er es wieder unter Kontrolle hatte. Sie ließ die Hand sinken und beobachtete, wie er fortritt. Er trug den Schafsmantel. Sean sah das kupferfarbene Haar und den ihm zugeworfenen Handkuß aus dem oberen Fenster in Pyes Laden. Er sah es, weil er darauf gewartet hatte. Sein verletzter Stolz war vergessen. Er grinste und schwenkte den Hut.

Dann hatten sie die Stadt verlassen, und schließlich waren auch die kleinen Jungen und die Hunde, die neben ihnen hergerannt waren, zurückgeblieben, und die Abteilung trabte die Straße entlang ins Zululand.

Die Sonne stieg empor und trocknete den Tau. Der Staub wirbelte unter den Hufen hervor. Die Abteilung verlor ihre straffe Ordnung, da einzelne vorgaloppierten oder zurückfielen, um neben ihren Freunden zu reiten. Sie ritten in Gruppen und Grüppchen und unterhielten sich fröhlich wie eine zwanglose Jagdgesellschaft, die für einen Tag ausreitet. Jeder hatte das angezogen, was er für die Gelegenheit am passendsten hielt. Steff Erasmus war in seinem Sonntagsstaat, er trug den feierlichsten Anzug der ganzen Abteilung. Alle hatten nur ein einziges Abzeichen, das einer Uniformierung ähnelte: die grün-gelbe Kokarde. Aber auch hier war viel Raum für den individuellen Geschmack. Einige trugen sie an den Hüten, andere an den Ärmeln und wieder andere auf der Brust. Sie waren Farmer und keine Soldaten. Aber ihre Gewehrhüllen waren abgenutzt, und ihre Patronengürtel trugen sie mit der gleichen Selbstverständlichkeit, mit der sie das Holz ihrer Gewehrkolben in ständiger Pflege blankpoliert hielten.

Es war spätnachmittags, als sie den Tugela erreichten.

»Mein Gott, sieh dir das an!« Sean pfiff durch die Zähne. »Noch nie in meinem Leben habe ich so viele Menschen an einem Ort gesehen.«

»Man sagt, daß es viertausend sind«, sagte Karl.

»Ich weiß, daß es viertausend sind.« Sean ließ seine Blicke über das Lager fliegen. »Aber ich wußte nicht, daß viertausend so viele sind.« Die Abteilung ritt den letzten Hügel nach Rorkes Drift hinunter. Der Fluß war schmutzigbraun und breit, die seichten Stellen wurden von kleinen Wellen gekräuselt. Die Ufer waren offenes Grasland, und auf der hiesigen Seite sah man einen kleinen Haufen von Steingebäuden. In einem Radius von fünfhundert Metern um die Gebäude hatte sich die Armee von Lord Chelmsford gelagert. Die Zelte bildeten schnurgerade Reihen, die Pferde waren zwischen den Zelten angebunden. Die Wagen, mindestens fünfhundert, standen nahe am Strom.

Die »Ladyburg Mounted Rifles« erreichten in einem wilden Haufen hinter ihrem Oberst den Rand des Lagers, wo sie den Zugang von einem Sergeanten in Paradeuniform mit aufgepflanztem Bajonett blockiert fanden.

»Und wer sind Sie, wenn ich fragen darf?«

»Colonel Courteney und eine Abteilung der Ladyburg Mounted Rifles.«

»Wie war das? Ich habe Sie nicht verstanden.«

Waite Courteney richtete sich im Sattel auf und drehte sich um.

»Bitte Ruhe, Gentlemen, wir können nicht alle auf einmal reden.«

Der Lärm verstummte, und diesmal verstand ihn der Sergeant.

»Ich bitte um Verzeihung, Sir. Ich werde den diensthabenden Offizier rufen.«

Der diensthabende Offizier war Aristokrat und Gentleman. Er kam und blickte sie an. »Colonel Courteney?« In seiner Stimme machten sich Zweifel bemerkbar.

»Hallo«, sagte Waite mit einem freundlichen Lächeln. »Ich hoffe, wir kommen nicht zu spät, um bei dem Spaß noch mitzumachen?«

»Nein, ich glaube nicht.« Die Augen des Offiziers blieben an Steff Erasmus hängen. Steff zog höflich seinen Zylinder und sagte: »More, Meneer.« Die über seiner Frackbrust schaukelnden Patronengürtel sahen ein wenig deplaziert aus.

Der Offizier schaute weg. »Sie haben Ihre eigenen Zelte, Colonel?«

»Ja, wir haben alles, was wir brauchen.«

»Der Sergeant wird Ihnen zeigen, wo Sie kampieren.«

»Ich danke Ihnen«, sagte Waite.

Der Offizier wandte sich an den Sergeanten. Er war so beeindruckt von dem, was er sah, daß er den Mann am Arm packte. »Bringen Sie sie weit weg, führen Sie sie auf die andere Seite von den Pionieren«, flüsterte er hektisch. »Wenn der General diesen Haufen sieht...« Er schauderte, allerdings auf vornehme Weise.

19

Als erstes nahm Garrick den Geruch wahr. Während er daran dachte und seine Aufmerksamkeit darauf konzentrierte, war es ihm möglich, aus der inneren Abgeschlossenheit seines Unterbewußtseins wieder aufzutauchen. Für Garrick verband sich diese Rückkehr in die Realität immer mit einem besonderen Aufgelokkertsein und einer gesteigerten Feinfühligkeit. Die Farben waren lebhaft, die Haut höchst empfindlich für jede Berührung und Geschmacks- und Geruchsnerven scharf und klar.

Er lag auf einer Strohmatratze. Die Sonne schien hell, aber er lag im Schatten. Er lag auf der Veranda des von einer Steinmauer umgebenen Hospitals oberhalb von Rorkes Drift. Er dachte an den Geruch, der ihn wieder zu sich gebracht hatte. Es war eine Mischung von Schweiß und Dung, ein Gestank von zerrissenen Leibern und geronnenem Blut.

Er erkannte ihn als den Gestank des Todes. Dann begannen seine Sehnerven wieder zu arbeiten, und er sah die Toten. Sie lagen an der Mauer des Hofes, wo das Feuer, das zwischen Hospital und Lager gelegt worden war, sie ergriffen hatte, und sie lagen zwischen den einzelnen Gebäuden verstreut. Die Beerdigungsmannschaften waren dabei, sie auf die Wagen zu heben. Auch am diesseitigen Ufer, im Wasser und am jenseitigen Ufer tote Zulus. Ihre Speere und Schilde lagen umher. Hunderte von ihnen, dachte Gerrick erstaunt. Nein, Tausende.

Dann unterschied er zwei verschiedene Gerüche. Beides Gerüche des Todes. Erstens den Gestank der schwarzen, aufgedunsenen Leiber, die in der Sonne anschwollen, und den Geruch seines eigenen Körpers und der Männer um ihn, der gleiche Geruch von Schmerz und Eiter, in den sich die Schwere des Medikamentengeruches mischte. Garrick betrachtete die Männer in seiner Umgebung. Sie lagen in einer langen Reihe auf der Veranda. Jeder auf seiner eigenen Matratze. Einige waren am Sterben, viele nur verwundet, aber alle hatten sie Verbände, die mit Blut und Jod getränkt waren. Garrick sah auf seinen eigenen Körper. Sein linker Arm war über der nackten Brust festgebunden, und er fühlte den Schmerz, der langsam und gleichmäßig wie eine Totentrommel in ihm schlug. Auch sein Kopf war verbunden. Ich bin verwundet – wieder war er erstaunt. Wie? Aber wie?

»Na, Junge, du bist zu uns zurückgekehrt«, sagte ein munterer Cockney zu ihm. »Wir dachten schon, du wärst hinüber.«

Garrick wandte den Kopf und betrachtete den Sprecher. Es war ein kleiner Mann mit einem Affengesicht, in Flanellunterhosen und wie eine Mumie von Bandagen eingehüllt.

»Der Doktor sagte, es war ein Schock. Er meinte, daß du bald wieder zu dir kommen würdest.« Der kleine Mann sprach jetzt lauter. »Hallo, Doktor, unser Held ist wieder ganz und gar bei sich.« Der Doktor kam schnell. Er war alt und überarbeitet, sah müde aus und hatte schwarze Ringe unter den Augen. »Du kommst durch!« sagte er, nachdem er ihn betrachtet hatte. »Ruh dich etwas aus, morgen schicken wir dich nach Hause.« Er wandte sich schon wieder ab, denn es gab sehr viele Verletzte. Plötzlich hielt er inne und sah sich mit einem Lächeln nach Garrick um. »Ich glaube zwar nicht, daß die Schmerzen dadurch geringer werden, aber man hat dich zur Verleihung des Victoria-Kreuzes vorgeschlagen. Der General hat die Eingabe gestern unterschrieben. Ich glaube, du wirst es bekommen.«

Garrick starrte den Doktor an, und langsam kehrten die Ereignisse wieder in sein Gedächtnis zurück.

»Es hat Kämpfe gegeben«, sagte Garrick.

»Da hast du verdammt recht!« murmelte der kleine Mann, der neben ihm lag.

»Sean!« fuhr Garrick fort, »mein Bruder, was ist mit meinem Bruder passiert?«

Plötzlich herrschte Stille, und Garrick sah, wie sich ein bedauernder Zug über das Gesicht des Arztes legte. Garrick versuchte sich aufzusetzen. »Und mein Vater, was ist mit meinem Vater?«

»Es tut mir leid«, sagte der Doktor, »aber ich fürchte, daß sie beide getötet wurden.«

Garrick lag auf seiner Matratze und starrte vor sich hin. Er beobachtete, wie die Leichen zusammengetragen wurden. Da erinnerte er sich, daß die Armee von Chelmsford den Fluß überquert hatte. Sean und sein Vater waren als Vorreiter eingesetzt worden, die die Kolonne anführten. Drei Trupps der Ladyburg Mounted Rifles und sechzig Mann von der Natalpolizei. Chelmsford hatte sich Leute ausgesucht, die das Gebiet, auf dem der erste Vorstoß erfolgen sollte, gut kannten.

Garrick hatte sie mit Erleichterung fortreiten sehen. Er wagte damals kaum, seinem Glück zu trauen. Wegen einer grauenhaften Darmattacke, die ihn am Tag vor Ablauf des Ultimatums überfiel, mußte er zurückbleiben, als die Armee den Tugela überquerte.

»Diese Glücklichen«, sagte einer der Kranken, als er sie davonreiten sah. Garrick war neidlos. Er wollte nicht in den Krieg ziehen. Er war zufrieden, mit den dreißig anderen Kranken und einer Garnison von sechzig Mann zurückzubleiben und die Stellung zu halten, während Chelmsford seine Armee in das Zululand führte. Garrick beobachtete, wie die Vorreiter ausschwärmten und in dem hohen Gras schnell verschwanden. Die Hauptgruppe der Leute und Wagen folgte ihnen und wand sich wie eine Pythonschlange durch das Gras, eine breite Spur hinterlassend.

Er erinnerte sich, wie langsam die Tage vergingen, während sie warteten. Er dachte daran, wie er mit den anderen gemurrt hatte, als ihnen befohlen worden war, das Lagerhaus und das Lazarett mit Sandsäcken zu verbarrikadieren. Er erinnerte sich an die Langeweile.

Und dann – hier zog sich sein Magen zusammen – erinnerte er sich an den Kurier.

»Ein Reiter kommt.« Garrick hatte ihn zuerst gesehen.

Sein Durchfall war vorüber, und er stand auf Posten.

»Sicherlich hat der General seine Zahnbürste vergessen, und jetzt schickt er jemanden, der sie holen soll«, witzelte der zweite Posten. Keiner von beiden stand auf. Sie beobachteten, wie der kleine Punkt langsam größer wurde, während er sich dem Fluß näherte.

»Der reitet aber schnell«, sagte Garrick. »Geh lieber und rufe den Hauptmann.«

»Wahrscheinlich hast du recht«, stimmte der andere Posten zu. Er ging zum Lagerhaus, während Garrick aufstand und ans Ufer hinunterstieg. Der Beinstumpf sank tief im Morast ein.

»Der Alte sagt, wir sollen ihn hinaufschicken, wenn er da ist«, berichtete Garricks Kamerad, als er zurückkam und sich neben ihn stellte.

»Er sieht ein bißchen komisch aus, wie er reitet«, meinte Garrick, »so, als ob er müde wäre.«

»Der muß betrunken sein, er rutscht ja im Sattel hin und her, als ob er gerade von einer Party käme.«

Plötzlich stutzte Garrick. »Er blutet, er ist verwundet.«

Das Pferd hatte jetzt den Fluß erreicht, und der Reiter fiel nach vorn auf den Hals des Pferdes. Die eine Seite seines Hemdes war schwarz von verkrustetem Blut. Sein Gesicht war blaß und staubbedeckt. Sie ergriffen das Zaumzeug des Pferdes, als es aus dem Wasser kam, und der Reiter versuchte zu schreien, aber seine Stimme war nur noch ein Krächzen.

»Um Himmels willen, beeilt euch, die Truppe ist umzingelt worden und völlig aufgerieben. Sie kommen. Der ganze heulende schwarze Haufen. Noch ehe die Nacht einbricht, werden sie hier sein.«

»Mein Bruder«, rief Garrick, »was ist mit meinem Bruder passiert?«

»Tot«, sagte der Mann. »Tot. Sie sind alle tot.« Und er glitt bewußtlos vom Pferd.

Und dann war sie da, die ungeheure Masse der Zulus, die sich wie ein einziger, angriffswütiger Bulle formierte. Ein schwarzer Bulle, dessen Kopf gesenkt ist und dessen gespreizte Beine auf der Erde stehen, während er mit seinen Hörnern den Feind in die Zange zu nehmen sucht. Dieser Bulle stampfte gleichzeitig mit zwanzigtausend Füßen und sang aus zehntausend Kehlen. Es war ein tosender Lärm, wie das Meer an einem stürmischen Tag. Das Sonnenlicht wurde grell von den blanken Speeren reflektiert, während sich der Haufen singend dem Tugela näherte. »Sieh doch, die da vorn haben Helme von unsren Husaren auf«, rief einer aus dem Lazarett. »Die müssen die Gefallenen gefleddert haben. Einer trägt eine Uniformjacke, und einige haben sogar Karabiner.« Es war heiß im Lazarett, denn das Dach war mit Wellblech gedeckt, und die Fenster waren mit Sandsäcken verbarrikadiert. Nur durch die Schießscharten konnte noch ein wenig Luft in den Raum dringen. Die Leute standen an den Scharten. Einige in Pyjamas, einige nur in Unterhosen, und sie schwitzten in der Hitze.

»Dann stimmt es also, dann haben sie die Truppe massakriert.«

»Seid ruhig, geht auf eure Posten und haltet den Mund.«

Die Zulus überquerten den Tugela in einer Breite von fünfhundert Metern.

»Mein Gott, o mein Gott«, flüsterte Garrick, als er sie kommen sah.

»Halt's Maul, verdammt noch mal!« knurrte der Sergeant, der, das Maximgewehr neben sich, an einer Schießscharte stand, und Garrick hielt sich den Mund zu.

Einer der Malariafälle begann im Delirium zu singen. Ein anderer lachte schrill und hysterisch.

»Sie kommen!«

»Laden!«

Man hörte das mechanische Klicken der Gewehre.

»Noch nicht schießen, Männer. Erst auf Kommando.«

Die Stimme des Bullen hatte sich vom sonoren dumpfen Gesang in schrilles Schreien verwandelt. Es war das überreizte Schreien von Menschen, die nach Blut dürsten.

»Ruhig, Männer, ruhig! Noch nicht, noch nicht feuern!«

»O mein Gott«, flüsterte Garrick, während er beobachtete, wie sie langsam näher kamen. »O mein Gott, bitte, laß mich nicht sterben.«

»Fertigmachen!«

Jetzt waren sie bis an die Mauer, die den Lazaretthof umgab, herangekommen. Ihre Federbüsche wehten auf den Köpfen hin und her, als sie sich anschickten, die Mauer zu übersteigen.

»Legt an!«

Sechzig Gewehre wurden in Anschlag gebracht.

»Feuer!«

Mit großem Getöse schlugen die Kugeln in das Fleisch. Es gab ein Geräusch, als ob eine Handvoll Kies in einen Tümpel geworfen worden wäre. Die Reihen lichteten sich. Und dann hörte man das Bellen des Maximgewehrs, das sie niedermähte. Sie fielen so schnell übereinander, daß sie bald den ganzen Hof bedeckten.

»Laden!«

Die dezimierten Reihen formierten sich von neuem, nachdem neue Massen über den Fluß gekommen waren.

»Legt an!«

Und wieder kamen sie. Ein dichter schwarzer Haufen, der schreiend die Mauer überkletterte.

»Feuer!«

Garrick schluchzte auf seiner Pritsche im Schatten der Veranda und preßte die Hand auf die Augen, um die schreckliche Erinnerung loszuwerden.

»Was ist denn los, Junge?« Der Cockney rollte sich auf die Seite und sah Garrick an.

»Nichts«, erwiderte Garrick schnell, »nichts.«

»Überkommt es dich wieder?«

»Was ist denn passiert? Ich kann mich nur noch an Bruchstücke erinnern.«

»Was passiert ist?« wiederholte der Mann. »Was ist denn nicht alles passiert.«

»Der Doktor sagte«, hier sah Garrick schnell auf, »er sagte, daß der General die Eingabe genehmigt habe. Das heißt doch, daß Chelmsford leben muß. Und mein Bruder und mein Vater, die müssen dann doch auch leben.«

»Leider nicht, mein Junge. Weißt du, der Doktor mag dich besonders gut leiden. Du mit deinem einen Bein. Und dann, was du getan hast. Deshalb hat er sich nach deinen Leuten erkundigt, aber leider hat er Pech gehabt.«

»Aber warum?« fragte Garrick verzweifelt. »Wenn Chelmsford am Leben ist, dann müssen sie es doch auch sein.«

Der kleine Mann schüttelte den Kopf.

»Chelmsford hat in Isandhlwana ein Lager aufgeschlagen. Dort hat er einen Teil der Truppen mit allen Wagen und Vorräten gelassen. Dann machte er sich mit einer kleinen Truppe auf, um die Zulus anzugreifen. Die aber ließen ihn fortreiten, griffen dann das Lager an, und von dort kamen sie zu uns her. Wie du ja weißt, haben wir sie hier zwei Tage lang aufgehalten, bis Chelmsford mit seinen Leuten kam, um uns zu helfen.«

»Und meine Leute, was ist mit denen?«

»Dein Vater war im Lager und konnte von dort nicht mehr entkommen. Dein Bruder gehörte zur Truppe, die mit Chelmsford geritten war, aber er wurde bei einem der Kämpfe abgetrennt und getötet, bevor die Truppe hier eintraf.«

»Sean tot?« Garrick schüttelte den Kopf. »Das ist nicht möglich, den können sie nicht umgebracht haben.«

»Was glaubst du, wie leicht ihnen das gefallen ist«, sagte der Cockney. »Dazu brauchen sie nur einen ihrer Speere an die richtige Stelle zu bringen. Das reicht für jeden von uns.«

»Aber doch nicht Sean. Du hast ihn nicht gekannt. Du verstehst das einfach nicht.«

»Er ist tot, mein Junge. Er und dein Vater und noch siebenhundert andere. Es ist ein Wunder, daß wir nicht auch hin sind.« Der Mann suchte sich eine bequemere Lage auf seiner Matratze. »Der General hat eine Rede über unsere Verteidigung hier gehalten. Es wäre eine der stolzesten Waffentaten in den Annalen des britischen Heldenregisters gewesen oder so was Ähnliches.«

Er nickte Garrick zu. »Fünfzehn Victoria-Kreuze soll es geben, und du sollst eins davon bekommen. Ist das nichts, mein Junge? Was wird deine Freundin erst anstellen, wenn du nach Haus kommst, und auf einmal hängt auf deiner Brust dieser rote Lappen. Was meinst du?«

Er blickte Garrick an und sah, wie Tränen über sein Gesicht kullerten. »Aber Junge. Du bist ein Held.« Er wandte seinen Blick ab. »Erinnerst du dich noch, was du getan hast?«

»Nein.«

Garricks Stimme war heiser. ›Sean, du kannst mich doch nicht allein lassen. Was soll ich denn tun, jetzt, wo du nicht mehr da bist?‹

»Ich war neben dir, ich habe alles gesehen. Ich werde es dir erzählen«, sagte der Cockney.

Und während er erzählte, begann Garrick sich langsam wieder an alles zu erinnern.

»Es war am zweiten Tag, wir hatten bereits dreiundzwanzig Angriffe abgeschlagen.«

›Dreiundzwanzig, waren es inzwischen soviel geworden?‹

Garrick hatte aufgehört zu zählen. Für ihn war das Ganze ein einziger großer Schrecken. Selbst jetzt noch konnte er die Furcht fühlen, die in ihm nistete.

»Dann begannen die Zulus, an der Mauer des Lazaretts Holz aufzustapeln und alles anzustecken.« Sie kamen mit brennenden Strohbüscheln in den Hof, fielen unter den Gewehrsalven, und neue kamen nach und brachten wieder Feuer. Auch diese starben, und es kamen immer wieder neue, um ihre Plätze einzunehmen. Die Flammen schienen blaß im grellen Licht der Sonne. Ganz vorn lag ein toter Zulu auf einem brennenden Haufen, und der Gestank des verkohlten Fleisches vermischte sich mit dem Rauch.

Dann haben wir an der rückwärtigen Mauer ein Loch gemacht und die Kranken und Verwundeten durch das Loch rüber zum Lager gebracht. Die verdammten Wilden kamen wieder, als sie sahen, daß wir uns absetzten. Sie kamen von da!«

Er wies die Richtung mit seinem bandagierten Arm. »Dort konnten nämlich die Leute vom Lagerhaus sie nicht unter Beschuß nehmen. Das bedeutete, daß nur du und ich und noch zwei andere an den Schießscharten waren. Alle anderen transportierten die Verwundeten.« Ein großer Zulu mit einem blauen Federbusch auf dem Kopf hatte den Angriff angeführt. Sein Schild aus getrocknetem Ochsenfell war schwarz-weiß gestreift, und seine Hand- und Fußgelenke schmückten Lederriemen mit kleinen Glocken. Garrick hatte in dem Augenblick gefeuert, als der Zulu sich halb umwandte, um seine Leute anzutreiben. Die Kugel war über die angespannten Muskeln seines Bauches gestreift und hatte ihn aufgeschlitzt wie einen Briefumschlag. Er fiel auf Knie und Hände, seine Eingeweide traten rosa und dunkelrot aus der Wunde hervor.

»Sie waren schon an der Tür des Lazaretts, und wir konnten sie aus den Schießscharten nicht mehr beschießen.«

Der verwundete Zulu begann auf Garrick zuzukriechen. Sein Mund bewegte sich, und die Augen ließen Garricks Augen nicht los. Er hatte noch immer seinen Speer in der Hand. Die anderen Zulus schlugen gegen die Tür, und einer von ihnen stach mit seinem Speer durch ein Loch in der Holzverkleidung und schob damit den Riegel zurück. Die Tür war offen.

Garrick beobachtete den Zulu, der auf ihn zukroch. Unter ihm pendelten seine Eingeweide im Staub. Schweiß begann Garricks Gesicht zu bedecken und tropfte vom Kinn herab. Seine Lippen zitterten. Er hob das Gewehr und zielte in das Gesicht des Zulus. Er konnte nicht abdrücken. »Das war dein großer Moment, mein

Junge. Ich sah, wie der Riegel fortgeschoben wurde, und ich wußte, daß im nächsten Augenblick ein ganzer Schwarm von ihnen eindringen würde und daß wir auf diese kurze Entfernung keine Chance gegen ihre Speere haben würden.«

Garrick ließ sein Gewehr fallen und wandte sich vom Fenster ab; es war ihm nicht möglich, dieses verkrüppelte, kriechende Wesen länger anzuschauen. Er wollte fortlaufen, sich verstecken. Das war es. Sich verstecken. Er fühlte, wie alles verschwamm.

»Du warst der Tür am nächsten. Und dann tatest du das einzig Richtige, das uns retten konnte, und ich muß dir sagen, ich hätte nicht den Mut gehabt, es zu tun.«

Der Fußboden war mit Munitionskästen übersät, und überall lagen glänzende Patronen umher, die sehr gefährlich werden konnten, wenn man auf sie trat. Garrick stolperte, und als er fiel, streckte er seinen Arm aus. »Verdammt«, der kleine Cockney schüttelte sich, »du hast deinen Arm einfach als Riegel benutzt, ich hätte das nicht getan.«

Garrick fühlte, wie der Arm brach, als der Haufe von Zulus sich gegen die Tür warf. Er hing da und starrte auf den verdrehten Arm, während die Tür unter ihren wütenden Schlägen erzitterte. Er fühlte keinen Schmerz, und nach einer Weile war alles grau, warm und sicher.

»Wir haben so lange durch die Tür geschossen, bis wir sie alle umgelegt hatten, erst dann konnten wir deinen Arm freikriegen. Du bist ohnmächtig geworden und es auch bis vorhin geblieben.«

Garrick starrte über den Fluß. Er dachte darüber nach, ob sie Sean wohl beerdigt hätten oder ob er irgendwo im Gras herumliegen würde, ein Fraß für die Geier.

Er drehte sich zur Seite und zog die Beine zur Brust. Sein ganzer Körper hatte sich zusammengekauert.

Früher einmal, als er noch ein brutaler kleiner Junge war, hatte er den Panzer einer Einsiedlerkrabbe aufgeschlagen. Die hatte sich genauso zusammengekauert und versucht, sich in dieser Haltung zu wehren.

»Ich bin überzeugt, du kriegst deinen roten Lappen«, erklärte der Cockney.

»Ja«, sagte Garrick. Er wollte ihn gar nicht. Er wollte Sean zurückhaben.

20

Dr. van Rooyen gab Ada Courteney seinen Arm, als sie aus der Kutsche stieg. In fünfzig Jahren war es ihm nicht gelungen, den Schmerz anderer Menschen ohne Teilnahme mit anzusehen. Er hatte nur gelernt, sie zu verbergen. Man konnte nichts davon an seinen Augen oder seinem Mund oder in seinem durchfurchten, bärtigen Gesicht erkennen.

»Es geht ihm gut, Ada. Sie haben seinen Arm gut behandelt, soweit Militärärzte so etwas können. Er wird wieder.«

»Wann sind sie gekommen?« fragte Ada.

»Vor ungefahr vier Stunden. Sie haben alle Verwundeten von Ladyburg auf zwei Wagen geladen.«

Ada nickte. Und er betrachtete sie mit seinem disziplinierten, berufsmäßig indifferenten Blick, hinter dem er die Erschütterung verbarg, die ihr Äußeres bei ihm auslöste. Ihre Haut war trocken und leblos, so wie die Blätter einer gepreßten Blume, ihr Mund müde und gefaßt. Ihr Witwentum hatte sie doppelt so alt gemacht.

»Er wartet auf dich, drinnen.« Sie gingen die Stufen zur Kirche hinauf, und die wartende Menge machte Platz, um sie durchzulassen. Ein paar gedämpfte Begrüßungen und die üblichen Kondolenzworte wurden ausgetauscht. Eine Menge Frauen in schwarzen Kleidern standen dort mit verschwollenen Augen. Ada und der Doktor gingen in die kühle, dunkle Kirche hinein. Die Stühle waren zur Seite geschoben worden, um den Matratzen Platz zu machen.

»Die schweren Fälle behalte ich hier, um sie unter Beobachtung zu haben«, sagte der Doktor. »Da ist Garry.«

Garrick stand auf, als er sie kommen sah. Sein Arm hing in einer

Schlinge. Er humpelte auf sie zu. Sein Holzbein klapperte laut auf dem Steinboden.

»Mama, ich bin –« Er unterbrach sich. »Sean und Papa…«

»Ich bin gekommen, um dich nach Hause zu holen«, sagte Ada schnell. Die Nennung der Namen ließ sie schaudern.

»Sie können sie doch nicht einfach da draußen liegen lassen. Sie müßten doch –«

»Bitte, Garry, laß uns nach Hause gehen«, drängte Ada. »Wir können später darüber sprechen.«

»Wir sind alle sehr stolz auf dich«, sagte der Doktor.

»Ja«, wiederholte Ada, »bitte laß uns nach Hause gehen, Garry.«

Sie fühlte, daß sie am Ende ihrer Kräfte war, und nahm sich zusammen. Sie wandte sich zur Tür. Auf keinen Fall sollten die anderen es sehen. Sie durfte nicht vor ihnen weinen.

Hilfsbereite Hände trugen Garricks Gepäck zur Kutsche, und Ada ergriff die Zügel. Keiner sprach, bis sie von fern den Hof auftauchen sahen.

»Du bist jetzt der Herr von Theunis Kraal, Garry«, sagte Ada leise. Und Garry machte eine nervöse Bewegung auf dem Sitz neben ihr. Er wollte es nicht. Er wollte auch keinen Orden. Er wollte Sean.

21

Ich hoffe, du hast nichts dagegen, daß ich dich besuche«, sagte Anna, »aber ich muß mit dir reden.«

»Aber ganz im Gegenteil. Wirklich, ich freue mich«, versicherte ihr Garrick ernst. »Es ist schön, dich wiederzusehen, Anna. Es ist beinahe eine Ewigkeit her, daß wir uns gesehen haben.«

»Ich weiß. Und so viel – so arg viel ist passiert. Mein Vater und der deine und – und Sean.« Sie unterbrach sich. »O Garry! Ich kann es noch gar nicht glauben. Sie haben es mir immer wieder gesagt, aber ich kann es nicht glauben. Er war so… so lebendig.«

»Ja«, sagte Garrick. »Er war so lebendig.«

»In der Nacht, ehe er fortging, hat er vom Sterben gesprochen. So weit habe ich eigentlich niemals gedacht.« Ungläubig schüttelte Anna den Kopf. »Und ich hätte mir nie träumen lassen, daß ihm etwas zustoßen könnte. O Garry, was soll ich nur tun?«

Garrick sah Anna an. Die Anna, die er liebte. Seans Anna. Aber Sean war tot. Plötzlich kam ihm ein Einfall, noch nicht so reif, um ihn in Worte zu fassen, aber real genug, um sein Gewissen zu belasten. Er erschrak vor sich selbst.

»O Garry, was kann ich nur tun?«

Sie bat ihn um Hilfe. Das war dem dringlichen Ton ihrer Stimme zu entnehmen. Ihr Vater war gefallen. Ihre älteren Brüder waren noch immer mit Chelmsford am Tugela. Ihre Mutter und die drei Kinder wollten ernährt sein. Wie konnte er nur so lange brauchen, bis er die Situation erkannte?

»Anna, kann ich dir helfen? Sag mir doch, was los ist.«

»Nein, Garry, ich glaube, niemand kann mir helfen.«

»Falls es sich um Geld handelt«, er zögerte diskret, »ich bin jetzt ein reicher Mann. Papa hat ganz Theunis Kraal Sean und mir hinterlassen und Sean…«

Sie sah ihn an, ohne zu antworten.

»Ich kann dir etwas leihen, um dir über den Berg zu helfen.« Garrick errötete. »Soviel du eben brauchst.«

Sie fuhr fort, ihn anzustarren, während ihre Gedanken sich mit der neuen Situation vertraut machten. Garrick war jetzt der Herr von Theunis Kraal, und er war reich. Doppelt so reich, wie Sean es gewesen wäre. Und Sean war tot.

»Bitte, Anna, laß mich dir helfen. Du, ich möchte es wirklich.« Er liebte sie, das war ganz offensichtlich – und Sean war tot.

»Darf ich dir helfen, Anna?« Sie dachte an Hunger und an Kleider, die so oft gewaschen waren, daß man durchsehen konnte, wenn man sie gegen das Licht hielt, an immer wieder geflickte Unterröcke und an die Unsicherheit, mit der man leben muß, wenn man arm ist. Garry war reich und lebendig. Sean war tot.

»Bitte, laß mich doch!« Garrick beugte sich vor, nahm ihren Arm und blickte ihr erregt ins Gesicht. Man konnte eine gewisse Ähnlichkeit feststellen, dachte sie, aber Sean hatte Kraft, während hier Unsicherheit und Weichlichkeit waren. Auch die Farben stimmten nicht. Blaß und Hellblau statt Braun und einem beinah brutalen Schwarz. Es war so, als ob ein Künstler ein Porträt, das er gemalt hatte, mit wenigen Strichen änderte und dabei ein völlig neuer Mensch zum Vorschein käme. An sein Bein wollte sie erst gar nicht denken.

»Das ist sehr lieb von dir, Garry«, sagte sie, »aber wir haben noch ein bißchen Geld auf der Bank, und unser Land ist schuldenfrei. Außerdem haben wir unsere Pferde, die könnten wir verkaufen, falls es nötig sein sollte.«

»Aber was quält dich dann, bitte, sag es mir doch.«

Von diesem Augenblick an wußte sie, was sie tun würde. Sie konnte ihn nicht anlügen, dazu war es zu spät. Sie würde es ihm sagen müssen. Und sie wußte, daß die Wahrheit seine Meinung nicht mehr ändern könnte. Nun gut, vielleicht ein wenig, aber doch nicht so sehr, daß es sie hindern konnte zu erreichen, was sie wollte. Sie wollte reich sein, und sie wollte für das Kind, das sie unter dem Herzen trug, einen Vater.

»Garry, ich bekomme ein Baby!«

Garry starrte sie an. Eine Sekunde lang war er sprachlos.

»Ein Baby?«

»Ja, Garry, ich bin schwanger.«

»Von Sean?«

»Ja, Garry. Ich bekomme Seans Baby.«

»Woher weißt du… Bist du sicher?«

»Ich bin sicher.«

Garrick stand vom Stuhl auf und humpelte über die Veranda. Er stand an der Brüstung und klammerte sich mit seiner gesunden Hand daran. Die andere war noch immer im Verband. Er hatte Anna den Rücken zugekehrt und starrte über die Felder von Theunis Kraal.

Seans Baby. Die Idee verwirrte ihn. Er wußte, daß Sean und Anna »das« miteinander getan hatten. Sean hatte es ihm erzählt, und Garrick hatte nichts dagegen einzuwenden gehabt. Er war vielleicht ein bißchen eifersüchtig gewesen, aber nur ein bißchen, denn Sean hatte ihn teilhaben lassen, indem er es ihm erzählt hatte, und so hatte auch er etwas davon abbekommen. Aber ein Baby. Seans Baby.

Ganz langsam begann er alles zu begreifen. Seans Baby würde ein lebender Teil seines Bruders sein. Der Teil, den die Zulus nicht hatten umbringen können. Er hatte also Sean doch nicht ganz verloren. Anna, sie brauchte einen Vater für das Kind. Es war undenkbar, daß sie noch einen Monat so leben konnte, ohne zu heiraten. Das bedeutete, daß er beides haben konnte. Sean und Anna. Sie mußte ihn heiraten. Sie hatte gar keine andere Wahl. Beinahe triumphierend wandte er sich ihr zu.

»Was wirst du tun, Anna?« Er war sich ihrer jetzt sicher. »Sean ist tot, was wirst du tun?«

»Ich weiß es nicht.«

»Du kannst doch nicht das Baby bekommen. Du kannst doch keinen Bankert haben.«

Er sah sie bei diesem Wort zusammenzucken und fühlte sich ihrer noch sicherer.

»Ich muß fortgehen nach Port Natal.« Sie sprach ohne jede Betonung. Ganz ruhig saß sie da und sah ihn an, wobei sie genau wußte, was er sagen würde. »Ich werde bald fahren. Es wird schon gehen. Ich werde schon einen Ausweg finden.«

Garrick beobachtete ihr Gesicht, während sie sprach. Ihren kleinen Kopf, ihre breiten Schultern. Sie hatte ein spitzes Kinn. Keine regelmäßigen, aber weiße Zähne. Und sie war trotz der katzenähnlichen Augen sehr hübsch.

»Ich liebe dich, Anna«, sagte er. »Du weißt das doch, nicht wahr?« Sie nickte langsam, und ihr dunkles Haar fiel schmeichelnd auf ihre Schultern. Die Katzenaugen wurden weich.

»Ja, ich weiß es, Garry.«

»Willst du mich heiraten?« fragte er atemlos.

»Und es stört dich nicht, die Sache mit Seans Baby? Es stört dich wirklich nicht?« fragte sie, obwohl sie genau wußte, daß es ihn nicht störte.

»Ich liebe dich, Anna«, sagte er, kam unbeholfen auf sie zu, und sie sah ihm ins Gesicht. Sie wollte jetzt nicht an sein Bein denken. »Ich liebe dich, alles andere ist bedeutungslos.«

Er streckte die Hand nach ihr aus, und sie ließ sich von ihm umarmen. »Willst du mich heiraten, Anna?«

Jetzt zitterte er.

»Ja.« Ihre Hände lagen ruhig auf seinen Schultern.

Er weinte leise. Ein verächtlicher Ausdruck zeigte sich auf ihrem Gesicht, beinahe hätte sie sich von ihm gelöst, aber im letzten Moment beherrschte sie sich.

»Mein Liebling, du wirst es nicht bedauern, ich schwöre es dir, daß du es nicht bedauern wirst«, flüsterte er.

»Wir müssen es schnell machen, Garry.«

»Gut, ich gehe noch heute nachmittag in die Stadt und spreche mit Pfarrer –«

»Nein, nicht hier in Ladyburg«, unterbrach ihn Anna scharf. »Hier würden die Leute zu schnell über uns reden. Das könnte ich nicht ertragen.«

»Dann gehen wir eben nach Pietermaritzburg«, stimmte Garrick zu.

»Wann, Garrick?«

»Wann du willst.«

»Morgen«, sagte sie. »Wir fahren morgen.«

22

Anna und Garrick waren zwei volle Monate verheiratet, ehe sie, nach einer Hochzeitsreise die Küste entlang, nach Theunis Kraal zurückkehrten. Mittlerweile war Garricks Arm aus dem Gipsverband befreit worden. Das hatte ein guter Arzt wieder in Ordnung gebracht.

Sie fuhren auf der Straße, die das Dorf umging, über die Brücke. Als sie oben auf der Anhöhe angekommen waren, hatte Garrick die Pferde zum Halten gebracht, und sie sahen auf die Farm hinab. »Ich verstehe nicht, warum Mama in die Stadt gezogen ist«, sagte Garry. »Es gab doch keinen Grund. Wir haben doch genügend Platz für alle in Theunis Kraal.« Anna saß ruhig und zufrieden neben ihm. Sie war erleichtert gewesen, als Ada ihnen nach Port Natal geschrieben und ihre Abreise angekündigt hatte, nachdem sie ihr ihre Hochzeit telegrafisch mitgeteilt hatten. So jung Anna auch war, so war sie doch Frau genug, um zu wissen, daß Ada sie nie sonderlich gemocht hatte. Sie war immer freundlich zu ihr gewesen. Aber Anna hatte Adas große dunkle Augen stets beunruhigend gefunden. Sie sahen zu tief, und sie wußte, daß sie die Dinge entdeckten, die sie zu verbergen trachtete.

»Wir müssen Mutter so bald wie möglich besuchen. Sie muß wieder auf den Hof zurückkommen. Schließlich ist Theunis Kraal auch ihre Heimat.« Anna bewegte sich ein wenig. ›Laß sie in ihrem Haus in Ladyburg bleiben, da soll sie schmoren.‹ Aber ihre Stimme war milde, als sie antwortete: »Jetzt gehört Theunis Kraal dir, Garry, und ich bin deine Frau. Vielleicht weiß deine Stiefmutter selbst, was das Beste ist.« Anna berührte seinen Arm und lächelte ihn an. »Laß uns ein anderes Mal darüber sprechen. Jetzt wollen wir nach Hause fahren. Es war eine lange Fahrt, und ich bin sehr müde.«

Sofort wandte sich Garrick ihr besorgt zu. »Das tut mir schrecklich leid, Liebes. Wie gedankenlos von mir.«

Er knallte mit der Peitsche, und sie fuhren zum Hof hinunter. Der Rasen von Theunis Kraal war grün und die Veranda mit Blumen geschmückt.

›Es ist herrlich‹, dachte Anna, ›und es gehört mir. Ich bin kein armes Mädchen mehr.‹ Sie sah auf die schweren gelben Holzläden vor den Fenstern, als der Wagen in den Hof einfuhr.

Im Schatten der Veranda stand ein Mann. Anna und Garrick sahen ihn zur selben Zeit. Er war groß, mit weitausladenden Schultern, die aussahen wie die Querbalken eines Galgens. Und nun trat er aus dem Schatten und kam über die Stufen der Veranda herunter ins Sonnenlicht. Er lächelte, und man sah weiße Zähne in seinem sonnengebräunten Gesicht. Das war das alte, unwiderstehliche Lächeln. »Sean«, flüsterte Anna.

23

Er fiel Sean das erstemal auf, als sie anhielten, um die Pferde zu tränken. Sie hatten sich am Mittag des vergangenen Tages von Chelmsfords Truppe getrennt, um die Gegend nach Nordosten zu erkunden. Sie waren eine kleine Patrouille, vier berittene Weiße und ein halbes Dutzend Nongaai, die zu der loyalen Eingeborenentruppe Natals gehörten.

Er nahm die Zügel aus Seans Händen. »Ich werde die Zügel halten, während Sie trinken.« Er hatte eine wohlklingende Stimme, und Seans Interesse war geweckt. Er sah in das Gesicht des Mannes und mochte es sofort. In dem Weiß der Augen war kein Gelb, und die Nase war nicht negroid, sondern fast arabisch. Seine Haut war wie dunkler Bernstein und glänzte ölig.

Sean nickte. In der Zulusprache gibt es weder für »danke« noch für »Verzeihung« ein Wort.

Sean kniete am Strom und trank, das Wasser schmeckte süßlich. Als er wieder aufstand, waren seine Knie feucht, und Wasser tropfte ihm vom Kinn.

Er sah den Mann an, der sein Pferd hielt. Der Zulu trug nur einen kleinen Schurz aus Katzenfell, keine Glocken, keinen Mantel und keinen Kopfputz. Sein Schild war aus schwarzgegerbtem Leder, und er trug zwei Stoßspeere.

»Wie heißt du?« fragte Sean und betrachtete den enormen Brustkorb des Mannes.

»Mbejane.« Das heißt Rhinozeros.

»Wegen deiner Hornhaut?« Der Mann grinste voller Eitelkeit.

»Und wie heißen Sie, Nkosi?«

»Sean Courteney.«

Mbejanes Lippen suchten den Namen lautlos zu artikulieren. Dann schüttelte er den Kopf.

»Das ist ein schwieriger Name.«

Nie wieder sagte er Seans Namen – nicht ein einziges Mal in all den Jahren, die folgten.

»Aufsitzen!« rief Steff Erasmus. »Wir müssen weiter.«

Sie schwangen sich auf die Pferde und nahmen die Zügel.

Die Nongaai, die sich ausgestreckt hatten, standen auf.

»Los«, sagte Steff und durchquerte den Fluß. Sein Pferd kletterte am anderen Ufer die Böschung hinauf, und sie folgten ihm. Sie ritten in breiter Front weiter, bequem in ihren Sätteln sitzend, die Pferde trabten langsam.

An Seans rechtem Steigbügel lief der Zulu mit langausgreifenden Schritten, mit Leichtigkeit hielt er das Tempo von Seans Pferd. Ab und zu blickte Sean auf Mbejane hinunter. Es war beruhigend zu wissen, daß er da war.

In dieser Nacht schlugen sie ihr Lager in einem flachen, grasigen Tal auf. Sie machten kein Feuer, sondern aßen kaltes, getrocknetes Salzfleisch, das mit Wasser hinuntergespült wurde.

»Wir vergeuden doch hier nur unsere Zeit. In zwei Tagen haben wir noch keinen einzigen Zulu gesehen«, murrte Bester Klein, einer der Soldaten. »Ich finde, wir sollten umdrehen und zur Truppe zurückreiten. Wir entfernen uns immer weiter, und wenn der Spaß richtig losgeht, sind wir nicht dabei.«

Steff Erasmus wickelte sich fester in seine Decke. Es wurde kalt.

»So, das soll Spaß sein?« Er spuckte gekonnt in die Dunkelheit. »Die anderen sollen ihren Spaß haben. Ich hoffe, wir finden das Vieh.«

»Macht es Ihnen nichts aus, bei den Kämpfen nicht dabei zu sein?«

»Nun paß mal auf. Ich habe Buschmänner im Karroo und in der Kalahari gejagt. Ich habe Xhosas und Fingoes am Fishriver bekämpft. Ich bin in den Bergen hinter Mosbesh und Basutos hergewesen. Matabele, Zulu, Sechuana, mit all denen habe ich schon meinen Spaß gehabt. Ich glaube, daß vier- oder fünfhundert Stück erstklassiges Vieh eine gute Bezahlung dafür sein werden, falls uns der Spaß entgehen sollte.«

Steff legte sich zurück und rückte sich den Sattel unterm Kopf zurecht. »Außerdem, bist du so sicher, daß die Herde nicht bewacht sein wird, wenn wir sie finden? Du kriegst schon noch deinen Spaß, das verspreche ich dir.«

»Wieso wissen Sie denn, daß das Vieh hier ist?« fragte Sean.

»Es ist hier«, behauptete Steff. »Und wir werden es finden.«

Er wandte den Kopf zu Sean. »Du hast die erste Wache. Sperr die Augen auf.« Danach zog er den Hut übers Gesicht, fühlte mit der rechten Hand, ob sein Gewehr auch neben ihm lag, und brummelte unter seinem Hut »Gute Nacht« hervor.

Die anderen wickelten sich in ihre Decken, vollbekleidet, die Gewehre zur Hand. Sean verschwand in der Dunkelheit, um die Nongaai-Posten zu kontrollieren.

Der Mond war nicht zu sehen, aber die Sterne leuchteten hell und schienen ganz nahe. Sie beleuchteten die vier grasenden Pferde. Sean ging ums Lager und fand zwei der Posten wach und aufmerksam. Mbejane war von ihm allein postiert worden, und er ging nun zu ihm. Etwa fünfzig Meter, ehe er den kleinen Busch erreichte, bei dem er Mbejane zurückgelassen hatte, lächelte Sean plötzlich und ging auf die Knie. Das Gewehr in der Armbeuge, schlich er sich leise an. Zehn Schritte vor dem Busch hielt er und hob den Kopf, sehr vorsichtig und langsam, um die Gestalt des Zulus im Busch auszumachen.

In diesem Augenblick berührte eine Lanzenspitze seinen Nakken. Sean erstarrte, aber seine Augen erkannten im Sternenlicht Mbejane, der mit dem Speer über ihm kniete.

»Nkosi, suchen Sie vielleicht mich?« fragte er ernsthaft. Aber in seiner Stimme schwang gleichzeitig Heiterkeit mit. Sean setzte sich auf und rieb sich die Stelle, wo der Speer ihn berührt hatte.

»Nur ein Nachtaffe sieht im Dunkeln«, protestierte Sean.

»Und nur ein frisch gefangener Fisch zappelt auf der Erde.«

»Du bist ein echter Zulu«, stellte Sean anerkennend fest. Eigentlich war er davon schon überzeugt, als er Gesicht und Körperbau gesehen hatte. Hier hatte er keinen Mann verwischter Stammeszugehörigkeit aus dem Natal vor sich, die zwar Zulu sprachen, aber mit einem Zulu so viel zu tun hatten wie eine Hauskatze mit einem Leoparden.

»Ich gehöre zu Chakas Sippe«, stimmte Mbejane zu. Und Verehrung klang in seiner Stimme, als er den Namen des alten Königs nannte.

»Und jetzt trägst du deinen Speer gegen Cetewayo, deinen König?« entrüstete sich Sean.

Eine Pause trat ein, und Sean wartete. In der Dunkelheit heulte ein Schakal, und ein Pferd wieherte.

»Es gab einen anderen, der hätte König sein sollen, aber er starb an einem vergifteten Speer, der ihn hinterrücks meuchelte. Dieser Mann war mein Vater«, sagte Mbejane. Er stand auf und ging zu seinem Busch zurück, Sean folgte ihm. Dann hockten sie ruhig nebeneinander. Wieder schrie der Schakal über dem Lager, und Mbejane wandte den Kopf.

»Es gibt Schakale, die haben zwei Beine«, flüsterte er nachdenklich. Sean fühlte, wie ihn die Erregung packte.

»Zulus?« fragte er. Mbejane zuckte mit den Schultern, eine kaum wahrzunehmende Bewegung im Dunkeln.

»Selbst wenn es welche wären, würden sie uns nicht in der Nacht angreifen. Im Morgengrauen ja, aber niemals in der Nacht.«

Mbejane legte sich den Speer zurecht. »Der alte Mann mit dem hohen Hut und dem grauen Bart weiß das. Sein Alter hat ihn weise gemacht. Darum schläft er jetzt so ruhig, reitet aber noch in der Nacht fort, ehe der Morgen anbricht.«

Sean entspannte sich wieder und betrachtete Mbejane von der Seite. »Der Alte glaubt, daß hier einige Herden versteckt sind.«

»Sein Alter hat ihn weise gemacht«, wiederholte Mbejane. »Das Gelände, in das wir morgen kommen, ist zerklüftet, voller Felsen und dichtem Gebüsch. Dazwischen wird das Vieh verborgen sein.«

»Glaubst du, daß wir es finden werden?«

»Vieh läßt sich schwer vor dem verstecken, der weiß, wo er es finden wird.«

»Werden viele Bewaffnete bei den Herden sein?«

»Das hoffe ich«, antwortete Mbejane. Seine Stimme war jetzt seidig. Die Hand griff nach dem Buschmesser und streichelte es. »Ich hoffe, daß sehr viele da sein werden.«

»Du würdest deine eigenen Leute töten, deine Brüder, deine Vettern?« fragte Sean.

»Ich würde sie genauso bedenkenlos töten, wie sie meinen Vater getötet haben.« Mbejanes Stimme war jetzt wild. »Das ist nicht mein Volk. Ich habe kein Volk – ich habe keine Brüder – ich habe nichts.«

Und wieder herrschte Ruhe. Langsam verflüchtigte sich Mbejanes Wut, und an ihre Stelle trat so etwas wie Kameradschaft. Jeder von beiden fühlte sich durch die Anwesenheit des anderen beruhigt. Und so saßen sie weiter in der Nacht.

24

Mbejane erinnerte Sean an seinen Hund Tinker, der einem Vogel nachstellte. Er hatte die gleiche Elastizität und die gleiche absolute Konzentration. Die Weißen saßen schweigend auf ihren Pferden und beobachteten den Zulu. Die Sonne stand schon ziemlich hoch, Sean knöpfte seinen Schaffellmantel auf und zog ihn aus. Er band ihn an die Decke, die hinter dem Sattel zusammengerollt hing.

Mbejane hatte sich ungefähr fünfzig Meter von ihnen entfernt und kam jetzt wieder zurück. Er betrachtete aufmerksam ein feuchtes Stück Kot.

»Der Mann hier weiß wirklich, was er tut«, sagte Steff Erasmus anerkennend. Niemand sonst sprach.

Bester Klein spielte nervös am Abzug seines Karabiners. Sein gerötetes Gesicht war in Schweiß gebadet.

Mbejane hatte recht gehabt. Sie befanden sich jetzt in bergigem Gelände. Hier gab es nicht die sanften kleinen Hügel wie in Natal, sondern Berge mit steilen Gipfeln und tiefen Schluchten. Manche waren von dornigem Wald überzogen, und man sah hie und da grüne Moosflecken aufleuchten. Das Gras wuchs hart und hoch.

»Ich könnte jetzt einen Drink gebrauchen«, sagte Frikkie van Essen und strich sich mit dem Handrücken über den Mund.

»Wieviel?« fragte Steff, und Mbejane antwortete:

»Etwa fünfzig, auf keinen Fall mehr.«

»Wann?«

»Gestern, gegen Abend müssen sie langsam durch das Tal gezogen sein. Sie haben gegrast. Sie können unmöglich mehr als einen halben Tagesritt vor uns sein.«

Steff nickte. Nur fünfzig Stück. Man würde noch mehr finden. »Wie viele Männer sind bei ihnen?«

Mbejane zuckte verächtlich mit den Schultern. »Zwei Kinder.« Er zeigte mit dem Speer auf eine Spur im Sand, aus der man deutlich die Fußstapfen eines halbwüchsigen Jungen erkennen konnte. »Keine Männer.«

»Gut«, sagte Steff. »Folgen wir ihnen.«

»Wir sind angewiesen worden, sofort zurückzureiten, um zu berichten, falls wir etwas entdecken sollten«, protestierte Bester Klein schnell.

Steff drehte sich im Sattel um. »Haben Sie Angst vor den zwei Halbwüchsigen?« fragte er schroff.

»Ich habe vor gar nichts Angst. Ich sage nur, was man uns befohlen hat.« Bester Kleins rotes Gesicht wurde noch röter.

»Ich weiß, was man uns befohlen hat, besten Dank«, raunzte Steff. »Ich werde nichts anfangen, ich will mir das Ganze nur mal ansehen.«

»Ich kenne Sie doch«, stieß Klein hervor. »Wenn Sie Vieh sehen, dann drehen Sie durch. Ihr seid überhaupt alle zu gierig auf Vieh. So wie andere Leute gierig auf einen Drink sind. Wenn Sie's erst mal sehen, gibt's kein Halten mehr.«

Klein war Vorarbeiter bei der Eisenbahn.

Steff wandte sich von ihm ab. »Also los, vorwärts!«

Sie ritten jetzt aus der schattigen Stelle in die pralle Sonne. Klein fluchte leise vor sich hin, während Mbejane sie weiter ins Tal hinunterführte.

Es ging rasch voran. Mbejane und die anderen Nongaai bildeten einen Schild, der die Reiter abschirmte.

Sean nahm die Patrone aus seinem Gewehr und wechselte sie gegen eine andere aus dem Patronengurt aus, den er umhatte.

»Fünfzig Stück, das bedeutet nur zehn für jeden«, beschwerte sich Frikkie.

»Das macht ungefähr hundert Pfund. Ungefähr so viel, wie du in sechs Monaten verdienst«, lachte Sean aufgekratzt, und Frikkie stimmte in das Gelächter ein.

»Ihr zwei haltet jetzt endlich den Mund und macht die Augen auf.« Steffs Stimme klang ruhig, aber auch er konnte die Erregung in seinen Augen nicht verbergen.

»Ich wußte doch, daß Sie auf das Vieh aus waren«, schimpfte Klein. »Ich wußte es, das war so sicher wie das Amen in der Kirche.«

»Und Sie halten auch den Mund«, wetterte Steff und grinste Sean an. Sie ritten etwa zehn Minuten weiter, bis Steff leise zu den Nongaai hinüberrief und die Patrouille haltmachte. Niemand sprach jetzt. Jeder versuchte angespannt, auf Geräusche zu lauschen.

»Nichts«, sagte Steff nach einer Weile. »Wie nah sind wir bei ihnen?«

»Ganz nah«, antwortete Mbejane. »Wir hätten sie schon hören müssen.« Mbejanes schweißgebadeter Körper glänzte, und seine Größe ließ ihn weit über die anderen Nongaai hinausragen. Seine beherrschte Spannung steckte alle anderen an.

»Also gut, ihnen nach«, sagte Steff. Mbejane nahm seinen Schild fest auf die Schulter und ging voraus.

Sie hielten noch zweimal, um zu lauschen, und jedesmal wurden Sean und Frikkie unruhiger und ungeduldiger.

»Sitzt endlich still«, schnappte Steff. »Wie sollen wir etwas hören, wenn ihr solchen Krach macht!«

Sean öffnete den Mund, aber noch ehe er etwas sagen konnte, hörte man das tiefe Brüllen eines Ochsen, das von den Bäumen herüberdrang.

»Da sind sie!«

»Jetzt haben wir sie!«

»Also los jetzt!«

»Nein, warten!« befahl Steff. »Sean, nimm mein Fernglas und klettere auf den Baum da. Sag mir, was du siehst.«

Sean erklomm, den Feldstecher umgehängt, rasch den Baum und setzte sich im Wipfel auf einen Ast. Er bog das Laub zur Seite, das ihm die Sicht versperrte, und rief dann sofort hinunter: »Da sind sie, direkt vor uns!«

»Wie viele?« gab Steff gedämpft zurück.

»Eine kleine Herde mit zwei Hirtenjungen.«

»Sind sie zwischen den Bäumen?«

»Nein«, erwiderte Sean. »Im Freien, es sieht aus wie ein Sumpf.«

»Überzeuge dich, ob sich keine anderen Zulus bei ihnen aufhalten.«

»Nein«, antwortete Sean.

Aber Steff fiel ihm ins Wort. »Verdammt noch mal! Benutz endlich den Feldstecher! Wenn welche da sind, dann verstecken sie sich unter den Bäumen!«

Sean visierte jetzt durch das Glas. Das Vieh war fett, mit großen

Hörnern, schwarz-weiß gemustert. Die beiden Hirtenjungen waren völlig nackt, jung, mit dürren Beinen und den übergroßen Genitalien der Afrikaner. Sean schwenkte das Glas hin und her und suchte die ganze Umgebung ab. Endlich setzte er es wieder ab.

»Nur die beiden Hirtenjungen«, rief er.

»Dann komm runter«, befahl ihm Steff.

Die Hirtenjungen flohen, als die Patrouille ins Freie ritt. Sie verschwanden im Dickicht, das am Rand des freien Platzes begann.

»Laß sie nur«, lachte Steff. »Die armen kleinen Strolche werden noch genug Ärger haben.«

Er gab seinem Pferd die Sporen und galoppierte in das sumpfige Gras, das bis an den Sattel reichte.

Die anderen folgten ihm, und der sumpfige Boden machte es den Pferden schwer. Etwa hundert Meter vor sich sahen die Männer die Rücken der Rinder.

»Sean, du und Frikkie, ihr reitet nach links.«

Noch ehe Steff den Satz beenden konnte, wimmelte es im Gras von Zulus. Mindestens hundert in voller Kriegsbemalung.

»Hinterhalt!« schrie Steff. »Laßt euch nicht mit zu vielen auf einmal ein. Versucht herauszukommen.« Und da rissen sie ihn schon vom Pferd.

Die Pferde gingen durch, und im Aufbäumen wieherten sie. Das Krachen von Kleins Gewehr ging in dem triumphierenden Kriegsgeschrei der Zulus unter. Mbejane fing Seans Pferd beim Zaum. »Reiten Sie, Nkosi, schnell, warten Sie nicht.«

Klein war tot. Ein Buschmesser hatte ihm die Kehle aufgeschlitzt, und Blut strömte ihm aus den Mundwinkeln, als er nach hinten fiel. »Halt dich an meinem Steigbügel fest!« rief Sean Mbejane zu. Er war überraschend ruhig. Ein Zulu kam von der Seite auf ihn zugelaufen. Sean hatte das Gewehr auf den Knien und drückte ab. Der Lauf streifte beinahe das Gesicht des Mannes, und das Geschoß spaltete ihm den Schädel. Sean lud hastig wieder.

»Reiten Sie, Nkosi!« schrie Mbejane. Er machte keine Anstalten, Sean zu gehorchen. Den Schild hoch erhoben, rannte er auf zwei Angreifer zu und schleuderte sie zu Boden. Sein Buschmesser hob sich und fiel nieder, hob sich und fiel nieder.

»Ngi Dhla«, schrie Mbejane. »Ich habe gegessen.«

Ein Kampfrausch überkam ihn. Er sprang über die Leichen und griff an. Einer stellte sich ihm entgegen. Mbejane riß ihn, seinen Schild unter den des Gegners geklemmt, zur Seite; die linke Flanke seines Widersachers war ungedeckt.

»Ngi Dhla«, schrie Mbejane von neuem.

Er hatte durch seinen Vorstoß den Kreis der Angreifer durchbrochen, Sean machte sich dies zunutze und ritt los. Sein Pferd hatte schwer mit dem Sumpfboden zu kämpfen. Einem der Zulus gelang es, die Zügel zu packen. Und Sean feuerte, der Lauf des Gewehres stieß an die Brust des Mannes. Der Zulu schrie auf.

»Mbejane!« brüllte Sean. »Halt dich an meinem Steigbügel!«

Frikkie van Essen war erledigt. Sein Pferd lag am Boden, und die Zulus stachen von allen Seiten mit ihren roten Speeren auf ihn ein. Sean beugte sich aus dem Sattel, packte Mbejane um die Hüften und zog ihn aus dem Morast. Er wehrte sich anfangs wie wild, aber Sean hielt ihn fest. Der Boden wurde langsam wieder fester, und sie kamen schneller voran. Ein Zulu stand ihnen mit erhobenem Buschmesser im Weg. Sean, der mit einem Arm den sich wütend wehrenden Mbejane hielt, hatte in der Hand nur das leere Gewehr und konnte sich kaum verteidigen. Er fluchte und ritt schnurstracks auf den Zulu zu. Der sprang zur Seite und griff von hinten an. Sean spürte, daß die Klinge sein Schienbein traf und in den Leib des Pferdes eindrang. Aber sie waren durch, heraus aus dem Sumpf und unter den Bäumen.

Seans Pferd trug sie noch eine Meile, ehe es zusammenbrach. Das Buschmesser war zu tief eingedrungen, aber Sean konnte noch aus den Steigbügeln schlüpfen und abspringen. Er stand neben Mbejane, und beide starrten auf den Kadaver. Sie keuchten schwer.

»Können Sie in diesen Schuhen rennen?« fragte Mbejane erregt.

»Ja.« Es waren leichte Mokassins.

»Diese Breeches werden das Laufen beeinträchtigen.«

Schnell kniete sich Mbejane nieder und schnitt die Breeches über den Knien ab. Dann stand er wieder still und lauschte, ob sie bereits verfolgt wurden. Nichts.

»Lassen Sie Ihr Gewehr hier, es ist zu schwer. Ihren Hut und den Patronengurt auch.«

»Aber ich muß mein Gewehr mitnehmen«, protestierte Sean.

»Dann nehmen Sie es und sterben Sie. Wenn Sie es mitnehmen, wird man Sie fangen, noch ehe es Mittag ist.«

Sean zögerte einen Augenblick, dann packte er das Gewehr beim Lauf wie eine Axt und schmetterte es gegen den nächsten Baum. Der Schaft zersplitterte, und er warf es weg.

»Jetzt müssen wir weiter«, sagte Mbejane.

Sean sah noch einmal zu dem toten Pferd hinüber und zu den Riemen, die seinen Schafledermantel am Sattel festhielten. Die ganze Arbeit von Anna war umsonst, dachte er. Dann rannte er Mbejane nach.

Die erste Stunde war schlimm. Es war schwierig für Sean, seinen Schritt dem von Mbejane anzupassen. Er rannte, und bald spürte er einen stechenden Schmerz in der Seite. Mbejane sah seine Qual, und sie warteten ein paar Minuten, während ihm Mbejane zeigte, wie man Verkrampfungen los wird. Dann ging es weiter, und Sean lief jetzt gleichmäßiger. Nach einer weiteren Stunde war es ihm gelungen, die richtige Atemtechnik zu finden.

»Wie lange werden wir brauchen, bis wir zum Lager zurückkommen?« stieß Sean hervor.

»Vielleicht drei Tage, aber jetzt nicht sprechen«, antwortete Mbejane.

Langsam veränderte sich die Landschaft. Die Berge wichen zurück, der Wald wurde dünner, und dann befanden sie sich wieder in der wogenden Steppe.

»Es sieht so aus, als ob wir nicht verfolgt würden.« Über eine halbe Stunde war vergangen, seit Sean das letztemal gesprochen hatte.

»Vielleicht«, zweifelte Mbejane. »Es ist noch zu früh, um ganz sicher zu sein.«

Sie liefen beide gleichmäßig nebeneinander über die hartgebrannte Erde.

»O Gott, bin ich durstig«, sagte Sean.

»Es gibt hier kein Wasser«, erwiderte Mbejane. »Aber auf der nächsten Anhöhe werden wir eine kleine Pause machen.«

Oben angekommen, sahen sie zurück. Sean war schweißgebadet und atmete schwer, aber gleichmäßig.

»Niemand folgt uns.« Seans Stimme klang erleichtert. »Wir können uns jetzt ein bißchen mehr Zeit lassen.«

Mbejane gab keine Antwort. Auch er schwitzte stark, aber seine Bewegungen und seine Kopfhaltung ließen erkennen, daß er nicht im geringsten müde war. Er trug seinen Schild auf der Schulter. Die Klinge seines Buschmessers, das er in der anderen Hand hielt, war von trockenem schwarzem Blut verklebt. Volle fünf Minuten starrte er auf den zurückgelegten Weg. Dann knurrte er ärgerlich und deutete mit seinem Buschmesser nach unten.

»Da! Bei der kleinen Baumgruppe. Können Sie sie sehen?«

»Zum Teufel!« Sean erblickte sie jetzt etwa vier Meilen entfernt am Rand des Waldes. Sie hatten sich zerstreut. Eine schwarze Bleistiftlinie, die das braungebrannte Grasland durchzog. Und die Linie bewegte sich. »Wie viele sind es?« fragte Sean.

»Fünfzig«, schätzte Mbejane, »zu viele für uns.«

»Ich wünschte, ich hätte mein Gewehr dabei«, murmelte Sean.

»Dann wären sie schon viel näher heran – und ein Gewehr gegen fünfzig...« Mbejane vollendete den Satz nicht.

»Also gut, dann weiter!« sagte Sean.

»Wir müssen noch etwas ausruhen. Das ist das letztemal, daß wir dazu Zeit haben, bevor es dunkel wird.«

Ihr Atem ging jetzt langsamer. Sean taten die Füße weh. Aber es würde noch Stunden dauern, bis er wirklich müde war. Er hätte jetzt gern etwas zu trinken gehabt, aber er wußte, daß die Erfüllung dieses Wunsches sein Ende bedeutet hätte.

»Ah«, rief Mbejane aus.« Jetzt haben sie uns entdeckt.«

»Woher weißt du das?« fragte Sean.

»Sehen Sie, jetzt schicken sie Leute aus, die uns jagen sollen.« An der Spitze der Linie waren drei schwarze Punkte auszumachen, die sich lösten und schnell vordrangen.

»Was meinst du?« Sean kratzte sich die Nase. Zum erstenmal überkam ihn das Angstgefühl des Gejagten – verletzlich, unbewaffnet und die Meute hinter sich.

»Sie schicken jetzt ihre besten Läufer aus, um uns zur Überanstrengung zu zwingen. Sie wissen, wenn sie uns hart genug hetzen, werden wir, selbst wenn ihre eigenen Leute außer Atem geraten, eine leichte Beute für die Nachfolgenden sein.«

»Um Himmels willen!« Sean war jetzt aufgeschreckt. »Was sollen wir denn tun?«

»Für jeden Trick gibt es einen Gegentrick«, sagte Mbejane. »Aber jetzt haben wir lange genug ausgeruht. Machen wir, daß wir weiterkommen.«

Sean wollte wie ein Wilder den Hügel hinabrennen, aber Mbejane bremste ihn schroff.

»Das ist genau das, was sie bezwecken wollen. Laufen Sie so wie vorher.«

Und wieder trabten sie im Gleichschritt langausgreifend und leicht dahin.

»So ist es richtig.« Mbejanes Stimme war ausdruckslos. Sie überwanden erneut einen Hügel und liefen auf der anderen Seite hinunter, liefen rhythmisch wie Automaten. Einatmen, ausatmen. Einatmen, ausatmen. Im Tal angelangt, fanden sie einen kleinen Bach. Klares Wasser floß über den weißen Sand. Sean übersprang ihn mit einem wehmütigen Blick, und sie rannten das andere Ufer hoch. Noch ehe sie die Anhöhe erreicht hatten, hörten sie hinter sich einen hellen Schrei. Sie drehten sich um. Auf der Anhöhe, die sie gerade verlassen hatten, standen die drei Zululäufer, vielleicht noch eine halbe Meile entfernt. Während Sean sie noch beobachtete, machten sie sich an den Abstieg. Ihr hoher Kopfputz und ihre

Lendenschurze aus Leopardenfell waren deutlich zu erkennen. Sie hatten ihre Schilde weggeworfen, aber jeder trug ein Buschmesser.

»Sehen Sie sich ihre Beine an«, jubelte Mbejane.

Sean sah, daß sie sich vor Erschöpfung kaum noch aufrechthalten konnten.

»Die sind fertig, die sind zu schnell gelaufen«, lachte Mbejane. »Jetzt müssen wir so tun, als ob wir Angst hätten. Wir müssen jetzt so rennen, als ob uns tausend Teufel im Nacken säßen.«

Bis zur Anhöhe waren es nur noch zwanzig Schritte, und sie rannten los wie von Panik ergriffen. Als sie sich außer Sicht befanden, hielt Mbejane Sean auf. »Ducken Sie sich«, flüsterte er. Sie sanken ins Gras und krochen bäuchlings zurück, bis sie sich genau unterhalb der Hügelkette befanden.

Mbejane hielt sein Buschmesser, die Spitze nach vorn, seine Beine waren angezogen und seine Lippen verzerrten sich zu einem Grinsen. Sean suchte im Gras und fand einen Stein von der Größe einer Orange. Er paßte gut in seine rechte Hand.

Jetzt hörten sie die Zulus kommen. Sie konnten das Geräusch der hornhäutigen Füße und das pfeifende Atmen immer näher kommen hören, bis die Verfolger plötzlich die Kuppe überschritten. Ihr Schwung brachte sie dorthin, wo Sean und Mbejane aufgestanden waren, um sich ihnen entgegenzustellen. Ihre vor Müdigkeit grauen Gesichter zeigten beim Anblick der Verfolgten den Ausdruck völligen Nichtbegreifens.

Sie hatten erwartet, daß sich ihre Beute etwa eine halbe Meile vor ihnen befinden würde. Mbejane tötete den ersten mit dem Buschmesser. Er hob noch nicht einmal den Arm, um dem Hieb zu begegnen. Sean schleuderte den Stein ins Gesicht des zweiten. Es gab ein Geräusch, als ob ein reifer Kürbis auf einen Steinboden gefallen wäre. Der Zulu kippte um, sein Messer glitt ihm aus der Hand.

Der dritte Mann versuchte fortzulaufen. Aber Mbejane sprang ihn an und schleuderte ihn zu Boden. Dann setzte er sich auf seinen Brustkorb, riß das Kinn hoch und schnitt ihm die Kehle durch.

Sean betrachtete den Mann, den er mit dem Stein erschlagen hatte. Er hatte den Kopfputz verloren, und das Gesicht war zerschmettert, die Kinnlade hing lose herab. Aber er bewegte sich noch ein wenig. ›Heute habe ich drei Menschen getötet‹, dachte Sean, ›und das war so leicht.‹ Ohne Bewegung beobachtete er, wie Mbejane auf seinem Opfer saß.

Der Mann seufzte noch ein letztes Mal, dann lag er still. Mbejane richtete sich auf und sah auf Sean.

»So, jetzt können sie uns nicht mehr vor Einbruch der Dunkelheit erreichen.«

»Und nur ein Nachtaffe kann im Dunkeln sehen«, erwiderte Sean. Mbejane lächelte. Wenn er lächelte, war sein Gesicht jünger; dann nahm er ein Grasbüschel und wischte sich die Hände ab.

Die Dunkelheit kam gerade im richtigen Augenblick, um sie zu retten. Sean war den ganzen Tag gerannt, und jetzt wurde sein Körper aus Protest gegen die Strapazen steif. Sein Atem ging pfeifend und schmerzte. In ihm war keine Feuchtigkeit mehr, die er ausschwitzen konnte.

»Nur noch ein bißchen, nur noch ein bißchen länger.«

Mbejane versuchte ihm Mut zuzuflüstern. Die Meute hinter ihnen hatte sich aufgeteilt. Die besten Läufer befanden sich eine knappe Meile hinter ihnen. Die anderen verloren sich in der Entfernung.

»Die Sonne geht unter. Schon bald können wir eine Pause machen.« Mbejane berührte Seans Schulter. Und seltsam, durch diese kleine Geste schöpfte Sean neue Kraft. Seine Beine bewegten sich wieder rhythmisch, und er stolperte, als sie den nächsten Hügel hinunterliefen, seltener als vorher. Rot sank jetzt die Sonne am Horizont, und die Täler füllten sich mit Schatten.

»Bald, ganz bald, gleich.« Mbejanes Stimme war beinahe schmeichelnd. Er sah zurück. Die Silhouette des nächsten Verfolgers war undeutlich erkennbar. Sean knickte um und fiel zu Boden. Im Fallen fühlte er, wie das scharfe Gras ihm die Haut von der Wange riß. Er lag auf dem Bauch, den Kopf im Boden vergraben.

»Aufstehen!« Er spürte jetzt Mbejanes Hände, die ihn auf die Knie rissen. »Stehen Sie auf, oder Sie krepieren hier«, drohte Mbejane. Er packte Seans Haar und riß erbarmungslos daran. Sean heulte und fluchte und schlug nach Mbejane.

»Aufstehen!« donnerte ihn Mbejane an. Und Sean kam auf die Beine. »Und jetzt rennen!« befahl Mbejane und stieß ihn vor sich her. Seans Beine begannen sich mechanisch zu bewegen. Noch einmal sah Mbejane zurück. Der Zulu, der ihnen am nächsten war, war nicht mehr weit entfernt, aber seine Umrisse verwischten sich im Zwielicht. Sie rannten weiter. Mbejane stützte Sean, wenn er zu fallen drohte. Sean stöhnte bei jedem Schritt. Sein Mund blieb offen, die Zunge war geschwollen.

Dann, so plötzlich wie eben nur in Afrika, war alles Licht gewichen, und Dunkelheit umfing sie. Mbejane sah unentwegt vor und zurück. Er versuchte Umrisse auszumachen, und Sean lief blindlings neben ihm.

»So, jetzt wollen wir es probieren«, entschied Mbejane laut. Er hielt Sean an und drehte ihn um neunzig Grad zu ihrer ursprünglichen Richtung. Sie liefen jetzt direkt auf ihre Verfolger zu, die sie im Schutz der Dunkelheit passieren lassen würden.

Jetzt schlichen sie vorsichtig vorwärts. Mbejane hatte seinen Arm um Seans Schulter gelegt, um ihn zu stützen. In der anderen Hand trug er sein Buschmesser. Sean ging gefühllos mit hängendem Kopf nebenher. Sie hörten die ersten der Verfolger etwa fünfzig Schritt entfernt in der Dunkelheit an ihnen vorbeigehen, und eine Stimme rief in Zulu: »Kannst du sie sehen?«

»Aibo!« war die negative Antwort.

»Schwärmt aus. Vielleicht versuchen sie in der Dunkelheit die Richtung zu ändern.«

»Yehbo«, hieß es zustimmend.

Dann waren die Verfolger vorüber. Nacht und Ruhe umgaben sie wieder. Mbejane zwang Sean, weiterzulaufen. Es kam ein blasser Mond auf, der ihnen Licht spendete, und Mbejane schlug vorsichtig eine Richtung ein, die sie nach Südosten bringen mußte.

Endlich erreichten sie einen Fluß, an dessen Ufer Bäume standen. Mit großer Mühe trank Sean, denn seine Kehle war geschwollen und schmerzte. Danach legten sie sich, um Wärme zu haben, eng aneinander und schliefen auf dem Laub unter den Bäumen.

25

Am nächsten Nachmittag fanden sie das letzte Lager von Chelmsford. Die Linie der schwarzen Lagerfeuer, die planierten Stellen, wo die Zelte gestanden hatten, die Pfähle, an denen die Pferde festgebunden waren, und den Berg von leeren Fleisch- und Brotkanistern. »Sie sind vor ungefähr zwei Tagen ausgerückt«, sagte Mbejane.

Sean nickte, er bezweifelte Mbejanes Feststellung in keiner Weise. »In welche Richtung sind sie losgezogen?«

»Zurück in Richtung auf das Hauptlager.«

Sean sah irritiert auf. »Warum haben sie das wohl getan?«

Mbejane zuckte die Achseln. »Sie haben es eilig gehabt. Die Reiterei ist davongaloppiert, gefolgt von der Infanterie.«

»Dann werden wir ihnen nachgehen«, sagte Sean.

Die Spur war leicht zu erkennen, denn etwa tausend Menschen waren sie gegangen, und die Wagen und Geschütze hatten tiefe Furchen hinterlassen. Hungrig und frierend liefen sie neben der staubigen Spur.

Am nächsten Morgen gab es Rauhreif. Kurz vor Mittag sahen sie die steinerne Hand von Isandhlwana zum Himmel emporragen, und unwillkürlich beschleunigten sie ihre Schritte. Isandhlwana, der Hügel der kleinen Hand. Sean humpelte, denn sein Schuh hatte ihm die Haut von der Ferse gerissen. Sein Haar war schweißverklebt und sein Gesicht vom Staub verkrustet.

»Selbst Armeefraß wird jetzt gut schmecken«, sagte Sean auf englisch. Mbejane gab darauf keine Antwort, weil er es nicht verstand. Dafür sah er aber besorgt nach vorn.

»Nkosi, bei unserem Zweitagesmarsch haben wir keinen Menschen getroffen. Ich finde, wir hätten doch schon längst auf Patrouillen vom Lager stoßen müssen.«

»Vielleicht haben wir sie verfehlt«, sagte Sean ohne sonderliches Interesse, aber der Zulu schüttelte den Kopf. Schweigend gingen sie weiter. Der Hügel war jetzt näher, und langsam konnten sie Einzelheiten ausmachen.

»Ich sehe keinen Rauch im Lager«, sagte Mbejane erschrocken.

»Was ist denn los?« Sean spürte die ersten Anzeichen von Beunruhigung.

»Aasgeier«, erklärte Mbejane plötzlich. In einem dichten Schwarm kreisten sie über Isandhlwana. Noch immer waren die beiden so weit entfernt, daß sie die einzelnen Vögel nicht erkennen konnten, nur den Schatten, den dunklen Schatten am Himmel. Dieser Anblick ließ Sean trotz der heißen Mittagssonne erschauern, und er begann zu rennen.

Unten schien sich einiges zu bewegen. Die zerrissene Zeltplane eines umgeworfenen Wagens flatterte wie ein verwundeter Vogel. Schakale und weiter oben sogar eine Hyäne liefen hin und her.

»O mein Gott«, flüsterte Sean. Mbejane lehnte sich auf seinen Speer, sein Gesicht war ruhig, aber seine Augen betrachteten erschüttert, was vor ihm lag.

»Sind sie tot? Sind sie alle tot?« Die Frage bedurfte keiner Antwort. Sie konnten die Toten im Gras sehen. In dichten Haufen in der Nähe der Wagen, und dann vereinzelt auf dem Hügel. Sie sahen von hier alle sehr klein und unbedeutend aus. Mbejane stand ruhig und wartend neben Sean. Ein großer Geier flog über sie hinweg. Gelassen die Flügel schwingend, bot er einen herrlichen Anblick, bis er sich auf einem Ast in widerwärtig lauernder Stellung niederließ. Dann flog er zum Hügel, flatterte über den Toten ein wenig hin und her und begann dann mit seinem Schnabel in einer Leiche, die die grünkarierte Uniform der Gordons trug, herumzuhacken.

»Wo ist Chelmsford? Ist auch er hier erwischt worden?«

Mbejane schüttelte den Kopf. »Er kam zu spät.«

Mbejane deutete mit dem Speer auf die weite Spur, die den Kampfplatz umzog und hinter dem Hügel von Isandhlwana in Richtung auf den Tugela verlief. »Er ist zum Fluß zurückgegangen. Er hat noch nicht einmal angehalten, um die Toten zu begraben.«

Sean und Mbejane gingen zum Lagerplatz. Sie schritten über zerbrochene Speere und Schilde. An den Klingen der Buschmesser setzte sich bereits Rost an. Das Gras war plattgedrückt und blutdurchtränkt, wo die Toten gelegen hatten, aber die toten Zulus waren nicht mehr da – ein sicheres Zeichen des Sieges. Dann kamen sie zu den eigenen Linien. Sean erstarrte, als er sah, was man den Toten angetan hatte. Sie lagen zu Haufen, die Gesichter bereits schwarz, und allen waren die Bäuche aufgeschlitzt worden. Die Fliegen saßen in den offenen Fleischteilen.

»Warum tun sie das?« fragte er. »Warum müssen sie sie so zusammenhacken?«

Schweren Schrittes ging er an den Wagen vorbei. Behälter mit Lebensmitteln und Trinkwasser waren erbrochen worden, der Inhalt im Gras verstreut. Kleidungsstücke und Munitionskästen lagen zwischen den Toten. Die Gewehre waren fort. Der Fäulnisgeruch war so stark, daß er sich wie eine dicke Ölschicht auf Zunge und Gaumen legte.

»Ich muß Vater finden«, sagte Sean, ruhig und ohne Erregung in der Stimme. Mbejane ging ein Dutzend Schritte hinter ihm. Jetzt kamen sie zu dem Platz, wo die Ladyburg Mounted Rifles kampiert hatten. Die Zelte waren aufgeschnitten worden und in den Staub getrampelt. Die Pferde waren noch angebunden niedergestochen worden. Sie waren elend verblutet. Sean erkannte Gipsy, die Stute seines Vaters. Er ging zu ihr.

»Hallo Gipsy«, sagte er. Die Vögel hatten ihr die Augen ausgepickt. Sie lag auf der Seite, und der Bauch war so angeschwollen, daß er fast bis zu Seans Hüften reichte. Er ging um sie herum. Die ersten Toten lagen gleich dahinter. Er erkannte alle fünfzehn, obgleich sich die Vögel auch schon über sie hergemacht hatten. Sie lagen im Kreis, mit den Gesichtern zum Feind. Dann fand er eine schmale Spur von Leichen, die den Hügel emporführte. Daraus entnahm er, daß die Leute versucht hatten auszubrechen. Die ganze Spur war gesäumt von sicheren Anzeichen für tote Zulus, die dort gelegen haben mußten.

»Mindestens zwanzig für jeden von uns«, flüsterte Sean mit einem gewissen Stolz in der Stimme. Er stieg weiter, und fast an der Spitze, ganz nahe dem Felsenkliff von Isandhlwana, fand er seinen Vater.

Sie waren zu viert. Die letzten vier: Waite Courteney, Tim Hope-Brown, Hans und Nick Erasmus. Sie lagen nah beieinander.

Waite lag mit ausgebreiteten Armen auf dem Rücken. Die Vögel hatten alles Fleisch aus dem Gesicht gefressen. Aber sie hatten ihm den Bart gelassen, der leise im Wind wehte. Die Fliegen, große metallglänzende grüne Fliegen, hockten in Schwärmen in der aufgeschlitzten Bauchhöhle. Sean setzte sich neben seinen Vater. Er nahm einen herumliegenden Filzhut und bedeckte das schrecklich zugerichtete Gesicht. Am Hut steckte eine grün-gelbe Kokarde, die unwirklich froh glitzerte inmitten von soviel Grauen. Die Fliegen summten um ihn herum, und einige setzten sich auf Seans Gesicht und Lippen. Er schüttelte sie ab.

»Kennen Sie diesen Mann?« fragte Mbejane.

»Mein Vater«, antwortete Sean, ohne aufzusehen.

»Sie auch.« Verstehen und Teilnahme klangen in Mbejanes Stimme, als er sich abwandte und Sean allein ließ.

»Ich habe nichts«, hatte Mbejane gesagt. Jetzt hatte auch Sean nichts mehr. Es war eine Leere, keine Wut, kein Kummer, kein Schmerz, nicht einmal Wirklichkeit. Und während Sean auf die Überreste seines Vaters niedersah, konnte er nicht mehr glauben, daß es sich hier um einen Menschen handelte. Das war nur noch Fleisch, der Mensch war fort.

Später kam Mbejane zurück. Er hatte von einem der nicht verbrannten Wagen ein Stück Plane abgeschnitten, und sie wickelten

Waite darin ein. Dann gruben sie sein Grab. Es war eine harte Arbeit, denn die Erde war voller Steine. Sie legten Waite ins Grab, seine Arme noch immer im Todeskampf ausgebreitet. Sean hatte sich nicht dazu bringen können, sie zu brechen. Sie bedeckten ihn vorsichtig mit Erde und türmten dann Steine darauf.

»Also, Vater –« Seans Stimme klang gepreßt.

»Also, Vater«, begann er noch einmal, fast zu sich selbst sprechend, »ich möchte mich noch einmal für alles bedanken, was du für mich getan hast.« Er hielt inne und versuchte seine Stimme freizumachen. »Ich nehme an, du weißt, daß ich, so gut ich kann, mich um die Farm und Mama kümmern werde – und auch um Garry.« Seine Stimme erstarb wieder, und er wandte sich an Mbejane. »Es gibt einfach nicht mehr zu sagen.«

»Nein«, sagte Mbejane. »Da gibt es nichts mehr zu sagen.«

Sean stand noch ein paar Minuten am Fuß des Grabes und versuchte, mit dem Problem des Todes fertig zu werden, suchte seine Endgültigkeit zu begreifen. Dann wandte er sich ab und ging in Richtung auf den Tugela davon. Mbejane hielt sich an seiner Seite, vielleicht einen Schritt hinter ihm.

›Ehe wir den Fluß erreichen, wird es dunkel werden‹, dachte Sean. Er war sehr müde und humpelte auf seinen mit Blasen bedeckten Füßen.

26

»Jetzt ist es nicht mehr weit«, sagte Dennis Petersen.

»Nein«, brummte Sean. Es irritierte ihn, wenn etwas Offensichtliches festgestellt wurde. Sie befanden sich auf der Höhe des Baboon-Stromes, und von hier aus waren es noch genau fünf Meilen bis Ladyburg. Genau wie Dennis gesagt hatte. Es war nicht mehr weit.

Dennis hustete auf dem staubigen Weg. »Das erste Bier wird einen Vulkan in meiner Kehle löschen.«

»Ich glaube, wir können jetzt voranreiten.« Sean wischte sich das Gesicht ab, wobei er den Staub verschmierte. »Mbejane und die anderen können das Vieh den Rest des Weges treiben.«

»Das wollte ich gerade vorschlagen«, sagte Dennis offensichtlich erleichtert. Sie trieben etwa tausend Stück Vieh auf der Straße vor sich her, und der aufgewirbelte Staub erstickte sie beinahe. Sie waren seit zwei Tagen unterwegs von Rorkes Drift, wo die Einheit sich aufgelöst hatte. »Wir werden sie über Nacht in den Verkaufsgattern lassen und morgen früh weitersehen – ich sage Mbejane Bescheid.«

Sean trieb sein Pferd an und wandte sich dem großen Zulu zu, der am Ende der Herde dahintrottete.

»Das Vieh ist in keiner so guten Verfassung mehr«, schimpfte Dennis, während er zurücksah.

»Das ist doch klar«, erwiderte Sean. »Wir haben es ja auch zwei Tage lang ziemlich hart rangenommen.«

Eintausend Stück Vieh. Der Anteil von fünf Männern an den Herden Cetewayos – für Dennis und seinen Vater, Waite, Sean und Garrick, denn auch die Toten wurden berücksichtigt.

»Wie weit sind wir den anderen voraus?« fragte Dennis.

»Ich weiß es nicht«, sagte Sean. Es war nicht wichtig, und man konnte es sowieso nur schätzen. Eine sinnlose Frage irritierte Sean genauso wie eine sinnlose Feststellung. Plötzlich wurde ihm klar, daß noch vor ein paar Monaten eine solche Frage unter Umständen eine Diskussion und Argumentation von mindestens einer halben Stunde hervorgerufen hätte. Was bedeutete das? Es bedeutete, daß er sich geändert hatte. Nachdem er seine eigene Frage beantwortet hatte, grinste Sean in sich hinein.

»Worüber lachst du?« fragte Dennis.

»Ich habe nur darüber nachgedacht, daß sich in den letzten Monaten eine Menge geändert hat.«

»Stimmt«, sagte Dennis, und für eine Weile herrschte Ruhe, und man hörte nur den Hufschlag der Pferde. »Es wird ungewohnt sein ohne Vater«, sagte Dennis nachdenklich. Mr. Petersen war auch in Isandhlwana geblieben. »Es wird einsam sein nur mit Mutter, den Mädchen und mir auf der Farm.«

Eine Zeitlang schwiegen sie. Sie überdachten die letzten Monate und Ereignisse, die ihr Leben gewandelt hatten. Beide waren noch nicht zwanzig und trotzdem schon Familienoberhaupt, Besitzer von Land und Vieh, leidgeprüft und im Töten von Menschen erfahren. Sean war reifer geworden. Der Bart, den er jetzt trug, war voll und wuchtig. Sie hatten sich den Kommandos angeschlossen, die zu Vergeltungsmaßnahmen für Isandhlwana ausgeschickt worden waren, hatten niedergebrannt und geplündert. Bei Ulundi hatten sie mit ihren Pferden hinter der Infanterie von Chelmsford in der heißen Sonne gestanden und seelenruhig den Angriff von Cetewayos Massen abgewartet. Sie hatten die regelmäßigen Salven miterlebt, die die schwarzen Haufen der Zulus zur Strecke brachten. Ganz zum Schluß hatten die Infanteristen Platz gemacht, und dann waren sie vorgeritten, zweitausend Mann zu Pferd, um ein für allemal die Macht des Zulureiches zu brechen. Bis zum Einbruch der Nacht wurde der Rest verfolgt und gejagt, und sie hatten dabei vergessen, die Getöteten zu zählen.

»Da ist der Kirchturm!« rief Dennis.

Sean kehrte langsam wieder in die Wirklichkeit zurück. Sie waren in Ladyburg.

»Ist deine Stiefmutter draußen in Theunis Kraal?« fragte Dennis.

»Nein, sie ist in die Stadt gezogen – in das Haus in der Protea Street.«

»Ich nehme an, daß sie nicht im Weg sein wollte, nachdem Anna und Garrick geheiratet hatten«, sagte Dennis.

In Sean stieg der Zorn hoch.

»Wie findest du es denn, daß Garrick die Anna bekommen hat?« Dennis lächelte und schüttelte den Kopf. »Ich hätte mit dir zwanzig zu eins gewettet, daß er nicht die leiseste Chance gehabt hätte.« Seans Zorn verstärkte sich. Garry hatte ihn zum Narren gehalten. Schließlich war er mit Anna noch nicht fertig gewesen.

»Hast du etwas von ihm gehört? Wann kommen sie nach Hause?«

»Das letzte, was wir gehört haben, kam aus Pietermaritzburg. Sie haben Mama ein Telegramm geschickt, in dem stand nur, daß sie geheiratet haben. Sie bekam es, ein paar Tage bevor ich von Isandhlwana zurückkehrte. Das war vor zwei Monaten. Soviel ich weiß, haben wir seitdem nichts gehört.«

»Ich nehme an, daß sich Garry so fest ins Nest gesetzt hat, daß man ihn nur mit Gewalt entfernen kann.« Ein schmutziges Lachen ging über Dennis' Gesicht. Ganz plötzlich überkam Sean eine schreckliche Vision: Garry, der auf Anna lag. Ihre Knie waren hoch erhoben, ihre Augen geschlossen und ihr Kopf zurückgeworfen, sie stieß spitze, kleine Schreie aus.

»Halt's Maul, du Dreckschwein!« schrie Sean.

Dennis erschrak. »Entschuldige, ich hab' doch nur einen Witz gemacht.«

»Dann mach gefälligst keine Witze über meine Familie. Garry ist mein Bruder.«

»Und sie war dein Mädchen, oder?« murmelte Dennis.

»Soll ich dir eine kleben?«

»Reg dich ab, Junge, es war ein Witz.«

»Ich mag solche Witze nicht, klar?«

»Schon gut, schon gut, reg dich ab.«

»Das ist dreckig, das ist einfach dreckig.« Sean versuchte verzweifelt, das Bild von Anna aus seinem Hirn zu vertreiben. Sie befand sich jetzt in einem wilden Orgasmus, und ihre Hände trommelten auf Garricks Rücken.

»Na hör mal, seit wann bist du denn ein Heiliger geworden?« fragte Dennis, gab seinem Pferd die Sporen und ritt Sean voraus. Er galoppierte die Hauptstraße entlang bis zum Hotel. Sean überlegte, ob er ihn zurückrufen sollte, doch dann ließ er es bleiben.

Sean bog rechts in eine schattige Seitenstraße ab. Das Haus war das dritte auf der rechten Seite. Vor drei Jahren hatte es Waite als Kapitalanlage gekauft. Es war ein hübsches kleines Haus, von

Bäumen und einem Blumengarten umgeben. Das Dach war mit Stroh gedeckt, das Haus weißgestrichen, und rundherum lief ein massiver hölzerner Pfahlzaun. Sean band sein Pferd am Tor fest und ging ins Haus.

Als er die Tür öffnete, waren zwei Frauen im Wohnzimmer. Sie standen auf, und ihre Überraschung machte der Freude Platz, als sie ihn erkannten. Er stellte es schmunzelnd fest. Man freut sich, wenn man willkommen ist.

»O Sean, wir haben dich noch nicht erwartet.« Ada kam schnell zu ihm. Er küßte sie und sah dabei, daß der Kummer seine Spuren hinterlassen hatte. Er fühlte sich schuldig, weil Waites Tod bei ihm nicht die gleichen Merkmale hervorgebracht hatte. Er hielt Ada von sich gestreckt und betrachtete sie.

»Du bist schön«, sagte er. Sie war dünn, ihre Augen waren viel zu groß für ihr Gesicht, und es lag so viel Trauer in ihnen wie Schatten in einem Wald, aber sie lächelte und lachte ihn dann an.

»Wir haben dich erst Freitag zurückerwartet. Ich bin froh, daß du früher gekommen bist.«

Sean sah an Ada vorbei.

»Hallo, süßes Küken.« Sie errötete ein wenig, als er sie betrachtete, senkte aber die Augen nicht.

»Du siehst älter aus«, sagte sie und sah dabei kaum den Staub, der seine Haut, sein Haar und seine Wimpern bedeckte und seine Augen gerötet hatte.

»Du hast einfach vergessen, wie ich aussehe«, erwiderte er und wandte sich wieder Ada zu.

»Nein, das könnte ich bestimmt nie«, flüsterte Audrey leise, so daß es keiner von ihnen hören konnte. Sie fühlte, wie sie innerlich erschauerte.

»Setz dich, Sean.« Ada führte ihn zu dem großen Lehnstuhl vor dem Kamin. Auf dem Sims stand ein Foto von Waite.

»Ich mache dir eine Tasse Tee.«

»Wie wär's denn mit einem Bier, Mama?« Sean ließ sich in den Sessel fallen.

»Aber natürlich, ich hol' dir eins.«

»Nein.« Audrey rannte durchs Zimmer auf die Küche zu. »Ich hole es.«

»Bier ist in der Vorratskammer«, rief Ada ihr nach und sagte dann zu Sean: »Sie ist so ein liebes Kind.«

»Dann schau noch mal hin«, lachte Sean. »Sie ist kein Kind mehr.«

»Ich wünschte, Garry –« Ada unterbrach sich.

»Was würdest du dir wünschen?« fragte Sean.

Einen Augenblick schwieg sie. Sie hätte gewünscht, daß Garrick ein Mädchen wie Audrey statt...

»Nichts«, sagte sie, und Sean ging auf sie zu und setzte sich neben sie.

»Hast du wieder etwas von Garry gehört?« fragte Sean.

»Nein, bis jetzt noch nicht. Aber Mr. Pye hat mir erzählt, daß er einen Scheck erhalten hat, der in Kapstadt ausgestellt war.«

»Kapstadt?« Sean zog die Brauen hoch. »Na, unser Junge scheint es sich ja gut gehen zu lassen.«

»Ja«, sagte Ada. Sie erinnerte sich an den Betrag, auf den der Scheck ausgestellt war. »Es scheint so.«

Audrey kam ins Zimmer zurück. Auf einem Tablett trug sie eine große Bierflasche und ein Glas. Sie ging auf Sean zu, und er faßte die Flasche an, sie war kalt.

»Na, mach schon, Mädchen«, ermutigte Sean. »Ich verdurste beinahe.« Das erste Glas trank er in drei Schlucken aus, und dann goß ihm Audrey nach. Mit dem Glas in der Hand setzte er sich gemütlich in den Sessel zurück.

»So«, sagte Ada, »und nun erzähl alles.«

Nach dieser freudigen Begrüßung machte es Spaß zu erzählen. Er war sich nie darüber klar gewesen, wieviel es zu erzählen gab. Und sobald er einmal stockte, bestürmten ihn Ada oder Audrey mit neuen Fragen.

»Um Himmels willen«, rief Audrey plötzlich. »Es ist fast dunkel draußen, ich muß gehen.«

»Sean«, sagte Ada im Aufstehen, »bitte, sieh zu, daß sie gut nach Hause kommt.«

Im Halbdunkel gingen sie nebeneinander her. Sie schwiegen, bis Audrey zu sprechen anfing.

»Sean, hast du Anna geliebt?«

Sie stieß diese Frage hervor, und Sean fühlte seine übliche Reaktion: aufsteigende Wut. Er wollte sie schon beschimpfen, aber dann besann er sich. Es war eigentlich eine wohltuende Frage. Hatte er Anna geliebt? Er dachte vielleicht zum erstenmal darüber nach und formulierte die Frage noch einmal für sich, damit er sie auch wahrheitsgemäß beantworten könnte. Plötzlich fühlte er sich erleichtert, da er zu ihr sprechen konnte. »Nein, du süßes Küken, nein. Ich habe Anna niemals geliebt.«

Sein Ton stimmte. Er log nicht. Glücklich lief sie neben ihm her.

»Mach dir nicht die Mühe, mit ins Haus zu kommen.«

Jetzt bemerkte er zum erstenmal seine schmutzige und zerfetzte Kleidung, die ihm in Gegenwart ihrer Eltern vielleicht peinlich sein würde. Sie wollte, daß von Anfang an alles stimmen sollte.

»Ich warte noch, bis du an der Tür bist«, sagte Sean.

»Ich nehme an, daß du morgen nach Theunis Kraal fahren wirst?« fragte sie.

»Als erstes morgen früh«, versicherte Sean. »Da ist verdammt viel zu tun.«

»Aber du kommst doch zum Laden?«

»Aber ja«, sagte Sean. Und die Art, wie er sie betrachtete, ließ sie erröten und sich gleichzeitig über ihre Empfindsamkeit ärgern. Schnell ging sie den Weg zum Haus, hielt dann noch einmal an und drehte sich um.

»Sean, bitte nenne mich nicht mehr süßes Küken.«

Sean lachte. »In Ordnung, Audrey. Ich werde es versuchen.«

27

Seit seiner Rückkehr aus den Zulukriegen waren sechs Wochen vergangen, überlegte Sean. Sechs Wochen wie der Wind. Er trank Kaffee aus einem Gefäß, das beinahe so groß wie ein Maßkrug war, und saß dabei in der Mitte seines Bettes, das Nachthemd hochgeschoben und die Beine übereinandergeschlagen wie ein Buddha. Der Kaffee war heiß. Er schlürfte ihn laut.

Die letzten sechs Wochen waren anstrengend gewesen. Zu anstrengend, um viel Zeit für Kummer und Trauer zu haben, obgleich der Schmerz an den Abenden, wenn er im Arbeitszimmer saß, zurückkehrte und Erinnerungen an Waite wach wurden.

Die Tage schienen zu vergehen, ehe sie richtig angefangen hatten. Da waren erst einmal die drei Farmen. Theunis Kraal und die anderen zwei, die vom alten Pye gepachtet waren. Auf ihnen hatte er das erbeutete Vieh und noch einige Zukäufe untergebracht. Der Preis für Vieh war zur Zeit äußerst niedrig, da fast hunderttausend Stück aus Zululand mitgebracht worden waren. Und Sean konnte deshalb sehr wählerisch sein in dem, was er kaufte. Er besaß genug Rückhalt, um zu warten, bis die Preise für den Verkauf wieder stiegen.

Sean schwang die Beine vom Bett und ging zum Waschbecken. Er goß Wasser aus dem Krug in das Becken und hielt erst einmal vorsichtig einen Finger hinein. Es war kalt und frisch. Er stand zögernd davor in seinem beinahe weibisch aussehenden Nachthemd, aus dem an der Brust dunkle Haarbüschel hervorsahen.

Dann brachte er es fertig, sein Gesicht ins Wasser zu tauchen. Er schaufelte mit den Händen Wasser über den Nacken, massierte sich den Kopf und stand schließlich prustend mitten im Zimmer. Er trocknete sich ab, zog das feuchte Nachthemd aus, stand nackt da und sah aus dem Fenster. Er freute sich auf den Tag, der wieder heiß werden würde.

Er zog sich an, hopste dabei auf einem Bein herum, während er in die Breeches stieg, stopfte die Enden seines Hemdes in die Hose und setzte sich aufs Bett, um die Stiefel anzuziehen. Jetzt dachte er an Audrey. Er wollte versuchen, morgen in die Stadt zu kommen, um sie zu sehen.

Sean hatte sich für die Ehe entschieden. Er hatte drei gute Gründe dafür. Er hatte herausgefunden, daß es leichter war, in die Tresore der Bank von England einzubrechen, als unter Audreys Röcke zu kommen, ohne sie zu heiraten. Und wenn Sean etwas wollte, dann war ihm kein Preis zu hoch.

Das Leben in Theunis Kraal mit Garry und Anna hatte ihm gezeigt, daß es nett sein würde, wenn seine eigene Frau ihm das Essen bereiten, seine Sachen in Ordnung halten und seinen Geschichten lauschen würde. Denn Sean fühlte sich ein wenig als fünftes Rad am Wagen. Der dritte Grund war durchaus nicht weniger wesentlich. Er bestand in Audreys Verbindung zur örtlichen Bank. Sie war eine der ganz wenigen schwachen Stellen in der Rüstung des alten Pye. Vielleicht wäre es vorstellbar, daß er die Mahobas Cloof Farm als Hochzeitsgeschenk herausrücken würde, obgleich das selbst einem Optimisten wie Sean unwahrscheinlich vorkam. Es war nicht so einfach, den alten Pye um Geld zu erleichtern.

Ja, beschloß Sean. Er würde morgen in die Stadt fahren und es Audrey sagen. Er kam gar nicht auf die Idee, sie etwa zu fragen. Sean kämmte sich Haare und Bart, blinzelte sich im Spiegel zu und ging in den Gang. Schon von weitem konnte er Wohlgerüche aus der Küche wahrnehmen, und das Wasser lief ihm im Mund zusammen. Anna war in der Küche. Ihr Gesicht war von der Hitze des Ofens gerötet. »Was gibt's zum Frühstück, kleine Schwester?«

Sie drehte sich um und strich sich schnell das Haar aus der Stirn. »Ich bin nicht deine kleine Schwester, und ich wünschte, du würdest mich nicht so nennen.«

»Wo ist Garry?« Sean fragte es so, als ob er ihren Protest gar nicht gehört hätte.

»Er ist noch nicht auf.«

»Der arme Junge ist ohne Zweifel völlig erschöpft«, grinste Sean, und sie wandte sich verwirrt ab. Sean betrachtete ihre Kehrseite ohne jedes Begehren. Es war eigenartig, aber seit Anna Garricks Frau geworden war, übte sie keine Anziehung mehr auf ihn aus. Selbst die Erinnerung an das, was sie früher getan hatten, kam ihm vage, obszön und blutschänderisch vor.

»Du wirst ja ganz schön dick«, sagte er, als er ihren vollen Körper betrachtete. Sie zuckte zusammen, gab aber keine Antwort, und Sean fuhr fort. »Ich möchte gern vier Spiegeleier, und sag Joseph, er soll sie nicht zu trocken machen.«

Sean ging ins Eßzimmer, das Garry gleichzeitig mit ihm durch die Seitentür betrat. Er sah noch verschlafen aus, und Sean roch den schalen Dunst von Alkohol.

»Guten Morgen, Romeo«, sagte Sean. Und Garry grinste beschämt. Seine Augen waren blutunterlaufen, und er war unrasiert.

»Hallo, Sean, wie hast du geschlafen?«

»Fabelhaft, danke, ich nehme an, du auch.« Sean setzte sich und nahm sich Porridge aus der Terrine.

»Du auch?« fragte er Garrick.

»Danke«, und Sean schob ihm den Teller hin. Da sah er Garricks Hand zittern. ›Ich muß mit ihm reden und ihn dazu bringen, daß er weniger trinkt.‹

»Mensch, bin ich hungrig.« Und nun folgte die übliche Frühstücksplauderei, die stets eine Art von Geplänkel war. Anna kam herein und setzte sich zu ihnen. Joseph brachte den Kaffee.

»Hast du es Sean schon gesagt, Garry?« fragte Anna plötzlich. Ihre Stimme war klar und bestimmt.

»Nein.« Garry war überrascht, er verschüttete Kaffee.

»Was soll er mir gesagt haben?« fragte Sean. Sie schwiegen, und Garricks Hände zitterten. Dies war der Augenblick, vor dem er sich gefürchtet hatte. Was würde passieren, wenn Sean es ahnen würde. Was, wenn er es sogar wußte und ihm Anna und das Baby fortnehmen würde. Das würde ihm, Garrick, alles nehmen. Überwältigt von wahnsinniger Furcht starrte er seinen Bruder an.

»Sag es ihm, Garry!« befahl Anna.

»Anna bekommt ein Baby«, sagte er. Er beobachtete Seans Gesicht, sah, wie die Überraschung sich in reine Freude verwandelte, und fühlte, wie Sean ihn heftig umarmte, wobei er ihn fast zerdrückte. »Das ist ja wunderbar«, jubelte Sean. »Das ist ja fabelhaft. Wenn du so weitermachst, Garry, haben wir in kürzester Zeit das Haus voller Kinder. Ich bin sehr stolz auf dich.«

Erleichtert vor sich hingrinsend beobachtete Garrick, wie Sean Anna etwas zärtlicher umarmte und auf die Stirn küßte.

»Gut gemacht, Anna, paß auf, daß es ein Junge wird. Wir können billige Arbeitskräfte hier gebrauchen.«

Und Garrick dachte: ›Er ahnt es nicht. Er weiß es nicht, und es wird mir gehören. Jetzt kann es mir niemand mehr wegnehmen.‹

Sie arbeiteten an diesem Tag auf dem südlichen Teil der Farm. Sie blieben zusammen, und Garrick lachte und freute sich, wenn er von Sean aufgezogen wurde. Es war wunderbar, wie sehr sich Sean um ihn kümmerte. Sie machten früh Schluß. Ausnahmsweise war Sean in keiner großen Arbeitslaune. »Nun, mein produktiver Herr Bruder, das ist doch eigentlich ein Grund«, sagte Sean und stieß Garrick in die Seite. »Lassen wir die Arbeit für heute und reiten wir in die Stadt. Dann nehmen wir im Hotel ein paar Brandys zur Brust, und dann gehen wir und erzählen es Ada.«

Sean richtete sich steil im Sattel auf und überschrie den Lärm der Herde.

»Mbejane, bring die zehn Kranken in den Stall, und vergiß nicht, daß wir morgen in der Stadt Vieh abholen müssen.«

Mbejane nickte zum Zeichen, daß er verstanden hatte, und Sean wandte sich wieder Garrick zu.

»Los, komm, hauen wir endlich ab!«

Sie ritten nebeneinander. Ihre Ölhäute waren feucht. Seans Bart glänzte; es war kalt geworden, und ein feuchter Nebel senkte sich nieder. »Das ist das richtige Wetter, um ein paar Brandys zu trinken«, sagte Sean, und Garrick antwortete nicht, er hatte schon wieder Angst. Er wollte es Ada nicht sagen. Sie würde es erraten. Sie erriet alles. Sie würde wissen, daß es Seans Kind war. Man konnte sie nicht belügen.

Die Pferde trotteten durch den feuchten Morast. Sie waren jetzt an der Stelle angekommen, wo die Straße nach Ladyburg abbog.

»Ada wird sich freuen, Großmutter zu werden«, lachte Sean vergnügt. In diesem Augenblick stolperte sein Pferd und fiel vorn nieder. Sean saß ab, nahm den Huf in die Hand und sah, daß ein großer Splitter die Hornhaut durchdrungen hatte.

»Zum Teufel noch mal«, fluchte er. Er beugte sich nieder, nahm den Splitter zwischen die Zähne und zog ihn heraus.

»Na ja, dann können wir jetzt nicht nach Ladyburg reiten. Das dauert ein paar Tage, bis das Bein wieder in Ordnung ist.«

Garrick war erleichtert. Das bedeutete, daß er noch ein paar Tage Zeit hatte, ehe er es Ada sagen mußte.

»Dein Pferd ist ja nicht lahm. Also los, Junge, du reitest weiter. Und grüß mir Mutter schön«, sagte Sean, zu ihm aufsehend.

»Wir können es ihr ja auch ein andermal sagen. Reiten wir nach Hause«, widersprach Garrick.

»Also los, Garry, schließlich ist es dein Kind, los, sag es ihr.«

Garrick widersprach, bis er sah, daß Seans Laune immer schlechter wurde, da drehte er sich resigniert um und ritt los, während Sean sein Pferd nach Theunis Kraal zurückführte. Beim Laufen war das Ölzeug unbequem warm und schwer. Sean zog es aus und warf es über den Sattel.

Anna stand in der Tür, als er nach Hause kam.

»Wo ist Garry?« fragte sie.

»Reg dich nicht auf, er ist in die Stadt geritten, um Ada zu besuchen. Zum Abendessen ist er wieder zurück.«

Einer der Stallburschen kam, um Seans Pferd wegzuführen. Sie sprachen einen Augenblick, und Sean bückte sich, um ihm den verletzten Huf zu zeigen. Dabei spannte sich seine Hose, und man sah die kräftige Form seiner Beine. Anna starrte ihn an. Er richtete sich wieder auf, und die Schultern waren breit unter dem feuchten Leinen seines Hemdes. Er lächelte, als er auf sie zuging. Durch die Feuchtigkeit war sein Bart gelockt; er sah wie ein Pirat aus.

»Du mußt dich jetzt vorsehen.« Er nahm sie beim Oberarm und

führte sie ins Haus. »Du darfst nicht so lange in der Kälte herumstehen.« Sie gingen durch die Glastür. Anna sah zu ihm auf. Ihr Kopf reichte ihm genau bis zur Schulter.

»Du bist eine verdammt gute Frau, Anna, und ich bin sicher, du wirst ein nettes Baby bekommen.« Er legte seinen Arm um ihre Schultern.

»Sean!« Sie stieß seinen Namen hervor wie einen Hilfeschrei. Mit einer wilden Bewegung drehte sie sich ihm zu und preßte ihren Körper an den seinen, warf die Arme um seinen Hals und wühlte mit den Händen in seinem dichten Nackenhaar. Sie zog sein Gesicht zu sich herunter und wartete mit geöffneten, warmen und feuchten Lippen. Sie drückte ihre Oberschenkel gegen seine Beine, und während sie ihn küßte, stöhnte sie leise. Einige Sekunden lang stand Sean in ihrer Umarmung gefangen. Dann riß er sich los.

»Bist du wahnsinnig?« Er versuchte sie wegzuschieben, aber sie kämpfte gegen seine abwehrenden Hände. Sie verschränkte die Arme hinter seinem Rücken und drückte ihr Gesicht gegen seine Brust. »Ich liebe dich. Bitte, bitte. Ich will dich ja nur halten, das ist alles. Ich will dir ja nur nahe sein.« Ihre Stimme wurde vom feuchten Tuch seines Hemdes gedämpft. Sie zitterte.

»Laß mich endlich los!« Roh brach Sean ihre Umklammerung und stieß sie so unsanft zurück, daß sie ums Haar auf die Couch neben dem Kamin gefallen wäre.

»Du bist jetzt Garricks Frau, und du wirst bald die Mutter seines Kindes. Heb dir deine Gefühle für ihn auf.« Sean wandte sich von ihr ab, und Wut begann in ihm aufzusteigen.

»Aber ich liebe dich, Sean. Bei Gott, wenn ich dir doch nur klarmachen könnte, wie sehr ich gelitten habe. Hier mit dir zu leben, dich nicht einmal berühren zu dürfen.«

Sean ging auf sie zu. »Jetzt hör genau zu.« Seine Stimme war kalt. »Ich will dich nicht, ich habe dich nie geliebt, und jetzt könnte ich dich nicht mehr anfassen, genausowenig wie ich mit meiner eigenen Mutter schlafen würde.«

Sie konnte den Abscheu in seinem Gesicht lesen. »Du bist Garrys Frau, und wenn du je wieder einen anderen Mann ansiehst, bringe ich dich um.«

Er hielt ihr seine ausgestreckten Arme mit gekrümmten Fingern vors Gesicht. »Dann bringe ich dich mit meinen eigenen Händen um.«

Sein Gesicht war dem ihren jetzt ganz nahe. Sie konnte den Ausdruck seiner Augen nicht ertragen. Sie schlug auf ihn ein. Gerade noch rechtzeitig, um seine Augen zu retten, zog er den Kopf zurück. Aber ihre Nägel rissen ihm die Wange auf, und blutige Linien zogen über Gesicht und Nase. Er packte sie bei den Händen und hielt sie fest. Sie wollte sich losreißen und schrie ihn an: »Du Schwein, du schmutziges, schmutziges Schwein! Garrys Frau, sagst du? Garrys Baby, sagst du?«

Sie warf den Kopf zurück und lachte wild, während sie schrie. »Und jetzt werde ich dir die Wahrheit sagen. Das, was ich in mir trage, hast du mir gegeben. Es ist dein Kind. Nicht das Garrys!«

Sean ließ ihre Handgelenke los und wich zurück.

»Das kann nicht sein«, flüsterte er. »Du mußt lügen!«

Sie ging ihm nach.

»Erinnerst du dich nicht mehr daran, wie du dich von mir verabschiedet hast, als du in den verdammten Krieg zogst? Erinnerst du dich nicht an die Nacht in dem Wagen? Erinnerst du dich nicht – nein?« Sie sprach jetzt ruhig, und ihre Worte klangen um so verletzender.

»Aber das war vor Monaten. Das kann nicht wahr sein«, stammelte Sean, noch immer vor ihr zurückweichend.

»Dreieinhalb Monate«, sagte sie. »Glaubst du nicht auch, daß das Baby deines Bruders ein bißchen früh kommt? Aber natürlich, viele Frauen haben Frühgeburten...«

Ihre Stimme dröhnte. Sie zitterte fassungslos, und ihr Gesicht war von geisterhafter Blässe. Sean hielt es nicht länger aus.

»Laß mich, laß mich allein. Ich muß nachdenken. Ich wußte es nicht.« Er stürzte an ihr vorbei, hinaus auf den Gang. Dann hörte sie, wie die Tür zu Waites Arbeitszimmer zugeschlagen wurde, und stand ganz still in der Mitte des Zimmers. Allmählich beruhigte sie sich, und die Wut verließ sie, aber nur, um einem abgrundtiefen Haß Platz zu machen. Jetzt ging auch sie aus dem Zimmer und vom Korridor aus in ihr Schlafzimmer. Dort stellte sie sich vor den Spiegel und betrachtete sich.

»Ich hasse ihn.« Sie sagte diese Worte zu ihrem Spiegelbild. Ihr Gesicht war noch immer bleich. »Es gibt etwas, was ich ihm wegnehmen kann. Garry gehört jetzt mir, nicht ihm.«

Sie löste ihr Haar und ließ es bis auf den Fußboden fallen. Dann breitete sie es über die Schultern und brachte es durcheinander. Sie biß sich in die Lippen, bis sie Blut schluckte.

»O Gott, wie hasse ich ihn, wie hasse ich ihn«, flüsterte sie durch den Schmerz. Dann streiften ihre Hände am Kleid herunter. Sie riß es vorn auf und betrachtete die jetzt größer und dunkler werdenden Brustwarzen, denen man die herannahende Fruchtbarkeit ansah. Zornig schleuderte sie ihre Schuhe fort.

»Ich hasse ihn.« Sie bückte sich, und ihre Hände faßten unter ihren Rock in die Unterröcke. Sie löste ihre Hose, zog sie aus und zerriß sie. Dann warf sie sie neben das Bett. Ihr Arm fegte über den Schminktisch, und eines der Gefäße fiel auf den Boden und zerbrach. Das ganze Zimmer roch jetzt nach Puder und Parfüm. Dann ging sie zum Bett und ließ sich darauf fallen. Sie zog die Knie an, so daß sich ihre Unterröcke öffneten wie die Blätter einer Blume. Ihre weißen Beine und ihr Unterleib ragten wie eine Knospe hervor.

Kurz vor Einbruch der Dunkelheit hörte sie ein zögerndes Klopfen an der Tür.

»Was ist los?« fragte sie.

»Die Nkosikazi hat mir noch nicht gesagt, was ich heute abend zum Essen kochen soll«, sagte die Stimme des alten Joseph respektvoll.

»Heute abend muß kein Abendessen gekocht werden. Du und die anderen Diener, ihr könnt gehen.«

»Danke, Nkosikazi.«

Garrick kam nach Einbruch der Dunkelheit zurück. Er hatte getrunken, sie hörte ihn schwanken, und seine Stimme war unsicher, als er rief: »Hallo, wo seid ihr? Anna! Anna! Ich bin zurück.«

Stille. Nach einer Weile zündete er eine Lampe an, während er erregt und laut rufend durch den Gang humpelte. Seine Stimme klang zutiefst erschreckt.

»Anna, Anna! Wo bist du?«

Er stieß die Tür auf und stand mit der Lampe in der Hand da. Anna drehte ihr Gesicht vom Licht weg und drückte es ins Kissen, wobei sie mit den Schultern zuckte. Sie hörte ihn die Lampe auf den Schminktisch stellen und fühlte, wie seine Hände ihre Röcke herunterzogen, um die Nacktheit zu bedecken. Dann drehte er sie vorsichtig um und betrachtete sie. Sie blickte ihm ins Gesicht und sah einen Ausdruck des Grauens darin.

»Mein Liebling! O Anna, mein Liebling, was ist passiert?«

Er starrte auf ihre Brüste und die blutenden Lippen. Dann wandte er den Kopf und entdeckte die Flaschen auf der Erde und die zerrissene Hose. Sein Gesicht verhärtete sich, als er es ihr wieder zuwandte. »Bist du verletzt?«

Sie schüttelte den Kopf.

»Wer? Sag mir, wer es war?«

Sie wandte sich wieder von ihm ab und verbarg ihr Gesicht.

»Mein Liebling, mein armer Liebling, wer war es? Einer von der Dienerschaft?«

»Nein.« Ihre Stimme war empört und beschämt.

Sie setzte sich schnell auf und umarmte ihn, wobei sie ihn so hielt, daß ihre Lippen ganz nahe an sein Ohr kamen.

»Du weißt es, Garry, du weißt, wer es war.«

»Nein, ich schwöre es dir, ich weiß es nicht. Sag es mir.«

Anna atmete tief ein, hielt den Atem einen Augenblick an und sagte im Ausatmen: »Sean.«

Garricks Körper bäumte sich in ihren Armen auf. Sie hörte ihn stöhnen, als ob er einen Schlag erhalten hätte. Dann flüsterte er: »Auch das noch. Jetzt auch noch das!«

Er löste ihre Arme von seinem Nacken und legte sie fürsorglich aufs Bett zurück. Dann ging er zum Schrank, öffnete eine Lade und entnahm ihr Waites Armeepistole.

Jetzt wird er Sean umbringen, dachte sie. Garrick verließ das Zimmer, ohne sich nach ihr umzusehen. Sie wartete, die Hände in den Seiten, den ganzen Körper angespannt. Als der Schuß kam, hörte er sich eigenartig gedämpft und unkriegerisch an. Ihr Körper entspannte sich, die Fäuste öffneten sich, und sie begann leise zu weinen.

28

Garrick humpelte durch den Gang. Die Pistole war schwer, und der aufgerauhte Griff schabte an seiner Handfläche. Er sah, daß unter der Tür des Arbeitszimmers Licht hervorschien. Sie war unverschlossen. Garrick ging hinein.

Sean saß, die Ellenbogen auf dem Tisch, das Gesicht in den Händen vergraben, aber er blickte auf, als Garrick durch die Tür kam. Die Kratzwunden waren inzwischen zu schwarzen Streifen auf seinem Gesicht geworden, und das Fleisch war rot und entzündet. Er sah auf die Pistole in Garricks Hand.

»Sie hat es dir also gesagt.« Seine Stimme klang leer und ausdruckslos.

»Ja.«

»Ich hoffte, sie würde es nicht tun. Ich hoffte, sie würde wenigstens dich aus dem Spiel lassen.«

»Mich aus dem Spiel lassen? Und was ist mit ihr, hast du vielleicht an sie gedacht?«

Sean gab keine Antwort. Statt dessen zuckte er mit den Schultern und lehnte sich müde in den Sessel zurück.

»Ich habe nicht gewußt, was für ein gnadenloses Schwein du bist!« röchelte Garrick. »Ich bin gekommen, um dich zu töten.«

»Ja.« Sean sah, wie die Pistole sich hob. Garrick hielt sie mit beiden Händen. Sein sandfarbenes Haar hing ihm ins Gesicht.

»Mein armer Garry«, sagte Sean sanft, und sofort begann die Pistole zu zittern. Sie zitterte und hing schließlich zwischen Garricks Knien. Er beugte sich vor und fing an, wirr zu reden, wobei er auf den Lippen herumkaute und sich zu konzentrieren versuchte. Sean stand auf, um zu ihm zu gehen, aber Garry verkroch sich in die äußerste Ecke.

»Bleib mir vom Leib!« schrie er. »Rühr mich nicht an.«

Er schleuderte die Pistole, und der Abzug berührte Seans Stirn und riß seinen Kopf zurück. Die Pistole flog gegen die Wand. Ein Schuß löste sich, und die Kugel schlug in die Holzverkleidung der Decke. »Es ist aus«, schrie Garrick. »Es ist aus, ein für allemal.«

In wilder Hast humpelte er durch den Gang in die Küche und dann hinaus in den Regen. Er stürzte viele Male, wenn sich sein Holzbein im Gras verfing. Aber jedesmal richtete er sich wieder auf und versuchte weiterzurennen. Er schluchzte bei jedem Schritt in der Dunkelheit der Nacht. Schließlich versperrte ihm der Baboon-Strom den Weg. Er stand am Ufer, und der Regenwind blies ihm ins Gesicht. »Warum ich, warum immer ich?« Er schrie seine Qual in die Dunkelheit, und dann fühlte er, wie sich auf einmal alles um ihn zu drehen begann. Wärme umfing ihn, und er sank auf die Knie in den Schlamm.

29

Sean nahm sehr wenig mit. Sein Bettzeug, ein Gewehr und ein Reservepferd. Zweimal kam er in der Dunkelheit vom Weg ab, der ihn zum Kraal von Mbejane führen sollte, aber sein Pferd fand ihn immer wieder. Mbejane hatte seine große Grashütte weit entfernt von den Quartieren der übrigen Dienstboten gebaut, denn schließlich war er ein Zulu von königlichem Geblüt. Als Sean sie endlich erreichte, dauerte es ein paar Minuten, bis ihm Mbejane, eine Decke um die Schultern geschlungen und eine alte Paraffinlampe in der Hand, auf sein Rufen antwortete.

»Was gibt es, Nkosi?«

»Ich gehe, Mbejane.«

»Wohin?«

»Wohin der Weg mich führt. Willst du mir folgen?«

»Ich hole meine Speere«, sagte Mbejane.

Der alte Pye stand noch immer im Büro hinter der Bank, als sie in Ladyburg ankamen. Er zählte seine Goldstücke und stapelte sie zu kleinen sauberen Säulen. Seine Hände waren so zärtlich mit ihnen wie die Hände eines Mannes, der den Körper der geliebten Frau streichelt. Als Sean in der Tür stand, griff Pyes Hand schnell in die offene Lade. »Das brauchen Sie nicht«, sagte Sean, und schuldbewußt ließ Pye die Pistole wieder los.

»Um Himmels willen, ich habe dich ja gar nicht erkannt, mein Junge.«

»Wieviel habe ich auf meinem Konto?« unterbrach Sean die höflichen Floskeln.

»Hör mal, jetzt sind keine Bankstunden.«

»Mr. Pye, ich habe es eilig. Wieviel habe ich auf dem Konto?«

Pye stand auf und ging zu dem großen eisernen Safe. Mit dem Rücken zu Sean drehte er an der Kombination und öffnete die schwere Tür. Dann brachte er ein Kassabuch zum Schreibtisch.

»Carter-Clote-Courteney«, murmelte er, als er die Seiten umblätterte. »Hier. Ada, Garrick, Sean. Zwölfhundertneunundsechzig Pfund, acht Shilling und acht Pence, das heißt, die Rechnungen vom Geschäft im vergangenen Monat sind noch nicht abgebucht.«

»Also sagen wir zwölfhundert. Ich brauche es jetzt, und während Sie es fertigmachen, brauche ich Papier, Tinte und Feder.«

»Hier hast du alles. Dort auf dem Schreibtisch.«

Sean setzte sich an den Schreibtisch, schob das Gold zur Seite, tauchte die Feder ein und schrieb. Als er fertig war, sah er den alten Pye an.

»Bitte, dienen Sie mir als Zeuge.«

Pye nahm das Schriftstück hoch und las es. Sein Gesicht erstarrte. »Du vermachst deinen halben Anteil von Theunis Kraal und das ganze Vieh dem erstgeborenen Kind deines Bruders«, explodierte er.

»Das stimmt, bitte bezeugen Sie es.«

»Du mußt wahnsinnig sein«, protestierte Pye. »Das ist ein Vermögen, das du da weggibst. Überleg, was du tust. Denk an deine Zukunft. Ich hatte gehofft, daß du und Audrey...«

Hier unterbrach er sich und fuhr fort: »Sei doch kein Narr!«

»Bitte, bezeugen Sie es, Mr. Pye«, sagte Sean. Und Pye unterschrieb murrend.

»Danke.« Sean faltete das Dokument zusammen, steckte es in einen Umschlag und versiegelte ihn. Dann schob er ihn in seine Jacke.

»Wo ist das Geld?« fragte er.

Verächtlich schob ihm Pye einen Geldsack zu. Er wollte mit Narren nichts zu tun haben.

»Zähl es nach«, sagte er.

»Ich glaube Ihnen auch so«, erwiderte Sean und unterschrieb die Quittung. Dann ritt er die Hauptstraße entlang bis zur Abzweigung nach Pietermaritzburg. Mbejane trabte neben ihm her und führte das zweite Pferd. Als sie auf der Anhöhe angekommen waren, hatte der Wind die Wolken weggeblasen, und die Sterne standen am Himmel. Sie konnten tief unter sich die Stadt sehen und hie und da ein erleuchtetes Fenster erkennen.

›Ich hätte mich von Ada verabschieden müssen‹, dachte Sean. Er sah ins Tal hinab in Richtung auf Theunis Kraal. Er konnte kein Licht erkennen. Dann berührte er den Brief in der Innentasche seines Rocks. »Ich werde es Garry von Pietermaritzburg aus schikken«, sagte er laut.

»Nkosi?« fragte Mbejane.

»Ich sagte, es ist noch ein weiter Weg. Gehen wir.«

»Ja«, stimmte Mbejane zu. »Gehen wir.«

Zweites Buch

WITWATERSRAND

1

Von Pietermaritzburg aus wandten sie sich nach Norden und stiegen durch die Graslandschaft den Bergen entgegen. Am dritten Tag sahen sie die Silhouette von Drakensburg, die mit ihren schwarzen Zacken wie das Maul eines alten Haifisches aussah.

Es war kalt. In seinen Umhang gehüllt, lief Mbejane weit hinter Sean. Seit sie Pietermaritzburg verlassen hatten, waren nicht mehr als zwei Dutzend Worte zwischen ihnen gewechselt worden.

Mbejane nahm aus seiner kleinen ledernen Schnupftabakdose eine Prise und zog sie langsam und genüßlich ein. Er sah zu den Bergen auf. Im Sonnenuntergang schimmerten die schneebedeckten Gipfel rosafarben. Noch eine Weile, dann würden sie kampieren, oder vielleicht auch nicht. Es spielte gar keine Rolle.

Sean ritt in der Dunkelheit weiter. Bald sahen sie Lichter im Tal unter sich.

›Dundee‹, dachte Sean gleichgültig.

Er beschleunigte das Tempo nicht, sondern ließ sein Pferd gemütlich auf die Stadt zulaufen. Jetzt konnte er den Rauch von der Mine her wahrnehmen. Ein muffiger Geschmack machte sich im Gaumen bemerkbar. Sie kamen auf die Hauptstraße. In der Kälte schien die Stadt völlig verlassen. Eigentlich hatte Sean die Absicht, anzuhalten und am anderen Ende der Stadt ein Lager aufzuschlagen. Aber als er vor dem Hotel ankam, zögerte er.

Die Wärme lockte und das Gelächter und der Lärm von Männerstimmen. Plötzlich merkte er, daß seine Finger vor Kälte steif waren. »Mbejane, nimm mein Pferd. Such dir einen Platz hinter der Stadt und mach dir ein Feuer, damit ich dich in der Dunkelheit leichter finden kann.«

Sean saß ab und betrat die Bar. Der Raum war voll. Hauptsächlich Bergleute. Er konnte es am grauen Kohlenstaub erkennen, der sich auf ihren Gesichtern festgesetzt hatte. Sie betrachteten ihn ohne großes Interesse, als er zur Theke ging und sich einen Brandy bestellte. Er trank ihn langsam und machte keine Anstalten, sich in die lauten Gespräche einzuschalten.

Der Betrunkene war ein kleiner Mann mit einem Körperbau wie der Tafelberg, niedrig, breit und solide. Er mußte sich auf die Zehenspitzen stellen, bis er seinen Arm um Seans Nacken legen konnte.

»Trinken Sie einen mit mir.« Sein Atem roch sauer.

»Nein, danke.« Sean war nicht in der Stimmung, Betrunkene zu ertragen.

»Na komm schon, komm schon«, drängte der Betrunkene. Er stolperte und verschüttete dabei Seans Drink auf der Theke.

»Lassen Sie mich in Ruhe.« Sean schüttelte seinen Arm ab.

»Vielleicht gefällt Ihnen mein Gesicht nicht?« Der Betrunkene reckte es Sean entgegen. Sean gefiel es wirklich nicht.

»Hauen Sie ab und lassen Sie mich in Ruhe.«

Der Betrunkene schlug auf die Theke.

»Charlie, gib diesem Riesenaffen hier einen Drink, und zwar einen doppelten. Wenn er ihn nicht trinkt, werde ich ihn ihm selbst einflößen.«

Sean ignorierte das vor ihn hingestellte Glas. Er trank seinen eigenen Brandy aus und wandte sich zur Tür. Der Betrunkene schüttete ihm den Cognac ins Gesicht. Der Alkohol brannte in den Augen, und im gleichen Augenblick schlug er dem Mann die Faust in den Magen. Als sein Kopf wieder hochkam, schlug er ihn noch mal, diesmal ins Gesicht. Der Betrunkene drehte sich zur Seite, fiel um, und seine Nase blutete.

»Warum haben Sie ihn geschlagen?« Ein anderer Bergmann half dem Betrunkenen wieder auf.

»Es hätte Sie ja schließlich nichts gekostet, wenn Sie einen mit ihm getrunken hätten.« Sean fühlte, wie die Stimmung sich gegen ihn wandte. Er war der Außenseiter.

»Der Junge sucht offensichtlich Krach.«

»Das ist ein ziemlich starker Affe. Wir wissen, wie man mit starken Affen umgeht.«

»Kommt, wir werden dem Strolch zeigen, wie man so was macht.«

Sean hatte den Mann im Affekt geschlagen. Das tat ihm jetzt leid. Aber sein Schuldgefühl verflog schnell, als er sah, wie sie sich jetzt gegen ihn formierten. Auch seine deprimierte Laune war verschwunden, und er fühlte sich erleichtert. Das war genau das, was er brauchte.

Sechs auf einmal kamen auf ihn zu. Sechs war eine schöne runde Zahl. Einer von ihnen hatte eine Flasche in der Hand, und Sean begann zu lächeln. Sie redeten laut vor sich hin, um sich selbst Mut zu machen, und warteten darauf, daß einer anfangen würde.

Er sah die Bewegung aus dem Augenwinkel und sprang zurück, die Hände erhoben.

»Immer mit der Ruhe«, beruhigte ihn eine sehr englisch klingende Stimme. »Darf ich Ihnen meine Dienste anbieten? Es scheint, daß Sie einige Gegner haben, und zwar genug, um mir ein paar abzutreten.« Der Sprecher hatte sich von einem der Tische, die hinter Sean standen, erhoben. Er war groß, hatte ein verwegenes, durchfurchtes Gesicht und trug einen tadellos sitzenden grauen Anzug.

»Ich will sie alle«, sagte Sean.

»Das ist verdammt unsportlich.« Der Dazugekommene schüttelte den Kopf. »Ich kaufe Ihnen die drei Herren auf der linken Seite ab, falls der Preis annehmbar ist.«

»Nehmen Sie zwei als Geschenk und betrachten Sie sich damit als glücklicher Gewinner.« Sean grinste, und der andere grinste zurück. In der Freude, einander getroffen zu haben, hatten sie fast die bevorstehende Aktion vergessen.

»Das ist sehr anständig von Ihnen. Darf ich mich Ihnen vorstellen: Dufford Charleywood.« Er nahm den Spazierstock, den er in der rechten Hand hielt, in die linke und streckte die rechte Sean hin.

»Sean Courteney.« Sean drückte ihm die Hand.

»Seid ihr Strolche jetzt bereit zu kämpfen, oder was ist los?« protestierte einer der Bergleute ungeduldig.

»Aber ja, mein Liebling, aber ja«, erwiderte Duff, ging lässig auf den Mann zu und schwang seinen Stock. So dünn dieser war, er verursachte ein enormes Geräusch, als er den Mann wie einen Schlagball auf den Kopf traf.

»Da waren's nur noch fünf«, sagte Duff. Er schwang seinen Stock, der mit Eisen gefüllt war, und holte erneut aus. Wie ein Ritter schlug er mit seinem Stock, gleich einem Schwert, gegen die Gurgel des zweiten Gegners. Und dieser lag stöhnend und krächzend auf dem Boden.

»Der Rest gehört Ihnen, Mr. Courteney«, sagte Duff bedauernd.

Sean beugte sich weit vor, breitete die Arme aus und riß mit einem Ruck alle vier Beinpaare seiner Gegner in die Luft. Dann setzte er sich in die Mitte des Haufens und begann mit Armen und Beinen auf die vier einzuschlagen.

Die Schreie und Schläge wurden allmählich immer leiser und langsamer, und Sean stand auf. Seine Lippe blutete, und ein Revers war von seiner Jacke abgerissen.

»Einen Drink?« fragte Duff.

»Ja, einen Brandy bitte.« Sean lächelte dem eleganten Mann zu, der an die Theke gelehnt stand. »Heute gedenke ich nicht noch mal eine Einladung zum Drink abzulehnen.«

Sie nahmen ihre Gläser und gingen zu Duffs Tisch, wobei sie über ihre Opfer stiegen.

»Na, denn Prost!«

»Gut, runter damit!«

Und jetzt begannen sie sich beide mit Interesse anzusehen, wobei sie die geschäftigen Bewegungen, die um sie her vorgingen und durch die das Lokal wieder in Ordnung gebracht wurde, völlig ignorierten.

»Reisen Sie?« fragte Duff.

»Ja, und Sie?«

»Leider nicht in der glücklichen Lage. Ich bin hier bei der Dundee Bergwerks AG fest angestellt.«

»Sie arbeiten hier?« Sean betrachtete Duff mit leichtem Unglauben; Duff wirkte auf ihn wie ein Fasan unter lauter Tauben.

»Zweiter Ingenieur«, nickte Duff. »Aber nicht mehr lange. Der ständige Kohlenstaub sitzt mir schon zu fest in der Kehle.«

»Darf ich vorschlagen, ihn hinunterzuspülen?«

»Eine großartige Idee«, stimmte Duff zu.

Sean brachte neue Drinks zum Tisch.

»Und wo soll es hingehen?« fragte Duff.

»Als ich aufbrach, ritt ich nach Norden«, sagte Sean achselzukkend, »und ritt so einfach immer weiter.«

»Und wo brachen Sie auf?«

»Im Süden«, antwortete Sean kurz angebunden.

»Verzeihung, ich wollte nicht neugierig sein.« Duff lächelte. »Noch einen Brandy?«

Der Barmann kam hinter der Theke vor und auf ihren Tisch zu.

»Hallo, Charlie«, begrüßte ihn Duff. »Ich nehme an, daß Sie für das zerschlagene Mobiliar einen Schadenersatz verdienen.«

»Machen Sie sich darüber keine Sorgen, Mr. Charleywood. Wir haben selten eine so gute Keilerei hier gehabt. Die paar Tische und Stühle, die dabei in die Brüche gehen, sind unwichtig, wenn sich's gelohnt hat, dabei zuzuschauen. Das ist ein kleines Geschenk des Hauses.«

»Das ist aber sehr nett von Ihnen.«

»Aber das ist nicht der Grund, warum ich zu Ihnen komme, Mr. Charleywood. Ich habe hier etwas, das Sie sich einmal anschauen sollten. Schließlich sind Sie doch ein Bergwerksexperte oder so was. Hätten Sie eine Minute Zeit für mich, Sir?«

»Komm mit, Sean, gucken wir uns an, was Charlie für uns hat. Ich schätze, daß es sich um eine hübsche Puppe handeln wird.«

»Das ist es diesmal nicht, Sir«, sagte Charlie ernst und ging ihnen voran zum Hinterzimmer. Hier nahm Charlie einen Gesteinsbrocken von einem Regal und hielt ihn Duff hin.

»Was glauben Sie, was das ist?«

Duff nahm den Stein, wog ihn in der Hand und betrachtete ihn dann von allen Seiten. Er war glasiggrau mit weißen und dunkelroten Tupfen und wurde von einem breiten schwarzen Streifen durchzogen.

»Das ist ein ziemliches Durcheinander«, sagte Sean nicht sehr begeistert.

»Was soll denn das große Geheimnis sein?«

»Ein Freund von mir brachte ihn aus der Krüger-Republik von der anderen Seite des Gebirges. Er sagt, er wäre goldhaltig. Sie wollen an dem Ort Witwatersrand, gleich bei Pretoria, einen großen Fund gemacht haben. Ich habe natürlich diesen Gerüchten nicht viel Wert beigemessen, schließlich hört man sie immer wieder. Diamanten und Gold. Gold und Diamanten.« Charlie lachte und wischte sich die Hände an der Schürze ab. »Auf jeden Fall hat mir mein Freund erzählt, daß die Buren Lizenzen für Minen vergeben an alle, die nach dem Zeug graben wollen. Ich dachte nur, daß Sie sich's mal ansehen sollten.«

»Ich nehme es mal mit, Charlie, und untersuche es morgen früh genau. Jetzt wollen mein Freund und ich etwas trinken.«

2

Als Sean am nächsten Morgen die Augen öffnete, schien die Sonne durch das Fenster über seinem Bett. Schnell schloß er sie wieder und versuchte, sich daran zu erinnern, wo er war. Er hatte widerliche Kopfschmerzen und nahm ein eigenartiges Geräusch wahr. Das Geräusch bestand aus einem regelmäßigen ratternden Krächzen. Es hörte sich an, als ob jemand im Sterben läge. Sean öffnete die Augenlider und wandte langsam den Kopf. In dem zweiten Bett an der anderen Wand des Raumes lag jemand. Sean packte einen Stiefel und warf ihn. Nach einem wilden Schnarcher tauchte Duffs Kopf auf. Eine Sekunde lang betrachtete er Sean aus Augen, die so rot wie ein Wintersonnenuntergang waren, und glitt dann wieder vorsichtig unter die Decken.

»Kannst du nicht leiser bellen?« flüsterte Sean. »Schließlich befindest du dich in der Gesellschaft eines Todkranken.«

Sehr viel später brachte ein Diener Kaffee.

»Benachrichtige mein Büro, daß ich krank bin«, befahl Duff.

»Das habe ich schon getan.« Offensichtlich kannte der Diener seinen Herrn. Dann fuhr er fort: »Draußen ist jemand, der den anderen Nkosi sucht.« Er sah zu Sean. »Er macht sich große Sorgen.«

»Mbejane. Sag ihm, daß er warten soll«, befahl Sean.

Beide saßen auf den Betten und tranken zunächst schweigend ihren Kaffee.

»Wie bin ich denn hierhergekommen?« fragte Sean.

»Mein Junge, wenn du das nicht mehr weißt, dann weiß es niemand.«

Duff stand auf und durchquerte das Zimmer, um frische Wäsche zu suchen. Er war nackt, und Sean sah, daß seine Muskeln gut durchtrainiert waren, obwohl er schlank wie ein Knabe war.

»Großer Gott, was tut Charlie bloß in seinen Schnaps?« beschwerte sich Duff, als er sich die Jacke anzog.

Er fand den Gesteinsbrocken, nahm ihn heraus und warf ihn auf den Schrankkoffer, der als Tisch diente. Mißmutig betrachtete er das Stück, während er sich weiter anzog. Dann ging er zu dem großen Haufen von Junggesellenkram, der in einer Ecke des Zimmers lag. Er suchte herum und kam mit einem Stahlmörser und einer alten, schweren Goldpfanne wieder.

»Ich fühle mich uralt heut morgen«, sagte er und begann, das Gestein in dem Mörser zu Pulver zu zerstampfen. Dann schüttete er das Pulver in die Pfanne, ging hinaus und füllte sie aus dem Wellblechtank, der neben der Eingangstür stand, mit Wasser.

Sean war ihm gefolgt, und sie saßen jetzt zusammen auf den Stufen vor der Tür. Duff begann zu arbeiten. Geschickt ließ er das Wasser immer ein bißchen über den Rand der Pfanne schwappen und füllte dann wieder nach. Plötzlich sah Sean, wie Duff neben ihm erstarrte. Er sah ihm ins Gesicht und bemerkte, daß der Kater verflogen war. Duffs Lippen waren schmal, und seine blutunterlaufenen Augen starrten in die Pfanne.

Sean blickte auf die Pfanne und sah einen Schein im Wasser. Er spürte, wie ihm die Erregung im Nacken saß und seine Arme eine Gänsehaut bekamen.

Rasch füllte Duff frisches Wasser in die Pfanne. Nach drei weiteren Drehungen war das Wasser herausgeschleudert.

Sie saßen, ohne ein Wort zu sprechen, bewegungslos da und starrten auf die kleine Goldspur, die auf dem Boden der Pfanne sichtbar wurde.

»Wieviel Geld hast du?« fragte Duff, ohne aufzuschauen.

»Etwas über tausend Pfund.«

»Soviel? Fabelhaft! Ich kann etwa fünfhundert auftreiben. Aber dafür bringe ich die praktische Erfahrung mit. Sind wir Partner, bist du einverstanden?«

»Ja.«

»Also, warum sitzen wir noch hier herum? Ich gehe jetzt zur Bank. Warte in einer halben Stunde am Stadtrand auf mich.«

»Und was ist mit deinem Job?« fragte Sean.

»Ich hasse den Gestank von Kohle. Zum Teufel mit meinem Job.«

»Und was ist mit Charlie?«

»Charlie ist ein Giftmischer – zum Teufel mit Charlie.«

3

Sie kampierten am Abend vor dem Paßeingang. Die Berge lagen direkt vor ihnen. Während des Nachmittags waren sie so schnell wie möglich geritten, und die Pferde waren jetzt müde. Mbejane machte im Schutz eines großen roten Steines ein Feuer, und sie kauerten sich daneben, kochten Kaffee und bemühten sich, möglichst wenig von dem schneekalten Wind abzukommen, der von den Bergen wehte und das Feuer sprühen ließ. Dann aßen sie. Danach rollte sich Mbejane neben dem Feuer zusammen, zog seinen Umhang über den Kopf und bewegte sich nicht mehr bis zum frühen Morgen.

»Wie weit ist es denn bis zu dem Ort?« fragte Sean.

»Ich weiß es nicht«, gab Duff zurück. »Morgen werden wir durch den Paß reiten. Ungefähr fünfzig bis sechzig Meilen durchs Gebirge, und dann sind wir im Veld. Danach vielleicht noch eine gute Woche.«

»Jagen wir vielleicht einem Regenbogen nach?« fragte Sean, während er erneut Kaffee in die Becher goß.

»Das werde ich dir sagen, wenn wir da sind«, meinte Duff und nahm seinen Becher in beide Hände, um sie zu erwärmen. »Eins ist sicher, die Probe stank vor Gold. Wenn von dem Zeug so viel da ist, dann muß irgend jemand sehr reich werden.«

»Vielleicht wir?«

»Ich bin schon bei einigen Goldfunden dabei gewesen. Es sind immer die ersten, die das Rennen machen. Es kann sein, daß der gesamte Grund auf einer Fläche von fünfzig Meilen mit Genehmigungen abgesteckt ist, und zwar so dicht wie die Borsten eines Stachelschweins.« Duff trank laut schlürfend von seinem dampfenden Kaffee.

»Aber wir haben Geld. Das ist unser Trumpf. Wenn wir ein Gebiet abstecken, haben wir auch das Geld, es zu bearbeiten. Falls wir zu spät dran sind, können wir uns Grund von den Maklern kaufen. Und wenn das alles nicht geht, dann gibt es noch andere

Wege, um an das Gold heranzukommen, als danach zu buddeln. Einen Laden, eine Bar, ein Transportgeschäft, such dir was aus.«

Duff goß den Kaffeesatz aus seinem Becher. »Mit Geld in der Tasche bist du jemand. Ohne Geld kann dich jeder in den Hintern treten.« Er nahm eine lange schwarze Zigarre aus seiner Brusttasche und bot sie Sean an. Sean schüttelte den Kopf, Duff biß die Spitze ab und spuckte sie ins Feuer. Dann nahm er einen brennenden Zweig, zündete sie an und zog wohlig schmatzend den Rauch ein.

»Wo hast du deine Gesteinskenntnisse erworben, Duff?«

»Kanada.« Der Wind blies den Rauch von seinem Mund, als Duff ausatmete.

»Du bist ganz schön herumgekommen?«

»Das stimmt, mein Junge. Es ist viel zu kalt zum Schlafen, unterhalten wir uns lieber. Für ein Pfund erzähle ich dir meine Lebensgeschichte.«

»Erzähl sie mir erst, und dann werden wir sehen, ob sie es wert ist.« Sean rollte sich in seine Decke ein und wartete.

»Du hast bei mir Kredit«, stimmte Duff zu und machte eine dramatische Pause. »Ich wurde vor einunddreißig Jahren geboren, als vierter und jüngster Sohn des sechzehnten Barons Roxby. Dabei habe ich die, die nie bis zur Pubertät kamen, nicht mitgezählt.«

»Blaues Blut«, sagte Sean.

»Na klar. Guck dir nur meine Nase an. Aber unterbrich mich nicht. Schon sehr früh in meinem Leben zerstörte mein Vater, der sechzehnte Baron, mit einer Pferdepeitsche alle natürliche Zuneigung, die wir ihm vielleicht geschuldet hätten. Der liebe Vater hatte zwei Passionen im Leben: Pferde und Weiber. Während seiner zweiundsechzig Lebensjahre war er in der Lage, eine erstklassige Sammlung von beiden zusammenzutragen. Meine fünfzehnjahrige Cousine, ein attraktives Mädchen, soweit ich mich an sie erinnere, war seine letzte und nicht mehr ganz zu Ende geführte Ambition. Er nahm sie jeden Tag mit zum Reiten und betastete sie jedesmal, wenn er sie in oder aus dem Sattel hob, auf das unverschämteste. Sie selbst hat mir das kichernd erzählt. Jedenfalls beendete Vaters Pferd, eine hoch zu rühmende Kreatur, das Liebesleben meines Vaters, indem es ihm auf den Kopf trat, höchstwahrscheinlich, als er mitten in einer dieser rührenden Szenen war. Danach war mein armer Vater nie mehr der gleiche. In der Tat wurde sein Leben dadurch so verändert, daß er zwei Tage später zum traurigen Klang der Glocken und unter den Stoßseufzern der Erleichterung seiner Söhne und Nachbarn, die auch Töchter besaßen, beerdigt wurde.«

Duff beugte sich vor und schürte das Feuer.

»Vaters unzeitgemäßer Tod brachte für mich keine nennenswerte Veränderung. Der siebzehnte Baron, mein lieber Bruder Tom, war, sobald er den Titel bekommen hatte, genauso knauserig und unangenehm, wie Vater es je gewesen war. Da saß ich nun, neunzehn Jahre alt, mit einer Apanage, die zu gering war, als daß ich mich den Hobbys der Familie hätte widmen können, in einem grimmigen alten vermoosten Schloß, vierzig Meilen von London entfernt. Meine arme sensitive Natur wurde ständig durch die allgegenwärtige Gesellschaft meiner barbarischen Brüder belästigt. Ich verließ sie mit einem Taschengeld für drei Monate, das ich in meiner schweißigen Hand hielt, und die Abschiedswünsche meiner Brüder klingen noch immer in meinen Ohren. Der sentimentalste war: ›Mach dir nicht die Mühe, uns zu schreiben.‹ Jedermann ging damals nach Kanada. Es schien mir eine gute Idee zu sein, und so ging ich auch. Ich verdiente Geld und gab es aus. Ich umwarb Frauen und gab sie wieder her. Aber am Schluß konnte ich die Kälte nicht mehr ertragen.«

Duff zündete seine Zigarre wieder an und betrachtete Sean.

»Es war so kalt, daß du nicht mal pinkeln konntest, ohne daß dir deine Sachen einfroren. Und so begann ich, mich nach tropischen Gegenden zu sehnen. Ich dachte an weiße Strände und Sonne, an exotische Früchte und noch mehr an exotische Frauen. Die wirklichen Gründe, die mich schließlich veranlaßten, das Land zu verlassen... Nun, wir wollen uns mit ihnen nicht länger aufhalten. Ich verließ, um es milde auszudrücken, das Land unter unguten Vorzeichen. Und hier siehst du mich nun, wie ich mich langsam zu Tode friere, mit einem bärtigen Raufbold in meiner Gesellschaft und keiner exotischen Frau im Umkreis von einem Tagesritt.«

»Eine erhebende Geschichte, gut erzählt«, lobte Sean.

»Jetzt laß uns deinen tragischen Bericht hören.«

Seans Lächeln war verflogen. »Geboren und aufgewachsen hier in Natal. Verließ Haus und Hof vor etwa einer Woche, ebenfalls unter unguten Vorzeichen.«

»Ein Weib?« fragte Duff mit tiefem Verständnis.

»Ein Weib«, stimmte Sean zu.

»Diese süßen Biester«, stöhnte Duff, »wie ich sie doch liebe.«

4

Der Paß wand sich wie eine Schlange über den Drakensberg. Die Berge standen glatt und schwarz zu beiden Seiten. Das bedeutete, daß die drei ständig im Schatten ritten und die Sonne sie nur um die Mittagszeit für einige Stunden wärmte. Dann kamen sie aus den Bergen heraus und waren wieder im Freien.

Frei war das richtige Wort für den Veld. Er erstreckte sich flach und leer vor ihnen, grünes und braunes Gras, das sich in weiter Ferne mit den Farben eines blassen, leeren Himmels zu vermengen schien. Aber diese Einsamkeit konnte ihre Erregung nicht dämpfen. Jede Meile, die sie zurücklegten, jedes Lager, das sie aufschlugen, ließ ihre Erregung wachsen, bis sie endlich den Namen zum erstenmal in Schriftzeichen vor sich sahen. Verloren wie eine Vogelscheuche auf einem Feld stand ein Wegweiser dort; auf dem nach rechts zeigenden Schild stand Pretoria, auf dem nach links weisenden Witwatersrand.

»Der Grat der weißen Wasser«, flüsterte Sean. In diesem Namen lag ein Klang, ein Klang wie hundert Millionen in Gold.

»Wir sind nicht die ersten«, murmelte Duff. Nach links zweigten tief eingefahrene Spuren von vielen Wagen ab.

»Wir haben keine Zeit, uns darüber den Kopf zu zerbrechen.« Sean war vom Goldfieber gepackt. »In diesen Mähren ist noch ein bißchen Kraft. Nutzen wir sie.«

Der Horizont sah aus wie eine niedrige Linie von kleinen Hügeln, so, wie sie sie Hunderte von Malen überquert hatten.

Sie ritten darauf zu und blickten hinunter. Zwei Grate liefen parallel zueinander, einer im Norden, einer im Süden, ungefähr vier Meilen voneinander entfernt. In dem flachen Tal dazwischen konnten sie die Sümpfe erkennen, die den Hügeln ihre Namen gegeben hatten.

»Sieh dir das nur an«, stöhnte Sean.

Die Zelte und Wagen waren über die ganz Länge des Tales verstreut. Dazwischen sah man die abgesteckten Felder wie rohe Wunden im Gras.

»Das darf nicht wahr sein«, sagte Duff. »Wir sind zu spät dran. Es ist alles schon abgesteckt.«

»Woher weißt du das?« protestierte Sean.

»Benutze deine Augen, mein Junge, es ist alles weg.«

»Vielleicht haben sie irgendwas übersehen.«

»Diese Burschen übersehen gar nichts. Reiten wir hinunter. Ich werde es dir zeigen.« Duff ritt voraus ins Tal und sprach über die Schulter. »Sieh mal, da, beim Strom. Die verlieren keine Zeit. Da arbeitet schon eine Mühle, soweit ich es erkennen kann.«

Sie ritten durch eins der größeren Lager, wo Zelte und Wagen zusammenstanden. Frauen arbeiteten an Feuern, und der Geruch des warmen Essens ließ Sean das Wasser im Mund zusammenlaufen. Es gab auch Männer, die zwischen den Wagen herumsaßen und auf ihre Mahlzeit warteten.

»Ich werde mal einen der Leute hier fragen, was eigentlich los ist«, sagte Sean. Er saß ab und warf die Zügel Mbejane zu. Duff beobachtete ihn mit einem trockenen Grinsen, als er versuchte, nacheinander mit drei verschiedenen Männern ein Gespräch anzufangen. Jedesmal verstand es das Opfer, Sean nicht anzusehen, etwas vor sich hinzumurmeln und sich abzuwenden. Endlich gab Sean auf und kehrte zu den Pferden zurück.

»Was ist denn mit mir los?« fragte er anklagend. »Bin ich vielleicht ein Aussätziger?«

Duff schüttelte sich vor Lachen. »Die haben das Goldfieber«, erklärte er. »Du bist ein potentieller Rivale. Du könntest hier verdursten, und keiner von ihnen würde dich auch bloß anspucken, denn das könnte dir wieder helfen, auf die Beine zu kommen und etwas zu finden, was ihnen entgangen ist.«

Er wurde wieder ernst. »Wir vertrödeln unsere Zeit. Wir haben noch eine Stunde bis zum Einbruch der Dunkelheit. Gehen wir und sehen wir uns das mal selbst an.«

Sie näherten sich jetzt dem Gebiet, in dem überall die Erde aufgewühlt war. Männer arbeiteten mit Hacke und Schaufel. Alle musterten Sean und Duff mit der gleichen verdächtigen Feindseligkeit.

Sie ritten langsam nach Norden, und mit erschreckender Gleichmäßigkeit steckte alle hundert Meter in einem kleinen Steinhaufen ein Holzpfahl, an den ein Stück Leinen angenagelt war. Darauf standen in Druckbuchstaben der Name des Eigentümers und die Nummer des Abschnitts. Nachdem die Dunkelheit hereingebrochen war, schlugen sie ein Lager auf, und während sie Kaffee kochten, unterhielten sie sich.

»Wir sind zu spät gekommen«, sagte Sean, der mißmutig in das Feuer starrte.

»Aber wir haben Geld, mein Junge. Denk immer dran. Der größte Teil dieser Narren hier ist pleite. Das einzige, was sie zum Leben haben, ist ihre Hoffnung, doch haben sie weder Fleisch noch Kartoffeln. Sieh dir ihre Gesichter an, dann kannst du feststellen, daß sich die Verzweiflung dort bereits eingenistet hat. Um hier Gold zu finden, braucht man Kapital, Maschinen und Geld, um Löhne zu zahlen. Du mußt Wasser ableiten und Gestein aufschichten, du brauchst Wagen und Zeit.«

»Was nützt uns das Geld, wenn wir keinen Grund haben, auf dem wir arbeiten dürfen?« Sean wurde nachdenklich.

»Hör ein bißchen auf mich, mein Junge. Hast du nicht gesehen, wie viele von diesen Stellen bis jetzt noch unberührt sind? Die gehören Spekulanten, und ich schätze, daß sie zum Verkauf stehen. In den nächsten paar Wochen wird sich der Weizen von der Spreu sondern.«

Duff zündete sich eine seiner Zigarren an und paffte heftig. Im Licht des Feuers sah sein Gesicht aus wie das eines verwegenen Indianers. Eine Weile saßen sie schweigend, dann sagte Sean: »Was ist das für ein Lärm?« In der Dunkelheit hörte man ein dumpfes Geräusch.

»Daran wirst du dich schon gewöhnen, wenn du hier etwas länger bleibst«, sagte Duff. »Das ist das Stampfen der Mühle, die wir von oben gesehen haben. Sie dürfte etwa eine Meile von hier entfernt sein. Morgen früh werden wir daran vorbeikommen.«

Noch vor Sonnenaufgang waren sie schon wieder auf dem Weg.

In der Morgendämmerung kamen sie bei der Mühle an. Sie lag schwarz und häßlich in einer lichten Krümmung des Tales. Man hatte den Eindruck eines unendlich langen Monstrums, mit zwei Mäulern, die regelmäßig nach vorn schnappten, um Steine zu verschlucken. Dann stieß es Dampf aus und quietschte metallisch.

»Ich dachte nicht, daß sie so groß ist«, sagte Sean.

»Die ist ganz schön groß«, stimmte Duff zu. »Und so was kostet Geld. Nur ganz wenige von den Leuten hier können sich das leisten.«

Viele Männer arbeiteten dort, um die Mühle mit Steinen zu füllen und sich an den Kupfertischen, auf die sie den golddurchwirkten Schlamm ausspuckte, zu schaffen zu machen. Einer der Männer kam auf sie zu, um sie auf die übliche Art und Weise zu begrüßen: »Das ist Privatgrund. Wir wollen keine Besucher hier. Macht, daß ihr weiterkommt.«

Es war ein stämmiger kleiner Mann mit einem runden braunen Gesicht und einem Hut, den er bis über die Ohren gezogen hatte.

Sein Schnurrbart war so zerzaust wie der Schnauzbart eines Foxterriers.

»Hör zu, François, du miserabler Wurm, wenn du so mit mir sprichst, dann drehe ich dir das Genick um«, sagte Duff zu ihm. Der Stämmige blinzelte unsicher und kam näher, während er sie anstarrte.

»Wer bist du, kenne ich dich?«

Duff schob seinen Hut zurück, so daß der Mann sein Gesicht sehen konnte.

»Duff!« schrie der kleine Mann begeistert. »Der alte Duff!« Er lief schnell auf Duff zu und gab ihm, während dieser vom Pferd stieg, die Hand. Sean betrachtete die Verbrüderungsszene amüsiert. Es dauerte eine Weile, bis Duff den kleinen Afrikaner beruhigen konnte, und dann brachte er ihn zu Sean, um sie miteinander bekannt zu machen.

»Sean, das ist François du Toit. Ein alter Freund aus der Zeit der Diamantenfelder in Kimberley.« François begrüßte Sean und brach dann wieder in Begeisterung aus. »Bei Gott, es ist gut, den alten Duff wiederzusehen.« Obwohl Duff versuchte, dem zu entgehen, schlug er ihm mehrfach hingerissen auf die Schulter. Es dauerte noch ein paar Minuten, ehe sich François so weit beruhigt hatte, daß er einen vernünftigen Satz hervorbrachte.

»Hör zu, mein Alter, ich muß jetzt noch die Tische hier sauber kriegen. Geh mit deinem Freund zu meinem Zelt. In einer halben Stunde bin ich bei euch. Sag meinem Boy, daß er euch Frühstück machen soll. Ich werde mich beeilen. Bei Gott, ist das schön, dich wiederzusehen!«

»Ein alter Liebhaber von dir?« fragte Sean, als sie wieder allein waren.

Duff lachte. »Wir waren in den Diamantenfeldern zusammen. Ich habe ihm einmal einen Gefallen getan. Ich habe ihn aus einer Grube geholt, als ein Fels auf ihn gefallen war und ihm die Beine gebrochen hatte. Er ist ein prima Kerl, und daß wir ihn hier getroffen haben, ist die sprichwörtliche Antwort auf mein Gebet. Was *er* uns nicht über dieses Goldfeld sagen kann, das kann uns auch kein anderer sagen.«

François kam aufgeregt ins Zelt, lange bevor die halbe Stunde vergangen war, und während des Frühstücks war Sean stummer Zuhörer bei einem Gespräch, wo jeder Satz mit: »Erinnerst du dich noch …?« oder »Was ist aus dem alten Soundso geworden?« begann.

Als das Frühstück verzehrt war und die Kaffeetassen dampften, sagte Duff: »Na, und was tust du hier, François? Ist das dein eigener Laden?«

»Nein, ich bin immer noch bei der Gesellschaft.«

»Doch nicht etwa bei diesem Hurensohn Hradsky?« Duff war entsetzt. »Da-da-da-das ist ja f-f-fü-fü-fürchterlich.« Er imitierte einen Stotterer.

»Laß das, Duff.« François unterbrach ihn nervös. »Laß das, oder willst du, daß ich meinen Job verliere?«

Duff wandte sich erklärend an Sean. »Norman Hradsky und Gott sind einander gleich, aber in diesem Teil der Erde erhält Gott seine Befehle von Hradsky.«

»Laß das, Duff!« François war zutiefst schockiert, aber Duff fuhr unbeirrt fort: »Die Organisation, durch die Hradsky seine göttlichen Befehle erteilt, wird unterwürfigst und mit angehaltenem Atem als ›Die Gesellschaft‹ bezeichnet. In Wirklichkeit hat sie einen langen und wohlklingenden Namen: ›Die Südafrikanische Bergwerks- und Grundstücksgesellschaft‹. Hast du das verstanden?«

Sean nickte lächelnd, und Duff fügte noch abschließend hinzu: »Hradsky ist ein Lump und stottert.«

Es war einfach zuviel für François. Er packte Duffs Arm. »Bitte, mein Boy versteht Englisch, hör endlich auf damit, Duff.«

»Also, das heißt, daß die Gesellschaft sich hier eingenistet hat, was? Schau, schau, das muß eine ziemlich große Sache sein«, sagte Duff nachdenklich, und François war erleichtert, daß er sich jetzt wieder anderen Dingen zuwandte.

»Und ob! Warte nur ein bißchen ab. Neben dem, was hier los ist, werden die Diamantenfelder wie ein Groschenladen aussehen.«

»Erzähl mir Näheres«, sagte Duff.

»Sie nennen es die verrottete Ader oder die Heidelberg-Ader. In Wirklichkeit sind es drei Adern, nicht eine. Sie laufen untereinander, so wie die Schichten in einem Kuchen.«

»Und alle drei sind goldhaltig?« stieß Duff hervor, und François schüttelte den Kopf. Seine Augen begannen zu glänzen. Es begeisterte ihn, sich über Goldschürfen zu unterhalten.

»Nein, die oberste Ader kannst du vergessen. Das sind nur Spuren. Dann kommt die Hauptader. Die ist schon etwas besser. An einigen Stellen ist sie ein bis zwei Meter stark und zeitigt ganz gute Resultate, aber sie ist lückenhaft.«

François lehnte sich jetzt erregt über den Tisch. In der Aufregung brach sein Afrikaansdialekt durch. »Der Hauptgewinn ist die unterste Ader. Sie ist nur einige Zentimeter dick und verliert sich manchmal völlig, aber es ist eine reiche Ader. Wir nennen sie Führungsader. Da ist Gold drin wie Rosinen in einem Kuchen. Die ist so reich, Duff, daß du mir nicht glauben wirst, ehe du sie gesehen hast!«

»Ich glaube dir«, erwiderte Duff. »Und jetzt sag mir, wo ich etwas von der Führungsader für mich kaufen kann.«

François war sofort ernüchtert. Und seine Augen, die noch vor einem Augenblick geglänzt hatten, waren jetzt stumpf.

»Es ist weg. Alles weg«, sagte er zugeknöpft. »Es ist alles bereits verteilt. Du bist zu spät gekommen.«

»Na, dann haben wir Pech gehabt«, sagte Duff, und eine große Stille herrschte im Zelt. François rutschte unruhig auf seinem Stuhl hin und her, kaute an den Enden seines Schnurrbartes und starrte in seine Tasse. Duff und Sean warteten. Es war klar, daß François mit sich kämpfte. Zwei verschiedene Verpflichtungen schienen ihn in Stücke zu reißen. »Habt ihr denn Geld?« Die Frage kam wie aus der Pistole geschossen.

»Ja«, sagte Duff.

»Mr. Hradsky ist nach Kapstadt gefahren, um Geld aufzutreiben. Er hat eine Liste von hundertundvierzig Stellen, die er kaufen wird, wenn er zurückkommt.« Schuldbewußt machte François eine Pause. »Ich sage dir das nur, weil ich in deiner Schuld bin.«

»Ja, das weiß ich«, sagte Duff leise.

François holte tief Atem und fuhr fort: »An erster Stelle der Liste, die Mr. Hradsky hat, steht ein Block von Plätzen, der einer Frau gehört. Sie ist bereit zu verkaufen. Und das sind die am meisten versprechenden Stellen im ganzen Veld.«

»Ja«, ermunterte ihn Duff.

»Diese Frau hat ein Gasthaus, ungefähr zwei Meilen von hier. Ihr Name ist Mrs. Rautenbach. Man kann dort sehr gut essen. Ihr könntet ja mal hingehen und eine Mahlzeit einnehmen.«

»Danke, François.«

»Das war ich dir schuldig«, sagte François abwehrend. Aber dann wechselte seine Laune, und er sagte lachend: »Sie wird dir gefallen, Duff. Es ist eine Menge dran an ihr.«

Sean und Duff gingen, um bei Mrs. Rautenbach zu essen. Es handelte sich bei dem Gasthaus um ein ungestrichenes Wellblechgebäude in einem hölzernen Rahmen. Über der Veranda stand in großen goldenen Buchstaben »Candys Hotel. Erstklassige Küche. Freie Waschräume. Betrunkene und Pferde haben keinen Zutritt. Besitzer Mrs. Candella Rautenbach.«

Sie wuschen sich den Staub in einem Emaillebecken ab, das auf der Veranda stand, trockneten sich mit dem dort hängenden Handtuch ab und kämmten sich die Haare vor dem Spiegel auf der Veranda.

»Wie sehe ich aus?« fragte Duff.

»Umwerfend«, sagte Sean, »aber du riechst nicht so gut. Wann hast du das letzte Mal gebadet?«

Sie betraten jetzt den Speisesaal, der fast voll war. Aber in der hinteren Ecke sahen sie an der Wand noch einen freien Tisch. Der Raum war heiß, voller Rauch, und der Geruch von Kohl hing in der Luft. Staubige, bärtige Männer lachten, schrien oder aßen still und hungrig in sich hinein.

Duff und Sean durchquerten den Raum. Eine farbige Kellnerin kam zu ihnen.

»Ja?« fragte sie. Ihr Kleid war unter den Achseln feucht.

»Können wir das Menü haben?«

Das Mädchen betrachtete Duff leicht amüsiert. »Heute gibt es Steak und Quetschkartoffeln und hinterher einen Pudding.«

»Das nehmen wir«, stimmte Duff zu.

»Sie können sicher sein, daß Sie gar nichts anderes bekommen«, versicherte das Mädchen und ging in die Küche zurück.

Das Fleisch war zäh, aber gut gewürzt. Der Kaffee stark und süß. Sie aßen mit Vergnügen, bis Sean, dessen Blick auf die Küche fiel, mit der Gabel kurz vorm Mund innehielt. Es war auf einmal ganz still in der Gaststube geworden.

»Das ist sie«, sagte er.

Candy Rautenbach war eine große, fröhliche, strahlende Blondine mit einer hellen klaren Haut, der die Sonne bis jetzt nichts hatte anhaben können. Sie füllte die Vorderfront ihrer Bluse und die Rückseite ihres Rockes mit freundlichen Rundungen aus. Sie war sich dessen durchaus bewußt und keineswegs darüber verwirrt, daß jedes Auge im Raum zur Zeit auf einer dieser beiden Stellen ruhte. Sie hatte einen Kochlöffel in der Hand, den sie drohend in die Richtung schwang, aus der sie eine Hand sich nähern sah, die sie in den verlängerten Rücken kneifen wollte. Die Hand zog sich schnell zurück. Candy lächelte und schlenderte zwischen den Tischen hindurch. Hier und da blieb sie bei einem ihrer Kunden stehen, und es wurde klar, daß diese einsamen Männer nicht nur zum Essen hergekommen waren. Sie beobachteten sie begierig und strahlten vor Freude, wenn sie von ihr angesprochen wurden. Sie kam jetzt zu Duffs Tisch, und die beiden erhoben sich. Candy war erstaunt.

»Bitte, setzen Sie sich.« Diese kleine Höflichkeit hatte sie angenehm berührt. »Sie sind neu hier.«

»Wir sind gestern angekommen.« Duff lächelte sie an. »Und die Art, wie Sie ein Steak zubereiten, gibt mir das Gefühl, daß ich wieder zu Hause bin.«

»Wo kommen Sie her?« Candy betrachtete die beiden mit einer Spur mehr Interesse, als sie es sonst von Berufs wegen tat.

»Wir sind von Natal heraufgekommen, um uns umzusehen. Das hier ist Mr. Courteney. Er ist an einigen neuen Investitionen interessiert und dachte, daß diese Goldquelle hier ihm vielleicht helfen könnte, einen Teil seines Kapitals anzulegen.«

Sean gelang es in letzter Sekunde, seiner Verblüffung Herr zu werden, und er gab sich schnell Haltung und Gebaren eines großen Finanzmannes, während Duff fortfuhr: »Mein Name ist Charleywood. Ich bin Mr. Courteneys Bergwerksspezialist.«

»Erfreut, Sie kennenzulernen. Ich bin Candy Rautenbach.« Sie war beeindruckt.

»Wollen Sie sich nicht ein paar Minuten zu uns setzen, Mrs. Rautenbach?« Duff zog einen Stuhl zur Seite, und Candy zögerte.

»Ich muß erst noch in die Küche. Vielleicht später?«

»Lügst du immer so elegant?« fragte Sean ehrfürchtig, als Candy gegangen war.

»Ich habe nicht die Unwahrheit gesagt«, verteidigte sich Duff.

»Nein, aber deine Art, die Wahrheit zu sagen, ist auch nicht ganz richtig. Wie, zum Teufel, soll ich denn die Rolle spielen, die du mir zugedacht hast?«

»Reg dich nicht auf. Das wirst du schon noch lernen. Jetzt schau nur klug in die Welt und halt den Mund«, riet ihm Duff. »Wie hat sie dir übrigens gefallen?«

»Nicht übel«, sagte Sean.

Als Candy zurückkam, machte Duff für eine Weile allgemeine Konversation. Aber dann, als Candy einige gezielte Fragen an ihn richtete, stellte es sich heraus, daß sie überdurchschnittliche Kenntnisse in Geologie und Schürfpraxis hatte, und Duff sprach sie darauf an.

»Ja, mein Mann war auch in der Branche. Ich habe es von ihm gelernt.« Sie griff in eine der Taschen ihres blau-weiß karierten Rocks und brachte eine kleine Handvoll Gesteinsproben hervor. Sie legte sie vor Duff hin. »Können Sie mir sagen, was das für Gestein ist?« fragte sie. Es war eine direkte Frage und eine direkte Probe. Sie verlangte von ihm, daß er sie bestand.

Duff rasselte die Fachausdrücke für die Gesteinsproben nur so herunter, und Candy war offensichtlich erleichtert.

»Ich habe zufällig einige Anteile an der Heidelberg-Ader. Vielleicht hat Mr. Courteney Lust, sie sich einmal anzusehen. Ich stehe im Moment in Verhandlungen mit der ›Südafrikanischen Bergwerks- und Grundstücksgesellschaft‹, die sehr interessiert ist.«

Hier machte Sean seine einzige, aber sehr wertvolle Bemerkung zu dem Gespräch. »Ach ja«, nickte er weise. »Der gute alte Norman.«

Candy war erschüttert. Es gab nicht viele Menschen, die Hradsky beim Vornamen nannten. »Würde es Ihnen morgen früh vielleicht passen?« fragte sie.

5

Am selben Nachmittag kauften sie ein Zelt. Sie schlugen es in der Nähe des Hotels auf und nahmen dann im Natal-Strom das höchst notwendige Bad. Am Abend feierten sie ein wenig mit der halben Flasche Brandy, die Duff aus seiner Satteltasche holte, und am nächsten Morgen führte sie Candy zu ihren Anteilen. Sie besaß zwanzig direkt auf der Anhöhe.

»Ich lasse Sie beide jetzt allein, damit Sie es sich ansehen können. Falls Sie Interesse haben, können wir darüber reden, wenn Sie zum Hotel kommen. Ich muß jetzt zurück. Es gibt eine Menge hungriger Mäuler, die gestopft werden wollen.«

Duff brachte Candy zu ihrem Pferd. Er reichte ihr seinen Arm und half ihr mit einer Geste in den Sattel, die er noch von seinem

Vater gelernt haben mußte. Als sie fortgeritten war, wanderten sie über das Terrain. Sie inspizierten die abgesteckten Pfähle, maßen die Grenzen aus und füllten ihre Taschen mit kleinen Gesteinssplittern. Dann ritten sie zu ihrem Zelt zurück. Dort holte Duff seine Ausrüstung und sein Arbeitszeug. Sie gingen zum Fluß hinunter, und den ganzen Nachmittag zerkleinerten sie die Gesteinsstücke und arbeiteten mit der Pfanne. Als sie das letzte Stück getestet hatten, sprach Duff sein Urteil.

»Also, Gold ist da, und ich würde sagen, so viel Gold, daß es sich lohnt, es zu schürfen. Das Gestein ist nicht annähernd so reich wie das, was wir in Dundee ausgeschwemmt haben, aber dabei muß es sich um ein Stück aus der Führungsader gehandelt haben.«

Er machte eine Pause und sah Sean ernst an. »Ich glaube, daß es sich lohnt. Wenn die Führungsader da ist, dann werden wir sie finden, und in der Zwischenzeit werden wir kein Geld verlieren, indem wir die Hauptader ausbeuten.«

Sean nahm einen Stein auf und warf ihn in den Strom. »Nehmen wir mal an, daß du recht hast. Und nehmen wir an, daß wir Candy zum Verkauf ihrer Anteile bewegen können. Was machen wir dann? Diese Schaufelmühle machte mir einen verdammt komplizierten und teuren Eindruck. Das ist nichts, was man so einfach in jedem Laden kaufen kann.«

Duff schlug ihm auf die Schulter und lächelte überlegen. »Schließlich kümmert sich ja dein guter Onkel Duff um dich. Candy wird ihre Anteile verkaufen. Sie zittert, wenn ich sie berühre. Noch ein oder zwei Tage, dann frißt sie mir aus der Hand. Was die Mühle angeht... Als ich hier in dieses Land kam, befreundete ich mich mit einem reichen Farmer in Kapstadt, dessen größter Wunsch darin bestand, seine eigene Goldmine zu haben. Er suchte sich einen Platz aus, welcher ihm, dessen Kenntnisse im Weinbau unübertroffen waren, als der richtige Ort erschien, eine Mine aufzubauen. Er engagierte mich, das Notwendige für ihn zu organisieren. Er kaufte die modernste und teuerste Mühle, die es zu kaufen gab, und war bereit, den Markt mit Gold zu überschwemmen. Nach sechs Monaten, als er jede Menge Steine, Quarz und Erde zertrümmert hatte und dabei noch nicht mal so viel Gold gefunden hatte, um ein Mäuseohr zu füllen, erlosch das Interesse meines Chefs. Er benötigte meine unschätzbaren Dienste nicht länger und machte den ganzen Zirkus einfach zu. Ich ging von da an zu den Diamantenfeldern. Und soweit ich weiß, liegt der ganze Maschinenpark noch immer dort herum und wartet auf den erstbesten Käufer, der bereit ist, ein paar hundert Pfund auszugeben und sie abzuholen.« Duff stand auf und sie gingen zum Zelt zurück. »Aber immer der Reihe nach. Bist du einverstanden, daß ich die Verhandlungen mit Mrs. Rautenbach fortsetze?«

»Ich glaube schon. Aber bist du sicher, daß dein Interesse an Mrs. Rautenbach ein rein geschäftliches ist?«

Duff war schockiert. »Denk keine Sekunde daran, daß mein Interesse zu irgend etwas anderem dienen könnte als zur Stärkung unserer Partnerschaft. Du wirst doch nicht etwa annehmen, daß mein animalischer Appetit etwas mit meinen Unternehmungen zu tun haben könnte?«

»Nein, natürlich nicht«, versicherte Sean. »Ich hoffe nur, daß du dich zwingen kannst, die Sache weiterzuverfolgen.«

Duff lachte. »Wenn wir schon dabei sind, dann glaube ich, daß es das Beste für dich ist, wenn du jetzt sofort furchtbare Magenschmerzen bekommst und dich in dein einsames Bett zurückziehst. Von jetzt an, bis wir unseren Vertrag unterschrieben haben, wird dein jugendlicher Charme bei den weiteren Verhandlungen nicht gebraucht. Ich werde Candy Bescheid sagen, daß du mich bevollmächtigt hast, für dich zu handeln.«

Duff kämmte sich die Haare und zog die Kleidungsstücke an, die Mbejane für ihn gewaschen hatte, dann verschwand er in Richtung auf Candys Hotel. Die Zeit verging für Sean langsam. Er saß und unterhielt sich mit Mbejane, und als die Sonne niedersank, ging er ins Zelt. Im Schein der Sturmlampe las er in einem von Duffs Büchern, aber er konnte sich nicht darauf konzentrieren. Seine Gedanken kreisten immer wieder um Visionen von blondem Haar. Als jemand an die Zeltwand klopfte, sprang er in der Hoffnung auf, daß Candy sich entschlossen hätte, direkt mit ihm zu verhandeln. Es war das farbige Mädchen aus dem Hotel. Ihr schwarzes Haar stimmte durchaus nicht mit dem überein, woran er gerade gedacht hatte.

»Madame sagt, es tue ihr leid, daß Sie krank sind. Hiervon sollen Sie zwei Löffel nehmen«, sagte sie und gab Sean eine Flasche voll Rizinusöl.

»Sag deiner Herrin, daß ich mich herzlich bedanke.« Sean nahm die Medizin und wollte das Zelt wieder schließen.

»Madame hat mir gesagt, ich solle hier bleiben und mich vergewissern, daß Sie zwei volle Löffel nehmen, und dann soll ich ihr die Flasche zurückbringen, um ihr zu zeigen, wieviel Sie genommen haben.«

Seans Magen zog sich zusammen. Er sah auf das resolut dastehende Mädchen, das auf jeden Fall seinen Auftrag ausführen würde. Er dachte an Duff, der jetzt wohl seine Pflicht wie ein Mann tat. Dann mußte er es auch tun. Er schluckte das dicke, ölige Zeug mit geschlossenen Augen. Er schlief unruhig, wachte ab und zu auf und starrte auf das leere Lager an der anderen Zeltwand. Die Medizin trieb ihn morgens um halb drei hinaus in die Kälte.

Duff kam im Morgengrauen. Sean war hellwach.

»Nun, was ist passiert?« wollte er wissen.

Duff gähnte. »Zu einem gewissen Zeitpunkt hatte ich Zweifel, ob ich Manns genug sein würde. Das Resultat hat jedoch alle Parteien befriedigt. Was für ein Weib!« Er zog sich das Hemd aus, und Sean sah seinen zerkratzten Rücken.

»Hat sie dir auch Rizinusöl gegeben?« fragte Sean bitter.

»Das tut mir wirklich leid.« Duff lächelte ihm freundlich zu. »Ich habe versucht, es ihr auszureden, wirklich! Sie ist eine äußerst mütterliche Person. Sie war höchst besorgt um deinen Magen.«

»Du hast noch immer meine Frage nicht beantwortet. Bist du mit ihren Anteilen weitergekommen?«

»Ach das?« Duff zog sich die Decke bis zum Kinn. »Das haben wir gleich zu Anfang erledigt. Sie nimmt eine Anzahlung von zehn Pfund für jeden Anteil. Und wir haben eine Option, den ganzen Kram während der nächsten zwei Jahre für zehntausend zu kaufen. Das haben wir schon beim Essen abgemacht. Morgen nachmittag, oder vielmehr heute nachmittag, werden wir beide nach Pretoria reiten, um dort bei einem Anwalt den Vertrag für sie aufsetzen zu lassen. Jetzt brauche ich aber wirklich etwas Schlaf. Weck mich zum Mittagessen. Gute Nacht, mein Junge.«

Duff und Sean brachten den Vertrag am nächsten Abend aus Pretoria mit. Es war ein eindrucksvolles Dokument voller juristischer Floskeln. Candy nahm es in ihr Schlafzimmer mit, und sie saßen erwartungsvoll da, während sie es zweimal durchlas. Endlich sah sie auf und sagte: »Das scheint alles richtig und in Ordnung zu sein. Da ist nur noch eine andere Sache.«

Seans Herz sank in die Hosen, und Duffs Lächeln war äußerst gequält. Bis jetzt war alles so leicht gegangen.

Candy zögerte, und Sean sah mit leichtem Erstaunen, daß sie errötete. »Ich möchte, daß die Mine nach mir benannt wird.«

Sie schrien beinahe vor Erleichterung.

»Eine ausgezeichnete Idee. Wie wäre es mit ›Rautenbach-Mine‹?«

Candy schüttelte den Kopf. »Nein, an ihn werde ich lieber nicht mehr erinnert. Den lassen wir lieber aus dem Spiel.«

»Also gut, wie wär's dann mit ›Candys Tief‹? Es ist vielleicht im Moment noch ein bißchen hochstaplerisch, da wir uns erst an der Oberfläche befinden, aber Optimismus hat sich noch immer bezahlt gemacht«, schlug Duff vor.

»Ja, das ist wunderbar«, rief Candy begeistert. Und wieder errötete sie, aber diesmal vor Freude. Sie setzte ihren Namen unter den Vertrag, während Sean den Champagner entkorkte, den Duff in Pretoria gekauft hatte. Sie stießen miteinander an, und Duff sprach den Trinkspruch. »Auf Candy und auf ›Candys Tief‹! Möge die eine täglich süßer und die andere täglich tiefer werden.«

6

»Wir brauchen Arbeitskräfte. Zu Anfang etwa zehn Eingeborene. Das ist deine Sache«, sagte Duff zu Sean. Es war am folgenden Morgen, als sie vor ihrem Zelt frühstückten. Sean nickte, konnte aber nicht antworten, bis er seinen Schinken hinuntergeschluckt hatte.

»Ich werde Mbejane sofort losschicken. Er wird in der Lage sein, uns Zulus zu bringen. Selbst wenn er sie mit seinem blanken Speer hertreiben müßte.«

»Gut, inzwischen werden wir uns wieder auf den Weg nach Pretoria machen, um das Wichtigste einzukaufen. Hacken, Schaufeln, Dynamit und so weiter.« Duff wischte sich den Mund ab und goß sich Kaffee ein. »Ich werde dir zeigen, wie man die Erde fortschafft und nach der Ader sucht. Dann werden wir uns einen Standort für die Mühle aussuchen. Und dann werde ich dich verlassen, um nach Süden zu meinem Freund, dem Farmer, zu fahren. Wenn Gott und das Wetter mit uns sind, dann sollten wir die zweite Mühle hier auf dem Feld bald in Betrieb haben.«

Als sie in einem Ochsenwagen mit ihren Utensilien aus Pretoria zurückkamen, hatte Mbejane gute Arbeit geleistet. Ein Dutzend Zulus waren neben dem Feld zur Besichtigung aufgestellt. Sean schritt die Reihe ab, fragte jeden nach seinem Namen und scherzte mit ihnen in ihrer Sprache. Als er bei dem letzten angelangt war, rief er: »Und wie heißt du?«

»Mein Name ist Hlubi, Nkosi.«

Sean zeigte auf den über den Lendenschurz hängenden Bauch. »Wenn du für mich arbeitest, wirst du recht bald dein Baby bekommen müssen!« Alle lachten herzlich, und Sean lachte mit ihnen. »Also gut, sechs Pence am Tag und soviel zu essen, wie ihr könnt. Wollt ihr unter diesen Bedingungen für mich arbeiten?«

Im Chor stimmten sie ihm zu und kletterten hinten auf den Wagen. Sean und Duff fuhren mit ihnen zu »Candys Tief«. Sie lachten und schwatzten wie Kinder, die zu einem Picknick gehen.

Duff brauchte ungefähr eine Woche, um Sean im Umgang mit Dynamit zu schulen und um ihm zu erklären, wie er die Gräben haben wollte, und um den Platz abzustecken, auf dem die Mühle errichtet werden sollte und der Lagerplatz für das verbrauchte Gestein. Sie hatten ihr Zelt mittlerweile auf der Mine errichtet und arbeiteten zwölf Stunden am Tag. Abends ritten sie zu Candys Hotel, um sich satt zu essen, und dann ritt Sean allein auf die Mine. Er war abends so müde, daß er Duff nicht einmal den Komfort von Candys Schlafzimmer neidete. Jeden Morgen erwartete er Anzeichen von Müdigkeit bei seinem Partner, aber dessen Gesicht war so schmal und unternehmungslustig wie immer, und seine Augen waren klar, und auch sein Grinsen war von immer gleicher Fröhlichkeit.

»Wie du das schaffst, begreife ich nicht«, sagte Sean an dem Tag, an dem sie den Platz für die Mühle abgesteckt hatten.

Duff blinzelte ihm zu. »Jahrelange Praxis, mein Junge. Aber unter uns will ich dir sagen, daß der Ritt zum Kap eine Erholung sein wird.«

»Wann willst du reiten?«

»Um ganz ehrlich zu sein, jeder Tag, den ich länger hier bleibe, verstärkt das Risiko, daß jemand uns zuvorkommen könnte. Alle Mühlenteile werden von Tag zu Tag wertvoller. Ich finde, du hast dich schon ganz gut eingearbeitet. Was meinst du?«

»Ich dachte ungefähr das gleiche«, stimmte Sean zu. Sie gingen zum Zelt und setzten sich auf zwei davorstehende Stühle, von wo aus sie das Tal in seiner ganzen Länge überblicken konnten. In der vergangenen Woche waren es nur ungefähr zwei Dutzend Wagen gewesen, die um Candys Hotel herumgestanden hatten, jetzt waren es wenigstens zweihundert. Und von ihrem Standort aus konnten sie acht oder neun Lagerplätze sehen.

»Morgen früh werde ich wegreiten«, entschied Duff. »Ich brauche ungefähr zehn Tage bis nach Colesberg, und dann noch mal vier Tage mit dem Zug. Wenn ich Glück habe, bin ich in knapp zwei Monaten wieder zurück.« Er wandte sich zu Sean und blickte ihn fest an. »Nachdem ich Candy ihre zweihundert Pfund bezahlt habe und nach den Ausgaben, die ich in Pretoria hatte, habe ich noch ungefähr hundertfünfzig übrig. Wenn ich zu meinem Farmer komme, werde ich etwa drei- bis vierhundert Pfund für die Mühle zahlen müssen, und dann muß ich zwanzig bis dreißig Wagen mieten, um das Zeug herzubringen. Das heißt, daß ich etwa achthundert Pfund brauche, um durchzukommen.«

Sean sah ihn an. Er hatte diesen Mann erst vor ein paar Wochen kennengelernt. Achthundert Pfund bedeuteten ein Einkommen von drei Jahren für den Europäer in Afrika. Afrika war ein großes Land, und ein Mann konnte leicht abhanden kommen. Dann holte Sean seine Börse hervor.

»Hilf mir zählen«, sagte er zu Duff.

»Danke«, erwiderte Duff, und er sprach nicht vom Geld.

Wenn jemand so einfach Vertrauen gefordert und es ebenso einfach gefunden hatte, dann bedeutete das, daß die letzten Schranken, die es vielleicht noch in ihrer Freundschaft gegeben hatte, gefallen waren.

7

Als Duff fort war, trieb Sean sich und seine Leute erbarmungslos an. Sie räumten die oberste Erdschicht des ganzen Terrains ab, brachen es auf und begannen, das Gestein in der Nähe des für die Mühle abgesteckten Geländes zu stapeln. Der Stapel wurde täglich höher. Sie hatten bis jetzt zwar noch keine Spur von der Führungsader gefunden, aber das beunruhigte Sean nicht. Abends kroch er ins Bett und schlief seine Müdigkeit bis zum Morgen aus. Sonntags ritt er zu François' Zelt hinüber, und sie sprachen über den Bergbau und über Medikamente. François hatte ein riesiges Arsenal von Medikamenten und ein Buch mit dem Titel »Der Heimdoktor«. Seine Gesundheit war sein Hobby, und er behandelte sich ständig gegen drei schwere Krankheiten gleichzeitig.

Jeden Morgen setzte Sean seinen Zulus ein Arbeitspensum vor, das immer ein kleines bißchen größer als am Vortag war. Sie sangen bei der Arbeit, und nur höchst selten hatten sie das Pensum bis zum Einbruch der Dunkelheit nicht erfüllt. So kam ein Tag zum anderen. Und daraus wurden Wochen. Und diese addierten sich zu Monaten. Sean dachte daran, daß Duff vielleicht in Kapstadt mit einem Haufen Mädchen ein flottes Leben führte; denn so konnte man achthundert Pfund ja auch kleinkriegen.

Am nächsten Nachmittag arbeitete Sean an der nördlichen Grenze der Mine. Hier hatten sie sich fast fünf Meter tief in die Erde eingebuddelt, um mit der Ader Schritt zu halten. Sean hatte gerade die Stellen angezeichnet, wo die nächsten Sprengungen erfolgen sollten, und die Zulus standen Tabak schnupfend um ihn herum und spuckten sich in die Hände, ehe sie das Gestein wieder bearbeiten konnten.

»Zum Teufel, ihr verdammten Strolche! Was ist denn hier los, eine Familienparty?« Duffs Stimme kam vom Rand der Mine her. Sean kletterte schnellstens hinaus und umarmte ihn brüderlich. Duff war dünner geworden. Seine Wangen verdeckten graue Stoppeln, und sein lockiges Haar war weiß vom Staub. Nachdem die freundschaftlich-herzliche Begrüßung abgeklungen war, wollte Sean wissen: »Nun, wo ist denn das Geschenk, das du mir mitbringen wolltest?«

»Es kommt gleich. Fünfundzwanzig Wagen voll«, lachte Duff.

»Du hast sie also bekommen?« rief Sean.

»Du hast verdammt recht, ich habe sie. Komm mit, ich zeig' sie dir.«

Duffs Wagenkolonne zog sich über etwa vier Meilen hin. Die meisten Wagen hatten verstärkte Achsen, um das enorme Gewicht der Maschinerie zu tragen. Duff zeigte auf einen verrosteten Zylinder, der den ersten Wagen völlig ausfüllte.

»Das war das Schlimmste. Sieben Tonnen des widerlichsten und stupidesten Kessels der Welt. Er hat die Achse nicht nur einmal, sondern zwölfmal gebrochen, seit wir Colesberg verlassen haben. Ganz abgesehen davon, daß zweimal der Wagen umstürzte. Einmal genau in der Mitte eines Flusses.«

Sie ritten an den Wagen entlang.

»Um Himmels willen! Ich hatte niemals angenommen, daß es so viel sein würde.« Sean schüttelte zweifelnd den Kopf. »Weißt du auch genau, wie das alles zusammengehört?«

»Das laß mal die Sorge von deinem lieben Onkel Duff sein. Selbstverständlich brauche ich ein bißchen Zeit dazu, manches muß auch repariert werden. Schließlich hat das Zeug über zwei Jahre im Freien gelegen. Einiges ist völlig verrostet, aber mit Fett und Öl, Farbe und dem Genie Charleywoods wird ›Candys Tief‹ innerhalb eines Monats Steine fressen und Gold ausspucken.« Duff unterbrach sich und winkte einem Reiter, der auf sie zukam. »Das ist der Transportführer, Frikkie Malan. Das ist Mr. Courteney, mein Partner.«

Der Transportführer ritt neben ihm, nachdem er Sean begrüßt hatte. Er wischte sich den Staub mit dem rechten Hemdsärmel aus dem Gesicht.

»Bei Gott, Mr. Charleywood, ich muß es Ihnen einmal sagen, das war das schwerstverdiente Geld, das ich bis jetzt in meinem Leben erworben habe. Nichts für ungut, aber ich werde unendlich froh sein, wenn ich diesen Transport nicht mehr sehe.«

8

Duff hatte sich getäuscht. Er brauchte viel länger als einen Monat. Der Rost hatte sich tief in die Maschinenteile eingefressen, und bei jeder Schraube, die sie lockerten, mußte das Gewinde nachgeschnitten werden. Sie arbeiteten die üblichen zwölf Stunden am Tag und kratzten, feilten und schmierten, wobei ihre Hände kaum noch Spuren von Haut aufwiesen, so zerfetzt waren sie vom Umgang mit den Metallteilen. Und dann eines Tages, wie durch Zauberei, waren sie fertig. Auf dem ganzen Terrain lag fein säuberlich und nach frischer Farbe riechend, teilweise dick mit gelbem Fett eingeschmiert, die auseinandergenommene Mühle und wartete darauf, zusammengesetzt zu werden.

»Wie lange haben wir dazu gebraucht?« fragte Duff.

»Mir scheint, als ob es hundert Jahre gewesen wären.«

»Nicht länger?« mokierte sich Duff. »Dann erkläre ich diesen Tag hiermit zum Feiertag. Zwei Tage der inneren Sammlung.«

»Du kannst dich ja innerlich sammeln, mein Lieber. Ich werde einen auf die Pauke hauen.«

»Das ist ein glänzender Gegenvorschlag. Gehen wir!«

Sie begannen bei Candy, die sie aber nach der dritten Schlägerei hinauswarf. Dann zogen sie weiter. Es gab noch ungefahr ein Dutzend anderer Buden, wo man trinken konnte, und sie probierten sie alle aus. Eine Menge Leute feierten, denn am Tag zuvor hatte der alte Krüger, der Präsident der Republik, die Goldfelder offiziell anerkannt. Der einzige Unterschied war der, daß die Lizenzen für die Minen nun nicht mehr an die Farmer, sondern an die Regierung gezahlt werden mußten. Auf jeden Fall war es eine willkommene Gelegenheit zum Feiern. Die Kantinen waren voll von fluchenden, schwitzenden Männern. Duff und Sean tranken mit ihnen.

Martha, die eingeborene Bedienung, suchte und fand Sean und Duff am Nachmittag des zweiten Tages. Sie waren in einer strohgedeckten Hütte, die sich die »Taverne zum strahlenden Engel« nannte. Duff gab gerade die Solovorstellung eines galoppierenden Reiters, indem er auf einem Stuhl durch das Lokal ritt, während Sean und etwa fünfzig andere Kunden an der Bar standen und ihn mit Gläsern und leeren Flaschen anfeuerten.

Martha rannte auf Sean zu, wobei sie fortwährend Hände wegschlug, die versuchten, ihr unter den Rock zu greifen; ab und zu stieß sie einen schrillen Schrei aus, wenn jemand sie in den verlängerten Rücken kniff. Sie kam bei Sean an, atemlos und erhitzt. »Madame sagt, daß Sie ganz schnell kommen müssen. Sie hat großen Ärger.«

Duff war so mit seinem Rennen beschäftigt, daß Sean ihn mit Gewalt aus der Bar schleppen mußte und draußen seinen Kopf erst einmal in einen Wassertrog steckte, ehe Duff ihm zuhörte.

»Warum, zum Teufel, machst du das?« stieß Duff hervor und schwang im gleichen Augenblick seine Rechte in Richtung auf Seans Kopf. Sean duckte sich und hielt ihn gleichzeitig fest, damit er nicht umfiel.

»Candy braucht uns. Sie sagt, es wird Ärger geben.«

Candy war in ihrem Schlafzimmer. Sie sah die beiden an, als sie leicht torkelnd Arm in Arm in der Tür standen. »Na, hat eure Sauferei euch Spaß gemacht?« fragte sie ironisch.

»Was ist denn mit deinem Auge passiert?« wandte sie sich an Sean, und dieser fingerte vorsichtig darüber. Es war angeschwollen und blau.

Candy wartete nicht auf eine Antwort, sondern fuhr noch immer ironisch fort: »Also, wenn ihr zwei Hübschen morgen noch eine Mine haben wollt, dann werdet ihr besser ganz schnell wieder nüchtern.«

Sie starrten sie an, und Sean sprach laut, aber trotzdem schwer verständlich: »Warum, was ist denn los?«

»Was los ist? Die wollen die Minen übernehmen. Die neue Proklamation, daß es sich hier um ein staatliches Goldfeld handelt, hat den Strolchen die Entschuldigung gegeben, auf die sie gewartet haben. Etwa hundert von ihnen haben sich zu einem Syndikat zusammengeschlossen. Sie stellen sich auf den Standpunkt, daß die alten Titel keinen Wert mehr haben. Sie wollen die Markierungen herausziehen und an ihre Stelle neue mit ihren eigenen Namen setzen.«

Duff ging durch das Zimmer zum Waschbecken neben Candys Bett. Er steckte seinen Kopf ins Wasser, trocknete ihn kurz ab, dann wandte er sich um und küßte sie: »Danke, mein Schatz.«

»Duff, bitte sei vorsichtig«, rief Candy ihnen noch nach.

»Wir wollen mal sehen, ob wir ein paar Söldner anheuern können«, schlug Sean vor.

»Eine prima Idee. Wir wollen sehen, ob wir irgendwo ein paar nüchterne Leute finden. In Candys Speisesaal sollten eigentlich ein paar sein.« Sie machten einen kleinen Umweg auf dem Rückweg zur Mine und hielten vor François' Zelt an. Es war bereits dunkel, und François kam in einem frisch gebügelten Nachthemd vors Zelt. Er zog die Brauen hoch, als er die fünf schwerbewaffneten Leute mit Sean und Duff sah.

»Geht ihr jagen?«

Duff erklärte ihm schnell die Situation, und François hüpfte aufgeregt hin und her, noch ehe Duff geendet hatte. »Meine Mine stehlen? Diese stinkenden Strolche!« Er rannte in sein Zelt und kam sofort mit einer doppelläufigen Schrotflinte wieder.

»François, hör zu«, schrie Sean. »Wir wissen nicht, wessen Mine sie zuerst angreifen werden. Hol deine Leute zusammen, und wenn du bei uns Schüsse hörst, komm zu uns. Wir machen dasselbe im umgekehrten Fall.«

»Ja, ja, das machen wir. Diese dreckigen Strolche!« Mit wehendem Nachthemd lief François davon, um seine Leute zu alarmieren.

Mbejane und die anderen Zulus kochten sich gerade ihr Essen und saßen um den dreibeinigen Topf herum. Sean ritt zu ihnen.

»Holt eure Speere«, sagte er zu ihnen. Sie rannten zu ihren Hütten und waren in Sekundenschnelle wieder da.

»Nkosi, wo findet der Kampf statt?« fragten sie erregt, das Essen hatten sie völlig vergessen.

»Kommt, ich werde es euch zeigen.«

Die von ihnen angeheuerten Leute wurden zwischen den Mühlenteilen so plaziert, daß sie den Weg, der zur Mine heraufführte, unter Beschuß nehmen konnten. Die Zulus wurden in einem Graben versteckt. Duff und Sean gingen ein Stück den Weg hinunter, um sich zu vergewissern, daß ihre Verteidiger gut in Deckung waren.

»Wieviel Dynamit haben wir noch?« fragte Sean nachdenklich. Duff starrte ihn eine Sekunde an. Dann grinste er.

»Genügend, würde ich sagen. Du hast ja die tollsten Ideen heute abend.« Er lief den Weg voraus zum Schuppen, in dem sie das Dynamit untergebracht hatten.

In der Mitte des Weges, ein paar hundert Meter hangabwärts, vergruben sie einen vollen Kasten Dynamit und markierten die Stelle mit einer alten Büchse. Dann gingen sie zum Schuppen zurück und machten eine Stunde lang Granaten aus Bündeln von Dynamitstäben mit ganz kurzen Zündschnüren.

Dann setzten sie sich, in ihre Schafspelze gehüllt, die Gewehre auf den Knien, und warteten.

»Was glaubst du, wie Candy das herausgefunden hat?« fragte Sean.

»Die weiß alles. Ihr Hotel ist das Zentrum dieses Goldfeldes, und sie hält die Ohren offen.«

Nach einer Weile des Schweigens hatte Sean die richtige Formulierung für seinen nächsten Satz gefunden.

»Sie ist schon ein tolles Mädchen – unsere Candy.«

»Ja«, stimmte Duff zu.

»Wirst du sie heiraten, Duff?«

»Um Himmels willen!« Duff richtete sich auf, als ob ihm jemand ein Messer hineingerannt hätte. »Bist du wahnsinnig geworden, mein Junge? Ansonsten kann ich nur sagen, falls es ein Witz gewesen sein sollte, dann war es ein äußerst schlechter.«

»Sie betet dich an, und soweit ich das ermessen kann, bist du ihr doch auch ziemlich gewogen.« Sean fühlte sich durch Duffs schnelle Ablehnung der Idee sehr erleichtert. Er war eifersüchtig, aber nicht auf die Frau.

»Ja, wir haben ein gemeinsames Interesse, das will ich nicht bestreiten – aber eine Heirat!« Duff schüttelte sich ein wenig, und nicht allein der Kälte wegen. »Nur ein Narr begeht den gleichen Fehler zweimal.«

Sean wandte sich ihm erstaunt zu. »Du warst schon einmal verheiratet?« fragte er.

»Mit einem Racheengel. Die eine Hälfte war spanisch und der

Rest norwegisch. Das Ganze eine kochende Mixtur aus kaltem Feuer und heißem Eis.«

»Was ist passiert?«

»Ich habe sie verlassen.«

»Vielleicht hast du die falsche Wahl getroffen. Sieh dich doch nur um, und du siehst Millionen Paare glücklich verheirateter Menschen.«

»Nenne mir eins«, forderte ihn Duff auf. Und während Sean nachdachte, trat wieder Stille ein.

Dann fuhr Duff fort: »Es gibt nur einen guten Grund für eine Ehe, und das sind Kinder.«

»Und Kameradschaft, das ist ein anderer guter Grund.«

»Kameradschaft mit einer Frau?« unterbrach ihn Duff ungläubig. »Wie stellst du dir eine Kameradschaft mit einem Menschen vor, der jede kleine Bewegung, die du machst, in sich abwägt und daraus den Schluß zieht, er liebt mich oder er liebt mich nicht.« Traurig schüttelte Duff den Kopf.

»Wie lange soll eine solche Freundschaft denn dauern, wenn, um sie aufrechtzuerhalten, stündlich eine Liebeserklärung notwendig ist. Weißt du, wie der Katechismus der Ehe lautet? ›Liebst du mich, Liebling?‹ – ›Aber ja, Liebling, selbstverständlich liebe ich dich.‹ Und das muß sich jedesmal überzeugend anhören, sonst setzt es umgehend Tränen.«

Sean war belustigt. »Schon gut, es ist komisch, es ist sogar umwerfend komisch.«

»Bis zu dem Moment, wo es dich selbst betrifft«, meinte Duff.

»Duff, ich habe nicht die Absicht, die Ehe zu verteidigen. Aber findest du es nicht ein bißchen unfair, alles nur an deiner eigenen unglücklichen Erfahrung zu messen?«

»Such dir irgendeine Frau aus. Steck ihr einen Ring an den Finger, und sie wird deine Ehefrau. Zuerst nimmt sie dich in ihren warmen, weichen Körper auf, was sehr angenehm ist. Und dann versucht sie, dich genauso mit ihrem warmen, weichen Geist zu umgarnen, und das ist gar nicht so angenehm. Sie ist nicht bereit, zu teilen. Sie will besitzen. Sie klebt an dir. Die Verbindung von Mann und Frau ist deshalb völlig uninteressant, weil sie nur die Bestätigung einer Naturgegebenheit ist, dazu geschaffen, daß wir uns reproduzieren. Und um das zu erreichen, bedarf es nicht der Liebe. Abgesehen davon denken Mann und Frau verschieden, fühlen verschieden und sind an verschiedenen Dingen interessiert. Würdest du das eine gute Kameradschaft nennen?«

»Nein, aber ist das das richtige Bild? Du machst mir ja beinahe Angst«, sagte Sean.

»Es ist das ewig gleiche, was mich so deprimiert – die gottverdammte Monotonie des Ganzen.« Duff rutschte erregt hin und her und lehnte sich endlich wieder an den Tank. »Die interessantesten Verbindungen sind jene, in denen der Sex, der ewige Gleichmacher, nicht beteiligt ist. – Brüder, Feinde, Herr und Diener, Vater und Sohn, Mann und Mann.«

»Homosexuelle?«

»Nein, das bedeutet auch nur Sex unter anderen Vorzeichen. Und schon bist du wieder im selben Fahrwasser. Wenn ein Mann sich einen Freund nimmt, dann tut er es nicht aus einem unkontrollierten inneren Drängen heraus, sondern aus freier Wahl. Jede Freundschaft ist anders, endet anders oder hält für immer. Sie braucht keine Ketten, kein Ritual und keinen unterschriebenen Vertrag. Sie verlangt von niemandem, daß er alles andere aufgibt, daß er darüber spricht, daß er damit großtut oder sie täglich von neuem bestätigt.« Duff stand auf, er war steif geworden. »Es ist eins der wenigen guten Dinge im Leben. Wie spät ist es?«

Sean nahm seine Uhr aus der Tasche und hielt das Zifferblatt so, daß es vom Mond beschienen wurde. »Nach Mitternacht. Es sieht nicht so aus, als ob sie kämen.«

»Die kommen. Hier ist Gold. Auch das ist ein unkontrollierbarer Impuls. Sie kommen, die Frage ist nur, wann.«

Im Tal gingen langsam die Lichter aus. Der tiefe Singsang der Zulus im Graben war verstummt, und ein kalter Wind strich über das Gras am Abhang von »Candys Tief«. Manchmal dösend, manchmal sich leise unterhaltend, warteten sie die Nacht hindurch. Ein fahles Licht überzog den Himmel, das schnell rosafarben wurde. Ein Hund schlug an. Sean stand auf und reckte sich. Er blickte ins Tal hinab. Und auf einmal sah er sie. Ein schwarzer Haufen Berittener, die die Straße entlangkamen. Durch das taunasse Gras wurde kein Staub aufgewirbelt. Jetzt überquerten sie den Natal-Strom. Dann zogen sie sich zu einer Formation zusammen, ehe sie weiterritten.

»Mr. Charleywood, wir bekommen Gesellschaft.«

Duff sprang auf. »Vielleicht reiten sie an uns vorbei und gehen zuerst zur Nachbarmine.«

»Wir werden es ja sehen, wenn sie zu der Gabelung kommen. In der Zwischenzeit laß uns bereit sein. Mbejane!« schrie Sean, und der schwarze Kopf tauchte aus dem Graben auf.

»Nkosi?«

»Bist du wach? Sie kommen.«

Aus dem Dunkel strahlte ein Lächeln. »Wir sind wach!«

»Dann paßt auf und bleibt im Graben, bis ich euch das Kommando gebe.«

Die fünf Söldner lagen flach im Gras. Am Ellbogen eines jeden befand sich ein frisch geöffnetes Paket mit Patronen. Sean rannte zu Duff zurück und kroch mit ihm hinter den Kessel.

»Die Büchse ist von hier ganz klar zu sehen. Glaubst du, daß du sie treffen wirst?«

»Sogar mit geschlossenen Augen«, sagte Sean.

Die Reiter kamen zur Gabelung, und ohne zu zögern wandten sie sich in Richtung auf »Candys Tief«, wobei sie ihr Tempo beschleunigten. Sean legte sein Gewehr oben auf den Tank und visierte die Büchse an.

»Wie ist unsere juristische Position, Duff?« fragte er leise.

»Sie haben soeben unsere Grenze überschritten und damit offiziell das Recht gebrochen«, erklärte Duff feierlich.

Eins der vordersten Pferde hatte soeben die Büchse umgeworfen, und Sean schoß genau auf die Stelle, wo sie gestanden hatte.

Der Schuß hallte laut in dem ruhigen Morgen. Und alle Köpfe der Eindringlinge drehten sich alarmiert nach oben. In diesem Augenblick explodierte der Grund unter ihnen in einer braunen Wolke, die zum Himmel stieg. Als diese sich verzogen hatte, sah man ein großes Knäuel von Pferden und Menschen. Vereinzelte Schreie drangen bis zu ihnen herauf.

»Mein Gott.« Sean atmete schwer, erschreckt vom Resultat der Vernichtung.

»Sollen wir jetzt losfeuern, Boß?« rief einer der angeheuerten Leute.

»Nein«, antwortete Sean schnell. »Die haben genug.«

Die Flucht begann. Reiterlose Pferde, Reiter und einige Männer zu Fuß hasteten zurück ins Tal. Sean war erleichtert, als er sah, daß sie nur etwa ein halbes Dutzend Menschen und ein paar Pferde verloren hatten.

»Nun, das war das am leichtesten verdiente Geld, das ihr jemals erhalten habt«, rief Duff einem Söldner zu. »Ich glaube, ihr könnt jetzt nach Hause gehen und frühstücken.«

»Warte mal, Duff.« Sean zeigte ihm etwas. Die Überlebenden der Explosion waren jetzt wieder bei der Gabelung angelangt, wo sie von zwei Reitern angehalten wurden.

»Diese beiden versuchen sie wieder zu sammeln.«

»Sollen wir ihre Meinung durch ein paar Schüsse ändern? Sie sind immer noch im Schußbereich.«

»Sie befinden sich nicht mehr auf unserem Gebiet«, lehnte Sean ab. Sie beobachteten, wie ein Teil der Leute, die genug hatten, langsam verschwand. Der Rest dagegen schloß sich an der Kreuzung erneut zusammen.

Sie saßen ab und begannen, den Hügel zu erklimmen. Einen Augenblick zögerten sie unterhalb der Grenzlinie. Dann rannten sie vor und rissen die Markierungspfähle aus dem Boden.

»Alle auf einmal, meine Herren, wenn ich bitten darf«, rief Duff höflich, und die sieben Gewehre eröffneten das Feuer. Es war eine weite Entfernung, und die etwa dreißig Angreifer rannten in geduckter Stellung. Zu Anfang hatten die Kugeln wenig Erfolg, aber als die Entfernung sich verkürzte, fielen immer mehr Männer. Eine winzige Schlucht lief diagonal zur Anhöhe, und als die Angreifer diese erreichten, sprangen sie hinein, um aus der Sicherheit ihrer neuen Umgebung ein wildes Gegenfeuer auf Seans Leute loszulassen.

»Sean, gib mir Deckung«, flüsterte Duff. »Ich werde mich von hinten an sie anschleichen und dann ein Paar unserer Handgranaten in die Mulde werfen.«

Sean ergriff seinen Arm, und seine Finger preßten ihn so fest, daß Duff beinahe wimmerte.

»Wenn du nur einen Schritt machst, schlage ich dir meinen Gewehrkolben über den Schädel. Du bist ja verrückt. Jetzt schieß gefälligst weiter und laß mich nachdenken.« Sean wagte einen Blick über den Kesselrand, duckte sich aber schnell wieder, als eine Kugel dagegenprallte, nur einige Zentimeter von seinem Ohr entfernt. Er starrte auf die frische Farbe, die vor seiner Nase war, und dann lehnte er sich dagegen. Der Tank schwankte leicht. Er sah auf Duff, der ihn beobachtete.

»Wir wollen das zusammen machen«, sagte Sean. »Mbejane und seine Leute sollen den Kessel vor uns herrollen, die anderen Herren werden uns genug Deckung geben, und wir können die ganze Angelegenheit stilgemäß beenden.«

Sean rief die Zulus aus dem Graben und erklärte ihnen die Situation. Sie waren sofort einverstanden und kämpften beinahe miteinander, um einen besonders guten Platz an dem Kessel zu bekommen. Sean und Duff steckten soviel Dynamitgranaten wie möglich in ihre Hemden. Und dann nahm jeder von ihnen ein kurzes geteertes Tauende in die Hand und zündete es an.

Sean nickte Mbejane zu.

»Wo sind die Kinder der Zulus?« sang Mbejane, und seine Stimme hatte bei dieser alten Frage einen schrillen Klang.

»Hier!« antworteten seine Krieger und drückten gegen den Tank.

»Wo sind die Speere der Zulus?«

»Hier.«

»Wie funkeln die Speere der Zulus?«

»Heller als die Sonne.«

»Wie hungrig sind die Speere der Zulus?«

»Hungriger als die Heuschrecke.«

»Dann laßt uns ihnen etwas zu essen geben.«

»Yeh-bo«, war die Zustimmung, und der Tank begann sich langsam unter dem Druck der Schultern zu drehen.

»Yeh-bo«, eine weitere widerwillige Umdrehung.

»Yeh-bo«, nun war er an der Schräge angekommen. Gewichtig rollte er den Hang hinab, und sie rannten hinterher. Das Feuer aus dem Tal verdoppelte sich. Wie Hagel schlugen die Kugeln gegen den riesigen Metallzylinder. Der Gesang der Zulus hatte im Ton gewechselt. Das tiefe Singen wurde schneller, höher und endete in einem blutdürstigen Schrei. Seans Mund öffnete sich, und er schrie mit ihnen. Er zündete die erste Granate mit dem brennenden Tau an und warf sie in hohem Bogen über den Kessel. Sie zerbarst in der Luft über dem Tal. Und wieder warf er. Duff tat das gleiche. Der Tank raste über die Talschwelle und blieb in einer riesigen Staubwolke liegen. Die Zulus folgten, schwärmten noch immer schreiend aus, und jetzt bekamen ihre Speere Arbeit. Die Weißen wichen zurück. Sie versuchten, aus dem Tal herauszukommen, und flohen. Die Zulus stachen auf die Fliehenden ein.

Als François mit fünfzig Bewaffneten, die ihm folgten, ankam, war der Kampf vorüber.

»Geh mit deinen Jungen durchs Lager. Kämme es sorgfältig durch. Wir wollen jeden, der hier entwischt ist«, sagte ihm Duff. »Es ist langsam an der Zeit, daß wir hier auf dem Veld ein bißchen Ordnung und Gesetz ins Spiel bringen.«

»Aber wie werden wir die Kerle, die daran beteiligt sind, herausfinden?« fragte François.

»An ihren aschgrauen Gesichtern und an ihren verschwitzten Hemden wirst du sie erkennen«, erwiderte Duff.

François und seine Leute ritten los und überließen es Sean und Duff, den Kampfplatz zu säubern. Es war eine fürchterliche Angelegenheit. Sie erschossen die Pferde, die die Explosion verwundet hatte, und trugen dann über ein Dutzend Leichen zusammen, die in der Schlucht und auf der Anhöhe lagen. Zwei von ihnen waren Zulus. Die Verwundeten legten sie auf einen Wagen und brachten sie zu »Candys Hotel«.

Es war am frühen Nachmittag, als sie ankamen. Sie fuhren den Wagen durch die Menschenmenge und hielten vor dem Hotel an. Es machte den Eindruck, als ob die gesamte Bevölkerung des Goldfeldes sich hier versammelt hätte. Sie alle standen um einen kleinen offenen Platz, in dem François seine Gefangenen hielt.

Er war fast hysterisch vor Erregung. Er schwenkte sein Gewehr in gefährlichem Bogen hin und her, während er zu der Menge sprach. Dann rannte er wieder zurück und stieß einen der Gefangenen mit dem Gewehr.

»Ihr Strolche«, schrie er. »Wolltet uns unsere Minen stehlen, was? Unsere Minen.« In diesem Augenblick erkannte er Duff und Sean, die mit ihrem Wagen durch die Menge fuhren.

»Duff, Duff, wir haben sie, wir haben den ganzen Haufen.«

François' Gefangene waren fest mit Stricken gefesselt und konnten nur die Köpfe bewegen. Als zusätzliche Sicherheitsmaßnahme stand auf jeder Seite ein Bergmann mit entsichertem Gewehr. Duff stieg vom Wagen.

»Glaubst du nicht, daß du die Stricke etwas lockern solltest?« fragte Duff zweifelnd.

»Damit sie entfliehen?« entgegnete François indigniert.

»Glaubst du, daß sie sehr weit kommen würden?«

»Nein, das glaube ich kaum.«

»Weißt du, noch ungefähr eine halbe Stunde, und dann sind ihnen sämtliche Gliedmaßen abgestorben. Schau dir nur die Hand hier an. Die ist schon ganz blau angelaufen.«

Widerwillig stimmte François zu und hieß seine Leute die Gefangenen losbinden.

Duff bahnte sich einen Weg durch die Menge und schritt die Stufen zum Hotel empor. Dort angekommen, breitete er die Arme aus, und Ruhe trat ein.

»Eine Menge Menschen sind heute getötet worden. Wir wollen nicht, daß das noch mal passiert. Zur Abschreckung soll dieser Haufen hier das bekommen, was er verdient.« Die zustimmenden Zurufe wurden von François angeführt.

»Aber wir müssen es ordentlich machen. Ich schlage vor, daß wir ein Komitee wählen, das diese Angelegenheit regelt und sich auch mit allen anderen Problemen, die auf dem Goldfeld auftreten, beschäftigen wird. Ich würde vorschlagen, zehn Mann und einen Vorsitzenden.«

Wieder kamen zustimmende Rufe.

»Nennen wir es das Gruben-Komitee«, rief jemand, und die Menge nahm den Namen begeistert auf.

»Gut, das Gruben-Komitee soll es heißen. Jetzt brauchen wir zuerst einen Vorsitzenden. Irgendwelche Vorschläge?«

»Mr. Charleywood«, schrie François.

»Ja, Duff, der ist richtig.«

»Ja, Duff Charleywood.«

»Irgendwelche anderen Vorschläge?«

»Nein«, schrie die Menge.

»Ich danke Ihnen, Gentlemen.« Duff lächelte. »Ich bin mir der Ehre, die Sie mir erweisen, bewußt. Und jetzt bestimmt die zehn Mitglieder.«

»Jock und Trevor Heyns.«

»Karl Lochtkamper.«

»François du Toit.«

»Sean Courteney.«

Es wurden über fünfzig Nominierungen abgegeben, und das Komitee wurde durch Applaus gewählt. Duff rief die Namen auf, einen nach dem anderen, und richtete sich nach der Stärke der Zustimmung.

Sean und François gehörten zu denen, die gewählt wurden.

Stühle und ein Tisch wurden auf die Veranda gebracht, und Duff nahm Platz. Mit einem Wasserkrug hämmerte er auf den Tisch, bis Ruhe herrschte. Dann erklärte er die erste Sitzung des Gruben-Komitees für eröffnet und bestrafte sofort drei Leute aus der Menge mit einer Geldbuße von zehn Pfund, weil sie während der Sitzung ihre Waffen abgefeuert hatten. Er nannte es Verächtlichmachung des Komitees. Die Geldstrafen wurden bezahlt, und daraufhin herrschte eine gewisse Feierlichkeit in der Menge.

»Ich bitte Mr. Courteney, die Anklage zu übernehmen.«

Sean stand auf, gab eine kurze Schilderung der morgendlichen Kämpfe und endete mit den Worten: »Sie waren dabei, Euer Ehren, das heißt, daß Sie sowieso über alles Bescheid wissen.«

»Das stimmt«, gab Duff zu. »Ich danke Ihnen, Mr. Courteney. Ich glaube, daß Sie uns eine faire Schilderung gegeben haben. Jetzt«, und dabei sah er die Gefangenen an, »wer spricht für sie?«

Eine Minute lang hörte man unter den Gefangenen Flüstern, und dann wurde einer von ihnen vorgeschoben.

»Ihr verdammten Strolche habt kein Recht, so mit uns umzugehen«, begann er und wurde von Duff sofort mit zehn Pfund bestraft. Das nächste Mal war er höflicher.

»Euer Ehren, so was können Sie mit uns nicht machen. Schließlich haben wir auch unsere Rechte, wissen Sie. Diese neue Proklamation und das alles. Ich meine, die alten Titel waren nicht mehr in Kraft, oder? Wir kamen ganz friedfertig, bitte ich sagen zu dürfen. Und da die alten Titel keinen Wert mehr hatten, hatten wir ein Recht, das zu tun, was wir getan haben. Und dann kamt ihr Strolche, ich meine Sie, Euer Ehren, und habt uns in die Luft gesprengt. Und schließlich hatten wir doch ein Recht, uns zu verteidigen. Ich meine doch, oder meinen Sie nicht, Sir?«

»Eine ausgezeichnete Verteidigung. Gut gesprochen. Ihre Freunde sollten Ihnen dankbar sein.« Duff machte ihm das Kompliment und wandte sich dann an das Komitee. »Und nun zu Ihnen, meine Herren, was sagen Sie, schuldig oder nicht schuldig?«

»Schuldig«, erklärten alle.

»Wir werden jetzt über das Urteil beraten.«

»Hängt sie auf!« schrie jemand, und sofort schwenkte die Stimmung um. Die Menge strömte vor, zum Lynchen bereit. Im selben Augenblick ergriff Sean das Gewehr von François und sprang auf den Tisch.

»So wahr mir Gott helfe, der erste, der einen von ihnen anfaßt, bevor es dieses Gericht anordnet, kriegt eine Ladung.«

Sie blieben stehen, und Sean nutzte seinen Vorteil. »Auf diese Entfernung kann ich nicht fehlen. Kommt her, versucht es nur. Hier sind zwei Ladungen Schrot drin. Einer von euch wird davon in Stücke gerissen werden.« Murrend gingen sie zurück.

»Vielleicht habt ihr es vergessen, aber es gibt eine Polizei in diesem Land, und es gibt ein Gesetz gegen Mord. Hängt sie heute auf, dann seid ihr morgen dran.«

»Sie haben recht, Mr. Courteney. Es wäre Mord, roher, herzloser Mord.«

»So wäre es«, sagte der Sprecher der Gefangenen weinerlich.

»Halt's Maul, du verdammter Narr«, schrie Duff, und jemand in der Menge lachte. Das Lachen breitete sich aus, und Duff stieß heimlich einen Seufzer der Erleichterung aus. Das hätte sehr gefährlich werden können.

»Teeren und federn wir sie doch.«

Duff grinste. »Das ist vernünftig. Wer hat ein paar Fässer Teer zu verkaufen?« Er sah sich um. »Was? Kein Angebot? Dann müssen wir uns was anderes ausdenken.«

»Ich habe zehn Fässer mit roter Farbe, das Stück zu dreißig Shilling. Gute importierte Ware.« Duff erkannte in dem Sprecher einen Händler, der einen Laden unten im Ferrieras-Lager hatte.

»Mr. Tarry schlägt Farbe vor, was meint ihr?«

»Nein, die geht zu schnell wieder runter. Das hat keinen Zweck.«

»Ich gebe sie euch billig, fünfundzwanzig Shilling das Stück.«

»Nein. Geh zum Teufel mit deiner verdammten Farbe«, schrie ihn die Menge nieder.

»Laßt uns doch mit ihnen Satans Roulette spielen«, schrie ein anderer, und die Menge tobte vor Begeisterung.

»Das ist gut, binden wir sie auf das Rad.«

Sean beobachtete Duffs Gesichtsausdruck. Sein Lächeln war verflogen. Er überlegte. Wenn er versuchen würde, ihnen noch mal Einhalt zu gebieten, war es möglich, daß sie alle die Geduld verlieren und das Risiko eines Schusses sie nicht mehr abschrecken würde. Er konnte es nicht noch einmal wagen.

»Also gut. Wenn ihr es so wollt.« Er blickte auf die entgeistert dastehende Gruppe der Gefangenen. »Das Urteil des Gerichts lautet, daß ihr eine Stunde lag Satans Roulette spielt und dann das Goldfeld verlaßt. Wenn wir euch hier noch mal erwischen, bekommt ihr wieder eine Stunde. Den Verwundeten wird die erste Hälfte der Strafe erlassen. Ich glaube, die haben genug. Mr. du Toit wird die Bestrafung überwachen.«

»Wir würden die Farbe vorziehen, Mr. Charleywood«, bat der Sprecher.

»Das glaube ich dir gern«, sagte Duff leise. Aber die Menge schob sie bereits fort zu dem freien Platz hinter dem Hotel.

»Komm, trinken wir einen«, sagte Duff zu Sean.

»Willst du dir das nicht ansehen?« fragte Sean.

»Ich habe es schon einmal unten am Kap gesehen. Das war genug.«

»Was tun sie denn?«

»Geh doch hin und sieh es dir an. Ich werde auf dich im ›Strahlenden Engel‹ warten. Es würde mich überraschen, wenn du die ganze Stunde dabei bliebest.«

Als Sean sich wieder der Menge näherte, waren die meisten Wagen aus den Lagern herangefahren worden und standen in einer Reihe. Sie wurden hinten aufgebockt und die großen schwarzen Räder abgenommen. Dann wurden die Gefangenen herangebracht, jeder zu einem Rad. Sie wurden hochgehoben und mit gespreizten Armen und Beinen an den Rädern festgebunden. François lief die Reihe entlang und kontrollierte die Stricke. Dann wurden vier Mann an jedes Rad gestellt. Zwei, um den Anfang zu machen, und die anderen zwei, um weiterzumachen, wenn die ersten müde waren. Als er am Ende der Reihe angekommen war, lief er wieder zur Mitte und schrie dann: »Also los, dreht sie, Kerls!«

Die Räder begannen sich zu drehen. Erst langsam und dann immer schneller. Die Konturen der festgebundenen Körper verwischten sich in der Geschwindigkeit.

Nach einigen Minuten hörte man von einem Ende der Reihe, daß sich jemand erbrochen hatte. Wie gelbe Funken spritzte es vom Rad. Und dann noch einer, und noch einer. Sean konnte das Röcheln hören, als die Zentrifugalkraft das Erbrochene wieder gegen die Hälse der Gefangenen warf und deren Nasen. Er wartete noch ein paar Minuten, aber als ihre Blasen ebenfalls begannen, sich zu leeren, ging er mit einem Würgen davon zum »Strahlenden Engel«.

»Na, hat es dir Spaß gemacht?« fragte Duff.

»Gib mir einen Brandy«, erwiderte Sean.

9

Bis jetzt war die Jack-und-Whistle-Mühle die einzige, die Gold schürfte, und nur Hradsky und François du Toit wußten, wieviel Gold herauskam. Hradsky war noch immer in Kapstadt, um Geld aufzutreiben. Und François sagte niemandem, nicht einmal Duff, etwas über den Goldausstoß der Mine.

In »Candys Tief« arbeiteten Duff und Sean pausenlos weiter. Die Mühle gewann langsam an Gestalt, ihre Mäuler waren offen für den ersten Biß ins Gestein. Der Tank wurde von zwanzig schwitzenden und singenden Zulus auf sein Gestell gebracht. Die Kupfertische waren aufgestellt und mußten nur noch mit Quecksilber bestrichen werden.

Sie hatten keine Zeit, sich um die Ader oder um das immer mehr schwindende Geld in Seans Gürtel Gedanken zu machen. Sie arbeiteten und schliefen. Sonst gab es nichts. Duff hatte es sich wieder angewöhnt, bei Sean im Zelt zu schlafen, und Candy hatte ihr Federbett für sich allein.

Am zwanzigsten November setzten sie zum erstenmal den Kessel in Betrieb. Müde, mit schwieligen Händen, schmal und hart geworden, standen sie nebeneinander und beobachteten den Zeiger des Druckmessers, bis er die rote Linie erreichte. Duff brummte: »So, jetzt haben wir wenigstens endlich Maschinenkraft.«

Dann stieß er Sean an. »Was, zum Teufel, stehst du denn hier herum? Glaubst du, du bist bei einem Sonntagsausflug? Es gibt noch eine Menge zu tun, mein Junge.«

Am zweiten Dezember verfütterten sie an die Mühle die erste Mahlzeit, und sie beobachteten, wie das pulverisierte Gestein über die Tische floß. Von jetzt an mußte einer von ihnen ständig bei diesem eisernen Monstrum sein.

Duff übernahm die erste Nachtschicht, und als Sean ihn am nächsten Morgen ablösen wollte, fand er ihn schwankend, die Augen tief in den Höhlen liegend.

»Ich schätze, daß wir etwa zehn Tonnen Gestein verarbeitet haben. Es ist jetzt Zeit, die Tische zu säubern, um zu sehen, wieviel Gold wir gefunden haben.«

»Geh du doch jetzt und schlafe endlich«, sagte Sean, aber Duff ignorierte ihn.

»Mbejane, bring ein paar von deinen Wilden her. Wir wollen die Tische auswechseln.«

»Hör zu, Duff, das hat doch noch ein oder zwei Stunden Zeit. Leg dich erst einmal hin.«

»Hör auf, an mir herumzumeckern. Du bist ja schlimmer als eine Frau.«

Sean zuckte mit den Schultern. »Also schön, wie du willst, aber zeig mir dann wenigstens, wie man das macht.«

Das ausströmende Gestein war jetzt auf einen anderen Tisch umgeleitet worden, der bereitstand. Dann strich Duff mit einem breiten, scharfen Spachtel das Quecksilber des ersten Tisches zusammen und formte daraus eine Kugel von der Größe einer Kokosnuß.

»Das Quecksilber sammelt alle Goldteilchen zusammen«, erklärte er Sean, während er arbeitete, »und läßt die Gesteinskörner vom Wasser fortwaschen. Selbstverständlich kann es nicht alles sammeln, einiges wird immer verlorengehen.«

»Und wie bekommst du das Gold wieder heraus?«

»Du legst diesen Ball hier in eine Retorte und verdampfst das Quecksilber, das Gold bleibt dann zurück.«

»Eine ziemliche Verschwendung von Quecksilber, nicht wahr?«

»Nein, das fängst du beim Kondensieren wieder ein, um es dann wieder zu benutzen. Komm, ich zeige es dir.«

Duff nahm den Quecksilberball und ging zum Schuppen. Dort legte er ihn in eine Retorte und zündete eine Lötlampe an. In der Hitze begann sich der Ball aufzulösen und zu kochen. Schweigend blickten sie darauf. Der Spiegel in der Retorte begann zu sinken.

»Wo ist das Gold?« fragte Sean schließlich.

»Ach, halt's Maul«, brummte Duff ungeduldig. Und dann bedauernd: »Tut mir leid, Junge, ich bin heute morgen ziemlich erledigt.« Als das letzte bißchen Quecksilber verdampft war, sah man es hell leuchten. Einen Tropfen Gold, ungefähr von der Größe einer Erbse. Duff stellte die Lötlampe ab, und eine Weile sprach keiner von ihnen. Dann fragte Sean: »Ist das alles?«

»Das, mein Freund, ist alles«, stimmte Duff erschöpft zu. »Was willst du damit machen? Dir einen Zahn plombieren lassen?« Er wandte sich zur Tür, und sein ganzer Körper schien in sich zusammenzusinken. »Laß die Mühle weiterarbeiten. Wenn wir schon untergehen, dann wenigstens mit fliegenden Fahnen.«

10

Es war ein trauriges Weihnachtsmahl. Sie aßen es in »Candys Hotel«. Dort hatten sie Kredit. Candy schenkte Duff einen goldenen Siegelring und Sean eine Kiste Zigarren. Sean hatte vorher noch nie geraucht, aber jetzt verursachte das Kratzen in seinen Lungen ein gewisses masochistisches Freudengefühl. Der Speisesaal summte vom Gespräch der Männer und vom Geklapper der Messer und Gabeln, die Luft war dick vom Dampf der Speisen und vom Tabaksqualm, während in einer Ecke, wie auf einer kleinen traurigen Insel, Sean, Duff und Candy saßen.

Einmal erhob Duff sein Glas zu Sean und sagte mit der Stimme eines Beerdigungsbeamten: »Fröhliche Weihnachten.«

Seans Lippen verzogen sich zu einer Art Totengrimasse, und er antwortete: »Dir auch.«

Dann tranken sie. Duff schwang sich auf zu reden. »Sag mir noch einmal, wieviel haben wir noch? Ich möchte es noch einmal von dir hören. Du hast eine so wunderbare Stimme. Du hättest Shakespeare sprechen müssen.«

»Drei Pfund und sechzehn Shillinge.«

»Ja, ja, diesmal hast du es richtig gesagt. Drei Pfund und sechzehn Shillinge. Und jetzt, um die Stimmung weihnachtlich zu machen, sag mir noch, wieviel Schulden wir haben.«

»Trink noch was«, erwiderte Sean, um das Thema zu wechseln.

»Ja, danke, das werde ich wohl tun.«

»Ach bitte, ihr beiden, laßt es uns doch wenigstens heute einmal vergessen«, bat Candy. »Ich hatte eine so schöne Party geplant. Schaut mal, da ist François! Hallo, François, komm hierher!«

Der kleine du Toit kam durch den Saal an ihren Tisch.

»Fröhliche Weihnachten, Kerls, die nächste Runde ist meine.«

»Fein, daß du gekommen bist.« Candy gab ihm einen Kuß. »Wie geht es dir? Du siehst gut aus.«

François' Stimmung schlug sofort um. »Eigenartig, daß gerade du das sagst, Candy. Ich muß dir sagen, eigentlich bin ich etwas besorgt.« Er beklopfte seine Brust und setzte sich auf einen leeren Stuhl. »Weißt du, mein Herz. Ich habe ja schon lange darauf gewartet. Und dann plötzlich gestern, als ich oben an der Mühle war und nur so dastand, verstehst du, da war es auf einmal so, als ob mir der Brustkorb zusammengedrückt würde.« Er schüttelte betrübt den Kopf. »Es ist wirklich sehr besorgniserregend. Du weißt ja, daß ich schon vorher niemals ganz gesund war, und jetzt auch noch das!«

»O Gott«, stöhnte Candy. »Ich halte es nicht aus. Jetzt auch noch du!«

»Tut mir leid, habe ich etwas Falsches gesagt?«

»Ach wo, aber es paßt genau zu der festlichen Stimmung hier am Tisch.« Sie zeigte auf Duff und Sean. »Schau dir nur ihre glücklichen Gesichter an. Entschuldige mich bitte, ich muß mich mal in der Küche umsehen.«

Und damit ging sie.

»Was ist denn los, Duff, alter Junge?«

Duff deutete mit seinem Totenkopfgrinsen auf Sean.

»Der Mann möchte wissen, was los ist. Sag's ihm.«

»Drei Pfund und sechzehn Shillinge«, erwiderte Sean, und François starrte ihn verwirrt an.

»Ich versteh kein Wort.«

»Er meint, daß wir pleite sind, völlig pleite.«

»O Gott, das tut mir leid, Duff. Ich dachte, es ginge euch gut. Ich habe den ganzen Monat über eure Mühle laufen hören und nahm an, daß ihr schon ganz schön verdient haben müßtet.«

»Die Mühle arbeitet auch prima. Wir haben genauso viel Gold entdeckt, daß wir damit gerade den Hintern eines Flohs vergolden können.«

»Aber wie kommt das, Kerl? Ihr arbeitet doch an der Führungsader, oder?«

»Langsam fange ich an zu glauben, daß diese Führungsader ein Märchen von dir ist.«

François starrte nachdenklich in sein Glas.

»Wie tief seid ihr?«

»Wir haben einen Schacht, etwa fünfzehn Meter tief.«

»Und noch immer kein Zeichen von der Führungsader?« Duff schüttelte den Kopf, und François fuhr fort: »Erinnert ihr euch noch, als ich euch davon erzählte? Damals war vieles nur Vermutung.« Duff nickte.

»Also, jetzt weiß ich ein bißchen mehr darüber. Was ich euch jetzt sagen werde, ist für euch, für euch allein. Falls es herauskommt, verliere ich meinen Job. Versteht ihr?«

Duff nickte wieder.

»Bis jetzt ist die Führungsader erst an zwei Stellen entdeckt worden. Wir haben sie bei uns, und ich weiß, daß auch die Brüder Heyns sie auf ihrer Mine gefunden haben. Ich werde es euch aufzeichnen.« Er nahm ein Messer und begann, in die Soßenreste auf Seans Teller zu zeichnen. »Das ist die Hauptader. Die läuft ziemlich gerade. Hier sind wir. Und hier sind die Brüder Heyns. Und ihr seid hier, genau dazwischen. Wir haben beide die Ader gefunden, und ihr nicht. Ich glaube fest daran, daß sie da ist. Ihr sucht nur irgendwo an der falschen Stelle. Bei uns laufen die Haupt- und die Führungsader fast parallel am Nordende. Da, wo unser Grund an euren grenzt, sind sie bereits fünfundzwanzig Meter auseinander. Bei den Heyns ist die Entfernung noch ungefähr fünfzehn Meter. Daraus schließe ich, daß die beiden Adern ungefähr in der Form eines Bogens verlaufen. Ich sage dir, Duff, wenn du von der Hauptader im rechten Winkel einen Graben abzweigst, wirst du auf sie stoßen. Und wenn es soweit ist, dann spendierst du mir einen Drink.«

Sie hatten ernsthaft zugehört, und als François fertig war, lehnte sich Duff in seinen Stuhl zurück. »Wenn wir das doch schon vor einem Monat gewußt hätten! Wo sollen wir denn jetzt das Geld herkriegen, um diesen neuen Graben zu ziehen und außerdem noch die Mühle weiterarbeiten zu lassen?«

»Wir könnten etwas von unseren Werkzeugen verkaufen«, schlug Sean vor.

»Die brauchen wir, jedes Stückchen. Und abgesehen davon: Wenn wir nur einen Spaten verkaufen, stürzen sich unsere Gläubiger wie ein Rudel Wölfe auf uns und schreien nach ihrem Geld.«

»Ich würde euch ja gern etwas leihen, wenn ich was hätte. Aber mit dem, was Mr. Hradsky mir bezahlt...« François schüttelte sich. »Ihr braucht wenigstens zweihundert Pfund, und die habe ich nicht.« Candy war gerade zurückgekommen, und hörte François' letzte Bemerkung. Sie dachte einen Augenblick nach. »Schade, ich habe gerade zehn Grundstücke in Johannesburg, diesem Regierungsdorf im Tal, gekauft. Bin also selbst etwas knapp. Aber ich würde euch gern fünfzig Pfund leihen, wenn das hilft.«

»Ich habe mir noch nie im Leben von einer Dame Geld geliehen. Das ist also eine ganz neue Erfahrung, die ich mache. Candy, ich liebe dich.«

»Ich wünschte, du tätest es«, sagte Candy.

Aber glücklicherweise war Duff in diesem Augenblick völlig taub. Schnell fuhr er fort: »Das heißt, wir brauchen noch immer so um die hundertfünfzig Pfund. Ich erwarte Ihre Vorschläge, meine Herren!«

Es herrschte lange Zeit völlige Ruhe, und dann begann Duff zu lächeln und sah Sean dabei an.

»Sag's mir nicht! Laß mich raten«, kam Sean ihm zuvor. »Du willst mich als Preisbullen vermieten!«

»Beinahe, aber nicht ganz. Wie fühlst du dich, mein Junge?«

»Danke, gut.«

»Stark?«

»Ja.«

»Tapfer?«

»Komm, Duff, sag's schon. Mir gefällt dein Gesicht nicht.«

Duff holte ein Notizbuch aus der Tasche und schrieb etwas mit einem Bleistiftstummel hinein. Dann riß er die Seite heraus und gab sie Sean. »Plakate mit diesem Text werden in allen Kantinen des Goldfeldes ausgehängt.«

Sean las es: AM NEUJAHRSTAG IST MR. SEAN COURTENEY,

Schwergewichtsmeister der Republik von Transvaal, bereit, gegen jeden auf dem Platz vor Candys Hotel gegen einen Einsatz von fünfzig Pfund zu kämpfen. Eintritt zwei Shillinge. Alle sind herzlich eingeladen.

Candy las über seine Schulter mit. Sie war begeistert. »Das ist fabelhaft. Ich muß mir ein paar Extra-Kellner für den Tag besorgen. Und außerdem werde ich ein kaltes Buffet machen. Dafür könnte ich noch mal zwei Shillinge verlangen.«

»Wir machen die Mühle bis Neujahr zu. Sean muß sich jetzt ausruhen. Nur ganz leichtes Training. Selbstverständlich keine Drinks und viel Schlaf«, bestimmte Duff.

»Seid ihr jetzt fertig?« fragte Sean. »Alles, was ich zu tun habe, ist, in den Ring zu gehen und mich zu Brei schlagen zu lassen.«

»Aber wir tun das doch nur für dich, mein Junge, auf daß du reich und berühmt wirst.«

»Ich danke euch, ich danke euch von ganzem Herzen.«

»Du prügelst dich doch gern, nicht wahr?«

»Wenn ich dazu Lust habe!«

»Mach dir keine Sorgen. Mir werden schon ein paar dreckige Bemerkungen einfallen, mit denen ich dich im Handumdrehen in der richtigen Stimmung haben werde.«

11

»Wie fühlst du dich?« fragte Duff ihn zum sechstenmal an diesem Morgen.

»Noch genau wie vor fünf Minuten.«

Duff sah auf die Uhr, starrte auf das Zifferblatt, hielt sie an sein Ohr und sah überrascht auf, als er feststellte, daß sie noch ging. »Die Herausforderer sind auf Candys Veranda. Ich habe ihr gesagt, sie soll ihnen freie Drinks geben, soviel sie nur wollen. Je länger wir hier warten, desto mehr Zeit haben sie, sich zu betrinken. François sammelt das Geld in meiner Börse ein. Mbejane habe ich um die Ecke beim Hotel postiert. Falls es einen Krawall geben sollte, wird ihm einer von uns die Börse zuwerfen, und er kann damit verschwinden.«

Die Tür wurde aufgestoßen, und Duff sprang bei dem Geräusch vom Stuhl auf. Es war François, der keuchend vor ihnen stand.

»Was ist draußen los?« wollte Duff wissen.

»Wir haben bis jetzt über fünfzig Pfund an Eintrittsgeld eingenommen. Oben auf dem Dach hockt noch ein Haufen, der nicht bezahlt hat, aber immer, wenn ich mich denen nähere, fangen sie an, mit Flaschen zu schmeißen.«

François hielt den Kopf schief. »Hör dir das an!« Der Lärm der Menge drang deutlich durch die dünnen Wände des Hotels. »Sie warten nicht mehr lange. Du kommst besser raus, bevor sie anfangen, nach dir zu suchen.«

Sean stand auf. »Ich bin bereit.«

François zögerte. »Duff, erinnerst du dich an Fernandes, den Portugiesen aus Kimberley?«

»O nein! Sag mir bloß nicht, daß der hier ist!«

François nickte. »Ich wollte dich nicht nervös machen, aber ein paar von den Jungs haben zusammengelegt und ihm telegrafiert. Er ist vor einer halben Stunde mit der Expreßkutsche gekommen. Ich habe gehofft, daß er es nicht schaffen würde...« Er zuckte traurig mit den Schultern.

Duff sah Sean niedergeschlagen an. »Das ist Pech, mein Junge.«

François versuchte, die Stimmung etwas zu heben. »Ich habe ihm gesagt, daß es der Reihe nach ginge. Er ist der sechste. Das heißt, das Sean auf jeden Fall ein paar hundert Pfund verdienen kann, und dann können wir immer noch sagen, daß er genug hat, und die Bude dichtmachen.«

Sean hörte aufmerksam zu. »Dieser Fernandes ist gefährlich? Kommt, sehen wir uns den mal an!«

Sean trat als erster aus Candys Zimmer in den Flur.

»Hast du eine Waage aufgetrieben, um die Kämpfer zu wiegen?« fragte Duff François, während sie Sean nachliefen.

»Nein, auf den ganzen Feldern gibt es keine, die über hundert Pfund geht. Aber ich habe Gideon Bernard draußen. Er ist Viehhändler und hat sein ganzes Leben lang Tiere abgeschätzt. Der gibt uns die Gewichte bis auf ein paar Pfund genau an.«

Duff lachte. »Dann muß es eben so gehen. Abgesehen davon glaube ich nicht, daß wir Weltmeisterschaftstitel zu vergeben haben.«

Sie kamen jetzt auf die Veranda und blinzelten in die grelle Sonne. »Welcher ist der Portugiese?« flüsterte Sean. Er hätte nicht zu fragen brauchen. Der Mann ragte wie ein Gorilla im Affenkäfig zwischen den anderen hervor. Dichtes, gekräuseltes Haar bedeckte seine Schultern, seine Brust und seinen Rücken und ließ die Rundung seines enormen Bauches noch stärker hervortreten.

Die Menge ließ Sean und Duff durch, und sie gingen zum Ring. Hände klopften Sean ermutigend auf die Schulter, und viele gute Wünsche gingen im allgemeinen Lärmen unter. Jock Heyns war der Schiedsrichter. Er half Sean durch die Seile und betastete mit den Händen Seans Hosentaschen. »Ich muß nur nachsehen«, entschuldigte er sich. »Aber wir wollen keine Eisenstücke im Ring.« Dann bat er einen großen dunkelgesichtigen Mann zu sich, der an den Seilen lehnte und Tabak kaute.

»Das ist Mr. Bernard, unser Gewichtsschätzer. Nun, Gideon, was meinst du?«

Bernard spuckte ein bißchen Tabak seitlich aus dem Mund: »Zweihundertzehn.«

»Danke.« Jock erhob die Hände, und nach ein paar Minuten herrschte einigermaßen Ruhe.

»Meine Damen und Herren, es ist unser großes Privileg, Mr. Sean Courteney heute bei uns zu wissen, den Schwergewichtsmeister der Republik. Er wird sechs Kämpfe ausfechten. Jeder Kampf geht um eine Börse von fünfzig Pfund.«

Es herrschte große Begeisterung.

»Der erste Herausforderer, mit einem Gewicht von hundertfünf Kilo, ist Mr. Anthony –«

»Stop!« schrie Sean. »Wer sagt, daß er der erste ist?«

Jock Heyns hatte gerade tief Luft geholt, um den Namen auszurufen; er dämpfte seine Stimme und sagte: »Das war so mit Mr. du Toit ausgemacht.«

»Wenn ich kämpfe, dann suche ich mir auch die Gegner aus. Ich will den Portug –« Duffs Hand legte sich auf seinen Mund, und er flüsterte verzweifelt: »Sei doch kein Narr. Nimm erst die leichten. Denk doch nach. Schließlich machst du das nicht zum Spaß. Wir versuchen, unsere Mine zu finanzieren.«

Sean machte sich von Duffs Hand los und brüllte: »Ich will den Portugiesen.«

»Er macht einen Witz«, versicherte Duff der Menge und wandte sich dann wütend an Sean: »Bist du verrückt? Dieser Kerl ist ein Menschenfresser. Wir sind fünfzig Pfund ärmer, bevor du überhaupt anfängst.«

»Ich will den Portugiesen«, wiederholte Sean mit der Logik eines kleinen Jungen, der sich das teuerste Spielzeug im Laden aussucht.

»Laß ihn doch den Portugiesen haben!« schrien die Leute auf dem Hoteldach. Und Jock Heyns sah nervös nach oben. Er war sich klar darüber, daß sie jederzeit ihren Vorschlag durch ein paar Flaschen von oben unterstützen würden. »Also gut«, stimmte er hastig zu. »Der erste Herausforderer ist«, er sah auf Bernard und fuhr fort, »mit einem Gewicht von zweihundertfünfundfünfzig Pfund Mr. Felezardo da Silva Fernandes.«

Unter großem Geschrei und Applaus kam der Portugiese von der Veranda in den Ring. Sean hatte Candy im Speisesaal am Fenster entdeckt und winkte ihr zu. Sie antwortete mit einer Kußhand.

Und in diesem Augenblick schlug Trevor Heyns, der als Ringrichter fungierte, den Eimer, der als Gong diente. Sean hörte Duffs Warnschrei und duckte sich instinktiv. Im selben Moment zuckten Donner und Blitze durch seinen Kopf, und er fand sich zwischen den Beinen der Zuschauer in der ersten Reihe sitzen.

»Der König der Strolche hat mich geschlagen«, beschwerte sich Sean laut. Er schüttelte den Kopf und war verwundert, daß er noch oben saß. Irgend jemand goß ein Glas Bier über ihn, und das half ihm. Er fühlte die Wut in sich aufsteigen.

»Sechs«, zählte Jock Heyns.

Der Portugiese stand an den Seilen. »Komm her, du kleiner Scheißkerl. Ich hab' noch mehr für dich.« Seans Wut steigerte sich immer mehr.

»Sieben, acht.«

Sean kam auf die Beine. »Deine Mutter kann mich«, rief Fernandes schmatzend, »und deine Schwester auch noch«, und er machte eine demonstrierende Geste.

Sean startete. Mit dem ganzen Schwung vom Laufen und mit voller Wucht traf seine Faust den Mund des Portugiesen. Dann hielten ihn die Seile auf, und Sean wurde noch einmal ins Publikum geschleudert.

»Sie waren ja nicht mal im Ring. Wie konnten Sie ihn denn dann schlagen?« protestierte ein Zuschauer, in dessen Nähe Sean gelandet war. Er hatte auf Fernandes gewettet.

»So«, demonstrierte Sean. Der Mann setzte sich nieder und hatte danach nichts mehr zu sagen. Sean sprang über die Seile. Jock Heyns war mitten im Auszählen, als Sean ihn unterbrach und den liegenden Portugiesen aufrichtete, wobei er den wollenen Pelz seiner Brusthaare als Griff benutzte. Er stellte ihn auf die Beine und schlug noch einmal zu.

»Eins, zwei, drei...«

Ergeben begann Jock Heyns zum drittenmal zu zählen. Diesmal kam er bis zehn.

Ein wütendes Protestgeschrei kam aus der Menge, aber es gelang Jock Heyns, sie noch zu überschreien: »Wünscht jemand eine formelle Beschwerde einzureichen?«

Es sah aus, als gäbe es solche Leute.

»Sehr schön. Darf ich Sie bitten, hier in den Ring zu kommen. Ich kann Zurufe nicht akzeptieren.« Jocks Haltung war verständlich. Falls seine Entscheidung für ungültig erklärt wurde, würde er eine ganze Menge Geld verlieren. Sean lief wie ein hungriger Löwe zur Fütterungszeit an den Seilen entlang. Jock wartete höflich einige Sekunden, und dann hob er Seans rechten Arm.

»Der Gewinner. Zehn Minuten Pause bis zum nächsten Kampf. Zeit für Drinks. Wollen die lieben Freunde, denen das Eigentum hier gehört, es bitte abholen?« Dabei zeigte er auf den Portugiesen.

»Fein gemacht, mein Junge. Vielleicht ein bißchen ungewöhnlich, aber fabelhaft zum Zuschauen«, strahlte Duff. Er nahm Sean beim Arm und führte ihn zu einem Stuhl auf der Veranda.

»Noch drei, und dann können wir Feierabend machen.« Er gab Sean ein Glas.

»Was ist das?«

»Orangeade.«

»Ich hätte lieber was Stärkeres.«

»Später, mein Junge.«

Duff holte sich den Einsatz des Portugiesen und steckte ihn in die Tasche, während dieser Herr von seinen Gönnern betrübt aus dem Ring getragen wurde. Sie betteten ihn am hinteren Rand der Veranda zur Ruhe.

Mr. Anthony Blair war der nächste. Er war nicht ganz bei der Sache. Er war zwar ganz flink auf den Beinen, richtete es sich aber immer so ein, daß er außerhalb der Reichweite von Seans Fäusten blieb.

»Paß auf, Courteney. Der hetzt dich noch zu Tode.«

»Letzte Runde, Blair. Wenn du noch mal um den Ring rumläufst, hast du fünf Meilen hinter dir.«

Die Hetzjagd endete, als Sean, der jetzt etwas ins Schwitzen gekommen war, ihn in die Ecke trieb und erledigte.

Der dritte Herausforderer hatte auf einmal Brustschmerzen bekommen. »Es schmerzt so, Sie können es sich gar nicht vorstellen«, stieß er zwischen klappernden Zähnen hervor.

»Macht es, wenn du atmest, ein gurgelndes Geräusch in den Lungen?« fragte François.

»Ja, genau das ist es. Es gurgelt. Sie würden es nicht glauben.«

»Lungenentzündung«, diagnostizierte François du Toit mit einer leichten Spur von Neid in der Stimme.

»Das bedeutet, daß ich nicht in der Lage sein werde zu kämpfen. Zum Teufel, das ist aber Pech«, beschwerte sich der Invalide fröhlich.

»Es ist ein ganz besonderes Pech«, stimmte Duff zu. »Das bringt dich um deinen Einsatz, mein Junge.«

Der vierte Herausforderer war ein Deutscher. Groß, blond und fröhlich aussehend. Auf dem Weg zum Ring taumelte er schon bedenklich. Dann fiel er über die Seile und kroch auf Händen und Füßen in seine Ecke. Jock ging nahe an ihn heran, um seinen Atem zu riechen, und noch ehe er sich ducken konnte, hatte ihn der Deutsche umarmt und führte ihn in die Mitte des Ringes, wo er einen Walzer mit ihm tanzte. Die Zuschauer amüsierten sich köstlich, und es hagelte keinen Protest, als er nach Beendigung des Tanzes Sean als Gewinner durch technischen K. o. bezeichnete. Korrekterweise hätte eigentlich die Entscheidung an Candy gehen müssen, die die freien Drinks gestiftet hatte.

»Wir können den Zirkus jetzt schließen lassen, wenn du willst, mein Junge«, sagte Duff zu Sean. »Du hast genug verdient, um ›Candys Tief‹ mindestens zwei Monate zu finanzieren.«

»Bei allen diesen Kämpfen war kein einziger vernünftiger dabei. Aber hier der letzte, der gefällt mir. Die anderen waren für die Mine. Den hier möchte ich mal zum Vergnügen haben.«

»Du warst großartig. Jetzt darfst du dich auch ein bißchen amüsieren«, stimmte Duff zu.

»Mr. Martin Curtis, Schwergewichtsmeister aus Georgia, USA«, stellte ihn Jock vor.

Gideon Bernard schätzte ihn auf zweihundertzehn Pfund, ebensoviel wie Sean. Sean schüttelte ihm die Hand und wußte bereits bei der Berührung, daß er nicht enttäuscht werden würde.

»Freut mich, Sie kennenzulernen.« Die Stimme des Amerikaners war so weich, wie sein Griff hart war.

»Ihr Diener, Sir«, sagte Sean und schlug einen Haken dahin, wo vorher noch der Kopf des Mannes gewesen war. Er stöhnte, als eine Faust gegen seine Brust donnerte, nachdem sie ihm die Deckung des rechten Arms weggeschlagen hatte, und ging angeschlagen zurück. Ein leises Aufatmen war in der Menge zu hören, und sie wurde wieder ruhiger. Um so einen Kampf zu sehen, war sie gekommen. »Auaaa!« Durch die gespannte Ruhe kam ein Schrei, wie der eines zu Tode gehetzten Nashorns. Sean und der Amerikaner trennten sich sofort und wandten wie alle anderen den Blick auf »Candys Hotel«. Fernandes war wieder unter ihnen. Seine riesige Haarpracht schien die ganze Veranda auszufüllen. Er hob einen von Candys besten Tischen hoch, hielt ihn vor die Brust und riß zwei Beine ab, so, als ob es sich dabei um Hühnerkeulen handelte.

»François, die Tasche«, schrie Sean. François ergriff sie und warf sie hoch über die Köpfe der Menge hinweg. Sean hielt die Luft an, als er ihren Fall beobachtete. Dann atmete er erleichtert auf, als er Mbejane darauf zustürzen sah. Sekundenschnell war er mit der Tasche verschwunden.

»Auaaaa!« brüllte Fernandes noch einmal. Mit einem Tischbein in jeder Hand ging er auf die Menge los, die zwischen ihm und Sean stand. Die Leute flüchteten.

»Haben Sie etwas dagegen, wenn wir das hier ein andermal zu Ende bringen?« fragte Sean den Amerikaner.

»Aber natürlich nicht. Wann immer Sie wünschen. Ich wollte auch gerade gehen.«

Duff griff durch die Seile und berührte Seans Arm: »Da sucht dich jemand. Ist dir das schon aufgefallen?«

»Vielleicht möchte er mir nur eine kleine Gefälligkeit erweisen.«

»Ich würde mich nicht darauf verlassen. Kommst du?«

Fernandes blieb stehen, hob den Arm und warf. Das Tischbein schwirrte wie ein steigender Fasan zwei Zentimeter an Seans Kopf vorbei. Der Windstoß zerzauste sein Haar.

»Geh vor, Duff.« Sean war sich bewußt, daß sich Fernandes bedauerlicherweise immer noch auf ihn zubewegte und noch immer im Besitz eines langen Eichenknüppels war und daß drei sehr dünne Taue alles waren, was sie voneinander trennte. Gegen die Geschwindigkeit, die Sean und Duff jetzt vorlegten, war die Veranstaltung des Mr. Blair das Rennen eines Läufers mit Gipsbeinen gewesen. Fernandes hatte bei seinem Gewicht keine Chance, sie einzuholen.

Kurz nach dem Mittagessen kam François zu »Candys Tief« mit der Nachricht, daß der Portugiese, nachdem er drei seiner Gönner zu Krüppeln geschlagen hatte, mit der Mittagskutsche nach Kimberley zurückgefahren sei.

Duff sicherte sein Gewehr wieder. »Danke, François. Wir haben mit dem Essen auf ihn gewartet. Wir dachten, daß er uns vielleicht besuchen würde.«

»Hast du die Einnahmen gezählt?«

»Ja, dein Anteil ist in der Papiertüte dort auf dem Tisch.«

»Danke. So, und jetzt laßt uns losgehen und feiern.«

»Geh du nur und trink einen für uns.«

»Mensch, Duff, du hast doch versprochen –«, begann Sean.

»Ich sagte später. In drei bis vier Wochen vielleicht. Jetzt haben wir hier ein bißchen was zu tun. Zum Beispiel einen kleinen Graben zu buddeln, etwa fünfzehn Meter tief und dreihundert Meter lang.«

»Wir könnten doch morgen früh anfangen.«

»Willst du reich werden oder nicht?« fragte Duff.

»Natürlich, aber –«

»Möchtest du hübsche Sachen haben? Englische Anzüge, französischen Cognac und Champagner…«

»Ja, schon, aber –«

»Na also. Dann hör auf zu meckern. Stemme deinen müden Hintern hoch und komm mit.«

12

Die Chinesen benutzen Feuerwerkskörper, um die Dämonen zu verscheuchen. Duff und Sean wandten die gleiche Methode an. Sie ließen die Mühle weiterlaufen, denn solange ihr Lärm ihren Gläubigern in die Ohren dröhnte, war alles in Ordnung. Jeder war überzeugt, daß sie eine lukrative Ader bearbeiteten, und ließ sie in Ruhe. Aber das Geld, das sie vorn in die Mühle hineinsteckten, war, wenn es hinten wieder in winzigen kleinen Stückchen herauskam, nur halb soviel wert.

In der Zwischenzeit gruben sie ihren Graben. In einem wilden Rennen gegen den Bankrott bohrten sie sich in die Erde. Sie sprengten, und wenn die letzten Steine zu Boden prasselten, waren sie schon wieder an der Arbeit, um die Löcher für die nächste Sprengung zu bohren. Es war Sommer, die Tage waren lang, und sie arbeiteten, solange es hell war. An einigen Abenden zündeten sie die letzten Sprengladungen bei Laternenlicht.

Die Zeit verging schneller, als sie gerechnet hatten, und das Geld wurde immer weniger. Am 15. Februar rasierte sich Duff, zog ein frisches Hemd an und ging zu Candy, um sich noch einmal etwas von ihr zu leihen. Vor einer Woche hatten sie ihre Pferde verkauft. Duff kam spät am nächsten Morgen zurück. Er beobachtete Sean, wie er Sprengladungen anbrachte. Seans Rücken war schweißgebadet. Jeder einzelne Muskel war zu sehen.

»So ist's brav, mein Junge. Mach nur weiter.«

Sean sah mit staubgeröteten Augen auf. »Wieviel?« fragte er.

»Noch mal fünfzig. Und das ist das letzte. Jedenfalls drohte sie das an.«

Seans Augen waren auf ein Paket gerichtet, das Duff unter dem Arm hielt. »Was ist denn das?«

Er sah, daß das Papier an einigen Stellen Flecken zeigte, und sein Mund wurde wässerig.

»Das sind erstklassige Steaks. Heute gibt es kein mehliges Porridge zum Mittag«, grinste Duff ihn an.

»Fleisch«, sagte Sean träumerisch. »Etwas angebraten, noch ein wenig blutend, wenn du es verspeist. Eine Spur Knoblauch und eine Prise Salz.«

»Und du neben mir, und dann noch Gesang im Busch«, stimmte Duff zu. »Hör mit deinem romantischen Schwärmen auf. Mach die Sprengladung fertig, und dann laß uns endlich essen gehen.«

Eine Stunde später schlenderten sie gemeinsam den Graben entlang. Mbejane und seine Zulus hinter ihnen her. Am Ende des Grabens lag ein Haufen frisch gebrochener Erde und Gestein durcheinander. Sean fühlte, wie ihn ein Schauer überlief und seine Lungen zusammenpreßte. Dann krallten sich Duffs Finger wie eine Zange in seine Schultern.

Es sah wie eine Schlange aus. Eine fette graue Python, die an einer Seite des Grabens entlanglief und sich unter einem Gesteinshaufen auf der anderen Seite wieder emporschlängelte.

Duff kniete nieder und hob ein Stück Gestein auf. Einen großen grauen Klumpen, und dann küßte er ihn.

»Das muß es sein, was, Sean? Das muß es sein!«

»Es ist das Ende des Regenbogens.«

»Kein mehliges Mahl mehr«, sagte Duff leise.

Dann lachten sie. Wie die Wilden heulten und jubelten sie ihren Triumph heraus.

13

»Laß es mich noch mal halten«, sagte Sean.

Duff schob es ihm hinüber.

»Mensch, ist das schwer!«

»Es gibt nichts Schwereres«, stimmte Duff zu.

»Das muß mindestens fünfzig Pfund wiegen.« Sean hielt den Barren in beiden Händen. Er hatte ungefähr die Größe einer Zigarrenkiste.

»Mehr!«

»Wir haben alle unsere Verluste in zwei Arbeitstagen wettgemacht.«

»Und sogar noch etwas mehr, würde ich sagen.«

Sean legte den Goldbarren auf den Tisch. »Jetzt sind wir in der Lage, in ein oder zwei Wochen Candy auszuzahlen«, sagte er.

Duff fuhr hoch. »Was hast du gesagt?«

»Ich sagte, daß wir Candy ausbezahlen können.«

»Ich dachte erst, ich hätte mich verhört.« Duff schüttelte seinen Arm. »Hör zu, mein Junge. Ich werde versuchen, es dir zu erklären. Wie lange läuft unsere Option für die Mine?«

»Drei Jahre.«

»Genau! Und jetzt zur nächsten Frage: Wie viele Leute hier auf den Feldern haben Geld?«

Sean war perplex. »Nun, jetzt haben wir... und...«

»Niemand sonst. Das heißt, bis Hradsky zurück ist«, beendete Duff den Satz.

»Und was ist mit den Brüdern Heyns? Die sind doch auch an der Führungsader.«

»Stimmt, aber was nützt ihnen das, ehe ihre Maschinen aus England kommen.«

»Sprich weiter!« Sean war nicht ganz sicher, worauf Duff hinauswollte.

»Statt Candy jetzt auszubezahlen, werden wir das hier benutzen«, und dabei streichelte er den Goldbarren, »und alle kleinen Brüderchen, die er noch bekommen wird, um jedes Stückchen Land, das wir hier auf den Feldern erwerben können, zu kaufen. Zu Beginn das Stück, das Dr. Sutherland gehört und das uns von Hradskys Grund trennt. Dann werden wir uns zwei größere und leistungsfähigere Maschinen bestellen, und wenn die anfangen, Gold auszuspucken, dann werden wir es dazu benutzen, Ländereien zu kaufen, Backsteinfabriken zu finanzieren, Läden zu errichten, Transportfirmen zu gründen und so weiter. Ich habe dir schon mal gesagt, daß es mehr als einen Weg gibt, um Gold zu machen, als den, danach zu graben.«

Sean starrte ihn schweigend an.

»Glaubst du nicht, es wäre am besten... nun ja... nicht zu schnell vorwärtszustreben. Zum Teufel, Duff, schließlich bearbeiten wir die Ader erst seit zwei Tagen.«

»Und haben in der Zeit tausend Pfund gemacht«, unterbrach ihn Duff. »Hör zu, Sean. Ich habe mein ganzes Leben auf so etwas wie das hier gewartet. Wir sind die ersten hier auf dem Feld, und wir werden uns nehmen, was wir wollen.«

Am nächsten Morgen hatte Duff das Glück, Dr. Sutherland früh genug zu treffen, um noch etwas Geschäftliches mit ihm besprechen zu können. Nach langem Reden verkaufte er seine fünfundzwanzig Anteile an Sean und Duff. Die Tinte unter dem Vertrag war kaum getrocknet, als Duff bereits zu Ted Reynecke ritt, dem der Grund auf der anderen Seite der Mine gehörte. In »Candys Tief« fütterte Sean die Mühle und drehte Däumchen. Innerhalb von sieben Tagen hatte Duff über hundert Anteile gekauft und ihnen damit eine Schuldenlast von vierzigtausend Pfund aufgebürdet.

»Duff, du drehst durch«, beschwor ihn Sean. »Wir werden alles wieder verlieren.«

»Wieviel haben wir bis jetzt aus ›Candys Tief‹ herausgeholt?«

»Viertausend.«

»Zehn Prozent unserer gesamten Schulden in zehn Tagen. Und das mit einer kleinen miserablen Mühle. Halt dich fest, mein Junge. Morgen kaufe ich noch vierzig Anteile hinter Hradskys Mühle. Ich hätte sie heute schon gekauft, aber dieser verdammte Grieche verlangt tausend Pfund pro Stück. Ich fürchte, ich werde es ihm geben müssen.«

Sean hielt sich den Kopf. »Duff, um Himmels willen, wir stekken in der Sache doch schon bis zum Hals drin.«

»Beruhige dich, mein Junge. Laß du mich nur machen.«

»Ich gehe jetzt ins Bett. Ich nehme an, daß ich wieder deine Frühschicht machen muß, wenn du dich unbedingt morgen früh ruinieren willst.«

»Das ist nicht nötig. Ich habe den Yankee, den Curtis, angeheuert. Erinnerst du dich? Das war dein letzter Gegner beim Boxen. Er ist gelernter Bergmann und bereit, für dreißig Pfund im Monat zu arbeiten. Das bedeutet, daß du morgen mit mir in die Stadt gehen und zusehen kannst, wie ich dich reich mache. Ich treffe den Griechen in Candys Hotel.«

14

Um neun Uhr begann Duff zu reden, und Sean saß schweigend auf seinem Stuhl. Es wurde zehn, und der Grieche war noch immer nicht erschienen. Duff bekam schlechte Laune, und Sean war höchst erleichtert. Um elf wollte Sean zur Mine zurückgehen.

Duff sah auf seine Uhr. »Also los, gehen wir.«

»Aber ja, Sir.« Sean stand eilig auf. »Wir werden rechtzeitig zu Hause sein, um noch mal die Tische zu kontrollieren, ehe wir essen.«

»Wir gehen nicht nach Hause, wir suchen den Griechen.« Sie ritten zum »Strahlenden Engel«, ließen die Pferde draußen und gingen hinein. Es war dunkel in der Kantine, aber selbst in diesem Halbdunkel fiel eine Gruppe auf, die um einen der Tische saß. Der Grieche saß mit dem Rücken zu ihnen. Der Scheitel seines ölig glänzenden Haars leuchtete weiß, wie mit dem Lineal gezogen. Seans Augen wanderten von ihm zu den zwei Männern an seinem Tisch. Juden, ohne jeden Zweifel, aber da endete auch schon alle Ähnlichkeit. Der Jüngere war dünn, hatte eine olivfarbene Haut, die sein Gesicht fest umspannte, und sehr rote Lippen. Seine Augen, von femininen Wimpern eingefaßt, waren schokoladenbraun. Neben ihm saß ein Mann, dessen Körper aus Wachs zu sein schien, das man in die Nähe einer heißen Flamme gehalten hatte. Seine runden Schultern schienen nur mit vieler Mühe den Kopf zu stützen, der groß auf einem birnenförmigen Leib saß. Der Mann hatte fast eine Glatze, aber dicke Haarbüschel wuchsen hinter den

Ohren. Und dann die Augen; blinzelnde gelbe Augen, ohne eine Spur von Humor.

»Hradsky«, stieß Duff hervor. Doch sofort wechselte er den Gesichtsausdruck und ging lächelnd auf den Tisch zu.

»Hallo, Nikkie, ich dachte, wir waren verabredet.«

Der Grieche drehte sich schnell um.

»Es tut mir leid, Mr. Charleywood, ich bin noch aufgehalten worden.«

»Das sehe ich. Die Wälder hier sind voller Raubritter.«

Sean sah, wie Hradsky zu erröten schien. Die Röte verschwand jedoch sofort wieder.

»Hast du verkauft?« fragte Duff.

Der Grieche nickte nervös.

»Es tut mir leid, Mr. Charleywood. Aber Mr. Hradsky hat meinen Preis gezahlt, ohne zu handeln und noch dazu in bar.«

Duffs Augen wanderten jetzt weiter.

»Hallo, Norman, wie geht es Ihrer Tochter?«

Diesmal errötete Hradsky wirklich. Er öffnete den Mund, schloß ihn aber sofort wieder.

Duff sah den jungen Mann an. »Antworte du für ihn, Max.«

Die schokoladenbraunen Augen blickten auf den Tisch. »Mr. Hradskys Tochter geht es sehr gut.«

»Ich glaube, sie heiratete kurz nach meiner unfreiwilligen Abreise nach Kimberley.«

»Das stimmt.«

»Das war sehr klug, Norman. Viel klüger, als mich durch Ihre Muskelmänner aus der Stadt jagen zu lassen. Das war nicht sehr nett von Ihnen.«

Keiner sprach.

»Wir müssen uns mal treffen und uns über die alten Zeiten unterhalten. Bis dann le-le-leben Sie wohl.«

Auf dem Weg zurück zur Mine fragte Sean: »Der hat eine Tochter? Wenn sie so aussieht wie er, dann hast du Glück gehabt, daß du ihr entkommen bist.«

»Eben nicht. Sie war wie eine reife Traube an einer blühenden Staude.«

»Das kann ich mir kaum vorstellen.«

»Das konnte ich auch nicht. Der einzige Schluß, zu dem ich gekommen bin, ist der, daß Max auch diese Sache für ihn erledigt hat.«

»Was ist denn mit diesem Max los?«

»Er ist sein Hofnarr.«

Sean lachte, und Duff fuhr fort: »Aber unterschätze mir Hradsky nicht. Sein Stottern ist seine einzige Schwäche, und mit Max überwindet er das spielend. Hinter der monumentalen Stirn verbirgt sich ein Gehirn, das so schnell und erbarmungslos wie eine Guillotine arbeitet. Jetzt, da er angekommen ist, wird hier eine Menge los sein. Wir werden ganz schön galoppieren müssen, um mit ihm Schritt zu halten.«

Sean dachte einige Sekunden nach und sagte dann: »Nachdem wir die Anteile des Griechen nicht bekommen haben, müssen wir nicht unser ganzes Bargeld drangeben. Sollten wir nicht überlegen, neue Maschinen zu kaufen, um die Anteile zu bearbeiten, die wir haben?«

Duff grinste. »Ich habe bereits vergangene Woche ein Telegramm nach London geschickt. Noch vor Monatsende werden an uns zwei große neue Mühlen abgesandt.«

»Um Himmels willen, warum hast du mir denn nichts davon gesagt?«

»Du warst auch ohne das aufgeregt genug. Ich wollte dir nicht das Herz brechen.«

»Wieviel wird uns denn das schon wieder kosten?«

»Wenn du mich das noch mal fragst, dann bringe ich dich um«, lachte Duff. »Es muß dir genügen zu wissen, daß wir auf jeden Fall soviel Bargeld brauchen, um die Ladespesen zu bezahlen, wenn die Mühlen in Port Natal ankommen. Und das bedeutet, daß wir in den nächsten Wochen einen ganzen Berg von Gestein aus der Führungsader durch unsere kleine Mühle drehen müssen.«

»Und wie sieht es mit der Bezahlung der neuen Anteile aus?«

»Das ist meine Sache; darum laß es auch meine Sorge sein.«

Und so gestaltete sich ihre Partnerschaft. Duff mit seiner magischen Zunge und seinem Charme war derjenige, der verhandelte und Öl auf die stürmischen Gewässer goß, die in Form von ungeduldigen Gläubigern anbrausten. Er war außerdem ein Stein der Weisen, was sein Wissen in bezug auf die Mine betraf. Und Sean profitierte täglich davon. Duff war derjenige, der ständig neue Dinge ersann, nützliche und unnütze. Aber seine nervöse Energie war nicht in der Lage, sie durchzuführen. Er verlor sehr schnell das Interesse an ihnen, und es blieb Sean überlassen, den Weizen von der Spreu zu trennen. Wenn Sean sich einmal einer Idee angenommen hatte, dann verfolgte er sie so, als ob es sich dabei um seine eigene handelte. Duff war der Theoretiker, Sean der Praktiker. Es wurde Sean klar, warum Duff nie vorher Erfolg gehabt hatte, aber er war sich durchaus bewußt, daß er selbst ohne Duff völlig hilflos gewesen wäre. Und Duff, der in seinem Innersten unsichere Duff, hatte eine Mauer, an die er sich lehnen konnte. Er sprach es niemals aus, aber man sah es in seinen Augen, wenn er Sean anblickte.

Sie errichteten einige Gebäude um die Mühle. Lagerhäuser, eine Schmelzhütte und je ein kleines Haus für Sean und Curtis. Duff schlief wieder im Hotel. Die Wohnplätze der Eingeborenen lagen in der Nähe der Abfallstelle der Mine. Sie mußten oft verlagert werden, da der Abfall immer mehr wurde. Das ganze Tal verwandelte sich. Hradskys neue Mühlen kamen und standen groß und stolz da, bis sie von ihren eigenen Abfallbergen überragt wurden. Johannesburg, ursprünglich nicht mehr als ein kleiner Platz für Landvermesser, begann sich langsam zu entwickeln und städtischen Charakter anzunehmen.

Das Gruben-Komitee ordnete an, daß öffentliche Bedürfnisanstalten eingerichtet wurden. Und dann, stolz wie sie waren, bauten sie eine Brücke über den Natal-Strom und kauften einen Wasserwagen, der den Staub von den Straßen Johannesburgs wegsprengte, und erließen ein Gesetz, wonach im Umkreis von einer halben Meile vom Stadtzentrum aus keine Beerdigungen stattfinden durften. Sean und Duff, als Mitglieder des Komitees, fühlten sich verpflichtet, ihren Glauben an das Goldfeld durch den Kauf von fünfundzwanzig Grundstücken in Johannesburg zu demonstrieren. Sie kosteten fünf Pfund pro Grundstück, und die Summe war innerhalb von sechs Monaten fällig. Candy holte alle ihre Kunden zusammen, und in einer Woche fieberhafter Arbeit nahmen sie ihr Hotel völlig auseinander, packten jede Planke und jedes Stück Wellblech auf ihre Wagen, transportierten das Ganze eine Meile weiter ins Tal und bauten es dort im Mittelpunkt der Stadt wieder auf.

Täglich kamen auf den Straßen von Natal und Kapstadt neue Wagen. Immer mehr Menschen strömten zu den Goldfeldern von Witwatersrand. Duffs Vorschlag, das Gruben-Komitee solle von jedem Neuankömmling ein Pfund einziehen, um die öffentlichen Arbeiten zu finanzieren, wurde bedauernd abgelehnt. Man war sich darüber im klaren, daß dies zu einer Rebellion führen könnte.

Eines Morgens, als er zur Mine kam, brachte Duff ein Telegramm mit. Er gab es Sean ohne Kommentar. Die Maschinen waren angekommen.

»Um Himmels willen, das ist ja drei Wochen zu früh. Haben wir denn genug Geld, um die Rechnung zu bezahlen?« fragte Sean.

»Nein.«

»Ja, was machen wir denn dann?«

»Ich werde mal mit einem Mann von der Bank sprechen.«

»Der wird dich höchstens auf die Straße setzen.«

»Ich werde ihn dazu bringen, uns etwas auf die Minenanteile zu leihen.«

»Wie, zum Teufel, willst du das machen? Wir haben ja noch nicht mal bezahlt.«

»Ich werde ihm klarmachen, daß sie fünfmal soviel wert sind als das, was wir dafür zu zahlen haben. Wirst du heute hier mit Curtis allein fertig, während ich weg bin und das arrangiere?«

»Geh nur. Wenn du es schaffst, gebe ich dir gern einen ganzen Monat frei.«

Als Duff nachmittags zurückkam, hatte er ein Papier bei sich mit einem großen roten Wachssiegel. Überschrieben war es mit dem Wort »Kreditbrief«, und in der Mitte stach zwischen den vielen kleingedruckten Buchstaben eine Zahl hervor, die mit einer ganzen Reihe eindrucksvoller Nullen endete.

»Du bist ein verdammtes Genie«, sagte Sean.

»Allerdings, da muß ich dir schon recht geben«, stimmte Duff zu.

15

Die Maschinen der Brüder Heyns befanden sich auf demselben Schiff. Jock und Duff ritten zusammen nach Port Natal, mieteten hundert Wagen und brachten alles mit einer Fuhre zurück.

»Weißt du was, Jock, ich mach' dir einen Vorschlag. Ich wette mit dir, daß unsere Mühlen eher arbeiten als eure. Der Verlierer zahlt für den ganzen Transport«, forderte ihn Duff auf, als sie in Johannesburg waren, um sich in Candys neuer Bar den Staub hinunterzuspülen.

»Einverstanden!«

»Ich geh' noch weiter. Ich lege noch fünfhundert Pfund zu.«

Sean stieß Duff in die Rippen.

»Vorsicht, Duff, das können wir uns nicht leisten.« Aber Jock hatte bereits eingeschlagen.

»Was heißt, wir können es uns nicht leisten?« flüsterte Duff. »Wir haben doch noch fast fünfzehnhundert Pfund von dem Kreditbrief übrig.«

»Nein, das haben wir nicht.« Sean schüttelte den Kopf.

Duff zog das Stück Papier aus der Tasche und hielt es Sean vor die Nase. »Da, lies es doch selber.«

Sean nahm es Duff aus der Hand. »Danke, mein Lieber. Damit gehe ich und bezahle den Mann.«

»Was für einen Mann?«

»Den Mann mit den Wagen.«

»Was für Wagen?«

»Die Wagen, die ihr, du und Jock, in Port Natal gemietet habt. Ich habe sie gekauft.«

»Das kann doch nicht wahr sein!«

»Es war deine Idee, ins Transportgeschäft einzusteigen. Sobald sie abgeladen haben, fahren sie zurück nach Dundee und holen von dort Kohlen.«

Duff grinste. »Vergißt du niemals etwas? Schon gut, mein Junge, hau ab. Wir müssen nur einfach die Wette gewinnen, das ist alles.«

Die eine der Mühlen errichteten sie auf »Candys Tief«, die andere auf den neuen Plätzen hinter den Brüdern Heyns. Sie engagierten zwei Teams, die sie sich unter den Arbeitslosen in Johannesburg aussuchten. Curtis überwachte das eine und Sean das andere, während Duff ständig hin und her lief, um überall zur Stelle zu sein. Immer, wenn er an der Heyns-Mühle vorbeikam, blieb er ein paar Minuten stehen, um zu sehen, wie Jock und Trevor vorankamen.

»Sie sind etwas weiter als wir, Sean. Ihre Tanks sind schon errichtet und haben auch schon Druck drauf«, berichtete er bedauernd, aber am nächsten Tag lächelte er wieder.

»Sie haben nicht genug Zement in die Plattform gemischt, und als die große Belastung draufkam, fing sie an aufzubrechen. Das wirft sie mindestens drei bis vier Tage zurück.«

Die Wetten in den Kantinen waren ein wildes Geschäft. François kam eines Sonnabendnachmittags zu »Candys Tief«. Er beobachtete sie und gab ihnen einige Ratschläge. Dann sagte er: »Beim ›Strahlenden Engel‹ stehen die Wetten drei zu eins gegen euch. Die rechnen damit, daß die Brüder Heyns zum nächsten Wochenende fertig werden.«

»Geh runter und leg noch mal fünfhundert Pfund für mich an«, sagte Duff, während Sean schon wieder graue Haare bekam.

»Reg dich nicht auf, mein Junge. Wir können unmöglich verlieren. Dieser Amateur-Ingenieur Jock Heyns hat seine Kolben genau verkehrt herum eingesetzt. Ich habe das erst heute morgen gesehen. Der wird die Überraschung seines Lebens erfahren, wenn er die Mühle in Betrieb setzen will. Er muß den ganzen Aufbau noch mal abmontieren.«

Duff hatte recht. Ihre beiden Mühlen begannen gut fünfzehn Stunden vor denen der Brüder Heyns zu arbeiten. Jock kam mit gesenktem Kopf zu ihnen herüber. »Gratuliere.«

»Danke, Jock. Hast du dein Scheckbuch mitgebracht?«

»Das ist der Grund meines Kommens. Kannst du mir ein bißchen Zeit lassen?«

»Du hast Kredit«, versicherte ihm Sean. »Komm rein auf einen Drink und laß dir von mir Kohlen verkaufen.«

»Ach ja, ich hörte, deine Wagen sind heute morgen zurückgekommen. Was kosten sie denn?«

»Fünfzehn Pfund der Zentner.«

»Um Himmels willen. Du bist ja ein ganz übler Bandit. Ich wette, daß du für den Zentner weniger als fünf Shillinge bezahlt hast.«

»Schließlich darf man ja einen kleinen Profit machen«, protestierte Sean. Es war ein harter Weg bis hierher gewesen. Aber Sean und Duff hatten ihn geschafft, und von jetzt an ging es mühelos geradeaus, das Geld begann hereinzuströmen. Wie sich herausstellte, war in »Candys Tief« die Führungsader am reichsten.

Ihr überzogenes Bankkonto fiel wie ein Barometer während eines Hurrikans. Die Kaufleute grüßten sie wieder lächelnd. Candy küßte sie beide, als sie sie voll auszahlten und ihr auch noch sieben Prozent Zinsen gaben. Daraufhin baute sie sich ein neues zweistöckiges Hotel mit einem großen Kristallüster im Speisesaal und einem fabelhaften Appartement im zweiten Stock, in Rot und Gold gehalten. Duff und Sean mieteten es sofort, mit dem einzigen Zugeständnis, daß, sollte jemals die Königin Johannesburg besuchen, sie ihr gestatten würden, es zu benutzen. In Erwartung dieses

Ereignisses nannte Candy diesen Flügel den Victoria-Flügel. Nach einiger Überredung hatten sie François gewonnen, »Candys Tief« für sie zu leiten. Er kam mit seinen Sachen von Hradskys Mine, einer Kiste mit Kleidern und vier Kisten mit Medikamenten. Martin Curtis wurde Chef der anderen Mine, die sie die »Kleine-Schwester-Mine« nannten. Obgleich sie nicht halb so reich war wie »Candys Tief«, produzierte auch sie jeden Monat ein schönes Vermögen, denn Curtis war nicht nur ein guter Boxer, sondern auch ein guter Bergmann.

Ende August hatten Sean und Duff keine Gläubiger mehr. Der Grund gehörte ihnen, die Mühlen gehörten ihnen, und sie hatten jetzt Geld zum Investieren.

»Wir müssen endlich ein eigenes Büro hier in der Stadt haben. Wir können doch nicht alle Geschäfte vom Schlafzimmer aus abwickeln«, beschwerte sich Sean. »Du hast recht«, stimmte ihm Duff zu. »Wir werden da an der Ecke, in der Nähe des Marktplatzes, bauen.« Der Plan sah ein kleines Gebäude mit vier Zimmern vor. Gebaut wurde aber ein zweistöckiges Haus mit zwanzig Zimmern, in dem innen alles mit Eiche getäfelt war.

Was sie selbst nicht brauchten, vermieteten sie.

»Die Grundstückspreise sind in drei Monaten ums Dreifache gestiegen«, sagte Sean. »Und sie steigen noch immer.«

»Du hast recht. Jetzt ist der richtige Moment zum Kaufen«, stimmte Duff zu.

Sie kauften Land. Tausend Morgen im Stadtinneren und noch mal tausend Morgen am Stadtrand. Ihr Transportgeschäft, zu dem jetzt fast vierhundert Wagen gehörten, brachte täglich Waren aus Port Natal und Lorenzo Marques. Ihre Backsteinfabrik arbeitete vierundzwanzig Stunden am Tag und sieben Tage in der Woche, um der Nachfrage der im Aufbau befindlichen Stadt nachzukommen.

Es kostete Sean fast eine Woche, um Duff davon abzubringen, ein Opernhaus zu bauen. Endlich schaffte er es, und statt dessen beteiligten sie sich mit den meisten anderen Mitgliedern des Gruben-Komitees an der Finanzierung einer anderen Unterhaltungsstätte. Auf Duffs Vorschlag hin nannten sie es das »Opernhaus«. Die Künstler wurden nicht aus den großen Häusern Europas geholt, sondern aus den Hafenvierteln von Kapstadt und Natal. Und zum Dirigenten wurde eine äußerst erfahrene Französin gewählt, die »die blaue Bessie« genannt wurde, nach der Farbe ihrer Haare. Das »Opernhaus« war für zwei verschiedene Kundenkreise eingerichtet. Die Komiteemitglieder und die anderen reichen Leute benutzten einen diskreten Seiteneingang. Von hier betraten sie eine geschmackvoll eingerichtete Halle, in der man den besten Champagner kaufen konnte und wo die Kurse der Börse von Kimberley diskutiert wurden. Hinter der Halle befand sich eine Reihe von gut eingerichteten Ruheräumen. Für die Arbeiter gab es einen kahlen Korridor, in dem sie anstanden, keine Auswahl und eine Zeitbegrenzung von fünf Minuten. Nach einem Monat bereits war das Einkommen des »Opernhauses« größer als das von Hradskys Mine.

Im Dezember gab es in Johannesburg folgende Millionäre: Hradsky, die Brüder Heyns, Karl Lochtkamper, Duff Charleywood, Sean Courteney und noch ein Dutzend andere. Ihnen gehörten die Minen, das Land, die Häuser und die Stadt. Die Aristokratie von Witwatersrand. Geadelt durch ihr Geld, gekrönt durch ihr Gold.

Eine Woche vor Weihnachten bat Hradsky, ihr zwar nicht anerkannter, aber auch nicht angezweifelter König, sie alle zu einer Zusammenkunft in einen der privaten Salons in Candys Hotel.

»Wer zum Teufel glaubt er, daß er ist?« beschwerte sich Jock Heyns. »Meint er, uns wie einen Haufen wilder Kaffern herumkommandieren zu können?«

»Verdammter Kerl!« stimmte Lochtkamper zu.

Aber sie gingen alle hin. Duff und Sean kamen als letzte. Der Raum war voller Zigarrenqualm, und die Stimmung knisterte vor Erregung. Hradsky saß in einem der polierten Ledersessel, Max neben ihm. Er blinzelte, als Duff eintrat, aber sein Gesichtsausdruck veränderte sich nicht. Nachdem Duff und Sean Platz genommen hatten, stand Max auf: »Gentlemen, Mr. Hradsky hat Ihnen einen Vorschlag zu machen.«

Alle beugten sich etwas vor, und in ihren Augen war ein Glitzern wie in den Augen eines Jagdhundes, der den Fuchs unmittelbar vor sich sieht.

»Von Zeit zu Zeit ist es für Menschen in Ihrer Position notwendig, über Kapital zu verfügen, um weitere Pläne zu finanzieren und um Gewinne zu konsolidieren. Auf der anderen Seite suchen diejenigen von uns, deren Geld nicht arbeitet, Wege, um es gewinnbringend zu investieren.« Max räusperte sich und sah sie alle mit seinen traurigen braunen Augen an.

»Bis jetzt hat es dafür keinen Treffpunkt gegeben, so wie er in anderen Zentren der Finanzwelt existiert. Unsere nächste Gelegenheit ist die Börse in Kimberley, die, und ich hoffe, hier stimmen Sie mit mir überein, viel zu weit von uns in Johannesburg entfernt ist, um von praktischem Nutzen zu sein. Mr. Hradsky hat Sie hierhergebeten, damit Sie sich die Möglichkeit, eine eigene Börse zu gründen, überlegen und, falls Sie dafür sind, einen Präsidenten und ein Direktorium zu wählen.« Max setzte sich, und in der Stille, die nun folgte, überlegte jeder für sich, wie diese neue Idee mit seinen eigenen Vorstellungen in Einklang zu bringen war, und prüfte die wesentlichste Frage: »Was gewinne ich dabei?«

»Ja, das ist eine verdammt gute Idee«, sagte Lochtkamper als erster. »Das ist genau das, was wir brauchen.«

Und während sie diskutierten, die Beiträge, den Platz und die Regeln festlegten, beobachtete Sean ihre Gesichter. Es waren die Gesichter von harten Männern, von glücklichen, von ruhigen und von rauflustigen. Aber eines hatten sie alle gemeinsam: den Glanz der Habgier in den Augen. Mitternacht war bereits vorüber, als sie fertig waren. Max stand wieder auf.

»Gentlemen, Mr. Hradsky bittet Sie, mit ihm ein Glas Champagner zu trinken und damit die Gründung unseres neuen Unternehmens zu feiern.«

»Das kann nicht wahr sein. Das letztemal, als er einen Drink ausgegeben hat, war um 1860 herum«, erklärte Duff. »Schnell, Leute, holt einen Kellner, bevor er seine Meinung ändert.«

Hradsky legte eine Hand auf seine Augen, um den Haß, der darin lag, zu verbergen.

16

Durch die eigene Börse und das eigene Bordell wurde Johannesburg eine Stadt. Selbst Präsident Krüger erkannte es an. Er löste das Gruben-Komitee auf und sandte seine eigene Polizei. Er vergab Monopole für Bergwerksartikel an Mitglieder seiner Familie und seiner Regierung und begann, die Steuergesetze zu revidieren, wobei er sich besonders mit dem Goldprofit befaßte. Die Stadt wurde größer und größer.

Sean und Duff wuchsen mit ihr. Ihre Lebensgewohnheiten wandelten sich schnell. Aus täglichen Besuchen in der Mine wurde eine wöchentliche Inspektion. Ihre neue Welt bestand nun aus den zwei holzgetäfelten Büros, dem Victoria-Flügel und der Börse.

Sean bekam ein ganz neues Selbstbewußtsein. Er beobachtete, wie die Leute ihn ansahen, wenn sie auf der Straße an ihm vorbeigingen. Er wurde sich auf einmal bewußt, daß über fünfzehnhundert Menschen ihren Lebensunterhalt von ihm bezogen.

Es war erfreulich festzustellen, wie sich jeden Morgen für Duff und ihn eine Gasse an der Börse öffnete, wenn sie ihre Plätze in den reservierten Ledersesseln der Mitgliederhalle einnahmen. Wenn Duff und er zusammenrückten und leise miteinander sprachen, ehe die Börse eröffnet wurde, wurden sie von allen anderen beobachtet. Von Hradsky mit seinen stechenden Augen, die hinter schläfrigen Lidern verborgen waren. Jock und Trevor Heyns, Karl Lochtkamper, jeder von ihnen hätte gern eine Tagesproduktion seiner Mine gegeben, um zu hören, was sie sprachen.

»Ich kaufe«, sagte Sean.

»Kaufe! Kaufe! Kaufe!«

Die Preise stiegen und fielen dann wieder, wenn sie ihr Geld herauszogen, um es anderswo arbeiten zu lassen.

An einem Märzmorgen des Jahres 1886 wurde die Spannung auf die Spitze getrieben. Max stand von seinem Stuhl neben Norman Hradsky auf und ging durch die Halle auf sie zu. Er blieb vor ihnen stehen, hob seine traurigen Augen von dem gemusterten Teppich und überreichte ihnen, fast entschuldigend, einige Papiere.

»Guten Morgen, Mr. Courteney. Guten Morgen, Mr. Charleywood. Mr. Hradsky hat mich gebeten, Ihnen diese neue Ausgabe von Aktien zur Kenntnis zu bringen. Vielleicht sind Sie an diesen Berichten interessiert, die selbstverständlich geheim sind. Es ist Mr. Hradskys Meinung, daß sie Ihrer Unterstützung wert wären.«

Du hast Macht, wenn du einen Mann, der dich haßt, zwingen kannst, dich um einen Gefallen zu bitten.

Nach diesem ersten Vorstoß von Hradsky arbeiteten sie öfter zusammen. Hradsky war nie bereit, ihre Existenz durch Worte oder Blicke zuzugeben. Jeden Morgen rief Duff einen fröhlichen Gruß durch die große Halle. »Hallo, Marathonredner!« oder »Sing uns doch mal einen, Norman.«

Man konnte ein Flackern in Hradskys Augen sehen, und er setzte sich ein wenig tiefer in seinen Sessel. Aber noch ehe die Glocke die Eröffnung der Börse verkündete, pflegte Max aufzustehen und zu ihnen herüberzukommen, während sein Herr und Meister in den leeren Kamin starrte. Ein paar leise Worte wurden gewechselt, und Max ging wieder zu Hradsky zurück.

Zusammen waren ihre beiden Vermögen jedem Ansturm gewachsen. Allein an einem Morgen vergrößerten sie ihr Bankkonto um fünfzigtausend Pfund.

Karl Lochtkamper, der stets laut lachende Deutsche mit dem fröhlichen Gesicht, war der erste, der von dieser Bildfläche verschwand. Er brauchte Geld, um einen neuen Besitz im Osten zu entwickeln. Er lieh sich Geld und unterzeichnete kurzfristige Kredite, sicher, daß er die Fristen jederzeit verlängern könnte. Er borgte sich heimlich Geld von Männern, denen er glaubte, vertrauen zu können. Er war angeschlagen, und die Meute wußte es.

»Woher bekommt Lochtkamper sein Geld?« fragte Max.

»Wissen Sie es?« fragte Sean.

»Nein, aber ich habe eine gute Idee.«

Am nächsten Tag kam Max wieder zu ihnen.

»Er hat acht Kredite ausstehen. Hier ist die Liste«, flüsterte er traurig. »Mr. Hradsky will die aufkaufen, die angekreuzt sind. Wollen Sie den Rest übernehmen?«

»Ja«, sagte Sean.

Am Ultimo machten sie Karl fertig. Sie forderten ihr Geld und gaben ihm vierundzwanzig Stunden, um ihre Forderung zu erfüllen. Karl ging der Reihe nach zu allen drei Banken.

»Es tut mir leid, Mr. Lochtkamper, aber wir haben unser Budget in diesem Monat bereits überzogen.«

»Mr. Hradsky hält Ihre Schuldscheine. Es tut mir leid, Mr. Lochtkamper.«

»Es tut mir leid. Mr. Charleywood ist einer unserer Direktoren.«

Karl Lochtkamper ritt zur Börse zurück. Er durchschritt sie das letztemal. Als er in der Mitte des großen Raumes stand, war sein Gesicht grau und seine Stimme bitter und gebrochen.

»Möge Gott mit euch allen genauso gnädig sein, wenn eure Zeit kommt. Freunde! Meine Freunde! Sean, wie oft haben wir zusammen getrunken? Und du, Duff, hast du nicht noch gestern meine Hand geschüttelt?«

Dann ging er schnurgerade aus der Börse hinaus. Sein Appartement im Great North Hotel war noch nicht einmal fünfzig Meter von der Börse entfernt. Sie konnten den Schuß deutlich hören.

An diesem Abend betranken sich Duff und Sean im Victoria-Flügel. »Warum mußte er das tun? Warum mußte er sich umbringen? Wenn ich gewußt hätte, daß er das tun würde, mein Gott, wenn ich das nur gewußt hätte«, sagte Sean.

»Verflucht noch mal. Er hat eine Chance wahrgenommen und verloren. Das ist doch nicht unser Fehler. Er hätte mit uns genau das gleiche gemacht.«

»Es gefällt mir nicht. Es ist dreckig. Machen wir, daß wir wegkommen, Duff.«

»Morgen früh wird alles schon wieder anders sein. Komm, mein Junge, ich weiß, was du brauchst.«

»Wohin gehen wir?«

»Ins Opernhaus.«

»Was wird Candy dazu sagen?«

»Candy braucht ja nichts zu wissen.«

Duff hatte recht. Am nächsten Morgen war schon alles anders. Im Büro war sehr viel zu tun, und es gab ein paar harte Geschäfte an der Börse. Während des ganzen Tages dachte Sean nur einmal an Karl. Und irgendwie war es nicht mehr wichtig. Sie schickten ihm einen schönen Kranz zur Beerdigung.

Erst jetzt begriff Sean, wie real das Spiel war, das er spielte. Er hatte sich mit dem Gedanken beschäftigt, sich mit dem Vermögen, das er bereits besaß, abzusetzen. Aber das würde bedeuten, daß er auch die Macht, die er besaß, aufgeben müßte. Und er war schon viel zu sehr vom Machthunger gepackt.

17

Duff stand mit dem Rücken zum Kamin in Seans Büro und rauchte eine Zigarre, während sie auf den Wagen warteten, der sie zur Börse bringen sollte. Das Feuer beleuchtete seine schmale, elegante Gestalt, seinen Überzieher, denn es war ein kalter Wintermorgen, und seine blankpolierten schwarzen Lederschuhe. In seiner Krawatte funkelte ein großer Brillant.

»... irgendwie gewöhnt man sich an eine Frau!« sagte er gerade. »Jetzt kenne ich Candy schon vier Jahre, und es kommt mir vor, als hätte ich mein ganzes Leben mit ihr verbracht.«

»Sie ist ein feiner Kerl«, stimmte Sean abwesend zu, während er seine Feder eintauchte und ein vor ihm liegendes Dokument unterschrieb. »Ich bin jetzt fünfunddreißig«, fuhr Duff fort. »Und falls ich jemals einen Sohn haben sollte...«

Sean legte den Federhalter hin und begann zu grinsen.

»Ein Mann hat mir einmal erzählt: ›Sie nehmen dich mit ihren schönen weichen Gliedern auf‹, und dann sagte er auch: ›Sie teilen nie, sie wollen besitzen.‹ Ist das jetzt ein neuer Ton, den ich da höre?«

Unsicher trat Duff von einem Fuß auf den anderen.

»Die Zeiten ändern sich«, verteidigte er sich. »Ich bin fünfunddreißig...«

»Du wiederholst dich«, sagte Sean anklagend, und Duff lächelte vage.

»Also, die Wahrheit ist...« Er führte diesen Satz nie mehr zu Ende. Schnelles Pferdegetrappel war von der Straße herauf zu hören, und beide sahen aus dem Fenster.

»Große Eile«, sagte Sean schnell, »bedeutet großen Ärger!«

Er ging zum Fenster. »Es ist Curtis. Und sein Gesicht verspricht schlechte Nachrichten.«

Man hörte draußen erregte Stimmen und schnelles Laufen. Dann stürmte Martin Curtis ohne anzuklopfen ins Zimmer. Er trug einen Overall und verschmutzte Gummistiefel.

»Wir haben auf der neunten Sohle einen Schlammdurchbruch gehabt.«

»Wie schlimm?« schnappte Duff.

»Schlimm genug. Er steht schon jetzt bis zur achten Sohle.«

»Um Himmels willen, wir brauchen mindestens zwei Monate, um das wieder hinzukriegen«, stieß Duff hervor. »Weiß sonst jemand in der Stadt schon etwas davon? Haben Sie mit irgend jemandem darüber gesprochen?«

»Ich kam direkt zu Ihnen. Cronje und fünf Mann waren unten, als es passierte.«

»Reiten Sie sofort zurück«, befahl Sean. »Aber reiten Sie ruhig, es braucht ja keiner zu wissen, daß wir Ärger haben. Kein Mensch darf die Mine verlassen. Wir müssen Zeit haben zu verkaufen.«

»Ja, Mr. Courteney.« Curtis zögerte. »Cronje und die fünf anderen sind im Schlamm umgekommen. Soll ich ihre Frauen benachrichtigen?«

»Verstehen Sie denn kein Englisch? Ich wünschte, daß vor zehn Uhr kein Wort davon bekannt wird. Wir brauchen die Zeit.«

»Aber Mr. Courteney...« Curtis war erschüttert. Er stand da und starrte Sean an. Und Sean fühlte sich auf einmal schuldbewußt. Sechs Männer waren im dicken Schlamm erstickt. Er machte eine leichte Handbewegung.

»Wir können doch nicht –« Er hielt inne, und Duff fuhr fort: »Sie sind tot, und sie werden um zehn Uhr, wenn wir es ihren Frauen sagen, noch genauso tot sein. Machen Sie, daß Sie weiterkommen, Curtis.« Sie verkauften ihre Anteile an der »Kleinen-Schwester-Mine« innerhalb einer Stunde an der Börse. Und eine Woche später kauften sie sie zum halben Preis wieder zurück. Nach zwei Monaten arbeitete die Mine wieder wie vorher.

18

Sie parzellierten ihre Grundstücke und verkauften sie. Auf einem Rest von ungefähr hundert Morgen begannen sie, sich ein Haus zu bauen. Die Pläne entwickelten sie beide mit gemeinsamer Energie und Begeisterung. Sie heuerten sich für viel Geld den Gartenarchitekten des Botanischen Gartens von Kapstadt an und ließen ihn kommen. Sie zeigten ihm das Land.

»Machen Sie mir hier einen Garten«, sagte Duff.

»Die ganzen hundert Morgen?«

»Ja.«

»Das kostet aber ein paar Pfennige.«

»Das spielt keine Rolle.«

Die Teppiche kamen aus Persien. Das Holz aus den Kynsa-Wäldern. Der Marmor aus Italien. Wie der Gartenbauarchitekt vorausgesagt hatte, kostete das alles ein paar Pfennige. Jeden Nachmittag, wenn die Börse schloß, fuhren sie gemeinsam hinauf, um die Maurer bei der Arbeit zu beobachten. Eines Tages begleitete sie Candy, und sie zeigten es ihr stolz wie zwei kleine Jungen.

»Das hier wird der Ballsaal.« Sean verbeugte sich vor ihr. »Darf ich Sie um die Ehre dieses Tanzes bitten?«

»Ich danke Ihnen, Sir.« Sie machte einen Knicks und schwang sich dann in seinem Arm über den noch unfertigen Boden.

»Hier kommt die Freitreppe hin«, erklärte ihr Duff. »Marmor, schwarzer und weißer Marmor. Und dort am obersten Punkt wird in einem großen Glaskasten Hradskys Kopf montiert. Mit einem Apfel im Mund.« Lachend kletterten sie über die unfertige Treppe. »Das wird Seans Zimmer. Das Bett wird aus Eiche gemacht, aus dicker Eiche, um widerstandsfähig zu bleiben.« Dann liefen sie eingehakt weiter, den Gang entlang.

»Und das wird mein Zimmer. Ich wollte ursprünglich eine massive goldene Badewanne haben, aber der Baumeister sagt, die wäre zu schwer. Und Sean sagt, daß das vulgär aussehen würde. Schau dir den Ausblick an. Von hier aus kannst du das ganze Tal überblicken. Ich könnte morgens im Bett liegenbleiben und die Börsenkurse mit einem Fernrohr lesen.«

»Es ist wunderschön«, sagte Candy träumerisch.

»Gefällt es dir?«

»O ja.«

»Es könnte auch dein Zimmer sein.«

Candy errötete, und dann bekam ihr Gesicht einen ärgerlichen Ausdruck. »Er hat recht, du bist vulgär.«

Sie liefen auf die Tür zu, und Sean suchte nach seinen Zigarren, um seine Bestürzung zu verbergen. Mit zwei schnellen Schritten hatte Duff sie eingeholt und drehte sie zu sich um: »Du süße Idiotin. Das war ein Heiratsantrag.«

»Laß mich los.« Den Tränen nahe versuchte sie, sich ihm zu entwinden. »Ich finde dich wirklich nicht sehr komisch.«

»Candy, ich meine es ehrlich. Willst du mich heiraten?«

Sean fiel die Zigarre aus dem Mund, er fing sie aber rechtzeitig auf, bevor sie zu Boden fallen konnte. Candy stand ganz still, die Augen auf Duff geheftet.

»Ja oder nein – willst du mich heiraten?«

Sie nickte einmal langsam und dann zweimal ganz schnell. Duff sah über die Schulter zu Sean. »Laß uns allein, mein Junge.«

Auf dem Rückweg hatte Candy ihre Stimme wiedergefunden. Sie plauderte lustig vor sich hin, und Duff beantwortete ihre Fragen mit seinem typischen Grinsen. Sean saß mürrisch in einer Ecke der Kutsche. Seine Zigarre brannte unregelmäßig, und er warf sie aus dem Fenster.

»Ich hoffe, daß ich den Victoria-Flügel behalten darf, Candy.« Stille trat ein.

»Was soll denn das heißen?«

»Mann und Frau gehören zusammen«, antwortete Sean.

»Aber nein«, stieß Candy hervor.

»Es ist genausogut dein Haus«, sagte Duff scharf.

»Ich schenke es dir als Hochzeitsgabe.«

»Ach, halt die Klappe«, grinste Duff. »Es ist groß genug für uns alle.« Candy setzte sich schnell neben Sean und legte ihm die Hand auf die Schulter.

»Ach bitte, schließlich sind wir jetzt schon so lang zusammen. Ohne dich würden wir uns einsam fühlen.«

Sean murrte.

»Bitte!«

»Er kommt schon«, sagte Duff.

»Bitte!«

»Na schön«, stimmte Sean widerwillig zu.

19

Sie gingen zu den Rennen nach Milnerton. Candy mit einem Hut voller Straußenfedern, Sean und Duff in grauen Zylindern, mit schweren Goldkrücken an den Stöcken.

»Wenn du fünfzig Pfund auf Trade Wind setzt, kannst du damit dein Hochzeitskleid finanzieren. Das Pferd kann unmöglich verlieren«, sagte Duff zu Candy.

»Was ist denn mit der neuen Stute von Mr. Hradsky?« fragte Candy. »Ich habe gehört, daß sie große Qualitäten hat.«

Duff schmollte. »Willst du zum Feind übergehen?«

»Ich dachte, ihr und Hradsky wäret fast Partner«, meinte Candy und drehte ihren Sonnenschirm. »Wie ich gehört habe, arbeitet ihr doch dauernd zusammen.«

Mbejane bremste die Kutsche ab, als sie sich der großen Menge von Fußgängern und Wagen des Turfclubs näherten.

»Nun, da hast du zweimal was Falsches gehört. Seine Sun Dancer hält niemals mit Trade Wind über diese Distanz mit. Sie ist zu schwach in den Beinen. Sie kommt aus einer Kreuzung mit französischen Pferden. Nach einer Meile wird sie ermüden. Und was unsere Geschäftspartnerschaft mit Hradsky betrifft, so werfen wir ihm ab und zu einen Knochen hin. Stimmt's nicht, Sean?«

Sean beobachtete Mbejanes Rücken. Der Zulu, in seinem Lendentuch, kutschierte mit großer Leichtigkeit. Die Speere waren sorgfältig zu seinen Füßen hingelegt. Er sprach mit seiner tiefen, weichen Stimme auf die Pferde ein, und sie legten die Ohren nach hinten, um ihm zuzuhören.

»Stimmt es nicht, Sean?« wiederholte Duff.

»Aber ja«, erwiderte Sean. »Weißt du was, ich glaube, ich werde für Mbejane eine Livree machen lassen.«

»Nun, einige andere Pferde aus dem gleichen Gestüt waren gute Steher. Sun Honey hat das Kap-Derby zweimal gewonnen, und Eclipse hat es den englischen Pferden im Metropolitan Handicap vergangenes Jahr auch ganz schön gezeigt«, meinte Candy.

»Na und?« lächelte Duff überlegen. »Du kannst dich darauf verlassen, daß Trade Wind das Hauptrennen heute leicht gewinnt und bereits wieder im Stall ist, bevor Sun Dancer das Ziel passiert.«

»Rot und Gold, genau wie unsere Turffarben«, murmelte Sean nachdenklich. »Das würde sehr gut zu seiner schwarzen Haut passen. Und vielleicht noch einen Turban mit einer Straußenfeder?«

»Wovon, zum Teufel, redest du eigentlich?« beschwerte sich Duff.

»Von Mbejanes Livree.«

Sie ließen den Wagen stehen und gingen zur Mitgliederloge. Candy nahm sich sehr vorteilhaft zwischen ihren beiden Begleitern aus.

»Weißt du was, du? Wir haben heute die bestaussehende Frau bei uns.«

»Ich danke dir«, lächelte Candy Sean an.

»Ist das der Grund, warum du die ganze Zeit versuchst, ihr in den Ausschnitt zu schauen?« fragte Duff angriffslustig.

»Du Strolch mit deinen schmutzigen Gedanken!« Sean war schockiert.

»Streit es doch nicht ab!« zog ihn Candy auf. »Ich finde es sehr schmeichelhaft. Du darfst das.«

Sie gingen durch die Menge der buntgekleideten Frauen und der korrekt angezogenen Männer. Überall wurden sie freundlich begrüßt. »Morgen, Mr. Courteney.« Die Betonung lag jetzt auf dem Wort Mister. »Wie wird Ihr Trade Wind im Hauptrennen abschneiden?«

»Setzen Sie Ihren letzten Pfennig auf ihn.«

»Hallo, Duff, herzlichen Glückwunsch zu deiner Verlobung.«

»Danke, Jock. Es wäre langsam Zeit, daß du das auch tätest.«

Sie waren reich, sie waren jung, sie sahen gut aus, und alle Welt beneidete sie. Sean fühlte sich wohl. Ein hübsches Mädchen am Arm und einen Freund zur Seite.

»Da ist Hradsky. Gehen wir mal rüber und ziehen ihn ein bißchen auf«, schlug Duff vor.

»Warum haßt du ihn eigentlich so sehr?« fragte Candy milde.

»Schau ihn dir an, und dann beantworte deine eigene Frage. Hast du schon jemals einen so protzigen und freudlosen und unliebenswürdigen Menschen gesehen?«

»Ach, laß ihn in Ruhe, Duff. Verdirb uns nicht den Tag. Gehen wir hinunter zu den Pferden.«

»Komm!« Duff steuerte direkt auf den Platz zu, wo Hradsky und Max standen. »Schalom, Norman, und Friede sei auch mit dir, Maximilian.«

Hradsky nickte, und Max murmelte etwas vor sich hin, wobei seine Lider die Wangen zu berühren schienen.

»Ich sah, wie Sie beide sich so angeregt unterhalten haben, und dachte, daß ich mal herüberkommen sollte, um mich an Ihren Geistesblitzen zu ergötzen.«

Er bekam keine Antwort und fuhr fort: »Ich habe Ihr neues Pferd gestern abend beim Training gesehen. Und da sagte ich zu mir, Norman muß eine neue Freundin haben. Das muß es sein. Für sie muß er diesen müden Klepper gekauft haben. Und jetzt sagen Sie mir, daß Sie ihn hier im Rennen laufen lassen wollen? Ach, Norman, ich wünschte, Sie würden mich in solchen Dingen um Rat fragen, ehe Sie so etwas Dummes anstellen. Sie sind manchmal wirklich ein eingebildeter kleiner Teufel.«

»Mr. Hradsky ist überzeugt, daß Sun Dancer heute einigermaßen abschneiden wird«, murmelte Max.

»Ich wollte Ihnen eigentlich eine kleine Nebenwette anbieten. Aber da ich von Natur aus ein liebenswerter Mensch bin, will ich meinen Vorteil nicht unfair ausnutzen.«

Eine kleine Menschenmenge hatte sich um sie versammelt und hörte interessiert zu. Candy versuchte, Duff am Ellenbogen wegzuziehen.

»Ich dachte, fünfhundert Pfund könnten Norman vielleicht interessieren«, meinte Duff. »Aber lassen wir es.«

Hradsky machte ein wütendes Zeichen mit den Fingern, und Max übersetzte sofort. »Mr. Hradsky schlägt Ihnen tausend vor.«

»Leichtsinnig, Norman, äußerst leichtsinnig«, stöhnte Duff. »Aber ich nehme an, daß ich Ihnen den Gefallen tun muß.«

Sie gingen zum Restaurant. Candy schwieg eine Weile und sagte dann: »Mr. Hradsky zum Feind zu haben ist ein Luxus, den selbst ihr beiden Götter euch nicht leisten könnt. Warum laßt ihr ihn nicht in Ruhe?«

»Es ist nun mal Duffs Hobby«, erklärte Sean, als sie an einem Tisch Platz genommen hatten. »Ober, bringen Sie uns eine Flasche Paul Roger.«

Vor dem Hauptrennen gingen sie zum Paddock. Ein Clubangestellter öffnete ihnen das Tor, und sie betraten den Ring, in dem die Pferde herumgeführt wurden. Ein Jockey in roter und goldener Seide kam auf sie zu, berührte grüßend den Mützenrand und spielte dann ein wenig nervös mit der Peitsche.

»Trade Wind sieht heute gut aus, Sir.« Der Mann deutete auf das Pferd, dessen Schulter einen dunklen Schweißfleck zeigte. Leichter Schaum war an der Kandare zu sehen. Das Pferd ging leichtfüßig, wieherte einmal und rollte die Augen.

»Er ist begierig zu rennen, beinahe wild darauf. Wenn Sie verstehen, was ich meine.«

»Ich will, daß Sie gewinnen, Harry«, sagte Duff.

»Das will ich auch, Sir. Ich werde mein Bestes tun.«

»Wenn Sie gewinnen, sind Sie um tausend Pfund reicher.«

»Tausend...«, wiederholte der Jockey mit ersterbender Stimme.

Duff blickte hinüber, wo Hradsky und Max mit ihrem Trainer sprachen. Er fing Hradskys Blick auf, sah auf Hradskys honigfarbenes Pferd und schüttelte den Kopf.

»Siegen Sie für mich, Harry«, sagte er leise.

»Das werde ich, Sir.«

Der Stallbursche führte den großen Hengst auf sie zu, und Sean hob den Jockey mit einem Griff in den Sattel.

»Alles Gute.«

Harry schob sich die Mütze ins Genick, nahm die Zügel auf, blinzelte Sean zu, wobei sich sein Gesicht zu einem affenartigen Grinsen verzog. »Mehr Glück als tausend Pfund, Sir, braucht man nicht zu haben, falls Sie wissen, was ich meine.«

»Gehen wir.« Duff nahm Candys Arm. »Sehen wir zu, daß wir einen guten Platz bekommen.«

Sie gingen schnell zu dem für Mitglieder reservierten Teil des Platzes. Vorn war es schon voll, aber man machte ihnen respektvoll Platz. »Ich kann euch zwei nicht verstehen«, lachte Candy atemlos. »Ihr macht eine Riesenwette, und dann arrangiert ihr es so, daß ihr nichts gewinnen könnt, selbst wenn ihr gewinnt.«

»Er hat mir gestern heim Kartenspiel soviel Geld abgenommen«, meinte Sean dazu. »Falls Trade Wind sein Pferd heute schlägt, dann ist unser Preis dafür Hradskys Gesichtsausdruck; der Verlust von tausend Pfund tut ihm so weh wie ein Mückenstich.«

Die Pferde wurden jetzt von den Stallburschen vorübergeführt, dann wurden sie losgelassen, und die Jockeys wärmten sie auf. Sie trabten an, tänzelten, warten ihre Mähnen zurück und glänzten in der Sonne wie strahlende Seide. Dann wurden sie langsam zum Start geführt. Die Masse wurde immer erregter. Man hörte die Stimme eines Buchmachers, die der Wind herübertrug. »Einundzwanzig zu zwei, Sun Dancer zu fünf, Trade Wind eins zu eins.«

Duffs Zähne blitzten, als er lächelte. »So ist es gut, da merken es die Leute.«

Candy zog nervös an ihren Handschuhen und sah zu Sean auf. »Du da oben, kannst du sehen, was los ist?«

»Sie stehen jetzt in Linie. Es sieht so aus, als ob sie es beim ersten Start schaffen würden«, sagte Sean, ohne sein Glas von den Augen zu nehmen. »Ja, jetzt kommen sie. Sie sind gestartet.«

»Was ist los? Sag mir's!« drängte Candy.

»Harry ist schon an der Spitze. Kannst du Sun Dancer sehen, Duff?«

»Ich sah etwas Grünes im Haufen. Ja, da ist sie, etwa an sechster oder siebenter Stelle.«

»Was ist das für ein Pferd neben Trade Wind?«

»Das ist ein Pferd von Hamilton. Mach dir keine Sorgen. Das hält das Tempo nicht mal bis zur Hälfte mit.«

Und jetzt rasten die Pferde, deren Schädel sich wie Hämmer bewegten, an ihnen vorbei. Wie eine Kette aus dunklen Steinen zogen sie aus der Kurve in die Gerade.

»Trade Wind ist noch immer vorn. Ich glaube, er gewinnt an Boden. Hamiltons Pferd ist fertig. Und von Sun Dancer ist noch keine Spur zu sehen.«

»Doch! Da kommt sie, Duff. Außen, sie kommt auf.«

»Los jetzt, mein Liebling«, flüsterte Duff. »Jetzt zeig uns, was du kannst.«

»Sun Dancer hat das Feld hinter sich gelassen. Sie kommt auf, Duff. Sie ist sehr schnell«, warnte Sean.

»Komm schon, Trade Wind, laß sie nicht vorbei«, beschwor Duff. »Halt sie auf Distanz, mein Junge!«

Das Getrampel der Hufe hatte sie jetzt erreicht. Ein Geräusch, das sich wie Meeresbrandung anhörte und immer lauter wurde. Jetzt konnte man die Farben erkennen. Grün und Gelb und Rot und Gold führten das Rennen an.

»Trade Wind, lauf, Trade Wind!« schrie Candy. Ihr Hut war ihr über die Augen gerutscht, als sie aufgesprungen war. Sie riß ihn ungeduldig vom Kopf, und das Haar fiel ihr auf die Schulter.

»Sie überholt ihn, Duff!«

»Nimm die Peitsche, Harry. Um Himmels willen, nimm die Peitsche, Mann!«

Das Pferdegetrappel hatte jetzt Donnerstärke erreicht und verklang nun wieder. Die Nase von Sun Dancer war auf Steigbügelhöhe an Trade Wind herangekommen und schob sich weiter vor, um jetzt mit Trade Wind gleichzuziehen.

»Die Peitsche, verdammt noch mal!« schrie Duff. »Gib ihm die Peitsche!« Harrys rechter Arm schnellte durch die Luft wie eine

Mamba. Sie hörten das Zischen der Peitsche über der grölenden Menge und über dem Pferdegetrappel und sahen, wie der Hengst nach vorn sprang. Wie ein Gespann rasten die beiden Pferde durchs Ziel.

»Wer hat gewonnen?« fragte Candy bedrückt.

»Verdammt noch mal, ich konnte es nicht sehen«, antwortete Duff. »Ich auch nicht.« Sean nahm sein Taschentuch und trocknete sich die Stirn. »Das war sehr schlecht für mein Herz, wie der alte François zu sagen pflegt. Darauf eine Zigarre, Duff.«

»Danke, ich kann eine gebrauchen.«

Die Menge hatte sich jetzt dem Richterstand zugewandt und wartete in gespannter Stille, welche Nummern an der Tafel hochgezogen würden.

»Warum brauchen sie denn so lange, um eine Entscheidung zu treffen?« beschwerte sich Candy. »Ich bin so aufgeregt, daß ich in spätestens einer Minute einen gewissen Ort aufsuchen muß.«

»Jetzt werden die Nummern aufgezogen«, schrie Sean.

»Wer hat gewonnen?« Candy sprang auf und versuchte, über die Köpfe der Menge zu blicken, hielt dann aber mit plötzlichem Erschrecken inne.

»Nummer sechzehn«, schrien Duff und Sean gemeinsam. »Trade Wind!« Sean hieb Duff auf die Brust, und Duff beugte sich zu ihm und brach ihm die Zigarre entzwei. Dann umarmten sie gemeinsam Candy und preßten sie an sich. Sie stieß einen spitzen Schrei aus und wand sich aus ihren Armen. »Entschuldigt mich«, sagte sie und floh.

»Darf ich dir jetzt was zu trinken bestellen?« Sean zündete seine zerbrochene Zigarre an.

»Nein, ich muß darauf bestehen, daß ich an der Reihe bin.« Duff nahm Seans Arm, und breit grinsend gingen sie auf das Restaurant zu. Hradsky saß mit Max an einem der Tische. Duff ging von hinten auf ihn zu, nahm ihm den Zylinder ab und strich mit der anderen Hand über die wenigen Haare. »Es macht nichts, Norman. Sie können ja nicht immer gewinnen.«

Hradsky wandte sich langsam um. Er nahm Duff den Zylinder aus der Hand und strich sich die Haare wieder glatt. Seine Augen funkelten gelb.

»Er wird sprechen«, flüsterte Duff erregt.

»Ich bin ganz Ihrer Meinung, Mr. Charleywood. Man kann nicht immer gewinnen«, sagte Norman Hradsky. Der Satz kam ganz klar, und nur das K schien ihm gewisse Schwierigkeiten zu machen. Er erhob sich, setzte den Zylinder auf und ging fort.

»Ich werde Montag früh in Ihrem Büro einen Scheck abgeben lassen«, sagte Max leise, ohne die Augen vom Tisch zu erheben. Dann stand auch er auf und folgte Hradsky.

20

Sean kam aus dem Badezimmer. Sein Bart war zerzaust, und er trug ein Badetuch um die Hüften.

Er sang, während er aus einer Kristallflasche Haaröl in die Hand goß. Duff saß in einem der vergoldeten Sessel und beobachtete ihn. Sean kämmte sich sorgfältig und lächelte danach sein Spiegelbild an.

»Du wirst zu fett«, grunzte Duff.

Sean sah beleidigt auf. »Das sind Muskeln.«

»Du hast einen Hintern wie ein Nilpferd.«

Sean nahm das Handtuch ab und betrachtete seine Kehrseite im Spiegel. »Ich brauche einen schweren Hammer, um einen Nagel einzuschlagen«, protestierte er.

»Bitte nicht«, stöhnte Duff. »Dein Witz ist zu dieser Tageszeit so wie Schweinefleisch zum Frühstück. Schwer zu verdauen.«

Sean nahm ein Seidenhemd aus dem Schrank, hielt es wie das Tuch eines Toreros, machte zwei tänzerische Schritte vorwärts und warf es sich dann mit Schwung über die Schultern.

»Olé«, applaudierte Duff müde. Sean zog sich die Hosen an und begann, seine Schuhe zu binden.

»Du bist in guter Stimmung heute morgen«, sagte er zu Duff.

»Über mich ist gerade ein gefühlsmäßiger Hurrikan hinweggebraust.«

»Ja, was ist denn los?«

»Candy will eine kirchliche Trauung.«

»Ist das schlimm?«

»Nun, gut ist es nicht.«

»Warum?«

»Erinnerst du dich nicht mehr?«

»Ach, du meinst deine erste Frau?«

»Genau. Meine erste Frau.«

»Hast du Candy schon von ihr erzählt?«

»Um Himmels willen, nein.« Duff sah zu Tode erschrocken aus.

»Hm. Das ist ein Problem. Aber was ist denn mit Candys früherem Mann? Da solltet ihr beide doch quitt sein.«

»Nein. Der kommt ja nicht mehr wieder.«

»Prima. Weiß sonst noch jemand, daß du schon mal verheiratet warst?«

Duff schüttelte den Kopf.

»Was ist mit François?«

»Nein, ich habe es ihm nie gesagt.«

»Na also. Was willst du dann? Geh mit ihr zur Kirche und heirate sie.«

Duff sah bedrückt aus. »Es macht mir nichts aus, das zweitemal auf dem Standesamt zu heiraten. Da würde ich nur zwei alte Holländer betrügen. Aber in eine Kirche zu gehen...«

»Schließlich bin ich der einzige, der es wüßte«, sagte Sean.

»Du und der da oben.«

»Duff«, strahlte Sean. »Duff, mein Junge, du hast Skrupel? Das ist phantastisch!«

Duff rutschte nervös in seinem Sessel hin und her.

»Laß mich nachdenken.« Sean griff sich mit einer dramatischen Geste an die Stirn. »Warte noch einen Augenblick. Jetzt hab' ich's.«

»Also los, sag's«, drängte Duff und beugte sich nervös nach vorn.

»Geh zu Candy und sage ihr, daß alles in Ordnung ist. Du bist nicht nur bereit, dich mit ihr kirchlich trauen zu lassen, du wirst ihr sogar eine eigene Kirche bauen.«

»Großartig«, murmelte Duff sarkastisch. »Das ist ein schöner Weg, um aus meinen Schwierigkeiten herauszukommen.«

»Ich bin noch nicht fertig«, sagte Sean, während er sein silbernes Zigarrenetui füllte. »Du sagst ihr, daß du außerdem auch noch eine zivile Zeremonie haben willst. Schließlich ist das bei Königen so üblich. Erzähl ihr das, und du hast gewonnen.«

»Ich komm' da immer noch nicht mit.«

»Du baust dir oben in Xanadu deine eigene Kapelle, dann finden wir einen distinguiert aussehenden Menschen, stecken ihn in die passende Kleidung und lehren ihn die richtigen Worte. Das hält Candy bei guter Laune. Unmittelbar nach der Zeremonie fährt unser Priester sofort nach Kapstadt, und dann bringst du Candy zum Standesamt, und das versetzt dich in gute Laune.«

Fast betäubt starrte Duff ihn an, und dann lachte er über das ganze Gesicht. »Ein Genie. Ein wirklich begnadetes Genie.«

Sean knöpfte sich die Weste zu. »Das macht fast gar nichts. Und wenn du mich jetzt bitte entschuldigen willst, dann gehe ich zur Arbeit. Einer von uns beiden muß ja etwas tun, damit wir genug verdienen und du dir solche extravaganten Scherze leisten kannst.«

Sean zog sich die Jacke an, nahm seinen Stock und schwang ihn. Die goldene Krücke gab ihm fast soviel Selbstsicherheit wie ein handgearbeitetes Gewehr. Sean fühlte sich in Hochform.

Er stieg die Treppe hinunter. Vor dem Hotel wartete Mbejane mit der Kutsche. Der Wagen schwankte ein wenig, als sich Sean mit seinem großen Gewicht in die Lederpolster setzte. Dann steckte er sich die erste Zigarre des Tages an, und Mbejane lächelte.

»Ich sehe Sie, Nkosi.«

»Ich sehe dich auch, Mbejane, was ist das für eine Beule an deinem Kopf?«

»Nkosi, ich war ein bißchen betrunken. Sonst wäre dieser Affe von einem Basuto niemals in der Lage gewesen, mit seinem Knüppel an mich heranzukommen.«

Mbejane hatte in der Zwischenzeit die Kutsche auf die Straße gefahren. »Was war der Grund für den Kampf?«

Mbejane zuckte mit den Schultern. »Muß es immer einen Grund geben, Nkosi?«

»Meistens.«

»Soweit ich mich erinnern kann, war es eine Frau«, sagte Mbejane, »das ist doch auch meistens so.«

»Und wer hat den Kampf gewonnen?«

»Der Mann blutete ein bißchen. Seine Freunde haben ihn weggetragen. Als ich die Frau heute früh verließ, lächelte sie im Schlaf.«

Sean lachte, und dann fielen seine Augen auf Mbejanes unbekleideten Rücken. So ging das unmöglich weiter. Er hoffte, daß sein Sekretär daran gedacht hatte, mit dem Schneider zu sprechen. Jetzt fuhren sie vor dem Büro vor, ein Angestellter lief herbei, um die Kutschentür zu öffnen.

»Guten Morgen, Mr. Courteney.«

Sean ging nach oben, der Angestellte lief wie ein Jagdhund vor ihm her. Aus dem Hauptbüro schallte Sean im Chor ein »Guten Morgen, Mr. Courteney«, entgegen. Sean winkte mit dem Stock zurück und ging in sein eigenes Büro. Über dem Kamin hing sein Porträt, und er blinzelte ihm zu.

»Was gibt's denn heute, Johnson?«

»Die Materialanforderung, Sir, und die Gehaltsabrechnung, den Entwicklungsbericht von den Ingenieuren, Sir, und–«

Johnson war ein schleimig aussehender Mann mit einem schleimig aussehenden Alpakaanzug, und bei jedem »Sir« machte er eine schleimige Verbeugung. Er war tüchtig, deshalb hatte ihn Sean angestellt, was noch nicht hieß, daß er ihn auch mochte.

»Haben Sie Magenschmerzen, Johnson?«

»Nein, Sir.«

»Um Gottes willen, dann stehen Sie doch endlich grade, Mann.«

Johnson richtete sich auf.

»So, und nun mal eins nach dem anderen.«

Sean ließ sich in seinen Sessel fallen. Um diese Tageszeit kam die Arbeit, die er am meisten haßte. Der ganze Papierkram. Aber er bewältigte ihn konzentriert, verbesserte hier eine Zahl, versuchte Materialanforderungen, die ihm ungewöhnlich hoch erschienen, mit Namen und Gesichtern zu verbinden, bis er dann doch seine Unterschrift unter die Dokumente setzte. Dann warf er seinen Federhalter auf den Schreibtisch.

»Was gibt es sonst noch?«

»Um zwölf Uhr dreißig haben Sie eine Verabredung mit Mr. Maxwell von der Bank, Sir.«

»Und dann?«

»Um ein Uhr kommt der Agent von Brooke Bros. , und unmittelbar danach erwartet man Sie in ›Candys Tief.‹«

»Ich danke Ihnen, Johnson. Falls irgend etwas Dringendes sein sollte, Sie wissen, ich bin wie üblich heute früh auf der Börse.«

»Sehr wohl, Mr. Courteney. Nur noch etwas.« Johnson zeigte auf ein Paket in braunem Packpapier, das auf der Couch lag.

»Ah«, lächelte Sean. »Schicken Sie mir meinen Diener her.« Er ging zur Couch und öffnete das Paket. Nach einigen Minuten stand Mbejane neben ihm.

»Nkosi?«

»Mbejane, deine neue Uniform.« Sean zeigte auf die Kleider, die auf der Couch lagen. Mbejanes Augen wanderten über die feinen rotgold gefärbten Kleidungsstücke. Sein Gesichtsausdruck wurde abwehrend.

»Zieh sie an. Komm, wir wollen sehen, ob sie passen.«

Mbejane ging zur Couch und nahm die Jacke hoch. »Das soll für mich sein?«

»Ja. Los, zieh es an«, lachte Sean.

Mbejane zögerte, dann löste er sein Lendentuch und ließ es fallen. Sean beobachtete ihn ungeduldig, wie er sich Jackett und Hosen zuknöpfte. Dann ging er um ihn herum.

»Nicht schlecht«, murmelte er und dann in Zulu: »Sind sie nicht schön?«

Mbejane wand sich, unvertraut mit dem Gefühl von Stoff, und sagte nichts.

»Nun, Mbejane, gefällt es dir?«

»Als ich ein Kind war, ging ich einmal mit meinem Vater zu einem Viehhandelsplatz in Port Natal. Dort war ein Mann, der in der Stadt umherging, mit einem Affen an der Kette. Der Affe tanzte, die Leute lachten und warfen Geld in den Hut des Mannes. Dieser Affe hatte genauso einen Anzug an. Nkosi, ich glaube nicht, daß der Affe sehr glücklich war.«

Das Lächeln war aus Seans Gesicht gewichen. »Du willst lieber deine alten Sachen tragen?«

»Was ich trage, ist die Kleidung eines Zulukriegers.«

Noch immer hatte sich der Gesichtsausdruck Mbejanes nicht verändert. Sean öffnete den Mund, um mit ihm zu diskutieren, aber noch ehe er sprechen konnte, verlor er die Ruhe.

»Du wirst diese Uniform tragen. Du wirst tragen, was ich befehle, und du wirst es lächelnd tragen. Hast du mich verstanden?«

»Nkosi, ich habe Sie verstanden.«

Mbejane nahm seine alte Kleidung auf und ging aus dem Büro. Als Sean zur Kutsche kam, saß Mbejane auf dem Fahrersitz in seiner neuen Uniform. Den ganzen Weg zur Börse sah Sean ein protestierender Rücken an. Keiner von ihnen sprach ein Wort. Mürrisch blickte Sean den Portier der Börse an, trank am Vormittag vier Brandys und fuhr um zwölf Uhr, immer noch auf Mbejanes protestierenden Rücken starrend, zum Büro zurück. Er schrie Johnson an, war wütend mit dem Bankdirektor, hatte einen Krach mit dem Direktor von Brooke Bros. und fuhr dann, noch wütender, zu »Candys Tief«. Mbejanes Ruhe war durch nichts zu erschüttern, und Sean konnte, ohne seinen Stolz zu verletzen, nicht mit ihm zu sprechen anfangen. Er stürzte in das neue Verwaltungsgebäude und brachte die Leute durcheinander.

»Wo ist Mr. du Toit?« schrie er.

»Er ist auf Schacht drei, Mr. Courteney.«

»Was zum Teufel macht er denn da? Er sollte doch hier auf mich warten.«

»Er hat Sie erst in einer Stunde erwartet, Sir.«

»Dann holen Sie mir jetzt einen Overall und einen Helm. Stehen Sie doch nicht so herum.«

Er setzte sich den Blechhelm auf und schritt in schweren Gummistiefeln hinüber zum Schacht drei. Der Förderkorb brachte ihn schnell die zweihundert Meter nach unten, und dort stieg er aus.

»Wo ist Mr. du Toit?« wollte er von dem Schichtführer am Lift wissen.

»Dort drüben an der Ader, Sir.«

Der Boden war rauh und glitschig. Die Gummistiefel quietschten, als er sich zu dem Tunnel begab. Seine Karbidlampe beschien die unebenen Wände des Stollens, und er fühlte, daß er plötzlich zu schwitzen begann.

Zwei Eingeborene schoben einen Karren auf den Geleisen. Er mußte sich zur Seite drücken, damit sie an ihm vorbei konnten. Während er wartete, suchte er in seinem Overall nach einer Zigarre. Als er sein Etui herauszog, fiel es ihm aus der Hand in den Dreck, und er bückte sich, um es aufzuheben. In dieser gebückten Stellung war sein Ohr etwa zwei Zentimeter von der Stollenmauer entfernt, und sein Gesicht legte sich in nachdenkliche Falten, während die Wut daraus wich. Der Fels rumorte. Sean legte das Ohr an die Wand. Es hörte sich an, als ob jemand mit den Zähnen knirschte. »Seltsam, höchst seltsam.« Bis jetzt hatte er noch nie so etwas gehört. Er ging weiter. Seine schlechte Laune war von dem neu aufkommenden Problem vertrieben worden. Noch ehe er zur Ader kam, stieß er auf François. »Hallo, Mr. Courteney.« Sean hatte es längst aufgegeben, François zu hindern, ihn so zu nennen.

»Mein Gott, es tut mir leid, daß ich nicht da war, als Sie kamen, aber ich dachte, wir wollten uns erst um drei Uhr treffen.«

»Das macht ja nichts, François. Wie geht es?«

»Danke, gut.«

Sean konnte seine Neugier nicht länger bändigen. »Erklär mir mal folgendes, François. Ich habe eben mein Ohr hier an die Wand gelegt und ein eigenartiges Geräusch gehört. Ich kann mir nicht erklären, was das sein soll.«

»Was für ein Geräusch?«

»So eine Art von Knirschen, wie, wie...« Sean suchte nach Worten, um das Geräusch zu beschreiben. »So, als ob man zwei Glasstücke aneinanderreibt.«

François' Augen starrten ihn entsetzt an. Sein Gesicht wurde aschgrau, und er packte Seans Arm. »Wo?«

»Hier, ein Stück zurück.«

François konnte plötzlich nicht mehr atmen, und er versuchte, Seans Arm wild schüttelnd, zu sprechen.

»Einsturz!« krächzte er. »Einsturz, Mann!«

Er wollte davonrennen, wurde aber von Sean festgehalten.

Verzweifelt versuchte François, sich loszumachen.

»François, wieviel Männer sind da unten?«

»Einsturz!« François' Stimme war jetzt schrill vor Angst. »Einsturz!« Er machte sich von Seans Griff frei und rannte auf den Liftschacht zu. Der Schlamm flog von seinen Gummistiefeln. Angst machte sich auch bei Sean breit, und er rannte François ein Dutzend Schritte nach, bis er anhielt. Einige kostbare Sekunden zögerte er, und die Furcht schien ihn zu übermannen. Zurückgehen, wo die anderen waren, und eventuell mit ihnen sterben oder François folgen und leben. Und dann fand die Furcht ein Gegengewicht, das genauso stark war. Sein Name war Schande. Es war die Furcht vor Schande, die ihn zurückrennen ließ zur Ader. Dort arbeiteten fünf Schwarze und ein Weißer, mit nackten Oberkörpern in der Hitze schwitzend. Sean rief es ihnen zu, und sie reagierten wie Schwimmer in der See auf das Wort »Haie«.

Eine Sekunde übermannten sie der Schrecken und dann die Panik. Wie die Wilden rannten sie den Tunnel entlang. Sean lief mit ihnen. Der Schlamm saugte sich an seinen Gummistiefeln fest. Seine Beine waren schwach vom leichten Leben. Einer nach dem andern kam an ihm vorbei. »Wartet auf mich!« wollte er schreien. »Wartet doch auf mich!« Er rutschte auf dem schlammigen Boden aus und stieß, als er fiel, mit der Schulter an die Mauer. Er richtete sich wieder auf. Überall um ihn her schien die Erde zu sprechen, zu stöhnen, zu kreischen und zu protestieren. Einige Streben barsten. Und langsam, wie ein Vorhang im Theater, senkte sich das Gestein vor ihm. Der Tunnel war jetzt dick verstaubt, und er konnte kaum etwas sehen im Schein seiner Lampe. Ein Gesteinsbrocken schlug gegen seinen Helm, so daß er ums Haar gestürzt wäre. Im herumwirbelnden Staub stieß er mit aller Gewalt an den verlassenen Wagen, der den Tunnel blockierte.

›So, jetzt bin ich erledigt‹, dachte er. Aber instinktiv richtete er sich wieder auf und suchte sich einen Weg um den Wagen, um die Flucht fortzusetzen. Mit riesigem Getöse stürzte der Tunnel vor ihm zusammen. Sean ging in die Knie und kroch zwischen die Räder des Wagens. Er konnte gerade noch unter dem massiven Metallkörper des Wagens Schutz suchen, ehe die Decke über ihm zusammenstürzte. Der Lärm des Einsturzes schien nicht aufzuhören. Und dann auf einmal war alles vorüber, und es herrschte totale Stille. Er hatte seine Lampe verloren, und die Dunkelheit um ihn war deprimierend. Langsam rieselte Sand in sein winziges Versteck. Die Luft war staubig, und er hustete. Er hustete, bis ihn die Brust schmerzte und er salzige Blutspuren im Mund hatte. Er hatte kaum Platz, sich zu bewegen. Der Stahlboden des Wagens war etwa fünfzehn Zentimeter über ihm. Er rutschte so lange hin und her, bis er seinen Overall vorn öffnen konnte, und riß ein Stück seines Hemdes ab. Er hielt es sich wie eine Arztmaske über Mund und Nase, wodurch der Staub abgehalten wurde und er atmen konnte. Überrascht, daß er überhaupt noch am Leben war, begann er vorsichtig herumzutasten. Er versuchte, die Beine auszustrecken. Das war unmöglich. Dann tastete er mit den Händen den schmalen Raum über dem Kopf und zu den Seiten ab. Unter ihm warmer Schlamm und um ihn Stahl und Gestein. Er nahm seinen Helm ab und benutzte ihn als Kissen. Er lag in einem Stahlsarg, zweihundert Meter tief, und fühlte die ersten Anzeichen von Panik.

»Du mußt an irgend etwas denken, an irgend etwas, nur nicht an das Gestein um dich herum. Fang an, deinen Besitz aufzuzählen«, sagte er zu sich selbst. Er begann, seine Taschen zu durchsuchen, was in dem engen Raum, in dem er lag, sehr schwierig war.

»Ein silbernes Zigarrenetui mit zwei Havannas.« Er legte es neben sich.

»Eine Schachtel Streichhölzer, naß.« Die legte er auf das Etui.

»Eine Taschenuhr.«

»Ein Taschentuch. Irisches Linnen mit Monogramm.«

»Ein Kamm, Schildpatt. – Ein Mann wird nach seinem Aussehen beurteilt.« Er begann, sich den Bart zu kämmen, fand aber sofort heraus, daß er dann Zeit zum Denken hatte, obwohl seine Hände sich beschäftigten. Er legte den Kamm neben die Streichhölzer.

»Fünfundzwanzig Pfund in Goldstücken...« Er zählte sie genau.

»Ja, fünfundzwanzig. Ich werde mir eine Flasche guten Champagner bestellen.« Der Staub, der seinen Mund bedeckte, war grau. Und er fuhr schnell fort. »Und eins der Malaienmädchen vom Opernhaus. Nein, warum denn geizig sein, zehn Malaienmädchen. Sie sollen für mich tanzen, dann vergeht die Zeit schnell. Ich verspreche jeder ein Pfund, das steigert die Hingabe.«

Er fuhr mit der Suche fort. Aber da war nichts mehr. »Gummistiefel, Socken, gutgeschnittene Hosen, ein zerrissenes Hemd – bedauerlicherweise –, Overall und ein Blechhelm. Und das ist alles.« Nachdem er alle seine Habseligkeiten vorsichtig neben sich gelegt und sich mit seiner Zelle vertraut gemacht hatte, begann er zu überlegen. Zuerst dachte er an seinen Durst. Der Schlamm, in dem er lag, war zu dick, um Wasser aus ihm zu gewinnen. Er versuchte ihn durch sein Hemd zu wringen, aber ohne Erfolg. Dann dachte er an die Luft. Sie schien ziemlich frisch zu sein. Und er glaubte, daß ausreichend Luft durch das lose herumliegende Gestein durchfiltern könnte, um ihn am Leben zu erhalten.

Am Leben zu bleiben, so lange, bis er verdursten würde.

»Wie lange wird es dauern. Sagen Sie es mir doch, Doktor. Wie lange habe ich noch?«

»Nun, Sie schwitzen. Sie werden die Feuchtigkeit schnell verlieren. Ich würde sagen, ungefähr vier Tage«, antwortete er sich selbst.

»Und wie sieht es mit dem Hunger aus, Doktor?«

»Oh, deshalb würde ich mir keine Sorgen machen. Selbstverständlich werden Sie Hunger haben, aber sterben werden Sie am Durst.«

»Glauben Sie, daß ich verrückt werde, Doktor? Natürlich nicht sofort, aber in ein paar Tagen.«

»Ja, Sie werden verrückt werden.«

Sean hatte laut zu sich gesprochen und kam sich jetzt wie ein Narr vor. Er nahm einen Stein und hämmerte an den Wagen.

»Hört sich ziemlich stabil an. Eigentlich ein angenehmes Geräusch.« Er schlug härter an die Metallwand – eins, zwei, drei – eins, zwei, drei –, dann ließ er den Stein fallen. Weit weg wie der Mond und leise wie ein Echo hörte er, daß seine Schläge wiederholt wurden. Bei diesem Geräusch straffte sich Seans Körper und er begann, vor Erregung zu zittern. Er nahm den Stein wieder, klopfte dreimal, und im gleichen Rhythmus kam die Antwort zurück.

»Sie haben mich gehört, du lieber Gott, sie haben mich gehört!«

Mbejane wartete, bis Sean im Schacht verschwunden war, ehe er seine neue Jacke auszog. Er faltete sie sorgfältig zusammen. Dann saß er da und freute sich, wie die Sonne seinen nackten Rücken beschien. Er kletterte vom Kutschersitz herunter und ging zu den

Pferden. Eins nach dem anderen führte er zum Wassertrog und tränkte sie. Dann spannte er sie wieder ein. Danach legte er sich zurück und fiel in der warmen Sonne in Schlaf.

Das Geschrei weckte ihn. Er setzte sich auf und prüfte automatisch den Stand der Sonne. Er hatte mindestens eine Stunde geschlafen. Duff schrie auf den verschmutzt und erschrocken dastehenden François ein, der ihm antwortete. Beide standen vor dem Verwaltungsgebäude. Duffs Pferd war schweißgebadet. Mbejane erhob sich und ging zu ihnen hinüber. Er hörte angestrengt zu und versuchte ihre abgehackten Sätze zu verstehen. Das Gespräch war zu schnell für ihn. Aber er begriff, daß etwas passiert sein mußte.

»Er ist fast bis zum Zehnerschacht eingestürzt«, sagte François.

»Du hast ihn dagelassen«, klagte Duff ihn an.

»Ich dachte, daß er mir folgen würde, aber er ging zurück.«

»Weshalb – warum ging er zurück?«

»Um die anderen zu warnen.«

»Hast du angefangen, den Schacht freizumachen?«

»Nein, ich habe auf Sie gewartet.«

»Du verfluchter, stupider Idiot. Er kann da unten noch leben – jede Minute ist kostbar.«

»Aber er hat überhaupt keine Chance, Mr. Charleywood, er muß tot sein.«

»Halt's Maul! Verdammt noch mal!«

Duff wandte sich ab und lief zum Schacht. Eine Menge hatte sich unter dem Förderturm eingefunden, und plötzlich wußte Mbejane, daß es sich um Sean handeln mußte. Noch ehe Duff den Schacht erreicht hatte, war Mbejane neben ihm.

»Ist es der Nkosi?«

»Ja.«

»Was ist passiert?«

»Der Schacht ist eingestürzt.«

Mbejane stand neben Duff im Förderkorb, und keiner sprach ein Wort, bis sie am Zehner-Stollen angelangt waren. Sie folgten ihm ein kurzes Stück, bis sie an die Einsturzstelle kamen. Dort standen Männer mit Schaufeln und Brecheisen, unentschlossen auf Befehle wartend. Mbejane machte einen Weg frei. Er stand mit Duff vor einer Wand aus niedergebrochenem Gestein, die den Tunnel versperrte. Noch immer herrschte völlige Ruhe. Dann wandte sich Duff an den weißen Vorarbeiter.

»Sie waren da unten?«

»Ja.«

»Er kam zurück, um Sie zu warnen, nicht wahr?«

»Ja.«

»Und Sie haben ihn unten gelassen?«

Der Mann konnte Duff nicht in die Augen sehen.

»Ich dachte, er würde uns folgen«, murmelte er.

»Sie haben nur an Ihre eigene Haut gedacht«, entgegnete ihm Duff. »Sie dreckiger kleiner Feigling. Sie…«

Mbejane packte Duffs Arm, und Duff hörte auf zu fluchen. Alle hörten sie es jetzt – kling, kling, kling.

»Das ist er. Das muß er sein«, flüsterte Duff. »Er lebt.«

Er riß einem der Eingeborenen ein Brecheisen aus der Hand und schlug damit an die Tunnelwand. Sie warteten. Nur ihr leises Atmen war zu vernehmen. Bis die Antwort kam. Diesmal lauter und stärker als vorher. Mbejane nahm Duff das Brecheisen aus der Hand. Er klemmte es zwischen zwei Felsstücke und versuchte, sie auseinander zu schieben. Das Brecheisen bog sich wie ein Strohhalm. Er warf es fort und ging mit bloßen Händen an das Gestein.

»Sie!« fuhr Duff den Vorarbeiter an. »Wir brauchen Holz, um zu verschalen, wenn wir das Zeug hier rausholen. Verstanden?« Er wandte sich an die Eingeborenen. »Vier von euch machen mit uns hier die Steine los, die anderen schaffen die Steine weg.«

In vier Stunden waren sie fünf Meter weit in den Tunnel eingedrungen. Sie hatten die größeren Steine mit Vorschlaghämmern zertrümmert und dann die Stücke aus dem Morast herausgezogen. Duffs Glieder schmerzten, und seine Hände waren aufgerissen. Er mußte eine Pause machen. Langsam ging er zur Förderstation, wo er Decken und eine große Suppenterrine fand.

»Wo kommt denn das her?«

»Von ›Candys Hotel‹, Sir. Halb Johannesburg wartet oben am Schacht.«

Duff hüllte sich in eine Decke und nahm sich einen Teller Suppe. »Wo ist du Toit?«

»Ich konnte ihn nicht finden, Sir.«

Am Schacht arbeitete Mbejane. Die ersten vier Eingeborenen kamen zurück, um eine Pause zu machen. Neue Leute nahmen ihren Platz ein. Mbejane wies sie an. Hier und dort bellte er einen Befehl heraus. Ansonsten schonte er seine Kräfte für die Felsbrocken. Duff pausierte eine Stunde, und als er zum Tunnel zurückkam, war Mbejane immer noch am Arbeiten. Duff beobachtete, wie er seine Arme um einen Felsbrocken von der Größe eines Bierfasses schlang, sich dagegenstemmte und den Brocken aus dem Schlamm zog. Erde und Gestein folgten und begruben Mbejane bis zu den Knien. Duff sprang vor, um ihm zu helfen.

Nach zwei Stunden mußte Duff wieder pausieren. Diesmal nahm er Mbejane mit zurück, gab ihm eine Decke und einen Teller Suppe. Sie saßen nebeneinander, den Rücken an der Tunnelwand und Decken über den Schultern. Der Vorarbeiter kam zu Duff.

»Mrs. Rautenbach schickt Ihnen das, Sir.«

Es war eine halbe Flasche Brandy.

»Sagen Sie ihr besten Dank.« Duff zog den Korken mit den Zähnen heraus und nahm einen tiefen Schluck, der seine Augen tränen ließ. Dann hielt er die Flasche Mbejane hin.

»Das schickt sich nicht«, sagte Mbejane.

»Trink!«

Mbejane trank, wischte sorgfältig den Flaschenhals an seiner Decke ab und gab sie Duff zurück, der noch mal einen tiefen Zug tat. Dann hielt er die Flasche wieder Mbejane hin. Der Zulu schüttelte den Kopf.

»Ein wenig davon ist eine Stärkung. Zuviel schlecht. Und jetzt muß gearbeitet werden.«

Duff verkorkte die Flasche.

»Wie lange werden wir brauchen, bis wir bei ihm sind?« fragte Mbejane.

»Noch einen Tag, vielleicht zwei.«

»Ein Mann kann in zwei Tagen sterben«, sagte Mbejane nachdenklich.

»Nicht jemand mit dem Körper eines Bullen und dem Temperament eines Teufels«, versicherte ihm Duff. Mbejane lächelte, und Duff fuhr fort, während er die paar Brocken der Zulusprache, die er beherrschte, zusammensuchte.

»Du liebst ihn, Mbejane.«

»Liebe ist ein Wort für Weiber.«

Mbejane betrachtete seinen Daumen. Der Nagel war halb abgerissen und stand aufrecht wie ein Grabstein. Er nahm ihn zwischen die Zähne, zog ihn heraus und spuckte ihn auf den Boden. Duff schauderte, während er zusah.

»Diese Affen da vorn werden nicht genug arbeiten, wenn man sie nicht antreibt. Haben Sie sich genug ausgeruht?«

»Ja«, log Duff. Und sie gingen zum Schacht zurück.

Sean lag im Schlamm, den Kopf auf das harte Kissen seines Helms gebettet. Die Dunkelheit um ihn war so undurchdringlich wie der Fels, der ihn umgab. Er versuchte sich vorzustellen, wo das eine endete und das andere begann. Dadurch vermochte er seinen Durst ein wenig zu vergessen. Er konnte das Gehämmere und den Fall von Steinen zwar hören, aber es schien nicht näher zu kommen. Eine Seite seines Körpers war steif und schmerzte, aber er konnte sich nicht umdrehen. Wann immer er es versuchte, stießen seine Knie gegen die Wand des Wagens. Und die Luft in seinem Käfig begann schal zu werden. Sein Kopf schmerzte. Unruhig bewegte er sich wieder, und seine Hand stieß den kleinen Haufen mit Goldstücken um. Er schleuderte sie in den Morast. Sie waren der Köder gewesen, der ihn in diese Falle gelockt hatte. Verglichen mit Macht und Geld war in seinem Leben alles andere unwichtig geworden. Selbst Menschenleben hatten keine Rolle mehr gespielt.

Und jetzt stand sein eigenes auf der Kippe. Das Geräusch der Vorschlaghämmer unterbrach seine Gedanken. Auf der anderen Seite des Tunnels waren Menschen, die ihn zu retten versuchten, die durch das trügerische Gestein, das jeden Moment wieder zusammenstürzen konnte, ihn zu erreichen suchten. Menschen waren mehr wert als das giftige Metall, diese kleinen Goldstückchen, die neben ihm im Morast lagen.

Er dachte an Garry, den er durch seinen unachtsamen Schuß zum Krüppel gemacht hatte und der jetzt Vaterstelle bei dem Kind vertrat, das er gezeugt hatte. An Ada, die er ohne ein Abschiedswort gelassen hatte. An Karl Lochtkamper, die Pistole in der Hand. Und an andere, namenlose Menschen, die seinetwegen tot oder ruiniert waren.

Sean fuhr mit der Zunge über die Lippen und lauschte dem Hämmern. Jetzt war er sicher, daß sie näher kamen.

»Falls ich hier herauskomme, wird es anders werden, das schwöre ich.«

Während der nächsten sechsunddreißig Stunden gönnte sich Mbejane vier Stunden Ruhe. Duff beobachtete, wie die kräftige Gestalt des Zulus unter der irrsinnigen Anstrengung mehr und mehr verfiel. Duff war fertig. Er konnte mit seinen Händen nicht mehr arbeiten, leitete aber die Arbeit bei der Verschalung des Tunnels.

Am Abend des zweiten Tages hatten sie etwa fünfunddreißig Meter Gestein weggebracht. Duff schritt die Strecke ab und fragte Mbejane: »Wann hast du das letztemal ein Zeichen mit ihm gewechselt?«

Mbejane ging mit seinem Vorschlaghammer, den er in den zerrissenen Händen hielt, einen Schritt zurück. Der Schaft war braun von verklebtem Blut.

»Vor einer Stunde, und da hörte es sich an, als ob zwischen uns nur noch eine Speereslänge wäre.«

Duff nahm einem Eingeborenen das Brecheisen aus der Hand und schlug gegen den Felsen. Sofort kam die Antwort.

»Er schlägt gegen etwas Metallenes«, sagte Duff. »Es hört sich an, als ob er höchstens noch einen Meter entfernt wäre. Mbejane, laß jetzt die anderen weiterarbeiten. Wenn du willst, kannst du bleiben und zusehen, aber du mußte jetzt eine Pause machen.«

Als Antwort schwang Mbejane seinen Hammer gegen den nächsten großen Felsbrocken. Er brach in Stücke, und die Eingeborenen gingen daran, die einzelnen Teile mit dem Stemmeisen zu lockern. Durch das Loch in der Mauer konnten sie eine Ecke des Wagens sehen. Alle starrten darauf, und dann schrie Duff: »Sean, Sean, kannst du mich hören?«

»Hör auf zu schreien und hol mich endlich hier raus.« Seans Stimme war heiser vor Durst und Staub und klang vom Gestein gedämpft.

»Er ist unter dem Wagen.«

»Wir haben ihn!«

»Nkosi, sind Sie in Ordnung?«

»Wir haben ihn gefunden.«

Die Ausrufe wurden von den hinter ihnen Arbeitenden weitergegeben und gelangten so zum Förderkorb.

»Sie haben ihn gefunden, er lebt – sie haben ihn gefunden!«

Duff und Mbejane sprangen gemeinsam vor. Ihre Erschöpfung war vergessen. Schnell räumten sie die letzten Gesteinsbrocken zur Seite und knieten nieder, um unter den Wagen zu blicken.

»Nkosi, ich sehe dich.«

»Ich sehe dich auch, Mbejane. Warum hat es so lange gedauert?«

»Nkosi, es waren ein paar kleine Steine im Weg.«

Mbejane griff jetzt unter den Wagen und zog Sean heraus.

»Du suchst dir aber wirklich eigenartige Plätze aus, um dich zu vergnügen. Wie geht es dir?«

»Gib mir etwas Wasser, und dann geht es mir gut.«

»Wasser! Bringt Wasser!« schrie Duff.

Sean schüttete den ersten Becher auf einmal hinunter und versuchte zu schlucken. Er hustete, und das Wasser drang in die Nase.

»Langsam, mein Junge, langsam.« Duff klopfte ihm auf die Schulter. Den nächsten Becher trank er vorsichtiger. Und als er fertig war, keuchte er vor Anstrengung.

»Das war gut!«

»Also los. Wir haben oben einen Arzt, der auf dich wartet.« Duff legte ihm eine Decke um die Schultern. Mbejane hob Sean hoch.

»Laß mich runter, verdammt noch mal, ich habe nicht vergessen, wie man läuft.«

Behutsam setzte Mbejane ihn ab, und im selben Augenblick knickten seine Beine ein wie bei einem Mann, der eine lange Krankheit überstanden hat. Er ergriff Mbejanes Arm. Mbejane nahm ihn wieder auf und trug ihn zum Förderkorb. Sie fuhren alle drei nach oben.

»Mondschein und Sterne. Mein Gott, wie wunderschön ist das!« In Seans Stimme klang Verwunderung, und er zog die kühle Nachtluft gierig ein. Das war zuviel für ihn, und er mußte wieder husten.

Oben am Förderturm wartete eine Menschenmenge, die sie umringte, als sie aus dem Förderkorb traten.

»Wie geht es ihm?«

»Bist du in Ordrung, Sean?«

»Doc Simmons wartet im Büro.«

»Schnell, Mbejane«, sagte Duff. »Bringen wir ihn ins Warme.«

Sean auf beiden Seiten stützend, eilten sie zum Verwaltungsgebäude und legten ihn auf die Couch in François' Büro. Dr. Simmons untersuchte ihn, sah ihm in den Hals und fühlte seinen Puls. »Haben Sie einen geschlossenen Wagen hier?«

»Ja«, antwortete Duff.

»Das ist gut. Wickeln Sie ihn warm ein und bringen Sie ihn nach Hause ins Bett. Durch den Staub und die schlechte Luft, die er eingeatmet hat, besteht ernste Gefahr einer Lungenentzündung. Ich komme mit Ihnen und gebe ihm dann noch ein Beruhigungsmittel.«

»Das werde ich nicht brauchen, Doc«, grinste Sean ihn an.

»Ich glaube, ich weiß am besten, was Sie nötig haben, Mr. Courteney.« Dr. Simmons war ein junger Mann, der seine Arbeit unter den Reichen Johannesburgs sehr ernst nahm. Er war Modearzt.

»Wenn es Ihnen recht ist, fahren wir jetzt zum Hotel.« Er begann, seine Instrumente wieder einzupacken.

»Sie sind der Arzt«, stimmte Sean zu. »Aber bevor wir fahren, möchte ich Sie bitten, sich die Hände meines Dieners anzusehen. Sie sehen grauenhaft aus. Da ist kaum noch Fleisch an den Knochen.«

Dr. Simmons packte seine Sachen weiter ein. »Ich habe keine Erfahrung mit Kaffern, Mr. Courteney. Ich bin sicher, daß Sie einen anderen Arzt finden werden, der sich um ihn kümmert, wenn wir in die Stadt kommen.«

Sean setzte sich langsam auf. Die Decken rutschten ihm von den Schultern. Er ging auf Dr. Simmons zu und packte ihn mit einer Hand an der Kehle. Er drückte ihn an die Wand. Der Doktor hatte einen schöngewachsten Schnurrbart. Sean nahm ein Ende in seine Finger und rupfte es wie die Federn eines Vogels aus. Der Doktor schrie.

»Von jetzt ab, Doktor, haben Sie Gelegenheit, Erfahrung mit Kaffern zu sammeln«, sagte Sean. Er zog das Taschentuch aus Dr. Simmons' Brusttasche und tupfte damit die kleinen Blutstropfen auf der Oberlippe des Doktors ab.

»Seien Sie vernünftig, kümmern Sie sich um meinen Diener!«

21

Als Sean am nächsten Morgen erwachte, zeigte die große Standuhr im Schlafzimmer die zwölfte Stunde an. Candy war im Zimmer und zog die Vorhänge auf, bei ihr waren zwei Kellner, jeder mit einem beladenen Tablett.

»Guten Morgen, wie geht es unserem Helden denn heute?«

Die Kellner hatten die Tabletts hingestellt und gingen aus dem Zimmer, als Candy sich auf Seans Bett setzte.

Sean wischte sich den Schlaf aus den Augen. »Meine Kehle fühlt sich so an, als ob ich gerade eine Mahlzeit von kleingehackten Scherben hinter mir hätte.«

»Das ist der Staub«, sagte Candy und legte ihm die Hände auf die Stirn. Sean schlang seinen Arm um sie, und sie quietschte, als er sie kniff.

»Nein, dir fehlt wirklich nichts mehr!«

»Gut, dann werde ich aufstehen.« Sean begann sich aufzurichten. »Nicht, bevor der Arzt dich noch mal angeschaut hat.«

»Candy, wenn dieser Strolch auch nur einen Schritt in mein Zimmer tut, kriegt er von mir eins in die Fresse, daß seine Zähne am Hinterkopf wie Soldaten herausmarschieren.«

Candy wandte sich den Tabletts zu, um ihr Lächeln zu verbergen. »Spricht man so in Gegenwart einer Dame? Aber reg dich nicht auf, es ist nicht Simmons.«

»Wo ist Duff?« fragte Sean.

»Er nimmt gerade ein Bad. Und dann wird er mit dir frühstükken.«

»Ich will gern auf ihn warten, aber gib mir in der Zwischenzeit schon eine Tasse Kaffee. Das ist lieb.«

Sie brachte ihm den Kaffee. »Dein Wilder ist mir den ganzen Morgen nicht von den Rockschößen gewichen. Er will dich sehen. Ich hätte vor der Tür beinahe einen bewaffneten Posten aufstellen lassen, um ihn fernzuhalten.«

Sean lachte. »Schickst du ihn mir, Candy?«

Sie ging zur Tür und drehte sich, die Hand auf der Klinke, noch mal um: »Es ist schön, daß du wieder da bist, Sean. Bitte mach nicht noch mal so eine Dummheit.«

»Das verspreche ich dir«, versicherte Sean.

Mbejane stand in der Tür. »Nkosi, ist alles wieder in Ordnung?«

Sean sah die jodverschmierten Bandagen an seinen Händen, und dann betrachtete er die rot-goldene Livree. Er legte sich zurück und starrte an die Decke. »Ich habe nach meinem Diener gerufen, und statt dessen kommt jetzt ein Affe mit einer Kette.«

Mbejane stand still. Sein Gesicht war ausdruckslos, aber der Schmerz zeigte sich in seinen Augen.

»Geh und such mir meinen Diener. Du erkennst ihn daran, daß er die Kleidung eines Zulukriegers trägt.«

Es dauerte nur Sekunden, bis er das Lachen, das Mbejanes Zwerchfell erschütterte, vernehmen konnte. Leise schloß der Zulu die Tür hinter sich, und als er in seinem Lendentuch wiederkam, grinste Sean.

»Ah, ich sehe dich, Mbejane.«

»Und ich sehe Sie auch.«

Er stand neben dem Bett, und sie unterhielten sich. Sie sprachen kaum von dem Unglück und überhaupt kein Wort über Mbejanes Anteil an der Rettung. Das waren Dinge, die klar waren. Worte konnten nur schaden. Vielleicht würden sie später einmal davon sprechen, aber nicht jetzt.

»Werden Sie morgen den Wagen brauchen?« fragte Mbejane.

»Ja. Und geh jetzt. Iß und schlafe.« Sean berührte für einen Augenblick Mbejanes Arm. Es war ein ganz kleiner physischer Kontakt, eine Art Danksagung, die aus einem Schuldgefühl kam, und Mbejane verließ ihn. Dann kam Duff in seinem seidenen Morgenrock herein, und sie aßen Eier und Steak, und Duff ließ eine Flasche Wein heraufbringen, um nochmals den Staub aus ihren Kehlen zu spülen.

»Man hat mir erzählt, daß François noch immer unten im ›Strahlenden Engel‹ hockt. Seit er aus dem Schacht herausgekommen ist, hat er nicht aufgehört zu saufen. Wenn er wieder nüchtern ist, kann er ins Büro kommen und sich seinen Lohn abholen.«

Sean setzte sich auf. »Du willst ihn hinauswerfen?«

»Ich werde ihn so weit hinauswerfen, daß er vor Kapstadt nicht mehr auf die Erde kommt.«

»Warum, zum Teufel?«

»Warum?« sagte Duff. »Warum? Weil er ausgerissen ist, darum!«

»Duff, er war doch bei einem Einsturz in Kimberley dabei, nicht wahr?«

»Ja.«

»Brach sich dabei beide Beine? Sagtest du das nicht?«

»Ja.«

»Soll ich dir mal was sagen? Falls es mir ein zweites Mal passieren sollte, würde ich auch türmen.«

Duff goß sich, ohne zu antworten, ein Glas Wein ein.

»Schick jemanden zum ›Strahlenden Engel‹ und laß ihm sagen, daß Alkohol schlecht für die Leber ist. Das sollte ihn nüchtern machen. Sag ihm, daß, falls er morgen früh nicht auf seinem Arbeitsplatz ist, wir es ihm vom Lohn abziehen lassen.«

Duff sah ihn verwirrt an. »Was soll denn das?«

»Während ich unten in der Höhle lag, hatte ich Zeit zum Nachdenken, und ich kam dabei zu der Feststellung, daß man auf dem Weg nach oben nicht alles unter sich niedertreten muß.«

»Ah, ich verstehe. Eine Neujahrsrevolution mitten im August«, grinste Duff. »Schön, in Ordnung. Einen Augenblick dachte ich, daß dir ein Felsbrocken auf den Kopf gefallen wäre. Aber auch meine Entscheidung ist gut.«

»Duff, ich will nicht, daß du François hinauswirfst.«

»Schon gut, schon gut. Er bleibt. Wenn du willst, können wir ja in unseren Büros eine Suppenküche aufmachen und in Xanadu ein Altersheim.«

»Ach, geh zum Teufel. Ich finde es einfach nicht notwendig, François zu entlassen. Das ist alles.«

»Wer ist denn noch dagegen? Ich bin doch deiner Meinung, oder? Ich habe einen tiefen Respekt vor guten Vorsätzen. Ich habe sie unentwegt.« Duff zog seinen Stuhl ans Bett. »Ich habe ganz zufällig ein paar Karten bei mir.« Er nahm das Spiel aus dem Morgenrock. »Wie wär's denn mit einer kleinen Partie?«

Sean verlor fünfzig Pfund, ehe er durch die Ankunft des neuen Arztes vor weiteren Verlusten bewahrt wurde. Der Arzt hörte seine Brust ab, sah ihm in den Hals, schrieb ihm eine Medizin auf und ordnete an, daß er für den Rest des Tages im Bett bleiben solle. Er ging gerade, als Jock und Trevor Heyns eintrafen. Jock hatte einen großen Blumenstrauß in der Hand, den er Sean beinahe verschämt überreichte.

Und dann wurde es voll. Von der Börse kamen alle. Jemand hatte eine Kiste Champagner mitgebracht. Und in einer Ecke des Zimmers begann eine Pokerrunde, in einer anderen eine politische Diskussion. Sean verlor nochmals hundert Pfund an Duff, und kurz nach fünf kam Candy herein. Sie war entsetzt.

»Hinaus mit euch. Ich meine alle, hinaus!«

Das Zimmer wurde genauso schnell leer, wie es sich gefüllt hatte. Und Candy ging herum, wobei sie Zigarrenstummel und leere Gläser zusammensuchte.

»Diese Vandalen. Hier hat jemand ein Loch in den Teppich gebrannt. Und guckt doch hierher. Der ganze Tisch ist mit Champagner übergossen!«

Duff hüstelte und schenkte sich einen neuen Drink ein.

»Meinst du nicht, daß du genug hast, Duff?«

Duff setzte das Glas ab. »Und jetzt wird es langsam Zeit, daß du dich zum Abendessen umziehst.«

Duff zwinkerte Sean zu, aber er ging.

Nach dem Abendessen kamen Duff und Candy noch einmal zu ihm, und sie tranken zusammen einen Likör.

»Und jetzt wird geschlafen«, befahl Candy und zog die Vorhänge vor.

»Es ist noch so früh«, protestierte Duff ohne Erfolg. Candy blies die Lampe aus.

Sean war nicht müde. Er hatte den ganzen Tag im Bett gelegen, und seine Gedanken waren hellwach. Er zündete sich noch eine Zigarre an und rauchte, lauschte dem Straßenlärm vor seinem Fenster. Erst nach Mitternacht schlief er endlich ein. Als er erwachte, schrie er, denn die Dunkelheit umgab ihn wieder und die Decken drohten ihn zu ersticken. Er kämpfte dagegen an, stolperte blind durch das Zimmer und stieß mit der Schulter an die große, durchgehende Schiebetür. Sie öffnete sich, und er war auf dem Balkon, in kühler Luft. Ein dicker gelber Mond stand am Himmel. Er kehrte ins Zimmer zurück, zündete eine Lampe an und ging zu Duffs leerem Schlafzimmer. Auf dem Nachttisch fand er eine Ausgabe des »Sommernachtstraums« und nahm sie mit auf sein Zimmer. Er las, bis der Morgen graute. Erst dann legte er das Buch weg, rasierte sich und ging über die Hintertreppe in den Hotelhof. Im Stall fand er Mbejane.

»Sattle mir den Grauen.«

»Wohin reiten Sie, Nkosi?«

»Ich muß einen Teufel umbringen.«

»Dann werde ich Sie begleiten.«

»Nein. Ich bin noch vor Mittag zurück.«

Er ritt zu »Candys Tief« und band sein Pferd vor dem Verwaltungsgebäude an. Ein noch schlaftrunkener Angestellter saß einsam im Büro. »Guten Morgen, Mr. Courteney. Kann ich Ihnen behilflich sein?«

»Ja. Holen Sie mir einen Overall und einen Helm.«

Sean ging zum Schacht Nummer drei. Der Boden war gefroren und knirschte unter den Schritten. Die Sonne war noch nicht aufgegangen. Sean hielt am Förderturm und sprach mit dem Fahrer.

»Ist die neue Schicht schon eingefahren?«

»Vor einer halben Stunde, Sir.« Der Mann war offensichtlich überrascht, ihn zu sehen. »Die Nachtschicht hat um fünf Uhr mit Sprengungen aufgehört.«

»Gut. Lassen Sie mich hinunter zum vierzehnten Stollen.«

»Der vierzehnte ist aufgelassen. Dort arbeitet jetzt niemand mehr.«

»Ja, das weiß ich.«

Sean ging zum Förderkorb. Er entzündete seine Karbidlampe und blickte noch einmal über das Tal. Es war Monate her, daß er so früh aufgestanden war, und er hatte fast vergessen, wie frisch und voll herrlicher Farben ein beginnender Tag sein konnte. Dann stieg er in den Förderkorb und wurde hinuntergelassen. Er ging den Tunnel entlang, nur vom Echo seiner Schritte begleitet. Er fing an zu schwitzen, und seine Gesichtsmuskeln spannten sich. Als er weit genug gegangen war, setzte er seine Karbidlampe auf einen Felsbrocken, überzeugte sich, daß er Streichhölzer in der Tasche hatte, und dann blies er die Lampe aus. Dunkelheit umgab ihn. Die erste halbe Stunde war die schlimmste. Zweimal hatte er die Streichhölzer bereits in der Hand, beherrschte sich aber jedesmal. Plötzlich wußte er, daß er gewonnen hatte. Er atmete jetzt leicht und saß gelassen, mit dem Rücken an die Tunnelwand gelehnt, bis er die Lampe entzündete. Als er zum Förderkorb zurückging, lächelte er und signalisierte nach oben. Dort stieg er aus, zündete sich eine Zigarre an und warf das abgebrannte Streichholz in die schwarze Öffnung des Schachts. »So, und das ist für dich.«

Er konnte nicht wissen, daß der Schacht Nummer drei von »Candys Tief« ihm einmal etwas nehmen würde, was genauso wertvoll war wie sein Mut. Und daß er es ihm das nächstemal nicht zurückgeben würde. Aber bis dahin sollten noch viele Jahre vergehen.

22

Im Oktober war Xanadu beinahe fertig. Wie üblich fuhren die drei eines Sonnabendnachmittags hinaus. »Der Baumeister hinkt ungefähr ein halbes Jahr hinterher. Jetzt hat er mir gesagt, daß er bis Weihnachten fertig sein wird. Und ich habe noch nicht den Mut gehabt, ihn zu fragen, welches Weihnachten er denn meint«, bemerkte Sean.

»Das kommt von den vielen Änderungen, die Candy ausgedacht hat«, meinte Duff. »Sie hat den armen Kerl völlig durcheinandergebracht.«

»Nun, wenn ihr mich von Anfang an gefragt hättet, hätte euch das eine Menge Ärger erspart«, sagte Candy.

Die Kutsche fuhr jetzt durch die marmorgefaßten Tore, und sie sahen sich um. Ein grüner Grasteppich umgab sie, und die Jacarandas, die die Auffahrt säumten, waren schon schulterhoch.

»Ich glaube, es wird seinem Namen Ehre machen. Der Gärtner versteht seine Sache«, sagte Sean zufrieden.

»Sag bloß niemals Gärtner zu ihm, oder wir haben hier einen Streik auf dem Platz. Er ist ein Gartenbauarchitekt«, rief Duff lächelnd.

»Da wir gerade über Namen sprechen«, unterbrach ihn Candy, »findest du nicht, daß Xanadu ein bißchen fremd klingt?«

»Nein, das finde ich nicht. Ich habe ihn selbst ausgesucht und finde, es ist ein verdammt guter Name.«

»Aber er ist nicht vornehm. Warum nennen wir es nicht den Eichenhof?«

»Erstens, weil im Umkreis von fünfzig Meilen keine Eiche steht, und zweitens, weil es bereits Xanadu heißt.«

»Reg dich nicht auf. Es war ja bloß ein Vorschlag.«

Der Baumeister stieß am Ende der Auffahrt zu ihnen, und sie gingen gemeinsam durchs Haus. Dazu brauchten sie eine Stunde. Und von dort aus gingen sie in den Garten. Am nördlichen Ende fanden sie den Gärtner mit einer Gruppe eingeborener Arbeiter.

»Na, wie geht es, Joubert?« begrüßte ihn Duff.

»Nicht schlecht, Mr. Charleywood. Aber es braucht seine Zeit.«

»Sie haben bis jetzt eine verdammt gute Arbeit geleistet.«

»Es ist sehr nett, daß Sie das sagen, Sir.«

»Wann werden Sie mir denn meinen Irrgarten anlegen?«

Der Gärtner blickte überrascht auf, sah Candy an, öffnete den Mund, schloß ihn wieder und sah noch mal auf Candy.

»Oh, ich habe Joubert gesagt, daß er sich damit nicht zu belasten braucht.«

»Aber warum denn? Ich möchte einen Irrgarten. Schon seitdem

ich als kleines Kind einmal in Hampton Court war, wollte ich meinen eigenen Irrgarten.«

»Das sind nutzlose Dinge«, erklärte Candy. »Sie nehmen eine Menge Platz weg und sehen noch nicht mal hübsch aus.«

Sean dachte, Duff würde zu streiten anfangen, aber er sagte nichts. Sie unterhielten sich noch einen Moment mit dem Gärtner, und dann gingen sie über den Rasen am Haus vorbei auf die Kapelle zu. »Duff, ich habe meinen Schirm im Wagen liegen lassen. Würdest du so nett sein, ihn mir zu holen?« fragte Candy.

Als Duff gegangen war, nahm Candy Seans Arm.

»Du, das wird ein ganz himmlisches Haus. Wir werden sehr glücklich hier sein.«

»Habt ihr beiden euch nun endlich auf einen Termin festgelegt?« fragte Sean.

»Wir wollen zuerst das Haus fertig haben, so daß wir direkt einziehen können. Ich schätze, es wird irgendwann im Februar nächsten Jahres sein... Es ist eine zauberhafte kleine Kirche«, fuhr Candy träumerisch fort. »Und so eine reizende Idee von Duff, eine Kirche für uns allein.«

Sean fühlte sich bedrückt. »Ja«, stimmte er zu, »es ist eine sehr romantische Idee.« Er blickte zurück und sah Duff mit dem Schirm auf sie zukommen.

»Candy, es geht mich zwar nichts an, ich habe auch keine Ahnung von der Ehe, aber ich verstehe etwas davon, wie man ein Pferd zureitet. Man unterwirft es sich erst ganz, ehe man ihm einen Sattel auflegt.«

»Ich verstehe dich nicht.« Candy sah verwirrt aus. »Was willst du damit sagen?«

»Nichts Besonderes. Vergiß es. Hier kommt Duff.«

Als sie zum Hotel zurückkamen, fand Sean einen Brief am Empfang vor. Sie setzten sich in die Halle, und Candy ging in die Küche, um nach dem Rechten zu sehen. Sean öffnete den Umschlag und las folgendes:

»Es wäre mir eine Ehre, Sie und Mr. Charleywood zu treffen,

um mit Ihnen etwas sehr Wichtiges zu besprechen. Ich werde nach dem Abendessen heute abend in meinem Hotel sein und hoffe, daß es Ihnen möglich sein wird, mich dort aufzusuchen. N. Hradsky.«

Sean gab den Brief an Duff weiter.

»Was glaubst du, was er von uns will?«

»Er hat ohne Zweifel von deinem großen Können als Kartenspieler gehört und will jetzt bei dir Unterricht nehmen«, antwortete Duff. »Sollen wir gehen?«

»Aber klar. Du weißt doch, daß ich die anregende Gesellschaft von Norman um keinen Preis missen möchte.«

Es gab ein ausgezeichnetes Abendessen. Besonders die Hummerkrabben, die in Eis verpackt mit dem Expreßwagen aus Kapstadt gekommen waren, hatten hervorragend geschmeckt.

»Candy, Sean und ich, wir gehen rüber, um uns mit Hradsky zu treffen. Es kann sein, daß wir ziemlich spät zurückkommen«, sagte ihr Duff, als sie mit dem Essen fertig waren.

»Solange es sich nur um Hradsky handelt«, lächelte ihn Candy an. »Hoffentlich verliert ihr euch nicht in der Stadt – wie du weißt, habe ich meine Spione im Opernhaus.«

»Sollen wir den Wagen nehmen?« fragte Duff. Und Sean fiel auf, daß Duff über Candys Scherz nicht gelacht hatte.

»Es ist nur ein paar Minuten. Laß uns zu Fuß gehen.«

Sie gingen schweigend dahin. Sean fühlte ein angenehmes Wohlbehagen nach dem guten Essen und zog an seiner Zigarre.

Als sie fast beim Grand National Hotel angekommen waren, sagte Duff: »Sean...« Er hielt sofort inne.

»Ja?« meinte Sean.

»Wegen Candy...« Er stockte wieder.

»Sie ist ein gutes Mädchen«, erklärte Sean.

»Ja, sie ist ein gutes Mädchen.«

»Ist das alles, was du sagen wolltest?«

»Nun – ach, es macht ja nichts! Schauen wir einmal, was Salomon und David von uns wollen.«

Max empfing sie an der Tür zu Hradskys Flügel.

»Guten Abend, Gentlemen. Es freut mich sehr, daß Sie kommen.«

»Hallo, Max!« Duff ging an Max vorbei und auf Hradsky zu, der vor dem Kamin stand.

»Norman, mein alter Freund, wie geht es Ihnen?«

Hradsky nickte Duff einen Gruß zu, und Duff ergriff ihn am Revers seiner Jacke, zog es sorgfältig zurecht und pustete ein nicht vorhandenes Stäubchen weg.

»Es ist wirklich toll, was Sie mit Ihrer Kleidung treiben, Norman. Findest du nicht, Sean? Ich kenne wirklich niemanden, der ein Jackett für zwanzig Pfund trägt und bei dem es dann so aussieht wie ein halbvoller Orangensack.« Er drückte Hradskys Arm mit großer Zuneigung. »Ja, ich danke Ihnen. Ich nehme einen Drink.«

Er ging zum Tisch und füllte sich ein Glas. »So, und was können Sie, meine Herren, jetzt für mich tun?«

Max sah auf Hradsky, und dieser nickte.

»Ich werde sofort zur Sache kommen«, begann Max. »Unsere beiden Gesellschaften sind die größten hier im Witwatersrand.«

Duff stellte sein Glas auf den Tisch und wurde ernst. Sean setzte sich in einen Sessel, ebenfalls mit gespanntem Gesichtsausdruck. Beide ahnten, was kommen würde.

»In der Vergangenheit«, fuhr Max fort, »haben wir in zahlreichen Fällen gut zusammengearbeitet und gemeinsam davon profitiert. Der nächste logische Schritt ist eine Vereinigung unserer Stärke, ein Zusammenlegen unserer Mittel, damit wir gemeinsam noch Größeres erreichen können.«

»Ich nehme an, ich verstehe Sie richtig: Sie wollen eine gemeinsame Gesellschaft gründen?«

»Genau, Mr. Courteney, einen Zusammenschluß dieser beiden riesigen finanziellen Unternehmen.«

Sean lehnte sich bequem in den Sessel zurück und begann, leise vor sich hinzupfeifen. Duff nahm einen kräftigen Schluck aus seinem Glas.

»Nun, meine Herren, was halten Sie von dem Vorschlag?« fragte Max.

»Haben Sie bereits etwas Definitives ausgearbeitet, ich meine etwas, womit wir uns beschäftigen können?« erwiderte Sean.

»Gewiß, Mr. Courteney, das habe ich.« Max ging zum großen Schreibtisch, der in einer Ecke des Zimmers stand, und nahm einen Stoß beschriebener Papiere auf. Er brachte sie Sean, der sie flüchtig durchsah.

»Sie haben ganz schön vorgearbeitet, Max. Sie verstehen, daß wir das ein bis zwei Tage genau prüfen müssen, um zu übersehen, was Sie uns anbieten.«

»Ich wäre Ihnen sehr verbunden, Mr. Courteney. Lassen Sie sich soviel Zeit, wie Sie benötigen. Wir haben über einen Monat daran gearbeitet, und ich hoffe, daß die Arbeit nicht umsonst gewesen ist. Ich glaube, daß Sie unsere Offerte als äußerst großzügig empfinden werden.«

Sean stand auf. »Wir lassen in den nächsten Tagen von uns hören, Max. Gehen wir jetzt, Duff?«

Duff trank sein Glas aus. »Gute Nacht, Max. Kümmern Sie sich um Norman. Er ist äußerst wertvoll für uns!«

Sie gingen zu ihren Büros in der Eloff Street, betraten sie durch eine Seitentür und machten in Seans Büro Licht. Duff holte sich einen zweiten Stuhl zum Schreibtisch. Um zwei Uhr früh hatten sie das Wesentlichste von Hradskys Angebot begriffen. Sean öffnete ein Fenster, um den dicken Zigarrenqualm hinauszulassen. Dann warf er sich auf die Couch, steckte sich ein Kissen in den Nacken und sah Duff an.

»Nun wollen wir mal sehen, was du dazu zu sagen hast.«

Duff klopfte mit einem Bleistift an die Zähne, während er überlegte. »Laß uns zuerst einmal entscheiden, ob wir überhaupt mit ihm zusammengehen wollen.«

»Wenn es sich für uns lohnt, ja«, antwortete Sean.

»Ich bin ganz deiner Meinung, aber nur, wenn es sich wirklich für uns lohnt.«

Duff lehnte sich in seinen Stuhl zurück. »Nun zum nächsten Punkt: Sag mir, mein Junge, was ist das Augenfälligste an Normans Offerte?«

»Wir bekommen ein paar wohlklingende Titel und dicke Gehälter, und Hradsky übernimmt die Kontrolle«, antwortete Sean.

»Du hast den Finger genau auf die wunde Stelle gelegt – Norman will die Kontrolle haben. Das ist ihm noch wichtiger als Geld. Norman will die Kontrolle haben, so daß er ganz oben sitzen und auf die anderen herunterschauen kann. Dann kann er sagen: ›Na, und wenn schon, ihr Strolche, dann stottere ich eben.‹«

Duff stand auf, ging um den Schreibtisch herum und blieb vor Sean stehen.

»Jetzt zu meiner nächsten Frage. Überlassen wir ihm die Kontrolle?«

»Wenn er unseren Preis bezahlt, dann überlassen wir sie ihm«, antwortete Sean. Duff wandte sich ab und ging zum offenen Fenster.

»Weißt du, ich schätze es eigentlich sehr, selbst Chef zu sein«, sagte er nachdenklich.

»Hör zu, Duff, wir sind hierhergekommen, um Geld zu machen. Wenn wir uns mit Hradsky verbinden, verdienen wir mehr«, meinte Sean.

»Mein Junge, wir haben jetzt schon so viel, daß wir dieses Zimmer knietief mit Gold auslegen könnten. Wir haben mehr, als wir jemals ausgeben können, und ich bin gern mein eigener Chef.«

»In jedem Fall hat Hradsky mehr Macht als wir. Das sollten wir ruhig zugeben. Er hat seine Diamantenminen, und das heißt, daß wir nie die Ersten sein können. Wenn wir uns mit ihm verbinden, sind wir zwar auch nicht die Ersten, aber auf jeden Fall um ein Mehrfaches reicher.«

»Eine unwiderlegbare Logik«, nickte Duff. »Ich stimme dir also zu. Hradsky bekommt die Kontrolle, aber er bezahlt dafür. Wir werden ihn durch die Mangel drehen, bis er trocken ist.«

Sean setzte sich auf. »Einverstanden. Und jetzt werden wir uns diese Offerte einmal vornehmen, sie in kleine Stücke reißen und wieder so zusammensetzen, wie sie uns paßt.«

Duff sah auf die Uhr. »Es ist zwei vorbei. Lassen wir es für heute und fangen wir morgen damit an, wenn wir frisch sind.«

Am nächsten Tag ließen sie sich ihr Mittagessen ins Büro bringen und aßen am Schreibtisch.

Sie hatten Johnson zur Börse geschickt mit dem Auftrag, die Kurse zu beobachten und ihnen außergewöhnliche Vorfälle mitzuteilen. Er berichtete ihnen: »Es war den ganzen Tag über so still wie auf einem Friedhof. Alle möglichen Gerüchte gingen um. Anscheinend hat jemand hier in diesem Büro bis zwei Uhr morgens Licht gesehen. Und als Sie beide dann nicht zur Börse kamen, sondern mich schickten, nun, ich kann Ihnen sagen, die Fragen wollten kein Ende nehmen.« Er zögerte, aber dann gewann seine Neugier die Oberhand.

»Kann ich Ihnen irgendwie behilflich sein?« Er näherte sich dem Schreibtisch.

»Nein danke, Johnson. Das schaffen wir beide schon allein. Wollen Sie bitte die Tür hinter sich schließen?«

Um halb acht hatten sie genug und entschlossen sich, zum Hotel zurückzukehren. Als sie in die Halle kamen, hörte Sean, wie Trevor Heyns den anderen zurief: »Hier sind sie!«

Fast augenblicklich erschien Trevor mit seinem Bruder bei ihnen.

»Hallo Leute!« Jock tat erstaunt. »Was macht ihr denn hier?«

»Wir wohnen hier«, sagte Duff.

»Ach ja, natürlich. Na kommt, laßt uns einen zusammen trinken.« Jock lachte jovial.

»Und dann werdet ihr anfangen, uns auszufragen, was wir den ganzen Tag gemacht haben?« meinte Duff.

Jock sah sie verletzt an. »Ich weiß gar nicht, wovon ihr redet. Ich dachte nur, wir trinken einen.«

»Schon in Ordnung, aber vielen Dank, Jock. Wir haben heute schwer gearbeitet. Ich glaube, wir gehen jetzt nach oben und legen uns ins Bett«, sagte Duff. Als sie die Halle schon fast durchquert hatten, drehte sich Duff noch einmal um und sah zu den Brüdern hin. »Also, eins muß ich euch noch sagen«, flüsterte er heiser, »das ist eine tolle Sache. Das ist eine so tolle Sache, daß es eine ganze Weile dauert, bis man sie begreift. Und wenn ihr zwei erst feststellt, daß sie die ganze Zeit genau vor eurer Nase war, dann werden ihr verrückt werden.« Sie ließen die Brüder Heyns, die ihnen mit offenen Mündern nachblickten, stehen und gingen nach oben.

»Das war nicht sehr nett von dir«, lachte Sean. »Die schlafen jetzt mindestens eine Woche nicht.«

23

Als weder Sean noch Duff am nächsten Morgen auf der Börse erschienen, begannen die wildesten Gerüchte zu kursieren, und die Kurse liefen Amok. Zuverlässige Informationen, daß Sean und Duff ein neues reiches Goldfeld entdeckt hätten, ließen die Kurse raketenartig steigen. Zwanzig Minuten später war dieselbe Nachricht dementiert. Und die Aktien von Courteney und Charleywood fielen um fünfzehn Punkte. Johnson lief den ganzen Vormittag unentwegt zwischen Börse und Büro hin und her. Um elf war er so müde, daß er kaum noch sprechen konnte.

»Regen Sie sich nicht mehr auf, Johnson«, sagte Sean. »Hier ist ein Pfund, gehen Sie ins Grand National und lassen Sie sich einen Drink geben, Sie haben einen anstrengenden Morgen hinter sich.«

Einer von Jock Heyns' Leuten, der beauftragt war, das Büro von Courteney und Charleywood zu beobachten, folgte Johnson zum Grand National und hörte ihn an der Bar etwas bestellen. Er rannte zur Börse zurück und berichtete Jock.

»Ihr Chefclerk ist gerade ausgegangen und hat sich eine Flasche französischen Champagner bestellt«, keuchte er.

»Um Himmels willen!« Jock sprang von seinem Sessel auf, und

neben ihm signalisierte Trevor wie ein Wilder einem seiner Angestellten.

»Kaufe!« flüsterte er dem Mann ins Ohr. »Kaufe jeden Fetzen von ihnen, dessen du habhaft werden kannst.«

Auf der anderen Seite des Saales setzte sich Hradsky etwas tiefer in seinen Sessel. Zufrieden faltete er die Hände über dem Bauch, und auf seinem Gesicht lag beinahe ein Lächeln.

Um Mitternacht hatten Sean und Duff ihren Gegenvorschlag zu Hradskys Angebot fertig.

»Wie, glaubst du, wird Norman darauf reagieren?« fragte Sean.

»Ich hoffe, sein Herz ist stark genug, um den Schock auszuhalten«, grinste Duff. »Der einzige Grund, warum sein Kinn nicht auf dem Fußboden aufschlagen wird, ist der, daß ihm der Bauch im Wege ist.«

»Sollen wir gleich jetzt zu ihm ins Hotel gehen und es ihm zeigen?« schlug Sean vor.

»Aber mein Junge.« Duff schüttelte traurig den Kopf. »Nach all der Zeit, die du bei mir in die Lehre gegangen bist, hast du noch immer nichts gelernt!«

»Ja, was wollen wir denn sonst tun?«

»Wir werden ihn zu uns bitten. Er muß jetzt zu uns kommen. Das Spiel wird auf heimatlichem Boden ausgetragen.«

»Und wie hilft uns das weiter?« fragte Sean.

»Vorteil für uns! Es erinnert ihn daran, daß er uns darum gebeten hat.«

Am nächsten Morgen um zehn Uhr kam Hradsky in seiner von vier Pferden gezogenen Prunkkalesche zu ihnen ins Büro. Max und zwei Sekretäre begleiteten ihn. Johnson empfing sie am Eingang und geleitete sie zu Seans Büro.

»Norman, der gute alte Norman, wie freue ich mich, Sie zu sehen.« Duff begrüßte ihn, und obwohl er genau wußte, daß Hradsky nie rauchte, steckte er ihm eine Zigarre in den Mund. Als alle saßen, eröffnete Sean die Konferenz.

»Gentlemen, wir haben einige Zeit gebraucht, um Ihren Vorschlag zu studieren. Wir finden ihn in Ordnung, fair und annehmbar.«

»Hört, hört«, stimmte Duff höflich zu.

»Gleich zu Beginn möchte ich folgendes klarstellen«, fuhr Sean fort, »daß sowohl Mr. Charleywood als auch ich ganz der Meinung sind, daß eine Vereinigung unserer Unternehmungen äußerst wünschenswert, nein, sogar absolut notwendig ist.«

»Hört, hört – hört, hört.« Duff zündete sich seine Zigarre an.

»Wie ich bereits sagte, haben wir Ihren Vorschlag sorgfältig studiert, und mit Ausnahme einiger kleiner Abänderungen, die wir hier zusammengestellt haben, akzeptieren wir ihn gern und freudig.« Hierbei nahm Sean einen dicken Wust Papier in die Hand. »Vielleicht können Sie dies hier einmal durchsehen, und dann können wir einen formellen Vertrag auf dieser Basis schließen.«

Mißtrauisch nahm Max die Papiere an sich.

»Falls Sie sich zurückziehen wollen, so steht Ihnen Mr. Charleywoods Büro gleich nebenan zur Verfügung.«

Hradsky zog sich mit seinen Leuten in Duffs Büro zurück, und als sie eine Stunde später wieder erschienen, machten sie den Eindruck einer Gruppe von Leichenträgern. Max weinte beinahe.

»Ich glaube, daß wir jeden Punkt einzeln durchsprechen sollten«, sagte er traurig. Drei Tage später war das Geschäft perfekt.

Duff goß die Drinks ein und gab jedem ein Glas. »Auf das neue Unternehmen. Die Central Rand Consolidated. Es war eine schwere Geburt, Gentlemen. Aber ich glaube, daß wir ein Kind geboren haben, auf das wir stolz sein können.«

Hradsky hatte jetzt die Kontrolle, die er haben wollte, aber er hatte teuer dafür bezahlen müssen.

Die Geburtstagsparty für die Central Rand Consolidated wurde auf dem Flur der Börse von Johannesburg gefeiert. Zehn Prozent der Aktien wurden frei verkauft. Noch ehe die Börse eröffnet wurde, war sie völlig überfüllt, und große Menschenmengen blokkierten die Straßen in jeder Richtung. Der Präsident der Börse verlas das Gründungsdokument der Central Rand Consolidated. In der Stille, wie sie sonst nur in Kathedralen während der Predigt herrscht, war jedes Wort deutlich zu verstehen. Dann wurde die Glocke geschlagen, und noch immer herrschte eine unnatürliche Ruhe, die endlich durch Hradskys autorisierten Angestellten unterbrochen wurde mit den Worten: »Ich verkaufe C.R.C.«

Es glich einem Massaker. Über zweihundert Menschen versuchten, gleichzeitig von ihm zu kaufen. Unter ihren gierig ausgestreckten Händen zerriß ihm erst sein Jackett und dann sein Hemd. Zehn Minuten später gelang es ihm, sich einen Weg aus der Masse herauszukämpfen und seinen Herren zu melden: »Ich war in der Lage zu verkaufen, Gentlemen.«

Sean und Duff freuten sich. Sie hatten Grund, sich zu freuen; denn in diesen zehn Minuten war ihr dreißigprozentiger Anteil an der C.R.C. um eine halbe Million Pfund gestiegen.

24

In diesem Jahr war das Weihnachtsessen in Candys Hotel erheblich besser, als es vor fünf Jahren gewesen war. Fünfundsiebzig Personen nahmen um drei Uhr an einer riesigen Tafel Platz, und als es vorüber war, war nur noch die Hälfte von ihnen fähig, sich zu erheben. Sean zog sich mühsam am Geländer die Treppe hinauf und gab oben Candy und Duff folgende feierliche Erklärung ab: »Ich liebe euch, ich liebe euch von ganzem Herzen, aber jetzt muß ich schlafen.« Er torkelte den Korridor entlang, wobei er überall anstieß, bis er endlich wie ein Geschoß durch die Tür in sein Zimmer flog.

»Ich glaube, es ist besser, du siehst mal nach ihm, Duff.«

»Ein blinder Betrunkener, dem ein betrunkener Blinder den Weg zeigt«, murmelte Duff undeutlich. Er fand Sean auf dem Bettrand sitzend, verzweifelt bemüht, sich die Schuhe auszuziehen.

»Was versuchst du denn da zu machen, mein Junge. Dir das Bein zu brechen?«

Sean sah mit einem engelgleichen Lächeln auf. »Kommt herein, kommt herein, alle vier, laßt uns was trinken.«

»Danke, ich habe selbst was mitgebracht.«

Duff machte die Tür wie ein Verschwörer hinter sich zu und holte aus seiner Jackentasche eine Flasche hervor. »Sie hat es nicht gesehen, sie hat es nicht gemerkt, daß ihr kleiner Duff eine herrliche große Flasche in seiner Jacke hatte.«

»Hättest du was dagegen, mir aus diesem verfluchten Schuh zu helfen?« fragte Sean.

»Das ist eine sehr kluge Frage«, erwiderte Duff ernst, während er einen Sessel anpeilte und sich dann hineinfallen ließ. »Die Antwort ist selbstverständlich ja, ich hätte was dagegen.«

Sean ließ seinen Fuß sinken und legte sich aufs Bett.

»Mein Junge, ich muß mit dir reden«, sagte Duff.

»Das kostet ja nichts. Tu's nur.«

»Sean, was hältst du von Candy?«

»Ein ganz hübscher Milchladen«, ließ sich Sean hören.

»Na ja, aber schließlich kann ein Mann nicht von einem Milchladen allein leben.«

»Da hast du recht, aber ich nehme an, daß auch alles andere bei ihr schön in Ordnung ist«, murmelte Sean.

»Mein Junge, ich bin jetzt ganz ernst. Ich brauche deine Hilfe. Glaubst du, daß ich das Richtige mache? Ich meine mit dieser Heirat?«

»Ich verstehe nicht viel von Heirat.« Sean ließ sich aufs Gesicht rollen.

»Sie fängt bereits an, mich Dufford zu nennen. Ist dir das noch nicht aufgefallen, mein Junge? Das ist ein Omen. Eines der schlimmsten, die es gibt. Ist dir das nicht aufgefallen?«

Duff wartete einen Augenblick auf Antwort, die er nicht bekam. »Das ist genau das, was die andere auch getan hat. ›Dufford‹ pflegte sie zu sagen, ich habe es jetzt noch in den Ohren, ›Dufford, du bist ein Schwein‹.«

Duff starrte auf das Bett. »Hörst du mir überhaupt noch zu?«

Keine Antwort.

»Sean, mein Junge, ich brauche deine Hilfe.«

Sean begann leise zu schnarchen.

»Ach, du betrunkener Dummkopf«, klagte Duff traurig.

25

Gegen Ende Januar war Xanadu fertig, und die Hochzeit wurde auf den zwanzigsten Februar festgesetzt. Duff hatte den Kommandanten und die gesamte Polizei von Johannesburg eingeladen. Und diese hatte daraufhin den Ballsaal von Xanadu ständig bewachen lassen, in dem die Hochzeitsgeschenke auf langen Tischen ausgebreitet waren. Sean fuhr mit Duff und Candy am Nachmittag des Zehnten hin, um, wie Duff es nannte, noch ein letztes Mal die Beute zu zählen. Sean gab dem Polizisten, der die Wache hatte, eine Zigarre, und dann gingen sie in den Saal.

»Schaut, so schaut doch«, freute sich Candy. »Ein ganzer Haufen neuer Geschenke.«

»Das hier ist von Jock und Trevor.« Sean las die Karte.

Duff machte die Kiste auf, und Sean pfiff vor sich hin.

»Ein Service aus solidem Gold«, staunte Candy. Sie nahm eine der Platten und drückte sie an sich. »Ach, ich weiß gar nicht, was ich sagen soll.«

Sean sah auf die weiteren Karten. »Mensch, Duff. Das hier wird dich besonders freuen. ›Mit besten Wünschen, N. Hradsky.‹ «

»Das muß ich sehen«, meinte Duff, und zum erstenmal in diesem Monat schien er sich über etwas zu freuen. Er packte das Paket aus. »Ein ganzes Dutzend«, rief Duff aus. »Norman, du unbezahlbarer Geizkragen. Ein ganzes Dutzend Geschirrtücher.«

»Es ist die gute Absicht, auf die's ankommt«, lachte Sean.

»Der gute alte Norman. Wie muß es ihm weh getan haben, dafür Geld herauszurücken. Ich werde ihn bitten, sie alle zu signieren. Dann lasse ich sie rahmen und hänge sie in die Halle.«

Sie überließen es Candy, die Geschenke aufzubauen, und gingen in den Garten.

»Hast du den falschen Priester organisiert?« fragte Duff.

»Ja. Er ist in einem Hotel in Pretoria und übt schon. Er wird in der Lage sein, die Zeremonie wie ein echter zu absolvieren, wenn es soweit ist. – Und wohin geht dann eure Hochzeitsreise?«

»Zuerst mit dem Wagen nach Kapstadt und dann mit dem Schiff nach London. Dann etwa einen Monat auf den Kontinent. Im Juni werden wir wieder zurück sein.«

»Ihr werdet euch sicher gut amüsieren.«

»Warum heiratest du nicht auch?«

»Warum sollte ich?« meinte Sean überrascht.

»Nun, bist du nicht der Meinung, daß du das unserer alten Firma schuldig bist? Und jetzt läßt du mich das ganz allein machen!«

»Nein«, sagte Sean. »Und überhaupt, wer ist denn schon da zum Heiraten?«

»Na, wie war's mit der Kleinen, die du letzten Sonnabend zum Rennen mitgebracht hast? Das war doch ein ganz nettes Mädchen.«

Sean zog die Brauen hoch. »Hast du die kichern gehört?«

Duff schauderte. »Stimmt«, gab er zu. »Das war nicht zu überhören.«

»Kannst du dir vorstellen, wie einem zumute ist, wenn einem ein solches Gekichere schon beim Frühstück in den Ohren klingt?« fragte Sean.

Duff schüttelte sich. »Stimmt. Ich muß dir recht geben, aber sobald wir wieder zurück sind, werde ich Candy veranlassen, sich nach einer passenden Frau für dich umzusehen.«

»Ich hab' eine bessere Idee: Candy wird sich um dein Leben kümmern, und ich kümmere mich um mein eigenes.«

»Ich fürchte, das ist genau das, was passieren wird.«

Widerwillig hatte Hradsky zugestimmt, daß alle ihre Betriebe, die Bergwerke, Reparaturwerkstätten, Transportfirmen und alles andere, am zwanzigsten geschlossen würden, damit die Angestellten an Duffs Trauung teilnehmen konnten. Das bedeutete, daß die Hälfte aller Betriebe am Witwatersrand einen Tag feierte.

Am Abend des Neunzehnten überließ ihnen Candy den Speisesaal und alle im Erdgeschoß liegenden Räumlichkeiten des Hotels, um Duffs Polterabend zu feiern. François erschien mit einem Meisterstück, das sie in der Mine zusammengebastelt hatten, einer riesigen Kugel mit einer schweren Eisenkette. Sie wurde an Duffs Fuß festgemacht, und dann begann die Party.

Zu Beginn hatte sich Sean Sorgen gemacht, daß Duff nicht mit vollem Herzen dabei wäre, denn er stand an der Bar mit seinem üblichen eingefrorenen Grinsen im Gesicht und hörte sich die Bemerkungen seiner Gäste an. Nach sieben oder acht Drinks machte er sich keine Sorgen mehr um ihn. Um Mitternacht überredete Duff François, ihn von der Kette loszumachen, und stahl sich aus dem Haus. Niemand, am allerwenigsten Sean, sah ihn fortgehen.

Sean hatte keine Ahnung, wie er in jener Nacht ins Bett gekommen war, aber am nächsten Morgen wurde er vorsichtig von einem Kellner geweckt, der ihm Kaffee und einen Brief brachte.

»Wie spät ist es?« fragte Sean, während er den Brief öffnete.

»Acht Uhr, Boss.«

»Kein Grund zu schreien«, murmelte Sean, während er krampfhaft den Brief zu lesen versuchte.

»Lieber Trauzeuge! Dies hier ist nur eine Erinnerung, daß ihr, du und Duff, um elf zu einer Verabredung erwartet werdet. Ich verlasse mich darauf, daß du ihn pünktlich bringst, tot oder lebendig. Alles Liebe. Candy.«

Etwa eine halbe Stunde später fühlte er sich stark genug, Duff zu wecken. Er ging durch das Wohnzimmer und stieß die Tür zu Duffs Schlafzimmer auf. »Er muß in Candys Bett geschlafen haben«, murmelte er nachdenklich, als er die unbenutzten Kissen und sauber gefalteten Decken sah. Es dauerte einige Augenblicke, bis er seinen Irrtum bemerkte. »Aber warum hätte sie mir dann den Brief geschrieben?« Er spürte die ersten Anzeichen von Panik in sich aufsteigen. Bilder von Duff, betrunken und hilflos im Hof liegend oder von einem der vielen Verbrecher niedergeschlagen, die jetzt Johannesburg bevölkerten, traten vor sein Auge. Er lief wieder vom Schlafzimmer ins Wohnzimmer. Als er es halb durchquert hatte, sah er den Umschlag auf dem Kamin und nahm ihn an sich.

»Was ist denn los? Haben wir hier ein Dichtertreffen?« murmelte er. »Überall liegen Briefe herum.«

Als er den Brief aufmachte, erkannte er sofort Duffs markante Handschrift. »Das erstemal ist schon schlimm, das zweitemal noch schlimmer. Ich mache da nicht mit. Du bist mein Trauzeuge, also bitte ich dich, mich bei all den netten Leuten zu entschuldigen. Wenn der Aufruhr sich etwas gelegt hat, werde ich wieder zurückkommen. D.«

Sean setzte sich in einen der Sessel und las es noch zweimal. Dann explodierte er. »Zum Teufel mit dir, Charleywood! Haust einfach ab und läßt mich hier im Dreck sitzen.« Er rannte mit wehendem Morgenrock durchs Zimmer. »Du wirst dich selbst entschuldigen, verdammt, und wenn ich dich an einem Strick zurückbringen müßte.«

Sean rannte die Hintertreppe hinunter. Im Stall fand er Mbejane, der mit drei Pferdejungen sprach.

»Wo ist Nkosi Duff?« schrie Sean.

Sie starrten ihn an.

»Der Boss hat sich ein Pferd genommen und ist ausgeritten«, antwortete einer der Stallburschen nervös.

»Wann?« bellte Sean.

»Mitten in der Nacht. Vielleicht vor sieben, acht Stunden. Er müßte bald zurück sein.«

»In welche Richtung ist er geritten?«

»Er hat es mir nicht gesagt, Boss.«

Vor acht Stunden, das hieß, er konnte jetzt schon fünfzig Meilen weit sein. Sean ging in sein Zimmer zurück und goß sich eine Tasse Kaffee ein.

»Sie wird mir zusammenbrechen...« Er stellte sich Candys Tränen und ihren Kummer vor.

»Zum Teufel, scher dich in die Hölle, Charleywood.« Er trank seinen Kaffee und dachte daran, ebenfalls fortzugehen, einfach ein Pferd zu nehmen und fortzureiten. »Schließlich bin ich nicht dafür verantwortlich, und deshalb sollte es mich auch nichts angehen.« Er trank den Kaffee aus und begann sich anzuziehen. Während er in den Spiegel sah und sich kämmte, stellte er sich Candy vor, die allein in der Kapelle wartete.

»Charleywood, du Schwein«, grollte er. »Ich kann sie da nicht allein hingehen lassen. Es wird ohnedies schon schlimm genug. Ich muß es ihr sagen.«

Er nahm seine Uhr vom Nachttisch. Es war kurz nach neun.

»Zum Teufel mit dir, Charleywood.«

Er ging durch den Korridor auf die Tür von Candys Zimmer zu. Er konnte Frauenstimmen hören und klopfte an, ehe er eintrat. Zwei von Candys Freundinnen und ihre eingeborene Dienerin Martha waren da und starrten ihn an.

»Wo ist Candy?«

»Im Schlafzimmer. Aber du darfst nicht hineingehen, das bedeutet Unglück.«

»Ja, das schlimmste Pech in der Welt«, sagte Sean und klopfte an die Schlafzimmertür.

»Wer ist da?«

»Sean.«

»Du kannst jetzt nicht reinkommen. Was willst du denn?«

»Bist du angezogen?«

»Ja, aber du darfst jetzt nicht reinkommen.«

Er öffnete die Tür und sah eine Menge durcheinanderschwatzender Frauen.

»Raus mit euch!« sagte er grob. »Ich habe mit Candy allein zu reden.«

Sie flohen aus dem Zimmer, und Sean schloß die Tür hinter ihnen. Candy hatte einen Morgenrock an. Ihr Gesicht war erregt, ihr

Haar zurückgekämmt zu einem weichen Knoten. Sean sah, wie schön sie war. Dann betrachtete er das Hochzeitskleid, das wie frischgefallener lockerer Schnee auf dem Bett lag.

»Candy, es tut mir leid, aber ich habe schlechte Nachrichten. Bist du stark genug?«

Er sah, wie die Erregung aus ihrem Gesicht wich und es ganz leer wurde, leer und tot wie das einer Statue.

»Er ist fort«, sagte Sean. »Er ist abgehauen.«

Candy nahm eine Bürste vom Tisch und begann sinnlos ihr Haar zu bürsten. Es war sehr ruhig im Zimmer.

»Es tut mir leid, Candy.«

Sie nickte, ohne ihn anzusehen. Statt dessen betrachtete sie ihre zerbrochene Zukunft. Das war noch schlimmer, als Tränen gewesen wären, diese stille Duldung. Sean strich sich über die Nase. Ihm war alles zuwider. »Es tut mir leid. Ich wünschte nur, ich könnte irgend etwas tun.« Er wandte sich zur Tür.

»Sean, ich danke dir, daß du gekommen bist und es mir gesagt hast.« Ihre Stimme war wie ihr Gesicht völlig leblos.

»In Ordnung«, sagte Sean rauh.

Er ritt hinauf nach Xanadu. Große Menschenmengen hielten sich in den Gärten auf, und an ihrem Gelächter konnte er erkennen, daß sie bereits zu trinken begonnen hatten. Die Sonne stand hoch am Himmel, es war aber noch nicht zu heiß. Auf der großen Veranda spielte eine Kapelle. Lustig wippten die bunten Kleider vor dem fröhlichen Grün des Rasens. Er sah François und Martin Curtis, Gläser in der Hand, in der Nähe des Hauses stehen, gab sein Pferd einem der eingeborenen Diener und ging auf sie zu.

»Hallo, Chef«, rief Curtis. »Warum sehen Sie denn so traurig aus? Schließlich heiraten Sie doch nicht.« Alle lachten.

»François, Martin, kommt bitte einmal zu mir.«

»Was ist denn los, Mr. Courteney?« fragte François, als Sean ihn zur Seite zog.

»Die Party ist geplatzt«, erwiderte Sean grimmig. »Es gibt keine Hochzeit.«

Sie starrten ihn an.

»Geht und sagt es allen. Und sagt ihnen, daß sie ihre Geschenke zurückbekommen.«

Er wandte sich zum Gehen.

»Was ist denn passiert, Chef?« fragte Curtis.

»Sagt ihnen nur, daß Candy und Duff ihre Meinung geändert haben.«

»Sollen wir sie alle nach Hause schicken?«

Sean zögerte. »Ach was, zum Teufel. Laßt sie dableiben. Sollen sie sich ruhig alle besaufen. Sagt ihnen nur, es gebe keine Hochzeit.«

Er ging ins Haus. Dort fand er in der Bibliothek den Pseudopriester, der nervös wartete. Sein Adamsapfel war vom steifen Kragen wundgescheuert.

»Wir brauchen Sie nicht mehr«, erklärte ihm Sean. Er nahm sein Scheckbuch, setzte sich und füllte einen Scheck aus. »Das ist für Ihre Bemühungen, und jetzt machen Sie, daß Sie aus der Stadt kommen.«

»Danke sehr, Mr. Courteney. Ich bedanke mich herzlich.« Der Mann sah merklich erleichtert aus und wollte gehen.

»Mein Freund«, hielt ihn Sean auf, »falls Sie auch nur ein Wort von dem verlauten lassen, was wir für heute geplant hatten, werde ich Sie umbringen. Haben Sie mich verstanden?«

Sean ging zum Ballsaal und gab dem dort wachhabenden Polizisten eine Handvoll Goldstücke.

»Schaffen Sie alle Leute raus.« Dabei zeigte er auf die zwischen den Tischen umhergehenden Gäste, die sich die Geschenke ansahen. »Und dann schließen Sie ab.«

Er suchte den Küchenchef. »Bringen Sie alles Essen nach draußen und servieren Sie es jetzt. Dann schließen Sie die Küche zu.«

Er ging durchs ganze Haus, schloß die Türen ab und zog die Vorhänge zu.

Dann sank er in einen Sessel. Von draußen konnte er Stimmen und Gelächter hören. Er bekam schon wieder Kopfschmerzen. Die

Haut in seinem Gesicht war gespannt, und er fühlte den Kater der vergangenen Nacht.

»Was für ein Mist. Was für ein verdammter Mist«, sagte er laut. Nach einer Stunde ging er wieder hinaus und holte sich sein Pferd. Er ritt auf der Straße nach Pretoria, vorbei an den letzten Häusern, bis er in die Steppe kam. Er galoppierte durch das ihn wie eine See umgebende hohe Gras, den Hut in den Nacken geschoben, sein Gesicht der Sonne zugekehrt. Ein frischer Wind blies ihm ins Gesicht. Am späten Nachmittag kehrte er nach Johannesburg zurück. Er fühlte sich jetzt besser. Der Ritt und die frische Luft hatten seinen Kopf klargemacht und ihm geholfen, die Dinge in der richtigen Perspektive zu sehen. Er ließ sich ein heißes Bad ein. Und während er in der Wanne saß, verließ ihn der letzte Rest von Wut, die er auf Duff hatte. Er stieg aus dem Bad, trocknete sich ab, zog den Morgenrock über und ging in sein Schlafzimmer. Candy saß auf seinem Bett.

»Hallo, Sean«, lächelte sie ihn an. Ein wehmütiges Lächeln. Ihr Haar war leicht in Unordnung, das Gesicht bleich und ohne Schminke. Sie trug noch immer den Morgenrock, in dem er sie am Morgen verlassen hatte.

»Hallo, Candy.« Er nahm die Flasche mit dem Haarwasser und goß einiges in seinen Bart und auf seinen Kopf.

»Du hast doch nichts dagegen, daß ich hier zu dir gekommen bin?«

»Aber nein, natürlich nicht.« Er begann, sich das Haar zu kämmen. »Ich hatte gerade die Absicht, dich aufzusuchen.«

Sie zog die Beine an und setzte sich in jener fraulichen Pose auf das Bett, die ein Mann nie kopieren kann.

»Kann ich bitte einen Drink haben?«

»Entschuldige bitte, aber ich dachte, daß du nie einen Tropfen zu dir nimmst.«

»Nun, heute ist das was ganz anderes.« Sie lachte etwas zu laut. »Weißt du, heute ist mein Hochzeitstag.«

Ohne sie anzusehen, goß er ihr einen Brandy ein. Er war wütend, sie leiden zu sehen, und fühlte, wie sein Haß auf Duff zurückkehrte. Candy nahm den Drink und kostete ihn. Sie schnitt ein Gesicht. »Es schmeckt scheußlich.«

»Es wird dir gut tun.«

»Auf die Braut«, sagte sie und trank schnell aus.

»Noch einen?« fragte Sean.

»Nein, danke.« Sie stand auf und ging zum Fenster. »Es wird jetzt dunkel. Ich hasse die Dunkelheit. Die Dunkelheit verzerrt die Dinge. Was im Tageslicht schon schlimm ist, wird in der Nacht unerträglich.«

»Es tut mir so leid, Candy. Ich wünschte, ich könnte dir helfen.«

Sie drehte sich um und kam auf ihn zu. Ihre Arme umschlangen seinen Nacken. Das Gesicht war blaß und erschreckt, und sie drückte es an seine Brust.

»Ach Sean, bitte halt mich fest. Ich habe solche Angst.«

Er hielt sie unbeholfen.

»Ich will jetzt nicht daran denken. Nicht jetzt. Nicht jetzt in der Dunkelheit«, flüsterte sie. »Bitte, hilf mir. Bitte, hilf mir, nicht daran zu denken.«

»Ich bleibe ja bei dir. Bitte, reg dich nicht auf. Komm, setz dich, ich hole dir noch einen Drink.«

»Nein, nein.« Sie klammerte sich verzweifelt an ihn. »Ich will nicht allein sein. Ich will nicht nachdenken. Bitte, hilf mir.«

»Ich kann dir nicht helfen. Ich werde bei dir bleiben, aber das ist alles, was ich für dich tun kann.« Wut und Mitleid mischten sich in Sean wie Kohle und Salpeter. Seine Finger krallten sich um ihre Schultern und drangen ins Fleisch, bis sie die Knochen trafen.

»Ja, tu mir weh. Auf diese Weise werde ich es eine Zeitlang vergessen. Geh mit mir ins Bett und tu mir weh, Sean, tu mir sehr weh.«

Sean stockte der Atem. »Du weißt nicht, was du sagst. Das ist ja völlig verrückt.«

»Es ist genau das, was ich will. Ich will ein wenig vergessen. Bitte, Sean, bitte.«

»Ich kann das nicht, Candy, schließlich ist Duff mein Freund.«

»Er ist mit mir fertig und ich mit ihm. Schließlich bin ich auch deine Freundin. O Gott, ich bin so allein. Verlaß du mich nicht auch noch. Hilf mir, bitte Sean, hilf mir.«

Sean fühlte, wie seine Wut sich verlagerte und sich etwas in ihm veränderte. Sie fühlte es ebenfalls.

»Ja, bitte, ja.«

Er nahm sie auf und trug sie zum Bett. Dann stand er über ihr, während er sich den Morgenrock auszog. Sie bewegte sich auf dem Bett, zog sich aus und legte sich bereit, ihn zu empfangen, damit er ihre Leere fülle. In ihnen beiden war kein Lustgefühl. Es war brutal, ein harter Kampf bis an die Grenze des Möglichen. Für ihn war es ein Ausdruck von Wut und Mitleid, für sie ein Akt des Verzichts. Einmal war nicht genug. Wieder und wieder nahm er sie, bis ihre Körper schmerzten und sie müde von der Wucht des Kampfes aneinandergeschmiegt dalagen. In die Ruhe, die dieser leidenschaftlichen Auseinandersetzung folgte, sagte Sean leise: »Es hat nicht geholfen, nicht wahr?«

»O doch.« Die physische Ermattung hatte die Barrieren weggeräumt, die sie vor ihrem eigenen Kummer errichtet hatte. Noch immer an ihn geklammert, begann sie zu weinen.

Eine Straßenlaterne warf einen silbrigen Lichtschein an die Decke. Sean lag auf dem Rücken, beobachtete ihn und lauschte auf Candys Weinen. Er nahm den Höhepunkt des Ausbruchs wahr und bemerkte, wie das Schluchzen langsam abklang. Dann schliefen sie ein. Und später, noch ehe der Tag anbrach, erwachten beide, als ob sie sich verabredet hätten, zur selben Zeit.

»Du bist der einzige, der ihm jetzt noch helfen kann«, sagte Candy.

»Helfen, wozu?« fragte Sean.

»Das zu finden, was er sucht: Frieden, sich selbst oder wie immer du es nennen willst. Er ist verloren, Sean, er ist verloren und einsam. Beinahe so einsam, wie ich es bin. Ich hätte ihm helfen können, ich weiß es.«

»Duff verloren?« fragte Sean. »Du mußt verrückt sein.«

»Sei nicht blind, Sean. Laß dich nicht durch seine großsprecherische Art und sein Auftreten verführen. Sieh dir die anderen Dinge an.«

»Welche Dinge?«

Einen Augenblick lang zögerte sie. »Weißt du, daß er seinen Vater gehaßt hat?«

»Ich erriet es aus dem wenigen, was er mir erzählt hat.«

»Sieh dir an, wie er gegen jegliche Disziplin revoltiert. Seine Einstellung zu Hradsky, zu Frauen, zum Leben.«

»Hradsky hat ihn einmal schlecht behandelt. Er mag ihn einfach nicht«, verteidigte Sean Duff.

»O nein, das sitzt viel tiefer. In gewisser Weise steht Hradsky für seinen Vater. Er ist so unausgeglichen, Sean. Darum klammert er sich an dich. Du kannst ihm helfen.«

Jetzt lachte Sean. »Meine liebe Candy, wir mögen einander. Das ist alles. Für unsere Freundschaft gibt es keine tiefen oder dunklen Motive. Fang du jetzt nicht auch noch an, auf mich eifersüchtig zu werden.«

Candy setzte sich zu Sean, und ihre Brüste näherten sich ihm schwer, rund und silbrig. »In dir ist Kraft, Sean, Sicherheit, die du bis heute noch nicht entdeckt hast. Duff hat sie entdeckt, und auch andere unglückliche Menschen werden es noch tun. Er braucht dich. Er braucht dich so sehr. Kümmere du dich um ihn statt meiner. Hilf ihm zu finden, was er sucht.«

»Das ist doch Unsinn, Candy«, murmelte Sean unbehaglich.

»Versprich mir, daß du ihm helfen wirst.«

»Es wird jetzt langsam Zeit, daß du in dein Zimmer gehst«, sagte Sean, »sonst fangen die Leute noch zu reden an.«

»Versprich es mir, Sean.«

»Gut, ich verspreche es dir.«

Candy sprang aus dem Bett und zog sich schnell an. »Ich danke dir, Sean. Gute Nacht.«

26

Ohne Duff war für Sean Johannesburg nicht mehr das alte. Es war nicht mehr soviel los auf den Straßen. Im Rand-Club war es langweiliger, und die Aufregungen an der Börse waren nicht mehr so groß. Aber die Arbeit mußte getan werden, seine und die Duffs noch dazu.

An einem Samstagnachmittag kamen Curtis und François ins Büro, um den Wochenbericht abzuliefern. Als sie fertig waren und auch Hradsky gegangen war, schlug Sean vor: »Kommt mit. Wir wollen in der Grand-National-Bar noch ein paar zur Brust nehmen. Sozusagen, um das Wochenende einzuläuten.«

Curtis und François zögerten.

»Wir hatten uns mit einigen anderen Jungen unten im ›Strahlenden Engel‹ verabredet, Chef.«

»Das ist prima, da komme ich mit«, sagte Sean freudig. Die Vorstellung, endlich einmal wieder mit einfachen Leuten zusammenzusein, war plötzlich für ihn äußerst verlockend. Die Gesellschaft all derer, die ihm unterwürfig die Hand schüttelten und höflich lächelten, während sie nur auf eine Gelegenheit warteten, ihn fertigzumachen, machte ihn krank. Es würde herrlich sein, mit den beiden zu gehen und mal wieder über die Minen zu sprechen und nicht über Aktienpakete, und mit Leuten zu lachen, denen völlig egal war, ob C.R.C. am Montag an der Börse mit sechzig Punkten notiert wurde.

Curtis warf François einen kurzen Blick zu. »Wissen Sie, Chef, da unten ist nur ein Haufen von Raufbolden. Sämtliche Bergarbeiter kommen am Sonnabend dahin.«

»Das ist prima«, erwiderte Sean, »gehen wir.«

Noch ehe sie beim »Strahlenden Engel« angekommen waren, konnten sie den Lärm hören. Sean grinste und beschleunigte seine Schritte, so wie ein Jagdhund, der eine Fährte aufgenommen hat. Ein riesiger Bergmann stand auf der Bar. Sean erkannte in ihm einen seiner Leute von der »Kleinen-Schwester-Mine«. Der Mann trank aus einer riesigen Flasche, man konnte deutlich das regelmäßige Schlucken seiner Kehle sehen. Die Menge zu seinen Füßen jubelte. »Trink es aus, trink es aus, aus, aus.«

Als sie Sean in der Tür stehen sahen, verstummte der Lärm. Leise verteilten sie sich an der Bar. Sean ging mit François und Curtis in den Raum und legte einen Haufen Goldstücke auf die Theke. »Also los, Barkeeper, raus mit dem Zeug. Heute ist Sonnabend, und wir wollen mal den Hund loslassen.«

»Ihr Wohl, Mr. Courteney.«

»Alles Gute, Sir.«

»Gesundheit, Mr. Courteney.«

Ihre Stimmen drückten unterwürfigen Respekt aus.

»Los, trink, Mann, davon gibt's noch 'ne ganze Menge.«

Sean stand mit François und Martin an der Bar. Sie lachten über seine Witze. Seine Stimme polterte kameradschaftlich und laut. Und er sah glücklich aus. Nach einer Weile ging er durch die Hintertür zu den Toiletten. Noch ehe er sie betrat, hörte er einige Männer sich unterhalten: »...was zum Teufel kommt er denn hierher? Das ist doch nicht der verdammte Rand-Club.«

»Pst. Wenn er das hört, Mann! Willst du deinen Job verlieren?«

»Ist mir doch egal. Wer glaubt er denn, daß er ist? ›Trinkt nur, meine Jungs. Tut, was ich euch sage, Jungs. Davon gibt's noch 'ne ganze Menge, Jungs. Leckt mich am Arsch, Jungs, ich bin der Boss!‹«

Sean stand wie gelähmt.

»Halt doch die Klappe, Frank. Er wird ja gleich verduften.«

Sean kehrte schnell wieder zurück und trat zu François und Curtis an die Bar. »Ich hoffe, ihr entschuldigt mich, aber mir ist gerade eingefallen, daß ich heute nachmittag noch was erledigen muß.«

»Das ist aber schade, Chef.« Curtis sah ihn erleichtert an.

»Vielleicht ein anderes Mal, was?«

»Ja, vielleicht ein anderes Mal.«

Sie freuten sich, als er in den Rand-Club kam. Drei Mitglieder prügelten sich beinahe, wer ihn als erster zu einem Drink einladen durfte.

27

Am Abend speiste er mit Candy. Und als sie beim Likör angelangt waren, erzählte er es ihr. Ohne ihn zu unterbrechen, hörte sie ihm bis zum Ende zu.

»Sie wollten mich einfach nicht dabei haben. Ich verstehe nicht, was ich ihnen getan habe, daß sie mich so wenig mögen.«

»Und das macht dich nachdenklich?« fragte sie.

»Ja, allerdings. Noch nie hat sich jemand mir gegenüber so benommen.«

»Ich bin froh, daß es dich nachdenklich macht.« Sie lächelte ihm milde zu. »Eines Tages wird aus dir noch ein ganz feiner Kerl werden.«

»Aber warum hassen sie mich?« Sean wollte seine Gedanken weiterverfolgen.

»Sie beneiden dich. Du bist jetzt anders als sie. Du bist reich. Du kannst von ihnen nicht erwarten, daß sie dich akzeptieren.«

»Aber ich habe ihnen doch niemals etwas getan«, protestierte er.

»Das brauchst du auch nicht. Etwas habe ich herausgefunden in diesem Leben. Für alles, was du bekommst, mußt du auch bezahlen. Das ist ein Teil der Rechnung, die man begleichen muß, wenn man Erfolg hat.«

»Zum Teufel, ich wünschte, Duff wäre hier«, sagte Sean.

»Dann würde dir Duff erklären, daß das alles keine Rolle spielt, nicht wahr?« erwiderte Candy. »Was zum Teufel, mein Junge, geht uns diese ungewaschene Herde an. Die brauchen wir nicht!« kopierte sie ihn. Sean kratzte sich an der Nase und blickte vor sich hin.

»Bitte, Sean, laß dich niemals von Duff belehren, daß Menschen unwichtig sind. Er glaubt es nämlich selbst nicht. Aber er kann so überzeugend wirken. Menschen sind wichtig. Sie sind wichtiger als Gold oder Häuser – oder alles.«

28

Am folgenden Dienstag ritt Sean zum erstenmal, seit Duff fort war, wieder nach Xanadu. Johnson und vier Angestellte arbeiteten im Ballsaal, wo sie die Hochzeitsgeschenke einpackten und adressierten.

»Bald fertig, Johnson?«

»Beinahe, Mr. Courteney. Ich schicke morgen ein paar Wagen, die den Kram abholen.«

»Ja, tun Sie das. Ich möchte das Zeug hier nicht mehr länger liegen haben.«

Er stieg über die Marmortreppe nach oben. Das Haus war neu und steril. Es wartete darauf, daß Menschen es bewohnen sollten, um es zum Leben zu erwecken. Er ging durch den Korridor und betrachtete die Bilder, die Candy ausgesucht hatte. Ölbilder in weichen Pastellfarben, nach weiblichem Geschmack. »Die brauchen wir nicht. Ich will etwas Leuchtendes haben, rote, schwarze und hellblaue Farben.«

Er öffnete die Tür zu seinem Schlafzimmer. Das war schon besser. Perser in lebhaften Farben lagen auf dem Boden, die Wände waren mit dunklem, glänzendem Holz getäfelt, und sein Bett war so groß wie ein Poloplatz. Er warf sich aufs Bett und betrachtete die reiche Stukkatur der Decke.

»Ich wünschte, Duff wäre wieder da. Wir könnten dieses Haus schon zum Leben bringen.« Dann ging er wieder nach unten.

Johnson erwartete ihn am Fuß der Treppe. »Fertig, Sir.«

»Prima, Mann, dann gehen Sie nur.«

Er ging in die Bibliothek und dann zum Gewehrschrank. Er nahm eine Purdey-Jagdflinte heraus und trat mit ihr zum Fenster, um sie im Licht zu betrachten. Seine Nasenflügel bebten ein wenig, als er den Geruch des Öls wahrnahm. Dann brachte er das Gewehr in Anschlag, fühlte, wie erstklassig es ausbalanciert war, und freute sich darüber. Er schwang den Lauf in einem Bogen durch den Raum, als ob er dem Flug eines Vogels folgte, und plötzlich sah er über Kimme und Korn in Duffs Gesicht. Sean war so überrascht, daß er regungslos stehenblieb.

»Bitte, schieß nicht, ich komme freiwillig«, sagte Duff feierlich.

Sean ließ das Gewehr sinken und trug es zum Schrank.

»Hallo.«

»Hallo«, antwortete Duff, der noch immer in der Tür stand.

Sean machte sich, mit dem Rücken zu Duff, am Gewehrschrank zu schaffen.

»Wie geht es dir, mein Junge?«

»Gut, gut.«

»Und wie geht es allen anderen?«

»Meinst du irgend jemand bestimmten?« fragte Sean.

»Candy zum Beispiel.«

Sean dachte über die Frage nach. »Nun, wenn du sie einer unserer Mühlen verfüttert hättest, hättest du ihr vielleicht noch weher tun können.«

»Schlimm, wie?«

»Schlimm«, bekräftigte Sean.

Einen Augenblick standen sie schweigend da.

»Ich nehme an, daß auch du mir nicht sonderlich wohlgesonnen bist«, sagte Duff endlich.

Sean zuckte mit den Schultern und ging zum Kamin.

Ganz beiläufig sagte er: »Duff, du bist ein Schwein.«

Duff zuckte zusammen. »Nun ja, es war nett, dich kennengelernt zu haben, mein Junge. Ich nehme an, hier trennen sich unsere Wege.«

»Was faselst du eigentlich, Duff? Spar dir die Zeit. Gib uns was zu trinken, und dann kannst du mir erzählen, wie man sich fühlt, wenn man ein Schwein ist. Außerdem möchte ich mich mit dir über die Bilder unterhalten, die Candy oben im Korridor aufgehängt hat. Ich bin mir noch nicht ganz sicher, ob wir sie verschenken oder verbrennen sollen.«

Duff, der bis jetzt im Türrahmen gelehnt hatte, richtete sich auf. Er versuchte die Erleichterung zu verbergen, die ihn überkam, und Sean fuhr fort: »Ehe wir ein für allemal dieses Thema beenden, möchte ich dir noch folgendes sagen: Mir gefällt ganz und gar nicht, was du getan hast. Ich begreife, warum du es getan hast, aber es gefällt mir nicht. So, das ist alles, was ich dazu zu sagen habe. Hast du noch etwas hinzuzufügen?«

»Nein«, erwiderte Duff.

»Also gut, ich glaube, du wirst dort im Schrank hinter dem Whisky eine Flasche Courvoisier finden.«

Sean ritt am Abend zu Candys Hotel und fand sie im Büro.

»Er ist zurück, Candy.«

»Oh!« Candys Atem stockte. »Wie geht es ihm, Sean?«

»Er ist ein wenig kleinlauter, aber nicht viel.«

»Das meine ich nicht. Ich meine, ist er gesund?«

»Wie immer. Er war sogar gnädig genug, sich nach deinem Befinden zu erkundigen«, sagte Sean.

»Was hast du ihm gesagt?« fragte Candy.

Sean zuckte mit den Schultern und setzte sich neben sie. Er betrachtete die aufgestapelten Reihen der Goldmünzen, die Candy eben zählte.

»Ist das die Bareinnahme von gestern abend?« fragte er, ihre Frage umgehend.

»Ja«, antwortete sie abwesend.

»Du bist reich. Willst du mich heiraten?« lächelte er.

Candy stand auf und ging zum Fenster.

»Ich nehme an, daß ihr beiden jetzt in Xanadu wohnen werdet«, sagte sie.

Sean nickte, und sie fuhr schnell fort: »Die Brüder Heyns wollen den Victoria-Flügel übernehmen. Sie haben darüber mit mir bereits gesprochen. Mach dir keine Sorgen. Ihr werdet euch fabelhaft amüsieren. Ich nehme an, daß ihr fast jeden Abend Partys mit einem Haufen Leute feiern werdet. Es macht mir nichts aus. Ich habe mich mit diesem Gedanken bereits vertraut gemacht.«

Sean stand auf und ging zu ihr. Leise drehte er sie zu sich um und schaute sie an. Dann gab er ihr sein seidenes Taschentuch, damit sie sich die Nase putzen konnte.

»Willst du ihn wiedersehen, Candy?«

Sie schüttelte den Kopf, da sie ihrer Stimme nicht traute.

»Ich werde mich um ihn kümmern, wie ich es dir versprochen habe.«

Er gab ihr einen Kuß und wandte sich zum Gehen.

»Sean!« rief sie ihm nach. »Du wirst mich doch ab und zu besuchen? Dann können wir zusammen essen und uns ein bißchen unterhalten. Du wirst doch weiterhin mein Freund bleiben, nicht wahr?«

»Aber natürlich, Candy, selbstverständlich, meine Liebe.«

Sie lächelte etwas beklommen. »Wenn du deine und Duffs Sachen zusammenpacken willst, werde ich sie euch nach Xanadu bringen lassen.«

29

Sean sah über den Verhandlungstisch zu Duff. Duff stieß einen dicken Rauchring aus. Er würde ihn nicht unterstützen, stellte Sean erbittert fest. Sie hatten die halbe Nacht diskutiert, und er hatte gehofft, daß Duff seine Meinung noch ändern würde. Er machte noch einen letzten Versuch. »Sie haben um eine zehnprozentige Lohnerhöhung gebeten. Ich glaube, die brauchen sie. Die Preise sind in dieser Stadt stark angestiegen. Die Löhne sind jedoch gleich geblieben. Diese Männer haben Frauen und Kinder. Gentlemen, können wir das nicht berücksichtigen?«

Duff stieß wieder einen Rauchring aus, während Hradsky seine Uhr aus der Tasche zog. Max hustete und unterbrach.

»Wir haben alle diese Punkte schon besprochen, Mr. Courteney. Könnten wir jetzt bitte abstimmen?«

Sean beobachtete, wie Hradskys Hand sich gegen seinen Vorschlag erhob. Er wollte Duff nicht ansehen, wollte nicht sehen, wie er mit Hradsky stimmen würde. Dann aber zwang er sich, den Kopf zu wenden. Duffs Hände lagen auf dem Tisch vor ihm.

»Diejenigen, die dem Vorschlag zustimmen?« Duff und Sean erheben gemeinsam die Hände. Sean war sich jetzt erst bewußt, was es ihm bedeutet hätte, wenn Duff ihn im Stich gelassen hätte. Duff zwinkerte ihm zu, und er mußte grinsen.

»Das bedeutet dreißig Stimmen dafür und sechzig dagegen«, erklärte Max. »Damit wird der Vorschlag von Mr. Courteney nicht angenommen. Ich werde den Verband der Bergleute von dem Ergebnis in Kenntnis setzen. Gibt es noch etwas anderes zu besprechen, ehe wir die Konferenz beenden?«

Sean ging mit Duff in sein Büro.

»Der einzige Grund, warum ich dich unterstützt habe, ist der: Ich wußte, daß Hradsky auf jeden Fall gewinnen würde«, sagte Duff fröhlich. Sean schüttelte den Kopf.

»Natürlich hat er recht«, fuhr Duff unbekümmert fort, während er die Tür zu Seans Büro öffnete. »Eine zehnprozentige Lohnerhöhung würde die Gesamtkosten der Gruppe um zehntausend Pfund im Monat erhöhen.«

Sean stieß die Tür hinter sich zu und gab keine Antwort.

»Um Himmels willen, Sean, mach dich doch nicht lächerlich mit deiner Idee, allen Menschen helfen zu wollen. Hradsky hat recht. Wir können jeden Augenblick mit neuen Steuern belegt werden und müssen außerdem noch das ganze Gebiet im Osten finanzieren. Unsere Produktionskosten dürfen nicht steigen.«

»Schon gut«, meinte Sean mürrisch. »Es ist ja entschieden. Ich hoffe nur, daß wir keinen Streik bekommen.«

»Es gibt Möglichkeiten, mit Streiks fertigzuwerden. Hradsky hat die Polizei auf unserer Seite, und wir können jederzeit ein paar hundert Leute von Kimberley heraufholen«, sagte Duff.

»Verdammt noch mal, Duff. Es ist unrecht. Du weißt, daß wir Unrecht tun. Und dieser groteske Buddha mit seinen kleinen Augen weiß es auch. Aber was kann ich tun, verdammt noch mal, was kann ich denn tun?« explodierte Sean. »Ich fühle mich so verdammt hilflos.«

»Nun, du warst derjenige, der ihm die Kontrolle geben wollte«, lachte Duff ihn aus. »Hör auf, die Welt ändern zu wollen, und laß uns nach Hause gehen.«

Max erwartete sie im Vorraum. Er sah nervös aus.

»Verzeihen Sie, Gentlemen, könnte ich einen Augenblick mit Ihnen sprechen?«

»Wer spricht«, fragte Sean kurz, »Sie oder Hradsky?«

»Es ist eine private Angelegenheit, Mr. Courteney«, sagte Max mit leiser Stimme.

»Hat es denn nicht Zeit bis morgen?« Sean ging auf die Tür zu.

»Bitte, Mr. Courteney. Es ist von äußerster Wichtigkeit.« Max klammerte sich an Seans Arm.

»Was ist denn los, Max?« fragte Duff.

»Ich muß mit Ihnen allein sprechen.« Max' Stimme war jetzt zu einem Flüstern geworden, und er sah beklommen auf die Tür zur Straße.

»Na gut, dann reden Sie«, ermutigte ihn Duff. »Hier sind wir allein.«

»Nicht hier. Können wir uns später treffen?«

Duff zog eine Braue hoch. »Was ist denn los, Maximilian? Sie werden uns doch nicht schmutzige Fotos verkaufen wollen?«

»Mr. Hradsky wartet auf mich im Hotel. Ich habe ihm gesagt, daß ich einige Papiere hier vergessen hätte. Es wird ihm verdächtig vorkommen, wenn ich nicht sofort zurückkomme.« Max weinte beinahe. Sein Adamsapfel hüpfte nervös hinter seinem hohen Kragen auf und ab.

Plötzlich war Duff äußerst interessiert, was Max zu sagen hatte. »Sie wollen nicht, daß Norman etwas davon erfährt?« fragte er.

»Um Himmels willen, nein!«

»Wann wollen Sie sich mit uns treffen?«

»Heute abend nach zehn Uhr, wenn Mr. Hradsky sich zur Ruhe begeben hat.«

»Wo?«

»Hinter der Ostgrenze der ›Kleinen-Schwester-Mine‹ gibt es eine Seitenstraße, die nicht mehr benutzt wird.«

»Die kenne ich«, sagte Duff. »Wir werden dort gegen halb elf hinreiten.«

»Ich danke Ihnen, Mr. Charleywood. Sie werden es nicht bereuen.« Max stürzte zur Tür und verschwand.

Duff strich sich über den Bart, und dann stieß er mit seinem Stock Sean in den Bauch.

»Rieche es. Sauge es ein.« Duff atmete tief ein, und Sean tat das gleiche.

»Ich rieche überhaupt nichts«, meinte Sean.

»Es hängt überall hier in der Luft«, erklärte ihm Duff. »Der süße Geruch des Verrats.«

Kurz nach halb zehn verließen sie Xanadu. Duff bestand darauf, einen schwarzen Umhang zu tragen.

»Die Atmosphäre ist wichtig. Du kannst zu einem solchen Rendezvous nicht in schmutzigen Schuhen und Khakihosen gehen. Das würde alles verderben.«

Auf ihrem Weg durch Johannesburg verließen sie die Hauptstraßen und stießen nach einer halben Meile auf die Straße nach Kapstadt. Nur eine winzige Mondsichel erleuchtete den dunklen Himmel.

Sie ritten nebeneinander her, wobei ihre Steigbügel sich fast berührten. Duffs Umhang wehte hinter ihm, und die frische Brise ließ die Spitze von Seans Zigarre rot aufleuchten.

»Langsam jetzt, Duff. Die Abzweigung muß hier irgendwo sein.«

Sie zügelten die Pferde und ritten im Schritt weiter.

Sean zog an seiner Zigarre und sah in ihrem Schein auf die Uhr. »Viertel nach zehn. Wir sind etwas zu früh dran.«

»Ich wette mit dir, daß Maximilian vor uns da sein wird. Hier ist die Straße.« Duff bog mit seinem Pferd ein, und Sean folgte ihm. Sie ritten um die »Kleine-Schwester-Mine« herum, deren Abraumhalde einen großen Schatten warf. Duffs Pferd scheute und wieherte, und Sean zügelte sein eigenes Pferd, das ausbrechen wollte. Max war aus einem Gebüsch neben der Straße getreten.

»Gut gefunden, bei der Beleuchtung, Maximilian«, begrüßte ihn Duff.

»Bitte, führen Sie Ihre Pferde von der Straße, Gentlemen.« Max zeigte noch immer Anzeichen von Erregung. Sie banden ihre Pferde an. »Nun, Max, was gibt's Neues? Wie geht es der Familie?« fragte Duff. »Ehe wir in dieser Sache fortfahren, muß ich Sie, meine Herren, bitten, mir Ihr Ehrenwort zu geben, daß, egal, ob etwas daraus wird oder nicht, Sie zu niemandem etwas von dem verlauten lassen, was ich Ihnen heute nacht sagen werde.« Sean stellte fest, daß Max sehr blaß aussah, aber vielleicht war es auch nur die düstere Beleuchtung.

»Das haben Sie«, sagte Sean.

»Von mir ebenfalls«, bestätigte Duff.

Max öffnete sein Jackett und entnahm ihm einen länglichen Umschlag. »Ich glaube, wenn ich Ihnen das hier erst zeige, wird es einfacher sein, Ihnen meinen Vorschlag auseinanderzusetzen.«

Sean nahm ihm den Umschlag ab. »Was ist darin, Max?«

»Das sind die letzten Bankauszüge aller vier Banken, mit denen Mr. Hradsky zu tun hat.«

»Streichhölzer, Sean. Mach mal Licht, mein Junge.« Duff war sehr erregt.

»Ich habe eine Laterne mitgebracht«, sagte Max und bückte sich, um sie anzuzünden. Sean und Duff knieten nieder und breiteten im Schein der Lampe die Bankauszüge auf dem Boden aus. Sie studierten sie schweigend, bis Sean wieder aufstand und sich eine neue Zigarre anzündete.

»Nun, ich bin nur froh, daß ich nicht soviel Schulden habe«, erklärte Sean. Dann faltete er die Papier zusammen und steckte sie wieder in den Umschlag. Max beugte sich vor, nahm ihm den Umschlag ab und steckte ihn behutsam wieder in seine Jacke.

»Also gut, Max, nun erzählen Sie uns mal was«, ermunterte Sean. Max beugte sich vor und blies die Laterne aus. Das, was er zu sagen hatte, sagte er besser in der Dunkelheit.

»Die große Summe, die Mr. Hradsky Ihnen, meine Herren, bei Vertragsabschluß zahlen mußte, und das begrenzte Einkommen aus seinen Diamantenminen haben ihn gezwungen, große Kredite bei all seinen Banken aufzunehmen.« Max räusperte sich. »Wie hoch diese Kredite waren, haben Sie soeben gesehen. Selbstverständlich haben die Banken Sicherheiten verlangt, und Mr. Hradsky war gezwungen, ihnen die gesamten Aktien der C.R.C. dafür zu geben. Die Banken haben sich verpflichtet, diese Sicherheiten so lange zu akzeptieren, bis der Wert der Aktien unter fünfunddreißig Shillinge fällt. Wie Sie wissen, steht C.R.C. derzeit auf neunzig Shillingen, so daß die Kredite in keiner Weise gefährdet sind. Sollten die Aktien jedoch einen Rückschlag erleiden und auf fünfunddreißig Shillinge oder weniger fallen, würden die Banken verkaufen. Sie würden alle Aktien, die Mr. Hradsky besitzt, auf den Markt werfen.«

»Fahren Sie fort, Max. Ihre Stimme wird mir immer sympathischer«, sagte Duff.

»Mir kam der Gedanke, falls Mr. Hradsky zufälligerweise von Johannesburg abwesend wäre – nehmen wir an, er würde eine Reise nach England machen, um neue Maschinen oder etwas Ähnliches einzukaufen –, dann müßte es Ihnen, meine Herren, möglich sein, den Preis von C.R.C. auf fünfunddreißig zu drücken. Wenn das geschickt gemacht wird, bräuchte man dazu höchstens drei oder vier Tage. Sie würden verkaufen und zu gleicher Zeit das Gerücht lancieren, daß die Führungsader völlig ausgebeutet worden sei. Mr. Hradsky wäre nicht hier, um seine Interessen zu vertreten, und sobald C.R.C. bei fünfunddreißig angelangt wäre, würden die Banken ihre Aktien verkaufen. Der Preis würde weiter fallen, und Sie könnten mit genügend Bargeld in der Lage sein, die

C.R.C.-Aktien zu einem Bruchteil ihres Wertes zurückzukaufen. Ich sehe nicht ein, warum es Ihnen auf diese Art nicht gelingen sollte, volle Kontrolle über die C.R.C. zu bekommen und dabei noch ungefähr zwei Millionen zu verdienen.«

Völlige Stille trat ein. Es dauerte eine lange Weile, bis Sean fragte: »Und was ist für Sie dabei drin, Max?«

»Ein Scheck über einhunderttausend Pfund, Mr. Courteney.«

»Die Preise steigen«, bemerkte Sean. »Ich dachte, daß die Standardrate für eine solche Arbeitsleistung in dreißig Silberlingen besteht. Soweit mir bekannt ist, wurde dieser Preis früher einmal festgesetzt.«

»Halt's Maul!« brummte Duff. Und dann wandte er sich freundlich an Max. »Mr. Courteney macht seine kleinen Scherze, aber sagen Sie mir, Max, ist das alles, was Sie wollen? Nur Geld? Ich will ganz ehrlich zu Ihnen sein. Das glaube ich einfach nicht. Sie müssen doch auf alle Fälle schon recht wohlhabend sein.«

Max stand schnell auf und ging zu seinem Pferd. Noch ehe er bei ihm war, wandte er sich um. Sein Gesicht war im Dunkeln. Aber seine Stimme war voll Haß, als er sie anschrie.

»Glauben Sie, ich weiß nicht, wie man mich nennt? ›Den Hofnarren, Hradskys Zunge, den Arschkriecher!‹ Glauben Sie, daß mir das gefällt? Glauben Sie, daß es mir Spaß macht, mich jede Minute des Tages vor ihm zu ducken? Ich möchte endlich wieder frei sein. Ich möchte endlich wieder ein Mann sein.« Hier überschlug sich seine Stimme, und er bedeckte sein Gesicht mit den Händen. Er weinte. Sean konnte es nicht mit ansehen, und sogar Duff sah erschüttert aus. Als Max wieder sprach, war seine Stimme wie üblich weich und traurig.

»Mr. Courteney, falls Sie morgen im Büro Ihre gelbe Weste anhaben, dann werde ich dies als ein Zeichen ansehen, daß Sie meinen Vorschlägen zu folgen gedenken und meine Bedingungen akzeptieren. Unter diesem Umständen werde ich das Notwendige veranlassen und dafür Sorge tragen, daß sich Mr. Hradsky auf Reisen begibt.« Er band sein Pferd los, stieg auf und ritt in Richtung auf die Straße davon. Weder Sean noch Duff regten sich. Sie lauschten dem Getrappel von Max' Pferd nach, das langsam in der Dunkelheit verhallte, ehe Duff sprach: »Die Bankauszüge waren echt. Ich habe mir die Siegel genau angesehen.«

»Und sein Gefühlsausbruch war sogar noch echter.« Sean warf seinen Zigarrenstummel zur Erde. »Niemand könnte ein so guter Schauspieler sein. Mir ist beinahe schlecht geworden dabei. Zum Teufel, wie kann jemand so kaltblütig das Vertrauen mißbrauchen, das in ihn gesetzt wird?«

»Mein Junge, laß uns keine Diskussionen über die Moral beginnen. Beschäftigen wir uns lieber mit den Fakten. Norman wird uns hier hübsch verpackt auf einer Silberschale serviert, hübsch garniert mit Knoblauch und Petersilie wie ein Schweinskopf. Ich würde sagen, kochen und verspeisen wir ihn.«

Sean lächelte ihn an. »Gib mir ein paar gute Gründe dafür an. Ich möchte, daß du mich überzeugst.«

»Erstens«, hier hielt Duff einen Finger hoch, »Norman verdient es.« Sean nickte.

»Zweitens«, ein anderer Finger Duffs kam hoch, »falls wir wieder die Leitung haben, können wir den Betrieb so organisieren, wie wir wollen. Du kannst deine guten Vorsätze verwirklichen und allen eine Gehaltszulage geben, und ich werde wieder der erste Mann im Laden sein.«

»Ja.« Sean zwirbelte nachdenklich seinen Schnurrbart.

»Drittens: Wir sind hierhergekommen, um Geld zu machen, und eine solche Gelegenheit bietet sich nie wieder. Und mein letzter, aber wesentlichster Punkt ist der, daß du so fabelhaft in deiner gelben Weste aussiehst, mein Junge, daß ich es nicht einmal für tausend C.R.C.-Aktien missen möchte, dich morgen früh darin zu sehen.«

»Sie ist wirklich recht hübsch«, gab Sean zu. »Aber hör zu, Duff. Ich möchte nicht noch einmal eine Sache wie die mit Lochtkamper erleben. Weißt du, das war scheußlich.«

Duff erhob sich.

»Norman würde das nie tun. Außerdem wird er auch dann noch reich sein. Schließlich hat er seine Diamantenminen. Wir werden ihn nur um seine Verantwortlichkeiten im Witwatersrand erleichtern.« Sie gingen zu ihren Pferden. Als Sean den Fuß in den Steigbügel setzte, erstarrte er und rief aus: »Um Himmels willen, es geht nicht. Es ist alles vorbei.«

»Aber warum?« Duff war aufgescheucht.

»Ich habe einen Fettflecken auf der Weste. Ich kann sie unmöglich morgen anziehen. Mein Schneider würde mich umbringen.«

30

Es bereitete keinerlei Schwierigkeiten, Hradskys Abwesenheit in die Wege zu leiten. Jemand mußte nach London. Neue Maschinen mußten eingekauft und zwei neue Ingenieure unter den hundert Bewerbern, die in England warteten, ausgesucht werden.

Hradsky geruhte, sich zu diesem Job wählen zu lassen.

»Wir werden ihm eine Abschiedsparty geben«, schlug Duff Sean vor. »Nun, vielleicht nicht gerade eine Abschiedsparty, aber so etwas wie einen Leichenschmaus.«

Sean begann einen Trauermarsch zu pfeifen, und Duff schlug mit dem Messergriff den Takt auf den Tisch.

»Am besten geben wir sie in Candys Hot –«, Duff unterbrach sich, »geben wir sie hier. Wir werden dem alten Norman ein richtiges tolles Fest geben, so daß er hinterher wenigstens sagen kann: ›Diese Strolche haben mich zwar fertiggemacht, aber vorher haben sie mir noch ein großes Fest gegeben.‹ «

»Aber er mag doch keine Partys«, sagte Sean.

»Das ist ein ausgezeichneter Grund dafür, daß wir ihm zu Ehren eine veranstalten«, frohlockte Duff.

Eine Woche später, als Hradsky und Max mit der Kutsche nach Port Natal abreisten, winkten ihnen fünfzig Mitglieder der Börse wegen der soeben beendeten Party in Abendkleidung Lebewohl.

Duff hielt eine rührende, wenn auch etwas undeutliche Ansprache und überreichte Hradsky einen großen Strauß roter Rosen. Plötzlich wurden die Pferde nervös, und als der Fahrer mit der Peitsche knallte, stiegen sie hoch und rasten los.

Einen Arm um seine Schulter gelegt, führte Sean Duff hinüber zum Büro. Dort setzte er ihn in einen der großen Ledersessel.

»Bist du nüchtern genug, um vernünftig zu reden?« fragte Sean zweifelnd.

»Aber klar. Stets zu Ihren Diensten, wie die Dame zu ihrem Kunden sagte.«

»Ich konnte gestern abend einen Augenblick mit Max sprechen«, erzählte ihm Sean. »Er wird uns von Port Natal ein Telegramm schicken, wenn Hradsky und er sicher an Bord sind. Vorher werden wir nichts unternehmen.«

»Sehr weise! Du bist überhaupt der klügste Kerl, den ich kenne«, grinste Duff fröhlich.

Es dauerte zehn Tage, bis Max das Telegramm abschickte. Als es eintraf, saßen Sean und Duff beim Mittagessen im Rand-Club. Sean öffnete es und las es Duff vor.

»Das Schiff fährt heute nachmittag um vier Uhr. Viel Glück, Max.«

»Darauf einen Drink«, rief Duff und hob sein Glas.

»Morgen«, sagte Sean, »werde ich zu ›Candys Tief‹ reiten und François sagen, daß er alle Leute aus den unteren Schächten abzieht. Niemand darf sie mehr betreten.«

»Stell einen Posten auf der vierzehnten Sohle auf«, schlug Duff vor. »Das wirkt noch eindringlicher.«

»Eine gute Idee«, stimmte Sean zu, blickte auf, als jemand an ihnen vorbeiging, und begann zu lächeln. »Duff, weißt du, wer das gerade gewesen ist?«

»Von wem sprichst du denn?« fragte Duff verwundert.

»Der Kerl, der gerade an uns vorbei in die Halle gegangen ist. Da, der da, der jetzt zu den Toiletten geht.«

»Ist das nicht Elliott, der Zeitungsmann?«

»Der Chefredakteur der ›Rand Mail‹, nickte Sean. »Komm mit, Duff.«

»Wohin gehen wir denn?«

»Wir wollen uns ein bißchen kostenlose Reklame verschaffen.«

Duff folgte Sean durch den Speisesaal in die Halle und von dort zu den Toiletten. Sean blinzelte Duff zu und ging zu einer der Schüsseln. Dabei sprach er: »Weißt du, Duff, wir können nur hoffen, daß Norman in England ein Zauberkunststück vollbringt, sonst...« Er zuckte mit den Schultern, und Duff fuhr fort: »Ich finde, daß das ein verdammt großes Risiko ist. Ich würde sagen, wir sollten jetzt verkaufen. Heute morgen stand C.R.C. noch auf einundneunzig Shillinge. Das heißt, daß bis jetzt noch niemand was von der Geschichte weiß. Aber wenn sie erst raus ist, dann wirst du nicht mal in der Lage sein, die Aktien zu verschenken. Ich finde, wir sollten versuchen, noch einigermaßen aus der Sache herauszukommen.«

»Nein!« widersprach Sean. »Warten wir, bis wir etwas von Norman hören. Ich weiß, daß es ein wenig riskant ist, aber schließlich haben wir den Leuten gegenüber, die für uns arbeiten, eine gewisse Verantwortung.« Sean ergriff Duffs Arm und führte ihn wieder zur Tür. Und erst jetzt ließ er den tollsten Brocken los. »Falls C.R.C. zusammenbrechen sollte, würde das Arbeitslosigkeit für Tausende bedeuten. Bist du dir darüber klar?«

Sean schloß die Tür hinter sich, und sie grinsten sich an.

»Du bist ein Genie, mein Junge«, flüsterte Duff.

»Es freut mich, dir mitteilen zu können, daß ich ganz deiner Meinung bin«, flüsterte Sean zurück.

Am nächsten Morgen wachte Sean mit der Gewißheit auf, daß an diesem Tag aufregende Dinge passieren würden. Er lag einen Augenblick da und genoß das Gefühl. Dann setzte er sich plötzlich auf und griff nach der Zeitung, die zusammengefaltet auf dem Kaffeetisch neben seinem Bett lag. Als er sie öffnete, fand er genau das, was er suchte, in großen Buchstaben auf der ersten Seite:

STIMMT ALLES BEI DER CENTRAL RAND CONSOLIDATED? NORman Hradskys geheimnisvolle Reise. Der Artikel war ein journalistisches Meisterstück. Nur selten hatte Sean jemanden so perfekt und überzeugend über ein Thema schreiben sehen, von dem er nichts wußte. All die bedeutungslosen Phrasen, wie »es wird angenommen«, »wie meist zuverlässige Quellen berichten«, wurden verwendet.

Duff erwachte erst, als Sean ihm mit der zusammengefalteten Zeitung eins hinten drauf klopfte. Sean gab ihm die Zeitung und setzte sich auf den Bettrand. Er beobachtete, wie Duffs Gesicht sich zu einem Lächeln verzog, ehe er sprach.

»Ich finde, du solltest zur Zeitung fahren und den Chefredakteur ein bißchen zusammenstauchen. Das wird seinen Verdacht nur noch stärken. Ich reite jetzt hinüber zu ›Candys Tief‹ und schließe alle unteren Sohlen. Wir treffen uns, wenn die Börse öffnet. Und denke daran, daß du nicht mit deinem üblichen Grinsen durch die Stadt gehst. Versuche erschöpft auszusehen.«

Als Sean vor der Börse eintraf, war eine große Menge vor dem Gebäude versammelt. Mbejane fuhr mit dem Landauer vorsichtig dazwischen, und die Leute machten Platz. Sean sah stur geradeaus und ignorierte die an ihn gerichteten Fragen, die von allen Seiten auf ihn niederprasselten. Vor dem Haupteingang hielt Mbejane den Wagen an, und vier Polizisten drängten die Menge zurück, während Sean schnell durch die Tür schritt. Duff war bereits vor ihm eingetroffen und war der Mittelpunkt eines turbulenten Kreises von Börsenmitgliedern und Maklern. Er sah Sean kommen und winkte ihm über die Köpfe seiner Befrager zu. Das genügte, um deren Aufmerksamkeit auf Sean zu lenken, und sie umringten ihn mit ängstlichen und wütenden Gesichtern. Seans Hut wurde ihm ins Gesicht geschoben und ein Knopf von seiner Jacke abgerissen, als jemand ihn am Revers packte.

»Ist es wahr?« schrie der Mann, und Speichel flog ihm vom Mund in Seans Gesicht; er taumelte in die Arme der hinter ihm Stehenden. »Zurück mit euch, ihr Strolche«, schrie er und benutzte jetzt den Stock, um sie abzuwehren und in die Flucht zu schlagen. »Ich werde später eine Erklärung abgeben. So lange benehmt euch gefälligst anständig.« Er setzte seinen Hut wieder auf und ging auf Duff zu. Er konnte ein aufsteigendes Lächeln bei ihm feststellen und warnte ihn schweigend mit den Augen. Ernst gingen sie in die Halle der Mitglieder.

»Wie hat es bei dir geklappt?« fragte ihn Duff leise.

»Es hätte nicht besser gehen können.« Auch Sean gelang ein besorgter Gesichtsausdruck. »Ich habe in allen Schächten auf der vierzehnten Sohle bewaffnete Posten aufstellen lassen. Wenn der Haufen davon erfährt, wird er erst richtig Schaum vor den Mund bekommen.«

»Wenn du deine Erklärung abgibst, dann laß darin ein paar schöne falsche Töne von Überzeugung aufklingen. Wenn das so weitergeht, dann haben wir die Kurse in einer Stunde bei fünfunddreißig.«

Fünf Minuten ehe die Börse eröffnet wurde, gab Sean vom Sitz des Präsidenten aus an die anderen Mitglieder eine Erklärung ab. Duff hörte ihm mit ständig steigender Begeisterung zu. Seans bewegte Versicherungen und die ihm in kleinen Nebensätzen unterlaufenen Versprecher waren genug, um Verzweiflung selbst bei den größten Optimisten aufkommen zu lassen. Als Sean nach seiner Rede die Stufen herabstieg, umgab ihn dumpfes Schweigen. Die Glocke wurde geschlagen, und die Makler standen verwirrt einzeln oder in kleinen Gruppen zusammen.

Dann hörte man zum erstenmal: »Ich verkaufe C.R.C.«

Käufer waren nur langsam zu finden. Nach zehn Minuten stand der Kurs immer noch auf fünfundachtzig. Nur sechs Shillinge weniger als am Vortag. Duff beugte sich zu Sean. »Wir müssen einige unserer eigenen Aktien verkaufen, damit die Sache in Bewegung gerät, sonst werden sie alle abwarten.«

»Du hast recht«, nickte Sean. »Und später kaufen wir sie zu einem Viertel des Preises zurück. Aber warte erst mal ab, bis die Nachrichten von ›Candys Tief‹ hier eintreffen.«

Als das geschah, war es kurz vor zehn. Die Reaktion war kraß. Jetzt verkaufte alles. Und die C.R.C.-Aktien fielen auf sechzig Shillinge. Aber da blieben sie stehen, in einem Chaos aus Hoffnung und Zweifel.

»Wir müssen jetzt verkaufen«, flüsterte Duff. »Sie haben keine Aktien mehr. Wir müssen ihnen welche geben, sonst bleibt der Preis fest.«

Sean fühlte, wie seine Hände zu zittern begannen, und er versteckte sie in den Taschen. Auch an Duff konnte man Anzeichen der Erregung feststellen. Seine Augen zwinkerten nervös, und sein Gesicht zuckte. Das war ein Spiel mit hohem Einsatz.

»Schön, aber nicht zuviel. Verkaufen wir dreißigtausend.«

Unter diesem Gewicht sank der Kurs von C.R.C. weiter, fing sich aber wieder bei fünfundvierzig Shillingen. Die Börse war nur noch für eine Stunde geöffnet. Und Seans ganzer Körper fieberte vor Anspannung. Er fühlte, wie seine Achselhöhlen mit kaltem Schweiß bedeckt waren.

»Verkauf noch mal dreißigtausend«, gab er Anweisung. Und selbst ihm kam seine Stimme unwirklich vor. Er drückte seine Zigarre in dem kupfernen Aschenbecher neben seinem Sessel aus, der bereits halb voller Stummel war. Es war jetzt nicht mehr nötig für sie, Beunruhigung vorzutäuschen. Denn diesmal blieb der Kurs bei vierzig stehen, und selbst der Verkauf von sechzigtausend weiteren Aktien brachte den Kurs nur um wenige Shillinge herunter.

»Irgend jemand kauft«, murmelte Sean unsicher.

»Es sieht so aus«, stimmte Duff zu. »Ich wette, es ist dieser verdammte Grieche, Efthyvoulos. Es sieht so aus, als müßten wir den erst vollstopfen, ehe der Kurs weiter sinken wird.«

Als die Börse schloß, hatten Duff und Sean Dreiviertel ihrer C.R.C.-Aktien verkauft, und noch immer stand der Kurs stur auf siebenunddreißigeinhalb. Sie standen Tantalusqualen aus, daß der Kurs so nahe der magischen Zahl lag, die Hradskys Aktien auf den unvorbereiteten Markt werfen würde, aber sie wußten auch, daß sie bald keine Aktien mehr haben würden, um den Kurs die letzten zweieinhalb Shillinge zu drücken.

Als die Börse geschlossen hatte, saßen Duff und Sean erschöpft in ihren Sesseln, so wie Preisboxer nach der fünfzehnten Runde. Langsam leerte sich der Raum, und Sean beugte sich vor zu Duff. Er klopfte ihm beruhigend auf die Schulter.

»Wir schaffen es schon«, sagte er. »Morgen werden wir es bestimmt schaffen.«

Sie sahen einander an und gaben sich gegenseitig Kraft, die es ihnen sogar ermöglichte zu lächeln. Sean stand auf. »Komm, fahren wir nach Hause.«

Am nächsten Tag war wieder eine große Menschenmenge vor der Börse versammelt. Duff und Sean erkämpften sich ihren Weg in das Gebäude und nahmen ihre Plätze ein. Sean sah sich um, und in den Gesichtern der Anwesenden konnte er Angst und Unruhe feststellen. Duff beugte sich zu ihm und unterbrach seine Gedankengänge. »Sobald die Börse öffnet, werden wir verkaufen. Wir werden versuchen, eine Panik zu schaffen. Meinst du nicht?«

Sean nickte. Er konnte unmöglich noch einen solchen Tag ertragen. »Könnten wir unsere Aktien nicht zu einem Kurs von zweiunddreißigeinhalb anbieten, um es schnell hinter uns zu haben?« fragte er. Duff grinste ihn an. »Das können wir nicht. Das wäre zu durchsichtig. Wir müssen weiter zum Höchstpreis verkaufen. Der Kurs muß danach zusammenbrechen.« Duff nickte, und ihr Angestellter kam auf sie zu. »Verkaufen Sie hunderttausend C.R.C. zum Höchstpreis.« Der Clerk zögerte, aber dann schrieb er die Ziffer nieder und ging in die Halle zu den Maklern, die sich versammelten.

Sie saßen und warteten auf die Eröffnung der Börse. Als die Glocke geschlagen wurde, sprang Sean auf, besann sich und griff dann nach seiner Zigarrentasche. Er hörte, wie ihr Clerk ausrief: »Ich verkaufe C.R.C.« und dann den Lärm, als der Handel begann. Die erste Ziffer, die angeschrieben wurde, war siebenunddreißig Shillinge.

Die nächste Zahl kam: sechsunddreißig Shillinge.

»Sie fallen«, flüsterte Sean. Und Duff preßte die Stuhllehne, daß die Knochen seiner Hand weiß hervortraten.

»Fünfunddreißig.« Endlich die geheimnisvolle Zahl. Sean hörte, wie Duff neben ihm seufzte, und dann seine Stimme: »Und jetzt paß auf, mein Junge, jetzt kommen die Banken. Jetzt sei bereit, mein Junge.«

»Vierunddreißigeinhalb«, wurde ausgerufen.

»Sie müssen jetzt kommen«, sagte Duff leise. »Sei bereit, jetzt reich zu werden, mein Junge.«

Ihr Angestellter kam auf sie zu und blieb vor ihnen stehen.

»Es ist mir gelungen, sie zu verkaufen.«

Sean richtete sich abrupt auf. »So schnell?« fragte er.

»Ja, Sir. In drei Teilen bin ich sie losgeworden. Die letzten bedauerlicherweise nur für vierunddreißigeinhalb.«

Sean starrte auf die Tafel. Der Kurs war noch immer vierunddreißigeinhalb.

»Duff, irgend etwas stimmt hier nicht. Warum haben die Banken noch nicht verkauft?«

»Wir werden sie zum Verkauf zwingen.« Duffs Stimme klang unnatürlich heiser. »Wir werden diese Strolche zwingen.« Er richtete sich halb auf und knurrte den Angestellten an.

»Verkaufen Sie noch einmal hunderttausend zu dreißig Shilling.« Der Mann sah ihn erstaunt an. »Beeilen Sie sich, haben Sie nicht verstanden? Worauf warten Sie noch?« Der Clerk wich vor Duff zurück, wandte sich um und rannte davon.

»Duff, um Himmels willen!« Sean ergriff seinen Arm. »Bist du verrückt geworden?«

»Wir werden sie zwingen«, murmelte Duff. »Sie müssen verkaufen.«

»Wir haben keine hunderttausend Aktien mehr.« Sean sprang auf. »Ich muß das verhindern.« Er lief dem Angestellten nach, aber noch ehe er die Tür erreichte, wurde das Verkaufsangebot ausgerufen.

Als er bei dem Mann angelangt war, flüsterte er: »Nichts mehr verkaufen.«

Der Mann sah erstaunt auf. »Aber ich habe sie bereits verkauft, Sir.«

»Die ganzen Hunderttausend?« In Seans Stimme machte sich erschreckte Ungläubigkeit bemerkbar.

»Ja, Sir. Jemand hat den ganzen Posten auf einmal genommen.«

Sean ging völlig benommen zu Duff zurück und setzte sich neben ihn. »Sie sind schon verkauft.« Er sprach so, als ob er es selbst nicht glaubte.

»Wir werden sie zwingen, wir werden sie zwingen zu verkaufen«, knirschte Duff wieder. Und Sean betrachtete ihn aufgeregt. Er konnte dicke Schweißtropfen auf Duffs Stirn erkennen, und seine Augen schienen zu brennen.

»Duff, um Himmels willen«, flüsterte Sean. »Beruhige dich.«

Sean wußte, daß alle Augen jetzt auf sie gerichtet waren. Sean selbst war verstört. Alles kam ihm wie ein böser Traum vor. Er sah noch einmal auf die Tafel, auf der neben C.R.C. die Zahl dreißig stand. Wo blieben die Banken? Warum verkauften sie nicht?

»Wir werden sie zwingen, wir werden diese Strolche zwingen«, sagte Duff noch einmal. Sean wollte etwas erwidern, aber ihm fehlten die Worte, und plötzlich wußte er, daß es ein böser Traum war. Denn in diesem Augenblick betraten Hradsky und Max die Börse. Eine Traube von Menschen folgte ihnen, und Hradsky lächelte und schüttelte den Kopf, ohne ihre Fragen zu beantworten. Hradsky ging direkt auf seinen Stuhl am Kamin zu. Er setzte sich bequem hin, und seine Weste umspannte den dicken Bauch. Er lächelte noch immer. Max sprach kurz mit Hradsky, und dann ging er auf Sean und Duff zu. Er blieb vor ihnen stehen.

»Wir sind informiert worden, daß Sie sich verpflichtet haben, an Mr. Hradsky fünfhunderttausend C.R.C.-Aktien zu einem Durchschnittspreis von sechsunddreißig Shillingen zu verkaufen.« Max sah sie bedauernd an. »Wie Sie wissen, existieren insgesamt eine Million Aktien. Während der letzten beiden Tage war

Mr. Hradsky in der Lage, außer den Aktien, die Sie verkauft haben, noch weitere fünfundsiebzigtausend zu kaufen. Das bedeutet, daß er jetzt bereits fast sechshunderttausend Aktien besitzt. Es hat daher den Anschein, daß Sie Aktien verkauft haben, die gar nicht existieren. Mr. Hradsky ist der Ansicht, daß Sie Schwierigkeiten haben werden, Ihren Verpflichtungen nachzukommen.«

Sean und Duff starrten ihn an. Als er sich zum Gehen wandte, stieß Duff hervor: »Aber die Banken. Warum haben die Banken nicht verkauft?«

Max lächelte bedauernd. »An dem Tag, an dem Mr. Hradsky in Port Natal angekommen war, glich er von seinen dortigen Konten die in Johannesburg offenstehenden Beträge aus. Er schickte Ihnen das Telegramm und kehrte dann sofort wieder zurück. Wir sind erst vor einer Stunde hier angekommen.«

»Aber – aber, Sie haben uns belogen, hereingelegt!«

Max sah ihn erstaunt an. »Mr. Charleywood, ich bin nicht bereit, mit einem Mann über den Begriff Anstand zu diskutieren, der ihn nie verstanden hat.« Er ging zu Hradsky zurück. Alle hatten ihn gehört. Und während Duff und Sean ruiniert dasaßen, begann der Kampf um den Kauf von C.R.C.-Aktien. Innerhalb von fünf Minuten war der Kurs über neunzig Shillinge und stieg weiter an. Als er auf hundert Shillingen angekommen war, berührte Sean Duffs Arm.

»Gehen wir.« Sie standen gleichzeitig auf und gingen langsam zur Tür. Als sie an Hradskys Sessel vorbeikamen, sagte der: »Nicht wahr, Mr. Charleywood, man kann nicht immer gewinnen?« Der Satz kam fast ohne Stottern heraus, obwohl sich für Norman Hradsky schwierige Buchstaben darin befanden.

Duff blieb stehen und wandte sich Hradsky zu. Sein Mund öffnete sich, und er versuchte krampfhaft eine Antwort zu finden. Dann schüttelte er den Kopf und wandte sich ab. Auf dem Weg stolperte er beinahe, und Sean mußte ihn stützen, während sie durch die Menge der erregten Makler gingen. Niemand nahm die geringste Notiz von ihnen. Sie wurden angerempelt und beiseite geschoben, bis sie auf der Straße waren. Sean gab Mbejane ein Zeichen, den Wagen zu bringen. Sie stiegen ein und fuhren nach Xanadu.

Dort gingen sie in die Bibliothek.

»Bitte hol mir einen Drink, Sean.« Duffs Gesicht war grau und um Jahre gealtert. Sean füllte zwei Gläser halb mit Brandy und gab eines davon Duff. Dieser trank und starrte dann in das leere Glas.

»Es tut mir leid, ich habe den Kopf verloren. Ich dachte, wir würden diese Aktien für einen Dreck zurückkaufen können, wenn die Banken verkaufen würden.«

»Es spielt keine Rolle.« Seans Stimme klang müde. »Wir waren schon erledigt, ehe das passierte. Verdammt noch mal, das war eine gut gestellte Falle.«

»Wir konnten es nicht wissen. Es war so verdammt hinterhältig. Wir haben es doch nicht ahnen können. Nicht wahr, Sean?« versuchte sich Duff zu entschuldigen.

Sean zog seine Schuhe aus und öffnete den Kragen. »In jener Nacht bei der Mine hätte ich um mein Leben gewettet, daß Max nicht gelogen hat.« Er lehnte sich im Sessel zurück, das Glas in der Hand. »Bei Gott, müssen die sich totgelacht haben, als sie sahen, wie wir uns ruinierten.«

»Aber – aber, irgend etwas muß doch noch übrigbleiben. Ein paar tausend wenigstens. Wir könnten zum Beispiel das Haus hier verkaufen.«

»Hör auf zu träumen, Duff. Das Haus hier gehört Hradsky. Ihm gehört überhaupt alles.« Sean trank den letzten Schluck seines Brandys. Dann stand er schnell auf und holte sich die Flasche. »Ich werde es dir erklären. Wir schulden Hradsky einhunderttausend Aktien, die nicht existieren. Die einzige Möglichkeit, sie ihm zu geben, heißt, daß wir sie erst mal von ihm kaufen müssen. Und den Preis dafür bestimmt er. Wir sind fertig, Duff. Weißt du, was das heißt? Am Ende! Bankrott!« Sean goß sich etwas Brandy ins Glas und verschüttete einige Tropfen auf den Teppich.

»Hör zu, Duff, wenn es mir gelingt, aus dieser Geschichte noch zweitausend Pfund zu retten, bist du dann einverstanden, wenn wir hier abhauen?«

»Wohin? Wohin wollen wir denn gehen?«

»Man erzählt sich, daß hinter dem Limpopo Gold und Elfenbein ist für den, der es sucht. Hauen wir ab und fangen wir von vorn an. Wir werden nach Norden gehen, Elfenbein jagen und versuchen, eine neue Ader zu finden. Wir nehmen ein paar Wagen mit und werden uns ein neues Vermögen schaffen. Ich wette, du hast vergessen, wie es ist, auf einem Pferd zu sitzen und mit einem Gewehr umzugehen. Und wie es ist, wenn einem der Wind ins Gesicht bläst. Stell dir vor, innerhalb von fünfhundert Meilen keine Hure und kein Makler.«

»Aber das heißt, daß wir alles hierlassen müssen, wofür wir gearbeitet haben«, stöhnte Duff.

»Um Himmels willen, Mann, bist du blind? Oder einfach idiotisch?« brüllte Sean ihn an. »Dir gehört überhaupt nichts. Wie kannst du also etwas zurücklassen, was dir gar nicht gehört? Ich gehe jetzt zu Hradsky und versuche, ein Geschäft mit ihm zu machen. Kommst du mit?«

Duff starrte ihn an, ohne ihn zu sehen. Seine Lippen zitterten, und er schüttelte den Kopf. Erst jetzt wurde ihm klar, in welcher Lage sie waren. Und dies verwirrte ihn völlig.

»Also gut«, sagte Sean, »warte hier auf mich.«

Hradsky war in seiner Wohnung von einer Menge lachender und schwatzender Menschen umgeben. Sean erkannte die meisten von ihnen. Es waren dieselben Speichellecker, die noch vor kurzem um den Thron, auf dem Duff und Sean saßen, getanzt hatten. Der König ist tot, lang lebe der König. Als sie ihn in der Tür stehen sahen, verstummte das Gespräch, und das Lachen wich aus den Gesichtern. Er sah, wie Max schnell zum Schreibtisch lief, eine Lade öffnete und seine Hand nach etwas suchte. Einer nach dem anderen der »Freunde« nahm seinen Hut und verließ eilig den Raum. Einige von ihnen murmelten so etwas wie einen Gruß, als sie an Sean vorbeigingen. Dann waren nur noch die drei übrig:

Sean, der ruhig in der Tür stand, Max hinter dem Schreibtisch und Hradsky im Polstersessel am Kamin, der ihn durch seine halbgeschlossenen Augen betrachtete.

»Wollen Sie mich nicht hereinbitten, Max?« fragte Sean. Und Max sah schnell auf Hradsky, der kaum merklich nickte. »Bitte treten Sie doch ein, Mr. Courteney.«

Sean stieß die Tür hinter sich zu und sagte: »Sie brauchen Ihre Waffe nicht, Max. Das Spiel ist aus.«

»Und ich würde sagen, daß wir es gewonnen haben. Nicht wahr, Mr. Courteney?«

Sean nickte. »Ja, Sie haben gewonnen. Wir sind bereit, Ihnen unsere sämtlichen Aktien, die wir von C.R.C. haben, zu übergeben.«

Max schüttelte traurig den Kopf. »Ich fürchte, daß es nicht ganz so einfach sein wird. Sie haben sich verpflichtet, uns eine bestimmte Anzahl von Aktien zu verkaufen, und wir müssen darauf bestehen, daß dieser Vertrag genau erfüllt wird.«

»Und wie können wir an die Aktien kommen?« fragte Sean.

»Sie könnten Sie zum Beispiel an der Börse kaufen.«

»Von Ihnen?«

Max zuckte die Schultern, gab aber keine Antwort.

»Haben Sie sich die Konsequenzen überlegt, die daraus entstehen, wenn Sie uns zu einer Bankrotterklärung zwingen?«

»Ich will gern zugeben, daß die Konsequenzen, die Ihnen entstehen, uns nicht berühren.«

Sean lächelte. »Ich würde sagen, das ist nicht sehr klug, Max. Ich habe im Augenblick von Ihrem Standpunkt aus gesprochen. Pfändungsbeschlüsse, Gläubigerversammlungen – Sie können sicher sein, daß ein Mitglied des Volksraads oder ein Verwandter eines solchen Mitglieds als Konkursverwalter eingesetzt wird. Dann werden Gerichtsbeschlüsse notwendig sein, Zwangsversteigerungen und Verkäufe, Gerichtskosten werden zu bezahlen sein. Der Mann, der die Liquidation übernimmt, dürfte, wenn er einigermaßen intelligent ist, in der Lage sein, das Ganze ohne Schwierigkeiten drei bis vier Jahre hinauszuziehen und in der Zeit eine fette Provision einzustreichen. Haben Sie an das alles gedacht, Max?«

Die Verwirrung in Max' Gesicht zeigte, daß er nicht daran gedacht hatte. Mit hilflosem Gesichtsausdruck sah er zu Hradsky hinüber. Sean faßte wieder etwas Mut.

»Was ich Ihnen nun vorschlagen möchte, ist dies: Sie geben uns zehntausend Pfund, und wir nehmen unsere Pferde und persönlichen Habseligkeiten. Dafür übergeben wir Ihnen unsere Aktien, Bankkonten, Grundbesitz, alles. In keinem Fall können Sie aus unserem Bankrott mehr herausholen.«

Hradsky machte Max ein Zeichen, und dieser übersetzte es Sean. »Würden Sie so gut sein, während wir Ihren Vorschlag besprechen, einen Augenblick draußen zu warten?«

»Ich werde an die Bar gehen und etwas trinken«, erwiderte Sean. Er zog die Uhr aus der Tasche und fragte: »Werden Ihnen zwanzig Minuten genügen?«

»Aber reichlich, ich danke Ihnen, Mr. Courteney.«

Sean stand ganz allein an der Bar, obwohl er bei weitem nicht der einzige Gast war. Er gehörte jetzt zu jenen Aussätzigen, denen das Banner des Bankrotts über dem Kopf schwebte, so daß alle einen weiten Bogen um ihn machten. Niemand sah ihn an. Und die Gespräche, die geführt wurden, schlossen ihn aus. Während er zwanzig Minuten wartete, amüsierte es ihn, sich vorzustellen, was passieren würde, wenn er irgendeinen dieser Freunde anzupumpen versuchte. Dann waren die zwanzig Minuten um, und Sean ging zur Tür. Jock und Trevor Heyns sahen ihn kommen, wandten sich abrupt ab und begannen, die lange Reihe der Flaschen hinter der Bar intensiv zu studieren.

Sean blieb bei Jock stehen und räusperte sich unterwürfig. »Jock, hättest du eine Minute Zeit für mich?«

Jock drehte sich langsam um. »Ach, Sean. Ja, was gibt es?«

»Duff und ich gehen fort von hier, und ich habe noch etwas für dich. Etwas, was dich immer an uns erinnern soll. Ich bin überzeugt, daß Duff ebenfalls wünscht, daß du es bekommst.«

Jock errötete betreten. »Das ist nicht nötig«, sagte er und wollte sich wieder seinem Drink zuwenden.

»Bitte, Jock.«

»Also gut«, erwiderte Jock irritiert. »Was ist es denn?«

»Das«, sagte Sean und ging einen Schritt auf ihn zu. Er legte sein ganzes Gewicht in den Schlag. Jocks große, vom Whisky gerötete Nase war ein traumhaftes Ziel. Es war keiner von Seans besten Schlägen, denn er war nicht mehr im Training. Aber er war kräftig genug, um Jock Heyns mit großem Gepolter hinter der Theke verschwinden zu lassen. Wie im Traum nahm Sean Jocks Glas und goß es über Trevors Kopf.

»Das nächstemal, wenn ihr mich trefft, lächelt gefälligst und sagt ›hallo‹!« rief er Trevor zu. »Und bis dahin paßt schön auf euch auf.« Jetzt ging er in viel besserer Laune zu Hradsky hinauf. Sie warteten schon auf ihn.

»Also, was gibt's, Max?« fragte Sean. Er konnte bereits wieder grinsen.

»Mr. Hradsky ist generös genug, Ihnen –«

»Wieviel?« unterbrach ihn Sean.

»Mr. Hradsky gibt Ihnen fünfzehnhundert Pfund und Ihre persönliche Habe. Dafür werden Sie sich verpflichten, im Verlauf der nächsten drei Jahre hier am Witwatersrand keinerlei Geschäfte zu tätigen.«

»Das wäre viel zu früh«, meinte Sean. »Sagen Sie zweitausend, und das Geschäft ist gemacht.«

»Unser Angebot steht so, wie es ist.«

Sean sah, daß sie es ernst meinten. Sie hatten es nicht nötig zu handeln. Das war ihr letztes Wort.

»Gut, ich nehme an.«

»Mr. Hradsky hat bereits nach seinem Anwalt geschickt, um den Vertrag aufsetzen zu lassen. Darf ich Sie bitten, so lange zu warten, Mr. Courteney?«

»Aber gern, Max, Sie vergessen, daß ich als Müßiggänger von jetzt an über unbegrenzte Zeit verfüge.«

31

Sean fand Duff noch immer im selben Sessel in der Bibliothek vor. Die Flasche in seiner Hand war leer, er war betrunken und schlief. Er hatte etwas von dem Brandy über seine Weste gegossen, und drei Knöpfe waren geöffnet. Sean löste die Finger, die den Flaschenhals umklammert hielten, und Duff bewegte sich unruhig, murmelte etwas und schüttelte den Kopf.

»Es ist Zeit für kleine Jungen, ins Bett zu gehen«, meinte Sean, hob ihn hoch und legte ihn sich über die Schulter. Duff übergab sich im großen Bogen.

»So ist's brav, mein Junge. Zeig Hradsky nur, was du von seinem Teppich hältst«, sprach ihm Sean Mut zu. »Noch einmal, damit es Glück bringt. Aber nicht auf meine Schuhe.«

Duff tat wie ihm geheißen, und vor sich hin lachend, trug ihn Sean nach oben. Er warf Duff aufs Bett, zog ihn aus und deckte ihn zu. Dann holte er aus dem Badezimmer eine Emailleschüssel und stellte sie neben das Bett.

»Es könnte sein, daß du sie brauchst. Schlaf gut. Wir haben morgen einen weiten Ritt vor uns.«

Dann rannte er die Treppen hinunter durch die Küche in den Stall. »Mbejane«, schrie er. »Wo zum Teufel bist du?«

Er hörte im Dienstbotenzimmer einen Stuhl umfallen, und dann wurde die Tür aufgerissen.

»Nkosi, was ist los?« Die Dringlichkeit in Seans Stimme hatte Mbejane alarmiert.

»Welches sind unsere sechs besten Pferde?«

Mbejane nannte sie und zeigte dabei offen seine Neugier. »Sind sie alle gegen Nagana* geimpft?«

»Alle, Nkosi.«

»Gut. Sorge dafür, daß sie vor Morgengrauen fertig sind, zwei mit Sätteln, die anderen, um die Lasten zu tragen.«

* Schlafkrankheit, die durch den Stich der Tsetsefliege verbreitet wird.

Mbejane begann zu lächeln. »Könnte es sein, daß wir jagen gehen, Nkosi?«

»Das könnte leicht sein«, stimmte Sean zu.

»Wie lange werden wir fort bleiben, Nkosi?«

»Wie lange ist für immer? Verabschiede dich von all deinen Weibern, hole deine Speere, und dann werden wir sehen, wohin uns der Weg führt.« Sean ging in sein Schlafzimmer zurück. Er brauchte eine halbe Stunde, bis er gepackt hatte. In der Mitte des Zimmers türmte sich ein großer Kleiderhaufen. Das, was er behielt, machte höchstens eine halbe Pferdelast aus. Er packte alles in zwei Lederkoffer. Ganz hinten in einem der Schränke fand er seinen alten Schafspelz, den er über einen Stuhl warf, zusammen mit seinen Lederbreeches und dem breitkrempigen Hut. Das wollte er morgen anziehen. Dann ging er in die Bibliothek und suchte sich die richtigen Gewehre aus. Dabei überging er die modischen Waffen mit Doppelläufen und obskuren Kalibern. Insgesamt suchte er zwei Jagdflinten und vier Büchsen aus.

Dann ging er, um sich von Candy zu verabschieden. Sie war in ihrer Wohnung und öffnete ihm schnell, als er anklopfte.

»Hast du schon gehört?« fragte er sie.

»Ja. Die ganz Stadt weiß es. Ach Sean, es tut mir ja so leid. Bitte komm herein.« Sie ließ ihn eintreten. »Wie geht es Duff?«

»Im Augenblick ist er betrunken und schläft.«

»Ich würde zu ihm gehen«, sagte sie schnell. »Er wird mich jetzt brauchen.«

Sean zog die Brauen hoch und sah sie an, bis sie sich abwandte.

»Nein, ich nehme an, du hast recht. Vielleicht später, wenn er den ersten Schock überwunden hat.« Sie lächelte Sean an. »Ich glaube, du brauchst einen Drink. Es muß auch für dich fürchterlich gewesen sein.« Sie ging zur Anrichte. Sie hatte ein blaues Kleid an, das eng an den Hüften anlag und nicht hochgeschlossen genug war, um den Einschnitt zwischen den Brüsten zu verbergen. Sean beobachtete sie, während sie ihm den Drink eingoß. Sie war sehr hübsch anzuschauen.

»Bis wir uns wiedersehen, Candy.« Sean hob sein Glas. Ihre tiefblauen Augen öffneten sich weit.

»Ich versteh' dich nicht, warum sagst du das?«

»Wir reiten fort, Candy. Morgen ganz früh.«

»Aber nein, Sean. Du machst einen Witz.« Aber sie wußte, daß er die Wahrheit sprach. Danach gab es nicht mehr viel zu reden. Er trank aus, sie unterhielten sich noch ein wenig, und dann küßte er sie.

»Bitte, sei fröhlich«, befahl er ihr.

»Ich werde es versuchen. Kommt bitte bald zurück.«

»Nur wenn du versprichst, mich zu heiraten«, lachte er.

Sie ergriff seinen Bart und zog daran. »Mach, daß du fortkommst, ehe ich dich beim Wort nehme.«

Dann ging er, denn er wußte, daß sie nun weinen würde. Und das wollte er nicht sehen.

Am nächsten Morgen packte Duff unter Seans Aufsicht seine Sachen. Wie betäubt folgte er jeder Anweisung, beantwortete Seans Fragen, war aber sonst völlig teilnahmslos. Als er fertig war, trugen sie ihre Sachen hinunter. Der Tag war noch nicht angebrochen. Bei den Pferden standen Männer. Sean konnte in dem Halbdunkel vier Gestalten ausmachen. Er zögerte, ehe er auf den Hof ging.

»Mbejane«, rief er. »Wer sind diese Leute bei dir?«

Sie traten vor, so daß sie im Lichtschein standen, der aus dem Zimmer fiel. Und Sean lachte.

»Hlubi, der Mann mit dem Bauch. Nonga! Und das bist doch du, Kandhla?« Es waren Männer, die neben ihm in »Candys Tief« gearbeitet hatten, die den Spaten benutzt hatten, der seinen Reichtum begründete, und ihre Speere geschwungen hatten, um seine Feinde zu vernichten. Sie freuten sich, daß er sie wiedererkannte, denn das alles war viele Jahre her. Sie umringten ihn und lachten, so breit und weiß, wie es nur ein Zulu kann.

»Was führt euch drei Strolche schon so früh am Morgen hierher?« fragte Sean. Und Hlubi antwortete für sie.

»Nkosi, wir hörten, wie von einem Treck gesprochen wurde, und unsere Sohlen brannten. Wir hörten, wie von einer Jagd gesprochen wurde, und wir konnten nicht schlafen.«

»Wir haben kein Geld, um euch zu bezahlen«, schnauzte Sean, um seine Zuneigung für die Schwarzen zu verbergen.

»Wir haben nicht von Geld gesprochen«, antwortete Hlubi stolz. Sean nickte. Es war die Antwort, die er erwartet hatte. Er räusperte sich und fuhr fort: »Würdet ihr auch mit mir kommen, wenn ihr wüßtet, daß ich Tagathi habe?« Er benutzte den Zulu-Ausdruck für Zauberei. »Würdet ihr mir folgen, wenn ihr wüßtet, daß ich hinter mir her eine Fährte von Kummer und Tod ziehe?«

»Nkosi.« Hlubis Stimme war ernst, als er antwortete. »Etwas muß immer sterben, wenn der Löwe frißt. Und doch ist immer noch Fleisch für die übrig, die ihm folgen.«

»Ich höre das Geschwätz alter Weiber beim Biertrinken«, stellte Mbejane trocken fest. »Es gibt nichts mehr zu reden, und die Pferde werden unruhig.«

Sie ritten die Einfahrt von Xanadu zwischen den Jacarandasträuchern und weiten Rasenflächen hinunter. Hinter ihnen stand ihr Haus, grau und unbeleuchtet im Halbdunkel. Sie ritten auf die Straße nach Pretoria, und als sie auf der Anhöhe angekommen waren, hielten sie an. Sean und Duff blickten ins Tal zurück. Der frühe Morgennebel hob sich und ließ überall die Fördertürme sichtbar werden. Sie beobachteten, wie die aufgehende Sonne die Nebel langsam in Gold tauchte. Dann vernahmen sie das Aufheulen einer Bergwerkssirene. »Könnten wir nicht noch eine Woche bleiben? Vielleicht würde uns noch etwas einfallen?« fragte Duff leise.

Sean saß schweigend da und starrte in den goldenen Nebel. Es war ein schöner Anblick. Er verbarg die zerfurchte Erde und die Mühlen. Er war ein angemessener Mantel für diese böse, habgierige Stadt. Sean wandte sein Pferd, schlug mit den losen Zügeln gegen dessen Nacken, und sie ritten weiter.

Drittes Buch

DIE WILDNIS

1

Sie blieben fünf Tage in Pretoria, gerade lange genug, um sich Waren und Wagen zu kaufen. Als sie am Morgen des sechsten Tages die Stadt verließen, folgten sie dem Jagdweg nach Norden. Die Wagen fuhren in einer Reihe und wurden von den Zulus und einem Dutzend neuer Diener, die Sean angeheuert hatte, geführt. Ihnen folgte eine ganze Schar schwarzer und weißer Kinder und Hunde. Männer riefen ihnen Grüße zu, und Frauen winkten von den Balkonen der Häuser.

Am ersten Tag legten sie fünfzehn Meilen zurück. Und als sie am Abend in der Bucht eines kleinen Stromes haltmachten, spürte Sean im Rücken und in den Beinen Muskelkater, denn er hatte seit fünf Jahren das erstemal wieder den ganzen Tag über im Sattel gesessen. Sie tranken Brandy und aßen Steaks, die über einem Holzkohlenfeuer gebraten wurden. Dann ließen sie das Feuer ausgehen, saßen da und starrten in die Nacht. Der sternenbesäte Himmel sah wie ein schwarzer Vorhang aus, der von einer Schrotflinte durchlöchert war. Im Hintergrund konnte man das Gemurmel der Diener hören, und ab und zu heulte ein Schakal. Bald gingen sie zu ihrem Wohnwagen, und Sean schlief trotz der groben Decken und harten Strohmatratzen, die jetzt statt seidener Laken sein Bettzeug ausmachten, sehr schnell ein.

Sie brachen früh am nächsten Morgen auf und legten an diesem und auch am nächsten Tag jeweils zwanzig Meilen zurück, ehe sie am Abend ausspannen ließen. Sean hatte im Bergwerk gelernt, wie wesentlich ein schnelles Vorwärtskommen war, daß jede Minute wichtig sein konnte und der Verlust eines Tages ein Unglück war. Diese Angewohnheit war ihm geblieben, und so trieb er den Treck genauso ungeduldig vorwärts, wie er die Leute in den Stollen von »Candys Tief« angetrieben hatte. Dann fragte Mbejane ihn eines Morgens, als sie die Ochsen wieder anspannten: »Sind wir irgendwo verabredet, Nkosi?«

»Nein. Warum fragst du?«

»Wenn ein Mann sich beeilt, dann hat er im allgemeinen einen Grund dafür. Ich wollte den Grund für unsere Hast herausfinden.«

»Der Grund ist –« Sean hielt inne, dann räusperte er sich, kratzte sich die Nase und sagte kurz, während er zu seinem Pferd ging: »Laß eine Stunde, ehe die Sonne ihren höchsten Stand erreicht, ausspannen.«

Er ritt an diesem Tag mit Duff ein bis zwei Meilen vor den Wagen. Statt häufig zurückzureiten und die Leute anzutreiben, schlug er vor: »Reiten wir doch mal zu dem Hügel dort. Wir können die Pferde unten lassen und zu Fuß hinaufklettern.«

»Warum denn?« fragte Duff.

»Einfach zum Spaß. Komm schon.«

Sie banden ihre Pferde fest und kletterten durch das Dickicht von Steinen und Baumstümpfen nach oben. Als sie dort einen schattigen Sitzplatz hinter einem flachen Felsen gefunden hatten, schwitzten sie, und ihr Atem ging schwer. Sean gab Duff eine Zigarre, und sie rauchten und sahen über das Land, das sich wie eine Karte vor ihnen ausbreitete.

Hier begann sich langsam die Graslandschaft des Velds mit den Wäldern und Hügelketten des Buschlandes zu durchsetzen. Ab und zu konnte man ein paar helle Flecken erkennen, die wie Kornfelder aussahen, den Lauf kleiner Flüsse an dunkelgrünen Baumreihen entlang und die mannshohe Vegetation an den Flußläufen. Alles andere war in der Grundfarbe Afrikas – Braun, tausend verschiedene Schattierungen von Braun. Blaßbraunes Gras auf rotbrauner Erde. Verdorrte, schokoladenbraune Baumstümpfe, über denen sich braune Blätter wiegten. Ein undefinierbares, flackerndes Braun, das von den Gazellenherden ausging, die am Fuß der Bäume grasten und hinauf an den nackten braunen Hängen der Berge. Und schließlich das fast endlose, unermeßliche braune Land, das bis jetzt noch von keines Menschen Fuß betreten worden war. Ruhig und erhaben lag es in seiner Grenzenlosigkeit vor ihnen.

»Das alles gibt mir ein Gefühl, ganz klein zu sein, aber auch wieder ein Gefühl der Sicherheit, so, als ob mich niemand hier bemerken könnte«, sagte Duff und lachte dabei etwas betreten.

»Ich weiß genau, was du meinst«, antwortete ihm Sean. Er sah, daß zum erstenmal, seit sie Johannesburg verlassen hatten, die Anspannung aus Duffs Gesicht gewichen war. Sie lächelten einander an und lehnten sich an den Felsen. Dann beobachteten sie ihre Wagen, die unten in Kreisform zum Lager aufgestellt worden waren, und sahen, wie das Vieh auf die Weide getrieben wurde. Die Sonne begann zu sinken, und die Schatten wuchsen langsam. In dieser Nacht blieben sie länger als sonst am Feuer sitzen, und obgleich sie nur wenig sprachen, war das alte Gefühl der Freundschaft wieder deutlich zu spüren.

Von nun an begann sich ihr Leben dem Tempo der langsamen Drehungen der Wagenräder anzupassen. Seans Augen, die bisher stets nur nach vorn geblickt hatten, fanden Zeit, sich umzusehen. Jeden Morgen verließen Duff und er die Wagen und wanderten im Busch umher. Zuweilen verbrachten sie einen Tag damit, den Sand in den Flüssen auf seinen Goldgehalt zu prüfen. Ein andermal suchten sie Spuren von Elefanten zu entdecken. Aber im allgemeinen ritten sie nur gemütlich voran, unterhielten sich oder suchten ein Versteck, von dem aus sie die täglich zahlreicher werdenden Rinderherden beobachten konnten. Sie schossen nur soviel ab, wie sie für sich und ihre Leute und den Haufen von Hunden, der ihnen seit Pretoria folgte, benötigten. Sie ritten durch die kleine Burensiedlung in Pietersburg, und dann erhob sich das Zoutspansgebirge vor ihnen. Sie blieben eine Woche in Louis Trichardt, der nördlichsten festen Siedlung der Weißen. Hier sprachen sie mit Männern, die über den Limpopo hinweg im Norden auf Jagd gewesen waren. Mächtige, braungesichtige Buren, mit Bärten, die ständig Spuren von Tabaksaft aufwiesen. Große Menschen, aus deren Augen der Friede der Buschlandschaft sprach. Aus ihren höflichen langsamen Äußerungen konnte Sean eine beinahe besitzergreifende Liebe für die Tiere, die sie jagten, und das Land, in dem sie sich so frei bewegten, entnehmen. Sie waren ganz verschieden von den Menschen, die er in Natal kennengelernt hatte, und auch anders als die Leute vom Witwatersrand. Der Respekt, den er für sie empfand, sollte in den Jahren, in denen er gegen sie kämpfen würde, nur noch stärker werden.

Es gab keinen Weg durch die Berge, sagten sie ihm, aber man konnte mit den Wagen das Gebirge umfahren. Die westliche Route führte am Rand der Kalahari-Wüste entlang. Ein schlechter Weg, wo sich die Wagenräder tief in die sandige Erde eingraben würden und die Wasserstellen spärlich waren. Die östliche Route führte durch Waldland mit viel Wasser und Wild. Flaches Land, das, je mehr man sich der Küste näherte, um so heißer wurde. Aber das war der Busch, in dem man Elefanten finden konnte.

Daraufhin schlugen Sean und Duff die östliche Route ein, und das Gebirge stets zu ihrer Linken, gingen sie in die Wildnis.

2

Nach einer Woche sahen sie die ersten Elefantenspuren, abgebrochene Äste, von denen die Rinde abgeschabt war. Die Spuren waren einige Monate alt, die Bäume waren schon völlig ausgetrocknet. Trotzdem fühlte Sean, wie es ihn erregte. Und an diesem Abend verbrachte er eine Stunde damit, seine Gewehre zu putzen und zu ölen. Der Wald war dichter geworden, und es wurde schwieriger, die Wagen zwischen den Baumstümpfen durchzumanövrieren. Aber dann fanden sie auch wieder Lichtungen, wo Gras wuchs und Büffelherden wie Haustiere grasten. Hier gab es viele Ströme, klar und sauber wie Forellenbäche in Schottland. Nur war das Wasser warm, und die Flußläufe waren von besonders dickem Buschland umgeben. An den Flüssen, im Wald und auf den Lichtungen standen überall Wildherden. Zebras, Kudus, schwarze Säbelantilopen, Gnus und Wasserbüffel waren in großen Mengen zu sehen und dann endlich Elefanten.

Sean und Mbejane erkundeten den Weg etwa eine Meile vor den Wagen, als sie die Spur fanden. Sie war frisch, so frisch, daß der Baum, der von dem Stoßzahn des Tieres angebohrt worden war, noch seinen Saft verströmte. Unten war das Holz nackt und weiß.

»Drei Bullen«, sagte Mbejane. »Einer davon ein Riese.«

»Warte hier.« Sean wandte sein Pferd und galoppierte zurück. Duff lag leicht vor sich hindösend auf dem Sitz des ersten Wagens, den Hut ins Gesicht geschoben und die Arme hinter dem Kopf verschränkt.

»Elefanten, Duff«, schrie Sean. »Ganz knapp vor uns. Komm, sattle dein Pferd und beeil dich!«

Innerhalb von fünf Minuten war Duff fertig. Mbejane wartete auf sie. Er war der Spur bereits ein kurzes Stück nachgegangen und führte sie jetzt weiter in den Busch. Nebeneinander reitend folgten sie ihm.

»Du hast schon früher Elefanten gejagt, mein Junge?«

»Noch nie«, erwiderte Sean.

»Um Himmels willen«, meinte Duff erschrocken. »Ich dachte, du wärst ein Experte. Ich glaube, ich reite wieder zurück und schlaf mich noch ein bißchen aus. Du kannst mich ja rufen, wenn du etwas Erfahrung gesammelt hast.«

»Keine Angst«, lachte Sean. »Ich weiß genau Bescheid. Schließlich bin ich mit Elefantengeschichten groß geworden.«

»Na, das beruhigt mich ja ganz außerordentlich«, murmelte Duff sarkastisch. Mbejane sah beide vorwurfsvoll an.

»Nkosi, es ist nicht sehr klug, jetzt zu reden. Wir sind ihnen ganz nahe.« Schweigend ging es weiter. Sie kamen an einem kniehohen gelben Dunghaufen vorbei, der wie eine dampfende Matratze aussah, und folgten dann den ovalen Spuren, die auf den abgebrochenen Zweigen sichtbar wurden. Sean saß steif und aufgeregt, das Gewehr über den Knien, im Sattel. Seine Augen durchsuchten das vor ihm liegende Buschland. Mbejane hielt plötzlich an und sagte zu Sean: »Hier haben sie das erstemal angehalten. Die Sonne steht jetzt hoch, und sie werden sich irgendwo ausruhen. Dieser Platz hier hat ihnen nicht gefallen, und sie sind weitergezogen. Wir werden sie jetzt gleich finden.«

»Der Busch wird hier zu dicht«, schimpfte Sean, während er die Spuren verfolgte. »Wir werden unsere Pferde hier bei Hlubi lassen und zu Fuß weitergehen.«

»Mein Junge«, widersprach Duff, »auf einem Pferd kann ich viel besser die Flucht ergreifen.«

»Runter«, sagte Sean und nickte Mbejane zu, sie weiterzuführen. Langsam ging es vorwärts. Sean schwitzte, und die Schweißtropfen hingen dicht in seinen Augenbrauen.

Duff ging mit seinem üblichen Lächeln neben Sean her. Jedoch sein Atem ging schneller. Mbejane warnte sie mit einer Handbewegung, und sie hielten an. Langsam vergingen einige Minuten, und dann winkte ihnen Mbejane mit einer beredten Geste zu, ihm zu folgen. »Das war noch nichts«, bedeutete ihnen die Hand. »Folgt mir.«

Sie gingen weiter. Buschfliegen umschwärmten Seans Augenwinkel und sogen die Schweißtropfen auf. Alle seine Sinne waren aufs äußerste angespannt. Sein Gehör geschärft, seine Augen wachsam und selbst sein Geruchssinn so empfindlich, daß er den schwachen Duft einer wilden Blume, den Geruch des Staubes und den von Mbejane ausgehenden Körpergeruch genau unterscheiden konnte. Plötzlich stand Mbejane still. Wieder bewegte sich seine Hand.

»Hier sind sie«, bedeutete die Hand.

Sean und Duff krochen hinter ihn. Die Sekunden vergingen, während sie den Busch mit den Augen absuchten.

Ein Ohr bewegte sich träge – ein Elefantenbulle, groß und ganz nah, grau im grauen Schatten. Sean berührte Mbejanes Arm. »Ich habe ihn gesehen«, bedeutete diese Geste.

Langsam winkte Mbejanes Hand und zeigte zu einer anderen Stelle. Wieder warteten sie, und dann sahen sie einen großen grauen Bauch, in dem sich die halbverdauten Blätter bewegten. Das dadurch verursachte Geräusch klang in der absoluten Stille so komisch, daß Sean drauf und dran war, laut zu lachen. Ein gurgelndes und krächzendes Geräusch. Und dann sah Sean den anderen Bullen. Er stand ebenfalls im Schatten. Zwei große gelbe Elfenbeinzähne waren zu erkennen. Die kleinen Augen waren fest geschlossen.

»Das ist deiner«, flüsterte Sean in Duffs Ohr. »Warte, bis ich mich in richtiger Position für den anderen befinde.« Er wandte sich seitwärts und konnte bei jedem Schritt die Flanke des anderen Bullen deutlicher erkennen. Jetzt sah er die ganze Schulter und stellte sich im richtigen Winkel für einen Schuß auf das Herz bereit. Er nickte Duff zu, nahm sein Gewehr hoch, zielte ganz dicht unterhalb des Schulterblattes und feuerte. Der Schuß verursachte in dem dichten Busch einen erschreckend lauten Knall. Staub stob von der Schulter des Bullen, der unter dem Schuß zusammenbrach. Dahinter erwachte der dritte Elefant und versuchte zu fliehen. Seans Hände luden schnell nach, und schon wieder zielte und feuerte er. Er sah, wie die Kugel traf, und wußte, daß es eine tödliche Wunde war. Die beiden getroffenen Bullen verschwanden, schmerzhafte Schreie ausstoßend, im Busch. Sean rannte ihnen nach, warf sich in den Busch, ohne die Dornen, die ihm ins Fleisch eindrangen, zu spüren.

»Hierher, Nkosi«, rief ihm Mbejane zu. »Schnell, oder wir verlieren sie.« Sie liefen den fliehenden Tieren nach. Nach hundert oder zweihundert Metern fingen sie an zu keuchen und zu schwitzen. Plötzlich endete die Buschlandschaft, und vor ihnen breitete sich ein weißes Flußbett mit steilem Ufer aus. Der Sand war gleißend weiß, und in der Mitte war ein kleiner Wassertümpel zu sehen. Der eine der Bullen war tot. Er lag mitten im Wasser. Der andere versuchte, das Steilufer zu erklimmen, rutschte aber ab und wandte sich müde um. Blut floß aus seinem Rüssel, während er sich Sean und Mbejane zuwandte. Er warf die Ohren zurück und lief durch den feuchten Sand des Flusses auf sie zu.

Sean war traurig, als er auf ihn anlegte. Es war eine Art stolzer Trauer, die man empfindet, wenn man hoffnungslosen Mut sieht. Sean tötete ihn schnell mit einem Kopfschuß.

Sie stiegen die Böschung hinab und gingen zu dem erlegten Elefanten. Er war vorn zusammengebrochen, und seine Stoßzähne hatten sich durch den Fall tief in den Sand gebohrt. Die Fliegen versammelten sich bereits an den Einschußstellen. Mbejane berührte einen der Zähne und sah dann zu Sean auf.

»Es ist ein guter Elefant.« Er sprach nicht mehr, denn es war jetzt nicht die Zeit, um zu reden. Sean lehnte sein Gewehr gegen den Bullen und suchte in seiner Tasche nach einer Zigarre, die er unangesteckt zwischen die Zähne klemmte. Er würde noch mehr Elefanten schießen. Das wußte er. Aber an diesen hier würde er sich immer erinnern. Er strich mit seiner Hand über das rauhe Fell.

»Wo ist Nkosi Duff?« erinnerte er sich plötzlich. »Hat er auch getroffen?«

»Er hat nicht geschossen«, antwortete Mbejane.

»Was!« Sean wandte sich um. »Aber warum denn nicht?« Mbejane nahm eine Prise Schnupftabak, nieste und zuckte dann mit den Schultern.

»Wir müssen zurück und ihn finden.« Sean nahm sein Gewehr auf, und Mbejane folgte ihm. Sie fanden Duff allein im Busch sitzend, das Gewehr an den Baum gelehnt und eine Wasserflasche an den Lippen. Als Sean auf ihn zukam, senkte er sie ein wenig und schwenkte sie wie zum Gruß.

»Heil. Hier kommt der große Eroberer und Held.« In seinen Augen war etwas, was Sean nicht begriff.

»Hast du deinen Elefanten nicht getroffen?« fragte Sean.

»Nein« erwiderte Duff. »Ich habe meinen nicht getroffen.« Er hob die Flasche und trank wieder. Plötzlich schämte sich Sean für ihn. Er schlug die Augen nieder, um Duffs Feigheit nicht sehen zu müssen. »Laß uns zu den Wagen zurückgehen«, sagte er. »Mbejane kann das Elfenbein mit ein paar Packpferden holen.«

Auf dem Weg zurück ritten sie nicht zusammen.

3

Als sie im Lager ankamen, war es fast dunkel. Sie gaben ihre Pferde einem der Diener und wuschen sich in dem Becken, das Kandhla für sie vorbereitet hatte. Dann saßen sie nebeneinander am Feuer. Sean goß die Drinks ein, wobei er sich bemühte, Duff nicht anzusehen. Er war bedrückt. Duff hatte sich als feige erwiesen, und Sean bemühte sich, dafür eine Entschuldigung zu finden. Vielleicht war sein Gewehr nicht losgegangen. Oder er hatte durch Seans Schuß sein Ziel verfehlt. Auf alle Fälle war Sean entschlossen, die Angelegenheit nicht auf sich beruhen zu lassen, damit sich nicht etwas Trennendes zwischen ihnen aufrichten könnte. Sie würden darüber reden und es dann vergessen. Er brachte Duff das gefüllte Glas und lächelte.

»Gut so. Versuch es mit einem Lächeln abzutun.« Duff erhob sein Glas. »Auf unseren großen, tapferen Jägersmann. Verdammt noch mal, mein Junge, wie konntest du das nur tun?«

Sean starrte Duff an. »Was meinst du eigentlich?«

»Du weißt genau, was ich meine. Du fühlst dich so verdammt schuldig, daß du mir nicht einmal in die Augen sehen kannst. Wie konntest du diese großen Tiere einfach umlegen? Und was noch schlimmer ist, wie konnte es dir sogar Spaß machen?« Sean setzte sich. Er war sich nicht sicher, welches Gefühl die Oberhand hatte: Erleichterung oder Überraschung. Duff fuhr schnell fort: »Ich weiß genau, was du jetzt sagen willst. Ich habe die Argumente schon früher von meinem lieben Herrn Vater gehört. Er hat es mir eines Abends, nachdem wir von einer Fuchsjagd zurückgekommen waren, genau erklärt. Und wenn ich sage ›wir‹, dann meine ich zwanzig Reiter und vierzig Hunde.«

Sean hatte sich noch nicht ganz mit seiner Rolle als Angeklagter abgefunden, nachdem er geglaubt hatte, der Ankläger zu sein. »Gehst du denn nicht gern auf die Jagd?« fragte er kopfschüttelnd.

»Ich hatte vergessen, wie es damals war. Ich war im ersten Augenblick von deiner Erregung mitgerissen. Aber als du dann mit dem Töten begonnen hast, erinnerte ich mich wieder an alles.« Duff nahm einen Schluck von seinem Brandy und starrte in das Feuer. »Sie hatten keine Chance. Vor einer Minute noch schliefen sie, und in der nächsten begannst du, sie mit deinen Kugeln zu zerfetzen, so wie die Hunde den Fuchs zerfetzten. Sie hatten gar keine Chance.«

Sean wurde jetzt wütend. »Wir kamen hierher, um Elefanten zu jagen. Und genau das tue ich auch.«

»Erzähl mir nur, daß du den Elefanten seiner Zähne wegen umgebracht hast, mein Junge. Dann werde ich dich einen Lügner heißen. Bei Gott, du fandest es herrlich. Du hättest nur dein und das Gesicht deines verdammten Wilden sehen sollen.«

»Also gut. Ich jage nun mal gern. Und der einzige Mann, den ich kenne, der es nicht mag, war ein Feigling«, schrie Sean ihn an.

Duffs Gesicht wurde blaß. »Was willst du damit sagen?« flüsterte er. Sie starrten einander an.

Sean lehnte sich im Stuhl zurück. »Ich habe das nicht so gemeint«, sagte er nach einer Weile.

»Ich habe gehofft, daß du es nicht so gemeint hast.« Mühsam kehrte das Lächeln wieder auf Duffs Züge zurück. »Erzähl mir, warum du die Jagd liebst, mein Junge. Ich will versuchen, es zu verstehen. Aber erwarte nie mehr von mir, daß ich mit dir jagen werde.«

Es war, als ob man einem Blinden erklären will, was Farbe ist. Es ist unmöglich, die Lust, die einen Jäger überkommt, jemandem erklären zu wollen, der dieses Gefühl nicht teilen kann. Duff hörte schmerzlich betroffen zu, während Sean versuchte, die Gefühle zu beschreiben, die das Blut im Körper eines Mannes schneller pulsieren lassen.

Als er zum Ende kam, zeigte ihm ein Blick auf Duffs Gesicht, daß er ihn nicht hatte überzeugen können.

»Und du warst der Gentleman, der gegen Hradsky für die Menschenrechte kämpfte«, sagte Duff leise. »Derjenige, der immer davon sprach, anderen Menschen nicht weh tun zu wollen.«

Sean öffnete den Mund, um zu protestieren, aber Duff fuhr fort: »Jag du nach deinem Elfenbein, und ich werde mich um Gold kümmern. Jeder von uns macht das, was er am besten kann. Ich werde dir deine toten Elefanten genauso verzeihen, wie du mir damals meine Candy verziehen hast. Sind wir immer noch gleichberechtigte Partner? Einverstanden?« Sean nickte, und Duff hielt ihm sein Glas entgegen. »Es ist leer«, sagte er. »Sei so gut, mein Junge...«

4

Wann immer sie eine Auseinandersetzung hatten, nichts Unausgesprochenes blieb zurück. Was sie miteinander gemein hatten, taten sie mit Freude. Wo einer eine andere Meinung hatte, wurde sie akzeptiert. Wann immer nach einer Jagd die Packpferde das Elfenbein zum Lager brachten, war weder in Duffs Gesicht noch in seiner Stimme eine Spur von Mißbilligung zu finden. Aus ihm sprach stets nur die ehrliche Freude, Sean wieder gesund bei sich zu wissen. Zuweilen, wenn Sean Glück hatte und die Spur frisch war, war er schon am selben Abend wieder im Lager zurück. Des öfteren jedoch, wenn die Herde sich weit entfernt hatte oder die Spuren verhärtet waren, konnte er manchmal eine Woche und länger fort sein. Immer wenn er zurückkehrte, feierten sie und tranken ein wenig. Am nächsten Morgen lagen sie lange im Bett, spielten Karten oder lasen laut aus den Büchern, die Duff in Pretoria gekauft hatte. Und dann, ein oder zwei Tage später, zog Sean wieder davon, gefolgt von seinen Hunden und seinen Waffenträgern.

Sein Bart kräuselte sich jetzt bis zur Brust. Die bleiche Farbe, die früher Gesicht und Hände bedeckt hatte, war einer dunklen Sonnenbräune gewichen. Seine Muskeln waren stärker geworden und die überflüssigen Fettschichten verschwunden. Er hielt sich gerader, bewegte sich schneller und lachte öfter.

Bei Duff war die Veränderung weniger deutlich. Er war schlank wie immer, aber in seinen Augen war jetzt weniger Unruhe. Seine Sprache und seine Bewegungen waren langsamer geworden, und der Bart, den er sich hatte wachsen lassen, ließ ihn erstaunlicherweise jünger erscheinen. Jeden Morgen verließ er mit einem Diener das Lager und lief im Busch umher, wo er Gesteinsproben auf ihren eventuellen Goldgehalt hin überprüfte. Jeden Abend kam er zum Lager zurück, nahm eine genaue Analyse der gesammelten Steine vor, warf sie weg, badete und stellte eine Flasche mit zwei Gläsern auf den Tisch neben dem Feuer. Während er aß, lauschte er und hoffte, das Gekläff der Hunde zu hören, das Geräusch von Pferden oder Seans Stimme. Blieb die Nacht ruhig, stellte er die Flasche fort und ging in seinen Wohnwagen.

Sie zogen immer weiter nach Osten, bis die Berge allmählich flacher wurden und Sean einen Paß fand, durch den sie die Wagen bis zum Tal des Limpopo bringen konnten. Hier veränderte sich der Charakter des Landes. Es wurde flach. Das Wasser floß spärlicher, und Sean ritt jedesmal, ehe sie das Lager abbrachen, voraus, um eine neue Wasserstelle zu suchen. Trotzdem blieb die Jagd sehr erfolgreich, denn hier sammelte sich das Wild an den Tränken. Und noch ehe sie die Hälfte des Weges vom Gebirge zum Limpopo hinter sich hatten, war ein weiterer Wagen mit Elfenbein angefüllt.

»Wir werden doch aller Wahrscheinlichkeit nach denselben Weg wieder zurückkommen, oder?« fragte Duff.

»Das glaube ich auch«, stimmte Sean zu.

»Dann sehe ich nicht ein, warum wir eine Tonne Elfenbein mit uns herumschleppen sollen. Vergraben wir es doch und nehmen es auf dem Rückweg wieder mit.«

Sean sah ihn nachdenklich an. »Ungefähr einmal im Jahr hast du eine gute Idee. Genau das werden wir tun.«

Das nächste Lager, das sie aufschlugen, war an einem günstigen Platz. Es gab genügend Wasser. Die schlammige Stelle war ungefähr einen Morgen groß und ausnahmsweise nicht so stark vom salzigen Elefantenurin verseucht wie einige der vorherigen. Eine Ansammlung wilder Feigenbäume gab etwas Schatten. Und das Gras war von einer Qualität, daß die Ochsen wieder an Gewicht zunehmen konnten, was sie auf dem weiten Marsch verloren hatten. Sie entschlossen sich, hier einige Zeit zu bleiben, das Elfenbein zu vergraben, einige Reparaturen an den Wagen vorzunehmen und Dienerschaft und Vieh ausruhen zu lassen. Ihre erste Aufgabe bestand darin, eine große Höhle zu graben, in der sie die über hundert Stoßzähne, die sich angesammelt hatten, verbergen konnten. Es dauerte drei Tage, bis diese Arbeit getan war.

5

Sean und Duff saßen zusammen im Lager und beobachteten, wie sich die Sonne senkte, wie sie langsam in die Erde verblutete und wie die in der kurzen Zeit des Zwielichts lila leuchtenden Wolken verschwanden. Kandhla warf Holz aufs Feuer, und eine helle Flamme schlug empor. Sie aßen gegrillte Kuduleber und danach dicke Steaks, die von einer Rinde gelben Fetts umgeben waren, und beendeten das Essen mit Brandy und Kaffee. Ihre Gespräche verstummten langsam, denn sie waren beide müde. So saßen sie da und starrten in das Feuer, zu faul, um ins Bett zu gehen. Plötzlich sahen sie, wie ein kleiner schwarzer Skorpion unter der losen Rinde eines der Holzscheite hervorkroch. Er hatte seinen Schwanzstachel wie den Arm eines Flamencotänzers erhoben, und die Flammen ließen seinen Panzer erglänzen.

»Wird er sich selbst den Todesstoß versetzen, ehe ihn die Flammen erreichen?« fragte Duff leise. »Ich habe gehört, daß sie es tun.«

»Nein«, erwiderte Sean.

»Warum nicht?«

»Nur der Mensch besitzt genügend Intelligenz, in einer unausweichlichen Situation so zu handeln. Bei allen anderen Kreaturen ist der Instinkt des Überlebenwollens zu stark«, antwortete ihm Sean, während der Skorpion vor den sich nähernden Flammen flüchtete und sein Stachel leise zu schwanken begann. »Außerdem ist er seinem eigenen Gift gegenüber immun, er hat also gar keine Wahl.«

»Er könnte ins Feuer springen und es so schneller hinter sich bringen«, murmelte Duff, den die kleine Tragödie beeindruckte.

Der Skorpion machte einen letzten Versuch, aus dem ihn umschließenden Ring auszubrechen. Dann fiel sein Stachel herunter. Der Griff seiner Beine verlor an Sicherheit, und die ihn umgebende Rinde begann zu brennen. Jetzt berührten die Flammen wie schnelle gelbe Finger seinen strahlenden Körper. Das Holzscheit fiel um und das Drama war vorüber. »Wärst du?« fragte Sean. »Wärst du gesprungen?«

Duff gähnte leise. »Ich weiß es nicht«, sagte er und stand auf. »Ich muß mich noch erleichtern, und dann haue ich mich hin.« Er ging durchs Lager und stand am Rande des Wagenkreises. Seit sie Pretoria verlassen hatten, waren sie ständig von dem Jaulen der Schakale umgeben gewesen. Das gehörte so sehr zur afrikanischen Nacht, daß es ihnen kaum noch auffiel. Aber jetzt war da plötzlich ein Unterschied. Nur ein Schakal war zu hören, und zwar mit einer Stimme, die wie ein schrilles Stammeln klang. Ein Schmerzensschrei, der sich verrückt und hysterisch anhörte und Sean eine Gänsehaut verursachte. Er stand schnell auf und starrte unschlüssig in die Dunkelheit. Der Schakal lief auf das Lager zu – und plötzlich wußte Sean, was los war.

»Duff«, rief er. »Komm zurück. Lauf, Mann, lauf.«

»Duff.« Seans Stimme war jetzt ein Schrei. »Es ist ein tollwütiger Schakal. Renne, verdammt noch mal. Renn schon!« Der Schakal war jetzt ganz nah, und endlich begann Duff, sich zu bewegen. Er hatte die halbe Strecke zurückgelegt, ehe er stolperte. Er fiel, überschlug sich und war schon wieder im Begriff, sich zu erheben. Plötzlich sah Sean den Schakal. Er flitzte aus dem Schatten wie eine graue Motte im Zwielicht und stürzte sich auf den jetzt knienden Duff. Sean sah, wie dieser versuchte, sein Gesicht mit den Händen zu bedecken, als der Schakal ihn ansprang. Einer der Hunde riß sich von Mbejane los und raste an Sean vorbei. Sean ergriff ein Stück Holz und stürzte vor. Duff lag jetzt auf dem Rücken und versuchte, wild um sich schlagend, das etwa terriergroße Tier, das auf ihn einbiß, abzuwehren. Der Hund griff jetzt an und zog den Schakal fort. In diesem Augenblick schlug Sean zu und brach das Rückgrat des tollwütigen Tieres. Er schlug immer wieder zu, bis aus dem Kadaver eine formlose Masse wurde. Erst dann wandte er sich Duff zu. Duff stand jetzt. Er hatte den Schal vom Nacken genommen und strich sich damit über das Gesicht. Blutspritzer tropften von seinem Kinn und befleckten sein Hemd. Seine Hände zitterten. Sean ging mit ihm zum Feuer und betrachtete die Bißwunden. Die Nase war verletzt und eine Wange hatte einen Biß abbekommen.

»Setz dich.«

Duff gehorchte, wobei er den Schal wieder vor das Gesicht hielt. Sean ging schnell zum Feuer, zog sein großes Jagdmesser heraus und stieß es mitten in die Glut.

»Mbejane«, rief er, ohne seine Augen vom Messer zu wenden. »Wirf den Schakal ins Feuer und häufe viel Holz darüber auf. Berühre ihn nicht mit den Händen. Wenn du das getan hast, binde den Hund hier fest und laß ihn nicht mit den anderen zusammenkommen.« Sean drehte die Klinge in der Glut. »Duff, trink soviel Brandy wie möglich.«

»Was willst du tun?«

»Du weißt, was ich tun muß.«

»Er hat auch in mein Handgelenk gebissen.« Duff hielt seinen Arm hoch, und Sean konnte die kleinen schwarzen Löcher sehen, aus denen langsam ein dünner Blutstrahl quoll.

»Trink.« Sean zeigte auf die Brandyflasche. Eine Sekunde lang blickten sie einander an, und Sean sah, wie ein Grauen in Duffs Augen trat. Ein Grauen vor dem heißen Messer und ein Grauen vor den Bazillen, die in ihm waren. Diese Bazillen mußten, noch ehe sie in die Blutbahn gerieten, ausgebrannt werden. Denn falls sie diese erreichen sollten, würden sie langsam ins Gehirn eindringen und ihn im Wahnsinn enden lassen. »Trink«, sagte Sean noch einmal. Und Duff nahm die Flasche und setzte sie an den Mund.

»Mbejane und Hlubi, stellt euch hier neben den Stuhl von Nkosi Duff und seid bereit, ihn festzuhalten.« Sean nahm seinen Gürtel, bog das dicke Leder zusammen und gab ihn Duff. »Beiß hier rein.« Er wandte sich wieder dem Feuer zu, und als er das Messer herauszog, schimmerte die Klinge blaßrosa. »Bist du bereit?«

Duff stöhnte, als ihn das Messer berührte, und versuchte sich loszureißen, aber die beiden Zulus hielten ihn eisern fest. Die Wundränder wurden schwarz, und ein Zischen war zu hören, als Sean mit der Klinge tiefer bohrte. Der Gestank des verbrannten Fleisches verursachte ihm Übelkeit. Duff hing in den Armen der Zulus, das Hemd schweißüberströmt und das Haar klatschnaß. Sean erhitzte das Messer noch einmal und säuberte dann die Bißwunde am Handgelenk, während Duff nur noch matt stöhnte. Dann rieb er Wagenschmiere über die ausgebrannten Stellen und bandagierte das Handgelenk mit den Streifen eines sauberen Hemdes. Sie hoben Duff hoch, trugen ihn zum Wagen und legten ihn auf sein Bett. Sean ging mit Mbejane zu der Stelle, wo der Hund festgebunden war. Sie steckten seinen Kopf in einen Sack, damit er nicht beißen konnte, und dann brannte Sean ihm die Wunde aus. »Binde ihn am letzten Wagen fest und laß keinen anderen Hund in seine Nähe. Kümmere dich darum, daß er zu fressen und zu saufen bekommt«, sagte er zu Mbejane.

Duff war schon im Delirium und schlief während der ganzen Nacht keine Sekunde. Sean blieb bei ihm, bis der Morgen graute.

6

Ungefähr fünfzig Meter vom Lager entfernt unter einem der wilden Feigenbäume bauten die Diener für Duff eine Hütte. Der Rahmen bestand aus Pfählen und das Dach aus einer Plane. Sie zimmerten ein Bett und holten seine Matratze und Decken vom Wagen. Sean schmiedete vier Eisenketten zusammen, schlang diese Kette mit einem Ende um den Feigenbaum und schloß sie dort an. Duff saß im Schatten eines Wagens und beobachtete sie bei der Arbeit. Seine verletzte Hand hing in einer Schlinge. Das Gesicht war geschwollen. Die Bißwunde leuchtete in einem wilden Rot. Als Sean mit der Kette fertig war, ging er zu ihm.

»Es tut mir leid, Duff. Aber wir müssen es tun.«

»Nur, falls du es nicht wissen solltest, aber wir haben den Sklavenhandel schon vor einiger Zeit abgeschafft.« Duff versuchte, mit seinem verzerrten Gesicht zu grinsen. Er stand auf und folgte Sean zur Hütte. Sean legte das lose Ende der Kette um Duffs Hüften und schloß dann zwei Glieder zusammen, deren Enden er mit einigen Hammerschlägen miteinander verband.

»Es paßt ausgezeichnet«, sagte Duff. »Und nun laßt uns meine neue Behausung inspizieren.«

Sean folgte ihm in die Hütte. Duff legte sich auf das Bett. Er sah sehr müde und krank aus.

»Wie lange wird es dauern, bis wir es endgültig wissen?« fragte er ruhig.

Sean schüttelte den Kopf. »Ich bin mir nicht ganz sicher. Aber ich glaube, du mußt hier wenigstens einen Monat lang bleiben. Dann kannst du wieder zu uns zurückkommen.«

»Einen Monat? Ja, das ist ja fabelhaft. Einfach hier so herumzuliegen und jede Minute darauf zu warten, daß ich anfange, wie ein

Hund zu bellen und dann am nächsten Baum meinen Fuß hochzuheben.«

Sean lachte nicht. »Ich habe mit dem Messer ganze Arbeit geleistet. Die Chancen, daß du durchkommst, sind tausend zu eins. Dies hier ist nur eine Vorsichtsmaßnahme.«

»Die Chance hört sich ganz gut an. Ich setze fünf Pfund.« Duff schlug die Beine übereinander und starrte zur Decke. Sean setzte sich auf die Bettkante. Es dauerte eine lange Zeit, ehe Duff wieder zu sprechen begann.

»Wie wird es denn sein, Sean? Hast du jemals einen Tollwütigen gesehen?«

»Nein.«

»Aber du hast einiges darüber gehört, nicht wahr? Erzähl mir, was du darüber gehört hast«, drängte Duff.

»Zum Teufel noch mal, Duff. Du wirst sie nicht bekommen.«

»Erzahl's mir, Sean. Erzähl mir alles, was du darüber weißt.« Duff setzte sich auf und ergriff Seans Arm.

Sean sah ihn einen Augenblick fest an. »Du hast den Schakal gesehen, nicht wahr?«

Duff sank in die Kissen zurück. »Mein Gott«, flüsterte er.

Zu Beginn war es schlimm. Sean versuchte, Duff aus der verzweifelten Stimmung, in die er verfallen war, herauszureißen. Duff saß stundenlang in seinem Stuhl und starrte unbeweglich in den Busch, wobei er sich zuweilen über die Wundränder strich. Und nur manchmal ging so etwas wie ein Lächeln über seine Züge, wenn er den Geschichten zuhörte, mit denen Sean ihn zu unterhalten versuchte. Aber endlich hatten Seans Anstrengungen Erfolg. Duff begann zu reden. Er sprach von Dingen, die er nie vorher erwähnt hatte, und Sean erfuhr mehr über ihn als in den vergangenen fünf Jahren.

Die Wunde in seinem Gesicht begann langsam zu vernarben, und der Schorf fiel ab. Jetzt brach auch öfter die alte Fröhlichkeit wieder durch. An einem der Pfähle, die das Hüttendach stützten, hatte Duff einen Kalender für sich begonnen. Jeden Tag schnitt er eine Kerbe. Es wurde eine tägliche Zeremonie. Wenn er fertig war, ging er einige Schritte zurück, zählte laut die Kerben, als ob er sie dadurch bewegen könnte, schneller die Zahl dreißig zu erreichen. Die Zahl, die es ihm gestatten würde, sich von der Kette zu befreien.

Als der Hund es bekam, waren achtzehn Kerben am Pfahl. Es war an einem Nachmittag. Sie spielten Karten. Sean hatte gerade gegeben, als der Hund hinter dem Wagen zu jaulen begann. Sean warf seinen Stuhl um, als er aufsprang, ergriff sein Gewehr, das an der Wand lehnte, und lief zum Lager hinüber. Er verschwand hinter dem Wagen, an dem der Hund festgebunden war. Und unmittelbar darauf hörte Duff den Schuß.

Es dauerte fast eine Stunde, bis Sean zurückkehrte. Er stellte seinen Stuhl auf und setzte sich.

»Du spielst aus. Na komm schon«, sagte er, während er die Karten aufnahm. Sie spielten grimmig und versuchten, ihre ganze Aufmerksamkeit den Karten zuzuwenden, aber beide wußten, daß sich noch eine dritte Person bei ihnen am Tisch befand.

»Versprich mir, daß du das niemals mit mir machen wirst«, stieß Duff endlich hervor.

Sean sah auf. »Daß ich was nie tun werde?«

»Was du mit dem Hund gemacht hast.« Der Hund! Der verdammte Hund! Er hätte ihn schon damals gleich umlegen sollen.

»Daß der Hund das bekommen hat, bedeutet noch lange nicht, daß du –«

»Schwöre mir«, unterbrach ihn Duff wütend. »Schwöre mir, daß du niemals ein Gewehr auf mich anlegen wirst.«

»Duff, du weißt ja gar nicht, was du verlangst. Falls du es bekommen solltest...« Sean hielt inne. Was er auch sagen würde, würde es nur verschlimmern.

»Versprich es mir«, wiederholte Duff.

»Also gut, ich schwöre es dir.«

7

An einem Morgen kam Sean schon früh zu Duff herüber. Obwohl die Kühle der Nacht noch nicht vergangen war, versprach der Tag trocken und heiß zu werden. Die Tiere spürten es. Die Ochsen standen in Gruppen unter den Bäumen, und eine Antilopenherde verließ gerade die Wasserstelle. Sean stand in der Hüttentür und wartete, bis sich seine Augen an das Halbdunkel gewöhnt hatten. Duff war wach.

»Steh auf, oder willst du vom vielen Schlafen noch schöner werden?«

Duff setzte sich auf und stöhnte. »Mir ist, als ob hundert Kobolde in meinem Kopf einen Kosakentanz aufführten.«

Sean war besorgt. Er legte eine Hand auf Duffs Schulter, um zu spüren, ob die Hitze des Fiebers schon wieder in ihm tobte. Da Duff sich ganz kühl anfühlte, beruhigte sich Sean.

»Das Frühstück ist fertig«, sagte er. Duff spielte ein bißchen mit seinem Porridge und kostete kaum die gegrillte Antilopenleber. Er verdrehte mehrfach die Augen, und als sie den Kaffee ausgetrunken hatten, stieß er seinen Stuhl zurück. »Ich werde meinen schmerzenden Kopf zu Bett bringen.«

»Gut.« Sean stand ebenfalls auf. »Wir sind etwas knapp mit dem Fleisch. Ich will sehen, ob ich einen Bock schießen kann.«

»Nein, bleib hier und unterhalte dich ein bißchen mit mir«, sagte Duff schnell. »Wir könnten ja mal wieder Karten spielen.«

Da sie seit einigen Tagen nicht gespielt hatten, stimmte Sean freudig zu. Er setzte sich auf Duffs Bettkante, und innerhalb einer halben Stunde hatte er ihm zweiunddreißig Pfund abgenommen.

Mißmutig warf Duff die Karten hin. »Ich habe keine Lust weiterzuspielen.« Er preßte die Finger auf seine geschlossenen Lider. »Ich kann mich bei diesen Kopfschmerzen nicht konzentrieren.«

»Möchtest du schlafen?« Sean legte die Karten zurück in den Kasten.

»Nein. Warum liest du mir nichts vor?«

Duff ergriff einen in Leder gebundenen Dickens-Band, der auf dem Tisch neben dem Bett lag, und warf ihn Sean in den Schoß.

»Wo soll ich denn anfangen?« fragte Sean.

»Das spielt keine Rolle. Ich kenne fast alles auswendig.« Duff legte sich zurück und schloß die Augen. »Fang irgendwo an.«

Sean las vor. Etwa eine halbe Stunde lang stolperte er, des Vorlesens nicht kundig, über den schwierigen Rhythmus der Worte. Ein- oder zweimal sah er auf Duff, der ganz still dalag. Auf seinem Gesicht war ein dünner Schweißstreifen zu sehen, und die Narbenränder traten überdeutlich hervor. Er atmete ruhig. Dickens ist an einem heißen Vormittag ein erstklassiges Schlafmittel. Seans Augenlider wurden allmählich müde, seine Stimme wurde langsamer und verstummte schließlich. Das Buch glitt ihm von den Knien.

Das Klirren von Duffs Kette störte ihn. Er erwachte und sah auf das Bett. Duff lag zusammengekauert da. Der Wahnsinn ließ seine Augen brennen, und sein Gesicht zuckte. Gelber Schaum bedeckte seine Zähne und tropfte von den Lippen herunter.

»Duff...!« rief Sean, als Duff sich mit gekrallten Fingern auf ihn stürzte, wobei er einen Schrei ausstieß, der nicht mehr menschlich und noch nicht ganz tierisch war. Es war ein Schrei, der Sean zutiefst traf und jegliche Kraft aus seinen Beinen nahm.

»Tu's nicht!« schrie Sean. Und in diesem Augenblick verfing sich die Kette an einem der Bettpfosten und riß Duff, noch ehe er seine Zähne in Seans erstarrten Körper schlagen konnte, aufs Bett zurück.

Sean floh. Er rannte aus der Hütte in den Busch. Er rannte mit weichen Knien und schwer atmend. Ein Zweig schlug ihm ins Gesicht, und der Schmerz verlangsamte seine Schritte. Dann schlich er sich zu der Seite des Lagers hin, die am weitesten von Duffs Hütte entfernt war. Das Lager war leer. Die Diener waren genau wie Sean ängstlich geflohen. Er erinnerte sich, daß sein Gewehr noch immer in der Hütte neben Duffs Bett stand, schlich sich in seinen Wagen und öffnete schnell die Kiste mit den unbenutzten Waffen. Seine Hände waren unsicher, als er in der Kiste herumsuchte, denn er glaubte, daß jeden Augenblick die Kette reißen könnte und der unmenschliche Schrei sich ihm nähern würde. Hinter seinem Bett fand er seinen Patronengürtel, und er entnahm ihm einige Patronen. Er lud das Gewehr und entsicherte es. Das Gewicht von Stahl und Holz in seinen Händen ließ ihn ruhiger werden. Es machte wieder einen Mann aus ihm.

Er sprang aus dem Wagen und ging, mit dem Gewehr im Anschlag, vorsichtig aus der Wagenburg hinaus. Die Kette hatte gehalten. Duff stand im Schatten des wilden Feigenbaums und zerrte daran. Er stieß dabei Geräusche wie ein junger Hund aus. Sein Rücken war Sean zugewandt. Er war jetzt nackt. Die zerrissenen Kleidungsstücke lagen verstreut umher. Sean ging langsam auf ihn zu. Außerhalb seines Bereichs blieb er stehen.

»Duff«, rief Sean unsicher. Duff wandte sich um und nahm eine kriechende Haltung ein. Der Schaum verklebte jetzt seinen Bart. Er starrte Sean an und fletschte die Zähne. Dann stürzte er schreiend auf Sean zu, bis er wieder durch die Kette zu Boden gerissen wurde. Wieder richtete er sich auf, versuchte die Kette loszuwerden, wobei seine Augen hungrig auf Sean gerichtet waren. Sean wich zurück. Er nahm das Gewehr hoch und zielte zwischen Duffs Augen.

›Schwöre mir, schwöre mir, daß du niemals das Gewehr gegen mich erheben wirst.‹

Sean begann zu zittern. Duff blutete jetzt. Die Glieder der Kette hatten ihm die Haut von den Hüften gerissen. Aber er kämpfte immer weiter, um sich auf Sean zu stürzen. Sean senkte sein Gewehr und starrte in hilfloser Trauer vor sich hin.

Mbejane kam endlich zu ihm.

»Gehen Sie fort, Nkosi. Falls Sie es nicht beenden wollen, gehen Sie wenigstens fort. Er braucht Sie nicht länger. Und Ihr Anblick reizt ihn nur noch mehr.«

Mbejane führte Sean ins Lager zurück. Die anderen Diener waren dort. Und Sean nahm sich zusammen, um Anweisungen zu geben. »Ich will, daß ihr alle von hier weggeht. Nehmt Decken und

Essen mit und lagert euch am äußersten Ende der Tränke. Ich lasse euch holen, wenn es vorüber ist.« Er wartete, bis sie ihre Sachen geholt hatten. Und als sie sich zum Gehen wandten, rief er Mbejane zu sich. »Was muß ich tun?« fragte er.

»Was tut man, wenn ein Pferd sich das Bein bricht?« Mbejane antwortete auf eine Frage mit einer Gegenfrage.

»Ich habe ihm mein Wort gegeben.« Sean schüttelte verzweifelt den Kopf.

»Nur ein Strolch oder ein tapferer Mann kann einen Eid brechen«, antwortete Mbejane schlicht. »Wir werden auf Sie warten.« Er drehte sich um und folgte den anderen. Als sie gegangen waren, versteckte sich Sean in einem der Wagen und beobachtete Duff durch ein Loch in der Plane. Er sah die idiotischen Kopfbewegungen und den seemannsartigen Gang, während er an seiner Kette im Kreis herumlief. Er beobachtete, wie er sich vor Schmerzen zusammenrollte, wie er sich verzweifelt ganze Haarbüschel ausriß und sich das Gesicht zerkratzte. Er hörte, wie der Wahnsinn immer weiter fortschritt, die Schmerzensschreie, zuweilen ein sinnloses Gelächter und dann immer wieder den Aufschrei, den furchtbaren Aufschrei.

Mindestens ein dutzendmal legte er sein Gewehr an und zielte so lange, bis ihm der Schweiß die Sicht nahm. Dann ließ er es wieder sinken und wandte sich um. Dort draußen an der Kette dieses Stück Fleisch, das sich in der Sonne immer mehr rötete, das war ein Stück von Sean, das starb. Das war etwas von seiner Jugend, seinem Lachen, etwas von seiner wilden Lebenslust.

Die Sonne hatte jetzt ihren höchsten Punkt erreicht und begann abzunehmen, und das Ding an der Kette wurde schwächer. Es fiel, und es dauerte lange Zeit, während es auf Händen und Knien herumkroch, bis es wieder auf den Füßen stand. Eine Stunde vor Sonnenuntergang setzten bei Duff die ersten Krämpfe ein. Er stand in Richtung zum Wagen, worin Sean sich verbarg. Sein Kopf schwankte von einer Seite zur anderen. Und sein Mund bewegte sich stumm. Ein Krampf überkam ihn, und der Körper wurde steif. Die Lippen zogen sich zurück und zeigten die Zähne. Die Augen rollten, bis nur noch das Weiße sichtbar war. Und dann begann sich sein Körper nach hinten zu biegen, dieser wunderschöne Körper, der noch immer schlank wie der eines Jungen war, mit den langen, gutgeformten Beinen. Er bog sich weiter und weiter, bis mit einem kleinen Krachen die Wirbelsäule brach und er umfiel. Er lag jetzt leise wimmernd da und bewegte sich trotz des gebrochenen Rückgrats noch immer.

Sean sprang vom Wagen und lief zu ihm. Er stellte sich über ihn und schoß ihn durch den Kopf. Dann wandte er sich ab. Er warf das Gewehr weit weg und hörte, wie es irgendwo zu Boden fiel. Er ging zu seinem Wagen zurück und nahm eine Decke von Duffs Bett. Dann wickelte er Duff darin ein, trug ihn zu der Hütte und legte ihn dort aufs Bett. Das Blut durchnäßte die Decke und rann auf das Laken, so wie Tinte auf ein Stück Löschpapier. Sean setzte sich in den Sessel neben dem Bett.

Draußen wurde es immer dunkler. Während der Nacht näherte sich eine Hyäne und schnupperte an dem Blut auf der Erde. Dann schlich sie sich davon. In der Nähe der Tränke jagten ein paar Löwen im Busch. Zwei Stunden vor Sonnenaufgang töteten sie ihr Opfer. Und Sean saß in der Dunkelheit und hörte ihr triumphierendes Brüllen.

Als der Tag anbrach, stand Sean steif auf und ging zu den Wagen. Mbejane wartete auf ihn neben dem Lagerfeuer.

»Wo sind die anderen?« fragte Sean.

Mbejane stand auf. »Sie warten dort, wo Sie sie hingeschickt haben. Ich kam allein. Ich wußte, daß Sie mich brauchen würden.«

»Ja«, sagte Sean. »Hol zwei Äxte aus dem Wagen.«

Sie schlugen Holz, einen ganzen Berg von trockenem Holz und umgaben damit Duffs Bett. Dann zündete Sean es an. Mbejane sattelte ein Pferd. Sean stieg auf und sah den Zulu an.

»Bring die Wagen zur nächsten Wasserstelle. Ich werde euch dort treffen.«

Sean ritt aus dem Lager. Er wandte sich nur einmal um und sah, daß der Wind die Rauchfahne des Totenfeuers meilenweit über die dornigen Bäume trug.

8

Die nächste Wasserstelle war außerordentlich flach. Ein Mensch konnte sie überspringen, ohne sich die Füße dabei naß zu machen. Das Wasser war modrig und schmutzig. Es war ein schlechter Lagerplatz. Am dritten Tag ging Mbejane zu Seans Wagen. Sean lag auf seinem Bett. Seit er Duff verlassen hatte, hatte er nicht die Kleidung gewechselt. Sein Bart hatte durch das ständige Schwitzen seinen Glanz verloren, denn unter der Plane herrschte eine brütende Hitze. »Nkosi, wollen Sie kommen und sich das Wasser ansehen? Ich finde nicht, daß wir hier bleiben sollten.«

»Was ist denn mit dem Wasser los?« fragte Sean ohne Interesse.

»Es ist schmutzig. Ich glaube, wir sollten uns auf den Weg zum großen Fluß machen.«

»Tu nur, was du für richtig hältst.« Sean wandte sich von ihm ab und starrte gegen die Wagenwand.

Daraufhin führte Mbejane die Wagen hinunter zum Limpopo. Nach zwei Tagen hatten sie die Reihe der dunklen grünen Bäume, die das Flußufer umsäumten, erreicht. Sean war während des ganzen Trecks, der ihn, da er über holprigen Boden führte, ständig hin und her schleuderte, schwitzend in der Hitze liegengeblieben, ohne sich des mangelnden Komforts bewußt zu werden. Mbejane stellte die Wagen oberhalb des Flußufers im Kreise auf. Und dann warteten er und alle anderen Diener darauf, daß Sean wieder zum Leben erwachte. Ihre Gespräche nachts an den Lagerfeuern waren leise und betrübt. Und sie sahen oft zu Seans Wagen hin, der ohne Licht dastand, dunkel wie die Stimmung des Mannes, der sich darin befand.

Wie ein Bär, der am Ende des Winters seine Höhle verläßt, kam

Sean endlich aus dem Wagen. Seine Kleidung war verdreckt. Die Hunde stürzten sich sofort auf ihn, um ihn zu begrüßen, und rannten um ihn herum. Er bemerkte sie überhaupt nicht und stieg zum Flußbett hinunter. Er ging durch den Sand, wobei er bei jedem Schritt tief einsank. Dann erreichte er das Wasser, setzte sich und hielt eine Hand hinein. Dabei stellte er fest, daß es warm wie Blut war. Neben sich im Sand sah er die lange Schleifspur eines Krokodils. Eine Horde von Affen in einem Baum am anderen Ufer schrie ihn an. Sean starrte in das grüne Wasser. Er war einsam ohne Duff. Dann hörte er Schritte hinter sich im Sand, wandte sich um und sah auf. Es war Mbejane.

»Um wen trauern Sie?« fragte er.

»Geh weg, Mbejane. Laß mich in Ruhe.«

»Nkosi Duff braucht Ihre Trauer nicht. Ich glaube deshalb, daß Sie sich selbst betrauern.« Mbejane warf einen Stein ins Wasser.

»Wenn ein Reisender sich einen Dorn eintritt«, fuhr Mbejane leise fort, »dann ist er weise, wenn er ihn sich herauszieht. Und er ist ein Narr, wenn er ihn im Fuß läßt und sagt: ›Ich will diesen Dorn in meinem Fuß lassen, damit er mich immer an die Straße erinnert, auf der ich reiste.‹ Nkosi, es ist besser, sich an die Freuden zu erinnern als an die Schmerzen.« Mbejane warf noch einen Stein ins Wasser. Dann stand er auf und ging zum Lager zurück. Als ihm Sean zehn Minuten später folgte, fand er sein Pferd gesattelt, sein Gewehr im Sattelschuh und Mbejane und Hlubi, die mit den Speeren auf ihn warteten. Kandhla gab ihm seinen Hut. Er hielt ihn einen Augenblick an der Krempe und drehte ihn hin und her. Dann setzte er ihn auf und schwang sich aufs Pferd.

»Los«, befahl er.

Während der nächsten Wochen jagte Sean so konzentriert, daß er keine Zeit zum Nachdenken hatte. Er hielt sich stets nur ganz kurz im Lager auf, um das Elfenbein zurückzubringen und das Pferd zu wechseln. Als sie wieder einmal dem Lager eine kurze Visite abstatteten und Sean gerade wieder ein neues Pferd für eine neue Jagd besteigen wollte, beschwerte sich sogar Mbejane.

»Nkosi, es gibt wirklich bessere Möglichkeiten, sich umzubringen, als durch zu schwere Arbeit.«

»Du siehst bestens aus«, versicherte ihm Sean, obgleich Mbejane jetzt so schlank wie ein Windhund war und seine Haut wie verwaschenes Anthrazit schimmerte.

»Vielleicht sehen für einen Reiter alle Fußgänger gesund aus«, meinte Mbejane. Und Sean zog den Fuß, den er bereits im Steigbügel hatte, wieder zurück. Nachdenklich sah er Mbejane an. »Dann jagen wir jetzt zu Fuß, Mbejane. Und der erste von uns, der darum bittet, eine Pause zu machen, darf von dem anderen ›Weib‹ genannt werden.«

Mbejane grinste. Eine solche Herausforderung reizte ihn. Sie überschritten den Fluß und fanden noch vor der Mittagszeit eine Spur. Eine kleine Herde junger Bullen. Sie verfolgten sie bis zum Einbruch der Dunkelheit. Dann schliefen sie, aneinandergepreßt, unter einer Decke. Und am nächsten Morgen ging es weiter. Am dritten Tag verloren sie die Spur in felsigem Boden und gingen wieder in Richtung auf den Fluß zurück. Hier fanden sie eine andere Spur, die etwa zehn Meilen vom Lager entfernt war, verfolgten sie, und am Abend gelangen ihnen drei erstklassige Abschüsse. Keiner der Stoßzähne wog weniger als fünfzig Pfund. Während der Nacht liefen sie zum Lager zurück, schliefen vier Stunden, und dann ging es weiter. Sean humpelte jetzt bereits ein wenig. Und als sie am zweiten Tag während einer ihrer kurzen Pausen Rast machten, zog er den Schuh aus. Die Blase an seinem Hacken war geplatzt, und seine Socke war steif von eingetrocknetem Blut. Mbejane sah ihn ausdruckslos an. »Wie weit sind wir vom Lager entfernt?« fragte Sean.

»Wir können noch vor Einbruch der Dunkelheit zurück sein, Nkosi.«

Mbejane trug auf dem Rückweg Seans Gewehr. Im Lager brachte Kandhla ein Waschbecken mit heißem Wasser und stellte es vor Seans Stuhl. Während Sean seine Füße badete, setzte sich sein ganzes Gefolge im Kreis um ihn. Alle Gesichter zeigten Anteilnahme. Sie genossen jeden Augenblick. Und Mbejane, mit dem Zeitgefühl eines geborenen Schauspielers, steigerte die Spannung seiner Zuhörer immer weiter. Sean rauchte eine Zigarre und setzte eine böse Miene auf, um sich das Lachen zu verbeißen. Mbejane räusperte sich und spuckte ins Feuer. Alle Augen waren jetzt auf ihn gerichtet. Atemlos warteten sie, was kommen würde. »Nkosi«, sagte Mbejane, »ich würde fünfzig gute Ochsen für Sie als Hochzeitspreis aussetzen – falls Sie meine Tochter wären.«

Einen Augenblick herrschte völlige Stille. Und dann brach das Gelächter los. Zu Anfang lachte Sean mit ihnen, aber nach einer Weile verstummte sein Lachen. So komisch war es schließlich auch nicht. Er starrte sie an, auf ihre weitgeöffneten rosa Mäuler und ihre weißen Zähne. Er sah ihre sich schüttelnden Schultern und die schweratmenden Brustkörbe. Und dann plötzlich sah er, daß sie nicht länger über ihn lachten. Sie lachten einfach, weil sie sich freuten. Sie lachten, weil sie wußten, daß sie am Leben waren.

Als er am nächsten Morgen aus seinem Wagen kletterte und zu Kandhla humpelte, um zu sehen, was es zum Frühstück gab, spürte er zum erstenmal wieder eine Erregung. Was würde der neue Tag bringen? Er fühlte sich fit. Die Erinnerung an Duff war noch immer in ihm und würde es auch immer bleiben, aber sie war jetzt nicht mehr schmerzhaft. Er hatte sich den Dorn herausgezogen.

9

Sie wechselten im November insgesamt dreimal das Lager, wobei sie sich immer am südlichen Ufer des Flusses aufhielten, dem sie langsam nach Westen folgten. Die Wagen, die sie neben jener Wasserstelle entladen hatten, füllten sich wieder mit Elfenbein, denn hier am Fluß war die Jagdbeute reich. Sonst war das Land äußerst trocken, aber jetzt versprach es, besser zu werden.

Die wenigen Wolken, die am Himmel zu sehen waren, vermehrten sich, ballten sich zu dunklen Massen zusammen und gingen zuweilen als Gewitter nieder. Die ganze Natur schien von dieser Vorahnung beeindruckt. Gegen Abend beschien die Sonne die Wolkengebilde und ließ sie in königlichem Purpur erstrahlen, und untertags tanzten die Wirbelwinde wie Derwische zwischen ihnen. Die Regenzeit war im Kommen. Sean mußte sich jetzt entscheiden. Entweder mußte er den Limpopo überqueren und sich damit, wenn der Fluß über die Ufer trat, vom Süden abschneiden oder bleiben, wo er war, und das Land am anderen Ufer unberührt lassen. Die Entscheidung fiel ihm nicht schwer.

Sie fanden einen Platz, wo das Ufer zu beiden Seiten etwas flacher war. Der erste Wagen wurde abgeladen und ein doppeltes Gespann vorgespannt. Und dann galoppierten die Ochsen unter anfeuerndem Geschrei das Bankett hinunter in das Flußbett. Der Wagen schleuderte hinter ihnen her, bis er in den Sand kam, wo es nicht weiter ging. Die Räder waren bis zur Achse festgefahren.

»An die Speichen!« schrie Sean. Sie warfen sich gegen die Räder und versuchten sie zu drehen. Aber die Hälfte der Ochsen war bereits knietief eingesunken und dadurch machtlos auf dem weichen Untergrund. »Zum Teufel damit.« Sean starrte auf den Wagen. »Spannt die Ochsen aus und bringt sie zurück. Und dann holt eure Äxte.«

Es dauerte drei Tage, bis sie aus Ästen und Zweigen eine Brücke über den Fluß gebaut hatten, und zwei weitere, bis alle Wagen und das Elfenbein am anderen Ufer waren. Nachdem der letzte Wagen angekommen war, erklärte Sean den nächsten Tag zu einem Feiertag. Alle schliefen bis in den späten Morgen. Die Sonne stand bereits hoch am Himmel, als Sean aus seinem Wagen kam. Er ging zu der Stelle, wo Mbejane mit seinen Leuten saß.

»Das ist ein gutes Lager, Mbejane.« Sean sah zu dem Laubdach der Bäume über ihnen. Dieser Platz war selbst jetzt kühl und schattig. »Es ist ein guter Weideplatz für das Vieh«, stimmte Mbejane zu und streckte seine Hand Sean entgegen.

»Ich habe das hier im Gras gefunden. Hier muß schon mal jemand gelagert haben.« Sean nahm es ihm aus der Hand und betrachtete es. Es war ein Stück zerbrochenes Porzellan mit einem blauen Feigenblattmuster. Er drehte es zwischen den Fingern. Mbejane fuhr fort: »Dort in der Nähe des Baumes sind noch die Aschenreste eines alten Feuers. Ich habe Anzeichen dafür gefunden, daß Wagen an der gleichen Stelle wie wir das Bankett hochgefahren sind.«

»Wann war das?«

Mbejane zuckte mit den Schultern. »Vielleicht vor einem Jahr. In den Wagenspuren ist schon wieder neues Gras gewachsen.«

Als sie beim Mittagessen saßen, sprang Nonga plötzlich auf und zeigte nach Norden. Sean beschattete seine Augen.

»Donnerwetter«, sagte er.

»Ah, ah, ah«, riefen die Diener.

Ein Weißer ritt zwischen den Bäumen auf sie zu. Er trabte lässig, bequem auf dem Pferd sitzend, und war bereits nahe genug, daß Sean seinen großen roten Bart, der die untere Gesichtshälfte bedeckte, erkennen konnte. Es war ein großer Mann. Die Hemdsärmel waren an den starken Armen hochgekrempelt.

»Hallo, Mann. Wie geht es?« Er sprach in Afrikaans.

»Kandhla, hol die Brandyflasche«, rief Sean über die Schulter und dann an den Buren gewandt: »Kommen Sie herein. Sie kommen gerade recht zum Mittagessen. Zur Feier des Tages werden wir ein Gläschen trinken. Zum Teufel, es ist gut, endlich wieder einmal einen weißen Mann zu sehen.«

»Dann sind Sie ganz allein?«

»Ja. Kommen Sie herein, Mann. Setzen Sie sich.«

Sean goß die Drinks ein, und der Bure nahm sein Glas. »Wie heißen Sie?« fragte er.

»Courteney. Sean Courteney.«

»Ich bin Jan Paulus Leroux. Es freut mich, Sie kennenzulernen, Mijnheer.«

»Auf Ihr Wohl, Mijnheer«, antwortete Sean, und dann tranken sie.

Jan Paulus strich sich mit der Hand über den Bart und sog den Duft des Brandys ein.

»Das war gut«, sagte er und hielt Sean das Glas wieder hin. Angeregt unterhielten sie sich. Die Zungen lösten sich vom langen Alleinsein. Jeder versuchte, alles zur gleichen Zeit zu fragen und zu beantworten. Ein Zusammentreffen im Busch ist immer so. Der Pegelstand der Flasche sank immer schneller.

»Sagen Sie, wo sind Ihre Wagen?« fragte Sean.

»Ein oder zwei Stunden zurück. Ich bin vorangeritten, um den Fluß zu finden.«

»Wieviel seid ihr denn?« fragte Sean.

»Mutter und Vater, meine kleine Schwester und meine Frau. Ach ja, beinahe hätte ich es vergessen. Sie bringen besser Ihre Wagen hier weg.«

»Was?« Sean sah verwirrt aus.

»Das hier ist mein Lagerplatz«, erklärte ihm der Bure. »Sehen Sie, da sind noch die Spuren von meinem Feuer. Das hier ist mein Lagerplatz.«

Das Lächeln war aus Seans Zügen verschwunden. »Jetzt schauen Sie sich mal um, Bure. Hier überall ist Afrika. Suchen Sie sich aus, was Sie wollen, außer dem Platz, auf dem ich sitze.«

»Aber das hier ist mein Platz.« Jan Paulus wurde wütend. »Ich kampiere immer am selben Platz, wenn ich von einer langen Jagd zurückkehre.« In den wenigen Sekunden war die Stimmung völlig umgeschlagen. Jan Paulus stand abrupt auf und ging zu seinem Pferd. Er bückte sich und zog den Haltegurt des Sattels so fest zusammen, daß das Pferd beinahe die Balance verlor. Dann schwang er sich hinauf und sah auf Sean herab. »Fahren Sie mit Ihren Wagen woandershin. Hier kampiere ich heute nacht.«

»Hätten Sie Lust, eine kleine Wette abzuschließen?« fragte Sean grimmig.

»Wir werden ja sehen«, schnauzte ihn Jan Paulus an.

»Und ob wir das werden«, stimmte Sean zu.

Der Bure wandte sein Pferd und ritt fort. Sean beobachtete, wie er zwischen den Bäumen verschwand, und dann ließ er seiner Wut freien Lauf. Später hörte er in der Ferne Peitschengeknall, und die lange Reihe der Wagen kam durch die Bäume auf ihn zu. Auf dem Fahrersitz des ersten Wagens konnte Sean bunte Farbflecke erkennen. Frauenkleider! Der größere der beiden Vorreiter war Jan Paulus. Sean stand da, seine Fäuste wie Hämmer in die Hüften gepreßt, und ließ ihn herankommen.

Jan Paulus saß gerade im Sattel und hielt sein Pferd etwa zwölf Schritte vor Sean an. Dann schob er sich den Hut in den Nacken mit einem Daumen, der so dick und braun wie eine Bratwurst war. Er kitzelte sein Pferd ein wenig mit den Sporen und fragte dann erstaunt und spöttisch: »Was denn, mein Junge. Noch immer hier?«

»Warum kletterst du denn nicht auf den nächsten Baum? Ich würde sagen, da fühlst du dich mehr zu Hause«, schlug Sean milde vor.

»Ach so?« Jan Paulus saß still. Dann ging er mit dem rechten Fuß aus dem Steigbügel, schwang das Bein herüber, um abzusteigen. Und im selben Moment sprang Sean auf ihn zu. Das Pferd zuckte nervös zusammen und brachte den Buren damit aus der Balance, als er sich am Sattel festzuhalten versuchte. Sean griff sich eine Handvoll des roten Bartes und zog mit aller Gewalt daran. Der eine Fuß des Buren war im Steigbügel verfangen, und er hing jetzt wie eine Hängematte, auf der einen Seite von seinem ausschlagenden Pferd gehalten, auf der anderen von Seans Hand an seinem Kinn.

In diesem Augenblick riß der Steigbügel. Sean fiel zu Boden und kam gerade noch rechtzeitig auf die Beine, um Jan Paulus' Angriff abzuwehren. Er konnte den Schlag des Buren zwar abdecken, aber die Wucht, mit der er ihn führte, nahm ihm fast den Atem. Jetzt kämpften sie Brust an Brust. Und Sean fühlte, wie ihm ebenbürtige Kraft gegenüberstand. Sean versuchte, sein Gewicht zu verlagern und sich fallen zu lassen, aber Jan Paulus vereitelte dies geschickt. Dann versuchte es Jan Paulus. Er wand sich in Seans Armen, und

Sean brauchte alle Kraft, um ihn festzuhalten. Opa Leroux mischte sich jetzt ein. Er ritt gegen sie an und schlug mit seiner Nilpferdpeitsche auf die Kämpfenden ein.

»Hört jetzt endlich auf, ihr Burschen. Aufhören. He, es ist genug jetzt!« Sean schrie vor Schmerz auf, als die Peitsche seinen Rücken traf. Beim nächsten Schlag schrie Jan Paulus genauso. Sie ließen einander los und massierten sich, während sie vor dem hageren alten weißbärtigen Mann zurückwichen.

In diesem Augenblick war der erste Wagen angekommen.

Eine mächtige Frauengestalt, mindestens zweihundert Pfund schwer, rief vom Sitz herunter: »Warum hast du sie denn auseinandergebracht, Opa?«

»Es ist doch sinnlos, daß sie einander umbringen.«

»Du solltest dich schämen. Mußt du denn dem Jungen jeden Spaß verderben? Erinnerst du dich nicht daran, wie gern du dich geprügelt hast? Oder bist du mittlerweile so alt, daß du die Späße der Jugendzeit vergessen hast? Laß sie in Ruhe!«

Opa zögerte. Und noch immer die Peitsche schwingend, sah er von Sean auf Jan Paulus.

»Geh doch endlich weg, du alter Wichtigmacher«, befahl ihm seine Frau. Sie war hart wie Granit, ihre Bluse ausgefüllt von einem riesigen Busen und die nackten Arme so dick wie die eines Mannes. Die breite Krempe ihres Hutes ließ ihr Gesicht im Schatten, aber Sean konnte sehen, daß es rosig und weich war. Ein Gesicht, das eher lachte als weinte. Neben ihr saßen zwei Mädchen. Aber er hatte keine Zeit, sie sich anzusehen. Opa hatte sein Pferd gewendet, und Jan Paulus kam auf ihn zu. Langsam wurde der Kampf härter. Sie prügelten sich zwischen den Wagen, gerieten mit Händen und Knien aneinander, trennten sich und benutzten wieder die Fäuste. Endlich rollten sie aneinander geklammert das steile Bankett bis zum Flußbett des Limpopo hinunter. Hier prügelten sie sich in dem weichen Sand, der unter ihren Füßen nachgab, der ihnen den Mund verstopfte und wie weißer Puderzucker in ihren Haaren und Bärten klebte. Sie stürzten ins Wasser und kämpften keuchend weiter. Sie machten den Eindruck streitender Nilpferde, und ihre Bewegungen wurden langsamer. Bis sie endlich voreinander knieten und keiner mehr in der Lage war, sich zu erheben. Wasser lief an ihnen herunter.

Stimmen dröhnten wie ein Echo in Seans Schädel. Und dann sah er das Licht einer Laterne. Es erschien ihm rot durch das Blut, das ihm in die Augen gesickert war. Seine Diener hoben ihn hoch, er fühlte es kaum. Das Licht und die Stimmen verschwanden. Dunkelheit umfing ihn. Und er verlor wohlig das Bewußtsein.

Der Schmerz, den das Jod verursachte, riß ihn hoch, aber sofort wurde er wieder niedergedrückt.

»Ruhig, ruhig. Der Kampf ist vorbei.« Sean öffnete ein Auge, um den Sprecher zu erkennen. Die rosige Oma Leroux beugte sich über ihn. Ihre Hände berührten sein Gesicht, und wieder betupfte sie eine Stelle. Mit zusammengebissenen Zähnen stöhnte er.

»Typisch. Das ist typisch«, lachte Oma. »Noch vor kurzem hat man dir beinahe den Kopf abgehauen, ohne daß du einen Laut von dir gegeben hast, aber beim ersten Tropfen Jod weinst du wie ein Baby.« Hinter ihr erkannte Sean das Mädchen. Es stand im Schatten. Eine Silhouette gegen die blasse Plane. Es hielt eine Schüssel. Oma wandte sich um, tauchte das Tuch hinein, wusch das Blut aus und legte das Tuch wieder auf sein Gesicht. Der Wagen schwankte unter ihrem Gewicht, und die an der Decke hängende Lampe schaukelte hin und her, wobei sie das Gesicht des Mädchens beleuchtete. Seans Beine streckten sich, und er bewegte seinen Kopf ein wenig, um sie besser sehen zu können.

»Lieg still, mein Junge«, befahl Oma. Sean sah an ihr vorbei auf das Mädchen, auf die schönen, geschwungenen Lippen und auf die rosigen Wangen. Ihr dichtes Haar war zu einem Zopf geflochten, der bis zu ihrer Hüfte herunterhing.

»Katrina, muß ich jedesmal erst zu dir rübergehen, um an die Schüssel zu können? Komm hierher, Mädel.«

Sie trat ins Licht. Grüne, funkelnde Augen lachten ihn an. Dann blickte sie auf die Schüssel in ihren Händen.

»Mein großer Bär«, sagte Oma mit versteckter Anerkennung. »Kommt her und stiehlt unseren Lagerplatz, prügelt sich mit meinem Sohn und liebäugelt jetzt mit meiner Tochter. Wenn du so weitermachst, werde wahrscheinlich ich dich noch verprügeln müssen. Mein Gott, du bist mir aber ein Gefährlicher! Katrina, du gehst jetzt zu unserem Wagen und hilfst Henrietta. Laß die Schüssel hier auf der Kiste stehen.«

Ehe sie ging, sah sie Sean noch einmal an. In dem Grün ihrer Augen waren geheime Schatten. Sie brauchte ihren Mund nicht dazu, wenn sie lächeln wollte.

10

Sean erwachte und versuchte sich aufzurichten, aber der Schmerz hinderte ihn daran. Er stöhnte. Und selbst das tat weh. Dennoch probierte er langsam aufzustehen. Er fluchte leise und monoton vor sich hin, fluchte, bis er den beschwerlichen Ausstieg aus dem Wagen hinter sich hatte. Seine ganze Gefolgschaft beobachtete ihn aufmerksam. »Was zum Teufel –« Er hörte sofort auf, als eine Wunde auf der Lippe platzte und zu bluten begann.

»Was, zum Teufel«, wiederholte er, ohne seine Lippen zu bewegen, »treibt ihr denn hier? Ihr steht hier herum wie ein Haufen Weiber, die Bier trinken. Gibt's denn keine Arbeit heute? Hlubi, ich dachte, du wärst auf Fährtensuche.« Hlubi ging. »Kandhla, wo ist mein Frühstück? Mbejane, hol mir eine Schüssel mit Wasser und meinen Rasierspiegel.« Sean saß in seinem Stuhl und betrachtete mißmutig sein Gesicht im Spiegel.

Mbejane nahm ein Stück Papier aus seinem Umhang. »Ein Diener aus dem anderen Lager brachte dies, während Sie schliefen.«

Sean las es. Die Schrift war die große runde Schrift eines Schulmädchens und die Sprache holländisch. Ihm gefiel die Schrift. Es war eine Einladung zum Abendessen. –

Mbejane trug Sean eine Lampe voran. Als sie das Lager der Leroux erreichten, stand Jan Paulus steif von seinem Stuhl auf und nickte ebenso steif zur Begrüßung. Opa schlug Sean auf den Rükken und drückte ihm ein Glas mit Brandy in die Hand. Er war ein großer Mann. Aber zwanzigtausend Sonnen hatten sein Fleisch fortgebrannt und nur noch stählerne Muskeln zurückgelassen. Sie hatten seine Augen blaßgrün werden lassen und seine Haut so ausgetrocknet, daß sie einem Truthahnhals glich. Sein Bart war gelblich weiß, und nur noch um den Mund war ein rötlicher Schimmer zu sehen. Opa redete. Sean hörte zu. Und Jan Paulus war beleidigt. Opa sprach von Vieh und von der Jagd und von dem Land im Norden. Nach ein paar Minuten wurde es Sean klar, daß es nicht von ihm erwartet wurde, sich an der Unterhaltung zu beteiligen. Die paar Ansätze, die er machte, wurden von Opas verbalem Wasserfall sofort weggespült. Und so hörte Sean zu, halb ihm und halb dem Geflüster der Frauen, die über den Kochfeuern das Essen bereiteten. Einmal hörte er sie lachen. Endlich waren die Frauen fertig und kamen herbei. Sean erhob sich und sah, daß Katrina groß war und Schultern wie ein Junge hatte. Als sie auf ihn zukam, schmiegte sich der Rock an ihre Beine. Sie waren lang, aber die Füße waren zierlich. Ihr Haar war kastanienbraun und zu einem großen Knoten gewunden.

»Ah, da ist ja mein kampflustiger Bär.« Oma ergriff Seans Arm. »Laß dir meine Schwiegertochter Henrietta vorstellen. Hier ist der Kerl, der deinen Mann beinahe umgebracht hat.« Jan Paulus knurrte in seinem Stuhl und Oma lachte, wobei ihr Busen fröhlich hin und her schwankte. Henrietta war eine kleine dunkeläugige Frau. ›Sie mag mich nicht‹, mutmaßte Sean sofort. Er verbeugte sich knapp und nahm ihre Hand, die sie ihm sofort wieder entzog.

»Und das ist meine jüngste Tochter Katrina. Die hast du schon gestern abend gesehen.«

›Die mag mich.‹ Ihre schlanken Finger lagen fest in seiner Hand. Sean riskierte mit den zerschundenen Lippen ein Lächeln.

»Ohne Ihre Hilfe wäre ich vermutlich verblutet«, sagte er. Sie lächelte zurück, ohne den Mund zu verziehen.

»Sie wissen Ihre Wunden gut zu tragen, Mijnheer. Ihr blaues Auge macht Ihnen alle Ehre.«

Endlich gingen sie zu dem Tisch, der neben den Kochfeuern aufgestellt worden war. Opa sprach das Tischgebet. Sein »Amen« klang so mächtig, daß Sean sich zusammennehmen mußte, um nicht zu applaudieren. Dann ließ sich Opa erschöpft zurückfallen.

»Amen«, sagte Oma und begann, aus einem Topf, der die Größe eines riesigen Eimers hatte, das Essen auszuteilen. Henrietta legte Kürbisschnitten zum Fleisch, und Katrina tat frisch gebackene Brotscheiben daneben. Ruhe herrschte am Tisch, die nur durch das Geräusch von Metall auf Porzellan und Opas lautes Atmen unterbrochen wurde.

»Mevrouw Leroux, ich habe lange warten müssen, bis ich einmal wieder so etwas zu essen bekam.« Sean säuberte seinen Teller mit einem Stück Brot von den letzten Soßenresten. Oma strahlte.

»Es ist noch eine Menge da, Mijnheer. Es ist mir eine Freude, einen Mann essen sehen zu können. Opa war früher auch ein großer Vielfraß. Mein Vater zwang ihn, mich mitzunehmen, da er es sich nicht leisten konnte, ihn jedesmal, wenn er kam, um mir den Hof zu machen, zu füttern.« Sie nahm Seans Teller und füllte ihn erneut. »Du machst auf mich den Eindruck eines Mannes, der essen kann.«

»Ich glaube schon, daß ich mich im allgemeinen behaupten kann«, stimmte Sean zu.

»So?« Jan Paulus sprach zum erstenmal. Er gab Oma seinen Teller. »Gib mir bitte noch etwas, Mutter. Heute abend habe ich wirklich Hunger.«

Sean kniff die Augen zusammen. Er wartete, bis Jan Paulus seinen Teller vor sich hatte, und dann nahm er bedächtig die Gabel zur Hand. Jan Paulus tat ein gleiches.

»Du lieber Himmel«, sagte Oma fröhlich. »Jetzt geht's schon wieder los. Opa, ich glaube, du mußt noch mal wegreiten und noch ein paar Büffel schießen, ehe wir heute mit dem Essen fertig werden.«

»Ich wette ein Pfund auf Jan Paulus«, forderte Opa seine Frau heraus. »Er frißt wie ein Termitenschwarm. Ich bin bereit zu schwören, daß, wenn es nichts anderes zu essen gäbe, er auch noch die Planen von den Wagen fressen würde.«

»Deinen wollenen Schal gegen meinen grünen Hut, daß Jan Paulus zuerst aufgibt«, flüsterte Katrina ihrer Schwägerin ins Ohr.

»Wenn Jan mit dem Essen fertig ist, dann frißt er noch den Engländer«, kicherte Henrietta. »Aber es ist ein hübscher Hut. Ich nehme die Wette an.«

Teller um Teller wurden von Oma mit äußerster Gerechtigkeit ausgeteilt. Und so aßen sie um die Wette. Die Unterhaltung am Tisch verstummte schließlich ganz.

»Mehr?« fragte Oma jedesmal, wenn die Teller geleert waren. Und jedesmal sahen die beiden Kampfhähne einander an und nickten. Endlich kratzte die Kelle den Boden des Topfes.

»So, das ist das letzte, meine Kinder. Wir müssen uns also wieder mit einem Unentschieden zufriedengeben.«

Sean und Jan Paulus saßen und starrten noch immer auf ihre Teller. Jan Paulus' Gesichtsausdruck veränderte sich. Er stand auf und ging ins Dunkle.

»Ah, hört nur. Hört nur!« rief Oma. Sie warteten. Und dann schrie sie vor Lachen. »Dieser undankbare Lümmel. Da sieht man mal wieder, was er von meiner Küche hält. Wo ist dein Pfund, Opa?«

»Warte nur, du geldgieriges altes Weib. Das Spiel ist noch nicht vorüber.« Er wandte sich um und blickte Sean an. »Ich glaube, daß auch Ihr Pferd gleich durchgehen wird.«

Sean schloß die Augen. Die Geräusche von Jan Paulus' verzweifelter Lage konnte er ganz deutlich hören.

»Ich danke Ihnen für ein –« Er konnte den Satz nicht beenden. Er wollte nur schnell weit weg kommen, damit das Mädchen ihn nicht hören konnte.

11

Am folgenden Morgen, während er frühstückte, dachte Sean über seinen nächsten Schritt nach. Er würde sie jetzt zum Essen einladen und es selbst zubereiten. Daraufhin würden sie ihn zum Kaffee einladen müssen, und dann, wenn er geduldig genug war, würde sich eine Chance ergeben, mit dem Mädchen zu sprechen. Er wußte zwar nicht genau, was er ihr sagen wollte, aber darüber würde er sich den Kopf zerbrechen, wenn es soweit war. Er kletterte in den Wagen und fand Papier und Bleistift in der Truhe. Plötzlich begannen die Hunde zu bellen und hörten erst auf, als sie Hlubi erkannten. Der Zulu lief schnell. Das bedeutete, daß er wichtige Neuigkeiten brachte.

»Eine große Herde, Nkosi, mit viel Elfenbein. Ich sah sie, wie sie im Fluß zur Tränke gingen und dann wieder in den Busch verschwanden, um ruhig zu grasen.«

»Wann?« fragte Sean, um Zeit zu gewinnen. Er suchte nach einer plausiblen Entschuldigung, im Lager zu bleiben.

»Vor Sonnenaufgang heute früh«, antwortete Hlubi. »Der Fährtensucher vom anderen Lager ist mir gefolgt, Nkosi. Auch er hat die Herde gesehen und bringt die Nachricht seinem Herrn. Aber da ich, wenn ich laufe, so schnell wie eine Gazelle bin, bin ich eher hier angekommen«, sagte Hlubi bescheiden.

»Ach, so ist das.« Sean konnte unmöglich die Herde dem rothaarigen Holländer überlassen. Er lief zu seinem Wagen und ergriff den Patronengürtel, der am Fußende seines Bettes hing. Sein Gewehr war bereits im Sattelschuh.

»Bist du müde, Hlubi?« Sean machte den Patronengurt fest. Der Schweiß lief in Bächen über den sehnigen Körper des Zulus. Er atmete schnell.

»Nein, Nkosi.«

»Gut. Dann führe uns zu deinen Elefanten, meine flinke Gazelle.« Sean saß auf. Er war an das Tempo von Hlubi gebunden, während die beiden Leroux lediglich Seans Spuren zu folgen brauchten. Noch ehe er zwei Meilen geritten war, hatten sie ihn eingeholt.

»Einen schönen guten Morgen«, begrüßte ihn Opa. »Wie ich sehe, machen Sie auch einen kleinen Morgenritt.«

Sean grinste. »Wenn wir alle jagen wollen, dann müssen wir zusammen jagen. Sind Sie einverstanden?«

»Selbstverständlich, Mijnheer.«

»Und wir müssen die Beute gerecht verteilen. Jeder bekommt ein Drittel.«

»So ist es üblich«, nickte Opa.

»Sind Sie einverstanden?« Sean wandte sich Jan Paulus zu, der zustimmend brummte.

Innerhalb der nächsten Stunde hatten sie die Spur gefunden. Die Herde hatte einen breiten Pfad durch das dichte Buschland am Fluß getrampelt. Sie hatte die Rinde von den Schößlingen abgestreift und sie nackt und blutend zurückgelassen. Sie hatte größere Bäume umgeknickt, um an die saftigen Blätter der Baumkrone zu gelangen. Und sie hatte ihre Dunghaufen hinterlassen.

Sie ritten im Trab mit lockeren Zügeln munter voran und überließen es den Pferden, den Weg zwischen den entwurzelten Bäumen zu suchen. Der dichte Busch in der Nähe des Flusses wurde immer lichter, als sie weiter nach Norden ritten. Und bald kamen sie in eine hohe Grassteppe. Das Gras reichte bis zu den Steigbügeln, und der Boden darunter war fest und eben.

»Da!« rief Opa aus. Sean sah die Herde. Sie stand in einer Baumgruppe etwa eine Viertelmeile vor ihnen.

»Das ist ja kaum zu fassen«, stieß Jan Paulus zwischen den Zähnen hervor. »Das sind ja mindestens zweihundert.« Jetzt hörte Sean den ersten Warnruf. Er sah, wie die großen Ohren sich hin und her bewegten und die Rüssel gehoben wurden. Und jetzt begann die Herde zu laufen, wie ein großer Klumpen zusammengepreßt, eine dünne Staubwolke hinter sich herziehend.

»Jan Paulus, du nimmst die rechte Flanke, Sie, Mijnheer, die Mitte, und ich reite links«, schrie Opa.

Wie ein Dreizack stießen die drei Reiter auf die Herde zu. Sean ritt in der Staubwolke. Er suchte sich eine alte Elefantenkuh aus, die aus dem wogenden Berg der Rücken herausragte, zügelte sein Pferd, das aus vollem Galopp nach wenigen Schritten zum Stehen kam. Dann sprang er ab und stand locker, um den Rückschlag des Gewehrs aufzufangen. Das Rückgrat der Elefantenkuh war eine gerade Linie von kleinen Buckeln unter der grauen Haut. Sean zerschmetterte es mit seiner ersten Kugel, und sie fiel auf ihr Hinterteil, das sie sich zu reiben schien wie ein Hund, der Würmer hat.

Ehe er noch richtig im Sattel saß, lief sein Pferd weiter. Und alles war jetzt Bewegung und Lärm. Staub und Pulvergeruch umgaben ihn. Jage sie, hole sie ein, spring vom Pferd und schieße. Nasses Blut auf grauer Haut. Der Rückschlag des Gewehrs. Der glühende Lauf. Schweiß in den Augen, und weiter geht's. Reite. Wieder ein Abschuß. Zwei weitere erlegt. Ihre Schreie sind überall zu hören. Überall Blut, rot wie eine Flagge. Nachladen. Reiten. Hetze sie. Und schieße wieder und wieder. Die Kugeln schlagen mit einem dumpfen Geräusch in das Fleisch ein. Und dann aufsitzen und weiter. Reite, bis das Pferd das Tempo nicht mehr mithalten kann.

Als Sean zu einer Lichtung zwischen den Bäumen kam, sah er Jan Paulus, der, sein Pferd hinter sich führend, auf ihn zukam.

»Wie viele?« rief Sean.

»Mensch, Mann. Ich habe sie nicht gezählt. Was für eine Beute, was? Hast du einen Schluck für mich? Ich habe irgendwo meine Wasserflasche verloren.«

Jan Paulus hatte sein Gewehr im Sattelschuh. Die Zügel lagen ihm über der Schulter. Und sein Pferd folgte ihm mit gesenktem Kopf völlig erschöpft. Plötzlich brach ein verwundeter Elefant zwischen den Bäumen hervor. Er hatte einen Lungenschuß. Die eine Brustseite war schaumbedeckt, und wenn er brüllte, kam aus dem Rüssel eine rosa Fontäne. Er lief auf Jan Paulus zu, wobei sich die Ohren wie zwei schwarze Piratenflaggen eng an den Kopf legten. Das Pferd riß sich los und galoppierte fort. Jan Paulus war seinem Schicksal überlassen. Ohne die Steigbügel zu benutzen, sprang Sean auf sein Pferd, warf es herum und zwang es in die Lichtung. »Lauf nicht fort. Um Himmels willen, lauf nicht fort!« schrie er, während er sein Gewehr herausriß. Jan Paulus hatte ihn gehört. Er stand da, die Hände in die Seiten gepreßt, breitbeinig und starr. Der Elefant hatte Sean bemerkt und drehte den Kopf.

Sean sah, wie er im Weiterlaufen zögerte. Er schoß, ohne zu zielen. Er wollte ihn nur verwunden, um ihn von Jan Paulus abzulenken. Die Kugel traf ihn, der Elefant wandte sich um, unbeholfen und durch die zerrissene Lunge geschwächt. Sean hielt sein Pferd an, warf es herum, und der Elefant folgte ihm.

Seine Hände waren glitschig vor Schweiß, als er hastig wieder zu laden begann. Eine der Patronen fiel ihm aus der Hand und in das Gras. Der Elefant wurde schneller. Sean ließ seine Decke, die hinten am Sattel befestigt war, fallen. Manchmal hielten sie sogar bei einem hingeworfenen Hut an. Aber dieser nicht. Er wandte sich im Sattel um und feuerte. Der Elefant brüllte wieder und war ihm diesmal so nahe, daß ihm das Blut ins Gesicht spritzte. Sein Pferd war fast am Ende. Er fühlte, wie es immer langsamer wurde. Und vor ihm lag der feste Wall der Buschlandschaft. Er lud noch einmal nach und schwang sich aus dem Sattel. Dann wandte er sich um, um den ersten sicheren Schuß abzugeben. Der Elefant kam schnell auf ihn zu. Er war schon fast über ihm, den Rüssel zusammengerollt, die Stoßzähne hoch erhoben.

Er zielte auf die Stelle gerade oberhalb der Augenhöhe. Als er schoß, brach der Elefant zusammen. Das Gehirn spritzte wie aus einer überreifen Tomate aus der Schußwunde. Sean versuchte, zur Seite zu springen, als der riesige Körper auf ihn zu schlitterte. Aber eines der Beine traf ihn und warf ihn kopfüber ins Gras.

Nach einer Weile setzte er sich auf und betrachtete den Elefanten. Einer der Stoßzähne war mit der Lippe beim Fall abgebrochen. Jan Paulus kam keuchend auf ihn zugerannt. Er blieb neben dem Elefanten stehen, berührte die Schußwunde am Kopf und wischte sich dann die Finger am Hemd ab.

»Bist du in Ordnung, Mann?«

Er nahm Sean beim Arm und half ihm auf. Dann bückte er sich nach Seans Hut und wischte vorsichtig den Schmutz von der Krempe, ehe er ihn ihm gab.

12

In dem nach drei Seiten geschützten Lager, das sie sich aus toten Elefantenbeinen gemacht hatten, kampierten sie. Die Ruhe wurde von den Aasgeiern, die in den Ästen hockten, gestört. Außerdem hörte man das häßliche Heulen der Hyänen. Diesen Tieren hatten sie ein Festmahl bereitet. Da sie alle müde waren, wurde wenig gesprochen. Aber Sean konnte die Dankbarkeit der Männer, die neben ihm saßen, spüren.

Ehe sie sich zum Schlafen in ihre Decken einwickelten, sagte Jan Paulus rauh: »Ich danke dir, Mann.«

»Vielleicht kannst du eines Tages das gleiche für mich tun.«

»Das hoffe ich. Ja, das hoffe ich wirklich.«

Am Morgen sagte Opa: »Wir brauchen mindestens drei bis vier Tage, um das ganze Elfenbein herauszuschneiden.« Er sah zum Himmel. »Die Wolken gefallen mir nicht. Am besten reitet einer zum Lager, um Leute und Wagen zu holen, die das Elfenbein zurücktransportieren.«

»Ich gehe.« Sean stand schnell auf.

»Eigentlich wollte ich selbst gehen.« Aber Sean rief bereits Mbejane zu, sein Pferd zu satteln. Und Opa konnte kaum etwas dagegen vorbringen. »Sag Oma, daß sie die Wagen über den Fluß bringen soll«, bat er. »Wir wollen nicht auf dieser Seite abgefangen werden, wenn der Fluß über die Ufer tritt. Vielleicht hilfst du ihr ein wenig dabei.«

»Aber ja«, versicherte ihm Sean. »Selbstverständlich gern.« –

Katrina saß in dem Kreis der Wagen mitten in der Sonne. Sie beugte sich vor, und ihr frisch gewaschenes Haar fiel über ihr Gesicht bis fast auf den Boden. Während sie es bürstete, ließen die

Sonnenstrahlen kleine rote Funken springen. Vorsichtig ging Sean auf sie zu, aber noch ehe er sie erreichte, nahm sie die schimmernde Pracht und warf sie über die Schultern zurück. Erschrokken blickten die grünen Augen auf, und dann stieß sie einen verzweifelten Schrei aus. »O nein, nicht in diesem Zustand.« Die Röcke warfen den Stuhl um, und schon war sie in ihrem Wagen verschwunden. Sean kratzte sich die Nase und stand betreten da.

»Warum sind Sie denn schon so früh zurück, Mijnheer?« rief sie durch die Plane. »Wo sind die anderen? Ist alles in Ordnung?«

»Ja. Es geht beiden gut. Ich bin fortgeritten, um Wagen zu holen, die das Elfenbein herbringen sollen.«

»Ah, das ist gut.« Sean versuchte, etwas aus ihrer Stimme herauszuhören. War es gut, daß es ihnen gut ging? Oder war es gut, daß er sie verlassen hatte? Soweit schienen alle Anzeichen günstig zu sein. Ihre Verwirrung, als sie ihn gesehen hatte, bestätigte ihm das.

»Was ist passiert?« bellte Oma aus einem der anderen Wagen. »Es ist doch nichts mit Opa? Erzähl mir nur nicht, daß ihm etwas zugestoßen ist.« Der Wagen erzitterte, und ihr rosiges Gesicht schaute verschlafen heraus. Seans Beteuerungen wurden von ihr abgetan. »Ach, ich wußte ja, daß etwas passieren würde. Ich hatte so ein Gefühl. Ich hätte ihn nicht gehen lassen dürfen.«

»Oh, Jan Paulus. Ich muß zu ihm. Wo ist er?« Henrietta kam vom Kochfeuer hinter den Wagen vor. Und dann vollendeten Hundegebell und das Gerede der Diener das Durcheinander.

Katrina hatte ihr Haar in Ordnung gebracht und es mit einem grünen Band zusammengebunden. So hing es jetzt auf ihrem Rükken herab. Sie lachte und half Sean, Oma und Henrietta zu beruhigen. Sie brachten ihm Kaffee und umringten ihn und ließen ihn die Einzelheiten der Jagd berichten.

Sean beschrieb im Detail die Rettung von Jan Paulus und wurde durch versöhnlichere Blicke von Henrietta belohnt. Als er mit Erzählen fertig war, war es zu spät, die Wagen noch über den Fluß zu bringen.

Mit auffallendem Takt ließen Oma und Henrietta nach dem Abendessen Sean und Katrina beim Feuer und zogen sich in ihre jeweiligen Wagen zurück. In regelmäßigen Abständen klang aus Omas Wagen ein gekünsteltes Husten, um sie daran zu erinnern, daß sie nicht ganz allein waren. Sean zündete sich eine Zigarre an und starrte ins Feuer, wobei er verzweifelt versuchte, etwas Intelligentes zu sagen. Aber alles, was ihm einfiel, war: »Gott sei Dank, daß Opa nicht hier ist.« Er sah verstohlen auf Katrina. Sie blickte ebenfalls ins Feuer und errötete.

»Wenn Sie wollen, Mijnheer, können wir englisch sprechen.«

»Sie sprechen englisch?« Sean war überrascht.

»Ich übe jeden Abend. Ich lese laut aus meinen Büchern.«

Sean lächelte sie fröhlich an. Es erschien ihm plötzlich sehr wichtig, daß sie seine Sprache sprach. Der Damm, der all die Fragen, die zu fragen waren, und all die Dinge, die zu sagen waren, gestaut hatte, brach, und die Worte stürzten nur so hervor. Katrina machte nervöse Handbewegungen, wenn sie ein Wort nicht finden konnte, und verfiel dann wieder in Afrikaans. Jeder beobachtete das Gesicht des anderen, während sie sich unterhielten. Der Mond tauchte auf, ein roter Regenmond. Und das Feuer wurde zu einem Haufen Asche. »Katrina, es ist längst Zeit für anständige Mädchen, ins Bett zu gehen. Ich bin sicher, daß Mijnheer Courteney müde ist.«

Sie begannen zu flüstern und zögerten die letzten Minuten hinaus. »In genau einer Minute, Mädel, komm' ich hinaus und bring dich zu Bett.«

Sie gingen zu ihrem Wagen. Und bei jedem Schritt streifte ihr Rock sein Bein. An der Wagentreppe blieb sie stehen. Sie war nicht ganz so groß, wie er sie sich vorgestellt hatte, sondern reichte ihm bis zum Kinn. Die Sekunden vergingen, während er zögerte. Er scheute sich, sie zu berühren, um nicht die zarten Fäden ihres Zueinanderfindens zu zerreißen, ehe sie stark genug sein würden. Sein Herz klopfte schneller. Langsam wandte er sich ihr zu und sah, wie sie ihr Kinn emporhob und ihre Augen sich senkten.

»Gute Nacht, Mijnheer Courteney«, ließ sich Omas Stimme laut und mit einer kleinen Spitze vernehmen. Sean zuckte zusammen.

»Gute Nacht, Mevrouw.«

Katrina berührte ihn kurz am Ellenbogen. Ihre Finger waren warm. »Gute Nacht, Mijnheer. Ich sehe Sie morgen früh wieder.«

Sie lief schnell die Stufen hinauf und verschwand hinter der Plane. Sean sah böse zu Omas Wagen hin.

»Ich bedanke mich auch sehr herzlich. Und falls es irgend etwas geben sollte, was ich jemals für Sie tun kann, so zögern Sie bitte nicht, mich danach zu fragen«, sagte er und ging.

13

Schon früh am nächsten Morgen begannen sie, die Wagen hinüberzubringen. Sean fand keine Zeit, mit Katrina zu sprechen, denn das ständige Ein- und Ausspannen der Wagen, die vorsichtig über die Behelfsbrücke gebracht werden mußten, nahm ihn voll in Anspruch. Den größten Teil des Morgens verbrachte er im Flußbett. Der heiße Sand machte die Hitze noch unerträglicher. Er lief neben Katrinas Wagen her, als dieser über die Brücke gebracht wurde. Sie sah einmal kurz auf seinen nackten Oberkörper und errötete, das Gesicht vom Hut beschattet. Dann senkte sie schnell die Lider und sah ihn nicht wieder an. Jetzt waren nur noch die zwei Wagen da, die das Elfenbein holen sollten. Der Rest war sicher nach drüben gebracht worden. Sean konnte sich ausruhen.

Oma kam auf ihn zu. »Besten Dank, mein lieber Bär. Die Mädchen haben dir etwas kaltes Fleisch und Kaffee zurecht gemacht, was du auf dem Rückweg verzehren kannst.« Seans Stirn verfinsterte sich. Er hatte das verdammte Elfenbein völlig vergessen. Von ihm aus konnten Opa und Jan Paulus den ganzen Haufen behalten.

Es war ein langer Ritt zurück zu den Elefanten.

»Sie haben sich ziemlich viel Zeit gelassen, nicht wahr?« begrüßte ihn Opa mißtrauisch. »Jetzt mal ein bißchen ran an die Arbeit, wenn Sie nicht etwas von Ihrem Anteil verlieren wollen.«

Das Entfernen der Elfenbeinzähne war eine heikle Sache. Ein einziges Abrutschen der Axt würde eine Schramme verursachen und damit den Wert halbieren. Sie arbeiteten in der Hitze, umgeben von einer blauen Fliegenwolke, die sich ständig auf ihre Lippen setzte und in ihre Nasen und Augen kroch. Die Kadaver verwesten bereits. Gase bildeten sich in ihren Bäuchen und verursachten schreckliche Gestanksexplosionen. Sie schwitzten bei der Arbeit, und ihre Arme waren bis zu den Ellenbogen blutverkrustet. Aber Stunde um Stunde wuchs der Haufen auf den Wagen, bis sie am dritten Tag den letzten Stoßzahn verluden. Sean schätzte seinen Anteil auf etwa zwölfhundert Pfund. Ungefähr soviel, wie man an einem zufriedenstellenden Tag an der Börse verdienen konnte.

Er war bester Stimmung, als sie am nächsten Morgen zum Lager zurückritten. Seine Laune verschlechterte sich jedoch mehr und mehr, während sie sich mit den schwerbeladenen Wagen zurückkämpften. Endlich schien sich der Himmel entschieden zu haben. Dicke, schwere Regenwolken hingen über ihnen. Am Spätnachmittag hörten sie den ersten entfernten Donner.

»Es wird losbrechen, ehe wir über den Fluß sind«, schimpfte Opa. »Seht zu, ob ihr die Ochsen nicht noch mehr antreiben könnt.«

Sie kamen eine Stunde nach Einbruch der Dunkelheit bei Seans Lager an und warfen, fast ohne anzuhalten, seinen Anteil von den Wagen. Dann ging es hinunter zum Fluß und über die Brücke zum Südufer.

»Meine Mutter wird das Essen fertig haben«, rief Jan Paulus Sean zu. »Wenn du dich gewaschen hast, komm rüber und iß mit uns.«

Sean aß mit den Leroux' zu Abend. Alle seine Versuche, einen Augenblick mit Katrina allein zu sein, wurden von Opa vereitelt, dessen Verdacht nun zur Gewißheit geworden war. Der Alte spielte seine Trumpfkarte unmittelbar nach dem Abendessen aus und befahl Katrina, ins Bett zu gehen. Sean konnte nur hilflos mit den Schultern zucken, als er Katrinas bittenden Blick sah. Nachdem sie gegangen war, kehrte er in sein eigenes Lager zurück. Er war todmüde und fiel auf sein Bett, ohne sich die Mühe zu machen, sich auszuziehen.

Die Regenzeit begann ihren jährlich wiederkehrenden Angriff mit einer Donnerkanonade um Mitternacht. Sie brachte Sean auf die Beine, noch ehe er richtig aufgewacht war. Er riß die Plane hoch und hörte, wie der Sturm losbrach. »Mbejane, bring das Vieh ins Lager und paß auf, daß alle Planen festgemacht sind.«

»Das ist bereits geschehen, Nkosi. Ich habe die Wagen zusammenbinden lassen, so daß die Ochsen nicht fortlaufen können. Und ich habe –« Und dann schnitt der Sturm seine Stimme ab.

Er kam vom Osten und fiel mit solcher Wucht über die Bäume her, daß ihre Äste wie in Panik gegeneinander krachten. Er schlug wie mit einem Paukenschlag gegen die Wagen und füllte die Luft mit Staub und verwelkten Blättern. Die Ochsen rannten ruhelos im Lager umher. Und dann kam der Regen. Er prasselte herunter wie Hagel und überflutete den sich senkenden Grund, der ihn nicht schnell genug in sich aufnehmen konnte. Er machte blind und taub. Sean ging zu seinem Bett zurück und lauschte dem Unwetter. Es machte ihn schläfrig, er zog die Decken bis zum Kinn herauf und schlief.

Am nächsten Morgen holte er sein Ölzeug aus der Truhe, die am Fußende des Bettes stand. Es knisterte, als er es anzog. Dann kletterte er aus dem Wagen. Das Vieh hatte den Lagergrund in eine metertiefe Schlammhöhle verwandelt, und es bestand keine Möglichkeit, ein Feuer anzuzünden, auf dem man hätte Kaffee kochen können. Obwohl es noch immer regnete, stand der Lärm in keinem Verhältnis zum Niederschlag. Sean unterbrach die Inspektion des Lagers. Plötzlich wußte er, daß das, was er hörte, die berüchtigte Flutstimme des Limpopo war. Er rutschte im Schlamm aus, als er aus dem Lager lief und zum Flußbett eilte. Hier starrte er auf das wild tobende Wasser. Es war so von Schlamm durchsetzt, daß es wie ein fester Block aussah. Und es strömte so schnell, daß es stillzustehen schien.

Zögernd sah Sean zum anderen Ufer. Die Wagen der Leroux' waren fort.

»Katrina«, sagte er mit der Trauer dessen, der wußte, was hätte sein können. Und dann noch einmal »Katrina«, mit dem Gefühl, daß sein Verlust langsam in der Flamme seiner Wut schmolz. Er wußte, daß sein Wunsch nicht nur etwas Triebhaftes war, das einen Augenblick aufflammte und dann schnell vergessen war, sondern daß es sich um eine echte Sehnsucht handelte, die in Händen, Kopf und Herz genauso zu fühlen war wie in den Lenden. Er konnte sie nicht gehen lassen. Er rannte zu seinem Wagen zurück und warf das Ölzeug auf das Bett.

»Ich werde sie heiraten«, sagte er. Und die Worte ließen ihn verwundert innehalten. Er stand jetzt nackt da mit einem erschrockenen Gesichtsausdruck.

»Ich werde sie heiraten«, sagte er noch einmal. Es war ein neuer Gedanke, und er schrak ein wenig vor ihm zurück. Er nahm eine kurze Hose aus der Kiste und zog sie an.

»Ich werde sie heiraten!« Jetzt grinste er über seine eigene Vermessenheit. »Ich will verdammt sein, wenn ich es nicht tue!« Er band sich einen Gürtel um, an dem er mit den Senkeln ein Paar Feldschuhe befestigte. Dann sprang er aus dem Wagen in den Morast. Der Regen fiel kalt auf seinen nackten Rücken, und er fror einen Augenblick. Dann sah er Mbejane aus einem der anderen Wagen kommen und begann zu rennen.

»Nkosi! Nkosi, was wollen Sie denn machen?«

Sean senkte den Kopf und lief schneller. Mbejane folgte ihm bis zum Flußufer.

»Das ist doch Wahnsinn ... Lassen Sie uns das erst besprechen!« schrie Mbejane. »Bitte, Nkosi, bitte.« Sean rutschte schon im Morast das Ufer hinunter. Mbejane sprang ihm nach und erwischte ihn gerade noch. Aber der Morast hatte Seans Körper so glitschig gemacht, daß Mbejane ihn nicht halten konnte. Sean wand sich aus seinen Händen und sprang weit ins Wasser. Sein Körper schlug flach auf, und er schwamm auf dem Rücken, wobei er versuchte, den Strudeln zu entgehen. Der Fluß riß ihn fort, dann packte er ihn und zog ihn nach unten. Er stieß ihn wieder hoch, gerade lange genug, um Luft zu holen, dann wurde er in einen Strudel gerissen und ging wieder unter. Er kam wieder hoch und schlug wild mit den Armen um sich. Irgend etwas stieß gegen seine Brust, und er versuchte, es mit der Hand abzuwehren. Seine Finger umfaßten einen Ast, und er atmete tief ein, während er sich daran festhielt. Er war noch am Leben und wollte auch noch leben. Er begann, an den Ast geklammert, die Strömung zu überqueren.

Einer der Strudel am Südufer riß den Ast an sich und schwemmte ihn unter einen Baum. Er griff nach einigen herunterhängenden Ästen und zog sich daran heraus, kniete im Morast nieder, und durch Mund und Nase strömte Wasser heraus. Er hatte seine Feldschuhe verloren. Wie schnell bewegte sich der Fluß? Wie lange war er im Wasser gewesen? Er mußte jetzt mindestens fünfzehn Meilen unterhalb des Lagerplatzes sein. Es regnete noch immer. Müde stand er auf und begann, stromaufwärts zu gehen.

Es dauerte drei Stunden, bis er den Platz gegenüber dem Lager erreicht hatte. Mbejane und die anderen winkten wie die Besessenen von drüben, als sie ihn sahen. Ihr Rufen konnte er am anderen Ufer nicht verstehen. Sean fror und die Füße taten ihm weh. Die Spuren der Lerouxschen Wagen lösten sich im Regen auf. Er folgte ihnen, bis er durch den diesigen Regen die Wagen erkennen konnte.

»Das darf doch wohl nicht wahr sein!« schrie Jan Paulus. »Wie bist du denn über den Fluß gekommen?«

»Ich bin geflogen, was sonst«, erwiderte Sean. »Wo ist denn Katrina?«

Jan Paulus begann zu lachen und lehnte sich im Sattel zurück.

»Ach, das ist der Grund. Dann bist du nicht deshalb gekommen, um dich von mir zu verabschieden.«

Sean errötete. »Schon gut, du lachender Held. Wo ist sie?«

Opa kam auf sie zugaloppiert. Als er noch fünfzig Meter entfernt war, stieß er schon seine erste Frage hervor, die fünfte, als er ankam. Erfahrungsgemäß wußte Sean, daß es keinen Sinn hatte, auch nur zu versuchen, eine davon zu beantworten. Hinter den beiden Leroux' sah er Katrina kommen. Sie rannte vom ersten Wagen her auf ihn zu. Der Hut war nach hinten gerutscht und wurde nur durch das Band am Hals festgehalten. Bei jedem Schritt flog ihr das Haar ins Gesicht. Sie hielt die Röcke gerafft, so daß sie nicht im Morast schleiften. Ihre Wangen waren gerötet, dunkler als das Braun ihres Gesichts, und ihre Augen waren noch grüner als sonst. Sean duckte sich unter dem Kopf von Opas Pferd hindurch und ging naß, schmutzig und erregt auf sie zu.

Die Scheu ließ sie anhalten, und sie standen einige Schritte voneinander entfernt. »Katrina, willst du mich heiraten?«

Sie erbleichte. Dann starrte sie ihn an, wandte sich ab und begann zu weinen. Sean hatte das Gefühl, daß nun alles verloren war.

»Nein«, schrie Opa wütend. »Sie will dich nicht heiraten. Laß sie in Ruhe, du Riesenaffe. Du hast sie zum Weinen gebracht. Scher dich weg. Sie ist ja noch ein Baby. Scher dich endlich weg!« Er brachte sein Pferd zwischen die beiden.

»Halt du nur deinen Mund, du alter Wichtigtuer.« Oma kam keuchend herbei, um an der Diskussion teilzunehmen. »Was verstehst du denn schon davon? Weil sie weint, heißt das noch lange nicht, daß sie ihn nicht haben will.«

»Ich dachte, er würde mich fortgehen lassen«, weinte Katrina. »Ich dachte, er machte sich nichts aus mir.«

Sean jubelte und versuchte, an Opas Pferd vorbeizukommen.

»Du läßt sie in Frieden!« schrie Opa verzweifelt und versuchte, Sean mit seinem Pferd den Weg abzuschneiden. »Du hast sie zum Weinen gebracht. Sieh doch nur, wie sie weint.«

»Attacke«, schrie Jan Paulus. »Hol sie dir, Mann!«

Oma hielt Opas Pferd an der Kandare und zog es weg. Sie war eine sehr starke Frau. Sean und Katrina stießen zusammen und hielten sich fest.

»So ist's richtig, Mann«, schrie Jan Paulus und sprang vom Pferd, wobei er Sean mit seinen Riesenpranken auf den Rücken schlug.

Sehr viel später murmelte Opa verärgert: »Als Mitgift bekommt sie zwei Wagen.«

»Drei!« rief Katrina.

»Vier!« rief Oma.

»Also gut, vier. Laß ihn endlich los, Mädel. Schämst du dich denn gar nicht?« Hastig ließ Katrina die Arme, die sie um Seans Hüften geschlungen hatte, sinken. Sean hatte sich einen Anzug von Jan Paulus geliehen, und sie standen alle um das Feuer. Es hatte zu regnen aufgehört. Aber die niedrigen Wolken ließen es schneller als sonst Nacht werden.

»Und vier Pferde«, schlug Oma ihrem Mann vor.

»Weib, willst du mich zum Bettler machen?«

»Vier Pferde«, wiederholte Oma.

»Schon gut. Schon gut... vier Pferde.« Opa blickte mit beinahe erschrockenen Augen auf Katrina. »Mann, sie ist ja noch ein Baby. Sie ist erst fünfzehn Jahre alt.«

»Sechzehn«, sagte Oma.

»Fast siebzehn«, sagte Katrina. »Und außerdem hast du es mir versprochen, Papa. Du kannst jetzt dein Wort nicht mehr zurücknehmen.«

Opa stöhnte. Dann sah er auf Sean, und sein Gesicht wurde hart. »Jan Paulus, hol die Bibel aus meinem Wagen. Dieser Riesenaffe hier wird einen Eid leisten.«

Jan Paulus legte die Bibel auf ein Wagenbrett. Sie war dick und der schwarze Ledereinband vom vielen Gebrauch abgenutzt.

»Komm her«, sagte Opa zu Sean. »Leg deine Hand auf dieses Buch... Mich sollst du nicht ansehen. Sieh nach oben, Mann, nach oben. Und jetzt sprich mir nach. ›Ich schwöre bei allem, was mir heilig ist, mich um diese Frau hier zu kümmern.‹ – Stottere nicht, rede langsamer. – ›Bis ich einen Pfarrer finden werde, der die richtigen Worte spricht. Sollte ich dabei versagen, dann bitte ich dich, mein Gott, mich durch Blitz zu erschlagen, mich durch Schlangen zu vergiften, mich auf ewig im Fegefeuer schmoren zu lassen!‹ « Opa fuhr fort, alle Fürchterlichkeiten, die er nur ersinnen konnte, aufzuzählen. Dann brummte er zufrieden und nahm die Bibel unter den Arm. »Er wird nicht die Möglichkeit haben, dir das alles anzutun, denn vorher noch werde ich dich erwischen.«

An diesem Abend teilte Jan Paulus das Lager mit Sean. Er konnte nicht einschlafen, außerdem schnarchte Jan Paulus.

Am nächsten Morgen regnete es wieder, ein deprimierendes Wetter, um Lebewohl zu sagen. Jan Paulus lachte. Henrietta weinte. Oma tat beides. Und Opa küßte seine Tochter.

»Werde du eine Frau so wie deine Mutter«, sagte er. Und dann wandte er sich drohend an Sean. »Denk immer daran. Vergiß es ja nicht!«

Sean und Katrina standen nebeneinander und sahen, wie die Wagenkolonne langsam zwischen den Bäumen hinter dem nebligen Regenvorhang verschwand. Sean hielt Katrinas Hand. Er konnte die Trauer, die in ihr war, nachfühlen und legte seinen Arm um sie. Als der letzte Wagen verschwunden war, waren sie beide allein, allein in einem Land, das so groß war wie die Einsamkeit. Katrina fröstelte und sah zu dem Mann an ihrer Seite auf. Er war so riesig, so umwerfend männlich, und er war ein Fremder. Plötzlich hatte sie Angst. Sie wollte das Lachen ihrer Mutter hören und ihren Vater und ihren Bruder vor den Wagen herreiten sehen, so wie es immer gewesen war.

»O bitte, ich möchte…« Sie entwand sich seinem Arm. Den Satz sprach sie niemals zu Ende, denn sie sah auf seinen Mund, dessen Lippen voll waren und lächelten. Und dann sah sie seine Augen, und die Panik verließ sie. Solange diese Augen sie beschützen würden, würde sie sich nie wieder ängstigen müssen, jedenfalls nicht eher als ganz zum Schluß. Und das war erst sehr viel später. Sich seiner Liebe hinzugeben war so, als ob man in einem von dicken Mauern umgebenen Schloß war. Ein sicherer Platz, den niemand sonst betreten konnte. Das Gefühl, das sie überkam, war so stark, daß sie nun ganz ruhig dastehen konnte, eingehüllt von seiner Wärme.

14

Am Abend spannten sie Katrinas Wagen am Südufer des Flusses aus. Es regnete noch immer. Seans Diener winkten und machten ihnen Zeichen. Aber das brüllende braune Wasser machte jede Verständigung unmöglich und ließ auch nicht an eine Überquerung denken.

Katrina sah auf das Wasser. »Bist du wirklich da durchgeschwommen, Mijnheer?«

»So schnell, daß ich kaum naß geworden bin.«

»Ich danke dir«, sagte sie.

Trotz des Regens und des verrauchten Feuers bereitete ihm Katrina ein Mahl, das so gut war wie das von Oma. Sie aßen im Schutz einer Plane, die er neben ihrem Wagen angebracht hatte. Der Wind ließ die Tonlampe unruhig flackern, die Plane sich ständig hin und her bewegen. Und ein leichter feiner Regen umgab sie. Es war draußen so ungemütlich, daß, als Sean vorschlug, in den Wagen zu gehen, Katrina nur eine Sekunde zögerte, ehe sie zustimmte. Sie setzte sich auf die Kante ihres Bettes, und Sean saß auf der Truhe ihr gegenüber. Nach einem etwas mühsamen Anfang floß ihre Unterhaltung bald so schnell dahin wie der Limpopo draußen.

»Mein Haar ist noch feucht«, rief Katrina endlich aus. »Hast du etwas dagegen, wenn ich es trockne, während wir uns unterhalten?«

»Aber natürlich nicht.«

»Dann laß mich ein Handtuch aus der Truhe holen.« Sie erhoben sich gleichzeitig. In dem Wagen war wenig Platz. Sie berührten einander. Sie lagen auf dem Bett. Seine Küsse, der warme Geschmack, seine zärtlichen und begehrenden Hände, die erst ihren Nacken und dann ihren Rücken liebkosten, das alles war für sie fremd und verwirrend. Sie erwiderte seine Zärtlichkeiten zu Beginn zögernd, und dann schneller, wobei sie über die Reaktion ihres eigenen Körpers erstaunt war. Sie umschlang seine Schultern. Die Verwirrung hatte jetzt ganz von ihr Besitz ergriffen, aber sie wollte nicht aufhören. Sie packte seinen Haarschopf, zog sein Gesicht zu dem ihren. Seine Zähne verletzten ihre Lippen, ein süßer, erregender Schmerz. Seine Hand verließ ihren Rücken und umspannte eine straffe, runde Brust, und er streichelte zärtlich die aufgerichteten Brustknospen. Ihre Reaktion war die eines Fohlens, das zum erstenmal die Peitsche spürt. Eine Sekunde lang lag sie ganz still unter dem Schock seiner Berührung. Aber dann stieß sie ihn so plötzlich von sich, daß er vom Bett fiel und mit dem Kopf gegen die hölzerne Truhe schlug. Er saß auf dem Boden und blickte zu ihr auf, viel zu überrascht, um sich auch nur die Beule auf dem Kopf zu reiben. Ihr Gesicht war gerötet, und sie strich sich mit beiden Händen das Haar aus der Stirn. Atemlos und dabei den Kopf schüttelnd stieß sie hervor: »Du mußte jetzt gehen, Mijnheer – die Diener haben in einem der anderen Wagen für dich ein Nachtlager bereitet.«

Sean kam langsam auf die Beine. »Aber ich dachte... Ja, aber wir sind doch... Ich meine doch nur...«

»Bleib mir vom Leibe«, warnte sie ernst. »Wenn du mich heute nacht noch einmal berührst, dann werde... dann werde ich dich beißen.«

»Aber bitte, Katrina. Ich kann nicht in dem anderen Wagen schlafen.« Der Gedanke daran ließ ihn erschauern.

»Ich werde für dich kochen. Ich werde deine Kleidung in Ordnung halten. Alles! Aber ehe du nicht einen Pfarrer gefunden hast...« Sie fuhr nicht fort, aber Sean verstand sie. Er versuchte, mit ihr zu diskutieren. Hier machte er zum erstenmal mit der absoluten Sturheit der Buren Bekanntschaft, und zu guter Letzt mußte er sein eigenes Bett aufsuchen. Einer von Katrinas Hunden war schon vor ihm dort, ein fast ausgewachsener scheckiger Jagdhund. Seans Versuche, ihn zu überreden, den Wagen zu verlassen, waren genauso nutzlos wie die vorhergegangenen Argumente mit seiner Herrin. Sie teilten sich das Bett. Während der Nacht gab es eine Meinungsverschiedenheit zwischen ihnen, wieviel wem von der Decke gehöre. Von diesem Spiel erhielt der Hund seinen Namen: Dieb.

15

Es regnete noch drei Tage, dann hörte es auf. Die Sonne kam zurück wie ein willkommener alter Freund, aber es dauerte noch zehn weitere Tage, ehe der Strom wieder normal wurde. Zeit, Regen oder Strom bedeuteten für die beiden sehr wenig. Sie gingen gemeinsam in den Busch, um Pilze zu sammeln. Sie saßen in ihrem kleinen Lager. Und wenn Katrina arbeitete, verfolgte Sean sie auf Schritt und Tritt. Und vor allem redeten sie. Sie hörte ihm andächtig zu, an den richtigen Stellen lachte sie und lauschte ehrfurchtsvoll an jenen, wo er es von ihr erwartete. Sie war eine gute Zuhörerin. Und Sean hätte es genügt, wenn sie auch nur ein Wort, gleich welches, wieder und immer wieder gesagt hätte. Schon der Klang ihrer Stimme verzauberte ihn. Die Abende waren schwierig. Sean begann unruhig zu werden und immer neue Entschuldigungen dafür zu finden, sie zu berühren. Sie wollte es genauso, hatte aber Angst vor ihrer eigenen Begehrlichkeit, die sie schon beinahe am ersten Abend in eine Falle gelockt hatte. Daraufhin setzte sie ein paar Spielregeln auf und trug sie ihm vor.

»Versprichst du mir, nichts anderes zu tun, als mich zu küssen?«

»Das verspreche ich, es sei denn, du sagst, ich darf mehr«, stimmte Sean freudig zu.

»Nein!« Sie erkannte die List sofort.

»Heißt das, daß ich niemals etwas anderes darf, als dich zu küssen, selbst wenn du sagst, ich darf mehr?«

Sie errötete. »Wenn ich dir das am Tag sage, dann ist das was anderes ... Aber alles, was ich nachts sage, das zählt nicht. Und wenn du dein Versprechen brichst, darfst du mich nie mehr anrühren.«

Katrinas Regeln bestanden noch immer, als der Fluß so weit gesunken war, daß die Wagen an das Nordufer gebracht werden konnten. Der Regen hatte aufgehört, würde aber bald zum zweiten Schlag ausholen. Jetzt war es an der Zeit, den Fluß zu überqueren. Als erstes brachte Sean die Ochsen in einer Herde hinüber. Er selbst hielt sich am Schwanz eines Ochsen fest.

Katrina und alle ihre Diener kamen mit dem letzten Wagen herüber. Die Diener schrien und schnatterten wie Kinder bei einem Picknick. Das Wasser schlug braun gegen die Wagenseite. Der Wagen schwankte, und auf einmal sauste er mit schnellem Schwung zum anderen Ufer. Dort angekommen, kippte er zur Seite und warf sie in das knietiefe Wasser. Sie kletterten nach oben. Wasser strömte aus Katrinas Kleidern, und ihr Haar hing naß ins Gesicht. Schmutz klebte auf einer Wange, und sie keuchte und lachte zugleich. Ihre völlig durchnäßten Unterröcke klebten an ihren Beinen, und sie stolperte. Da nahm Sean sie hoch und trug sie in sein eigenes Lager. Seine Diener schrien ihm begeistert nach. Und Katrina selbst stieß kleine Schreie aus und verlangte, niedergesetzt zu werden. Zu gleicher Zeit jedoch hielt sie mit beiden Armen fest seinen Nacken umschlungen. Sie war eine neue Welt, voller endloser Mysterien und unvorhergesehener Herrlichkeit, eine bezaubernde Mischung von Frau und Kind. Sie überwachte die häuslichen Angelegenheiten, ohne Aufhebens davon zu machen. Seit sie da war, waren plötzlich Seans Kleidungsstücke alle sauber, und es gab keine fehlenden Knöpfe mehr. Das Durcheinander von Schuhen, Büchern und ungewaschenen Socken in seinem Wagen war verschwunden. Es gab ständig frisches Brot und frische Marmelade. Und Kandhlas ewige gegrillte Steaks wichen abwechslungsreicheren Speisen. Jeden Tag zeigte sie ihm etwas Neues. Sie konnte im Herrensitz reiten, allerdings mußte Sean sich umdrehen, während sie in den Sattel stieg und auch während des Absteigens. Sie schnitt Seans Haar und tat dies mindestens ebenso gut wie sein Friseur in Johannesburg. Sie hatte eine Apotheke in ihrem Wagen, in der Medizin für jeden Kranken im Lager, ob Mensch oder Tier, war. Sie konnte mit dem Gewehr wie ein Mann umgehen und war sogar in der Lage, es auseinanderzunehmen und zu reinigen. Sie konnte stur und von oben herab sein, wenn ihr danach war, erhaben und undurchsichtig, und manchmal konnte sie sich auch wie ein kleines Mädchen benehmen... Aber nachdem er einmal ihr Vertrauen gewonnen hatte und sie wußte, daß er sich an die Regeln hielt, kam sie seinen Zärtlichkeiten mit einer Stärke entgegen, die sie beide verwunderte. Sean ging völlig in ihr auf. Sie war das wunderbarste Wesen, das er je gefunden hatte, und noch besser, sie war jemand, zu dem er sprechen konnte. Er hatte ihr von Duff erzählt. Sie hatte das zweite Bett in seinem Wagen gesehen und Kleidungsstücke gefunden, die offensichtlich für ihn zu klein waren. Sie hatte ihn danach gefragt, und er hatte ihr alles erzählt. Und sie hatte verstanden.

Die Tage wurden zu Wochen. Das Vieh wurde fett, die Häute glänzten. Katrina hatte einen kleinen Gemüsegarten gepflanzt, der ihr reiche Ernte brachte. Weihnachten kam, und Katrina buk einen Kuchen. Sean schenkte ihr einen Pelz aus Affenhäuten, an dem Mbejane heimlich gearbeitet hatte, und Katrina schenkte Sean ein paar handgenähte Hemden, auf deren Brusttaschen seine Initialen eingestickt waren. Außerdem lockerte sie die Regeln ein wenig.

Seit über sechs Wochen hatte Sean keinen Elefanten mehr geschossen. Mbejane kam mit einer Abordnung der Leute zu ihm, und sie fragten ihn, wenn auch nicht ganz so direkt: »Sind wir hierher zum Jagen gekommen, oder was ist los?«

Sie brachen das Lager ab und zogen weiter nach Norden.

16

Eine Woche später hatten sie den Sabi-Strom erreicht. Das in der Ferne liegende Gebirge war graublau. Und der Strom war braun und mächtig. Am nächsten Morgen war es frisch und kühl vom Regen der vergangenen Nacht. Es roch im Lager nach Rauch, Vieh und wilden Mimosen. Katrina hatte aus einem der am Vortag von Mbejane gefundenen Straußeneier ein riesiges Omelett gebacken und es mit Pilzen und Nüssen gefüllt. Danach gab es Brötchen mit wildem Honig, Kaffee und eine Zigarre für Sean.

»Reitest du heute aus?« fragte Katrina.

»Ja, ja.«

»Oh!«

»Soll ich nicht wegreiten?«

»Seit über einer Woche bist du nicht im Lager geblieben.«

»Soll ich nicht wegreiten?«

Sie stand schnell auf und begann den Tisch abzuräumen. »Egal. Du wirst sowieso keine Elefanten finden... Es ist eine Ewigkeit her, seit du etwas geschossen hast.«

»Möchtest du, daß ich hier bleibe?«

»Es ist so ein herrlicher Tag.« Sie gab Kandhla ein Zeichen, die Teller zu holen.

»Wenn du willst, daß ich bleiben soll, dann bitte mich auch darum.«

»Wir könnten Pilze suchen.«

»Sag es«, bat Sean.

»Also gut, dann bitte!«

»Mbejane, sattle das Pferd ab. Ich werde es heute nicht brauchen.«

Katrina lachte. Sie rannte zum Wagen, wobei ihre Röcke flogen. Dann rief sie die Hunde. Als sie zurückkam, hatte sie ihren Hut auf und einen Korb in der Hand. Die Hunde tollten um sie herum, sprangen an ihr hoch und bellten. »Also los... sucht, sucht«, rief Sean ihnen zu. Und sie rasten voraus, umkreisten sie und jagten einander, während Sean und Katrina Hand in Hand hinterherkamen. Sie sammelten die neuen Pilze, die rund und fest waren, braun und oben ein ganz klein wenig klebrig. Innerhalb einer Stunde hatten sie den Korb gefüllt und setzten sich unter einen Baum. Sean legte sich auf den Rücken. Katrina zupfte einen Grashalm aus und begann, sein Gesicht damit zu kitzeln, bis er sie beim Handgelenk ergriff und zu sich herabzog. Die Hunde, die im Kreis um sie herumsaßen, beobachteten sie. Ihre Zungen hingen rosig und feucht aus den Mäulern. »Unten am Kap, grad außerhalb von Paarl, da gibt es einen Platz, der ringsum vom Gebirge umgeben ist und von einem Fluß durchflossen, dessen Wasser so klar ist, daß du die Fische unten am Boden erkennen kannst«, sagte Katrina. Sie hatte ihr Ohr an seine Brust gedrückt und lauschte seinen Herzschlägen. »Willst du mir eines Tages eine Farm kaufen?«

»Ja«, sagte Sean.

»Dann werden wir uns ein Haus mit einer weiten Veranda bauen, und sonntags werden wir mit der Kutsche zur Kirche fahren, und die Mädchen, die ganz kleinen, werden hinten sitzen, und die größeren Jungen werden neben uns reiten.«

»Wie viele werden's denn sein?« fragte Sean. Er hatte die Krempe ihres Huts hochgeschoben und betrachtete ihr Ohr. Es war ein sehr hübsches Ohr. Im Sonnenlicht konnte er die zarten Härchen an ihrem Ohrläppchen bewundern.

»Oh, viele. Hauptsächlich Jungen, aber auch ein paar Mädchen.«

»Zehn?« schlug Sean vor.

»Mehr als zehn.«

»Fünfzehn?«

»Ja, fünfzehn.«

So lagen sie da und dachten darüber nach.

»Und außerdem will ich Hühner haben, eine Menge Hühner.«

»Sollst du«, versprach Sean.

»Du hast nichts dagegen?«

»Warum denn?«

»Es gibt Leute, die mögen keine Hühner«, sagte Katrina. »Ich bin froh, daß du nichts dagegen hast. Ich wollte schon immer welche.« Verstohlen versuchte Sean, seinen Mund ihrem Ohr zu nähern, aber sie fühlte die Bewegung und setzte sich auf.

»Was tust du denn?«

»Das«, sagte Sean und umfaßte sie.

»Nicht, Sean. Sie beobachten uns.« Dabei zeigte sie auf die Hunde. »Die verstehen uns schon«, meinte Sean. Und dann schwiegen beide eine lange Weile. Plötzlich begannen alle Hunde fast gleichzeitig zu bellen. Katrina setzte sich auf, und Sean wandte sich um und sah den Leoparden. Er stand etwa fünfzig Meter entfernt am Ende des dicken Buschs und beobachtete sie. Groß und mit flachem Bauch stand er in eleganter Pose da. Plötzlich lief er weiter, blitzschnell, und seine Tatzen berührten kaum die Erde. Die Hunde stürmten in geschlossener Meute hinter ihm her. Der »Dieb« an der Spitze, sein Bellen klang noch lauter als das der anderen.

»Zurück, kommt zurück«, schrie Sean. »Laßt das, verdammt noch mal. Kommt zurück!«

»Halte sie auf, Sean. Lauf ihnen nach, oder wir verlieren sie alle.«

Er lief dem Geräusch der Meute nach.. Jetzt rief er nicht mehr, sondern sparte seinen Atem auf. Er wußte, was passieren würde, und lauschte. Er hörte, wie der Ton der Meute sich veränderte. Das Bellen war jetzt gleichmäßig.

»Er hat angehalten. Er nimmt sie an.«

Er begann wieder zu laufen und hörte fast im gleichen Augenblick den ersten Hund schreien. Er lief schneller. Dann fand er den Hund, wo ihn der Leopard hingeworfen hatte. Es war die alte Hündin mit den weißen Ohren. Ihr Bauch war weit aufgeschlitzt. Sean lief weiter. Der dunkle graue war der nächste. Er lebte noch und versuchte, auf ihn zuzukriechen. Die Jagd war noch immer außerhalb seines Gesichtskreises, aber er folgte. Er hielt nicht mehr bei den geschlagenen Hunden an, um ihnen zu helfen. Die meisten von ihnen waren schon tot, ehe er ankam. Der Speichel in seinem Mund nahm zu. Und das Herz schien ihm bis zum Hals zu schlagen, während er sich im Rennen übergab.

Plötzlich war er auf einer freien Fläche und sah die Jagd vor sich. Drei Hunde waren übriggeblieben. Einer davon war der »Dieb«. Laut bellend umkreisten sie den Leoparden und versuchten, seine Hinterbeine zu schnappen, wobei sie, sobald sich der Leopard knurrend umwandte, schnell zurücksprangen. Sean versuchte zu schreien, brachte aber keinen Laut aus der Kehle. Der Leopard hatte sich jetzt auf den Rücken gelegt und lag, alle viere von sich gestreckt, den Bauch seinen Angreifern darbietend. Er machte den Eindruck einer schlafenden Katze. Die Hunde hielten sich zurück und zögerten. Wieder versuchte Sean zu schreien, aber seine Stimme trug noch nicht. Der cremefarben gelbe Bauch mit dem schönen weichen Haar war eine zu starke Versuchung. Einer der Hunde stürzte sich darauf. Mit gefletschten Zähnen stieß er darauf zu. Der Leopard umklammerte ihn wie eine Mausefalle. Die Vorder- und Hinterläufe schlugen ihre Krallen ganz schnell in die Weichteile des Hundes, dann wurde er zur Seite geworfen. Und wieder legte sich der Leopard lässig auf den Rücken und bot seinen Bauch als Köder dar. Sean war jetzt so nahe, daß die beiden Hunde seinen Ruf vernahmen. Auch der Leopard hatte ihn vernommen. Schnell sprang er auf und versuchte zu fliehen. Aber im selben Augenblick hatte der »Dieb« sich auf die Hinterpfoten gestürzt, wodurch er ihn zwang, ihn abzuschütteln und sich umzudrehen.

»Komm, mein Junge. Laß ihn. Komm, Dieb. Komm hierher.«

Der »Dieb« nahm Seans Rufen für eine Aufforderung und bellte noch immer den Leoparden an. Sean wußte, daß der Leopard fliehen würde, falls er die Hunde dazu brachte, von ihm abzulassen. Er machte einen Schritt vorwärts, bückte sich und hob einen Stein auf, um ihn nach dem »Dieb« zu werfen. Als er sich wieder aufrichtete, sah er, wie der Leopard ihn beobachtete, und er spürte, wie ihn ein Angstgefühl überkam. Er wußte, daß der Leopard ihn jetzt angreifen würde. Er erkannte es an der Art, in der sich die Ohren nach hinten an den Kopf anlegten und die Schultermuskeln sich spannten wie zwei zusammengepreßte Federn. Sean ließ den Stein fallen und suchte nach dem Messer in seinem Gürtel. Die Lefzen des Leoparden waren zurückgezogen, die Zähne gelb, Kopf und Ohren gestreckt wie eine Schlange. Er lief mit weit ausgreifenden Schritten und eleganten Bewegungen. Jetzt schlängelte er sich auf Sean zu, wobei er auf dem kurz geschorenen Gras immer schneller wurde. Und dann erhob er sich mit einem Sprung sehr schnell und leichtfüßig in die Luft. Sean fühlte den Schock und Schmerz zur selben Zeit. Die Klauen hatten sich in seiner Brust festgekrallt, und er fühlte, wie sie seine Rippen suchten. Das Maul hielt er, den Unterarm zwischen die Zähne gepreßt, davon ab, sein Gesicht zu erreichen. Sie rollten gemeinsam ins Gras. Die Vorderpranken hielten sich noch immer an seinem Brustkorb fest, und er spürte, wie die hinteren Pranken versuchten, seinen Magen zu erreichen. Verzweifelt wand er sich, benutzte im selben Augenblick sein Messer und stach die Klinge in den Rücken des Leoparden. Der Leopard brüllte. Sean fühlte, wie die hinteren Pranken seine Hüfte trafen und den Oberschenkel festhielten. Der Schmerz war tief und stark. Und er wußte, daß er schwer verletzt war. Die Pranken hoben sich wieder. Diesmal würde er ihn umbringen. Der »Dieb« schlug seine Zähne in die eine Pranke des Leoparden, noch ehe die spitzen Klauen Seans Fleisch berührten. Er zerrte daran, die Vorderpfoten tief im Boden verankert. So hielt er den Leoparden, der direkt über Seans Körper lag, fest. Seans Sicht verschwamm und wechselte zwischen Dunkelheit und grellen Sternen ab. Noch einmal stach er mit dem Messer in den Rücken, nahe der Wirbelsäule, und schnitt damit in dem Tier herum wie ein Fleischermeister. Wieder brüllte der Leopard, der Körper schüttelte sich, und die Klauen drangen tiefer in Seans Fleisch. Und Sean schnitt weiter. Beinahe verrückt vor Schmerz stach er immer wieder, bis aus vielen Wunden Blut floß, das sich mit dem seinen vermischte. Und dann rollte der Leopard von ihm fort. Die Hunde bellten ihn noch immer an und knurrten. Er war tot. Sean ließ sein Messer aus der Hand gleiten und betastete die Kratzwunden an seinem Bein. Das Blut floß dunkelrot und dick wie Honig am Bein entlang. Viel Blut. Eine plötzliche Dunkelheit umgab ihn. Das Bein war jetzt weit von ihm weg. Es war gar nicht seins.

»Garry«, flüsterte er. »Garry, es tut mir so leid. Ich bin ausgerutscht. Ich wollte es doch nicht. Ich bin ausgerutscht.«

Die Dunkelheit wurde noch schwärzer, und jetzt war kein Bein mehr da. Nur absolutes Dunkel. Die Zeit war etwas Flüssiges. Die ganze Welt war flüssig und bewegte sich in der Dunkelheit. Die Sonne war dunkel. Und nur der Schmerz war gleichbleibend, gleichbleibend wie ein Felsen in einer dunklen schwebenden See. –

Er öffnete die Augen und sah in Katrinas Gesicht. Sie war blaß, und tiefe, große blaue Ringe lagen unter ihren Augen. Er versuchte, seine Hand zu heben, um ihr Gesicht zu berühren, aber er konnte sich nicht bewegen.

»Katrina«, sagte er. Und er sah, wie ihre Augen vor Überraschung und Glück aufleuchteten.

»Du bist wieder da. Oh, Gott sei gedankt. Du bist wieder bei uns.«

Sean bewegte den Kopf hin und her und sah die Plane seines Wagens über sich. »Wie lange?« fragte er. Seine Stimme war ein Flüstern.

»Fünf Tage... sprich nicht... bitte, sprich nicht.«

Sean schloß die Augen und schlief gleich wieder ein.

17

Als er erwachte, wusch ihn Katrina. Mbejane half ihr, ihn hochzuheben und umzudrehen. Seine großen Hände waren äußerst behutsam, während er das Bein bewegte. Sie wuschen ihm den Fieberschweiß ab und wechselten die Verbände. Sean beobachtete Katrina bei der Arbeit. Und jedesmal, wenn sie aufsah, lächelten sie einander zu. Einmal fragte er Mbejane: »Wo warst du, als ich dich brauchte?«

»Ich schlief in der Sonne, Nkosi, wie ein altes Weib«, sagte Mbejane halb lachend, halb entschuldigend. Katrina brachte ihm zu essen. Und als er den Geruch wahrnahm, fühlte er sich hungrig. Er aß alles auf und schlief wieder ein.

Mbejane baute eine Hütte, die an den Seiten offen war und ein geflochtenes Dach hatte. Er stellte sie im Schatten am Flußufer des Sabi auf. Dann machte er ein Bett aus Pfählen und Lederstreifen. Dorthin wurde Sean vom Wagen aus getragen.

Katrina kümmerte sich um alles, bis sie ihn in der Hütte niederlegten. Dann ging sie, um aus dem Wagen Kissen zu holen. Als sie zurückkam, fand sie den »Dieb« bequem neben Sean liegend.

»Sean, wirf das Monstrum sofort hinaus. Diese Decken hier sind frisch gewaschen.«

Der »Dieb« verbarg seinen Kopf in Seans Achselhöhle.

»Laß ihn hier. Er ist ganz sauber«, beschützte ihn Sean.

»Er stinkt.«

»Nein, das tut er nicht.« Sean beroch den »Dieb«. »Jedenfalls nicht schlimm.«

»Ach, ihr beiden!« Sie legte einige Kissen unter Seans Kopf. »Wie fühlst du dich?«

»Gut«, antwortete Sean. Der »Dieb« kroch im Bett langsam nach oben, bis sein Kopf ebenfalls auf den Kissen lag.

In den langsam verstreichenden Tagen genas Seans Körper, und die Kräfte kehrten wieder. Die leichte Brise, die meist in der Hütte herrschte, trocknete die Verschorfungen auf Brust und Bein bald ab. Die Narben jedoch blieben. Morgens nach dem Frühstück hielt Sean von seinem Bett aus hof. Katrina saß am Bettende, und die Dienerschaft kauerte um ihn herum. Zuerst wurden die Lagerangelegenheiten erledigt. Die Gesundheit der Ochsen, die namentlich aufgeführt wurden, ihre Augen, ihre Hufe und ihre Mägen. In einer Plane an einem Wagen war ein Riß. Die einzige Hündin war läufig. Konnte man den »Dieb« schon mit der Aufgabe betrauen, sie zu decken? Fleisch wurde benötigt. Vielleicht würde die Nkosikazi etwas später am Tag auf die Jagd gehen. Wenn alles besprochen war, teilte Sean die Arbeit für den Tag ein und schickte die Leute fort. Dann konnte er mit Katrina allein sein. Von der Hütte aus überblickten sie den ganzen Fluß, die Krokodile, die auf den weißen Sandbänken lagen, und die Vögel, die an den seichten Stellen fischten. Sie saßen nahe beieinander und sprachen von der Farm, die sie einmal haben würden. Sean wollte Wein anbauen und Pferde züchten und Katrina eine Hühnerfarm anlegen. Bis zur nächsten Regenzeit würden sie alle Wagen mit Elfenbein gefüllt haben. Danach würden sie noch eine Reise machen, und dann konnte es für die Farm reichen.

Katrina ließ ihn viel länger im Bett als nötig. Sie hegte und pflegte ihn. Und er fand es herrlich. Schamlos wie alle Männer nahm er ihre Hilfeleistungen an und übertrieb zuweilen die Art seiner Beschwerden. Endlich und widerwillig ließ sie ihn aufstehen. Er blieb noch eine weitere Woche im Lager, bis seine Beine wieder kräftig genug waren. Dann nahm er eines Abends das Gewehr und ging mit Mbejane auf die Jagd. Sie gingen langsam, Sean wollte sein Bein nicht überanstrengen. Er schoß eine junge Antilope unweit des Lagers, setzte sich unter einen Baum und rauchte eine Zigarre, während Mbejane zurückging, um Leute zu holen, die das Fleisch zum Lager bringen sollten. Sean sah zu, wie sie das Tier ausnahmen. Dann wurden die vier Läufe zusammengebunden, eine Stange hindurchgeschoben, und die vier Diener trugen das Tier zum Lager. Dort fand Sean Katrina in einer ihrer schwer zu durchschauenden Launen. Als er sich während des Essens mit ihr unterhielt, kamen ihre Antworten von ganz weit weg. Und später saß sie beim Feuer etwas abseits von ihm. Endlich stand er auf.

»Es ist Zeit, ins Bett zu gehen. Ich bringe dich zu deinem Wagen.«

»Geh du doch. Ich bleibe noch einen Augenblick hier sitzen.«

Er küßte sie auf die Wange. »Falls du mich brauchst, ich bin ganz nah. Gute Nacht, schlaf schön.«

Er richtete sich auf. »Komm, Dieb«, sagte er. »Zeit, schlafen zu gehen.«

»Bitte, laß mir Dieb da.« Katrina hielt ihn am Nacken fest.

»Warum?«

»Ich möchte gern Gesellschaft haben.«

Sean wollte sich wieder zu ihr setzen.

»Nein, geh du ins Bett.« Es hörte sich verzweifelt an, und Sean betrachtete sie aufmerksam.

Er ging zu seinem Wagen und sah noch einmal zu ihr hin. Sie saß kerzengerade da und hielt den Hund fest. Er kletterte in seinen Wagen. Die Lampe war angezündet, und er blieb überrascht stehen, als er das Bett sah. Es waren Laken auf dem Bett. Er strich mit der Hand über das straffe Leinen, dem man ansah, daß es frisch gebügelt war. Er setzte sich aufs Bett und zog die Stiefel aus, dann das Hemd und warf es auf die Truhe. Danach legte er sich zurück und starrte in die Lampe.

»Irgendwas kommt mir ziemlich komisch vor«, sagte er.

»Sean.« Er hörte ihre Stimme vor dem Wagen, sprang auf und öffnete die Plane. »Kann ich hineinkommen?«

»Ja, aber natürlich.« Er half ihr und zog sie in den Wagen. Er sah ihr an, daß sie Angst hatte.

»Aber irgendwas stimmt doch nicht«, sagte er.

»Nein. Bitte rühr mich nicht an. Es gibt etwas, was du wissen mußt. Setz dich aufs Bett.«

Sean beobachtete ihr Gesicht. Er machte sich Sorgen.

»Ich dachte, daß ich dich liebte, als ich mit dir ging. Ich dachte, daß wir für immer beieinander sein sollten.« Sie schluckte. »Dann habe ich dich im Gras gefunden, verwundet und tot. Noch ehe unser gemeinsames Leben begonnen hatte, warst du tot.«

Sean sah, wie der Schmerz wieder in ihre Augen trat, wie sie es noch einmal durchlebte. Er streckte ihr seine Hand hin, und sie hielt sich an ihr fest.

»Nein, warte. Bitte, laß mich zu Ende kommen. Ich muß dir das erklären. Es ist sehr wichtig.«

Sean ließ die Hand sinken, und sie sprach rasch weiter.

»Du warst tot, und ich starb innerlich. Ich fühlte mich leer. Es war nichts mehr übrig. Nichts, außer der Leere im Inneren und dem schrecklichen Gefühl des Totseins nach außen hin. Ich habe dein Gesicht berührt, und du hast mich angesehen. Da habe ich gebetet, Sean. Und ich habe während der Tage gebetet, als du gegen die Blutvergiftung in deinem Körper kämpftest.«

Sie kniete vor ihm und umfing ihn mit ihren Armen. »Jetzt leben wir beide und sind zusammen. Und ich weiß, daß es nicht für immer sein kann. Noch einen Tag, ein Jahr, wenn wir Glück haben, zwanzig, aber nicht für immer. Ich sehe jetzt ein, wie kleinlich ich uns beiden gegenüber gehandelt habe. Ich will uneingeschränkt deine Frau sein.«

Er beugte sich schnell zu ihr, aber sie entzog sich ihm und stand auf. Sie öffnete die Knöpfe ihres Kleides, und es fiel an ihr herunter. Sie öffnete ihr Haar und ließ es glänzend über das Weiß ihres Körpers hängen.

»Sieh mich an, Sean. Ich möchte, daß du mich ansiehst. Das und meine Liebe kann ich dir geben... Ist es genug?«

Es stimmte alles zusammen. Die Täler und die Hügel. Haar wie schwarzes Feuer und warmes Licht auf sanfter Haut. Er sah, wie die Röte ihrer Wangen langsam bis zu den Brüsten ging und sie erglühen ließ, stolz in ihrer Vollendung. Weiter sah er nicht. Er zog sie an sich und bedeckte ihre Nacktheit mit sich. Sie zitterte, er legte sie auf die Laken und beruhigte sie, bis ihr Zittern aufhörte und sie, das Gesicht in seinen Nacken gedrückt, neben ihm lag.

»Zeig mir, wie... Ich will dir alles geben. Bitte zeig mir, wie«, flüsterte sie.

18

Am nächsten Morgen brachte sie ihm die Bibel.

»Hallo, hallo«, protestierte Sean. »Ich habe bereits einen Schwur geleistet.« Katrina lachte ihn an. Die Erinnerung an die vergangene Nacht war noch warm und fröhlich in ihr. Sie schlug das Buch auf der ersten Seite auf.

»Du mußt deinen Namen hier einschreiben, hier neben meinen.« Sie beobachtete ihn und stand neben seinem Stuhl, wobei ihre Lippen seine Schulter berührten.

»Und dein Geburtsdatum«, sagte sie.

Sean schrieb. »9. Januar 1862.« Dann sagte er: »Was ist denn das? ›Gestorben‹... Soll ich das auch schon ausfüllen?«

»Bitte, sprich nicht so«, sagte sie schnell und klopfte auf den hölzernen Tisch.

Sean versuchte, seine Bemerkung wieder gutzumachen. »Aber da ist ja nur Platz für sechs Kinder.«

»Wir können die anderen an den Rand schreiben. Das hat Oma auch getan. Bei ihr gingen sie sogar noch auf die erste Seite der Genesis. Glaubst du, daß wir auch soweit kommen werden, Sean?«

Sean lächelte sie an. »Wenn es nach mir geht, könnten wir ohne jede Schwierigkeit bis zum Neuen Testament kommen.«

Der Anfang, den sie gemacht hatte, war gut. Im Juni war die Regenzeit vorüber, und Katrina schritt mit zurückgeworfenen Schultern, um ihre Last zu balancieren. Im Lager herrschte eine glänzende Stimmung. Katrina war jetzt mehr Frau als Kind. Sie war groß und schmal und freute sich über die Besorgnis, die ihr Zustand in Sean hervorrief. Sie sang oft für sich, und manchmal des Nachts ließ sie ihn mitsingen. Sie gestattete ihm, das Nachthemd hochzuziehen und sein Ohr gegen die festgespannte, von blauen Äderchen durchzogene Haut zu legen. Er lauschte dann den klopfenden Geräuschen und fühlte, wie etwas gegen seine Wange pochte. Wenn er sich wieder aufsetzte, waren seine Augen voll Bewunderung. Und sie lächelte stolz und legte seinen Kopf gegen ihre Schulter. So lagen sie ruhig nebeneinander. Tagsüber war ebenfalls alles zum Besten. Sean jagte ohne den übertriebenen Eifer von früher. Sie zogen den Sabi-Strom entlang, und manchmal verbrachten sie einen ganzen Monat in einem Lager. Das Wild kehrte wieder zu den Flußufern zurück, und das Elfenbein in den Wagen begann sich zu mehren.

An einem Nachmittag im September verließen Sean und Katrina das Lager und gingen am Fluß entlang. Die Erde war wieder braun, und es roch nach vertrocknetem Gras. Das Flußbett bestand aus kleinen Bächen und weißem Sand.

»Teufel, ist das heiß.« Sean nahm den Hut ab und wischte sich den Schweiß von der Stirn. »Du mußt ja unter den Kleidern kochen.«

»Ach nein, es geht schon.« Katrina hielt seinen Arm.

»Laß uns schwimmen.«

»Du meinst, ohne etwas anzuhaben?« Katrina sah entsetzt auf.

»Ja, warum nicht?«

»Das schickt sich nicht.«

»Ach, komm schon.« Er trug sie das Bankett hinunter, während sie laut protestierte. Dann fand er einen Platz, der von großen Steinen umgeben war. Dort zog er sie aus. Sie lachte, stöhnte und errötete, alles auf einmal. Er trug sie in den Teich, und sie saß dankbar im Wasser, das ihr bis ans Kinn ging.

»Nun, wie fühlst du dich?« fragte Sean.

Sie hatte ihr Haar geöffnet, und es schwamm im Wasser. Sie spielte mit den Zehen im Sand, und ihr Bauch sah in dem Wasser wie der Rücken eines weißen Walfisches aus.

»Es ist herrlich«, gab sie zu. »Es fühlt sich wie seidene Unterwäsche auf meiner Haut an.«

Sean legte seinen Arm unter Wasser um sie. »Du bist schön«, sagte er.

»Du bist mein Schatz.« Sie ließ ihn ihr Ohr küssen.

»Was wird es?« Er berührte ihren Leib. »Junge oder Mädchen?«

Das war derzeit ihr Lieblingsgesprächsstoff.

»Ein Junge.« Sie war äußerst bestimmt.

»Wie werden wir ihn nennen?«

»Nun, wenn du nicht sehr bald einen Pfarrer findest, dann werden wir ihn so nennen müssen, wie du immer die Diener beschimpfst.«

Sean starrte sie an. »Was meinst du?«

»Na, du weißt schon, was du immer sagst, wenn du dich ärgerst.«

»Bankert!« sagte Sean und war jetzt ernsthaft betroffen. »Zum Teufel, daran habe ich noch gar nicht gedacht. Wir müssen einen Priester finden. Ein Kind von mir wird kein Bankert. Wir müssen nach Louis Trichard zurück.«

»Du hast noch ungefähr einen Monat Zeit«, warnte ihn Katrina.

»Um Himmels willen, das schaffen wir nie. Wir haben zu spät daran gedacht.« Seans Gesicht war ganz verzerrt. »Warte, ich habe eine Idee. Auf der anderen Seite des Gebirges an der Küste gibt es doch portugiesische Siedlungen.«

»Aber Sean, das sind doch Katholiken.«

»Die arbeiten alle für denselben Boss.«

»Wie lange brauchst du, um über die Berge zu kommen?« fragte Katrina zweifelnd.

»Ich weiß nicht. Vielleicht vierzehn Tage, um die Küste zu Pferde zu erreichen.«

»Zu Pferde?« Katrina sah ihn noch zweifelnder an.

»Ach zum Teufel, du kannst ja nicht reiten.« Sean kratzte sich die Nase. »Dann muß ich eben reiten und einen holen. Wirst du so lange hier allein bleiben? Ich lasse dir Mbejane da, der auf dich aufpaßt.«

»Aber ja. Ich werde es schon schaffen.«

»Wenn du nicht willst, daß ich weggehe, gehe ich nicht. So wichtig ist das auch nicht.«

»Es ist wichtig. Hier wird alles schon klarkommen.«

Ehe er am nächsten Morgen fortritt, nahm Sean Mbejane zur Seite. »Du weißt, warum du mich nicht begleitest, nicht wahr?« Mbejane nickte. Aber Sean beantwortete seine eigene Frage. »Weil es eine wichtigere Aufgabe für dich hier gibt.«

»Ich werde nachts«, sagte Mbejane, »unter dem Wagen der Nkosikazi schlafen.«

»Du willst schlafen?« fragte Sean drohend.

»Nur ab und zu, und dann ganz leicht«, grinste Mbejane.

»Das ist schon besser«, meinte Sean.

19

Sean verabschiedete sich von Katrina. Es gab keine Tränen. Sie verstand die Notwendigkeit und half ihm durch ihr Verständnis. Sie standen noch lange Zeit neben ihrem Wagen, hielten einander umschlungen und flüsterten miteinander. Dann rief Sean nach seinem Pferd. Hlubi folgte ihm und führte das Packpferd. Als sie am anderen Ufer des Sabi angekommen waren, drehte sich Sean um und blickte zurück. Katrina stand noch immer neben dem Wagen. Hinter ihr sah er den mächtigen Mbejane. Mit ihrem Hut und dem grünen Kleid sah sie sehr jung aus.

Sean schwenkte seinen Hut und machte sich dann auf den Weg ins Gebirge. Die Wälder gingen ins Grasland über, als sie bergan stiegen. Und jede Nacht war kälter als die vorherige. Dann hörte auch langsam die Graslandschaft auf, und die Vegetation wurde immer spärlicher. Sean und Hlubi kämpften sich nach oben, wobei sie den Wildspuren folgten und des öfteren an unpassierbaren Schluchten umkehren mußten, bis sie einen Paß fanden. Sie führten die Pferde an steilen Graten entlang und saßen nachts eng aneinandergedrückt am Feuer und lauschten dem Geschrei der Affen. Dann, ganz plötzlich, an einem Morgen, der so klar wie ein geschliffener Diamant war, hatten sie die Spitze erreicht. Sie fanden einen besseren Pfad nach Osten hinunter und folgten ihm, bis sie auf dem geraden Weg waren, der zur Küste führte. Am Fuße des Gebirges kamen sie zu einem Eingeborenendorf. Für Sean war es sehr aufregend, wieder bebautes Land und menschliche Behausungen zu sehen. Er hatte sich schon beinahe damit abgefunden, daß er und seine Leute die einzigen Menschen auf der Welt waren.

Die gesamte Bevölkerung des Dorfes floh, als sie ihn sah. In diesem Teil Afrikas hatte man die Erinnerung an die Sklavenhändler noch nicht vergessen. Zwei Minuten nach seiner Ankunft hatte Sean bereits wieder das Gefühl, der einzige Mensch auf der Welt zu sein. Mit der Überheblichkeit des Zulus über alle anderen Stämme Afrikas schüttelte Hlubi den Kopf. »Affen«, sagte er.

Sie stiegen ab, banden die Pferde unter dem großen Baum, der der Mittelpunkt des Dorfes war, fest, setzten sich in den Schatten und warteten. Die Hütten sahen wie Bienenstöcke aus Gras aus, die Dächer vom Rauch geschwärzt, während ein paar Hühner den trockenen Boden dazwischen nach Futter absuchten. Nach etwa einer halben Stunde sah Sean, wie ein schwarzes Gesicht ihn hinter einem Busch beobachtete. Langsam kam die Gestalt hervor. Es war ein alter Mann mit Storchenbeinen. Eins seiner Augen glänzte wie weißes Gelee, hervorgerufen durch eine tropische Augenentzündung.

Sean strahlte ihn an. Der alte Mann erschrak, und dann verzogen sich seine Lippen zu einem breiten, erleichterten Grinsen. Sean stand auf, wischte sich die Hände an seinen Breeches ab und ging, um dem alten Mann die Hand zu schütteln. Sofort strömten von allen Seiten die Leute herbei. Sie bevölkerten den Platz, schnatterten und lachten, umringten Sean, befühlten seine Kleidung und stießen kleine Jubelschreie aus. Es war ganz klar, daß die meisten von ihnen noch niemals vorher einen weißen Mann gesehen hatten. Eines der Mädchen brachte Sean einen großen Bierkrug. Das Bier sah gelb aus und blubberte. Seans Magen zog sich bei diesem Anblick zusammen. Er sah auf den Einäugigen, der ihn ängstlich beobachtete, hob den Krug und nahm einen kleinen Schluck. Überrascht lächelte er, es schmeckte ihm angenehm.

»Gut«, lobte er.

»Gut«, riefen die Dorfbewohner.

»Eure Gesundheit«, sagte Sean.

»Gesundheit«, kam es wie von einem Mann zurück. Sean nahm einen tiefen Schluck. Ein anderes Mädchen brachte einen Bierkrug zu Hlubi. Sie kniete vor ihm nieder und hielt ihn ihm unterwürfig hin. Um ihre Lenden waren Glasperlenketten geschlungen, und vorn war ein Schurz angebracht. Ihre Kehrseite war völlig unbekleidet, und ihr Busen hatte die Größe zweier reifer Melonen. Hlubi starrte so lange darauf, bis das Mädchen den Kopf senkte. Dann nahm er den Bierkrug.

Sean brauchte einen Führer, der ihn zur nächsten portugiesischen Siedlung bringen würde. Er sah auf den Einäugigen und sagte: »Stadt? Portugiesen?«

Sean versuchte verzweifelt, sich an den Namen eines portugiesischen Küstenhafens zu erinnern. »Nova Sofala«, rief er, während er nach Osten deutete. Und jetzt zeigte der Einäugige ein noch breiteres Grinsen als zuvor.

»Nova Sofala«, stimmte er zu und zeigte auf einen Punkt. Denn es dauerte für ihn nur einen Augenblick, ehe ihm klar wurde, daß er die Rolle des Führers übernehmen würde. Hlubi sattelte die Pferde. Der Einäugige holte eine aus Gras geflochtene Schlafmatte und ein Kriegsbeil aus seiner Hütte. Sean stieg auf und wartete, daß Hlubi das gleiche tat. Aber Hlubi benahm sich eigenartig.

»Ja?« fragte Sean. »Was gibt es?«

»Nkosi.« Hlubi betrachtete die Äste des Baumes über ihnen. »Der Alte hier könnte das Packpferd führen.«

»Ihr könnt es abwechselnd tun«, sagte Sean.

Hlubi hustete und blickte auf die Fingernägel seiner linken Hand. »Nkosi, wäre es möglich, daß Sie auf Ihrem Rückweg wieder durch dieses Dorf kommen?«

»Ja, natürlich«, erwiderte Sean. »Wir müssen doch den Alten wieder hier lassen. Warum fragst du?«

»Ich habe einen Dorn im Fuß, Nkosi, der mich sehr schmerzt.

Falls Sie mich nicht unbedingt brauchen, möchte ich gern hier auf Sie warten. Vielleicht ist die Wunde bis dahin verheilt.« Hlubi sah wieder auf den Baum und trat betreten von einem Fuß auf den anderen. Sean hatte bis jetzt nicht feststellen können, daß er gehumpelt hatte. Dann konnte Hlubi nicht vermeiden, auf das Mädchen zu blicken, das ihm das Bier gebracht hatte und jetzt bei den anderen Dorfbewohnern stand. Ihr Schurz war sehr klein. Und wenn man sie seitlich ansah, bedeckte er sie gar nicht. Sean verstand und lachte.

»Der Dorn, den du spürst, ist schmerzhaft, aber er ist nicht in deinem Fuß.« Hlubi wurde noch betretener. »Du hast doch gesagt, daß sie Affen sind... Hast du deine Meinung geändert?« fragte Sean.

»Nkosi, es sind in der Tat Affen«, seufzte Hlubi. »Aber äußerst freundliche Affen.«

»Also, dann bleib hier... Aber schwäch dich nicht zu sehr. Wir müssen auf dem Rückweg wieder durchs Gebirge.«

20

Der Einäugige führte das Packpferd. Das erfüllte ihn mit großem Stolz. Der Weg führte durch hohes Gras, Sumpfland und dicken, heißen Dschungel, dann durch weißen Sand. Hinter einem Palmwald erreichten sie endlich das Meer. Nova Sofala war ein Fort mit dicken Mauern und einer glänzenden Kanone. Das Meer dahinter war durch die Flußmündung schmutzig braun gefärbt.

Der Posten am Tor sagte: »Madre de Dio«, als er Sean sah, und brachte ihn zum Kommandanten. Der Kommandant war ein kleiner Mann mit gelblich fiebrigem und müde aussehendem Gesicht, in einer schweißdurchtränkten Uniformjacke. Der Kommandant sagte ebenfalls: »Madre de Dio« und stieß seinen Stuhl vom Schreibtisch zurück. Es dauerte einige Zeit, bis ihm klar wurde, daß das Erscheinen dieses schmutzigen, bärtigen Giganten keine

Gefahr bedeutete. Der Kommandant konnte etwas Englisch, und Sean erklärte ihm sein Anliegen.

Aber selbstverständlich konnte er helfen. Im Fort befanden sich drei Jesuiten, Missionare, die gerade aus Portugal gekommen waren und darauf brannten, eingesetzt zu werden. Es stand Sean frei, sich einen davon auszusuchen. Aber zuvor müsse er ein Bad nehmen und dann mit dem Kommandanten speisen und die mit den Missionaren angekommenen Weine probieren. Sean fand die Idee prächtig.

Beim Essen traf er auf die Missionare. Es waren junge Leute mit rosigen Gesichtern, die bis jetzt von Afrika noch nicht gezeichnet waren. Alle drei waren bereit, mit ihm zu gehen. Und Sean wählte den jüngsten von ihnen, nicht so sehr seiner Erscheinung, sondern vielmehr seines Namens wegen, »Vater Alphonso«. Das klang heroisch. Die Jesuiten gingen früh zu Bett und überließen dem Kommandanten, den vier Offizieren und Sean das Feld und den Portwein. Sie tranken auf Königin Victoria und ihre Familie und den Präsidenten von Portugal und dessen Familie. Dann bekamen sie Durst und tranken auf ferne Freunde und schließlich auf sich selbst. Der Kommandant und Sean schworen gemeinsam einen Eid auf ewige Freundschaft. Und dann wurde der Kommandant sehr traurig. Er weinte, und Sean klopfte ihm beruhigend auf die Schulter. Sean machte daraufhin den Vorschlag, ihm einen alten schottischen Tanz vorzutanzen. Der Kommandant betrachtete dies als eine besondere Ehre und meinte, daß es alle sehr freuen würde. Da er selbst den Tanz nicht kannte, würde Sean vielleicht so nett sein, ihn ihm beizubringen. Sie tanzten auf dem Tisch. Der Kommandant hielt sich ganz wacker, bis er in seinem Übereifer die Größe des Tisches überschätzte. Sean half den anderen Offizieren, ihn zu Bett zu bringen. Am frühen Morgen machte er sich mit Alphonso und dem Einäugigen auf den Rückweg. Sie brauchten zwei Tage, bis sie das Dorf des Einäugigen erreichten. Ihre Ankunft glich einer triumphalen Prozession. Vater Alphonsos Gesicht leuchtete auf, als er so viele Schafe sah, die zu bekehren waren.

Sean konnte sehen, wie er sich in Gedanken die Hände rieb, und entschloß sich, schnell weiterzuziehen, noch ehe Alphonso den wesentlichsten Punkt der Reise vergessen konnte. Er gab dem Einäugigen als Bezahlung für seine Dienste ein Jagdmesser. Dieser setzte sich unter den großen Baum in der Mitte des Dorfes und preßte das Messer an seine Brust.

»Hlubi, nun ist es genug... Komm jetzt!« Sean war nicht abgesessen und wartete unruhig, während Hlubi sich von drei Dorfmädchen verabschiedete. Hlubi hatte den traditionellen Geschmack der Zulus bewiesen. Alle drei hatten starke Brüste, eine starke Kehrseite und waren sehr jung. Alle drei weinten.

»Komm schon, Hlubi. Was ist denn los?«

»Nkosi, sie glauben, daß ich sie zur Frau genommen habe.«

»Wie sind sie denn darauf gekommen?«

»Nkosi, das weiß ich wirklich nicht.« Hlubi machte sich von der Umklammerung der plumpsten und jüngsten, die sich an seinem Nacken festhielt, frei, ergriff in Windeseile seine Speere und floh. Sean und Alphonso galoppierten hinter ihm her. Die Dorfbewohner schrien ihnen Lebewohl nach. Und Sean wandte sich noch einmal um und sah, daß der Einäugige noch immer mit dem Messer unter dem Baum saß.

Das Tempo, das Sean vorlegte, machte sich letzten Endes bei Alphonso bemerkbar. Er wurde immer schweigsamer. Und er zeigte einen gewissen Widerwillen, seinen verlängerten Rücken den Sattel berühren zu lassen. Er ritt jetzt, über den Nacken des Pferdes nach vorn gebeugt, den Hintern in die Luft gestreckt. Sie überquerten das Gebirge. Bald waren sie in der Ebene, kamen in das Sabi-Tal und ritten von da in den Wald. Neun Tage, nachdem sie Nova Sofala verlassen hatten, erreichten sie den Sabi-Strom. Es war Spätnachmittag. Ein Schwarm von Perlhühnern trank im Flußbett und stob in einer blauen Wolke davon, als Sean mit seinen Leuten zum Fluß hinunterritt. Während die Pferde tranken, sprach Sean mit Hlubi.

»Weißt du, wo wir hier am Fluß sind?«

»Ja, Nkosi. Etwa zwei Stunden stromaufwärts vom Lager. Wir sind etwas zu weit nördlich durch den Wald geritten.«

Sean blickte zur Sonne, die bereits die Baumwipfel erreicht hatte. »Es ist noch eine halbe Stunde hell... Und heute nacht haben wir keinen Mond.«

»Wir könnten bis morgen früh warten«, schlug Hlubi hoffnungsvoll vor. Sean ignorierte ihn und bat Alphonso aufzusteigen. Alphonso war ebenfalls bereit, für eine Verzögerung zu plädieren. Sean packte ihn an seiner Kutte und half ihm in den Sattel.

21

In der Dunkelheit sahen sie schon eine halbe Meile entfernt die Lampe, die in Katrinas Wagen brannte und sie sicher dorthin geleitete. Der »Dieb« schlug an. Und Mbejane rannte ihnen an der Spitze der anderen Diener entgegen, um Seans Pferd zu nehmen. Seine Stimme war erregt und erleichtert.

»Nkosi, es ist nur noch wenig Zeit... Es hat schon begonnen.«

Sean sprang vom Pferd und lief zum Wagen. Er riß die Plane zum Eingang hoch.

»Sean.« Sie setzte sich auf. Ihre Augen schienen sehr grün im Licht der Laterne. Aber unter ihnen waren dunkle Ringe. »Gott sei Dank, daß du da bist.«

Sean kniete neben dem Bett nieder und umschlang sie. Er sprach ein paar Worte zu ihr, während sie sich an ihn klammerte und ihre Lippen sein Gesicht mit zärtlichen Küssen bedeckten.

Plötzlich wurden ihre Arme steif. Und sie stöhnte. Sean hielt sie. Sein Gesicht hatte einen hilflosen Ausdruck, während seine großen Hände unsicher ihre Schultern umklammerten.

»Was kann ich tun, mein Schatz? Wie kann ich dir helfen?«

Langsam entspannte sich ihr Körper, und sie flüsterte: »Hast du einen Priester mitgebracht?«

»Der Priester!« Sean hatte ihn völlig vergessen. Während er sie noch immer festhielt, wandte er den Kopf und schrie: »Alphonso... Alphonso. Beeilen Sie sich doch, Mann!«

Das Gesicht von Vater Alphonso, das jetzt im Wagen auftauchte, war bleich vor Müdigkeit und staubbeschmutzt.

»Trauen Sie uns«, sagte Sean. »Schnell, Mann. Los, los, nun machen Sie schon. Verstehen Sie?« Alphonso kletterte in den Wagen. Seine Kutte war zerrissen, und durch die Löcher sah man seine weißen, knochigen Knie. Er stand über den beiden und öffnete sein Buch. »Ring?« fragte er auf portugiesisch.

»Ich gelobe es«, sagte Sean.

»Nein! Nein! Ring?« Alphonso hielt seinen Finger hoch und machte eine entsprechende Geste. »Ring?«

»Ich glaube, er will einen Hochzeitsring«, flüsterte Katrina.

»O mein Gott«, sagte Sean. »Das habe ich ganz vergessen.« Er sah verzweifelt um sich. »Was können wir nur nehmen? Hast du nicht einen in deiner Kiste oder sonstwo?«

Katrina schüttelte den Kopf und öffnete die Lippen, um zu antworten, schloß sie aber sofort wieder, als eine neue Wehe kam. Sean hielt sie fest, bis es vorüber war. Als sie sich entspannte, sah er wütend auf Alphonso.

»Trauen Sie uns... Verdammt noch mal. Sehen Sie nicht, daß wir für den anderen Kram keine Zeit mehr haben?«

»Ring?« sagte Alphonso wieder und sah dabei sehr traurig aus.

»Also gut, ich bringe Ihnen einen Ring.« Sean sprang aus dem Wagen und schrie Mbejane zu: »Bring mir mein Gewehr, schnell.«

Wenn es Seans Wille war, den Portugiesen zu erschießen, dann war das seine Sache, und es war Mbejanes Pflicht, ihm zu helfen. Er brachte Sean das Gewehr. Sean holte aus der Tasche in seinem Gürtel eine Goldmünze, warf sie zu Boden und hielt den Lauf seines Gewehrs darauf. Die Kugel machte ein unregelmäßiges Loch. Er warf Mbejane das Gewehr zu, hob das kleine Goldstück auf und kletterte zurück in den Wagen.

Dreimal während der Zeremonie überkamen Katrina die Wehen. Und jedesmal beschleunigte Alphonso das Tempo. Sean steckte Katrina die durchschossene Münze an den Finger und küßte sie. Alphonso sprach den letzten Satz seiner Litanei, als Katrina flüsterte: »O Sean, es kommt.«

»Verschwinden Sie«, sagte Sean zu Alphonso und machte eine entsprechende Geste zum Ausgang hin. Erleichtert ging Alphonso.

Es dauerte nicht sehr lange, aber für Sean war es eine Ewigkeit. So wie damals, als Garricks Bein amputiert wurde. Dann, nach einem letzten Stoß, war alles überstanden. Katrina lag ruhig und bleich in den Kissen, während neben ihr und noch mit ihr verbunden, rot, fleckig und blutig, ihrer beider Kind lag.

»Es ist tot«, krächzte Sean. Er schwitzte und lehnte sich gegen die Wand des Wagens.

»Nein.« Katrina richtete sich verzweifelt auf. »Nein, es lebt. Sean, du mußt mir helfen.«

Sie sagte ihm, was er tun mußte. Und endlich schrie das Kind.

»Es ist ein Junge«, sagte Katrina. »O Sean... Es ist ein Junge.« Sie war schöner, als er sie je zuvor gesehen hatte, bleich, müde und schön.

22

Seans Proteste waren nutzlos. Katrina stand am nächsten Morgen auf und zwängte sich in eines ihrer alten Kleider. Sean kauerte zwischen ihr und dem Kind auf dem Bett.

»Ich bin noch immer so dick«, lamentierte sie.

»Mein Schatz, bitte bleib noch ein oder zwei Tage im Bett.«

Sie schnitt ihm ein Gesicht und fuhr fort, ihr Korsett zu schnüren. »Und wer kümmert sich um das Baby?«

»Das werde ich tun«, sagte Sean ernst. »Du kannst mir ja sagen, was ich tun muß.«

Mit Katrina zu diskutieren hatte keinen Sinn. Sie zog sich fertig an und nahm das Kind.

»Du kannst mir die Treppe hinunterhelfen.« Sie lächelte ihn an.

Sean und Alphonso trugen einen Stuhl unter einen großen schattigen Baum. Und die Diener kamen, um das Kind zu betrachten. Katrina hielt es im Schoß. Sean stand neben ihnen, seines Besitzes noch unsicher. Für ihn war es noch immer unwirklich. Er grinste benommen und lauschte den Reden seiner Diener. Seine Hand war schon fast abgestorben, als Alphonso sie ihm mindestens zum zwanzigsten Male an diesem Morgen schüttelte.

»Nehmen Sie Ihr Kind... Nkosi. Lassen Sie es uns auf ihrem Arm sehen!« rief Mbejane. Und die anderen Zulus stimmten ein. Seans Gesicht nahm einen besorgten Ausdruck an.

»Nehmen Sie ihn hoch, Nkosi.«

Katrina hielt ihm das Bündel hin. Seans Gesicht wurde immer erschrockener.

»Fürchten Sie sich nicht, Nkosi. Er hat keine Zähne. Er kann Ihnen nicht weh tun«, sprach ihm Hlubi Mut zu. Ungeschickt hielt Sean seinen Erstgeborenen, gebeugt und verkrampft, wie alle neuen Väter es tun. Die Zulus umjubelten ihn. Langsam entspannte sich Seans Gesicht, und sein Lächeln drückte seinen ganzen Stolz aus. »Mbejane, ist er nicht schön?«

»Genauso schön wie sein Vater«, stimmte Mbejane zu.

»Deine Worte sind ein zweischneidiges Schwert«, sagte Sean und sah sich das Kind näher an, einen dunklen Haarschopf, eine flache, eingedrückte Hundenase, milchiggraue Augen und lange, dürre rote Beine.

»Wie wird er heißen?« fragte Hlubi.

Sean sah auf Katrina. »Sag du es ihnen.«

»Er wird Dirk heißen«, sagte sie in Zulu.

»Was bedeutet das?« fragte Hlubi. Und Sean antwortete ihm.

»Es bedeutet Dolch... ein scharfes Messer.«

Sofort stimmten alle Diener mit heftigem Nicken zu. Hlubi nahm seine Schnupftabakdose heraus, ließ sie herumgehen. Und Mbejane nahm die erste Prise.

»Das«, sagte er, »ist ein guter Name.«

23

Eine Woche später, als sich die ersten Regenwolken am Himmel zeigten, führte Sean die Wagen zur anderen Seite des Sabi, auf die untere Hügelkette des Gebirges, um der großen Hitze der Steppe zu entgehen. Als er und Hlubi auf dem Weg zur Küste gewesen waren, war ihm ein grünes Tal aufgefallen. Am Ufer des Flusses, der durch dieses Tal floß, standen hohe Zedernbäume. Dorthin zog Sean.

Hier würden sie die Regenzeit abwarten. Und wenn sie vorüber war und das Baby kräftig genug, die Reise durchzustehen, dann konnten sie das Elfenbein nach dem Süden bringen und es in Pretoria verkaufen. Es war ein fröhliches Lager. Vater Alphonso blieb fast zwei Wochen bei ihnen. Er war ein freundlicher junger Mann. Und obgleich weder er noch Sean verstanden, was der andere sagte, verständigten sie sich ganz gut durch Zeichensprache.

Endlich verließ er sie mit Hlubi und einem der anderen Diener, die ihn über das Gebirge zurückbringen würden. Er brachte Sean in Verlegenheit, als er ihn bei der Verabschiedung küßte. Sean und Katrina sahen ihn ungern gehen. Sie hatten sich an ihn gewöhnt und mochten ihn.

Der Regen kam wie üblich mit Wucht und Gewalt. Aus Wochen wurden Monate. Fröhliche Monate. Fast alles drehte sich um Dirks Wiege. Mbejane hatte sie für ihn aus Zedernholz geschnitzt, und aus einer der Truhen von Katrina kamen die Laken und Dekken. Das Kind wuchs schnell. Jeden Tag schien es die Wiege mehr auszufüllen. Seine Beine wurden kräftiger. Seine Haut war nicht mehr rotfleckig und seine Augen nicht länger milchiggrau. Grün begann sich in ihnen abzuzeichnen. Sie würden dieselbe Farbe wie die der Mutter haben.

Um die langen Tage auszufüllen, hatte Sean begonnen, eine Holzhütte neben dem Strom zu bauen. Die Diener halfen ihm. Und aus dem ersten bescheidenen Plan wurde ein Haus mit zementierten Wänden, einem hübschen geflochtenen Dach und einem steinernen Kamin. Als es fertig war, zogen Sean und Katrina ein. Nach dem Leben im Wagen mit den dünnen Planwänden hatten sie auf einmal das Gefühl, eine feste Heimstatt für ihre Liebe gefunden zu haben. Eines Nachts, als der Regen herunterprasselte und der Wind an der Tür heulte wie ein Hund, der hereingelassen werden will, legten sie eine Matratze vor den Kamin. Hier im Schein des Kaminfeuers wurde ein neues Leben gezeugt.

Weihnachten kam. Und dann das neue Jahr. Der Regen ließ nach und hörte dann ganz auf. Und noch immer blieben sie in ihrem Tal. Schließlich aber mußten sie weiter, denn ihr Vorrat an Pulver, Salz, Medizin und Tuch war fast aufgebraucht. Sie beluden die Wagen, ließen anspannen, und am frühen Morgen ging es los. Als die Wagenkolonne sich dem Flachland näherte, saß Katrina vorn auf dem ersten Wagen mit Dirk auf dem Schoß. Sean ritt neben ihr. Sie sah noch einmal zurück und erkannte das Dach ihres Hauses, das braun durch die Äste der Zedernbäume schimmerte. Es sah verloren und einsam aus.

»Wir müssen eines Tages hierher zurückkehren. Wir waren so glücklich hier«, sagte sie leise. Sean beugte sich vom Sattel zu ihr hinunter und strich ihr über den Arm.

»Glück, mein Schatz, ist an keinen Ort gebunden. Wir lassen es nicht hier, wir nehmen es mit uns.«

Sie lächelte ihm dankbar und glücklich zu. Das zweite Baby war bereits zu sehen.

24

Ende Juli kamen sie am Limpopo an und fanden eine Stelle, wo sie ihn überqueren konnten. Sie brauchten drei Tage, um die Wagen abzuladen, sie durch den weichen Sand über den Fluß zu bringen und dann das Elfenbein und alles andere wieder aufzuladen. Als sie am Spätnachmittag des dritten Tages damit fertig waren, waren alle erschöpft. Sie aßen früh zu Abend. Eine Stunde nach

Sonnenuntergang hatten sich alle Zulus in ihre Decken eingewickelt. Sean und Katrina schliefen eng umschlungen, ihr Kopf auf seiner Brust, im Wagen.

Am nächsten Morgen war Katrina sehr still und etwas blaß. Sean fiel es erst auf, als sie ihm sagte, daß sie sich müde fühle und etwas hinlegen wolle. Sean war sehr besorgt. Sofort wandte er seine ganze Aufmerksamkeit ihr zu. Er half ihr in den Wagen und rückte ihr die Kissen unter dem Kopf zurecht.

»Bist du auch sicher, daß es nichts Schlimmes ist?« fragte er immer wieder.

»Ja... Ich bin nur ein bißchen müde. Es geht mir bald wieder gut«, versicherte sie ihm. Sie freute sich über seine Fürsorge, war aber trotzdem erleichtert, als er ging, sich um die Wagen zu kümmern, denn bei all seinen Bemühungen war er stets ein wenig tolpatschig. Sie wollte allein bleiben, denn ihr war schlecht, und sie fror.

Um die Mittagszeit waren die Wagen zu Seans Zufriedenheit aufgestellt. Er ging zu Katrina, hob die Plane hoch und sah in den Wagen. Er erwartete, sie schlafend vorzufinden. Sie lag im Bett, die Augen offen und in zwei dicke graue Decken eingewickelt. Sie war leichenblaß. Sean fühlte die ersten Anzeichen von Unruhe. Schnell kletterte er in den Wagen.

»Liebste, du siehst elend aus. Bist du krank?« Er legte die Hand auf ihre Schulter und fühlte, wie sie fror. Sie gab ihm keine Antwort. Statt dessen gingen ihre Augen von seinem Gesicht zum Boden und von dort zum Fußende des Bettes. Katrinas einziger Luxus war ihr Nachtgeschirr. Es war ein massiver Porzellantopf mit handgemalten roten Rosen. Sie liebte ihn sehr, und Sean hatte sie öfters damit aufgezogen. Als er jetzt den Inhalt erblickte, stockte sein Atem. Er war halb gefüllt mit einer milchigen, dicklichen Flüssigkeit. »O mein Gott«, flüsterte er. Er starrte darauf, während er sich daran erinnerte, wie oft er das gleiche am Witwatersrand gesehen hatte.

Dann hob er den Kopf und sah sie ruhig an, wobei er nach Anzeichen von Furcht in ihrem Gesicht suchte. Ihr Blick war jedoch genauso ruhig. »Sean, es ist Schwarzwasserfieber.«

»Ja... ich weiß«, sagte Sean. Es hatte keinen Zweck, es zu leugnen oder übertriebener Hoffnung Ausdruck zu geben. Es war Schwarzwasserfieber. Die fürchterlichste Form der Malaria. Sie griff die Nieren an und machte aus ihnen mit schwarzem Blut angefüllte Säcke, die bei dem kleinsten Anlaß platzen konnten. Sean kniete neben ihr nieder. »Du mußt ganz still liegen.« Er berührte leicht ihre Stirn mit seinen Fingerspitzen und fühlte, wie heiß sie war.

»Ja«, antwortete sie ihm. Aber schon begann ihr Blick sich zu umnebeln, und sie machte die ersten unruhigen Bewegungen, die das Anzeichen für ein Delirium waren. Sean legte seinen Arm um sie und hinderte sie daran, um sich zu schlagen.

Bei Einbruch der Dunkelheit kamen die ersten Alpträume der Malaria. Sie lachte, dann schrie sie, von Qualen gepeinigt, schüttelte den Kopf und kämpfte mit Sean, wenn er ihr zu trinken geben wollte. Sie mußte trinken. Es war ihre einzige Chance. Die Nieren mußten ausgeschwemmt werden, damit sie am Leben bleiben konnte. Sean hielt ihren Kopf fest und zwang sie.

Dirk begann zu weinen. Er war hungrig, und außerdem fürchtete er sich beim Anblick seiner Mutter.

»Mbejane!« schrie Sean. Sein Stimme war verzweifelt.

Mbejane hatte den ganzen Nachmittag am Wageneingang gewartet. »Nkosi, was kann ich tun?«

»Das Kind... Kannst du dich um es kümmern?«

Mbejane nahm die Wiege mitsamt Dirk hoch. »Machen Sie sich seinethalben keine Sorgen. Ich bringe ihn in den andern Wagen.«

Sean wandte seine ganze Aufmerksamkeit wieder Katrina zu. Das Fieber stieg höher. Ihr Körper war wie ein Ofen, ihre Haut trocken. Von Stunde zu Stunde wurden ihre Bewegungen wilder.

Kurz nach Anbruch der Dunkelheit kam Kandhla zum Wagen mit einem Becher dampfender Flüssigkeit. Sean rümpfte die Nase, als er den Geruch wahrnahm.

»Was zum Teufel ist das?«

»Ich habe die Rinde von einem jungen Brustbaum gekocht. Die Nkosikazi muß das trinken.«

Es hatte einen ekelhaften, dumpfen Geruch. Sean zögerte. Er kannte den Baum. Er wuchs im Hochland, hatte eine beutelartige Rinde, und jedes einzelne Stück davon zeigte die Form einer Brust mit einem großen Dorn darin.

»Wo hast du denn das her? Ich habe keine solchen Bäume hier am Fluß gesehen.« Sean versuchte, Zeit zu gewinnen, während er sich überlegte, ob er Katrina den Brei trinken lassen sollte oder nicht. Er kannte die Zulu-Medizin. Wenn sie einen nicht umbrachte, heilte sie manchmal.

»Hlubi ist zu den Bergen zurückgelaufen, wo wir vor vier Tagen kampiert haben... Vor einer Stunde hat er die Rinde ins Lager gebracht.«

Eine Reise von dreißig Meilen in etwas weniger als sechs Stunden. Selbst in seiner Verzweiflung konnte Sean ein Lächeln nicht unterdrücken. »Sage Hlubi, daß die Nkosikazi seine Medizin trinken wird.«

Kandhla hielt ihren Kopf, während Sean die übelriechende Flüssigkeit zwischen ihre Lippen zwang. Er ließ sie den ganzen Becher austrinken. Die Flüssigkeit aus der Rinde schien die Verstopfung ihrer Nieren zu beheben. Viermal schied sie, ehe der Morgen anbrach, schäumendes schwarzes Wasser aus. Jedesmal hielt Sean sie vorsichtig fest, um jede Erschütterung zu vermeiden, die tödlich sein konnte. Langsam wich ihr Delirium und wurde zum Koma. Sie lag zusammengekauert und ruhig im Bett, lediglich von zuweilen auftretendem Schüttelfrost gepackt. Als die Morgensonne das Innere des Wagens beleuchtete, sah Sean ihr Gesicht. Und da wußte er, daß sie sterben würde. Ihre Haut war gelblichweiß. Ihr Haar hatte seinen Glanz verloren und war leblos wie getrocknetes Gras. Kandhla brachte einen zweiten Becher mit der Medizin. Und sie flößten sie ihr ein. Als der Becher leer war, sagte Kandhla: »Nkosi, lassen Sie mich eine Matte hier neben das Bett der Nkosikazi legen. Sie müssen schlafen. Ich werde hier bei Ihnen bleiben und Sie wecken, sobald sich die Nkosikazi bewegt.«

Sean sah ihn mit einem gehetzten Gesichtsausdruck an. »Mein Freund, Zeit zum Schlafen habe ich später.« Er sah auf Katrina und fuhr leise fort: »Vielleicht habe ich sehr bald viel Zeit dazu.«

Plötzlich versteifte sich Katrinas Körper. Sean kniete neben ihrem Bett nieder, ängstlich stand Kandhla hinter ihm. Es dauerte eine Weile, bis Sean verstand, was passierte. Und dann sah er zu Kandhla auf. »Geh! Geh schnell«, rief er. Der Schmerz in seiner Stimme ließ Kandhla blind aus dem Wagen laufen. An diesem Morgen wurde Seans zweiter Sohn geboren. Und während Kandhla über Katrina wachte, wickelte Sean das Neugeborene in eine Decke, trug es in den Busch und beerdigte es. Dann ging er zurück zu Katrina und blieb bei ihr, während die Tage und Nächte zu einem unendlichen Leiden verschmolzen. So nahe, wie Katrina sich am Rand des Todes befand, so nahe war Sean dem Wahnsinn. Er verließ niemals den Wagen. Er lag auf einer Matratze neben ihrem Bett, wischte ihr den Schweiß ab, hielt einen Becher an ihre Lippen oder saß nur da und beobachtete sie. Er hatte sein Kind verloren. Und vor seinen Augen verwandelte sich Katrina in ein gelbes Skelett. Dirk rettete ihn. Mbejane brachte den Jungen zu ihm. Und er spielte auf der Matratze, kroch in Seans Schoß und zog an seinem Bart. Er war der einzige kleine Lichtblick in dieser trostlosen Zeit.

25

Katrina überlebte. Ganz langsam fand sie aus dem Koma, das der Vorläufer des Todes ist, wieder zu sich. Mit ihrer beginnenden Rückkehr ins Leben wandelte sich Seans Verzweiflung in Hoffnung, und schließlich in Erleichterung. Sie war jetzt wieder in der Lage, ihn wahrzunehmen. Obwohl sie noch so schwach war, daß sie ihren Kopf nicht allein vom Kissen heben konnte, verfolgten ihre Augen seine Bewegungen im Wagen. Es dauerte noch eine Woche, ehe sie erfuhr, was aus dem Baby geworden war. Sie fragte ihn mit einer müden Flüsterstimme. Und Sean brachte es ihr so schonend wie möglich bei. Sie war nicht kräftig genug, eine starke Bewegung zu zeigen, sondern lag nur ruhig da und starrte an die Decke, während Tränen über ihre gelben Wangen rannen.

Sean widmete ihr jede freie Minute. Er saß neben ihr und erzählte ihr von der Farm, die sie kaufen würden, und bemühte sich, ein Gespräch über ihr zukünftiges Haus in Gang zu bringen. Er las ihr aus Duffs Büchern vor. Die einzige Reaktion, die er wahrnehmen konnte, war, daß sie bei den Worten Tod und Kind erschauerte. Er erzählte ihr Geschichten aus seiner Zeit am Witwatersrand in der Hoffnung, sie damit zu amüsieren. Er brachte ihr Dirk und ließ ihn im Wagen spielen. Dirk konnte jetzt schon gehen. Er hatte dunkles, lockiges Haar und grüne Augen. Man konnte Dirk jedoch nicht lange im Wagen einsperren. Für ihn gab es zuviel zu tun, zuviel Neues zu entdecken. Nach einiger Zeit rannte er zum Wagenausgang und rief mit befehlender Stimme: »Bejane. Bejane.«

In Sekundenschnelle pflegte Mbejane aufzutauchen, der Sean um Erlaubnis bittend ansah.

»Also gut, nimm ihn mit... Aber sag Kandhla, er soll ihn nicht wieder so mit Essen vollstopfen.«

Schnell, noch ehe Sean seine Meinung ändern konnte, nahm Mbejane Dirk aus dem Wagen und ging mit ihm fort. Dirk hatte fast zwei Dutzend Zulus, die ihn verwöhnten. Sie warben alle um seine Gunst, wobei keine Anstrengung zu groß war – der unnahbare Mbejane lief auf allen vieren zwischen den Wagen herum, wobei er schonungslos von Dirk geritten wurde. Hlubi kratzte sich in den Achselhöhlen und auf der Brust, stieß dabei idiotische Laute aus und machte seine berühmte Affenimitation, was Dirk hellauf jauchzen ließ. Und Kandhla unternahm immer neue Pirschgänge durch Katrinas Speisekammer, um Süßigkeiten zu entdecken und dafür zu sorgen, daß Dirk auch anständig ernährt wurde. Die anderen hielten sich etwas im Hintergrund, jederzeit bereit, an der Verehrung teilzunehmen, ohne sich jedoch die Eifersucht Mbejanes oder Hlubis zuziehen zu wollen. Sean wußte, was geschah, war aber machtlos dagegen. Seine ganze Zeit gehörte Katrina.

Es dauerte viele Monate, ehe Sean das Weiterziehen des Trecks ohne Schaden für Katrina in Betracht zog. Sie bauten eine Sänfte für Katrina, denn Sean wollte sie nicht dem Schaukeln des Wagens aussetzen. Am ersten Tag dauerte die Reise drei Stunden. Vier Zulus trugen die Sänfte mit Katrina. Trotz der großen Fürsorge, mit der die Zulus ausschritten, war Katrina bereits nach drei Stunden völlig erschöpft, ihr Rücken schmerzte, und dicke Schweißtropfen rannen über ihre noch immer gelbe Haut. Die ganze nächste Woche reisten sie täglich nur zwei Stunden, und dann wurde die Zeit langsam verlängert, bis sie in der Lage waren, eine ganze Tagesreise zurückzulegen.

26

Sie überquerten den Magaliesberg und wandten sich dann nach Westen. Zwei Monate, nachdem sie den Limpopo verlassen hatten, kamen sie in der Burensiedlung Louis Trichardt an. Sean überließ es Mbejane, die Wagen auszuspannen, die er auf dem Platz vor der Kirche aufgestellt hatte. Dann suchte er nach einem Arzt. Es gab nur einen im ganzen Distrikt. Sean fand ihn in seiner Praxis, die über dem Laden des Ortes lag, und führte ihn zu den Wagen.

Der Doktor, ein graubärtiger alter Herr, der Krankenbesuche nicht gewohnt war, bemühte sich, mit Sean Schritt zu halten. Als sie ankamen, keuchte er und war schweißgebadet. Sean wartete vor dem Wagen, während der Arzt Katrina untersuchte. Als er endlich wieder herauskam, bestürmte ihn Sean ungeduldig. »Nun, wie finden Sie sie?«

»Ich finde, Mijnheer, daß Sie stündlich unserem Herrgott danken sollten.« Der Arzt schüttelte erstaunt den Kopf. »Es ist kaum zu glauben, daß Ihre Frau sowohl das Fieber als auch die Fehlgeburt überlebt hat.«

»Dann ist sie jetzt also über den Berg. Es ist kein Rückfall mehr zu befürchten?« fragte Sean.

»Sie ist über den Berg... Aber sie ist immer noch eine schwerkranke Frau. Es wird mindestens noch ein Jahr dauern, ehe sie völlig wiederhergestellt ist. Ich kann Ihnen keine Medizin dafür verschreiben. Sie muß äußerste Schonung haben, gut ernährt werden, und alles andere muß die Zeit heilen.« Jetzt zögerte der Doktor. »Es gibt noch einen weiteren Schaden.« Hier tippte er mit dem Zeigefinger an die Stirn. »Trauer ist ein furchtbarer Zerstörer. Sie braucht alle Liebe und Zärtlichkeit, die Sie ihr geben können. Nach etwa sechs Monaten müssen Sie dafür sorgen, daß sie wieder ein Baby bekommt, um die Leere, die durch den Verlust entstanden ist, zu füllen. Geben Sie ihr diese drei Dinge, Mijnheer. Aber vor allen Dingen geben Sie ihr Liebe.« Der Arzt zog die Uhr heraus und blickte erschrocken darauf. »Höchste Zeit. Warum hat man immer so wenig Zeit? Ich muß gehen. Es gibt noch andere, die mich brauchen.« Er streckte Sean seine Hand hin. »Gott mit Ihnen, Mijnheer.«

Sean schüttelte ihm die Hand. »Wieviel bin ich Ihnen schuldig?« Der Doktor lächelte. Er hatte ein braunes Gesicht mit blaßblauen Augen. Wenn er lächelte, sah er wie ein Junge aus. »Ich nehme kein Geld für Worte. Ich wünschte, ich hätte mehr tun können.« Er ging schnell über den Platz. Wenn man ihn gehen sah, wußte man, daß sein Lächeln trog. Er war ein alter Mann.

»Mbejane«, rief Sean, »nimm einen großen Stoßzahn aus dem Wagen und gib ihn in der Praxis des Arztes ab.«

Sie blieben noch drei weitere Tage in Louis Trichardt. Dann brachen sie wieder auf, um das letzte Stück ihrer Reise zurückzulegen.

Katrina nahm jetzt schnell an Kräften zu. Sie übernahm zur

schlecht verhehlten Enttäuschung der Diener wieder die Erziehung von Dirk. Kurze Zeit später mußte sie nicht mehr in der Sänfte getragen werden und saß wieder auf ihrem alten Platz im ersten Wagen. Sie nahm wieder zu. Die ersten Anzeichen von Farbe waren auf ihren Wangen zu sehen. Trotz dieser äußerlichen Besserung blieb ihr geistiger Zustand unverändert. Es gab nichts, was Sean tun konnte, um hier Abhilfe zu schaffen.

Einen Monat vor Weihnachten 1895 erreichte der Zug die Hügelkette oberhalb der Stadt, und sie blickten auf Pretoria hinunter. Die Jacarandas, die in jedem Garten standen, blühten purpurn. Der Betrieb auf den Straßen zeigte, daß es der Republik Transvaal gut ging. Sean ließ am Stadtrand ausspannen, indem er einfach neben der Straße sein Lager aufschlug. Dann zog er seinen einzigen guten Anzug an und ließ sich sein Pferd bringen. Sein Anzug, der noch nach der Mode von vor vier Jahren und außerdem so geschnitten war, um seine damalige Leibesfülle zu verstecken, hing jetzt lose an ihm und spannte lediglich an den Schultern, die muskulöser geworden waren. Sein Gesicht war von der Sonne dunkel gebrannt, und sein Bart ging bis auf die Brust; so fiel es nicht auf, daß der steife Hemdkragen nicht mehr um den Nacken geschlossen werden konnte. Seine Stiefel waren fast völlig durchgetreten. Sie wiesen keine Spur von Politur auf. Sein Hut war durchgeschwitzt. Die Krempe hing ihm über die Augen, so daß er ihn, um überhaupt etwas sehen zu können, weit nach hinten schieben mußte. Daher kam es wohl, daß ihm einige spöttische Blicke folgten, als er an diesem Nachmittag die Church Street hinunterritt. Sean und Duff hatten damals ihre Sachen in einem bestimmten Laden gekauft, und zu diesem ritt er nun wieder. Er fand ihn kaum verändert vor. Das Schild war etwas verblaßt, aber es besagte noch immer, daß I. Goldberg Importeur und Exporteur war, Kaufmann und Großhändler, der Maschinen verkaufte und Gold, Edelsteine, Häute, Felle, Elfenbein und Farmprodukte aufkaufte. Sean schwang sich aus dem Sattel und warf Mbejane die Zügel zu. »Sattle ihn ab, Mbejane. Es kann eine Weile dauern.«

Sean zog seinen Hut vor zwei vorübergehenden Damen und betrat dann das Gebäude, wo Mr. Goldberg seinen verschiedenen Berufen nachging. Einer seiner Gehilfen lief auf ihn zu, aber Sean schüttelte den Kopf, und der Mann kehrte hinter den Ladentisch zurück. Er konnte Mr. Goldberg hinten mit zwei Kunden stehen sehen und war bereit zu warten. Er besah sich die aufgestapelten Waren, befühlte die Qualität einiger Hemden, beroch eine Kiste Zigarren, nahm eine Axt auf und ein Gewehr in die Hand, bis Mr. Goldberg seine Kunden zur Tür geleitete und sich Sean zuwandte. Mr. Goldberg war klein und dick. Er hatte kurzgeschnittenes Haar und einen dicken Hals. Er betrachtete Sean mit ausdruckslosen Augen, während er in der Kartei, die er im Kopf hatte, nach dem Namen suchte. Dann strahlte er auf einmal und rief: »Mr. Courteney, nicht wahr?« Sean lachte. »Stimmt. Wie geht es Ihnen, Izzy?« Sie schüttelten sich die Hände. »Wie geht das Geschäft?«

Mr. Goldbergs Gesicht wurde bekümmert. »Schrecklich, schrecklich, Mr. Courteney. Ich bin ein geschlagener Mann.«

»Nun, Sie sehen dabei nicht schlecht aus«, sagte Sean und schlug ihm auf den Bauch. »Sie sind dicker geworden.«

»Sie können Scherze machen, Mr. Courteney. Aber ich sage Ihnen, es ist furchtbar. Steuern und Angst. Steuern und Angst.« Mr. Goldberg stöhnte. »Und jetzt reden sie auch noch von Krieg.«

»Was sagen Sie?« rief Sean erschrocken.

»Krieg zwischen England und der Republik.«

Seans Stirn glättete sich wieder, und er lachte. »Aber das ist doch Unsinn, Mann. Nicht einmal Krüger könnte ein solcher Dummkopf sein. Geben Sie mir eine Tasse Kaffee und eine Zigarre. Dann gehen wir in Ihr Büro, um über das Geschäft zu sprechen.«

Mr. Goldberg starrte ihn an, und seine Lider fielen schläfrig herunter. »Geschäft, Mr. Courteney?«

»Stimmt. Izzy. Diesmal verkaufe ich Ihnen etwas. Und Sie werden es kaufen.«

»Was verkaufen Sie denn, Mr. Courteney?«

»Elfenbein.«

»Elfenbein?«

»Zwölf Wagen voll.«

Mr. Goldberg stöhnte traurig. »Elfenbein kann ich gar nicht gebrauchen. Es gibt überhaupt keinen Preis mehr dafür. Man kann es kaum noch verschenken.« Das war sehr gut geblufft. Hätte Sean nicht bereits vor zwei Tagen den derzeitigen Preis für Elfenbein erfahren, hätte es ihn überzeugen können.

»Es tut mir leid, das zu hören«, sagte er. »Aber wenn Sie kein Interesse haben, dann finde ich vielleicht jemand anderen.«

»Kommen Sie auf jeden Fall erst einmal in mein Büro«, sagte Mr. Goldberg. »Wir können ja mal darüber reden. Reden kostet ja nichts.«

Zwei Tage später redeten sie noch immer darüber. Sean hatte seine Wagen geholt und das Elfenbein im Hof von Mr. Goldbergs Laden abgeladen. Mr. Goldberg hatte persönlich jeden einzelnen Stoßzahn abgewogen und das Gewicht notiert. Sean und er hatten die Zahlen gemeinsam addiert. Jetzt ging es nur noch darum, sich auf einen Preis zu einigen.

»Also kommen Sie schon, Izzy. Jetzt haben wir bereits zwei Tage vertrödelt. Es ist ein fairer Preis, das wissen Sie. Machen wir endlich Schluß«, grollte Sean.

»Ich verliere Geld dabei«, protestierte Mr. Goldberg. »Ich muß doch schließlich auch leben. Jeder Mensch hat ein Recht zu leben.«

»Na, kommen Sie schon.« Sean streckte ihm die rechte Hand hin. »Schlagen Sie ein.«

Mr. Goldberg zögerte noch eine Sekunde, und dann legte er seine fleischige Hand in Seans Faust. Sie grinsten einander an, beide waren mit dem Geschäft zufrieden. Einer von Mr. Goldbergs Gehilfen brachte das Geld und häufte die Goldstücke in kleinen Stapeln zu fünfzig auf dem Tisch auf. Sean und Mr. Goldberg zählten es nach. Die Summe stimmte. Sean füllte das Gold in zwei Leinensäcke, schlug Mr. Goldberg auf die Schultern, nahm sich noch eine Zigarre und ging schwerbeladen zur Bank. An diesem Abend, als sie in der Dunkelheit im Wagen nebeneinander lagen, fragte ihn Katrina: »Haben wir jetzt genug Geld, um uns die Farm zu kaufen, Sean?«

»Ja«, antwortete Sean. »Wir haben genug, um uns die schönste Farm auf der ganzen Kap-Halbinsel zu kaufen. Wenn wir von unserer nächsten Jagd zurückkommen, dann haben wir auch genug, um uns Haus und Hof zu bauen, Vieh zu kaufen, den Wein zu pflanzen, und noch immer wird etwas übrig sein.«

Katrina war einen Moment still und meinte dann: »Wir gehen also noch einmal in den Busch zurück.«

»Noch einmal«, sagte Sean. »Noch einmal für zwei Jahre. Und dann gehen wir hinunter zum Kap.« Er drückte sie an sich. »Du hast doch nichts dagegen, oder?«

»Nein«, erwiderte sie. »Ich glaube, ganz im Gegenteil. Wann werden wir gehen?«

»Nicht gleich jetzt«, lachte Sean. »Erst wollen wir uns ein bißchen amüsieren.« Er preßte sie wieder an sich. Sie war trotz allem noch immer schrecklich dünn.

»Wir werden dir erst mal ein paar schöne Kleider machen lassen, mein Schatz, und mir einen Anzug, der nicht wie ein Karnevalskostüm aussieht. Dann werden wir ausgehen und mal sehen, was der Laden hier zu bieten hat...« Er hielt inne, als er auf eine Idee kam. »Verdammt noch mal, ich weiß, was wir machen werden. Wir mieten uns einen Wagen und fahren hinüber nach Johannesburg. Da nehmen wir uns eine Suite im Grand National Hotel und leben mal ein bißchen. Baden uns in einem richtigen Badezimmer, schlafen mal wieder in einem richtigen Bett. Du kannst dir dein Haar schön frisieren lassen, und ich lasse mal wieder einen Friseur an meinen Bart. Wir werden Krabben und Pinguineier speisen... Ich kann mich nicht erinnern, wann ich das letztemal Hammel- und Schweinefleisch gegessen habe. Das spülen wir dann mit etwas Champagner hinunter, und dann tanzen wir einen Walzer, begleitet von einer guten Kapelle.« Sean redete wie ein

Wasserfall. Und als er einmal Atem holte, fragte Katrina leise: »Ist Walzer nicht ein sehr sündiger Tanz, Sean?«

Sean lächelte in der Dunkelheit. »Und ob er das ist.«

»Ich möchte gern auch mal ein klein wenig sündigen. Nicht zuviel, nur ein bißchen mit dir, um zu sehen, wie es ist.«

»Das werden wir«, sagte Sean. »Und ob wir das werden.«

27

Am nächsten Tag ging Sean mit Katrina in das teuerste Modeatelier in Pretoria. Er suchte Stoffe für ein halbes Dutzend Kleider aus. Eines davon sollte ein Abendkleid aus kanariengelber Seide werden.

Es war extravagant. Er wußte es, aber es störte ihn nicht, als er in Katrinas Gesicht einen schuldbewußten, aber doch entzückten Ausdruck sah und das langvermißte grüne Feuer in ihren Augen wieder entfacht wurde. Das erstemal seit dem Fieber lebte sie wieder. Dafür war ihm nichts zu teuer. Die Verkäuferinnen fanden ihn einfach herrlich und umringten ihn mit allen möglichen modischen Accessoires.

Plötzlich sah er etwas Grünes in einem Regal – Katrinas Grün. »Was ist das?« Er zeigte darauf. Und zwei Verkäuferinnen stießen beinahe zusammen, um es für ihn zu holen. Sie brachten ihm den Schal, und Sean nahm ihn und legte ihn um Katrinas Schultern. Es war ein herrliches Stück.

»Den nehmen wir«, sagte Sean. Und Katrinas Lippen begannen zu zittern. Ganz plötzlich begann sie zu weinen und brach zusammen. Die Aufregung war zuviel für sie gewesen.

Die Verkäuferinnen waren verwirrt und betroffen. Sie umringten Sean, während er Katrina in die Arme nahm und zu der gemieteten Kutsche trug. Als er an der Tür stand, hielt er inne und sprach über die Schulter: »Ich möchte die Kleider bis morgen abend fertig haben. Werden Sie es schaffen?«

»Sie werden fertig sein, Mr. Courteney. Selbst wenn meine Mädchen die ganze Nacht daran arbeiten müssen.«

Er brachte Katrina zum Wagen zurück und legte sie auf ihr Bett.

»Bitte verzeih mir, Sean. Ich habe so was noch nie in meinem Leben getan.«

»Das macht doch nichts, mein Schatz. Ich verstehe es doch. So, und jetzt schlaf dich schön aus.«

Am nächsten Tag blieb Katrina im Lager und ruhte sich aus. Sean ging zu Mr. Goldberg und kaufte von ihm die Waren, die sie bei der nächsten Expedition brauchen würden. Ein weiterer Tag verging, an dem die Wagen beladen wurden. Jetzt schien es Katrina so gut zu gehen, daß sie die Fahrt nach Johannesburg antreten konnten.

Sie fuhren am frühen Nachmittag los. Mbejane kutschierte. Sean und Katrina saßen nebeneinander auf dem Rücksitz, die Hände unter der Decke ineinander verschlungen. Dirk lief im Inneren der Kutsche umher, preßte ab und zu sein Gesicht gegen ein Fenster und redete die ganze Zeit in jener seltsamen Mischung von Englisch, Holländisch und Zulu, die Sean »Dirkisch« nannte. Sie kamen viel eher in Johannesburg an, als Sean erwartet hatte. In den vier Jahren hatte sich die Stadt in ihrer Größe verdoppelt.

Sie nahmen eine Suite im Grand National mit zwei Schlafzimmern, einem Wohnzimmer, einem Badezimmer und einem Balkon, der auf die Straße hinaus ging. Katrina war erschöpft. Sie ließen sich das Essen nach oben bringen. Als sie gegessen hatten, legte sich Katrina zu Bett. Sean ging in die Bar, um noch etwas zu trinken. Die Bar war voll. Er fand einen Eckplatz und saß ruhig da und lauschte dem ihn umgebenden Lärm. Er war jetzt wieder da. Aber er gehörte nicht mehr dazu.

Sean trank langsam seinen Brandy und drehte das Glas in den Händen. Jetzt werde ich ins Bett gehen, entschloß er sich. Das ist nicht mehr meine Welt. Meine Welt ist oben im Bett. Ich hoffe, sie schläft. Er lächelte ein bißchen und trank den letzten Schluck seines Brandys.

»Sean«, sagte eine Stimme an seinem Ohr. Und eine Hand hielt ihn an der Schulter fest. »Mein Gott, Sean, bist du es wirklich?«

Sean starrte den Mann an, der jetzt neben ihm stand. Den sauber geschnittenen Bart und die große sonnenverbrannte Nase kannte er nicht. Aber plötzlich sah er die Augen.

»Dennis, du alter Strolch. Dennis Petersen aus Ladyburg. Das stimmt doch, nicht wahr?«

»Du hast mich nicht erkannt!« lachte Dennis. »Du bist mir ein schöner Freund... Erst haust du ab, ohne ein Wort zu sagen. Und zehn Jahre später erkennst du mich noch nicht einmal.«

Jetzt lachten sie beide.

»Ich war fest überzeugt, daß sie dich längst gehängt hätten«, verteidigte sich Sean. »Was, um Gottes willen, machst du denn in Johannesburg?«

»Ich verkaufe Fleisch. Ich gehöre zu dem Komitee der Fleischverwertungsgesellschaft.« Dennis' Stimme klang stolz. »Ich bin hier, um unsere Verträge zu erneuern.«

»Wann fährst du zurück?«

»Mein Zug geht in einer Stunde.«

»Na, dann haben wir noch Zeit für einen Drink. Was darf's denn sein?«

»Ein kleiner Brandy. Danke.«

Sean bestellte die Drinks. Sie tranken und stellten auf einmal fest, daß zehn Jahre doch eine lange Zeit waren, wenn man sich nicht gesehen hatte. Es entstand eine peinliche Pause.

»Ja, und was hast du denn so alles gemacht?« beendete Dennis die Pause.

»Dies und das, weißt du. Ein bißchen Gold gesucht. Und jetzt bin ich aus dem Busch zurückgekommen. Nichts Besonderes.«

»Nun, auf jeden Fall freue ich mich, dich zu sehen. Dein Wohl.«

»Das deine«, sagte Sean. Und dann plötzlich fiel ihm ein, daß er ja hier Nachrichten über seine Familie bekommen konnte. Nachrichten, die er jahrelang vermißt hatte.

»Ja, und wie geht es denn allen in Ladyburg, deinen Schwestern?«

»Beide verheiratet. Ich auch. Habe vier Söhne.« Wieder klang Dennis' Stimme stolz.

»Irgend jemand, den ich kenne?« fragte Sean.

»Audrey. Weißt du, die Tochter vom alten Pye.«

»Aber nein!« entfuhr es Sean. Und dann sagte er schnell: »Das ist ja fabelhaft, Dennis. Freut mich für dich. Sie war ein feines Mädel.«

»Die beste«, stimmte Dennis selbstherrlich zu. Er sah wie ein typischer Ehemann aus. Gut angezogen, ein bißchen wabbelig im Gesicht, und sein Bauch begann sich zu zeigen. Ob ich auch schon so aussehe, dachte Sean. »Der alte Pye allerdings ist gestorben. Der Tod war der einzige Gläubiger, den er nicht aufkaufen konnte. Ronny hat jetzt die Bank und den Laden übernommen.«

»Die Ratte mit den Fledermausohren«, sagte Sean und wußte sofort, daß er etwas falsch gemacht hatte. Dennis zog die Stirn kraus.

»Er gehört jetzt zur Familie, Sean. Er ist wirklich ein ganz ordentlicher Kerl geworden und ein äußerst cleverer Geschäftsmann.«

»Tut mir leid, ich habe nur einen Witz gemacht. Wie geht es meiner Mutter?« Sean wechselte das Thema, um endlich die Frage stellen zu können, die ihm am wichtigsten war. Sofort wurde Dennis' Gesicht weich, und seine Augen schienen wärmer.

»So gut wie immer. Sie hat ein Bekleidungsgeschäft direkt neben Ronnys Laden. Es ist eine Goldmine. Keiner würde daran denken, irgendwo anders zu kaufen als bei Tante Ada. Sie ist Patin bei meinen beiden Ältesten, und ich glaube, außerdem noch Patin von fast der Hälfte aller Kinder im Distrikt.« Jetzt wurde sein Gesichtsausdruck hart. »Das wenigstens hättest du tun können, ihr ab und zu schreiben, Sean. Du kannst dir nicht vorstellen, was für einen Kummer du ihr bereitet hast.«

»Daran waren die Umstände schuld.« Sean sah in sein Glas.

»Das ist keine Entschuldigung. Das war eine Pflicht, die du hättest erfüllen müssen. Dafür gibt es keine Entschuldigung.«

›Du miserabler kleiner Kerl.‹ Sean hob den Kopf und starrte ihn an, ohne seinen Ärger zu verbergen. ›Du spießbürgerlicher kleiner Kerl, der du die ganze Welt nur durch das Schlüsselloch deiner eigenen Selbstüberschätzung siehst.‹

Dennis hatte Seans Reaktion nicht bemerkt und fuhr fort: »Das ist eine Lektion, die ein Mann lernen muß, ehe er erwachsen ist. Wir alle haben unsere Verpflichtungen und Pflichten. Ein Mann wird erst erwachsen, wenn er sich mit diesen Pflichten auseinandersetzt und die Last, die ihm die Gesellschaft auferlegt, zu tragen weiß. Nimm mich zum Beispiel. Trotz der enormen Arbeit, die ich auf den Farmen habe, mir gehört jetzt auch Mahobas Cloof, und trotz der Anforderungen, die meine Familie an mich stellt, finde ich noch Zeit, den Distrikt bei der Fleischverwertungsgesellschaft zu repräsentieren. Ich bin Mitglied des Kirchenvorstandes und gehöre der Gemeindeverwaltung an. Außerdem habe ich Grund anzunehmen, daß man mich nächsten Monat ersuchen wird, das Amt des Bürgermeisters zu übernehmen.« Dann sah er Sean fest an. »Und was hast du mit deinem Leben bis jetzt gemacht?«

»Ich habe es gelebt«, antwortete Sean. Und Dennis sah ihn ein wenig perplex an. Dann nahm er sich zusammen.

»Bist du verheiratet?«

»Ich war. Aber ich habe sie im Norden an die arabischen Sklavenhändler verkauft.«

»Was hast du getan?«

»Nun ja«, grinste Sean. »Sie war ein altes Weib, und ich habe noch einen guten Preis für sie bekommen.«

»Das ist wohl ein Witz? Haha.« Man konnte doch den guten alten Dennis nicht auf den Arm nehmen.

»Wie wär's mit noch einem Drink, Dennis?« schlug Sean vor.

»Niemals mehr als zwei. Danke, Sean.« Dennis zog die goldene Taschenuhr aus der Westentasche und sah darauf. »Ich fürchte, ich muß jetzt gehen. Es war nett, dich getroffen zu haben.«

»Warte.« Sean hielt ihn fest. »Mein Bruder... wie geht es Garry?«

»Der arme alte Garry.« Dennis schüttelte traurig den Kopf.

»Was ist los mit ihm?« Seans Stimme war jetzt erregt. Er fürchtete die Antwort.

»Nichts«, versicherte Dennis schnell. »Ich meine nicht mehr, als schon immer war.«

»Aber warum hast du dann ›armer alter Garry‹ gesagt?«

»Ich weiß auch nicht, jeder sagt das. Das ist eine Gewohnheit.«

Sean unterdrückte seine Erregung. Er wollte es genau wissen. Er mußte es wissen. »Du hast meine Frage nicht beantwortet. Wie geht es ihm?«

Dennis machte eine zögernde Handbewegung. »Er sieht ein bißchen tief in die Flasche in der letzten Zeit. Nicht, daß ich ihm deshalb einen Vorwurf machen möchte, bei der Frau, die er geheiratet hat. Wenn ich so sagen darf, Sean, das Beste, was du tun konntest, war wegzugehen.«

»Du darfst es«, gestattete ihm Sean. »Aber geht es ihm sonst gut? Wie steht es denn mit Theunis Kraal?«

»Wir haben alle ziemliche Rückschläge erlitten durch die Rinderpest. Und Garry, nun ja, er verlor die Hälfte seiner Herden. Der arme alte Garry. Immer muß ihm so was passieren.«

»Mein Gott, fünfzig Prozent!«

»Ja, aber Ronny hat ihm selbstverständlich ausgeholfen. Er hat ihm eine Hypothek auf die Farm gegeben, damit er durchkam.«

»Theunis Kraal wieder verpfändet«, stöhnte Sean. »O Garry, Garry.«

»Ja, dann«, hüstelte Dennis. »Ich glaube, ich muß mich jetzt auf den Weg machen. Mach's gut, Sean.« Er streckte seine Hand aus. »Soll ich ihnen sagen, daß ich dich getroffen habe?«

»Nein«, erwiderte Sean schnell. »Laß das lieber.«

»Wie du meinst.« Dennis zögerte etwas. »Geht es dir gut, Sean? Ich meine...« Er hüstelte wieder. »Ich meine... hast du denn genug Geld?«

Sean fühlte, wie seine Bedrückung ein wenig wich. Dieser spießige kleine Kerl wollte ihm Geld leihen. »Das ist lieb von dir, Dennis. Aber ich habe mir ein bis zwei Pfund gespart, genug, um mir für ein paar Tage das Essen zu kaufen«, sagte er ernst.

»Also gut dann.« Dennis sah äußerst erleichtert aus. »Also gut dann. Mach's gut, Sean.« Er wandte sich um und verließ die Bar. Nachdem er gegangen war, verschwand er auch sofort aus Seans Gedanken. Sean dachte jetzt wieder an seinen Bruder.

Plötzlich faßte er einen Entschluß. ›Wenn der nächste Trip vorbei ist, werde ich nach Ladyburg zurückkehren.‹ Der Traum von der Farm am Kap würde nichts dadurch verlieren, daß man sie nach Natal verpflanzte. Er sehnte sich danach, in der Bibliothek von Theunis Kraal zu sitzen, zu sehen, wie die Nebel am Morgen herunterkamen und die Wassertropfen der Wildbäche glitzerten. Er wollte Adas Stimme wieder hören, ihr alles erklären, und er wußte, daß sie verstehen und ihm verzeihen würde.

Aber am meisten, am meisten war es Garry – der arme alte Garry. ›Ich muß zu ihm zurück. Zehn Jahre sind eine lange Zeit, und er wird seine Bitterkeit verloren haben. Ich muß zu ihm zurück, um seinet- und Theunis Kraals willen.‹ Nachdem er diesen Entschluß gefaßt hatte, trank er aus und ging nach oben. Katrina atmete leise im Schlaf. Die Fülle ihres Haares war über die Kissen gebreitet. Während er sich auszog, betrachtete er sie, und langsam schwand seine melancholische Stimmung.

28

Sean erwachte fröhlich. Katrina saß neben ihm im Bett und goß aus einer Zinnkanne Kaffee in die Tassen. Dirk hämmerte gegen die Tür und verlangte, eingelassen zu werden. Katrina lächelte ihm zu. »Guten Morgen, Mijnheer.«

Sean setzte sich auf und küßte sie. »Wie hast du geschlafen, mein Schatz?«

»Gut. Danke.« Aber unter ihren Augen waren dunkle Ringe.

Sean ging zur Tür. »Mach dich auf Artilleriebeschuß gefaßt«, sagte er und öffnete die Tür weit. Dirk kam wie eine Granate auf das Bett zugeschossen. Innerhalb von Sekunden saß er rittlings auf Seans Brust und drückte ihn in die Kissen.

Nach dem Frühstück brachte Mbejane den Wagen vors Hotel. Als die drei eingestiegen waren, öffnete Sean das kleine Fenster hinter dem Fahrersitz und sagte zu Mbejane: »Erst zum Büro, und dann müssen wir um zehn auf der Börse sein.«

Mbejane lachte laut. »Ja, Nkosi, und zum Mittagessen im großen Haus.« Mbejane war niemals in der Lage gewesen, das Wort Xanadu auszusprechen.

Sie fuhren an all den bekannten Plätzen vorbei. Sean und Mbejane lachten und tauschten Erinnerungen aus. An der Börse herrschte eine Panik. Die Menschen drängten sich auf den Bürgersteigen davor. Die Büros in der Eloff Street waren frisch verputzt. Ein großes Messingschild neben dem Haupteingang führte alle zur C.R.C. gehörenden Firmen auf. Mbejane hielt den Wagen davor an. Katrina saß ruhig neben Sean und hörte ihm zu.

»Mbejane, fahr uns jetzt zu ›Candys Tief‹«, rief er zu guter Letzt. »Wir wollen mal sehen, wie es da aussieht.«

Die letzten fünfhundert Meter der Straße waren fast völlig überwachsen und verwildert. Das Verwaltungsgebäude war abgerissen worden, und auf dem Fundament wuchs dickes Gras. Etwa eine halbe Meile weiter standen neue Gebäude und Maschinen. Die Ader war völlig ausgebeutet worden und die Mine aufgelassen. Mbejane sprang vom Kutschersitz und hielt die Pferde ruhig, während Sean Katrina aus dem Wagen half. Dann hob er Dirk heraus und setzte ihn sich rittlings auf die Schultern.

Sie gingen durch hüfthohes Gras an herumliegendem Abfall vorbei zu dem Schacht Nummer drei von »Candys Tief«. Die nackten weißen Zementblöcke, auf denen die Maschinen gestanden hatten, waren mit Ausnahme der Abfallhalden das einzige, was aus dem Gras hervorragte.

Sie kamen am Schacht an. Die Umrandung war eingestürzt, und Gras hing hinein, wie ein ungepflegter Schnurrbart einem alten Mann in den Mund hängt. Der Förderturm war verschwunden. Nur ein rostiger Stacheldrahtzaun umgab die Öffnung. Sean hob einen Stein auf, der ungefähr die Größe einer Faust hatte, und warf ihn über den Zaun. Sie standen schweigend und hörten, wie er hier und da gegen die Wände prallte. Als er endlich am Boden aufschlug, hörte sich das Echo so an, als ob es viele hundert Meter gewesen wären.

»Wirf noch mehr«, befahl Dirk. Aber Katrina machte dem ein Ende. »Nein, Sean. Laß uns gehen. Das hier ist ein unheimlicher Ort.« Sie schauderte ein wenig. »Es sieht aus wie ein Grab.«

Beim Mittagessen war Sean bester Laune. Er trank eine kleine Flasche Wein. Katrina war müde und fühlte sich elender als je zuvor. Es war ihr klar geworden, was für ein Leben Sean geführt hatte, ehe sie ihn traf. Sie hatte Angst, daß er wieder so leben wollte wie früher. Sie hatte ihr ganzes Leben nur im Busch verbracht. Sie wußte, daß sie ein solches Leben nie führen könnte. Sie beobachtete ihn, wie er während des Essens lachte und scherzte. Sie sah, mit welcher Souveränität er mit dem weißen Oberkellner sprach, mit welcher Sicherheit er die richtigen Speisen aussuchte, die ihnen auf großen Platten serviert wurden. Schließlich konnte sie es nicht länger aushalten.

»Laß uns fortgehen. Laß uns zurück in den Busch gehen.«

Sean fiel beinahe das Essen von der Gabel. »Was?«

»Bitte, Sean. Je eher wir gehen, desto schneller können wir unsere Farm kaufen.«

Sean lachte. »Ein oder zwei Tage spielen da auch keine Rolle. Jetzt wollen wir uns erst mal amüsieren. Heute abend gehe ich mit dir tanzen. Wir wollten doch ein wenig sündigen. Erinnerst du dich?«

»Und wer wird sich um Dirk kümmern?« protestierte sie schwach.

»Das macht Mbejane.«

Am Abend ging Sean in der Hotelhalle zum Empfang. »Wo gibt es das beste Essen in der Stadt?« erkundigte er sich.

»Zwei Häuser weiter, Sir, in der ›Goldenen Gans‹. Sie können es nicht verfehlen.«

»Hört sich wie eine Spelunke an«, sagte Sean zweifelnd.

»Ich versichere Ihnen, Sir, daß Sie zufrieden sein werden. Alle gehen dorthin. Mr. Rhodes pflegt dort zu speisen, wenn er in der Stadt ist, ebenfalls Mr. Barnato, Mr. Hradsky...«

Sean schritt, Katrina am Arm, durch das Hauptportal. Die großartige Aufmachung der »Goldenen Gans« beeindruckte selbst ihn ein wenig. Ein Kellner, der in einer Uniform steckte, die einem General Ehre gemacht hätte, führte sie eine Marmortreppe hinunter und über einen großen weichen Teppich an Tischen vorbei, an denen elegante Damen und Herren saßen, zu einem Platz, dessen schneeweißes Leinen und gleißendes Silber gut zu der gedämpften Beleuchtung paßten. Schwere kristallene Kronleuchter hingen von der geschwungenen Decke. Die Kapelle war gut, und die Luft war mit dem Parfum der Damen und dem Rauch guter Zigarren geschwängert.

Katrina starrte verloren auf die Karte, bis Sean ihr zu Hilfe kam und die Speisen mit einem französischen Akzent bestellte, der zwar Katrina, aber nicht den Ober beeindruckte. Als der Wein kam, kehrte Seans gute Laune zurück. Katrina saß ihm schweigend gegenüber und hörte zu. Sie bemühte sich, ihm ein paar witzige Antworten zu geben, was ihr aber nicht gelang. In ihrem Wagen, wenn sie im Busch waren, konnte sie stundenlang reden. Hier verstummte sie.

»Wollen wir tanzen?« Sean beugte sich über den Tisch und drückte ihr die Hand. Sie schüttelte den Kopf.

»Nein, Sean. Das kann ich nicht. Nein, wenn all diese Leute hier zusehen. Ich würde ja einen Narren aus mir machen!«

»Komm nur. Ich zeig' dir schon, wie es geht... es ist ganz leicht.«

»Nein, ich kann nicht. Wirklich, ich kann nicht.«

Sean mußte sich selbst zugeben, daß die Tanzfläche der »Goldenen Gans« an einem Sonnabendabend nicht unbedingt der beste Platz für eine Unterrichtsstunde war. Der Ober brachte das Essen, große dampfende Platten. Sean war bester Laune und aß mit Genuß, wodurch das einseitige Gespräch völlig verstummte. Katrina beobachtete ihn, sie konnte nur wenige kleine Happen des zu fetten Essens hinunterwürgen. Sie hörte das Lachen und die Stimmen um sich herum und fühlte, daß sie hier nicht herpaßte, und war verzweifelt.

»Aber nun komm schon, Katrina«, lächelte Sean sie an. »Du hast ja bis jetzt kaum einen Schluck genommen. Sei mal ganz verworfen und trink ein wenig davon. Es wird dir gut tun.«

Gehorsam trank sie ihren Champagner. Er schmeckte ihr nicht. Sean hatte gerade den letzten Rest Krabben gegessen, lehnte sich mit strahlendem Gesicht zurück und sagte: »Ich hoffe nur, daß der Chef auch den Rest des Essens genauso gut zubereiten wird. Duff pflegte immer zu sagen, daß gut zubereitete Krabben der beste Beweis dafür –«

Mitten im Satz hielt Sean inne. Er starrte auf die Marmortreppe, auf der jetzt drei Personen standen. Zwei Herren in Abendkleidung bemühten sich aufmerksam um die Dame zwischen ihnen: Candy Rautenbach.

Candy, die ihr blondes Haar in einer hochgesteckten Frisur trug, Brillanten in den Ohren und um den Hals. Ihr Busen hob sich weiß hervor, so wie der Schaum bei einem gut eingefüllten Glas Bier. Candy mit strahlenden blauen Augen über einem roten Mund. Candy in großer Pose und herrlich anzusehen. Sie lachte und sah dabei durch den Raum. Ihre Augen trafen sich. Einen Moment lang blickte sie ungläubig. Das Lachen erstarrte auf ihren Lippen. Und plötzlich war ihre Pose verschwunden. Sie rannte die Treppe herunter, wobei sie ihren Rock bis zu den Knien hochhob. Ihre Begleiter versuchten ihr zu folgen. Aller Augen waren auf sie gerichtet. Sean hatte seinen Stuhl zurückgestoßen und war aufgestanden, um sie zu begrüßen. Als Candy bei ihm ankam, sprang sie an ihm hoch und warf die Arme um seinen Hals. Es gab eine längere, völlig unzusammenhängende Begrüßung, bis es Sean gelang, die Arme hinter seinem Nacken zu lösen und Candy Katrina zuzuwenden. Candy war erregt und ihr Gesicht vor Freude gerötet. Bei jedem Atemzug drohte ihr Busen das Kleid zu sprengen. Sie hielt noch immer Seans Arm fest.

»Candy, ich möchte dich mit meiner Frau Katrina bekannt machen. Meine Liebe, das ist Candy Rautenbach.«

»Wie geht es Ihnen?« Katrina lächelte unsicher, und Candy sagte prompt das Falsche. »Sean, du machst einen Witz. Du und verheiratet?«

Katrina hörte auf zu lächeln. Candy sah es und fuhr schnell fort: »Aber ich muß dich zu deiner Wahl beglückwünschen. Ich freue mich so, Sie kennenzulernen, Katrina. Wir müssen uns gelegentlich mal zusammensetzen, und dann werde ich Ihnen alles von Seans schrecklicher Vergangenheit erzählen.«

Candy hielt sich noch immer an Seans Arm fest. Katrina beobachtete ihre Hand, die langen, schlanken Finger auf dem dunklen Stoff von Seans Ärmel. Sean sah Katrinas Blick und versuchte, sich aus dem Griff zu lösen, aber Candy hielt ihn weiter fest. »Sean, das hier sind meine beiden derzeitigen Freunde.« Die beiden standen wie guterzogene Jagdhunde hinter ihr. »Sie sind beide so nett, daß ich mich für keinen von ihnen entscheiden kann. Harry Lategaan und Derek Goodman. Jungs, das hier ist Sean Courteney. Ihr habt schon eine Menge von ihm gehört.«

Sie schüttelten sich die Hände.

»Haben Sie etwas dagegen, wenn wir uns zu Ihnen setzen?« fragte Derek Goodman.

»Ich wäre beleidigt, wenn Sie es nicht täten«, erwiderte Sean. Die Männer gingen, um Stühle zu holen, während Candy und Katrina einander betrachteten. »Ist das Ihr erster Besuch in Johannesburg, Mrs. Courteney?«

Candy lächelte süß. ›Ich wundere mich bloß, wo Sean sie her hat. Sie ist dünn wie eine Bohnenstange. Die Haut! Und der Akzent! Er hätte wirklich etwas Besseres finden können. Er hätte überhaupt etwas Besseres haben können.‹

»Ja, wir werden nicht sehr lange hier bleiben.« ›Sie ist eine Dirne. Sie muß eine sein. Diese halbnackten Brüste und dieses angemalte Gesicht. Und wie sie Sean anfaßt! Sie muß seine Freundin gewesen sein. Wenn sie ihn noch einmal anfaßt, dann – bringe ich sie um.‹

Sean kam zum Tisch zurück. Er stellte Candy einen Stuhl hin und sagte: »Candy ist eine alte Freundin von mir, meine Liebe. Ich bin sicher, daß ihr beide euch sehr gern haben werdet.«

»Das werden wir sicher«, sagte Candy. Katrina gab keine Antwort. Candy wandte sich wieder Sean zu. »Sean, es ist einfach wunderbar, dich wiederzusehen, du siehst fabelhaft aus. Genauso fabelhaft und braun wie damals, als ich dich das erstemal gesehen habe. Erinnerst du dich noch an den Tag, an dem du mit Duff zum erstenmal ins Hotel zum Essen kamst?«

Ein Schatten fiel auf Seans Gesicht, als Duffs Name fiel. »Ja, ich erinnere mich.« Er schnippte mit den Fingern nach dem Ober. »Laß uns noch etwas Champagner bestellen.«

»Das erledige ich.« Candys Begleiter unterbrachen mit diesem Ruf gemeinsam das Gespräch und fingen an, sich zu streiten, wer von ihnen dran sei.

»Ist Duff heute auch hier, Sean?« fragte Candy.

»Candy, hat nicht Derek das letztemal die Drinks bezahlt? Jetzt bin ich dran.« Harry suchte ihre Unterstützung. Candy ignorierte ihn und wartete auf eine Antwort von Sean. Aber der wandte sich ab, ging um den Tisch und setzte sich neben Katrina.

»Sag, Candy, kann ich den ersten Tanz haben?« fragte Derek.

»Ich knoble mit dir darum, Derek. Der Gewinner bezahlt und bekommt den ersten Tanz«, schlug Harry vor.

»Sean, ist Duff heute hier?« Candy sah ihn über den Tisch hinweg an.

»Nein, er ist nicht hier. Hören Sie, lassen Sie mich mal mitmachen.« Sean sah Candy nicht an und beteiligte sich am Knobeln mit Harry und Derek. Candy biß sich auf die Lippen. Sie wollte mehr von Sean erfahren. Sie wollte alles über Duff wissen. Plötzlich lächelte sie wieder. Sie würde doch nicht betteln. »Was ist denn hier los?« Sie klopfte Harry mit ihrem Fächer auf die Schulter. »Ihr wollt mich hier doch nicht etwa wie einen Preis bei einer Lotterie auslosen? Derek wird den Wein bezahlen, und Sean darf als erster mit mir tanzen.« Candy war schon aufgestanden. »Komm, Sean. Zeig mal, ob du noch immer eine flotte Sohle aufs Parkett legen kannst.«

Sean sah auf Katrina. »Du hast doch nichts dagegen, nicht wahr? Nur einen Tanz.«

Katrina schüttelte den Kopf.

›Ich hasse sie. Sie ist eine Dirne.‹ Katrina hatte niemals in ihrem Leben das Wort ausgesprochen. Sie hatte es nur in der Bibel gelesen. Sie beobachtete, wie Sean und Candy eingehakt zur Tanzfläche gingen. »Würden Sie gern tanzen, Mrs. Courteney?« fragte Derek. Wieder schüttelte Katrina den Kopf, ohne ihn anzusehen. Sie starrte auf Sean und Candy. Sie sah, wie Sean sie in den Arm nahm. In diesem Augenblick krampfte sich etwas in ihr zusammen. Candy sah zu Sean auf und lachte. Ihr Arm lag auf seiner Schulter. Ihre Hand war in der seinen.

›Sie ist eine Dirne.‹ Katrina fühlte, wie Tränen in ihr aufstiegen. Sean schwang Candy jetzt im Kreis. Katrina saß ganz steif auf ihrem Stuhl, die Hände im Schoß verkrampft. Ihre Beine berührten sich jetzt. Sie sah, wie Candy sich zurücklegte und ihren Oberschenkel gegen Sean drückte. Katrina fühlte, wie sie beinahe erstickte. Eifersucht war kalt und hart in ihr aufgestiegen.

Endlich kamen Sean und Candy zum Tisch zurück. Sie lachten fröhlich, und als er hinter ihrem Stuhl angekommen war, legte Sean seine Hand auf Katrinas Schulter. Sie zuckte zusammen, aber Sean schien es nicht zu bemerken. Alle amüsierten sich köstlich. Alle, außer Katrina. Harry und Derek versuchten, sich Candys Gunst zu erobern. Seans lautes Lachen füllte den Raum. Candy strahlte, so wie die Brillanten, die sie trug. Alle paar Minuten bemühte sich Sean, Katrina ins Gespräch zu ziehen, aber sie blieb stur und weigerte sich, daran teilzunehmen. Sie saß da und haßte alle. Sie haßte sogar Sean. Zum erstenmal war sie seiner unsicher, war eifersüchtig und fürchtete sich vor ihm. Sie starrte auf ihre Hände, die vor ihr auf dem Tisch lagen, und sah, wie knochig sie waren, von Sonne und Wind gerötet, häßlich im Vergleich mit Candys schlanken Fingern. Schnell legte sie sie in den Schoß und wandte sich Sean zu. »Bitte, ich möchte zum Hotel zurück. Es geht mir nicht gut.«

Sean hielt mitten im Satz inne und sah sie zugleich enttäuscht und besorgt an. Er wollte noch nicht gehen. Andererseits wußte er, daß sie noch immer krank war. Er zögerte eine Sekunde und sagte dann: »Selbstverständlich, mein Schatz. Es tut mir leid. Ich wußte nicht...« Er wandte sich an die anderen. »Wir müssen leider gehen ... Meiner Frau geht es nicht sehr gut. Sie hat gerade eine furchtbare Attacke von Schwarzwasserfieber hinter sich.«

»Ach Sean, mußt du schon gehen?« Candy konnte ihre Enttäuschung nicht verbergen. »Es gibt noch soviel, worüber wir reden müßten.«

»Es tut mir leid, aber wir können uns ja noch an einem anderen Abend treffen.«

»Gewiß«, stimmte Katrina schnell zu. »Das nächstemal, wenn wir nach Johannesburg kommen, werden wir Sie besuchen.«

»Aber ich weiß nicht... vielleicht noch ehe wir wegfahren«, widersprach Sean. »Irgendwann nächste Woche. Wie wär's mit Montag?« Noch ehe Candy antworten konnte, unterbrach ihn Katrina: »Bitte, Sean, können wir jetzt gehen? Ich bin sehr müde.« Sie ging auf die Treppe zu, wandte sich um und sah, wie Candy aufgesprungen war, Seans Arm ergriffen hatte und ihn flüsternd etwas fragte. Sean antwortete ihr kurz, und Candy drehte sich um und setzte sich wieder. Als sie auf der Straße waren, fragte Katrina: »Was hat sie dir denn gesagt?«

»Sie hat sich nur verabschiedet«, murmelte Sean, und Katrina wußte, daß er log. Sie sprachen auf dem Weg zum Hotel kein

Wort. Katrina war ganz in ihre Eifersucht eingehüllt. Sean dachte darüber nach, was Candy ihn gefragt und er geantwortet hatte.

»Sean, wo ist Duff? Du mußt es mir sagen.«

»Er ist tot, Candy.«

Sean hatte einen Augenblick die Trauer in ihren Augen gesehen.

29

Sean erwachte mit Kopfschmerzen. Davon, daß Dirk ihm auf der Brust herumturnte, wurden sie nicht besser. Dirk war sich seines Vorteils bewußt und verlangte als Friedenspreis eine Tafel Schokolade und zwei Lutschstangen, und zwar die mit den roten Streifen, ehe er Katrina gestattete, mit ihm ins Badezimmer zu gehen. Sean gähnte und zog sich die Decke über den Kopf. Der Schmerz wurde jetzt stärker und saß genau hinter den Augen. Er spürte, wie sein Atem nach schalem Champagner roch und seine Haut nach Zigarren. Er fiel in eine Art Halbschlaf. Der Schmerz ließ ein wenig nach.

»Sean, wie du weißt, ist heute Sonntag. Gehst du mit uns zur Kirche?« fragte Katrina kalt, während sie in der Badezimmertür stand. Sean schloß die Augen noch fester.

»Sean!« Keine Antwort.

»Sean!« Er öffnete ein Auge.

»Stehst du denn nicht auf?«

»Es geht mir nicht gut«, brummte er. »Ich glaube, ich habe einen Malariaanfall.«

»Kommst du jetzt?« fragte Katrina bohrend. Ihre Gefühle waren über Nacht nicht freundlicher geworden.

»Ich bin heute morgen einfach nicht in der Lage dazu. Wirklich nicht. Ich bin überzeugt, daß der liebe Gott das verstehen wird.«

»Du solltest den Namen des Herrn nicht unnütz gebrauchen«, warnte ihn Katrina mit eisiger Stimme.

»Es tut mir leid.« Sean zog sich abwehrend die Decke bis zum Kinn. »Aber wirklich, Schatz, ich kann unmöglich vor zwei Stunden aufstehen. Mein Kopf würde explodieren.«

Katrina wandte sich ab und ging in das Wohnzimmer, wo sie mit überlauter Stimme, so daß er es hören mußte, auf Dirk einredete. »Dein Vater kommt nicht mit uns. Wir müssen unten allein frühstücken, und dann müssen wir auch allein in die Kirche gehen.«

»Aber«, warf Dirk ein, »er hat mir doch versprochen, eine Tafel Schokolade und zwei Lutscher mit roten Streifen zu kaufen.« Nach Dirks Meinung war dieses Versprechen eine Entschuldigung für seinen Vater. Sean hörte, wie die Tür geschlossen wurde. Dirks Stimme wurde immer leiser, während sie den Gang hinuntergingen. Erleichtert wartete Sean darauf, daß die Kopfschmerzen abklingen würden. Nach einer Weile sah er, daß neben dem Bett das Tablett mit dem Kaffee stand. Er richtete sich auf und goß sich eine Tasse ein. Neben dem Kaffee stand eine kleine Kanne mit frischer Sahne. Gerade als er sich etwas davon in die Tasse gießen wollte, klopfte es an die Wohnzimmertür.

»Herein«, rief Sean. Er nahm an, daß es der Kellner war, der das Tablett abholen wollte. Sean überlegte sich, mit welcher Bemerkung er ihn wieder wegschicken konnte, und hörte, wie die Tür geöffnet wurde.

»Wer ist da?« fragte er. Er hörte schnelle Schritte, und dann war er so überrascht, daß er die Sahne verschüttete und damit sein neues Nachthemd und die Laken beschmutzte.

»Großer Gott, Candy. Du hättest nicht hierherkommen sollen.« Sean war schrecklich aufgeregt. Er stellte die Sahnekanne nervös und hastig auf das Tablett zurück und versuchte etwas sinnlos, mit der Hand die Flecken von seinem Nachthemd zu entfernen. »Falls meine Frau... Hat dich jemand gesehen? Du darfst nicht hier bleiben. Wenn Katrina erfährt, daß du hier gewesen bist, wird sie... Sie würde es nicht verstehen.«

Candys Augen waren geschwollen und gerötet. Sie sah aus, als ob sie nicht geschlafen hätte. »Ich habe gegenüber vom Hotel gewartet, bis ich deine Frau fortgehen sah. Einer meiner Diener ist ihr gefolgt. Sie ging in die holländische Kirche in der Commissioner Street, und da dauert der Gottesdienst etwa fünfzig Jahre.« Sie trat ins Zimmer und setzte sich auf den Bettrand. »Ich mußte mit dir allein reden. Ich konnte dich nicht weggehen lassen, ohne über Duff Bescheid zu wissen. Ich will, daß du mir alles sagst... wirklich alles. Ich verspreche dir, nicht zu weinen. Ich weiß, wie sehr es dir zuwider ist.«

»Candy, quälen wir uns doch nicht damit. Er ist tot. Denken wir doch lieber an ihn, wie er gelebt hat.« Sean hatte seine Kopfschmerzen vergessen. An ihre Stelle war das Mitleid getreten, das er für sie empfand, und gleichzeitig die Besorgnis über die Lage, in die sie ihn gebracht hatte.

»Bitte, erzähl es mir. Ich muß es wissen. Ich könnte nie wieder Ruhe finden, wenn ich es nicht erfahre«, sagte sie ruhig.

»Candy, verstehst du denn nicht, daß es wirklich keine Rolle spielt? Die Art, in der er von uns gegangen ist, ist nicht wichtig. Das einzige, was du wissen mußt, ist, daß er tot ist.« Seine Stimme wurde leiser, und er sprach fast zu sich selbst. »Er ist von uns gegangen und hat uns reicher gemacht dadurch, daß wir ihn kennen durften, und ärmer, indem wir ihn verloren haben.«

»Erzähl es mir«, bat sie wieder. Sie sahen einander an, ihre Gefühle hinter ausdruckslosen Gesichtern verborgen.

Dann erzählte Sean. Zuerst stockend und dann schneller und heftiger, als das Grausen ihn überkam. Als er fertig war, sagte sie kein Wort. Sie saß auf der Bettkante und starrte auf den gemusterten Teppich. Sean rückte an sie heran und legte seinen Arm um sie.

»Wir können nichts tun. Dem Tod gegenüber sind wir alle machtlos.«

Sie saßen eine ganze Weile ruhig da, bis Candy sich plötzlich aufrichtete und ihm zulächelte. »Jetzt erzähl mir von dir. Bist du glücklich? War das dein Sohn mit Katrina? Er ist ein hübscher Kerl.«

Erleichtert antwortete Sean auf ihre Fragen, wodurch die Erinnerung an Duff verdrängt wurde. Sie unterhielten sich über ihre Erlebnisse und erzählten sich, was ihnen, seit sie sich das letztemal gesehen hatten, zugestoßen war. Bis Sean sich plötzlich der Situation, in der er sich befand, bewußt wurde. »Um Himmels willen, Candy, wir haben uns stundenlang unterhalten. Katrina kann jeden Moment zurück sein. Ich glaube, du gehst jetzt besser.«

An der Tür wandte sie sich noch einmal um und griff ihm in den Bart. »Sollte sie dich je rauswerfen, du herrlicher Kerl, dann denke daran, daß hier stets jemand ist, der einen Platz für dich frei hält.« Sie stellte sich auf die Zehenspitzen und küßte ihn. »Sei glücklich«, sagte sie und war verschwunden.

Sean rieb sich das Kinn. Dann zog er sein Nachthemd aus, drehte es zu einem Knäuel zusammen und warf es durch die offene Tür ins Schlafzimmer. Er ging ins Bad. Beim Abtrocknen pfiff er den Walzer, den die Kapelle am Abend zuvor gespielt hatte. Die Wärme des Badezimmers trieb ihm kleine Schweißperlen auf die Stirn, als er die Tür gehen hörte. »Bist du es, Schatz?«

»Daddy! Daddy! Mammy hat mir Süßigkeiten gekauft.« Dirk hämmerte gegen die Badezimmertür. Und Sean wickelte sich das Badetuch um, ehe er öffnete.

»Schau nur. Schau nur, das sind alles meine Bonbons. Willst du einen, Pa?«

»Danke, Dirk.« Sean nahm einen großen gestreiften Honigbonbon in den Mund und sprach mit vollem Mund weiter: »Wo ist denn deine Mammy?«

»Da.« Dirk zeigte ins Schlafzimmer. Er machte die Tüte mit den Bonbons vorsichtig zu. »Ich hebe ein paar für Bejane auf.«

»Der wird sich freuen«, sagte Sean und ging ins Schlafzimmer. Katrina lag auf dem Bett. Als er sie sah, wußte er, daß irgend etwas nicht stimmte. Sie starrte mit völlig leeren Augen an die Decke. Ihr Gesicht war gelb und sah wie das einer Toten aus. Mit zwei schnellen Schritten war er bei ihr und berührte ihre Wange. Eine schreckliche Beklommenheit überfiel ihn.

»Katrina?« Er bekam keine Antwort. Sie lag da, ohne ein Lebenszeichen von sich zu geben. Sean wandte sich um und rannte aus dem Zimmer den Korridor hinunter, bis er am Treppenabsatz angekommen war. In der Halle waren viele Menschen, und er schrie über ihre Köpfe hinweg den Angestellten am Eingang an.

»Holen Sie einen Arzt, Mann, so schnell Sie können. Meine Frau liegt im Sterben.« Er rannte ins Zimmer zurück.

Dirk stand neben Katrinas Bett, das Gesicht durch den Bonbon, an dem er lutschte, zu einer Grimasse verzerrt, und starrte mit großen neugierigen Augen auf seine Mutter. Sean hob ihn hoch, trug ihn zum anderen Schlafzimmer und schloß die Tür hinter ihm, ohne sein wütendes Geheul zu beachten. Dirk war noch nie so behandelt worden. Sean kniete neben Katrinas Bett nieder. Als der Arzt kam, erklärte er ihm in kurzen Worten die Sache mit dem Schwarzwasserfieber. Der Doktor hörte zu und schickte ihn dann ins Wohnzimmer. Es dauerte sehr lange, ehe er wieder herauskam. Sean bemerkte hinter seinem undurchdringlichen Gesicht Zeichen der Verwirrung.

»Ist es ein Rückfall?« fragte Sean.

»Nein, das glaube ich nicht. Ich habe ihr ein Beruhigungsmittel gegeben.«

»Aber was fehlt ihr denn? Was ist es?« drang Sean in ihn.

Der Arzt zögerte. »Hat ihre Frau irgendeinen Schock erlitten? Schlechte Nachrichten... Oder irgend etwas, was sie aufgeregt hat. War sie nervlich sehr angestrengt?«

»Nein... Sie ist gerade von der Kirche zurückgekommen. Warum? Was fehlt ihr denn?« Sean ergriff den Arzt bei den Revers und schüttelte ihn vor Erregung.

»Es hat den Anschein, als ob es eine Art von paralytischer Hysterie ist. Ich habe ihr Laudanum gegeben. Sie wird jetzt schlafen. Ich sehe heute abend noch einmal nach ihr.« Der Arzt versuchte, Seans Hände von seiner Jacke zu lösen. Sean ließ ihn gehen und stürzte an ihm vorbei ins Schlafzimmer.

Kurz vor Einbruch der Dunkelheit kam der Arzt wieder. Sean

hatte Katrina ausgezogen und ins Bett gelegt. Abgesehen davon hatte sie sich nicht bewegt. Sie atmete trotz des Medikaments, das sie bekommen hatte, flach und schnell. Der Arzt stand vor einem Rätsel.

»Ich kann es einfach nicht verstehen, Mr. Courteney. Außer ihrer generell angegriffenen Konstitution finde ich keinerlei Symptome. Ich fürchte, wir müssen einfach abwarten. Ich möchte ihr nicht noch mehr Medikamente verabreichen.«

Sean sah, daß der Arzt ihm im Augenblick nicht mehr helfen konnte, und bemerkte kaum, daß er sich verabschiedete und versprach, morgen wiederzukommen. Mbejane badete Dirk, fütterte ihn und brachte ihn zu Bett. Dann ging er leise aus dem Zimmer und ließ Sean mit Katrina allein. Die Aufregungen und Ängste hatten Sean müde gemacht. Er ließ die Gaslampe im Wohnzimmer brennen und streckte sich auf seinem Bett aus. Nach einer Weile schlief er ein.

Als der Rhythmus seines Atems wechselte, sah Katrina zu ihm hin. Sean lag völlig angekleidet auf dem Bett, einen Arm hinter seinem Kopf ausgestreckt, die ganze Haltung angespannt, was sie an den zitternden Lippen sehen konnte. Katrina stand auf und ging zu ihm hinüber. Sie war so einsam, wie sie es nie in der Einsamkeit des Buschs gewesen war, verletzt weit über die Grenzen physischer Pein und mit dem Bewußtsein, daß alles, woran sie je geglaubt hatte, in jenen wenigen Minuten, die sie gebraucht hatte, die Wahrheit zu erkennen, zerstört worden war.

Sie blickte ihn an und stellte überrascht fest, daß sie ihn noch immer liebte. Aber die Sicherheit, die sie in ihm gefunden hatte, war verschwunden. Die Mauern ihres Schlosses waren aus Papier gewesen. Sie hatte das erste Frösteln verspürt, das durch diese Mauern kam, als sie sah, wie er den Spuren seiner Vergangenheit nachging. Sie hatte gefühlt, wie diese Mauern zu zittern begannen und der Wind draußen immer stärker wurde, als er mit dieser Frau getanzt hatte. Und dann war alles um sie herum eingestürzt. Während sie in diesem halbdunklen Zimmer stand und den Mann betrachtete, dem sie so vollkommen vertraut hatte und der sie ebenso vollkommen betrogen hatte, ging sie alles noch einmal durch, um sicher zu sein, keinen Fehler gemacht zu haben.

Als sie heute morgen von der Kirche zurückkam, hatte sie mit Dirk einen Süßwarenladen, der sich fast genau gegenüber dem Hotel befand, betreten. Es hatte sehr lange gedauert, bis Dirk sich das, was er haben wollte, ausgesucht hatte. Die großen Mengen von Süßigkeiten, die in den verschiedenen Gläsern und Schachteln zu betrachten waren, hatten ihn völlig verwirrt. Endlich, nachdem der Besitzer ihm geholfen hatte und Katrina etwas drängte, war der Einkauf getätigt und in einer braunen Tüte verstaut worden. Sie wollten gerade das Geschäft verlassen, als Katrina durch das große Schaufenster sah, wie Candy Rautenbach das Hotel verließ. Sie kam schnell die Treppe herunter, sah sich um und ging dann über die Straße zu einem wartenden Wagen, dessen Fahrer sofort mit ihr davonfuhr. Katrina erstarrte. Erst nachdem Candys Wagen verschwunden war, begann sich Katrina über ihre Anwesenheit in ihrem Hotel um elf Uhr an einem Sonntagmorgen zu wundern. Die Eifersucht bohrte sich wie ein Dolch in ihre Rippen und schnürte ihr den Atem ab. Lebhaft erinnerte sie sich, daß Candy am vergangenen Abend in der »Goldenen Gans« eine Frage in Seans Ohr geflüstert hatte. Sie erinnerte sich, wie Sean geantwortet hatte und wie er sie auf dem Rückweg belog. Sean wußte, daß Katrina am nächsten Morgen zur Kirche gehen würde. Wie einfach war das alles! Sean hatte es so arrangiert, um sich mit Candy zu treffen. Er hatte es abgelehnt, Katrina zu begleiten, und während sie aus dem Weg war, war die Dirne zu ihm gekommen.

»Mammy, du tust mir weh.« Unbewußt hatte sie Dirks Hand fest gedrückt. Sie eilte aus dem Laden und zog Dirk hinter sich her. Sie raste fast durch die Hotelhalle die Stufen hinauf und durch den Gang. Als sie die Tür öffnete, roch sie sofort Candys Parfum. Ihre Nasenflügel bebten. Sie irrte sich nicht. Es war der Geruch frischer Veilchen. Sie hörte, wie Sean aus dem Badezimmer rief. Dirk lief durchs Zimmer und hämmerte gegen die Tür.

»Daddy! Daddy! Mammy hat mir Süßigkeiten gekauft.«

Sie legte ihre Bibel auf den Schreibtisch und ging über den dikken Teppich, ständig von diesem Veilchengeruch umgeben. Da sah sie Seans Nachthemd auf dem Boden liegen, und feuchte Flecke waren sichtbar. Sie fühlte, wie ihre Beine zu zittern begannen. Jetzt sah sie die Flecke auf dem Laken. Grau auf den weißen Bezügen. Sie fühlte, wie ihre Wangen brannten und ihr die Sinne schwanden. Mit Mühe und Not erreichte sie ihr eigenes Bett.

30

Sie wußte, daß sie sich nicht irrte. Sie hatte ihn geliebt, hatte ihm aber nicht genügen können. Sie konnte unmöglich bei ihm bleiben. Der sture Stolz ihrer Rasse gestattete ihr das nicht. Es gab nur einen Ausweg.

Zögernd beugte sich sich über ihn und küßte ihn. Sie spürte den warmen männlichen Geruch seines Körpers und fühlte, wie sein Bart ihre Wange berührte. Ihre Entschlußkraft begann zu wanken. Sie wollte sich über seine Brust werfen, die Arme um seinen Nakken schlingen und ihn bitten. Sie wollte ihn bitten, ihr eine neue Chance zu geben. Wenn er ihr sagen würde, was sie falsch gemacht hätte, könnte sie versuchen, sich zu ändern. Vielleicht wenn sie wieder in den Busch gehen würden... Sie zwang sich, von seinem Bett wegzugehen, und preßte ihre Handrücken fest gegen die Lippen. Es hatte keinen Zweck. Er hatte sich entschieden, und selbst wenn sie ihn bitten würde, sie zurückzunehmen, würde das Geschehene immer zwischen ihnen stehen. Sie hatte in einem Schloß gelebt und war nicht bereit, es mit einer Hütte zu vertauschen. Von dem Stolz ihrer Rasse wie mit Peitschenhieben getrieben, ging sie schnell zum Schrank. Sie zog den Mantel an und knöpfte ihn zu. Er reichte bis zu ihren Knöcheln und bedeckte ihr Nachtgewand. Sie nahm den grünen Schal über den Kopf und schlang sich das lose Ende um den Hals. Noch einmal sah sie zu

Sean. Er schlief. Sein mächtiger Körper lag da, und die Stirn war von Sorgen zerfurcht.

Im Wohnzimmer blieb sie am Schreibtisch stehen. Sie schlug ihre große Bibel auf, tauchte den Federhalter ein und schrieb. Dann schloß sie das Buch und ging zur Tür. Sie zögerte und sah zu Dirks Schlafzimmer hin, aber sie hatte nicht die Kraft, ihn noch einmal zu sehen. Sie hob ein Ende des Schals und bedeckte damit ihren Mund. Dann trat sie auf den Gang hinaus und schloß leise die Tür hinter sich.

31

San war überrascht, sich völlig angezogen zu finden, als er am nächsten Morgen erwachte. Es war noch halbdunkel draußen. Der Raum war kalt. Er richtete sich auf und sah auf Katrinas Bett. Die Decken waren zurückgeworfen, und es war leer. Er ging zum Badezimmer und klopfte gegen die geschlossene Tür.

»Katrina?« rief er. Und dann noch einmal lauter. »Katrina, bist du da?« Er drückte die Klinke nieder, und die Tür öffnete sich ohne jeden Widerstand. Er blinzelte in den leeren Raum, sah weiße Kacheln und ein Handtuch auf dem Stuhl, das er dort hingeworfen hatte. Jetzt verspürte er düstere Ahnungen. Dirks Zimmer. Die Tür war noch immer verschlossen, und der Schlüssel steckte außen. Dirk setzte sich in seinem Bett auf, das Gesicht gerötet und sein Lockenkopf völlig zerzaust. Sean lief aus der Suite in den Gang und in die Halle. Der Angestellte am Empfangstisch schlief, den Kopf in den Armen, nach vorne gebeugt und schnarchte leise. Sean schüttelte den Mann.

»Ist irgend jemand während der Nacht ausgegangen?« wollte er wissen.

»Ich... ich weiß es nicht.«

»Ist die Eingangstür verschlossen?« fragte Sean.

»Nein, Sir. Sie hat nur einen Drehknopf innen. Man kann hinausgehen, aber nicht hereinkommen.«

Sean lief auf den Bürgersteig. Wo sollte er nach ihr suchen? Welchen Weg hatte sie eingeschlagen? Zurück nach Pretoria zu den Wagen? Aber warum sollte sie fortgehen, ohne ihn zu wecken, Dirk zurücklassen und einfach in der Nacht verschwinden? Die Medizin, die ihr der Arzt gegeben hatte, mußte ihre Sinne verwirrt haben. Vielleicht war etwas an dessen Theorie, daß sie einen Schock erlitten hatte. Vielleicht lief sie in ihrem Nachtgewand durch die Straßen, ohne Erinnerungsvermögen, vielleicht – Sean stand in dem kalten grauen Morgen, die Stadt begann langsam um ihn zum Leben zu erwachen.

Er wandte sich um und lief zurück durch das Hotel und durch die Hintertür zu den Ställen. »Mbejane«, schrie er. »Mbejane, wo zum Teufel bist du?«

Mbejane kam schnell aus dem Stall, in dem die gemieteten Pferde untergebracht waren. »Nkosi.«

»Hast du die Nkosikazi gesehen?«

Mbejanes Gesicht starrte ihn verwirrt an. »Gestern –«

»Nein, Mann«, schrie Sean. »Heute, vergangene Nacht, hast du sie gesehen?«

Mbejanes Gesichtsausdruck genügte als Antwort.

Sean lief ungeduldig an ihm vorbei in den Stall. Er langte sich einen Sattel und warf ihn auf den Rücken des ihm am nächsten stehenden Pferdes. Während er den Gurt festmachte und dem Gaul das Zaumzeug zwischen die Zähne schob, sagte er zu Mbejane: »Die Nkosikazi ist krank. Sie ist während der Nacht fortgegangen. Es ist möglich, daß sie durch die Straßen wandert, so wie ein Mensch, der schlafwandelt. Geh und sag es allen deinen Freunden, daß sie nach ihr suchen sollen. Sag ihnen, daß derjenige, der sie findet, eine Belohnung von zehn Pfund in Gold bekommt. Dann komm wieder hierher, und kümmere dich um Dirk, bis ich zurück bin.«

Sean führte das Pferd aus dem Stall. Und Mbejane beeilte sich, seinen Befehl auszuführen. Sean wußte, daß innerhalb weniger Minuten die Hälfte aller Zulus in Johannesburg nach Katrina

Ausschau halten würden. Die Stammeszugehörigkeit und die Belohnung von zehn Pfund in Gold würden dazu ausreichen. Er schwang sich aufs Pferd und galoppierte aus dem Hof. Zuerst ritt er auf der Straße nach Pretoria. Nachdem er drei Meilen zurückgelegt hatte, sagte ihm ein eingeborener Hirte, dessen Herde neben der Straße graste, daß Katrina hier nicht vorbeigekommen wäre. Er ritt zurück. Dann suchte er die Polizeistation am Marschall-Platz auf. Der Kommandant erinnerte sich noch gut an ihn aus der alten Zeit. Sean konnte sich auf seine Mitarbeit voll verlassen. Sean verließ ihn und ritt schnell durch die Straßen, die sich bei Tagesanbruch langsam mit Menschen füllten. Er machte das Pferd vor dem Hotel fest und rannte die Stufen hinauf. Der Mann am Empfang hatte nichts Neues zu berichten. Mbejane gab Dirk gerade sein Frühstück. Dirk strahlte Sean mit verschmiertem Mund an und breitete die Arme aus, um von ihm hochgehoben zu werden. Aber Sean hatte für ihn keine Zeit.

»Ist sie zurückgekommen?«

Mbejane schüttelte den Kopf. »Sie werden sie finden, Nkosi. Über fünfzig Männer suchen jetzt nach ihr.«

»Bleib bei dem Kind«, sagte Sean und ging zu seinem Pferd zurück. Er stieg auf und ritt sinnlos durch die Straßen, suchte in Seitenstraßen, in Höfen und leeren Ställen. Als er zum fünftenmal durch die Jeppe Street ritt, sah er das imposante zweistöckige Gebäude von »Candys Hotel«.

»Candy«, flüsterte er. »Vielleicht kann sie helfen.«

Er fand sie in ihrem Büro zwischen Perserteppichen, vergoldeten Möbeln und rosa- und blaugemusterten Tapeten. Die Decke, von der sechs Kristalleuchter herabhingen, war mit Spiegeln ausgelegt. Sean schob den kleinen Mann zur Seite, der versuchte, ihn am Eintreten zu hindern, und stürmte in den Raum. Candy sah eine Sekunde lang empört auf, aber ihr Gesichtsausdruck verwandelte sich sofort, als sie sah, wer gekommen war.

»Sean, wie nett von dir, daß du mich besuchst.« Sie ging um den Schreibtisch herum auf ihn zu. Ihre Haut war weich und weiß, und ihre Augen funkelten fröhlich. Sie streckte ihm die Hand hin und zögerte, als sie seinen Gesichtsausdruck sah. »Was ist passiert, Sean?« Er erzahlte es ihr in wenigen Worten. Sie hörte aufmerksam zu. Als er fertig war, klingelte sie mit einer Glocke, die auf dem Schreibtisch stand. »In dem Schrank neben dem Kamin steht Brandy«, sagte sie. »Ich nehme an, du kannst jetzt einen brauchen.«

Der kleine Mann in der Lüsterjacke kam herein. Sean goß sich einen großen Brandy ein und hörte, wie Candy ihre Anordnungen traf. »Schicken Sie jemanden zum Bahnhof. Senden Sie Telegramme an alle Poststationen, die an der Hauptstraße liegen. Lassen Sie im Krankenhaus nachfragen. Kontrollieren Sie alle Hotels und Pensionen in der Stadt.«

»Wie Sie befehlen, Madame.« Der kleine Mann verbeugte sich, während er jede einzelne Anordnung notierte.

Candy wandte sich an Sean.

»Du kannst mir auch einen Drink eingießen, und dann setz dich und beruhige dich ein wenig. Du benimmst dich genauso, wie sie es wünscht.«

»Was meinst du damit?« fragte Sean.

»Du bist soeben im Begriff, eine kleine Lektion weiblichen Verhaltens zu erhalten, mein Lieber. Du müßtest eigentlich lange genug verheiratet sein, um das selber zu erkennen.«

Sean brachte Candy ihren Drink, und sie lud ihn ein, sich neben sie auf das Sofa zu setzen.

»Setz dich«, sagte sie. »Wir werden dein Dornröschen schon wiederfinden.«

»Was meinst du damit... weibliches Verhalten?« wollte er erneut wissen.

»Eine Strafe für schlechtes Benehmen. Vielleicht hast du mit offenem Mund gegessen oder ihr widersprochen oder mehr als deinen Anteil der Bettdecke beansprucht. Vielleicht hast du auch nicht auf die richtige Art und Weise guten Morgen zu ihr gesagt oder irgendeine der anderen unsterblichen Sünden der Ehe begangen, aber –« Candy nahm einen Schluck und erschrak ein wenig. »Ich sehe, daß du noch immer die gleichen Quantitäten von Brandy ausschenkst wie früher. Ein Schluck Brandy, den Courteney trinkt, entspricht im allgemeinen einer halben Flasche. Aber wie ich schon sagte, ich schätze, daß die liebe kleine Kati einen akuten Eifersuchtsanfall hat. Es ist wahrscheinlich ihr erster, nachdem ihr beide bis jetzt euer ganzes Leben im Urwald verbracht habt und sie noch nie Gelegenheit hatte zu sehen, wie der Charme Sean Courteneys auf andere weibliche Wesen wirkt.«

»Unsinn«, erwiderte Sean. »Auf wen sollte sie denn eifersüchtig sein?«

»Auf mich«, sagte Candy. »Jedesmal, wenn sie mich vergangene Nacht ansah, hatte ich das Gefühl, als ob mir einer mit der Axt auf den Busen schlüge.« Candy berührte in diesem Augenblick ihre außerordentliche Brust mit den Fingerspitzen und machte Sean auf diesen Vorzug aufmerksam. Er sah den tiefen Einschnitt und roch die frischen Veilchen. Er wurde unruhig und sah weg.

»Unsinn«, wiederholte er. »Schließlich sind wir doch nur alte Freunde. Beinahe so...« Hier zögerte er.

»Ich hoffe, mein Lieber, daß du nicht sagen wolltest: ›Bruder und Schwester...‹ Ich habe etwas gegen Blutschande... Oder hast du das ganz vergessen?«

Sean hatte es nicht vergessen. Er errötete und erhob sich.

»Ich mache besser, daß ich weiterkomme«, sagte er. »Ich werde wieder nach ihr suchen. Ich danke dir für deine Hilfe, Candy, und auch für den Drink.«

»Was immer meins ist, ist auch das Ihre, Monsieur«, murmelte sie und zog eine Braue hoch, wobei sie es genoß, daß er noch mehr errötete.

»Ich benachrichtige dich, sobald ich irgend etwas höre.«

Bei Einbruch der Dunkelheit war Sean beinahe wahnsinnig vor Aufregung. Mbejanes Stammesgenossen kamen einer nach dem anderen zurück, um zu berichten, daß sie keinen Erfolg gehabt hatten. Alle Wege, die Candy eingeschlagen hatte, blieben vergeblich. Schon lange vor Mitternacht war Sean der einzige, der noch weiter suchte. Er ritt, im Sattel zusammengekrümmt, eine Laterne in der Hand, die gleichen Wege, die er schon ein dutzend Mal geritten war. Bei Tagesanbruch kehrte er ins Hotel zurück. Mbejane wartete auf ihn.

»Nkosi, seit gestern abend halte ich eine Mahlzeit für Sie bereit. Sie müssen jetzt etwas essen und ein wenig schlafen. Ich werde die Männer erneut ausschicken, und sie werden sie finden.«

»Sage ihnen, daß ich demjenigen, der sie findet, hundert Pfund geben werde.« Sean fuhr sich ermattet übers Gesicht. »Sage ihnen, daß sie überall da suchen sollen, wo keine Straßen hinführen.«

»Ich werde es ihnen sagen... Aber Sie müssen jetzt etwas essen.« Ohne geschlafen zu haben und schon etwas unsicher im Sattel, vergrößerte Sean den Umkreis seiner Suche, bis er beinahe bei den Minen angekommen war, deren große Abfallhalden einen Gürtel um die Stadt legten. Mindestens ein dutzend Mal war er auf Zulus getroffen, die die ganze Gegend durchsuchten, so wie Jagdhunde dem Wild nachstellen. Sie grüßten ihn mit großer Zuneigung.

»Mbejane hat es uns gesagt, Nkosi. Wir werden sie schon finden.« Und Sean ritt weiter, einsamer, als er je zuvor in seinem Leben gewesen war. Nach Einbruch der Dunkelheit kehrte er nach Johannesburg zurück. Der kleine Hoffnungsschimmer, der noch in ihm gewesen war, erlosch, als er in die gasbeleuchtete Halle des Hotels trat und das teilnahmsvolle Gesicht des Empfangschefs sah.

»Nichts Neues. Es tut mir leid, Mr. Courteney.«

Sean nickte. »Trotz allem schönen Dank. Geht es meinem Sohn gut?«

»Ihr Diener hat sich fabelhaft um ihn gekümmert, Sir. Vor einer Stunde habe ich das Essen nach oben geschickt.«

Die Treppe, die zu seiner Suite führte, schien nicht enden zu wollen. Mein Gott, wie war er müde, todmüde und zu Tode geängstigt. Er stieß die Tür auf, und Candy erhob sich aus einem Sessel. Sofort stieg Hoffnung in ihm auf.

»Hast du –?« fragte er erregt.

»Nein«, erwiderte sie schnell. »Nein, Sean. Es tut mir leid.«

Er warf sich in einen Sessel. Candy goß ihm einen Drink aus einer Flasche ein, die auf dem Schreibtisch stand. Dann nahm sie sich selbst ein Glas und setzte sich ihm gegenüber.

»Es tut mir leid, daß ich gestern gescherzt habe«, entschuldigte sie sich. »Ich glaube, ich habe nicht gewußt, wie sehr du sie liebst.« Sie erhob ihr Glas und prostete ihm zu. »Auf daß die Suche schnell enden möge.« Sean goß fast ein halbes Glas in sich hinein.

»Du liebst sie doch, nicht wahr?« fragte Candy.

Sean antwortete ihr scharf: »Sie ist meine Frau.«

»Aber es ist nicht nur das«, fuhr Candy rücksichtslos fort.

»Ja, ich liebe sie. Ich merke gerade, wie sehr ich sie liebe. Ich liebe sie so sehr, wie ich nie mehr in meinem Leben einen Menschen werde lieben können.« Er trank sein Glas aus und starrte hinein. Trotz seiner Bräune war das Gesicht grau und die Augen todunglücklich. »Liebe«, sagte er, »Liebe.« Er schien das Wort abzuwägen. »Sie haben dieses Wort beschmutzt... Im Opernhaus verkaufen sie Liebe. Sie haben das Wort Liebe so oft beschmutzt, daß ich, wenn ich sage: ›Ich liebe Katrina‹, damit gar nicht mehr ausdrücken kann, was ich meine.«

Er ballte die Faust und beugte sich in seinem Sessel vor. »Bei Gott, ich werde sie jetzt nicht verlieren. Ich werde sie finden. Und wenn ich sie gefunden habe, dann werde ich es ihr sagen. Ich werde es ihr genauso sagen, wie ich es jetzt dir gesagt habe.« Er hielt inne und wurde nachdenklich. »Ich glaube nicht, daß ich ihr jemals gesagt habe: ›Ich liebe dich.‹ Ich wollte das einfach nicht sagen. Ich habe gesagt: ›Heirate mich‹ und ›Du bist mein Schatz‹. Aber ich habe es niemals vorher klar ausgesprochen.«

»Vielleicht ist das einer der Gründe, Sean, warum sie dir weggelaufen ist. Vielleicht hat sie nicht geglaubt, daß du sie liebst, weil du es ihr niemals gesagt hast.« Candy beobachtete ihn. In ihrem

Gesicht waren Mitleid, Verständnis und auch ein wenig Selbstmitleid zu lesen. »Ich werde sie finden«, sagte Sean. »Und diesmal werde ich es ihr sagen, falls es nicht zu spät ist.«

»Du wirst sie finden. Die Erde kann sie schließlich nicht verschluckt haben. Sie wird sich freuen, wenn du es ihr sagst.« Candy erhob sich. »Du mußt dich jetzt ausruhen. Du hast einen schweren Tag vor dir.«

Sean schlief in seinem Stuhl voll angezogen ein. Er schlief unruhig und wachte alle paar Minuten auf. Candy hatte, ehe sie gegangen war, die Lampen klein gestellt, und der fahle Schein fiel direkt auf den Schreibtisch, wo Katrinas Bibel lag. Jedesmal, wenn Sean aufwachte, fiel sein Blick auf das in Leder gebundene Buch. Kurz vor Anbruch des Tages erwachte er wieder einmal und wußte, daß er nicht mehr einschlafen konnte.

Er stand auf, seine Glieder schmerzten und die Augen taten ihm weh. Er ging auf den Schreibtisch zu und legte seine Hand auf die Bibel. Das Leder fühlte sich kühl und weich an. Er öffnete das Buch, und ihm stockte der Atem.

Unter Katrinas Namen stand in ihrer sorgfältigen runden Handschrift mit frischer Tinte geschrieben das Datum ihres Todestags.

Diese Eintragung vergrößerte sich langsam, bis er nichts anderes mehr sah. Er fühlte, wie es in seinen Ohren zu sausen begann, und dazwischen hörte er Stimmen, verschiedene Stimmen.

»Laß uns gehen, Sean. Es sieht wie ein Grab aus.«

»Das, was sie am meisten braucht, ist Liebe.«

»Die Erde kann sie ja nicht verschluckt haben.«

Und dann seine eigene Stimme. »Falls es nicht zu spät ist. Falls es nicht zu spät ist.«

Im ersten Morgengrauen erreichte er die Überbleibsel der alten Mine von »Candys Tief«. Er ließ sein Pferd stehen und rannte auf die Schachtanlagen zu. Ein schwacher kalter Wind ließ das Gras hin und her wehen und ebenfalls Katrinas grünen Schal, der sich in dem Stacheldraht, der das Schachtloch umgab, verfangen hatte.

Im Wind flackerten die Enden wie die Flügel eines riesigen grünen Raubvogels.

Sean erreichte den Zaun und blickte in den Schacht hinein. An einer Stelle war etwas Gras abgerissen, so als ob jemand danach gegriffen hätte, ehe er abstürzte.

Sean löste den Schal aus den Dornen des Stacheldrahts, ballte ihn zusammen, hielt ihn dann über die Schachtöffnung und ließ ihn fallen. Während er in die Dunkelheit hinabsank, breitete er sich aus. Es war noch einmal das leuchtende Grün von Katrinas Augen.

»Warum?« flüsterte Sean. »Warum hast du uns das angetan, mein Schatz?« Er wandte sich ab und taumelte über den steinigen Pfad zu seinem Pferd zurück.

Mbejane wartete im Hotel auf ihn.

»Hol den Wagen«, sagte Sean.

»Die Nkosikazi…?«

»Hol den Wagen«, wiederholte Sean.

Sean trug Dirk nach unten. Er bezahlte seine Rechnung und ging nach draußen, wo Mbejane mit dem Wagen bereits wartete. Er stieg ein und nahm Dirk auf den Schoß.

»Fahr nach Pretoria zurück«, befahl Sean.

»Wo ist Mammy?« wollte Dirk wissen.

»Sie fährt nicht mit uns.«

»Fahren wir allein?«

Sean nickte müde. »Ja, Dirk, wir fahren allein.«

»Kommt Mammy nicht bald?«

»Nein, Dirk, sie kommt nicht.«

Es war zu Ende, dachte Sean. Es war alles zu Ende. Die Träume, das Lachen und die Liebe. Er war noch zu betäubt, um den Schmerz zu spüren. Der würde erst später kommen.

»Warum drückst du mich denn so fest, Daddy?«

Sean lockerte seinen Griff und sah auf das Kind in seinem Schoß. Es war nicht zu Ende, nein, es war nur ein neuer Anfang. Aber zuerst muß ich Zeit haben, damit es heilt: Zeit und einen ruhigen Ort, wo ich meine Wunden auskurieren kann. Die Wagen warten. Ich muß zurück in die Wildnis.

Vielleicht in einem Jahr, wenn ich wieder gesund bin, kann ich noch einmal von vorn anfangen. Dann kann ich mit meinem Sohn nach Ladyburg gehen, zurück nach Ladyburg zu Ada und Garry, dachte er. Dann ganz plötzlich und erschreckend fühlte er wieder den Schmerz, vor dem er sich so fürchtete.

›Lieber Gott‹, betete Sean, der noch nie zuvor gebetet hatte. ›Lieber Gott, gib mir die Kraft, es durchzustehen.‹

»Fängst du zu weinen an, Daddy? Du siehst so aus.« Dirk beobachtete Seans Gesicht, beinahe feierlich, aber doch neugierig. Sean drückte den Kopf des Kindes zärtlich gegen seine Schulter und hielt ihn fest. »Nein, Dirk«, antwortete er, »ich werde nicht weinen. Weinen kann nicht viel helfen.«

Und sie fuhren zurück zu den Wagen, die in Pretoria auf sie warteten.